叶魔术师

注定让恶魔永远也求不出解

守恒

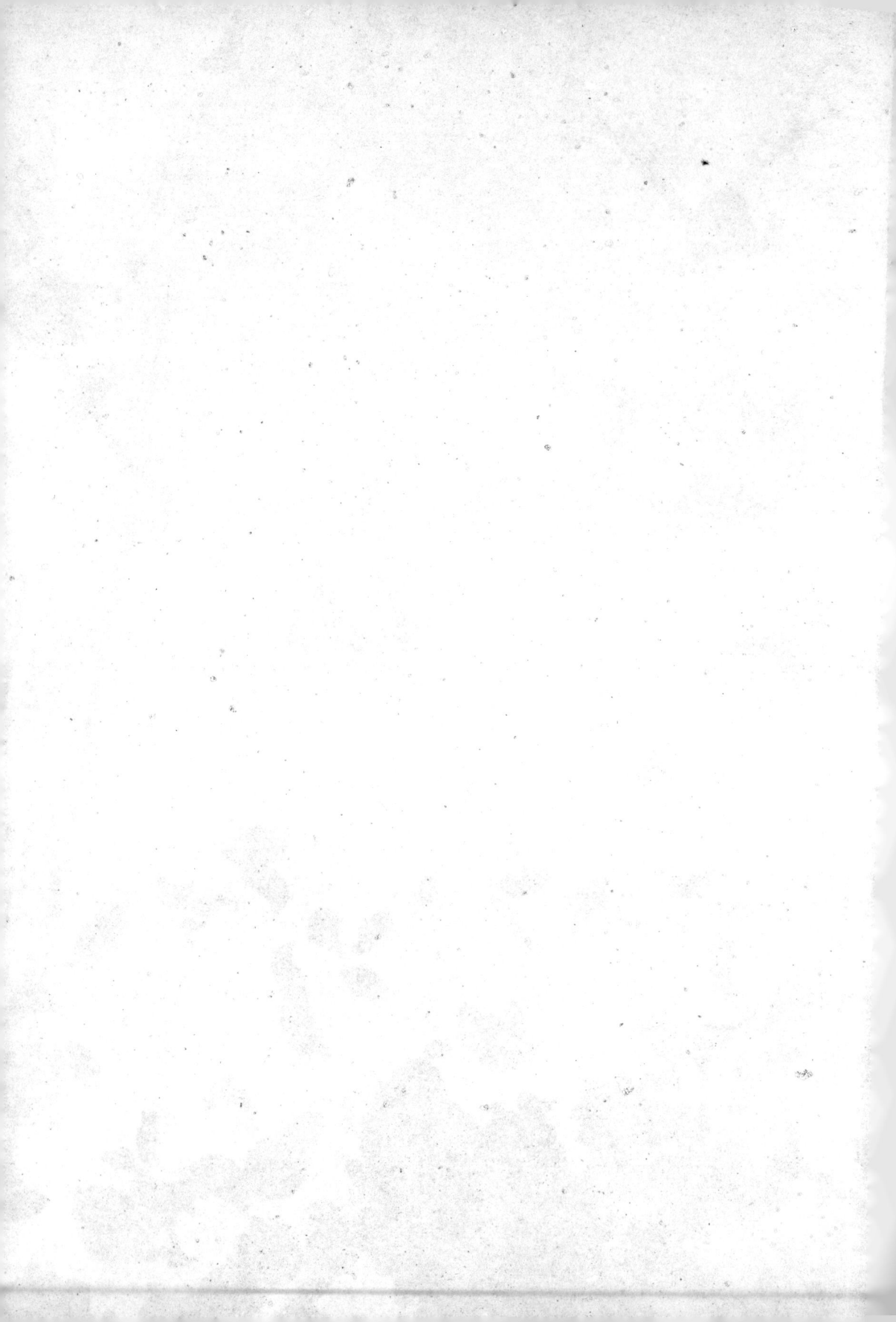

默菲斯契约

完结篇

上

妄鸦

著

长江出版社
CHANGJIANG PRESS

傀儡丝闪过若隐若现的暗光。

白色和黑色

在这片满是岔路的区域追逐。

目 录
CONTENTS

默菲斯契约

玩偶之夜

第一章

玩偶之夜

艺术家玩偶本来想发怒，但看到面前这幅画，便什么都说不出了。

作为一个艺术家、一个副本里牛气冲天的BOSS，他很讨厌在创作的时候被人干扰，也无法忍受别人未经允许就对他的画动手动脚，可这个不知道打哪里冒出来的金头发的人，确实有过人之处。

他发现，这个人的水平在他之上——技巧格外娴熟不说，就连对颜色的运用也更加大胆，每一笔都让艺术家叹为观止——他聚精会神地欣赏着，不忍挪开视线。

画完后，圣把画笔一扔，有些意兴阑珊地说："不，还是差远了。"

他转头干脆利落地离开了，让还想上去交流一二的艺术家有些莫名其妙。

艺术家暗想：算了，走艺术这条路的，谁没有点怪脾气？技术越高脾气越怪的人比比皆是。

他遗憾地摇摇头，重新回到座位上，继续欣赏这幅画。

看着看着，他似乎懂了对方刚刚那句"差远了"的意思。

——无论多么丰富的色彩、多么绚丽繁杂的技巧，都无法将那人的神韵描绘出万一。

直播间的观众也被这一幕搞得有些迷惑，可他们想起刚才面带笑容、垂首优雅作画的圣，又实在挑不出什么错处。

万圣节活动前，所有玩家都十分忙碌。

高等级玩家忙着踩点，忙着试探玩偶有没有异常，忙着确定各个区域游乐设施的位置；低等级玩家则忙着搜集各个游乐设施的体验卡，到处参加各类项目，好去兑换C级盲盒。

宗九也忙。

一共十一支队伍，每支队伍检查完一个区域后会换另一个区域，完成的图纸则交给宗九，由他乘着热气球进行核对。

除此之外，他还得和好玩偶们联络感情，看看是不是有玩偶能够在万圣节玩偶之夜活动中提供帮助，例如那个满脸都写着"快来找我玩啊"的小丑，还有在大街上快乐起舞的疯帽子。

虽说之前答应了要回来找小丑，但这两天的事情太多了，宗九便愉快地放了对方"鸽子"，直到今天才再次来到这里。

宗九现身的时候，小丑正蹲在地上，喃喃自语。

"他怎么还没来找我玩，难道是把我忘了吗？毕竟游乐园里还有这么多好玩的玩偶。"

"玩家果然都是说话不算话的家伙 。"

宗九装作没听到，拍了拍小丑的肩膀："嗨！"

听到熟悉的声音，小丑一愣，瞬间跳了起来，之前的颓废表情完全消失了，转而挂上了大大的笑容。

"你来找我玩啦！"

"是啊。"宗九眯起眼睛，开始不着痕迹地套情报，"你每天都在一个地方卖气球，不会无聊吗？"

"不会啊，只要你来找我玩，我就不会感到孤单。"

或许是太开心了，小丑控制不住自己一般在原地摇头晃脑，带着手上拿的大串气球一起动来动去。

宗九怀疑，要是小丑的力气稍微小点，或者是体重轻一些，说不定就得被这些气球带到空中了，他要了一个气球，然后在小丑的目送下离开。

看小丑这么无聊，宗九决定给他找个伴，首选对象当然是和他"属性"相同的疯帽子。

疯帽子一直在三区的街道上蹦蹦跳跳，外表夸张得让过路行人都绕着他走，嘴里还唱着难以听懂的咏叹调。

其他人都听不懂疯帽子到底在唱什么，宗九却可以把他的每一句唱词翻译过来。

"哦，我的小白鸟，为什么你表情如此哀怨，是我的爱火不足以燃烧你吗？"

很显然疯帽子对戏剧颇有研究，这一句就是直接借用一部回肠百转的音乐剧的曲调，再加入他自己改编的歌词，听起来像模像样。

"这是一区小丑的气球。"宗九十分淡定地回答。

"哦！小丑！多么令人憎恶的名字，却让我心潮澎湃！"疯帽子惊讶地大喊，"我曾经听说过这个令人闻风丧胆的名字。我亲爱的小白鸟，能不能告诉我，他是否真的喜欢欺负别人？"

"他就在一区工厂旁，你可以亲自去问他这个问题。"宗九眨了眨眼，"我有预感，你们会非常合拍的。"

"哦，好的好的。"疯帽子在原地思考了一下，尖头鞋踢踏着跳了几步，接受了宗九的建议，跑去一区找小丑了。

二十天不知不觉地过去了，今晚九点，就是紧张又刺激人心的万圣节玩偶之夜。

九区小分队的所有人聚集在顶层酒吧的静室里，神情严肃。

他们面前摊开了一张七彩游乐园地图。

这张地图很大，上面用小字标注着不同区域的各类游乐设施，每个人都拿到了一份完全一样的。

宗九指向游乐园里划分的十一个区域。

"一些游乐设施在很多区域都有，例如中转屋和过山车。七彩游乐园这么大，主系统最开始应该不会指定安全屋必须是某某区的某一建筑，例如只提示中转屋是安全屋，那只要是中转屋，不管是哪个区域的，都可以暂时充当安全屋。"

大家一边听一边点头。

"晚上一共十个小时，这就意味着我们将经历十次安全屋的改变。"宗九随意拿出一张纸牌，指着地图上不同的颜色区域，"进去的时候我们先以团队开始行动，就算分开，也得以小队形式去往下一个安全屋。"

"最重要的一点是，安全屋可能会有人数限制。"

所有玩家的表情都严肃起来。

大家都清楚安全屋有人数限制意味着什么：如果某个跳楼机被指定为安全屋，那就只能搭乘十个人；如果海边的热气球被指定为安全屋，那能容纳的人数就更少了。

这一点主系统倒是给他们放松了条件：每一轮的所有安全屋能容纳的总人数，都会比参与活动的玩家多。

所以，为了应对这个情况，整个九区小分队全程抱团是行不通的，只能分成小组行动。

宗九合上地图，鼓励众人："要说的就是这些了，接下来加油吧，我希望在闭园的时候能够看到现在的所有人。"

"好！"

众人应答的声音响彻云霄。

玩家们成群结队朝游乐园门口走去。

为了迎接万圣节活动，游乐园内焕然一新。先前悬挂在空中的灯笼全部换成了点火的南瓜灯，油漆泼在地上，还有数百个真实的玩偶，营造出浓浓的节日气氛。

五千多玩家里，敢参加这个活动的人并不多。所有高等级玩家，加上想要碰碰运气的低等玩家，总数也不过两千人。

所有人手上都拿着特制的地图，无形间划分成了不同的组织。

宗九和暗远远对视，然后不动声色地挪开了视线，往其他S级身上扫去。

二十天的时间，足够宗九把这些S级都测一轮。

不测不知道，一测吓一跳。除了暗事先拉入伙的那几个人，S级可谓折损大半，就连他的老大哥梵卓也着了道，这是宗九万万没想到的。

他挑出几张牌，打算趁着万圣节活动一个一个地把人救回来。

暗不禁皱眉："我们还没有完全搞懂他的能力，一切谨慎。"

宗九叹了一口气："真遗憾。"

恶魔这两天都没出现在他面前，反倒是几个傀儡在晃来晃去，充满暗示意味——对方的房卡就在宗九手上，如果他同意合作，随时都可以找上门去。

本来宗九也有这个打算，可惜现在情况有变，等他出手，就是给对方最有力的回应之时。可惜之前他计划中笑里藏刀的游戏玩不了了，这就是宗九遗憾的原因。

时间飞逝。

快到九点的时候，主系统的机械音终于响起。

【特殊活动：万圣节玩偶之夜，即将开始。】

【五分钟后园区封闭，直至明日六点再次开放。】

为了防止出现安全屋无法容纳玩家的现象，各个组织默契地选择了不同的区域。

主系统提示音响起后，玩家们纷纷招呼着同伴们到各自选定的区域站好。

宗九带领九区的几个小队在一区，土门在上了暗的贼船后也加入了他的小队。

虽然一区坏玩偶扎堆，但地理位置很好，在整个游乐园的最中央，不论队员们往哪里跑，都能有相对充足的反应时间。

不少人暗暗看过来，因为宗九这一队的装束实在太奇怪了，不光穿运动服绑护腿，每个人还都背了个硕大无比的登山包。如果不是九区的玩家们将在集体副本里赚到的生存点数几乎全部拿去强化了体能，背这样的登山包一定会影响他们的速度。

当然，也因为宗九率领的这一队除了他和土门之外，基本都是新玩家。

土门笑呵呵地给队里每个玩家都发放了灵力卡牌，叮嘱他们在即将被玩偶抓到的时候使用，可以发挥一定的抵抗作用。

这对缺少道具的新玩家来说简直是雪中送炭，大家热泪盈眶地谢过土门。

夜空下，游乐园一改往日张灯结彩的样子，整体暗了下来。

徐粟搓了搓手："这，这怎么还没看见玩偶呢？"

他的模样还算镇定，但话语间的颤抖已经将他的心态出卖。好几个在荒村副本就发誓要跟着宗九的新玩家也有些腿软。

万圣节活动一口气投放了几百个玩偶，谁知道那些可爱的玩偶头套下的脸长什么模样？仅仅被它们追赶，就足够让人紧张。

土门鼓励地笑了笑："别怕。"

宗九更是拍了拍徐粟的肩膀，语重心长道："想想你的决心。"

徐粟一听，慢慢攥紧了拳头，严肃道："我知道了，九哥！"

他刚开始只是个D级新玩家，经历九死一生的集体副本后升到C级。可同期的小伙伴许森却实现了飞升，直接从C级升到了A级，成为人人艳羡敬仰的A级大佬。

在这种情况下，徐粟作为朋友，自然是真情实意地为许森高兴。同时，他心里难免也升起追赶的想法。

既然决定要变强，他就不能害怕。

看徐粟鼓起勇气后，宗九才收回视线。

在距离九点还有两分钟的时候，主系统宣布了几条规则。

【下面公布三条规则，规则一：每小时前五分钟不公布安全屋位置。】

九区小分队众人彼此交换了一个凝重的眼神。

如果前五分钟不公布安全屋的话，就意味着他们得生生在游乐园里跑五分钟，等公布了安全屋之后才能跑去找。这杜绝了玩家从一个安全屋出来后立即进入下一个安全屋的可能。

【规则二：每位玩偶都有自己的活动范围，脱离活动范围后便不会被他们追赶，全园区有一位无视活动范围的"玩偶之王"，可以在任意区域进行活动。】

这条规则对玩家来说绝对是百利无害。

他们先前便考虑过，万一哪个玩偶被惹怒了，他们岂不是得被追着在一个园区乱跑。现在有了这条规则，好歹可以靠跑得快躲过一个玩偶的追赶，虽然不知道会不会闯入下一个玩偶的活动范围，但也算好事一桩。

至于那个无视活动范围的玩偶之王，园区有两千多个玩家，投放的玩偶一共也就三百个，真要这么倒霉撞上了那也没办法，是祸躲不过。

土门心里咯噔一下。他不怕比实力，就怕比运气。

【规则三：特殊通关任务将在万圣节玩偶之夜活动最后一个小时开启，完成者可以得到一次S级盲盒抽取机会。】

这个也是早就写在了手册上的规则。

老实说，除了S级和那几个贪图第九名宝座的A级，没有玩家会不自量力地去尝试完成特殊通关任务。

很快，规则宣布完毕，主系统开始倒计时。

【10、9、8、7……】

伴随着倒数的声音，远处南瓜灯飘浮的街道周围有影子隐现。

玩家们都掏出了自己的特殊道具，压低身体，做好了准备。

宗九更是直截了当地下令："准备！"

这一声低喝让不少其他组织的玩家都看了过来，结果只一眼，所有人都瞠目结舌——

宗九像是变戏法一般，掏出了一块白色的滑板踩在脚下。

他带领的那几个小队的人，有的掏出滑板，有的从包里掏出简易溜冰鞋，鞋子设计得非常巧妙，万一不方便溜冰了随时可以脱下，用脚跑。

他们提前从主系统那里兑换了这些道具，等的就是今天。

这多亏了军师暗献计献策。

刚刚接通直播间，弹幕立刻占满了屏幕。

【失敬失敬，大家都顾着规划地图和路径了，就算动脑筋也是往特殊道具方面想，谁会想到还能用滑板溜冰鞋？】

【其实也不止他们一个人想到……我看到七区还有人推着自行车进来的，不过被主系统拦下了，可怜的人……】

【自行车肯定会拦下啊，规则手册上都写了不准借助交通设备，但问题是，滑板鞋和滑板不算交通设备。】

周围不少玩家都看呆了，立马也去向主系统申请兑换。

"快快快，我们也去换。"

"赶紧的赶紧的！"

有些运气好的，赶在最后三十秒也换到了滑板和溜冰鞋；运气不好的，眼看着主系统宣布活动开始后便关停了兑换通道，截至活动结束前都没法打开，在原地捶胸顿足。

【4、3、2、1，万圣节玩偶之夜活动已开启。】

顷刻间，偌大的游乐园中出现数个黑影。

所有能够将人立刻传送至玩家宿舍的空间门闪了一下便尽数消失。在目光所及之处，泛着冷光的铁栅栏从虚空中缓缓出现，将这片区域彻底封死。

"先别急着跑。"

前五分钟不公布安全屋，导致他们一时半会儿没有目的地。

人越多胆越壮，这时候落单反而容易被淘汰。既然谁都不走，玩家们也乐得抱团。

一群人在一区的广场上围在一起，警惕地环视四周。大家都想看看第一个出现的玩偶会是谁。结果等了好一会儿，只有万圣节音乐环绕在四周，夹着远处偶尔传来的几声尖叫，却连个玩偶的影子都没见着。

土门挠了挠头："该不会是这片区域没有玩偶吧。"

听他这么一说，其他人都放心多了，甚至还有人有心情开起玩笑来。

"哈哈哈，别看我们怕玩偶，说不定玩偶也怕人呢，我们这么多人，他们肯定怕了。"

有玩家立马附和，脸上露出轻松的笑："我们不如就这样等到五分钟后主系统公布安全屋吧，反正也没多久了，一起行动总比单独行动好。"

可惜他的话只说到一半，有什么东西就拽住了他的脚。

那个玩家猛一低头，只见一截骨头正死死扣住他的脚踝。

"啊——"

被抓住脚腕的D级玩家惨叫，拿起一张卡牌往下贴去。

这下阻止了手指的进一步动作，但明眼人都看得出，他差不多失去了奔跑的能力。

"离开花坛！"

宗九一声令下，所有人都跟着他跑了起来。

等他们跑到远离花坛的广场中央后，土门摸了摸鼻子，眼里流露出一丝担忧："我刚才没有感觉到异常气息。"

不仅是他，其余玩家队伍里的灵媒也没有感觉到。

众人面面相觑，都觉得大事不妙。

如果所有的感知都失去了作用，那这些玩偶就变得令人防不胜防。

难怪要设置安全屋，难怪叫作玩偶之夜，原来是这么回事。

主系统终于公布了第一个小时的安全屋。

【第一个安全屋：大转盘，安全屋有效时限：五十分钟。】

【五十分钟后安全屋将失去效用，请玩家注意转移。】

大转盘！

整个游乐园有好几个大转盘，其中中央大转盘正好就在一区，是一个可以容纳近千人的巨大轮盘。

用不着宗九开口，三个小队就准备好了。

"走！"

宗九手臂一抬，滑板在空中转了一圈落在地上，他迅速踩着滑板向前冲去。

他们几乎是同一时间从这条主干道冲到另一条小路上。

这里灯光昏暗，整条路上只有中央燃着一盏飘浮的南瓜灯，街角的邮筒也不知道被谁泼了红色的油漆。

走到一半，宗九忽然停下。其他玩家们也跟着停下，纷纷背靠背站在一起，环视四周。

静寂的夜空中，忽然响起一阵阵"吱吱"声。

"小心！快低头！"这回喊的人是土门。

说时迟那时快，数十道黑影拍打着翅膀从高空掠过，如同一道道游弋的暗影，眼睛在夜空中发出幽绿色的光芒。

宗九眼神一凛，立马点燃了手中的火折子，朝着天空扔去。

这些蝙蝠有的翅膀上沾了火，立刻发出尖厉的声音，不敢降落，而是朝着更远处飞去。

"九……九哥……"徐粟手里拿着好不容易得来的照相机，镜头对准街角。

也不怪他一副受惊的模样，实在是街角出现了一道黑影在地砖上越拉越长。

"是电锯怪人，快跑！"

这条是从广场到中央大转盘最近的路，不走这条路的话，会绕很远。

宗九脚下一蹬，朝着一旁的小路滑去。

与此同时，不清楚这条小路有没有玩偶的他，十分干脆地举起了自己从荒村副本里搞到的摄灵铃，一边在手里摇晃，一边打头冲进了那片黑暗中。

在他背后，队里的玩家们踩着溜冰鞋，一个比一个滑得快，一下子就把别的玩家们甩开了。

不一会儿，电锯怪人的嘶吼就听不到了，想来他们已经离开了对方的活动范围。

很幸运，这条小路暂时没有玩偶把守。

他们来到了一个商店前，商店里关着灯，大家心里都知道这里多半有问题，于是不约而同地选择绕着商店走。

商店的另一边，更是暗到连路都看不清。

恍惚间，所有人都感到有什么东西扫过头顶。

徐粟说话都有些结巴："这……这是什么东西？"

土门皱了皱眉，指尖结出一道灵力印记，朝着上方一照。

蓝色的亮光直射，照亮了他们头顶的那片阴影。

在那里，一个女玩偶的双腿被绳索吊在树上，她身体向下，乌黑的长发如瀑布般垂落，遮住了她的脸庞。

"别打别打，自己人自己人。"宗九招呼了一声，朝着上方挥挥手，熟练地从口袋里掏出一个音乐盒打开。

婉转的曲调在夜空中响起。

那些眼看着就要招呼到人脖子上的黑发立马一顿，如同倒长的野草般纷纷收回。

吊在树上的女玩偶立刻在半空中扭转身子，一下子站回树枝上，面对黑夜清了清嘶哑到不成样子的嗓子，开始跟着乐曲一展歌喉，再也不管树下站着的玩家。

刷着弹幕的观众们目瞪口呆。

……

就在宗九这一队朝着中央大转盘跑去的时候，另外几个组织的玩家队伍却出了岔子。

首先是圣麾下的一队。

众所周知，圣是个悲天悯人的"大善人"，平日最喜欢帮扶弱小。

没有表现出足够实力的低等级玩家往往难以找到组织，这次的活动如果任由他们自己组队，十有八九会全军覆没。圣当然不会对此坐视不管，他专程拨了些高等级玩家去帮助他们。

可帮忙归帮忙，即便是高等级玩家，在这个玩偶之夜，能在保住自己性命的同时顺便给新玩家带路，也不是件简单的事。

虽然有高等级玩家带路，有些低等级玩家在黑暗中还是一不小心跑散了。他们听到阴影里有银铃般的笑声传来，一个个吓得瑟瑟发抖。

没想到，走出来的是提着草莓篮子的小红帽。

看到小红帽，大家都松了一口气。

"哥哥们是迷路了吗？"小红帽歪了歪脑袋，可爱的小脸上露出甜美的笑容，"我可以帮忙带路哦。"

没有人看见远处亮着灯的小屋里堆着什么。

这个时候，包括宗九一队在内的几支队伍，有惊无险地穿越了黑暗丛林，站在了中央大转盘上。

中央大转盘上还有一个S级玩家——黑巫师，他遥遥朝宗九弯了弯嘴角。

被恶魔完全操纵的人可不在宗九拯救的范围里，他今天的目标只有一个——梵卓。其他的S级都被深度控制了，拉乌、黑巫师、圣，全都已经是恶魔深度操纵的傀儡，剩下的和他一个阵营的没被操纵的是暗、驱魔人、土门。还有一个冬，把他忽悠进组织，就是暗的任务。

所以，争取到梵卓对他们来说很重要，相当于五五开的局面变成四六开。

中央大转盘里的玩家们都比较沉默，很少有人说话。

黑巫师站在原地，掩藏在兜帽下的绿眼睛看向宗九。

宗九却只是淡淡地扫了他一眼，就像在看一个无关紧要的人。

夜空下的大转盘大门敞开，上边镀着一层微亮荧光，也昭示了其安全屋的"身份"。

"快快快，安全屋就在前面，胜利就在眼前，快点跑！"陆续有玩家跑过来。有些玩家背后带着迷踪诡影，还有的身后跟着穿病号服举着大斧头的黑影。

看着玩家跑进安全屋，这些玩偶只能阴沉地瞪了这边几眼，悻悻离去。

夜空下，尖叫声此起彼伏，偶尔还能听见各类特殊道具使用时发出的独特声响，如果有人从安全屋里往外看，能看到一会儿炸出一团烟花，一会儿冒出一张玩偶脸……

徐粟蹲下来揉了揉自己的肩膀，直接一屁股坐到大转盘上，拧开登山包里带着的一瓶运动饮料，给自己灌了一大口："也不知道下个安全屋会在哪儿，希望不要离这里太远。"

其他玩家当然也都这么想。

安全屋的时效只有五十分钟，五十分钟过后，他们还需要再等十分钟，才能知道下一个安全屋的位置。

好在主系统规定了玩偶不能站桩守门，要是这些玩偶全部守在安全屋门口，玩家们可就惨了。

宗九站在原地，看着远处。

他和暗分开行动，宗九和土门带一支队伍，驱魔人为了避嫌一人单干。按照计划，暗应该去找冬，宗九则应该带队找到梵卓，把他头上的傀儡丝给拔下来。

可现在问题来了，梵卓到底在哪里呢？

按理来说夜族应该也会选择一区作为切入点行动，可在门口的时候宗九愣是连他的影子都没能看到，未免有些奇怪。

正在宗九兀自沉思的时候，所有人脚底突然一震。

"怎么回事？！"土门差点来了个原地摔，好不容易抓住一旁的座位站稳。

像是回应他的问题，下方中央大转盘的启动室里传来一阵"丁零零"的摇铃声。

大家都在游乐园里玩了半个月，自然知道这个声音是什么意思。

"所有人赶紧扶好，这破转盘要启动了！"

"赶紧找位子坐上去，这个轮盘启动的时候可是能转九十度的啊！"

"安全屋还启动，有毛病吧！"

登时，骂骂咧咧的声音响彻夜空。

所有站在转盘上的玩家们都如同饿狼扑食般冲向大转盘外围那一圈的座位，迅速系好了安全带。

相比其他的大转盘，中央大转盘够大，转动起来没法像其他小一点的转盘那样在空中翻滚三百六十度，这恰恰成了玩家们的福音。这里座位不够，要是这个游乐设备真的在半空中来一个翻倒，玩家们不得被甩出去？

"找不到座位的找个东西抱着！扯着安全带也行！"宗九速度够快，扣好安全带后一把拉住了没来得及找到座位的徐粟，又转头指挥其他来不及做出反应的玩家。

旁边座位上的土门欲哭无泪："这个座位上的安全带坏了。"

都坐上了，自然没法再补救，宗九只能扶额道："抓紧！"

巨大的中央转盘启动了。

徐粟紧抓着宗九的座位，其他没能抢到位置的玩家也连忙各自抓住东西，试图把自己牢牢固定在上面。

转盘越升越高，一下子就到了最高点。

徐粟在空中眼冒金星，要不是有宗九扯住他的登山包背带，肯定会被甩出去。

土门用灵力把自己绑在座位上，倒是不需要其他人帮忙。

巫魔会的巫师成了最特别的存在，他掌中冒出一团黑雾，轻松地将他托到空中。其他的巫师没这么厉害，但也能借着黑雾把自己固定在转盘上。

有些来不及找到固定点的倒霉蛋则是直接被旋转的转盘一下子甩出了安全屋，不知道掉到哪个玩偶的活动范围中了。

等到转盘重新降落到地面停下时，不少玩家冲到一边开始呕吐，脸色一个比一个难看。

徐粟半天都回不过神来。等到他恢复过来，安全屋又要失效了。

土门招呼着小队成员，大家也顾不上刚刚在空中一阵翻腾的难受劲儿，绑溜冰鞋的绑溜冰鞋，踩滑板的踩滑板，做好准备。

"先别急，还有十分钟才公布新的安全屋，静观其变。"宗九从包里掏出一只手电，一只脚踩在滑板上，好整以暇地戴上一副透明挡风镜。

一分钟后，主系统宣布：【第一轮安全屋已失效。】

远处的黑暗中，有笑声响起。

就在所有人面露警惕、压低身体、准备冲出去的时候，那些笑声又刹那间消失了。

除了游乐园的南瓜音箱里依旧还在播放的音乐外，竟是连风吹叶落的声音也听不到了。

有点奇怪。

土门露出了凝重的表情。

有残破的织物于虚空中显现。

很快，玩家们就发现，那并非是垂下来的织物，而是一件宽大的、足有两人高的黑袍斗篷。黑袍飘浮在空中，下摆距离地面数尺，残破的布条随着身后的浓浓黑雾起伏翻滚，斗篷朝外敞开，从外边只能看到内里涌动的幽深黑雾，凑近了还能看到星星点点的黑色灰烬。

象征死亡的告死鸟从黑雾中探出头来，化为死神，手里拎着一把巨大的漆黑色镰刀。周围的植物在接触到黑雾的瞬间便毫无预兆地枯萎，衰败。

徐粟咽了口口水："这……这个出场，该……该不会就是主系统所说的那个无视活动范围的玩偶王吧？"

没有人说话，大家的心里都有了答案。

这些天游乐园里的玩偶大家都熟悉了，面前这个无视地心引力飘浮在半空中，出场效果如此惊人的玩偶，在场几大组织的手册和地图里都没有任何记录，是玩偶王的可能性有百分之九十。

"还愣着干什么，跑啊！"宗九一声令下，一蹬地面，踩着滑板率先飞快地冲了出去。

其他几个组织的玩家也吓得作鸟兽散。

宗九带着小队的人从这条街跑到另一条街，不需要回头就能听到袍角拂过地面的声音。

徐粟一边跑，一边气喘吁吁地开口："九哥，我怎么觉得，他好像在追我们！"

刚刚大转盘前有三四队玩家，散开后那个黑袍死神拎着镰刀径直朝宗九这队飞来，速度和那个电锯狂人相比不知快了多少。

跑过三条街后，土门咬咬牙："我们分开走！这个玩偶王多半是冲我来的！"

土门很有自知之明，他主要就是和灵体类打交道的，身上的灵力对于玩偶极具吸引力。他觉得，在第一个安全屋就遇到玩偶王，一定是自己的原因。

某种意义上来说，他认为是自己拖累了队友，并为此心怀愧疚。

于是土门说完这句话后也不等回答，脚下一拐，朝另一条岔路跑去。

跑出十几米后，土门回头一看——他的背后空无一人。

远远地，似乎有一声嗤笑从黑袍中传出，却被衣料摩擦声所掩盖，继续紧追宗九而去。

第二章

冲他来的

眼见土门忽然脱队，宗九还没来得及说什么，就看见举着大镰刀的"黑斗篷"裹挟着雾气直直地飞了过来，在岔路口毫不犹豫地选择了他这条路。

见状，观众纷纷表示震惊。

【这是什么情况，第一次看到有人这个时候放弃土门大佬，转头去追别人！】

【世界上竟然有比土门大佬还要倒霉的人！】

【所以……只有我一个人在思考魔术师是哪里惹了这位玩偶王吗？】

宗九这队的玩家们也是一个个丈二和尚摸不着头脑。

徐粟瞠目结舌："怎么回事啊，死神怎么就像锁定了我们一样？"

他们一口气跑了四条街，大家都有些累了，结果回头一看，那把巨大的镰刀就飘浮在他们背后不远处，黑雾翻卷，四周挂着的南瓜灯全部变成了幽蓝火焰，模糊了众人的视线。

"别说话了啊徐粟，快跑，要被追上了！"

另一个新玩家吓得一激灵，踩着滑板鞋笔直地往前冲去。

幸好他们这段时间每天苦练溜冰技术，不然这会儿真会被追上。

但是宗九感觉事情不对劲。

他和大家一样无法看清玩偶王的真面目，可他隐约觉得对方是冲他来的。

宗九实在不记得自己和玩偶王有过什么过节，但这并不妨碍他做出正确的决定。

他低声道："先分开走。"

"徐粟，你们拿好土门之前发给你们的道具卡牌，从旁边那条小道抄过去，跟他会合。"

跑了这么远，大家气喘吁吁不说，脸上也露出了疲色。再这么拖延下去，后果严重。

"那九哥你呢？"徐粟的第一反应，不是自己能不能完成宗九的指令，而是注意到宗九似乎不打算跟他们一起。

"怎么？担心我？"宗九哼笑一声，缓缓抽出一直揣在口袋里的手。

他手中凭空出现了几张银边的扑克牌，每张都闪烁着淡淡的光芒。

这些正是宗九在主系统那里花了大价钱制作的、能对玩偶造成特殊伤害的纸牌。

的确，自己一个C级玩家，竟然担心A级的宗九，实在显得没有必要。徐粟摸了摸鼻子，眼神有些暗淡。

但只是一瞬间，他又恢复了往日活力满满的模样。

涉及比赛的事情，徐粟一直都很拎得清。虽然他不知道为什么九哥要突然拆散队伍，但既然是九哥说的话，那他都会听，且不会多问。

"那九哥注意安全！我带他们先走！"

其他新玩家也对这个计划没有多少异议。说起来，其实土门才是小队长，宗九的主要目的毕竟是拔掉梵卓的傀儡丝，随时可能脱队，这点大家心里都清楚。

"嗯。"宗九点点头，轻飘飘撂下一句，"安全屋见。"

说来也怪，不知道是不是玩偶王附带王者气息的缘故，他们刚刚跑过了七彩游乐园整整一个区，都没看到一个别的玩偶。

可惜现在情况紧急，他们来不及多想。

十秒钟后，一队人在岔路口再度分开。

果不其然，宗九看到，卷着黑雾的死神再度选择了自己所在的岔路。

这条路张灯结彩，悬挂着琳琅满目的彩灯，树上荧光闪闪，叫人眼花缭乱。

宗九回过头，瞥见死神宽大的黑袍掠过，兜帽中幽深一片。他眯了眯眼，看了眼不远处的铁栏杆，用脚带着滑板轻巧地朝上一跃，滑板稳稳当当架在铁栏杆上，朝着楼梯下方飞速滑去。

与此同时，扑克牌带起的冷风呼啸而过，直直刺向了空中飘浮的袍子。

经过加持的扑克牌没入黑雾，发出一阵阵刺耳的灼烧声，竟然在那些黑雾的包围下燃烧起来，但随后被更加浓厚的雾气淹没，继而消弭。

一击未成，宗九并不气馁。

这毕竟是整个游乐园独一无二的玩偶王，要是真能这么轻松就被他解决，那也岂不是浪得虚名？

但不知道为什么，宗九总觉得这个玩偶王有种莫名的熟悉感。

特别是追赶他一个人的时候，他能感觉死神不紧不慢地飞在他背后，如同一个老到的猎人，玩弄着被他看中的猎物。

宗九拐进一条小道，顺手摸了下系统背包，抓住了星辰牌。

他倒是要看看，玩偶王一直穷追不舍的原因究竟是什么。

看着手上那张牌，他咬牙切齿。

与此同时，轻笑声在他耳后响起。

"我要抓到你咯，小魔术师。"

另一头，徐粟也遇到了一个大麻烦。

他带领几个新玩家想抄近路去找土门，没有了A级和S级庇护，几个新玩家一路上紧张得大气都不敢出。

这队新玩家都是当初在荒村副本时跟着宗九的第一批人，那批人有一些永远地留在了集体副本里，剩下的基本都和徐粟一样升到了C级，也算是新玩家中的佼佼者。

"奇怪，那个死神怎么就盯着九哥追？"

他们跑过岔路口，回头一看，发现宗九和死神都失去了踪影。

徐粟挠了挠头："我们赶紧先去找土门大佬吧，这里距离刚才绕路的地方才一个街区，别拖延了。"

此时，主系统终于公布了下一个安全屋的地址。

【第二个安全屋：中转屋。安全屋有效时限：五十分钟。】

"竟然是中转屋！"园区内玩家们齐齐高呼。

七彩游乐园里的中转屋不少，十一个区里八个区有，都有不同的主题。

一个正在狂奔的玩家看了眼地图，惊叫出声："我们距离海盗船中转屋竟然只有半条街的距离，要不要先去那里等土门大佬？"

徐粟瞥了一眼，果不其然，就在这个广场的边缘，巨大的残破海盗船正静默在海边，上方的旗帜破破烂烂，隐约能看出巨大的黑色骷髅头，船舱内还能看到灯火。

徐粟回头看了眼黑黢黢的路，又看了眼海盗船。

他举起手中的灵异照相机朝着海盗船拍了两张，洗出来的照片上只有一片深沉的黑暗，反倒是他们原先打算去的岔路的照片上有几片不祥的深绿色。

看着两张照片，徐粟一咬牙："行，我们先去安全屋。"

以土门的实力自然是不用担心他能不能到达安全屋的，反倒是他们自己，回头走不一定能找到土门，万一遭遇了玩偶，手上这些特殊道具够不够用都不好说。

也不知道是不是他们的运气好，一路横跨广场有惊无险。

徐粟带着新玩家们成功跑到了海盗船。

他们到的时候，船上已经有了另一队人——晋升为A级的许森带着一队玩家，站在海盗船的甲板上，一个个神色凝重。

"许……"

徐粟看到许森后，下意识想要伸出手去打招呼，却又像是想起了什么，收了声，停了手。

甲板上的人听到熟悉的声音，侧过头来。那一瞬间，他脸上的神情凝固了。

许森顾不上甲板上的情况，径直从高高的船上跳下，举起手中的巫术书飞快地翻着。

然而他的速度比不上从空中飞来的深棕色套索的速度。

只一瞬间，徐粟被套索缠住，拖走。

短短几秒钟的时间，徐粟就被勒得满面通红，抓着套索翻滚。他从口袋里掏出土门发给他们的卡牌，卡牌立刻开始燃烧，却依旧无济于事。

"徐粟！"许森焦急地大吼，完全顾不上自己之前说过在游乐园里绝对不会理徐粟的气话。他手中的巫术书无风自动，登时调动身后的黑海海水在空中化作十几道水箭，朝着绳索飞去。

在他身后，好几个组织的高级玩家都露出了讶异的神情。

不少人都知道，许森当初只是一个C等级资深玩家，按理说，在游戏中混了一段时间还是C级，要么就是心性差，要么就是运气不好。

但是，自从在A级盲盒里抽到那本中世纪很有名的黑巫术书后，许森就青云直上，一下子升到A级。期间不少大组织都对他表露过拉拢之意——例如专搞巫术的巫魔会——可惜全被他一一拒绝。

现在看来，许森这个A级的确是名副其实。

谁也没想到，水箭飞到半空的时候，黑暗中忽然又飞出一道绳索，准确无误地将那些水箭拦下，切割过绳索的水箭后继无力，在空中轰然散开，化作水珠落到地上。

许森闭上眼睛，骤然伸出另一只手，在巫术书上连连轻点。

没有了袖子的遮掩，大家都看到了他的左手那一截干枯焦黑的手指。

【这个新A级的手是怎么回事，有没有人知道？】

【这个手有点吓人啊，我想起巫魔会他们搞的黑巫术，好像的确有反噬的危险，但这个也实在是太危险了，都干了！】

【我知道我知道，之前这个许森是C级，他在上一个副本的表现挺出彩的。这个手是因为用了A级特殊道具里一个禁忌黑巫术，需要付出代价。不然你以为他为什么能拿到主系统的A级评价啊……】

【也是，原来是这样才升上A级的，也是不容易啊。】

徐粟也看到了这一幕，正在挣扎的他忽然停了下来，难以置信地瞪大了眼睛。

从集体副本回来后，许森就换上了一套宽松的衣服，刻意将袖子弄得很长。

自从许森升上A级后，他们都没有好好聊过天，更别说后来徐粟执意要参加万圣节活动，两个人便开始了冷战。

所以直到现在，徐粟才知道，许森的手竟然变成了这样，难怪这些天许森在他面前的时候总是遮遮掩掩。

可惜他也没时间说什么了，因为这片刻的松懈，绳索毫不留情地将他拖到那片深沉的黑暗中去，他见到的最后一幕，便是许森双目赤红的模样。

另一个新玩家哭丧着脸："咳咳咳，完了，我们估计是要交代在这里了。"

"我还这么年轻，就被拉到这个晦气地方，我还不想被淘汰啊。"

"早知道就不来参加这个万圣节活动了，还不如先去找土门大佬。"

大家都沮丧得很，试图说些什么来活跃一下气氛，可惜他们都被勒着脖子。虽然绳索没有继续用力，但任人鱼肉的恐惧依旧如影随形。

更别说下一秒，在他们头顶处还传来一阵响动。

他们看到了一张脸。

大家都是新玩家，能用的特殊道具本来就没几个，护身符在刚才都用过了。

徐粟想：完了，这一劫估计是逃不过了。

唯一有点遗憾的……果然还是……

他攥紧拳头，眼前闪过许森焦急的脸庞。他痛苦地闭上眼睛，等待着终结时刻的到来。

接下来的时间很漫长。

绳索没有拴紧脖颈，危险没有如预料那般降临。

五分钟过去了，玩家们都察觉到了不对劲。

所有人都睁开眼睛，却看到那只飘浮在半空中的女玩偶幽幽地开口。

"你们谁会讲故事？就是那个，王子和公主最后到底有没有在一起的故事。"

宗九抓着手里那张代表厄运的星辰牌，眼神危险。

谁也想不到，一个玩家有游戏指导师的身份，还兼职NPC，这就算了，现在又成了游乐园玩偶之夜的玩偶王？

这一愣神的工夫，死神与宗九之间的距离被大大缩短。

浓重的黑雾从兜帽口滚出，足有两人高的斗篷就像一座飘浮在半空的小山，投射下来的黑影有三个宗九那么大。

轻笑声在宗九的耳边响起。

死神似乎丝毫不介意宗九发现他的真实身份。

宗九冷笑一声，迅速在滑板上蹲下身体："主系统难道给阁下发三份工资不成？"

电光石火间，滑板在弯道上画出一道优美的弧线，迅速朝着另一边滑去。

一边跑，宗九一边在心里计算着时间。

七彩游乐园里有一列游园小火车，每半个小时发一趟车，环绕游乐园全部十一个区域，速度不比正常火车慢上多少。如果自己能趁恶魔不备跑到火车上，接下来的路就能稍微省心了。

宗九从高处跃下，轮胎在钢板上磨出阵阵耀眼的火花，恐怖的黑影在他的身后随行。

宗九看准时机，踩在滑板上的脚猛然发力，朝着铁轨旁一扑。

老式的绿皮火车周围有一圈圈钢索，宗九踩着钢索向车顶爬去。他的动作干脆利落，丝毫不拖泥带水，风掀起的衣摆在空中打转，他一跃带着滑板跳到了火车顶上。

别说是玩家了，不少区域的玩偶看到这一幕，也都发出了叫好声。

宗九他们已经在园区内跑了两三个小时，即便是到了火车上，宗九也没有得到太多的喘息时间。

现在整个园区的玩家，还有正在外面围观的玩家、直播间的玩家……所有人都知道宗九倒霉地被玩偶王盯上了，正在上演夺命狂奔。

饶是强化了体能的宗九，在这样高强度的跑动之下依旧有些吃不消。

人们纷纷忧心不已。

此时，主系统恰好宣布了第四个安全屋地点。

每轮安全屋公布的时候，宗九不是没尝试进去，可惜，恶魔就像故意戏弄他一样，总是不偏不倚地挡在路口。

宗九手中扑克牌连动，干脆朝着记忆中的方向而去。

为了进入那个红顶的房子，宗九甚至舍弃了滑板，这才险而又险地冲进了入口。

镜屋是一间巨大的、由镜面构成的房子，万千张镜子铺在四面八方，到处都是反射出的人影。

白色和黑色在这片区域追逐。

宗九从左边的镜面一闪而没，死神在右边砍裂一个镜面。

差不多是时候了。

宗九的指缝中闪出扑克牌，纸牌在空中划过，接着他就地一滚，转身打碎一面镜子，如同魔术一般，回到了自己刚刚进入镜屋的入口处。

镜屋里有好几条岔路，之前半个月的时间里，宗九实地探查过游乐园的每一个角落，自然知道这里有一条路正好可以回到入口。

宗九回过头去，看到镜面里漆黑一片，黑雾将一切都给遮蔽了。这让他有些心绪不宁。

很快，宗九就知道是为什么了。

他踏出出口，一头撞到了身披斗篷的死神。

"这么急着找我吗？"

电光石火间，宗九想通了一切。

刚刚在镜屋里，一开始他还能看到黑色斗篷出现在镜中，后来这些影像就被不断涌出的黑雾遮掩，所有镜面都被遮盖，什么都看不到。

但是，因为镰刀敲击镜子的声音一直持续着，宗九也就没有太过在意，只是依靠镜子碎裂的声音来辨别对方的位置。

这样也存在一个问题，那就是……

死神并不一定需要亲手操纵镰刀，他完全可以让镰刀自行飞出，去敲击其他位置的玻璃，声东击西。然后自己则守在入口，好整以暇地等待宗九自投罗网。

就像现在这样。

他的话语里带着充满恶意的惊讶："这么急着找我吗？"

宗九听到了熟悉的声音，但是不知道对方开启了什么权限，直播间的玩家们听不到他的话。

镰刀重新被黑雾托起，恭恭敬敬送回到死神的手中。

斗篷在原地停了几秒钟，再度向前。刚刚捕获了猎物的死神如同国王巡视自己的领地那样，朝着更深处的黑暗遁去，似乎心情极好。

远远围观的玩家们心都凉了："完了，魔术师这回估计真的是凶多吉少了。"

"这都被拖进斗篷里了，刚刚那黑雾你们都看到了吧，人要是沾上一点不就完蛋了？"

"赶紧走吧，一个A级玩家在玩偶王面前都没有一战之力，我们被盯上了岂不是……"

话都说到这份上，懂的人都懂。

大家都不敢说话了，纷纷继续去找安全屋了。

接下来的事情注定无人知晓，因为光线无法穿透黑雾，也无法穿透那件深沉如黑夜的巨大斗篷。

没有人看到死神锁着宗九的脖子。

死神的斗篷很大，足够在里面藏好几个人，并且环绕周围的黑雾也足够浓厚，不会让任何人发现宗九早已被挟持。

宗九也没挣扎——他手里还有没挑明的底牌——只是冷冷地发问："有何贵干？"

恶魔轻笑一声，漫不经心地扣着宗九的脖颈，将对方抓得更牢，操纵着斗篷朝前飞去，低沉的声音在狭窄密闭的空间响起。

"从上一个副本结束到现在，你依旧没有给我一个答案。"沙哑的声音将宗九环绕。

"明明钥匙早已送达，你却迟迟不来找我，真令我难过。"恶魔语气中带着遗憾，"为了避免我们最近风头正盛的大红人魔术师忘记这回事，我只好从百忙之中抽空亲自下场，以表诚意。"

钥匙指的是什么，两个人都心知肚明。

说到底，还是那个迟迟没能得到回应的邀请。

宗九心里已经有了盘算，但他绝对不可能现在就正面回答。

于是他避重就轻地冷哼一声："在游乐园里追赶我三个小时，这就是阁下所谓的诚意？"

冰冷的手套贴在宗九的脖颈后。

不知道是不是为了更好扮演死神，恶魔特地换了双新手套。

之前他的手套是白色的，而现在，他手上的是一双纯黑色的战术性半指皮手套。

"那么，你的答案呢？"恶魔暗金色的瞳孔闪烁着意味不明的光芒。

外面的玩家不知道斗篷里发生了什么，只知道这个玩偶王捉住宗九后似乎心情好了不少，就连斗篷扬起的弧度都要更高些，也没有要选定下一个目标进行追赶的意思。

斗篷里，宗九看起来四平八稳，即便被拎着在空中飞来飞去也毫不胆怯。

他沉默半晌，佯装思考，过了一会儿终于回答："那我答应了。"

翻涌的黑雾似乎因为他轻描淡写的回答静止了片刻。

恶魔的喉咙深处溢出低笑，笑声不乏恶意，更多的还是意料之中的愉悦。

"笑什么？"宗九淡定地反问，"你不就是想要一个答案吗？"

等到笑够了，恶魔才开口："小骗子。"他的语气难得温和，却又掩盖着不为人知的危险。

"你看，"宗九不为所动，反倒摊了摊手，"你想要一个答案，却又不愿意相信我的话，那这个答案对你来说显然没那么重要。"

虽然直接挑明这一点很冒险，但宗九实在是太了解恶魔了——作为合作者的刺激远远没有作为宿敌来得有趣。

而疯子也不需要合作，他需要的仅仅是对手而已。

所以，共犯会有被厌倦的一天，宿敌却一定不会。

恶魔眯起眼睛，并没有回答他的话。

反倒是宗九主动更进一步："不如这样，我们来打个赌吧。"

宗九被他控制得双腿离地太久，难受极了。

远处，主系统已经在宣布不知道第几个安全屋。所有的声音都不清楚，唯有斗篷在空中飘舞的声音忽远忽近。

没有玩偶敢来死神面前造次，这杜绝了宗九另想法子逃离的可能。

他只能自己想办法了，例如，先用口头上的争锋，把自己从这个极其尴尬的局面中解救出来。

果不其然，恶魔被勾起了兴趣："哦？"

"在万圣节活动结束前，我会给你一个答案。"宗九语速很快，语气平缓，"不一定满意，但应该是个惊喜。"

惊不惊喜，宗九不知道，但只要他能把梵卓头上的线拔下来，就是送给恶魔的最好礼物。

闻言，恶魔有些兴致缺缺："那样太没意思了。"

宗九心领神会："那你说打什么赌吧。"

"不如这样。"恶魔眼中露出几分兴趣，"如果你能完成最后一个小时的特殊通关任务……"

"赶在你的傀儡之前？"

"没错，赶在我的傀儡之前。"恶魔慢条斯理地伸出手指，难得升起些许跃跃欲试之感。

黑暗狭窄的空间里战意升腾："成交。"

徐粟觉得自己就像在做梦。

他和一群伙伴们莫名其妙被绳索吊到树上，绳索上方还出现了一个身穿白衣、头发披散的女玩偶，就在大家觉得自己大限将至之时，那个女玩偶竟然问他们会不会讲故事。

几个玩家僵硬地对视一眼。

徐粟不敢看她，只敢结结巴巴地说："会……会一点儿。"

那双黄白相交的眼珠转了一圈："就是那个……那个什么公主的故事，还有个喜欢照镜子的女玩偶。"

其他人无话可说。

不过这一下，玩家们搞清楚了面前的女玩偶想听的是什么故事：有一个喜欢照镜子的女玩偶，还有一个公主——原来是《白雪公主》啊。

"对对对，就是白雪公主！"

听到这个熟悉的名字，女玩偶尖笑着晃动双臂，黑发在空中一阵乱晃。

时间太过久远，她都忘得差不多了，就是留着一个执念，没想到今天竟然找到了答案。

女玩偶是一栋古代宅子里的异类，某日听到新住户讲了一个精彩至极的故事。她听得起劲，忍不住出声叫好，结果那人看到她后直接被吓跑了。于是她一直在心里惦记着这个故事，记了好多年，可惜后来进房子的人要么没听过这个故事，要么步了那位被吓跑的住户的后尘，于是她更加念念不忘。

她在半空中转了一圈，把套索抓起来套到另一节树枝上，爬到中央坐下，笑嘻嘻地等着他们开讲。

"那还愣着干什么，赶紧给我讲讲啊。"

不光玩家，直播间的观众们也有些困惑，徐粟一行人更是十分迷茫。

他们就那样坐在黑暗里，给女玩偶讲了几个小时的故事，从《白雪公主》到《灰姑娘》，再从《爱丽丝梦游仙境》到《海的女儿》，期间女玩偶一直狂擤鼻涕、泪眼汪汪。

讲了很久，估摸着要到万圣节活动结束的时间了，女玩偶才依依不舍地把他们放走。

"你们同伴真讨厌，一直在外面攻击我的绳索。算了，你们走吧，我今天听的故事比几百年加起来都多，也知足了。"说着，吊在空中的女玩偶伸了个懒腰，咧嘴笑着，"去吧，别打扰我睡美容觉。"

于是徐粟和那几个新玩家，一路带着做梦般不真实的错觉，脚步虚浮地离开了那片黑暗。

也不知道这位玩偶姐姐干了什么，直接把他们拖到了一个游乐设备的内部，一行人在黑暗中摸索了一会儿才找到离开的通道。

看到熟悉的夜空，大家面面相觑。

"我们活着出来了？"

"没错，不仅活着出来了，还达成了给女玩偶讲睡前故事的成就。"

"而且女玩偶还说自己要睡美容觉养好脸上的皮肤。"

静默了几秒钟后，所有人都忍不住蹲在地上捧腹大笑。

"哈哈哈哈哈哈！"

不仅是劫后余生的狂喜，更是因为这个女玩偶实在太讨喜了！

徐粟也在疯狂大笑，笑得眼泪都出来了。

他们丝毫不加掩饰的笑声终于吸引了一直在附近徘徊不愿离去的搜查小队的注意。

土门的追踪工具猛然发出光亮，他欢喜道："在这边！"

于是蹲在地上笑着的徐粟猛然被一个大力扯了起来，他刚激动地叫了一声"兄弟"，就被对方重重一拳打在胸口。这一拳看着很用力，但其实一点也不疼。

徐粟涨红了脸，正想调侃他，却发现神色冷硬的许森整个人都在颤抖。

他愣住了。

一时间没有人说话，就连一向巧舌如簧的徐粟也安静得像只鹌鹑。

直到半晌后，他才结结巴巴地开口："你，你干吗啊！我没事，那是个好玩偶，让我讲了两个故事就把我放走了。"

许森却不说话，沉默地盯着他。

看许森这个模样，徐粟也说不出什么了。

他叹了口气，忽然抓住了许森的左手，强硬地将那片袖子挽起，露出下面那一截焦黑干枯的手指。

亲眼得见，这一切要清晰得多，也触目惊心得多。

徐粟刚刚被冷风吹过的眼眶再度变得通红。

他颤抖着碰了碰这截手指，又像是怕弄痛对方般瑟缩了一下，抽了抽鼻子，这才轻声开口："疼吗？"

"不疼。"许森轻描淡写，绝口不提这截手指已经坏死，毫无触感。

两个人再度陷入沉默。

周围的玩家们纷纷交换了下眼神，各自在心里感慨着。

高等级玩家和低等级玩家是铁哥们的不是没有，但资深玩家和新玩家在一场比赛后关系就变得这么好的，还真是少见。

"对了！"见所有人都在看着他们，徐粟有些尴尬地转移话题，"九……九哥呢？"

这回接话的是土门："刚刚夜族在附近，他找过去了，不用担心，他人没事。"

不久前，宗九被玩偶王抓到的消息不胫而走，不过几个小时就传遍了整个七彩游乐园。这其中最担心的自然是九区小分队的人，本来他们已经商量好组队去找玩偶王，结果没想到，几个小时后宗九自己又冒出来了。

不仅如此，脚下还踩着新滑板。

不少人都看到了他脖颈上奇怪的勒痕，宗九皱了皱眉，不在意地摆摆手，问他们有没有看到梵卓。

好巧不巧，土门从岔路过来的时候，正好看到了远处的夜族队伍。梵卓一身黑金色正装，手中的刀映照出万圣节的火焰，面容冷酷如铁。他身后的夜族们也全都肃穆严酷，宛如一队战神。

得到这个信息后，宗九便匆匆离去。

现在距离万圣节活动结束还有一个多小时，最后一小时主系统才会宣布特殊通关任务的内容。

在此期间，宗九打算先去找到梵卓，把他头上的傀儡丝拔下来。反正早晚要和恶魔正面对抗的，没必要拖到最后。

好在宗九之前和恶魔达成了协议，所以解除恶魔对梵卓的控制进行得格外顺利，甚至不需要宗九亲自动手。

暗之前说过，只要被控制者意识到自己被操纵，或是了解恶魔的能力，傀儡丝会自动脱落。梵卓是夜族的首领，早就对恶魔的能力有所知晓，做了防备，没想到还是被钻了空子。好在他只被植入了一根傀儡丝，所以在宗九告诉了梵卓这个情况后，恶魔的操纵对他就会失效。

梵卓恍惚了一瞬，在解除控制后恢复了正常。他郑重地向宗九道谢，敛下了心里的怀疑：被控制了不重要，重要的是恶魔是如何避开他的防备，成功地将傀儡丝扎了进来。

他犹豫了一会儿，还是没有将自己尚未验证的猜测说出来。

因为宗九朝他摇了摇头。

现在直播间还开着，到处都是耳目，就算直播间观众和比赛中的玩家无法沟通，但讨论这种问题还是有些不妥，不然宗九方才告知梵卓的时候也不会说得格外隐晦。

此时，时间终于来到了最后一个小时。

五点，漆黑的天空也隐约有了光亮。

【五分钟后，解除所有玩偶活动范围限制。】

这条系统公告一出来，所有玩家都忍不住痛骂。

解除限制，意味着所有玩偶都可以像玩偶王那样追着玩家到处跑。

【最后一轮安全屋公布：旋转木马。】

整个游乐园，只有一区城堡旁边有一座三层旋转木马，这意味着其他区的玩家都得在这之前赶到一区。

最后，主系统公布了万众瞩目的特殊通关任务。

【特殊通关任务公布：在闭园前，站在整个游乐园最高处即可完成任务，得到S级盲盒抽取奖励。】

第三章

重重疑点

公布了最后一个小时的安全屋后，玩家们都马不停蹄地从园区的不同地点赶往旋转木马的所在地。

这可不是一件简单的事，所有万圣节玩偶的活动范围都被取消了，玩偶们都陷入了疯狂。

经历了整整九个小时的逃亡，玩家们个个疲惫不堪。

不停地换安全屋，躲避玩偶的追赶，艰难地在游乐园里寻找正确的路径……其中任何一个环节出现问题，都可能会和玩偶正面相遇，像徐粟那样遇到好玩偶的情况不多，大多数人要么成为小红帽甜美笑容下的败兵，要么被电锯怪人阻拦了去路。

在这种身体与心理都紧张到极致的情况下，突然得知终于到最后一个小时了，大家心中又充满了希望。

到最后半小时，五千多个人里只有两千人留在了游乐园，其中A级以上的差不多有两百人，要不是S级盲盒的诱惑力太大，恐怕不会有这么多玩家前赴后继地以身试险。

不少低等级玩家在听到特殊通关任务后都跃跃欲试，原本他们以为这个任务会与玩偶王有关，可没想到，听起来竟然这么简单。

当然，也有头脑清醒的玩家对这些想要冒险同高等级同场竞技的同伴出言劝阻。

对此，直播间观众们反倒看得更清楚些。

【主系统一直都是这样，任务听起来越简单，实际上实施起来就越困难。】

【确实，这些低等级的新玩家还是太天真了。对他们来说简单，对那些A级、S级的大佬来说岂不是勾勾手指就能办到？没有竞争力就没必要妄想这个特殊任务了，普通通关也有A级盲盒呢，贪多嚼不烂。】

【确实，这回的奖励是S级盲盒，不少A级都坐不住了。现在玩家比赛也过半了，接下来就是竞争那一百个名额了，万一真有低等级开出个S级道具，损害的可是高等级玩家的利益。】

【唉，也没必要泼冷水吧，都是自己的选择，要么灭亡要么爆发，这不是一个道理？】

宗九站在原地，抬眸看着远处。

梵卓也同样眉心紧锁。

他们都打算去挑战那个特殊通关任务。

"其他的事情等回玩家宿舍再说。"宗九冲他点了点头。

"好。"梵卓点了点头，与宗九就此分道扬镳。

确实，现在并不适合进行过多的商谈。再加上梵卓并非孤身一人，作为领导者，他背后还有夜族，三言两语间无法取得全族的同意。

宗九却哪里也没去，他拎着滑板在原地转了转，目光微沉。

其他的无所谓，但既然和恶魔打了赌，他就必定不能让自己处于劣势。

只是这个通关任务可谓疑点重重。

任务要求在闭园前站到园区内最高的位置，听起来虽然很简单，但实施起来却需要再三思量。

首先，七彩游乐园的最高点在哪儿？

所有人第一反应都看向一区中央那座有着象牙色外墙的古典城堡。

城堡最高的地方，是侧面的尖塔。

尖塔内有一圈环绕向上直到最高处的旋转楼梯，楼梯尽头连着塔壁上的一扇门，从那里能够看到塔顶的灯火。

不少玩家已经进入城堡，向尖塔冲去。然而他们不知道，城堡里也有等待着他们的恶灵玩偶。

"不，不可能是那里，游乐园里还有比城堡尖塔更高的地方。"

有的玩家跑到了水上乐园的海神馆，那里有海神的雕像，一旁的高塔连着水上滑梯。

还有的玩家跑去了海边悬崖的蹦极基地。

可是，这几个地点相隔甚远，没法直接比较到底哪个更高。

还有的玩家则是另辟蹊径。

"等等，主系统只说了要到最高点，又没说是怎么个状态的最高点。"

围观众人恍然大悟。

【对啊，主系统也没说是什么最高点啊！】

【我就知道，这个特殊通关任务不会这么简单的，主系统果然有后招。】

有人想到了跳楼机和摩天轮。

摩天轮就在城堡旁边，当摩天轮的吊篮升到最高点的时候，可以看出正好比城堡尖塔高出一线。

三区的跳楼机，距离一区有段距离，但有人曾在规则手册看过跳楼机的宣传语："……在跳楼机的顶端，全七彩游乐园最高的地方，整个园区的景色将一览无余。"

林国兴就记得这句话，于是他急匆匆带人赶到了跳楼机这里。

但是，大家都注意到一个问题。

跳楼机和摩天轮的最高点，的确比城堡和水上乐园之类的高层建筑高上那么一点，但它们并非固定地点。例如摩天轮，转一圈将近一个小时，谁能保证机器停止的时候，自己所在的那个吊篮刚好在最高点？

跳楼机也同理。

但是林国兴心里十分笃定，跳楼机最高点一定比摩天轮高，不然主系统不会故意在游戏规则手册里提到这点。所以他坚定地往跳楼机那里赶去。

但是，该怎么把摩天轮和跳楼机固定住呢？

等林国兴来到跳楼机这里时，他找到了问题的答案。

他看到跳楼机的最高处有一道人影，那是悲天悯人的圣，白金色的长袍下摆在冷风中猎猎作响。

圣所在的地方并非是跳楼机的座位，而是跳楼机座椅后面的连接杆的顶端，那里非常狭小，光是看着都让人头皮发麻。

"走吧林兄，我们怎么都给忘了，这里还有一个持有特殊飞行道具的玩家。"林国兴的身后，另一位玩家唏嘘不已。

圣是个好人，要是看到有人落难，他会出手相救，但他也是个S级，还是一方组织的首领，做事很明显会有更多考量。而且，因为这个性格，虽然他的战斗能力不强，但也拥有一批实力超群且忠心耿耿的部下。

林国兴看着圣的影子，知道自己没戏了，他重重地叹了一口气，这才道："走吧，兄弟们，回去了。"

与此同时，另一旁的摩天轮竞争更加精彩。

为了保证立于更高处，不少玩家在进了摩天轮的吊舱后，又爬到了外面的舱顶，等下一个吊舱来到最高处，就从自己所在的地方跳到下一个吊舱上，保证自己永远站在最高点。

此刻，摩天轮上也有两个S级在大打出手，那是拉乌和驱魔人。

驱魔人得知拉乌被操纵后，内心将信将疑，于是就有了这一场在摩天轮顶端的对决。

他们踩着吊篮，在空中你来我往，战况激烈得让想要去摩天轮上试试的玩家们下来后就没敢再上去。

至于宗九，上述所有地点他都没去。

他踩着滑板，径直向海边的港口滑去。

主系统当然想到会有玩家乘坐热气球飘在空中来躲避玩偶追逐，所以它提前宣布了玩偶的活动范围并不仅是地面，也包括空中。

这就意味着，就算有人从空中飘过哪个玩偶的活动范围，玩偶还是可以无视物理距离，到空中去追玩家。并且热气球的活动范围只有一个竹筐大小，跑到空中也没地方躲避，要是被玩偶抓住就惨了，所以不会有玩家傻傻地去尝试这样做。

但现在不同。

主系统的要求是站到最高点，有什么地方比在空中的热气球还高呢？

不少人都想到了这一点，于是在宗九赶往码头的过程中，也有很多人在往码头赶。还有一些人从码头离开，脸上带着遗憾的表情。

等宗九赶到港口的时候，暗早已等在灯塔上了。

暗神色凝重，朝着他摇了摇头："所有的热气球全部都已经升空了。"

"在半个小时前，特殊通关任务还没有发布的时候，这些热气球就已经都升空了。"他指向远处的天空。

那里有几个热气球飘在空中，可奇怪的是，每一个热气球上面都空无一人。

不，不能说是空无一人。

半空中，黑巫师正双手涌出黑雾，借用黑巫术的力量将自己托起来，朝着其中一个热气球飞去。

这一手早在第一轮大转盘的时候黑巫师就使用过，现在大家虽然意外，也只是感慨这个任务果然是为S级准备的。

宗九看着半空咬牙切齿，拳头捏得嘎吱响。

要说这不是恶魔的手笔谁会相信，这些热气球怎么会这么巧全部被放走了？

这一招杜绝了其他人搭乘热气球的可能，所有人的路都被切断了。

正在宗九想要问问暗有什么办法的时候，身后忽然传来一声欢快的高呼。

暗清冷的眼底浮起一丝淡淡的无奈，朝着他身后抬了抬下颌，示意宗九自己去看。

"为了防止世界被破坏！为了守护世界的和平！"

"如果你有麻烦想要求助的话——"

"那当然是寻找我们！小丑！"

"疯帽子！"

"我们是可爱又迷人的反派角色！你最忠实的伙伴！"

脸上糊着油彩、将各种颜色全部穿在身上的行为艺术二人组站在宗九的身后。

他们一个脱下礼帽，一个摘下假发套，脸上挂着真诚的笑容，朝宗九鞠躬行礼。

"亲爱的魔术师先生，乐意为您效劳！"

宗九哑口无言。

他看了眼同样欲言又止的暗，两个人都是丈二和尚摸不着头脑。

小丑并不算是个好玩偶，但是对愿意和他做朋友的人，小丑还是很和善的，至少对疯帽子和宗九都还不错。在遇上了疯帽子这个同样疯疯癫癫的好伙伴后，小丑的精神分裂似乎得到了有效的遏制，没有之前那么严重了。

"噢！等等，小丑、疯帽子和魔术师，这可真是一个不错的组合！"疯帽子忽然像是意识到了什么，兴奋地大喊起来。

"没错，这可真是一个不错的组合。"小丑鼓掌叫好，如同变魔术般从身后掏出一大串气球，"当当当当！我们将魔术师缺少的道具带来了！"

疯帽子在他身后哼唱着一段好戏开场的序曲。

宗九看着那满满一大串、几乎要抓不住的气球，心里难得地升起了一点不太好的预感，这个预感在疯帽子笑嘻嘻地递出了自己的礼帽后，达到了顶峰。

"不要慌张，不要慌张。"

疯帽子的帽子本来就比普通的帽子大不少，还是用厚重的动物皮毛做的，结实得很，边缘缀着一串挂钩。

宗九注意到，这些挂钩之前似乎并不存在。

小丑蹲下来，把气球的线一圈一圈缠在了挂钩上。

很快，一顶绑着气球的帽子就制成了。

小丑小心翼翼地松手，确认了气球线没有要脱落的迹象后，得意扬扬地和宗九分享他们的最新成果。

"看，道具准备完成！魔术可以开场了！"

除了二人组以外，所有人的表情都是如出一辙的麻木。

但事实上，一言难尽的表情只在暗的脸上出现了短短一瞬，随后，他眯起眼睛，开始思考使用这个简陋道具上天的可能性。

虽然小丑和疯帽子看上去很不靠谱，但对于暗来说，他们两个却是可以利用的变量，或许能够得到意想不到的效果。

思考过后，暗竟然越想越觉得合理，朝宗九点头道："试试？"

宗九看着面前被疯帽子和小丑按在地上的气球帽。

帽子是深棕色的，两边钩挂着一大串气球充当扶手，前面还十分体贴地空出了一块。

小丑正在介绍他和疯帽子强强联手的新发明，神采飞扬，眉飞色舞："瞧啊，这艳丽的色泽，帽子的尺寸也是刚刚好，正好能让一个人坐在上面。"

疯帽子接着补充道："没错，对魔术师来说简直是绝佳的空中表演道具！哦，不必怀疑我们的手艺，绝对结实，不会有问题的！"

这么说才更让人放心不下啊！

他们两个说完，齐齐望向宗九，眼睛里充满了期待。

"所以——快坐上来试试吧！"

宗九静默了一瞬，在暗鼓励的眼神下，迈步走向这个新鲜"出炉"的飞行工具。

试试就试试。

另一边的摩天轮上，驱魔人和拉乌依然打得不可开交。

驱魔人平日里就是四平八稳的"端水"大师，谁都不得罪，虽然风评一向不错，但也少有能交心的朋友。拉乌是他难得的老友，只不过拉乌在诅咒小队，平日里不可能像普通小队那样频繁一起下副本出任务。

知道拉乌很有可能被控制后，驱魔人一方面痛心疾首，同时也是半信半疑——毕竟这个消息是暗告诉自己的。

众所周知，暗的信用度本就岌岌可危，谁也不能肯定他说的是真是假。

驱魔人做事向来不拐弯抹角，既然怀疑，那就找个地方动手试探一下，自然就能确定了。经过一番交手，他意识到，拉乌的确如同暗所说的是被恶魔控制了。

远处围观的玩家们却十分好奇，不明为什么关系一贯要好的两个人会突然动起手来，动手的原因还在其次，大家更关心的是特殊通关任务的奖励，最终会被哪位S级收入囊中：是想在最后一秒站到最高点的驱魔人或拉乌，还是跳楼机顶处的圣，或者是通过控制水的能力将自己直接送到水上乐园海神馆塔顶的冬……

随着越来越多的玩家赶往旋转木马，旋转木马旁边也蹲守了数量可观的玩偶，连林国兴这种A级玩家想从外面进来都花了一番力气，更别说其他人，被外围的玩偶抓走的玩家可谓不计其数。

就在大家边等待边聊天的时候，忽然有人惊疑不定地开口："等等，你们看天上……那是什么？"

"不就是热气球吗？"有去过港口的玩家回答，"我们去看过，热气球早就被放到天上了，里面没有人。"

"啊？热气球上有人啊。"

这句话吸引了众人的注意，他们看到，热气球上突然多出来了一个人。

身着斗篷的巫师站在吊篮边缘，黑发飘扬，面庞苍白。

天将破晓，夜色中逐渐透露出浅淡的白，让这一幕更加清晰地映入众人眼帘。

"热气球不是全被人放飞了吗，怎么又有人？"

"我的天，那不是黑巫师大佬吗，他怎么上去的？！"

"热气球这么高，他难不成是飞上去的？"

林国兴睁大了眼睛，愣愣地说："……可能，的确是飞上去的。"

"就像，那样。"

一个奇怪的东西渐渐越过树梢，出现在所有人眼前。

那是一个由两串气球吊着的深棕色的帽子。

因为气球实在太多，帽子慢悠悠地平稳升空，朝着更高处而去。虽然看起来很简陋，但这个帽子在空中却意外地平稳，丝毫不受乱流影响。

真正让大家惊讶的并不是这顶帽子，而是上面坐着的人。

那人端坐在帽子上，两只手抓着气球，指缝里夹着纸牌，长长的白发在身后飞扬，他昂起头，眼中满是挑衅，注视着高处的黑巫师。

所有人都难以置信地揉了揉眼睛。

"开玩笑吧，一顶帽子绑上气球就能起飞，真不愧是魔术师啊！"

就在几分钟之前，宗九心情沉重地走向了这顶帽子，在他身后是满眼期待的小丑和疯帽子，还有眼神充满鼓励的暗，这一切一瞬间竟然让宗九产生了啼笑皆非的荒谬感。

"等等，等等，我忘了件事！"就在宗九牙一咬心一横，打算一鼓作气在帽子上坐下的时候，小丑忽然像是想起什么似的，拍了拍自己的头。

他像是变魔术般拿出一张薄薄的卡片递了过去，神情充满期待。

"我在这个副本世界哦，欢迎来找我玩，"小丑涂着猩红色油彩的嘴有些不好意思地弯起，涂满白色油彩的脸露出一个诡异的笑容，与之截然不同的，是他小心翼翼的、生怕被拒绝的语调，"当然……也可以用这张卡片找我玩！"

"噢，没错。还有我，这是我的副本门牌号。"疯帽子也挠了挠头，随着递过来一张一模一样的名片，"这里一年四季都在举办茶话会，我很愿意带你品尝我特制的鸡尾酒。"

名片上，小丑头像和疯帽子头像一齐朝着他咧嘴大笑。

不得不说，看起来比本尊要可爱得多。

与此同时，宗九也收到了主系统的温馨提示。

【恭喜玩家宗九获得B级道具×2：小丑与疯帽子的友情名片。】

【道具用途：上面记载了两位NPC的副本世界编号，只会交付给他们发自内心认同的朋友。玩家可以使用该名片将两位NPC召唤到当前副本，限时三十分钟。】

【道具注意：如果不是和名片主人关系十分友好的话，建议不要随意进行尝试，因为该道具只有召唤用途，不保证召唤出来的NPC乖乖帮忙还是在下一刻打断使用者的肋骨，特此注明。】

好家伙，这可是个好东西。

宗九十分淡定地接过名片："知道了，有好玩的事情会叫你们来玩的。"

见宗九收下名片，两个人在原地笑着击掌起舞，其中还夹杂着"小丑也有朋友啦""疯帽子的茶话会邀请函终于发出去了"之类的笑语。

小丑和疯帽子认为的好玩，在某种程度上和宗九觉得的"有趣"等同，在这个话题上他们有着非同一般的一致性。对宗九来说，这下等于直接多了两个帮手，何乐而不为呢？

疯癫二人组带来的惊喜还远远不止这些。

宗九有些拘谨地在帽子上坐好，或许是因为过于纤瘦，宗九整个人都陷了进去，从外面只能看到他的头发和在外边垂下来的小腿，他几次试图调整成一个舒服的姿势，都失败了。

"这并不是什么难事，等你熟悉了它，就能站在上面了。"小丑不在意地摆摆手，作势要松开按着帽檐的手，"准备好了吗，要松手了哦！"

现在距离闭园只有不到二十分钟了，暗朝他打了个手势，让宗九抓紧时间，不要耽误。

于是宗九点了点头，一副视死如归的模样。

下一秒，他就在小丑和疯帽子的叫好声里，被气球拖着带上了天。

可能是气球绑得有点多，几乎是小丑松手的瞬间，帽子就迫不及待飞到了好几米高的地方，简直能和热气球升天的速度相媲美。

【恭喜玩家宗九获得D级道具：疯帽子气球。】

【道具用途：除了能够飞行以外没有其他的用途，好在它由两位能工巧匠制造，因此被赋予了不同的能力，例如操纵方向和飞得更高。】

【道具注意：它只能上升不能下降，除非一个一个剪掉气球线，但如果这么做的话有造成道具失效的可能，敬请注意。】

不论是名片还是帽子气球都是可以重复使用的系统道具，虽然不具备攻击力，但宗九还是很满意。他有预感，这两个道具可能会在未来带给他意想不到的惊喜。

宗九稳定心态，关注气球帽子的转向，控制着自己的飞行方向。

老实说，就算主系统盖章认证这是个飞行道具，但真坐到上面，还是会产生一种荒谬感。

弹幕里一片兴奋。

【我好想以魔术师的视角看看天上到底是什么样啊！】

【我也想！自从魔术师被玩偶王抓了又莫名其妙放走后我就进不了他的直播间了。】

【咳，谁又不是呢，我现在蹲在暗大佬的个人直播间。】

【切到圣的直播间可以看得更清楚，因为圣站得也很高！】

【多谢多谢，这就去！】

……

很快，宗九就飘到了高空。

他看到，远处大海连接着沙滩，海面上有浮动的光球沉沉浮浮，天空与海面交界的地方太阳即将升起，鱼肚白将晦暗的夜空驱散，下方露出一线红霞。

宗九抬起头。

更高些的地方，黑巫师正站在热气球吊篮上。在他身旁，另一位浑身笼罩在阴影里的男人正懒洋洋地搭在吊篮的边缘，歪着头笑眯眯地看他。

宗九立即警惕，捏紧了手中的扑克牌。

按照任务的内容，宗九需要到热气球上去，因为帽子气球并不在七彩游乐园游乐设备这个范围内，而且这个飞行装置太过简陋，如果恶魔动了坏心思，操纵着傀儡丝把他的气球线割断，那后果可是不堪设想。

不过自己的扑克牌也不是好惹的，况且他还能看得见傀儡丝的轨迹，真要动起手来，也并不是完全处于下风。

然而，恶魔看上去并没有要动手的意思。

他一直保持笑容，看着宗九乘着帽子气球越来越近，还十分悠闲地和他打了个招呼。

"早上好啊。"

宗九沉默不语。

见宗九不说话，恶魔干脆地伸出手去，眼眸含着戏谑之意："很荣幸为您效劳。"

宗九眯了眯眼，毫不避让，径直握了上去。

下一刻，他抓着恶魔的手一用力，脚钩住吊篮，朝着吊篮内跳去，扑克牌飞出，膝盖屈起毫不留情地向恶魔撞去。

恶魔退后两步，不疾不徐地伸出手指，抵住宗九撞上来的膝盖，轻而易举中止了他的动作。

"真令人难过。"恶魔露出一个假惺惺的笑容，"这么快就要进入正题了吗？"

宗九不说话，下手越发凌厉，招招致命。

此时，主系统正在进行播报。

【距离闭园时间还有五分钟，请玩家们注意合理安排时间。】

他们两个出招的速度都很快，令狭窄的吊篮摇晃不已。

黑巫师沉默着站在一旁，安静得如同不存在一般。

恶魔居然没有操纵着黑巫师一起对付自己！宗九心里有点惊讶，但即使是这样，自己也和恶魔斗得格外艰难。恶魔似乎并不打算和他正面过招，反倒像是戏弄着猎物的猎手，令人火大。

宗九手腕抬起，准确无误地将扑克牌甩出去。

最后三分钟。

宗九心里早已有了盘算，面上依旧不动声色，脚下不着痕迹地朝一脸漠然地站在一旁的黑巫师挪去。

最后一分钟。

宗九一个滑铲，险而又险地避过一道贴着鼻尖刺过来的傀儡丝，瞳孔中有几道流光飞速交错。在他身下的暗影里，恶魔的低笑声从他耳侧掠过。冰冷的手从吊篮的阴影里伸出。

紧接着，恶魔从阴影里出现，反客为主，傀儡丝将宗九双手束起。而宗九手中最后一张扑克牌也顺势飞出，刺向热气球吊篮四角碗口粗的绳索。

"嘎吱——"绳子应声而断。

吊篮开始不受控制地向黑巫师所在的一角倾斜，宗九所在的位置成了吊篮的最高点。

这些都发生在电光石火之间，还没等人反应过来，一切就已尘埃落定。

主系统宣布最后的胜利者。

【特殊通关任务已完成，获胜者：A级玩家宗九。】

【特殊活动万圣节玩偶之夜已结束，感谢所有玩家的参与，通关奖励将随后下发至参与者背包内，敬请查收。】

在机械音消失的瞬间，千万支烟花在城堡上空绽放，将整个天空照亮。

红日从海平面冉冉升起。

宗九被重重地按到吊篮底部，浓厚的阴影笼罩着他。

他昂起头，迎着恶魔阴晴不定的神色，露出一个极其嘲讽的笑容："我赢了。"绽放的烟花将不同的色彩映到宗九的脸上，道道光影如梦似幻。

恶魔垂头盯着宗九，眼神危险，拳头紧握，血液沸腾。

他们的眼睛里有着相同的冰冷，相同的玩世不恭，也有着相同的战意，和同样的棋逢对手的光芒。

恶魔感到，那种感觉又来了。

暗火从冰冷的金色瞳孔中烧起，晕成一团浓重到看不清内里的墨色。

宗九皱了皱眉，下意识想要一脚踢过去。

然而他刚一动就被对方牢牢按住，无法挣脱。

"你的确赢了。"恶魔声音低哑，漫不经心的语气中透着危险，"但是从恶魔手里夺取东西……是需要付出代价的。"

宗九的眼睛蓦然睁大。

下一刻，他的脖颈上骤然出现一道浅浅的伤口，像是烙印，也像标记。

恶魔似笑非笑："多谢。"

游乐园的上空，烟花仍在不知疲倦地绽放。

斑斓的烟花把色彩全部揉作一团，在夜幕下狠狠纠缠。

万圣节玩偶之夜终于在万众瞩目中结束了。

参与的玩家一共有两千多，最后剩下的虽然不到二分之一，但数量也相当可观。除了全体S级和A级，大部分B级也参加了，还有跟组织一起行动的C等级资深玩家和少数新玩家。

这么多人拿到了奖励，让没敢参与这次活动的玩家们羡慕不已，但是没办法，有付出才有回报。

接下来就是几家欢喜几家愁。

毕竟是盲盒，开出来的东西都是随机的，有可能开到生存点数，也有可能是各种奇奇怪怪的奖励，例如，提升一个等级，这个宗九曾经就抽到过；获得高等级玩家宿舍永久使用权，一般抽出这个奖励的宿舍配置都向S级看齐；永久免费治疗权，每次从副本世界回来后不需要再交付五百生存点数……可谓五花八门。

当然，奇奇怪怪的奖励占比并不大，最大的可能还是抽到生存点数，接下来就是低一个等级的奖励，最难抽出来的就是同等级道具奖励，例如，A级盲盒抽出一个B级道具的可能性很大，想要抽出同为A等级的道具的可能性就很小了。

于是在盲盒奖励发放后，有的人欣喜若狂，一飞冲天；也有的人运气一般，但聊胜于无；还有人捶胸顿足，气到倒地。

像公认的运气垫底的土门，这回抽出来的又是一个不亚于恶魔豪华间的宿舍的永久使用权。

好在他是S级，不仅心态好，家底也够丰厚，对这个盲盒没有多少期待之情，只是苦哈哈地说："我已经升过一次房了，再升一次，恐怕主系统得给我在整个玩家宿舍的顶端再加盖一层。"

这些都是次要的，重要的是，他们要对未来事情的发展走向进行一番商讨。

驱魔人确定了拉乌被控制的事实，梵卓也解除了一重控制。宗九用星辰牌确定了如今的九位S级里有三位已经救不回来了，其中还不包括恶魔本人。在万圣节活动过后，又传来噩耗，据说有迹象显示，又有S级被控制了。

于是，没有被控制的S级玩家需要进行一次会谈，所有参与的S级都准时来到顶层酒吧的静室。

现在还是早上七点，却没有一个人耽搁时间。

之前并不是所有S级都知晓恶魔的能力，知道的只有少部分人，例如梵卓和暗。其中暗知道得最为齐全，梵卓则是只知道部分而已。

连公认的第一组织夜族首领都如此，更别说驱魔人和土门这样的自由人了。虽说不加入组织比较自由，但在情报工作上到底还是比有组织的玩家差了一大截。

暗到静室的时候，里面已经有三位S级了，只有宗九没有到场。

看到他进来，梵卓眸光微沉，直接切入话题。

"恶魔的能力是否增强过？"

"是。"暗回答得十分干脆。

闻言，驱魔人和土门皆是眉心紧锁。

能力竟然还能增强，简直太可怕了。

一般来说，能力者的能力，在获得的那一刻就不会再发生改变，比如梵卓的夜族血统无法改换或者提纯，冬的控水能力也无法再提升，这是因为他们失去了提升的途径。

在此之前，恶魔的确也有展露过他以傀儡丝控制傀儡的能力，但绝对没有达到如此逆天的地步，拉乌、黑巫师和圣，竟然会完全被恶魔控制，这可以说是十分不可思议的事了。

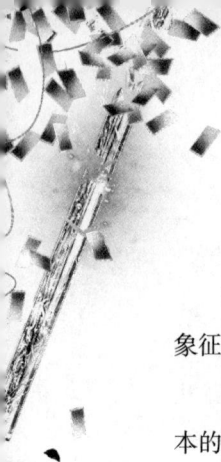

"增强也不是这么增强的吧，难道就没有破绽不成？这可是四个S级啊！"

S级的能力毋庸置疑，能够成为数万人里最顶尖的人物，本身就是实力的象征，这么轻而易举就被完全控制，太不可思议了。

在其他人的注视下，暗淡淡地说道："他和主系统做了交易，补全了他原本的漏洞。"

例如，恶魔控制的人数曾经是有限制的；再比如，原本恶魔的傀儡丝，可不是仅靠接触就能扎入……但是在和主系统交易后，这些限制似乎荡然无存。

驱魔人的眉头已经拧成了"川"字："那个交易的内容是什么？"

暗犹豫着摇了摇头："不清楚，但从目前来看，他是要控制所有的S级。"

……那么，恶魔的最终目的昭然若揭。

土门皱眉："万能许愿券？"

万能许愿券是主系统许诺给最终获胜者的奖励，而现在，主系统的合作者却要夺取这个万能许愿券。

在场几人都感觉到一股不同寻常的、风雨欲来的气息。

"那魔术师呢？"一直沉默的梵卓再度开口，"他在其中扮演了怎样的角色？"

"预言，古大师的预言。我是古大师的弟子。"暗看向自己交叉的双手，"他是预言中的那个人。"

室内一片死寂。

古大师的预言在场几人自然听说过，只是大家都没想到居然确有其事，而此刻自曝身份的这个背景成谜的人，竟然是古大师的弟子。

这一切出乎所有人的意料。

除了梵卓。

他想起在第一工厂副本里，宗九曾经询问过他古大师和他的预言，心下了然。

过了许久，驱魔人才斟酌着开口："大致情况我们已经了解了，既然平衡已经被打破，我们自然不会坐以待毙。"

他的言下之意，暗心知肚明。

但是这对暗没有什么影响，他十分淡定地抚了抚衣襟："怎么证明是他的事，是否决定相信或者帮忙是你们的事，一切与我无关。"

众人在此陷入了沉默。

这时，宗九走了进来。

他的脸色不太好看，不仅衣服有些凌乱，还松松垮垮地围着一条围巾，看起来十分怪异。但是此刻室内几个人没人注意到这一点。

宗九迎着四位S级的视线，停顿片刻，开口说："冬被控制了。"

见众人神色未变，宗九继续往下说："我向恶魔宣战了。"

这自然是指一小时前天上的那场对决。宗九虽然赢了，却被恶魔在脖子上留下了一道划痕，而且还不能让主系统直接一键恢复，至少也得等三天之后才行。

宗九气坏了。

恶魔看着他："那么，这就是你给我的答案？"

宗九冷笑："我以为在我拔下梵卓头顶那根线的时候，你就知道了我的答案。"那是最好的宣战方式。

恶魔的语气充满了遗憾："真可惜。"

"明明我们那么合拍，可你却选择与我背道而驰。"

他的目光落在宗九的脖颈上。

恶魔暂时还搞不清此刻内心在迫切地渴求着什么，但他一向乐意顺从自己的内心，他低下头去，紧紧盯着宗九的眼睛。

"那么，从今天开始，请多多指教了。"他的语调轻快，声音低沉，"我最亲爱的……死敌。"

结算日

第四章

向他宣战

向恶魔宣战了？

在场所有人的面色都变得严肃起来。

这可不是一件小事，甚至可以说相当重大。

如今这个局势，向恶魔宣战十分冒险。

不过好在四位S级都不是等闲之辈，即便心怀忌惮，也不会像普通玩家那样对恶魔充满畏惧。

宗九径直走到一旁坐下，低敛眉眼，不知道在想些什么。

他有自己的计划，迟迟不宣战，主要是为了争取时间。但既然宣战，下一次见面，就是不死不休的状态了。

可不知道为什么，宗九敏锐地察觉到了一丝异常。

他们之间似乎有什么东西发生了改变，就像某种实验，在作用发生的瞬间，产生了强烈的光和热，而这种作用是相互的，就像星体和星体之间，恒定的质量总会对同样恒定的质量产生引力。他们是命定的宿敌，注定要永远针锋相对。

宗九不明白那究竟是什么，但他能感觉到周身的血液都在沸腾。除了恶魔以外，再没有人可以这么轻而易举地撕开他的冷漠。

在宗九沉思的时候，驱魔人看了土门一眼，俩人似乎暗中达成了某种协议，随后驱魔人忽然起身，走到静室一旁的远离众人的位置，过了片刻，才缓缓转过身来，遥遥望着宗九，语气认真："如果是你的话，你会许什么愿？"

宗九扫了一下闭目沉思的暗，心下了然。

虽然有古大师的预言，但是对其他S级来说，这只是一条故事，并不能当真。现在局势不明，又有恶魔虎视眈眈，他们被迫成为一条绳上的蚂蚱，但这并不意味着眼前的几人就会站在他和暗的一边。

宗九得拿出令人信服的证据来。

所以，问题又回到了起点：如果拿到万能许愿券的话，宗九会许下什么愿望？

对宗九来说，这个问题太简单了，他甚至不用思考就能拿出最佳答案。

"许愿让所有人脱离游戏吧。"

这个答案并非宗九心底真正的答案，而是他之前为了调动大家情绪随意说的，却改变了接下来的事情发展的方向，例如暗的态度的转变，例如轻而易举在荒村副本里收获了新玩家的信任……一切都建立在他这句话的基础上。

所有人似乎都相信他确实会这么做，毕竟其他人许愿的时候第一个考虑的都是自己，只有宗九提到了别人。

其实一直以来，宗九并不确定自己真正的愿望是什么，因为他没有特别想要的东西。

但现在他想明白了，让恶魔吃个哑巴亏，就是自己的愿望。恶魔拿不到许愿券，他就开心了，所以许什么愿并不重要，重要的是拿到许愿券。

在他说完这句话后，众人陷入了沉默，过了许久，驱魔人重重的叹气声在静室内响起："行，这次，我跟着你了。"

接下来的事情就好办了。

运筹帷幄一向是暗的专长。

"接下来团体副本的难度应该在S级。"他面不改色地抛出一个又一个重磅消息，"在团体副本之后，应该会是超S级难度的副本。"

超S级副本！

在场几位S级都神情凝重，他们从未有过进入超S级副本的体验，但大家心里都清楚，超S级副本不仅难度比原本就难如登天的S级副本还要高出一个等级，更可怕的是无法使用任何特殊道具。

也就是说，在那里S级和其他等级的差距会大幅缩小。

暗对其他人的反应毫不在意，自顾自往下说："超S副本之后，人数差不多就能达到主系统想要的数量了。"

如今玩家还剩四千人，一个S级副本可以减少一半，接下来的超S级副本……之后剩下的玩家数量，很可能正好是主系统所希望的一百人，或者再多一点。

"等最后一百人确认了，接下来就是最终对决。"

暗的意思很明白，只要S级能够通过接下来的副本，并且在最终决战的时候，保证第一名不落到恶魔以及他的傀儡手上就行。

"除此之外，魔术师，你需要尽快到达S级。"

宗九漫不经心地点了点头。

他之前一直也不是很在意自己的等级，但如果不成为S级，根本拿不到最终决战的门票。

"接下来就是下一个副本的团体分组……咳咳咳。"说到这里，暗忽然握起拳头抵着嘴咳嗽起来。

驱魔人一脸诧异地看着他："你怎么啦？"

"没什么，我得去一趟洗手间。"暗皱眉，攥紧拳头从沙发上站了起来，挺直脊背朝静室外走去。

在场几人都愣愣地注视着他。

暗头也不回，无所谓地摆了摆手，离开了房间。

静室内重新陷入沉寂。

梵卓笔直地站在一幅画前，许久后才缓缓转身，注视着宗九："你流血了。"

宗九一愣，下意识往自己脖子上摸去，轻描淡写道："没事。"

梵卓移开视线，声音冷淡："他也流血了。"

他？

剩下三个人面面相觑。

梵卓言简意赅："暗。"

宗九意识到什么，一下子从座位上站起："失陪一下。"他快步走出了静室，朝着暗刚才离开的方向追去。

驱魔人颇感疑惑："怎么回事，明明能一键复原，为什么一个两个都放着不管？"

宗九一脚踢开盥洗室的大门。

不远处，暗正站在洗手台面前，垂下的右手放在水龙头下。

"哗哗哗——"

汩汩而下的冷水将暗手掌上晕开一片的血迹冲散，黑色的额发湿漉漉地贴在脸上，更加衬得他剑眉星目，轮廓深邃。

"你受伤了？"宗九单刀直入。

暗并不说话，嘴唇抿紧，用纸巾缓缓擦拭自己沾满水的手指。

宗九眉头紧锁，他快步走过去，一巴掌挥向暗的头顶。

很好，空无一物。

暗掀了掀眼皮，看着镜子里的宗九。

"小伤，不碍事。"他答得轻描淡写。

"主系统治愈不了的伤，你告诉我是小伤？"

宗九冷笑一声，将暗的手腕抓起，目光凌厉如电。

暗的手腕很瘦，几乎可以说是皮包骨头。或许是因为理亏，暗并没有阻止他的动作，只是垂下眼眸，望着宗九搭在他手腕上的手。

宗九挑眉："你当真以为我不知道？"

其他S级可能觉得暗神通广大，有自己的途径，知道比别人更多的线索。只有宗九清楚，有不少超前信息，都是暗通过夜以继日的推演和夜观星象得来的。

"所有的预言都是需要代价的，你知道得那么清楚，付出了多少代价？"

暗慢条斯理地抽出了自己的手："我说过了，小伤而已。"

"接下来的每一步，都需要严格推算，如果走错一步，可能就是万劫不复。"

"这是老师不惜牺牲生命才得来的成果，如今大事将成，我如何能不急迫？"

像是应和他的话一般，暗放在洗手台上的八卦盘发出了浅淡的光芒。

宗九的视线扫过薄薄的卦盘，不置可否："你活着的价值比你费尽心思推算未来透支生命有意义多了，你的脑子比什么都有用。"

闻言，暗深深地看了他一眼："我有分寸。我的使命是辅佐你。在你达成目的之前，我不会有事。"

"那样最好。"宗九耸了耸肩。

暗没有接他的话，将纸巾扔进纸篓："走吧，去讨论剩下的事。"

在同宗九擦肩而过的时候，他顿了顿，低语："多谢关心，好意心领了。"

接下来的日子，玩家宿舍十分平静，没有什么特别的事情发生。

宗九这里就不太一样了，他从万圣节活动获得的S级盲盒里，开出来一个S级道具。这个道具看起来是一个圆环加直线造型的淡金色耳环，实际上拿在手上的时候，会变成一把……撬棍。

宗九看着这个东西，一脸莫名：凭什么这是S级道具啊！

【恭喜玩家宗九获得S级道具：物理学圣剑。】

【道具用途：这是一根永远不会被折断、对灵异存在和非灵异存在同样有效的武器，甚至能够轻而易举用弯钩扯断钢筋，使用不知名材料制成，硬度达到了最大值。】

【道具注意：比起威力，它为使用者附加的幸运值似乎更重要。曾经有某位大名鼎鼎前辈，拿着这根撬棍单枪匹马无伤通关超难副本，由此造就了它的威名。据说只要拿着它，便能拥有在千军万马中直入无人之境的勇气。】

宗九回想了一下梵卓的刀、暗的八卦罗盘、拉乌的幡旗，再看看自己手上的物理学圣剑……

好吧，好歹算是个稀缺的攻击型S级道具，比起只能用来预言的星辰牌，不知道靠谱多少。

宗九这么安慰着自己，走到盥洗室，对着镜子将耳环戴上。

正如主系统所说，物理学圣剑由不知名材料制成，握在手上的触感很舒服，而且不论是耳环还是化为撬棍，虽然体积截然不同，但拿在手中的质量却一模一样，轻到不可思议，手感绝佳。

况且耳环的淡金色正好和他的发色相得益彰，不会让人感到突兀。

想通了这一点，宗九对这个道具越看越满意。

他现在的确缺少另一种攻击方式，一直用扑克牌也对不起他对自己的身体进行强化所花费的生存点数。

徐粟则是从A级盲盒里开出了主系统永久免费疗伤权限。

"你这运气可以啊，快和土门媲美了。"宗九惊讶。

徐粟本人蹲在地上，耷拉着脑袋，一副气馁的模样。

他是真的很懊恼。原本还希望从A级盲盒里能开出个有用的道具，赶紧追赶上许森的步伐。可现在倒好，就算挨过了惊险无比、随时可能会被淘汰的万圣节活动，到头来还是竹篮打水一场空。

更令人烦躁的是，经过那天之后，他和许森之间反倒更加疏远了。

那种冷淡、疏离的感觉，不像是曾经无话不谈的朋友，倒像是陌生人，就连见面也是迅速撇开视线，关系直接跌至冰点。

"行了，别一副丧失了斗志的样子，机会总会有的，一时运气不好而已。"宗九拍了拍他的肩，"明天的副本你和我一队，到时候要是拿到了道具，给你优先骰子权。"

徐粟忍了又忍，才悄声问道："那许森呢？"

宗九随口答道："他和暗一队。"

他们早就安排好了团体副本的分组。

反恶魔联盟这边，宗九带一队，暗带一队，梵卓带一队，土门带一队，驱魔人带一队，一共五队。

其中梵卓那队全是夜族的人，实力自然不必多说，是几队里最强的；土门和驱魔人的队伍里B级玩家和新玩家五五开；暗和宗九的队伍，也都带了不少新玩家。这是综合考量他们各自的能力后进行的分配。

"振作起来啊，就算是我带你，你也要搞清楚，下个副本可是S级难度。"

"S……S级？"徐粟舌头都捋不直了，"这这这这……"

他立马跑到宗九背后，谄媚地捏肩："九哥，我立刻，马上，这就振作起来，绝对不会给你拖后腿。所以……您看您这大腿，能不能给我抱一下？"

宗九笑了笑："那得看你的表现。"

都是被恶魔操纵的人，徐粟可比盛钰表现得自然多了。

宗九现在还记得当初盛钰在研究员查药片的时候站在原地大喊大叫，把其他人的注意力都吸引过来，偏偏还凭借着新玩家的身份，让人很难怀疑到他身上。

光凭这一件事，就能看出恶魔平日里是真的无聊至极，喜欢用傀儡丝去操纵各种人。

很快，时间就到了第二天。

一大早，玩家们准时在会议室集合。

阳光从高空洒下，越过波光粼粼的海面，穿过远处七彩游乐园巨大的摩天轮和城堡尖塔，照进会议室的透明幕墙，为红色的地毯镀上了一层金色的光芒。

【时间已到，会议室已封锁。】

这一回，在主系统冰冷声音消失后，会议室四周的窗帘并没有跟着降落，反倒缓缓向空中上升，全场一片光明。

【第四轮副本为团队副本，玩家可以进行自由组队，超过十人即可算作一支队伍，注意：副本上限人数为三十人，超过该人数将自动拆分。剩余没有组队的玩家将进行随机队伍分配。】

【接下来有十五分钟的时间供玩家们进行组队，请抓紧时间确定好分组名单。】

"哗——"

大部分玩家都被震住了。

除了S级和的A级，其他的玩家都不知道这个副本竟然是团队副本，包括徐粟。

早就分好组的玩家们默默聚集到一起。其他没组队的玩家像无头苍蝇一样在原地转来转去，逢人便搭话。

除了那些早就确定下来或者原本就是大组织成员的资深玩家，新玩家都不敢上台阶去问大佬们收不收人，只敢和同等级的玩家们组队。

徐粟从C级台阶走到A级，一路收获了无数充满羡慕和嫉妒的眼神。

团队模式的S级副本，决定了新玩家没法轻松做到抱资深玩家大腿这件事。那么，全是D级玩家的二十人队伍，怎么能在A级玩家进去都可能团灭的S级副本里活下来？

没有了主系统的随机分配，没有了给玩家实力匹配的难度设置，把这些低等级的玩家扔到高等级副本，无异于送他们去淘汰。

如今赛程过半，在前期留给他们足够充裕的成长时间后，现在终于开始了残酷的淘汰。

对于没有提前知道下个副本是团体副本的玩家们来说，十五分钟的组队时间实在太短，根本来不及找到合适的队友。

主系统也算是通过这一点考验了玩家与人交往、团队合作的能力，不少新玩家在这个时候也暴露了自己不擅长与人交际的短板。

有不少新玩家壮着胆子到高层去问那些还没有满人的队伍收不收人，像宗九他们这五支队伍就是每个队都少了一两人，并不是队队都凑满了三十人。

看到有人上去问，其他新玩家也坐不住了。然而遗憾的是，他们赔着笑脸去问了个遍，得到的绝大部分都是毫不留情的拒绝。

除了圣。

圣几乎是有求必应，最先申请加入他的新玩家全部被接纳了，所以他的队伍很快就满员了。

宗九带的队伍也同样受欢迎，但他对帮扶新玩家没什么兴趣。

当即便有被拒绝的新玩家愤愤不平："装什么装，自己也是新玩家升上来的，现在到了A级就开始装大佬了。"

"就是，拽成那个样子，一看就是个忘本的人。"

"当初自己不也是个E级……要我说啊，也不知道他怎么和其他那些S级关系那么好的，每个副本都有S级照顾，评分能不高吗？"

惨遭宗九拒绝后，这些新玩家嫉妒非常。

说来也讽刺，当初宗九进比赛的时候，对他怀有恶意最多的就是那些不想被挤下来的底层资深玩家，这些人主要集中在C级。

现在，等他展露出足够的实力、头脑和交际手腕后，之前观望的高级玩家立刻接受了他的存在，反倒是当初同为底层的新玩家，对他越发不满。

只不过宗九从来不在意这些，面对徐粟的吐槽，他只是淡淡地摆了摆手："别管这些人，做好你自己。"

非议这种东西，不论是在哪里，都从来没有缺少过。要是在意这些，束手束脚，那他不可能拥有如今的地位。

这时，有一个申请加入队伍的新玩家引起了宗九的注意。

"先别急着拒绝我。"穿着T恤、一副理工男形象的玩家说话间，忽然将墨镜从脸上摘了下来，"因为我有一个特殊能力。"

下一刻，所有人都看到了他的眼睛。

那双眼并非如正常人眼一般黑白分明，而是完全漆黑一片。

站在宗九背后的安东尼惊呼："灵眼？！"

安东尼心中震惊无比。

灵眼在游戏里可是大名鼎鼎的特殊能力，最出名的灵眼出现在S级副本"见亲缘"里。其他副本里也可能有，但激活后的强度都没法与"见亲缘"里的相比。

曾经有一位在"见亲缘"里获得里灵眼能力的玩家，是众所周知的顶级灵眼，但是他后来意外陨落了，从此众人再也没人见过顶级灵眼的存在，只有一些能力平常的普通灵眼，不时出现在玩家们的视野中。

灵眼的能力在于持有者能看到一些隐形的异类，能够看穿他们的本源并束缚住他们，但几乎没有攻击力。

所以，与其说灵媒是只有各个大组织才有实力捧出来的能力者，倒不如说拥有灵眼才是大组织的象征，比如夜族，所以安东尼对这个能力有所了解。

眼前这个人，整个眼睛都是纯黑色的，这绝对不是普通的灵眼！

"没错。"那个C级新玩家将眼镜戴好，一板一眼地说，"我的灵眼来自见亲缘。"

这人说他叫钟意远，和原本的见亲缘灵眼拥有者是好友，那名玩家陨落之后，钟意远利用特殊道具，悄悄进入副本开启了隐藏任务，了解朋友被淘汰的原因的同时，意外得到了他的能力——也就是见亲缘灵眼。

所以他并没有额外花费生存点数去给自己购置别的道具，也没有进行其他身体强化，而是选择直接增强自己的灵眼。

不知道是不是因为他的能力是从隐形任务中获得的，主系统没有进行通报，他可以直接在主系统那里进行强化。

安东尼压低声音告诉宗九："灵眼几乎没有攻击能力，必须配合其他有攻击能力的玩家才能发动攻击。"

这相当于如果没有高武力搭档配合，单有灵眼也没什么用，就像守着一座矿山却没有铲子。所以这人找武力强大的队伍谋求合作的原因就很容易想通了。

安东尼心里有点酸溜溜的。他们夜族的灵眼还是高层亲自带队到那个副本救回来的，结果宗九这边倒好，光是把招牌一放，竟然就有灵眼自动找上门来，而且还是来自见亲缘的灵眼。

这个消息要是传出去，其他大组织那不得抢破了头？！

偏偏宗九这家伙似乎不知道灵眼有多宝贵，只是不咸不淡地点头："行，准你入队了。但话先说清楚了，我的队伍不养闲人，你进来后肯定得表现出你应有的价值。"

钟意远答："好。"

这下，宗九队伍成功凑齐了三十个人。

很快，十五分钟的时间也到了。

【十五分钟已到，停止组队。】

【请各组选出队长，最后确认小队人数，提交给主系统。】

宗九毫无争议地成了队长。

等他确定提交了小队人数后，主系统在他们队伍的旁边开了一扇空间门，门内黑黝黝的，什么也看不清，只有门框处闪烁着不祥的深紫色。

"都准备好了吗？"

宗九回头看了一眼身后的队伍。

"都准备好了！"所有人齐声回答。

"好，那我们就出发——"

宗九正打算带人进入副本，没料想到暗带着队伍，黑袍带风，一头冲向了宗九背后的那扇空间门。

所有人都惊呆了。

徐粟立马反应过来："走错了走错了，你们的空间门在那边！"

他们两支队伍在同一个平台上，空间门开得很近，非常容易搞错。

"啊？"暗队伍里的那个玩家立马一个趔趄，顿在原地。

他犹豫地看向最前面已经走进空间门的大半段队伍，神色张皇失措："怎么办，可我们队长他们已经进去了。"

"没事。"

宗九看了一眼那些人消失在紫色空间门的背影，沉声道："你跟着他们去吧，只不过是空间门不同而已，我们走你们的门一样能到副本，不碍事。"

出了这么一个乌龙，大厅里本来正陆陆续续走进各自空间门的人都停下了脚步。

暗那队的最后一个玩家走进空间门后，门框在空中闪烁两下，消失在一片黑暗里。

土门过来询问情况。

宗九回答："我们两个队伍的空间门开得有些近，可能他一个没注意，不小心走错了吧，应该没有大碍。"

土门点点头："应该也是，其实不管人数多少，下个副本都是S级，既然难度摆在那里，自然是进哪个都一样。"

的确，就算换一个场景难度也不会改变。

想通了这一点后，大家纷纷继续进入各自队伍的空间门。

可是，暗那样谨慎小心、一步三算的性格，真的可能在这样的小事上出错吗？宗九心头隐隐浮现出不好的念头。

然而现在时间紧迫，容不得他多想。在主系统冰冷的催促下，他带着队伍，走进了原本应该属于暗一队的那扇空间门。

这扇空间门的边框是暗金色的，很容易让人联想到恶魔的眼睛。

宗九抬眼看了看，毫不犹豫地踏入了那片黑暗中。

【检测到玩家进入空间门，空间转移开始……】

【前置剧情载入中……】

铺天盖地的失重感。

宗九感觉自己在下坠。

和之前的任何一次空间转移都不同，这次的过程尤其颠簸。

不仅如此，他感觉四周一切都变成了深沉的黑色，仿若万物被深沉的黑暗包围，看不到前路，耳边只能听到下坠时衣摆带起的猎猎风声。

宗九抬头看了眼上方。

按理说，遇到这种情况的时候，徐栗一定会第一时间高声尖叫。可现在别说是尖叫声了，连其他细微的声音也没有，安静到……像是这里只有他一个人。

这么摔下去，该不会直接被淘汰吧？

宗九眯着眼睛看向下方。

像是水彩落到容器底部，下面开始晕开，如一朵朵盛开的花，凝固的色块开始缓缓流动。

他的双脚站在大地上，终于有了些踏实感，他看了看四周，其他队伍的人不见踪影。

主系统没有任何提示，仿佛不存在。

这是什么情况？前置剧情玩家不都是被强制要求观看的吗？

很快，色彩在他周围渐渐散开，构建出条条街道、鳞次栉比的高楼、灰色的电线杆和乌沉沉的天。

远处，白鸽从广场上掠过，飞过不远处灰白色的钟楼，像是去赶赴一场祷告。

宗九睁大了眼睛。

这一幕对他来说委实太过熟悉了。

周围行人来来往往，行色匆匆，每个人的脸上都是如出一辙的冷漠表情。

没有进入宗九视野的地方空茫一片，只有他视线触及的地方，场景才会发生变化，变成他记忆中的样子。

他在原地左右张望，没发现什么特殊之处，于是终于迈开腿，朝着街角一栋灰蒙蒙的纪念堂赶去。

这里的一切他都太熟悉了，因为他在这里生活了十几年。直到后来，老人去世，橘猫去世，他被魔术师收养，在那之前他一直都住在这个地方。

转过街角，过了两条路，就是他当初念书的学校，再过去是广场，然后是老式的贫民楼。

那座纪念堂就在这座城市的新旧城区之间，像是在那里划开一道泾渭分明的界线。

纪念堂的铁栅栏门敞开着，黑色的尖塔矗立其中。不管是贫民还是富人，在这里都是平等的。

奇怪的是，里面一个祷告的人都没有，似乎在宗九踏入这片区域的时候，外围的声音也一下子消失了，唯有高处有钟声悠然作响。

宗九面不改色地穿过了铁栅栏门。

他在纪念堂门口的金鱼池前停下，朝着里面望去。

果不其然，在一排排黑色座椅的尽头，铺着白色布巾的桌上燃着一支白色的蜡烛，桌子前面还站着一个头戴黑帽、身穿黑衣的佝偻背影。

这个副本的前置剧情倒是很有意思。

宗九眯起眼睛，没有说话，也没有动。

果不其然，在念到"希望离乡的人儿岁岁平安"时，老人缓缓回过了头。

她的面容如宗九记忆里一样，满面皱纹，双眼凹陷，目光温和，和十几年前一般无二。

"你来了。"老人开口，露出慈祥的笑容。

"嗯，我来了。"宗九耸了耸肩，"这是哪里？天堂？"

"天堂？"停顿了一下后，老人缓缓说道，"这里当然不是天堂。"

仿佛应和她的话一般，在"天堂"两个字落下的时候，周遭的场景骤然一变。

像是有人用画笔为建筑物涂上了截然不同的明亮色彩，纪念堂内所有冷硬苍白的线条全部活了过来。颜料应当是金色的，因为凡是笔尖扫过的地方，全部变了颜色。

桌上空荡荡的长颈花瓶内，一大簇百合骤然盛开，空荡荡的餐盘上突然出现冒着热气的面饼和深红色的葡萄汁。

透过彩色玻璃窗，灰蒙蒙的天空中转瞬间有金色的阳光射入，洒在地面上。一排排黑色长椅上有灰尘飞起，聚集到了空中。

遥远的吟唱伴随着七弦琴的声音响起，充斥着这个小小的空间。

一切都显得那么圣洁，让人感到连灵魂都被洗涤了一般。

老人笑了笑："这只是一座普通的城市罢了。"

"还记得我同你说过的话吗？"

"记得。"

即使心里清楚这一切不过是幻境，宗九依旧平静地说："回应他人的期待，永远不要被欲望掌控。"

"很好，你还记得。"老人面露赞许之色。

她似乎是喃喃自语："七天后就是结算日，你该走了。我会在这里等你，希望那时候的你已经回到大地，并且做出了选择。"

"对了。"说到这里，老人忽然回过头来，像小时候那样握紧拳头，示意宗九伸出手来。

宗九顿了一下，伸出手去。

老人枯槁的大手松开，有个东西掉在了宗九手中，冰冰凉，轻飘飘。

【恭喜玩家获得B级道具：伊鲁卡的银币。】

【道具用途：这是某个副本世界里矮人大师的杰作，被称为七大不可思议的奇迹之一。据说能够给佩戴者在接下来的十分钟内带来无与伦比的好运。】

【道具注意：该道具为消耗型道具，剩余使用次数：1。使用次数消耗完毕后将化为一枚仅具有观赏和收藏价值的普通银币。】

在宗九接到银币的同时，主系统的声音缓缓响起。

【前置剧情结束，主系统连接完毕。】

【默菲斯契约第四场比赛开启，当前位于团体副本：结算日。】

周遭场景再一次飞速变化。

片刻，宗九就从纪念堂来到了一处冰冷的房间内。

他身上的衣服变成了十分普通的白蓝条长袖长裤，胸口还挂着一个小小的号码牌。

玩家们则站在周围，一个个都像是没反应过来的样子，神色有些呆滞。但很显然，每个人经历的前置剧情都不一样。

此时，主系统宣布了本场超难副本的主线任务。

【该场主线任务分为两个，完成其中一个即可算作通关。】

【主线任务一：经历一次结算，结算过后即可随时返回玩家宿舍。】

【主线任务二：毁灭该副本。】

第五章

艰难任务

这次的两个主线任务，令所有玩家吃惊不小。

他们还从未经历过主线任务是让玩家毁灭副本的情况。虽说毁掉副本的确是可以让主系统承认实力的方式，但难度过大，很少有人会真的去操作。

经历了这么多次副本，所有玩家的心里都清楚，这次任务的背后一定有一些复杂的情况。

【三百六十度全景摄像头已开启，此轮比赛将仅开放团队摄像头，在团队人数大于五的时候进行直播。】

【玩家已进入直播状态。】

四千名玩家，三十人为一组，所以有将近一百五十支队伍，并开放了同等数目的直播间。其中大佬带的队伍的直播间观众人满为患，而低等级玩家拼凑的队伍的直播间基本无人问津。

经过之前的累积，宗九这一队的直播间甫一开启就吸引了不少观众。

【我来了我来了，让我来看看魔术师他们抽到了什么场景……嗯？这个场景看起来怎么亮闪闪的，是自带光效吗？】

直播间的观众们看到，所有的玩家们统一穿着蓝白色衣服，站在色彩单调的房间内。

从这间没有天花板的房间往外看，世界一片安详，阳光把云层照亮，整齐的花圃内种满鲜花。纪念堂在小镇中央矗立，尖塔的边缘反射着炫目金光。更远处，波涛翻涌，细沙铺出一条蜿蜒的海岸线。

【这个氛围简直不像是超难副本啊……而且结合这个副本的名字和主线任务，总感觉有些不对。】

【玩家们这都是怎么了，怎么看起来一个个很难过的样子？】

不错，此刻玩家们站在房间内，面面相觑。

宗九最先回过神来。

他回过头，看向站在身后的那几个人。

钟意远摘下眼镜，擦了擦眼角。

徐粟的目光呆愣，脸上竟然隐约有泪痕，一副刚刚号啕大哭过的模样。其他不少玩家也是眼眶发红，甚至就连A级的安东尼也愣在原地，脸上带着些许动容神色。

房间里没有其他人，四周一片寂静。

宗九打破了沉默："你们的前置剧情是什么？"

徐粟抽了抽鼻子："我看到了我的妈妈，她……她说希望我没有忘记她，还说希望我做一个好人。"

其他人有的说看到了自己死去多年的奶奶，也有的说看到了自己的至交好友，还有人看到了自己在现实世界养的狗。

在他们进入这个副本后，那些隐藏在大脑深处的记忆一一浮现。

虽然其他玩家不像宗九这样，记得现实世界中的事情，他们记得的过去都是系统杜撰的。但是，系统没办法凭空捏造一个人的过往，所以可能会借用一些玩家在现实世界的生活。

简而言之，回忆是假的，情感是真的。

他们在一旁讨论，宗九的脸上却没有任何表情。

虽然他理解他们，但是他并不能与他们共情，或许是因为他天生情感不同于常人。

"这是超难副本，只不过是主系统依据你们的记忆创造出来的幻境罢了。"宗九双手抱臂，泼了一盆冷水。

"我知道，但是……"徐粟的表情变得更难过了，"我就是想家了，不知道为什么，之前偶尔想到的时候都不会这么难过的，可妈妈和我说她在等我回去的时候，我真的……"

"那就努力活下去。"

宗九的视线在屋内扫了一圈。

其他人暂且不论，就连安东尼这等经验丰富的老牌A级玩家也动容了，这已经很能说明问题了。主系统肯定不会平白无故开放他们被屏蔽的记忆，也不会平白无故给每个人搞一个单独的前置剧情。

那么，这个副本背后的用意是什么？主系统又想用记忆给他们造成什么干扰？

宗九一边沉思，一边等待其他队员调整好自己的情绪，他的余光扫过地面，突然一愣。

那里，阳光洒入屋内，一派美好和煦。

超难副本里最常见的天气是阴天和雷雨天，不论是荒村副本还是第一工厂都是这样，绝无例外，很少有副本会全程在日光下进行。

然而，这里天气好到不可思议，根本没有半点要下雨的迹象。

但是这并不是吸引宗九注意力的地方。

他注意到，在阳光的照射下，屋内的一切，都没有出现影子。

包括玩家。

直播间的观众们也发现了这一点。

【怎么回事，这个房间里没有影子？】

【不仅仅是这个房间，你们把镜头拉远一点看外面，这个小镇所有的建筑好像都没有影子。】

【啊……没影子也太吓人了吧，你们还记得我们超难副本的铁律吗……】

超难副本的铁律，最直观的判断异类的方式——看影子。

之前就介绍过，这个游戏世界建立在一个多维空间里，这里不仅有普通玩家看得见、摸得着的空间，也有普通玩家无法理解的超自然空间。

正常情况下，NPC和玩家都存在于同一个维度，但是互不干扰，有些特殊NPC可以在多个维度间穿梭，比如之前荒村副本里的灵婆。如果是超难副本，还会存在另外一种情况——那些原本属于超自然空间的NPC会打破空间限制，来到玩家所在的普通空间，这些NPC大多会有隐身、意识入侵，控制等各种技能，在能力上对玩家可谓绝对碾压，所以玩家们每每谈之色变。

当然，为了游戏的平衡，玩家也能获得相应的技能。

而普通玩家，在没有技能的情况下，就只能靠经验来判断，比如，有影子的是人，没影子的是异类……这个经验不知道救了多少新玩家。

很快，安东尼也发现了异状，他眉心拧起，蹲下身去用手触摸地面："我们的影子呢？"

紧闭的房门忽然开了。

玩家们纷纷露出戒备的神情，望向门口。

"哦……放轻松，我没有恶意。"

站在门口的是一位身穿黑色制服的秃顶中年人，他看着房间里充满戒备的眼神，慢悠悠地举起了双手。

徐粟难以置信地睁大了眼睛："小叔叔？"面前这个人，和他那位做小镇保安队队长的叔叔一模一样。

"好久不见。"中年人笑着朝他挥挥手，"待会儿再和你叙旧，我先和大家说明一下情况。"

徐粟这才反应过来，讪讪地收回了手。他在心里提醒自己：这里都是幻境，一切都是假的。

他重新抬起头来，小叔叔开始解说："这里是善之城，是一个无法用语言形容的美好之地。至于具体的情况……"

他朝着所有人眨眨眼睛："等你们出去后就知道了。"

众人神色各异，谁都没有说话。

紧接着，小叔叔又扔下了一个重磅消息。

"我们知道你们从哪里来，也知道你们曾经经历过危险的生死困境，包括直播间里正在观看直播的玩家们，我们也了解。是的，我们知道一切。"

一石激起千层浪。

直播间里，观众们议论纷纷。

【超难副本里的人知道他们身处副本？知道游戏的存在？】

【他们竟然还知道有直播，还知道我们在看，真叫人脊背一凉。】

【这套娃一样的副本还真是第一次见，不愧是S级副本！】

"请不要担心，我们绝无恶意。"

看着所有人露出难以置信的神情，队长无奈地笑笑。

"唉，和大家说这些，可能大家也没法轻而易举地相信。这样吧，大家和我一起出去看看这个小镇真正的模样，你们就明白了。"

所有人都被队长这一番话搞蒙了，随之而来的是深深的恐惧。

在所有副本里，玩家都是外来者。扮演模式里，他们需要扮演贴合这个副本设定的人物。不管是哪种超难副本，没有一个NPC明目张胆地对他们说"我们知道你们的来历"。

要是副本NPC知道自己是NPC并且位于副本里，这岂不是就和书中人知道自己是一本书里的角色一样，荒诞又离奇。

不同于寻常的前置剧情，玩家与记忆里的亲人久别重逢，再加上能知道自己是身处副本的NPC，这一连串的不正常现象，为这个名为"结算日"的副本蒙上了一层神秘的面纱。

"等等。"安东尼上前一步，拦在所有人面前，"你说让我们跟着你一起出去，我们就得跟着你一起出去？万一有什么其他情况呢？"

徐粟立马收脚，退后一步，警惕地看着那位小叔叔。

见他们这么防备，队长眼中的遗憾越来越重："我知道你们进入这样一个副本，无法保持平常心态，但是……"

所有人还是油盐不进的模样，甚至纷纷拿出特殊道具。

他们都是资深玩家，自然不会就这么跟着出去，而且这个人也没有影子，谁知道他是不是异类。

宗九看向钟意远，钟意远立刻摘下眼镜，一双漆黑色的眼睛环视一圈，淡定地将眼镜戴好，朝宗九摇了摇头。

没有异常。但是玩家们还是不敢放下心来。

"这样吧。"见双方僵持不下，队长揉了揉太阳穴。

看到这幕，徐粟心中又是一阵苦涩：记忆里的小叔叔，也喜欢做这个动作。

"我们先把武器发给大家，希望这样大家能够信任我们。"

武器？

玩家们面面相觑。

很快,门再度被敲响。

这一回进来的只是普通的居民。说是居民也不准确,因为他们之中也有玩家熟识的人,甚至有人还朝面露惊愕之色的玩家打了个招呼。

进来的居民拎了一个大大的箱子,外面上着锁。

队长走过去把锁打开,里面的东西一下子跃入大家的眼帘——

满满一箱枪。货真价实,扳机用锁扣扣紧,每一把都密封在箱子里,闪着明晃晃的光,昭示着它们特殊道具的"身份"。

【天啦!这是B级道具吧,说发就发?】

【进一个S级副本竟然还有这么好的运气?！道具随便送,B级道具也不是随随便便就可以捡来的啊,要是送F级、E级道具,我都不会这么惊讶的。】

【绝了,刚刚去另一边暗大佬的副本里逛了一圈,他们闯进了一个死亡迷宫……真的可怕,这才开始多久,一队资深者就已经倒了两个。反观这边,天气这么好就算了,每个人还有特殊道具配发,这是什么绝世无敌好副本?！】

很显然,玩家们也被搞蒙了。这时,主系统开始进行播报。

【恭喜玩家获得B级道具:消除之枪。】

【道具用途:不需要填充子弹即可使用,结算日之前必备的消除道具,可以对罪恶造成百分百有效攻击。】

【道具注意:该道具为S级副本结算日专属道具,离开该副本后道具失效。】

消除之枪?

大家你看看我,我看看你,都是一头雾水的模样。

队长适时开口:"你们听说过结算日吗?"

玩家们面露疑惑,但还是纷纷点头。

作为最基础的游戏设定,其他副本多少也会涉及,所以大家都有所耳闻。

传说在世界末日到来的时候,异类会攻向玩家所生活的城市,结算者会对空间内的所有生物进行一次最后的结算。

NPC、玩家、异类,对方一视同仁,都要接受结算。

结算者端坐于高高的权座之上,侍者手掌天平,将人的善与恶放到天平之上称量,最终决定是淘汰还是留下。

结算结束后，天灾降临。

通过结算的人将安然无恙，没有通过的，则将被关进地心的囚牢。若是NPC和异类，自然是没办法脱身；若是玩家，那就意味着淘汰。

"既然你们都知道，那就好办了。你们之前应该也见过镇上的人了，知道七天后就是结算日。"队长叹了一口气，"现在，拉起你们的袖子，看看你们的手腕。"

大家照做了，下一刻，不少人都发出了惊叫——

他们的手腕上，统一出现了六条黑线。

"这六条黑线代表着六种恶行，分别为傲、妒、怒、懒、贪、色。"

"只有在这七天里将这六条黑线消除，才能够安全度过结算日。"

队长一边说，一边打开门往外走。

"但如果有哪怕只是一条黑线没有消失，结算日当天，都会落入黑暗深渊，永世不得翻身。"

大家心里都出现了一种近似于"果然如此"的感觉。

从接到主线任务的那一刻起，大家心里就清楚，这个结算日绝对不可能轻而易举地过去，否则也就不叫团体副本了。

宗九举起手臂："为什么我手臂上什么也没有？"

大家惊奇地凑过来看，发现宗九手臂上果真空荡荡一片，什么也没有。

见状，队长一拍大腿："哎呀，原来你就是传说中的那个天生善良的孩子啊。我们镇上最尊贵的小城堡主也是天生善良之人，可以顺利度过结算日不说，他还帮助别人清除过错。毕竟人在世上，怎么可能没有过错呢？我们也经常会去城堡里向小城堡主悔过，只要诚心认错，手腕上的黑线自然就能消失了。"

让黑线消失的办法！

玩家们对视一眼，心里都有了盘算。

队长口中的这个"小城堡主"绝对是一个突破口。

徐粟犹豫着开口："那我们可以去见他吗？"

"当然可以了。"队长说，"我们小镇欢迎所有人，不过之前也有外乡人来过小镇，向城堡主悔过，但是并没有用，你们得用其他的办法清除黑线。"

"而且准确来说，我是小镇唯一的保安。至于为什么，待会儿你们跟我出去就知道了。发给你们枪也是城堡主的意思，接下来你们要在七天里清除黑线，等到了城堡，会一一告诉你们方法，不必心急。"

　　唯一的保安，难怪是队长。宗九暗自吐槽。

　　话说到这个份上，再不出去似乎不太好。

　　"稍等。"宗九抬了抬手，示意对方稍等片刻，随后背过身去，快速抽了一张牌——当然是要检测一下队长有没有说谎。

　　结果：正义正位。

　　队长刚刚说了一大堆，竟然真的没有一句谎话。这也太过匪夷所思了。

　　然而更加他们吃惊的还在后面。室外，天气晴朗，经过了金光的洗礼后，小镇看起来焕然一新。

　　喷泉在广场的中央不知疲倦地喷洒，在空中形成一道彩虹。

　　路边，烤面包店在营业，现烤的面包香气扑鼻。

　　小镇的所有居民都在。

　　玩家们再也无法克制自己，因为那些都是他们的亲人！一条大大的金毛犬从远处飞奔过来，一下子扑到了安东尼怀里。

　　"粟宝儿！"

　　"哎哟，小远，你怎么板着一张脸！"

　　"快过来，奶奶想死你了！"

　　外貌、神态、声音，全部都一模一样。

　　即使知道这是假的，大家也没法继续保持冷漠。

　　"不，不是假的。"最前面的队长似乎察觉到他们的想法，回过头来说道，"构成一个人的要素是什么？思维、记忆、外貌、声音、思考能力，还是性格？这些我们都有，包括原本享有的社会关系、对你们的感情，甚至现在去小镇上的医院里检测DNA，也能够测出我们之间切实存在的亲缘关系。从生物学角度来看，这被定义为亲人。"

　　"可……可这不一样！"徐粟失声。

　　"哪里不一样？我们具备一切要素，如果将我们和你们记忆中的世界进行比较，那实在没有必要。你又怎么能确定，你们所经历的现实世界，是不是另一个超难副本呢？"

队长的神色很平静："你们应该收到了主系统发布的主线任务。这个副本不同于你们经历的任何一个副本，这里很美好，比你们想象中的还要美好。而且只要经过了结算日，你们便能够永远待在这个副本里。当然，如果某一天你们想回去了，也可以选择回到游戏，一切决定权在你们自己。我们和主系统都不会加以干涉。"

宗九面色如常地听着，在这个游戏里，所有数据都被系统掌控着，他想让谁和谁是亲戚，那谁和谁就是亲戚，和所谓的生物学上的亲属半毛钱关系都没有。

但是有一点，他说得没错——他们记忆中的现实世界，在知道内情的宗九看来，的确不过是另一个副本罢了。

但其他玩家，显然不能做到像宗九一样淡定。

"怎么可能？"正蹲在地上抚摸金毛犬的安东尼忽然冷笑，"既然你们已经知道，那我也懒得绕圈子，不如我们打开天窗说亮话。"

"加入默菲斯契约前，主系统就说过，所有玩家只能留下一百人。你现在说得好听，什么留驻副本，谁能够保证要是我们没有回去，到时候会不会在副本关闭的一瞬间被主系统淘汰出局？"

队长叹了一口气："这个问题，你可以直接向主系统寻求答案。"

很快，冰冷的机械音在空中响起。

【S级副本相当于一个小世界。】

【只要能够完成该副本的主线任务，玩家可以选择留驻在该副本，不会被系统淘汰出局。】

玩家们开始低声讨论。

安东尼拔高了声音："留下来又如何，你们刚刚说的那些话不过是诡辩，真实和虚假的定义，难道我们会分不清吗？"

从情感上来讲，拥有血缘，拥有一同生活的记忆，的确很难让人分清。可是，不管队长再怎么巧舌如簧，就算这个副本伪装成和记忆中的现实世界一致的模样，假的始终还是假的。

"你们顶多只能算是复制品。"

言尽于此，安东尼便不再讲话，因为队长对他的话表示了肯定。

"的确如此。唉，如果是你的话，也是过不了结算日的。"他看着安东尼，叹息着摇了摇头，"夜族是被抛弃的种族，你的黑线会比常人更难消除，所以如果可以的话，你们这个种族的小队想要过关，最好还是选择第二条主线。"

玩家们又蒙了。

第二条主线任务，那不就是毁灭副本的意思吗？这些人的意思是鼓励他们毁灭这个副本？

"是的，是这个意思，只是比起第一个任务来说，第二个要难上太多。因为我们这个副本不仅仅是一个普通的副本，在小镇上方……"

队长指了指天空："有结算者。"

他又指了指地下："小镇之下，还有地心囚笼。地心囚笼里关着随时想逃出来的恶徒。"

"当然，如果你们拿出切实可行的办法，我们也乐意帮你们，甚至可以帮你们避开结算者的眼线。"

"因为虽说我们在你们的眼中不过是复制品，可我们也一并具有他们对你们的感情，在我们的眼里，你们都是我们的亲人和孩子。"

镇民们齐齐点头，看向玩家们的目光充满了仁善和慈祥。

甚至还有居民开始擦眼泪："妈妈希望你能好好活下去，不管是留下来还是毁掉副本，我们都会帮助你们。"

"是的，我们会竭尽全力帮你们完成主线任务。"

"请相信我们，我们无论如何也不可能对自己的孩子下手啊！"

所有人都能清楚地感受到，这些居民的眼神里并不掺杂任何恶念，满满的都是善意，是那种不需要用星辰牌测都能感受到的善意。

正如这些人所说的那样，居民们都是真心把玩家们当作自己的孩子、自己的亲人、自己的好朋友……来看待的。

他们甚至真的在讨论，要怎么样才能更快地帮玩家一起毁掉这个副本，丝毫不在意自己的生死。

一位妇人一边擦眼泪一边招呼着徐粟："粟宝儿，跟妈妈回去看看吧，你的屋子还是你走时的样子，书都没动过。妈妈再也不说你天天游手好闲打游戏了，就回来看看吧。"

徐粟抽了抽鼻子，强忍着难受没说话。

宗九让居民们给他们留一些思考的时间，于是居民们纷纷散去，只留下队长站在一旁。

玩家们沉默地围在一起。

宗九开口："我们还是优先把第一个任务作为目标，争取能够消除手上的黑线。"

听到他这么说，不少玩家都松了一口气。

众所周知，毁掉副本不论是用什么方式，首先，NPC都必须死。

理智上，所有人都知道，这只不过是个副本；可情感上，要对自己满怀深情的亲人下手，所有人都感到太过残忍了。

"至于完成主线任务后，选择回宿舍还是留下来……"说到这里，宗九停顿了一下，"这都是大家的私人选择，我不多加干涉。"

"但至少在主线任务完成前，我希望我们的目标保持一致。因为我们是一个团队。"

玩家们纷纷点头。

信不信是一回事，要不要留在这里又是另一回事。

宗九很清楚，有不少人对那个提议动了心。面对本就残酷无比的比赛，这些B级C级玩家能走到最后的可能性微乎其微，所以这个可以退守的选择让大家蠢蠢欲动。

"但是，为了稳妥起见，在准备第一个主线任务的同时，我们也要做好随时可能进行第二个主线任务的准备。"

宗九神情严肃，低声说："希望大家做好心理准备。"

然后，队伍重新散开。

队长善解人意地问道："你们讨论完了吗？"

宗九点头。

"那就赶紧走吧，小城堡主已经等很久了。"

说着，队长转身，带着他们穿过小镇整整齐齐的街道。

有圣歌从远处传来，居民们全都朝小镇中央的城堡走去，虔诚地低头念颂，仿佛走向城堡的每一步都是为城堡主送去的最真诚的祝福。

一边走，宗九一边装作不经意地询问："之前你说的，除了悔过之外，另一个消除过错的方法是什么？"

"哦，那个啊。待会儿到了城堡再说吧。"队长挠了挠头，"那把枪你们先不要乱用，先收到系统背包里。哎呀，总之待会儿你们就知道了。"

很快，一行人就来到了道路尽头。

队长带着他们进入了中央城堡。

城堡主身披红色外袍，站在高高的王座前。他是这个副本里被世人认可的王。

他的身形并不高，看起只是个五六岁的小孩。他转过身，稚嫩的面容在水晶吊灯炫目的灯光下格外清晰。

这张脸，宗九再熟悉不过了。

那张稚嫩的小脸上，一双忽闪忽闪的大眼睛，睫毛又长又密，软软的黑发垂在耳边，看起来天真无邪，可爱极了。

此刻，他板着脸，脊背挺直，似乎努力想要将自己塑造成威严的大人。

可惜的是，因为身高原因，如果没有头上那顶镶嵌着无数华贵宝石的王冠，小城堡主其实不比王座高多少，叫人忍俊不禁。

不过是个六岁的孩子……虽然心里惊奇，但玩家们并没觉得有其他不对。

除了宗九。

众人无法第一时间联想到恶魔，首先有可能是因为年龄相差过多，第二个原因是，事实上，除了宗九以外，其他人对恶魔的认知只有第二次评选时他莅临现场时的样子。再加上他的王座又在会议室最高处，不少人即便抬头也很难看清。至于在游戏城时，能挤到他那桌附近的玩家毕竟是少数。

第三个原因的话……或许是因为气质。

这个变小的恶魔和成年后的恶魔完全不同。

可宗九能够百分百确定，面前站着的这个小城堡主就是他的宿敌，至于他用什么方法辨认出来的，这只能说宿敌与宿敌之间奇妙的心灵感应。

宗九站在原地，一脸冷漠地看着小城堡主，觉得还是把这个副本毁掉吧。

安东尼站在他身旁，见他皱眉，立马压低声音问道："是有什么不对吗？"

宗九沉默地摇摇头："还不能确定。"

成年后的恶魔气质很好分辨，是那种同整个世界格格不入的尖锐恶意，他身上的那种癫狂是宗九见过的最恶毒的。

而现在，即便可以确定是同一个人，小城堡主身上的气息却那么平和，即便眼波流转时泄露出些许狡黠，那也同成年后的恶魔身上厚重到叫人喘不过气来的恶意相去甚远。

瞳孔的颜色也不同。

恶魔的瞳孔是稀少的暗金色，极具辨识度。而面前这位小城堡主的瞳孔却是纯正的黑棕色，普普通通，平平无奇，和恶魔的截然不同。

"对了，如果有机会的话，这几天尽量多探听有关第二个主线任务的消息。"宗九直视前方，用只有安东尼能听见的声音说道。

安东尼愣了一下："为什么？"

"第一个任务很明显有问题，更何况你也听到了，夜族多半过不了结算日，怎么？"宗九似笑非笑地瞥了他一眼，"如果做第一个任务，你就得交待在这里了，你不着急？"

霎时间，安东尼心里有些不是滋味。

他一直对宗九抱有不小的敌意。从游戏城开始，安东尼就对他颇有成见，但是宗九这个梵卓表弟的身份，和他绝对出众的实力，让安东尼对他的观感十分复杂。

过了许久，就连宗九都以为安东尼不会再开口了，他低声嘟囔一句："知道了。"

"欢迎大家来到善之城。"

就在这时，小城堡主开口了。他的视线扫过站在下方的众人，在宗九的身上停留得格外久。

就连目光给人的感受也完全不同。宗九暗想。

宗九心里已经排除了伪装的可能性。

小城堡主挪开了视线。

"诸位远道而来的客人，路途遥远，舟车劳顿，请坐。"

他从高台上走下，抬起戴着红宝石权戒的手，示意玩家们在城堡内黑色的长椅上坐下。

这副小小东道主的模样不禁叫人会心一笑。

不知道是不是错觉，这座城堡给人的感觉十分舒服。

不论是外边祈祷的百姓，偶尔从窗角掠过的白鸽，摆在布道台上被风扬起的经文书页，还是室内燃着的不知名的熏香，都能够让人浮躁不安的心情慢慢平静下来。

玩家们紧张的身体和精神都开始放松，在座椅上坐下。

座位上十分贴心地铺了一层软垫，坐下来的时候也不会感受到冰冷。

"我知道你们一定有许多疑惑，请不要着急，我接下来将会同大家一一解释。"

小城堡主的声音带着孩童般的纯真，不紧不慢。

接下来的时间里，他几乎完美解答了玩家们的所有疑惑。

"结算日是他们规定的日子——"小城堡主装模作样地指了指天空，"还有七天，哦不，今天是第一天，第七天就是结算日，你们还有五天时间来消除手臂上的黑线。"

"这座城叫作善之城，但既然我们是人而非圣贤，就必然带有恶念或是做下过错事，小镇居民的手臂上同样会出现黑线。"

他解释道，示意队长挽起袖子。

队长立马会意，极快地小声说了一句："我喜爱恶魔！"

果不其然，话音刚落，在队长露出的手臂上，一条黑线缓缓出现。

"镇上的人可以来悔过室找我悔过，坦然承认自己曾经犯下的罪行，诚心认错，便能消除手臂上的黑线。"

小城堡主朝队长点点头，后者便放下袖子，走向旁边一间深棕色小木屋，屋内用木板进行分隔，两旁垂着深紫色的帘子。

"我不确定这个方法对你们管不管用，因为曾经有外乡人尝试过。"小城堡主顿了顿，"欢迎诸位客人前来尝试。"

"那除了这样，还有没有能够消除罪恶的办法？"徐粟问道。

"有。"

小城堡主从台阶上走下，指着外面的天空。

"地面之下是恶之城，正好在善之城的背面。正如你们想象的，那个世界充满与善之城相反的恶意。恶之城的中心就是地心囚笼。最近临近结算日，恶之城的居民变得格外不安分。每到圆月高悬的时候，这座镜面城市就会在水面倒影里同善之城连接。恶之城是罪恶的存在，如果能够在夜晚时分用枪消灭恶之城的居民，便能够达到抵消过错的目的。"

听起来都是实话。宗九一直在不露痕迹地观察这位缩小版的恶魔，心里的疑惑愈来愈深。

"对了，我听说，客人里有一位天生善良的人？"

忽然，小城堡主话锋一转，饶有兴致地看了过来，目光里有着不加掩饰的好奇："天生善良的人可以安然无恙地度过结算日，不需要悔过也不需要猎杀恶徒哦，真是神眷的好运。"

"正好……我和这位漂亮的大哥哥一见如故，颇为投缘。"小城堡主的脸上露出一个甜甜的笑容，"这几天哥哥不如就留在城堡里陪我吧？"

第六章

令人羡慕的魔术师

不费吹灰之力就完成了主线任务，不需要去消灭恶之城的居民，也不用去悔过室面对小城堡主悔过……这个副本就像为宗九量身打造的一样。

其他玩家向宗九投去充满羡慕的眼神。

宗九却只是低下头，神情凝重。

他想起，之前准备进入副本的时候，主系统给他这支队伍开的空间门的边框是深紫色的。

但是暗带队率先进入了那扇门，所以自己不得不进了暗的空间门，他们要面对的副本在那个时候进行了交换。

所有人都以为暗搞错了，可宗九不同，宗九了解暗。

不管他平时对其他人怎么样，他对那个预言都是相当重视的，而且一直诚心辅佐宗九这个预言中的救世主。

或许应该说，暗和古大师属于一路人，他们比宗九更像救世主，真切地想把这里的人全部解救出去。

如果直到比赛结束，他们之间都没有利益冲突，或许宗九真的会用万能许愿券解放所有人。但如果出现利益冲突，宗九会立刻反悔，以暗的聪明他不可能想不到这点，但他还是义无反顾地被宗九利用着。

再加上这次。

现在，宗九可以百分之百肯定，暗是故意走错空间门的。

他现在经历的副本越简单，就代表对方的副本越危险。

可惜玩家和直播间不互通，在比赛中途玩家根本不知道其他副本内发生了什么，所以宗九无法知道，暗没有事先打招呼非要抢的空间门到底通往怎样的副本。

搞不好暗之前吐血正是因为推算出了这一轮的副本的关键信息，才遭到了严重的反噬。

可惜现在担心这些也没用。

一切都得等这个副本结束，才能找到答案。

宗九难得有些烦躁地盯着脚下的地砖，随后重新抬头，看着玩家鱼贯进入悔过室。

眼下，这个小城堡主的情况也很值得推敲。

他是恶魔，但又有些地方却不太一样。

到底是哪里发生了变化？

其他玩家们围在悔过室外等待着。

第一个玩家走了出来，面带欣喜："我手上的黑线消失了一条！"

"真的吗！"

"看来悔过真的有用啊！"

"对，确实有用，但第二次就没用了，我刚刚试了一下，最多只能消除一条黑线。"

玩家们开始搜肠刮肚，回忆自己曾经做过的需要悔过的事情，随后陆续走进悔过室，对着另一边的小城堡主坦诚自己曾经犯下的罪行，诚心地认错。

徐粟走进去，挠了挠头："我好像没做过让自己特别后悔的亏心事。"

"没关系。"小城堡主温和地说，"想想自己感到困惑或者诚心想要悔过的事情，也可以。"

悔过？

徐粟点点头，陷入了沉思。

哦……还是有一件事的。

想起脑海里那个身影，徐粟的声音一下子变了："那，那我还是算了吧。"

"哦？是因为没办法诚心认错吗？"

徐粟涨红了脸，轻轻点了点头。

小城堡主似乎没有要追根究底的意思，徐粟松了一口气。

像徐粟这样的当然只有少数，绝大多数人心里都有阴暗不可告人的一面。

玩家们还在陆续悔过，有的小时候偷过邻居家的鸡，有的曾经用不正当手段进行过诈骗，还有的利用不正当手段挤掉竞争者……

小城堡主端坐在悔过室另一边的软椅上。

他将手上沉重的黄金权杖放下，兴致缺缺地盘着腿，任由沉重的披风搭在软椅靠背上，不论神情还是坐姿，都没有丝毫严肃庄重可言。

小城堡主一只手撑着头，像是听了对面的悔过，又像是没听，等到玩家将自己罪情陈述完毕，才懒洋洋地说："你的一切罪过会得到宽恕。"

……

二十九个人悔过完，太阳也快要落山了。

等到最后一位玩家走出悔过室，等候多时的侍女笑着朝他们点头致意："城堡主人给各位远道而来的客人准备了晚餐和住所，或许有些简陋，请诸位见谅。"

其他玩家都跟着侍女往城堡后方的餐厅走去，只有宗九朝他们挥了挥手，独自留了下来。

等城堡内恢复了平静，宗九走上前去，掀开了悔过室的帘幕。

他居高临下地看着优哉游哉地坐在里面的小城堡主，脸上的神色喜怒难辨。

谁知道小城堡主眼睛眨了眨，忽然伸出手，扬起一个大大的笑容："听悔过好累，腿都坐麻了，大哥哥抱我起来吧。"

"你到底是谁？和恶魔又是什么关系？"宗九面色冷淡，眼里含着一丝明显的嫌弃。

"哥哥看不出来吗？"小城堡主歪了歪头，黑发从脸颊边滑落，遮住眼眸里闪动的狡黠光芒。

"虽然很不想承认……但我的确是那个人渣的幼年体呢。"他装模作样地叹了一口气，"长大的我真讨厌啊，明明是一个这么漂亮又愿意陪他玩的大哥哥，竟然一点也不知道珍惜。"

“明明……我们都这么喜欢哥哥。”

“说重点，这到底是怎么回事，别转移话题。”宗九双手环抱，板着脸不为所动。

“哥哥好凶。”小城堡主慢吞吞地收回了手。

接下来，宗九所听到的内容，简直颠覆了他的世界观。

因为恶魔身兼游戏指导师的职责，所以他并不需要进入副本，也不需要扮演NPC，他之前进入副本不过是为了好玩。

恶魔在死亡迷宫副本里，特地给宗九准备了一份大礼，结果没想到被暗搅乱了，于是，他只能改变计划，转而来了结算日副本。

S级副本自成一个小世界，很难在整体上大动手脚。

结算日这个副本又很特殊，因为这里的NPC很特殊，只有玩家的亲人，外来者想要进来的话，基本没有空位。

因为比较匆忙，恶魔也没有注意到这一点。

结果为了符合这个副本的设定，他被强制回到了六岁，不仅年龄，还有心性，行事风格……

总的来说，现在在小城堡主躯体里的，是只有六岁的恶魔。

小城堡主摊了摊手：“当时的我可能也没想到这个副本这么特别，所以就坑到自己头上了。”

宗九一时有些想笑。

恐怕恶魔自己也没想到，这回真是搬起石头砸了自己的脚。

但这还不够，最搞笑的是，幼年的恶魔竟然直截了当地表示了自己对大后的自己的嫌弃，甚至还骂自己是人渣，未免太狠了。

宗九忍住笑意，继续板着脸问：“那你怎么知道我是谁？你有他的记忆？”

“没错……虽然变小了，但我的确拥有他的记忆。”见宗九的脸色越来越难看，小城堡主立刻说，“可这并不代表我和他是同一种人！”

他耷拉着脑袋，看起来惨兮兮的：“你看，我没有他的任何能力。”

宗九仔细看着那双摊开的小手，上面不仅没有任何丑陋的、纵横交错的伤疤，皮肤还很细嫩光滑。

“再说了，我也很不喜欢成年后的自己。”小城堡主噘起嘴，一副十分不满的模样，"谁知道我长大后竟然会变成那种讨厌的家伙啊！要是人生可以自己选择……唉，可恶的命运。"

这话说的，好像要是能选择，你就不会变成恶魔一样。宗九一脸冷漠，不为所动。

"哎呀，看来果然是成年的那家伙太讨厌，害得我在大哥哥面前都没有信用了。"他叹了一口气，"这样吧，只要哥哥能在这五天内陪我一起玩，我就告诉哥哥完成第二个任务的办法。"

这回宗九终于正眼看他了。

小城堡主连忙调整坐姿，乖乖将腿从椅子上拿下来，双手整整齐齐叠放在大腿上，昂起头笑眯眯地看着他，努力表现出一副乖巧的模样。

不得不说，他拥有一副好皮相。

此刻他身上尚未充斥成年后那种游走在尖锐刀锋上的癫狂，头发柔软，眼睛明亮，笑起来实在是可爱极了。

就算心里知道这是自己的宿敌，宗九也实在很难把他和那个疯狂的恶魔联系起来。

如果说六岁的小城堡主像一张白纸，那成年恶魔就像沾满血腥的尖刀。

其实宗九很好奇，恶魔到底经历了什么，才会变成现在的模样。明明面前这个六岁小孩看起来还是挺正常的，除了比普通的小孩来得成熟以外，并没有其他的不同。

见宗九已经动摇，小城堡主眼睛转了转，趁热打铁。

"虽然成年的我很人渣，但我一向说话算数。"

"只需要哥哥陪着我就好了，我不像那些普通的小孩子那样淘气，也不会干坏事的。"小城堡主拉长了声音，用近乎撒娇的语气恳求，可怜巴巴地望着他，"好不好？"

"好啊。"宗九盯着他看了几秒钟，直到对方看起来有些坐立难安了，才欣然开口，"但你得先告诉我，你真正的名字是什么。"

很显然，这个问题是六岁的恶魔始料未及的。像是想到了什么，他脸上的神色几度变幻，欲言又止。

之前在玩家宿舍的时候，暗和宗九讨论针对恶魔的具体行动，就提到过恶魔本名的问题。

暗能够确定，恶魔是一个超S级副本的原住民NPC。因为他从不知名渠道得到消息，游戏记载的超S副本有且只有一次。那次，游戏的顶尖人物几乎都进了副本，相当于是全部S级带着全体A级执行任务，结果却在那个副本内遭遇了团灭。

恶魔却将自己所在的原生超S级副本毁掉了。

能够单枪匹马毁坏掉一个超S级副本，恶魔的实力可见一斑。

暗说过，人的名字就是最短的咒。如果能够知道恶魔的本名，或许能够得到新的情报。

宗九撩开悔过室的帘子，微微弯下腰，神色淡漠。

小城堡主抬头看着他，苦恼地说："虽然哥哥问这个问题我很开心，但恐怕我没办法回答。哥哥下次见到长大的我时，或许可以问问他，他应该会愿意告诉哥哥的。"

宗九在心里冷笑。

"那你和我说说看，他在原先那个副本给我准备了什么惊喜？"宗九问。他心里还是有点在意暗去的那个副本的状况。

小城堡主不疾不徐地开口："之前哥哥不是同他宣战了嘛，既然宣战，就需要一个足够刺激的舞台，才能分出胜负。"

在进入这个副本前，宗九也是这么想的。

城堡内一时间陷入了静寂。

片刻后，宗九冷不丁开口："完成第二个任务的办法是什么？"

小城堡主噘起了嘴："这是作弊，你还没有答应我呢。"

"你这是在和我谈条件吗？"宗九面露惊奇，"我以为你很明白自己的处境，你该不会是身体变小了，连带着你的智商也一起缩水了吧？"

小城堡主失望得连头顶的一缕呆毛都耷拉下来了。

虽然成年的自己很讨厌，但好歹还有碾压众人的实力。但现在只有六岁的他，根本就没有谈条件的资本。

"这种小事，我当然不会瞒着哥哥啦。"

犹豫片刻，小城堡主选择了屈服，努力挤出了一个讨好的笑。

看着他脸上有苦说不出的神情，宗九心里别提多痛快了。虽然欺负小孩子不对，但六岁的恶魔算小孩子吗？

"如果能够找到让我恢复成年模样的办法，就可以毁掉这个副本世界。"

宗九蹙眉："为什么？"

只是法则相悖，还不足以毁掉一个副本。

小城堡主吞吞吐吐地开口："就是……哎呀，如果是这个副本的话，对成年的我来说可是一个巨大的惊喜，到时候哥哥就知道了。"

"怎样才能让你变回那个人渣？"宗九言简意赅。

"哥哥难道不喜欢我吗？"小男孩睁大眼睛看他，看起来委屈极了，"如果那个人渣回来的话，就相当于我这个六岁的人格永远消失了，以后再也见不到我了。"

宗九无语。

他就算再丧心病狂，也不可能对一个六岁的、手无缚鸡之力的孩子出手，这有违他的原则。就算这孩子的本体是恶魔，那也一样。

他垂下眼眸，打量着面前的小城堡主。

小城堡主虽然遮遮掩掩，语焉不详，但也透露了不少有用的信息。

最重要的是，他真的和成年的恶魔不一样。

在他身上，宗九感受不到恶意，只有和外面的善之城居民一样的欢喜和善意。

这孩子是真的很喜欢他，就像小孩子找到了玩具那样的喜欢，不掺杂其他感情。

不得不说，这真是稳稳地拿捏住了宗九的命脉。他感情淡漠，但对小孩子却有着超乎寻常的耐心，甚至偶尔还会去福利院做做义工。

再说了，一个六岁的、没有任何特殊能力、性格纯良的孩子，想从他嘴里问出点什么，还不容易吗？

正在小城堡主低垂着头、心情沮丧的时候，忽然有一双温热的手臂从他的背后伸过来，将他稳稳地托起。

一下子腾空而起，让小城堡主低声惊呼，随后他发现自己已经被抱了起来。

"不是要抱吗？"看到对方一脸惊讶，宗九不耐烦地问。

小城堡主终于反应过来，欢呼一声，紧紧搂住了宗九。

晚餐后，夜幕降临。

玩家们从长条桌旁起身，掠过那些摆放在桌上的食物和烛台，纷纷来到城堡侧门，遥望外边的夜色。

厚重木质正门早已关闭，上了门闩。

四下都暗了下来。

夜晚的善之城和白天的善之城不同，白天的镇子好似被圣光眷顾，浸透在暖洋洋的日光里。夜晚的镇子则家家户户门窗紧闭，放眼望去，街道上只有一排排路灯带来一点微弱的亮光，看起来萧瑟苍凉。

有雨丝从天空飘落，先是毛毛细雨，渐渐变作豆大的雨滴坠落在地，浓厚的乌云中隐隐有电光在闪动。

"抱歉，客人们，请先到一边的偏殿稍作休息。"

侍女们露出慌张的神色，她们将城堡的侧门关好，抱歉地指引玩家们去了会客厅。

大家心里隐约有了预感，安静地跟在她们身后。

偏殿不大，在城堡背后靠近小城堡主休憩的地方，舒服的沙发上放着毛茸茸的抱枕。

壁炉在偏殿中央不知疲倦地烧着，木柴发出噼啪声，空气里弥漫着暖洋洋的气息。

与之相反的，是众人凝重的脸色。

徐粟坐在壁炉旁，盯着壁炉中的火焰，一个人发着呆。

他也不知道自己这是怎么了，明明现在身处超难副本，没时间去想那些其他的，心绪却依旧难以平静。

记忆中，他来到游戏的时候是大四的学生，正准备考研。因为在异地读书的缘故，他整整一个学期都没有回家。

那天学校放假，他刚到家，就和家里人大吵了一顿。一气之下他把自己锁在房间里，打了几个小时的游戏。

吵架的内容是什么，徐粟自己也忘了。他性格风风火火，脾气来得快去得也快，想通后心里难免有些后悔，于是他关掉电脑，想要出去，没想到这时被抓到了游戏里，再也回不去了。

想起这一切徐粟就后悔。如果家人发现他平白无故从房间里失踪了，该有多着急，多难过。如果他回不去了，以后他的父母又该怎么办？

在广场上的时候，那个和他母亲一模一样的NPC呼喊他时，他差点掉下眼泪，因为他知道，他的妈妈一定会说出那番话的。

正因为如此，徐粟才不像其他人那样沉迷。

NPC们越是情真意切，他越是想到现实里苦苦等待他回去的家人。

他要从这个副本里出去，从游戏里出去。

想起和暗进入另一个副本的许森，徐粟心里有些担忧。他握紧拳头，下定决心，等从这个副本回到会议室后，一定要和许森说清楚自己真正的想法。

不管未来如何，至少问心无愧，不必再患得患失。

大家休息了一会儿后，纷纷拿上消除之枪，决定一起去外面看看。

抱有徐粟这种想法的玩家在这支队伍里就他一个，其他玩家心里都更倾向于留在这个S级副本。

毕竟，这可是千载难寻的退赛的好机会，他们对自己的实力心知肚明，回去参加比赛没有任何意义，宗九曾经透露过下个副本很有可能会是超S级副本，最终只留下一百人。

他们这些B级玩家，谁敢拍胸脯保证自己一定能在超S级副本里留下？

可惜的是，宗九在这个副本里几乎是躺赢，根本不需要考虑怎样通过结算日。于是其他有意留在这个副本里的玩家便打算组队探探情况。毕竟距离结算日只有六天，恶之城又只在晚上现身，这说明他们只有五个晚上的时间消除手臂上的黑线。

刚刚的悔过已经为大家消除了一条黑线，必须加把劲了。

唯有安东尼，听他们讨论后犹豫了一下，主动提出接下领队的工作。

他没有忘记宗九吩咐他的话，心里也清楚，自己估计就像NPC说的那样，无法通过结算日了。因为他刚刚悔过后，手臂上的黑线没有任何消除的迹象。

这正是问题所在——主线任务一和二有冲突。

如果毁灭副本，势必会损害到想要留在这个副本里的玩家们的利益，最后很有可能会发展成队伍发生内讧的局面。

主系统这算盘打得可太好了。虽然是作为一个团队进来，但因为不同的利益相互攻击，这是主系统最爱的戏码。

安东尼知道，必须小心谨慎，才能不暴露自己的意图。就算之后回到玩家宿舍可能被这些人恨死，他也顾不上了，因为摆在他面前的是一条死路，争取活下来的机会天经地义。

"好，那就让安东尼前辈当临时小队长吧。"

好在他是高位A级，是这支队伍里除了宗九以外等级最高的玩家，其他人根本就没有多加思索，便同意了他做临时队长的请求。

这时，小城堡主稚嫩的声音从偏殿门口遥遥传来。

"夜晚是善之城和恶之城连通的时候，你们确定要出去吗？"

和他一同出现的，是宗九。

"确定。"玩家们都点头。

宗九看了看众人，又和安东尼交换了一个眼神，确定了自己的猜测，他顿了顿："我也一起去吧。"

虽说他不需要像其他玩家一样想尽办法消除手上的黑线，但到底他还是队长，得尽到自己的责任，总不能真的完全放手不管。

"去除罪恶一定要自己动手，旁人帮忙的话没有办法消除罪恶哦。"

站在一旁的小城堡主善意提醒，压低了声音："哥哥还是晚一点再去吧，今晚是第一天，总得给他们一点接受的时间。"

宗九直觉有诈。

特别是小城堡主站在侧殿，笑眯眯地朝着他挥手后，他心里不妙的预感越来越强烈。

"你们先去吧，我换件衣服就来。"

这时，天边突然有惊雷传来。

"轰隆隆隆隆——"

雷声过后，响起了嘈杂的呼喊尖叫声，刚刚才出去不到十分钟的玩家们一个个扔了伞，淋着雨跑回来。

他们神色张皇地抬着一个浑身湿透、四肢抽搐、眼睛翻白的玩家冲进偏殿，将人放在温暖的壁炉旁，紧张地围在一旁。

"这是怎么回事？"

刚换好衣服的宗九深深拧眉，蹲下身去用手指探察，这个玩家的鼻息虽然微弱，但看来没有生命危险。

"外面，外面有……"

其他人脸上都带着畏惧，喘个不停。

宗九没催他们。然而下一秒，在壁炉火光的照耀下，一道淡淡的黑影被无限拉长，从那位昏迷的玩家的脚下，一直延伸到对面的墙上。

"他的影子……怎么回来了？"

所有人都悚然一惊。

支支吾吾半天说不出话的玩家渐渐平静下来，终于开口："刚刚我们一起出去，外面雨下得很大……"

他们出去后，从城堡向街区走去，雨竟然又越来越小，走到小镇中央的时候，雨已经彻底停了。

所有人都警惕地环视四周。

有人发现了不对劲，指着一旁的地面惊叫："你们……你们看那儿！"

顺着手指的方向可以看到，小镇米黄色的条纹地砖上有一摊摊积水。

在那些小小的积水潭里，有黑色的建筑物在水面倒映出来。乌云遮住了月光，天地间骤然陷入一片黑暗。

一道黑影从积水中冒出，嚎叫着冲向天空。

说时迟，那时快。

安东尼的双眸骤然点亮红光，夜族的能力赋予他无与伦比的夜视能力，也让他先一步比其他人更早发现异常，只见他抬起手，一枪命中黑影。

"呃啊啊啊啊啊——"

黑影发出野兽般的咆哮，被银白色的子弹打散，化作无数水滴散落在地，恢复了原状。而其他玩家还一脸茫然，不知道发生了什么。

继续这样下去，吃亏的一定是玩家。

"还愣着干什么？！赶快撤离！"安东尼大吼一声，带头往回跑。

雨夜的水洼里，千万道黑影如一只又一只的手，从水下飞速涌出，争先恐后地伸向了玩家。

大家惊醒过来，不顾一切地一边射击一边往回跑。

可黑影实在是太多了。

"等等……别开枪，他们好像是……"有人尖叫道。

一个玩家回头去看，却不想一道黑影突然冲上来，一下子就扑在那个回头的玩家身上。

"咚——"

那人双眼一翻，直挺挺地倒在地上，脏污的水溅了他一身。

其他玩家便手忙脚乱地把他给运了回来。

听完这番经历后，宗九皱起眉头："没有伤口？"

他仔细检查，发现确实如他们所说，躺在地上的玩家没有丝毫受伤的痕迹，除了依旧没有恢复神智、浑身抽搐以外，根本看不出任何异常。

宗九蹲在地上，摸了摸下巴："你们有谁看清楚那些黑影是什么了吗？"

钟意远摇了摇头。

有几位玩家犹豫着举了手，安东尼顿了一下，也举手示意。

宗九的视线转向那几个普通的玩家。

"我……我的眼睛刚好强化过，虽然当时实在很黑，但好歹看到了一点。"

所有人都看向这个玩家，他支支吾吾地说："他们、他们好像是镇上的居民。"

不等众人做出反应，他又不确定地补上一句："也有可能是我看错了，因为他们的模样实在和善之城的居民们不太一样。"

偏殿内一阵死寂。

其他几个举手的人也纷纷点头，表示肯定。

直播间议论纷纷。

【这个我看到了，他说得对，刚才那些黑影确实是镇上的居民。只是有一点，他们可能当时太过匆忙没有发现……那个影子和昏迷的玩家融为一体了！】

宗九站了起来，忽然说："你们把袖子全部撸起来看看。"

大家依言照做。

玩家们纷纷卷起袖子露出手臂。

很快，惊呼声此起彼伏。

"我少了一道黑线！"

"咦，我也是！"

二十九个人里，有两个玩家的黑线莫名其妙消除了一条，其他玩家手上的黑线依旧还是六条。

面对这个情况，那两个玩家自己也搞不清状况，因为他们也和其他人一样，朝着那些黑影一顿乱开枪。

"难道是因为你们打中了，而我们没有打中的缘故？"徐粟沉思着开口，旋即又迅速否定了自己的推测。

方才的大雨中，扑上来的黑影不计其数，他们这么多人，总不可能只有两个人打中了黑影，这个猜测未免过于离谱。

小城堡主坐在一边的沙发上，两只手托着下巴，兴致勃勃地看着他们讨论。

宗九回头瞥了他一眼，他立刻一脸乖巧地笑了一下。

"这样吧，"宗九直起身子，"今天的天气实在太差了，还发生了这么出乎预料的情况。大家都先回去休息吧，一切等明天他醒过来再决定。"

毕竟，在没搞清外面那些恶之城的黑影到底是什么之前，再出去试探也毫无意义。如今又没有其他线索，贸然出击绝对不是明智之举。

大家只好怀着满肚子的疑问，被带到城堡后面的客房。

偏殿只剩下小城堡主、宗九和安东尼三人。

宗九疲惫地揉了揉太阳穴。

安东尼看着地上昏迷不醒的玩家，神色复杂："他们说得没错，黑影确实是镇上的居民。而且……它还融进了他的身体里。"

安东尼的天赋在那个时候发挥了作用，他看到那个黑影扑到这个玩家身上的瞬间，便瞬间融为一体，如同进入了对方的身体，了无踪迹。

借此机会，他说出了自己的猜测：地面上是善之城，水面下的恶之城看起来和善之城一模一样，如同善之城的倒影，恶之城的居民也是如此，但是，善之城里的居民充满善意，恶之城的居民与之相反，充满恶意。

说完这些，安东尼便离开了。

直到安东尼的身影消失在拐角，小城堡主才从沙发上跳下来，打了个哈欠，朝宗九张开了双臂："这么晚了，我好困，哥哥我们一起去楼上睡觉吧。"

宗九瞥了他一眼，站在原地没动："不好意思，答应陪你玩，但不包括这个。"

小城堡主眼睛滴溜溜一转，充满期待地看着他："那总得给我讲几个睡前故事吧。"

宗九冷淡一笑："你拥有恶魔的全部记忆，与其听故事，不如自己回味一下未来的你都干了什么好事，如何？"

第七章

小城堡主和大恶魔

果不其然，听宗九这么说，小城堡主气得噘起了嘴："谁要看那个人渣的记忆啊！"

宗九挑了挑眉："可你不能否认，他就是未来的你。"

这时，有侍女回来汇报："堡主，按照您的吩咐，给每个房间放上了炭盆，门窗也都提前关好了。"

小城堡主点了点头："辛苦了，大家也早点休息吧。"

说着，他把头转向了宗九，伸出手去："走吧，大哥哥的房间就在我的房间旁边，早睡早起才精神好。"

宗九越看越惊奇，但也没说什么，只是跟在了小城堡主身后。

"说起来……"宗九拉长语调，声音里带着似是不经意的探究，"我实在很好奇，你到底经历了什么，才会变成长大后那个模样。"

这个问题实在让宗九百思不得其解。

面前这个六岁的恶魔性格确实很好，虽说带着孩子特有的狡黠，但还算可爱，也会主动关心别人。而成年后的恶魔性格之恶劣，简直与这个孩子有着天壤之别。

性格变化如此之大，在他成长的过程中到底发生过什么？

宗九猜测，恶魔的原生世界，也就是那个超S级副本可能出现了什么变故。这个变故，不仅改变了恶魔的性格，也让他得到了操纵傀儡丝和穿梭阴影的能力。而且，既然他是来自超S级副本，那么得到的能力如此逆天的强，也能解释得通。

这时，宗九感到小城堡主的身子一顿。

这里是走廊的转角，光影明暗交错间，宗九发现，这个孩子的神情似乎有些落寞。

而且，他似乎并非是为自己难过，是在为某段未来而难过。

"哥哥想知道吗？"见宗九在打量自己，他侧过脸来，一脸乖巧地笑着问。

"想啊。"宗九回答得十分爽快。

"好。"小城堡主笑容浅淡，"如果哥哥想知道的话，那我就告诉哥哥，不过不是今天。要是成年的我知道，那可就糟糕了。"

说着，他不好意思地吐了吐舌头。

宗九十分给面子地低笑一声。

两个人顺着螺旋楼梯，走到了顶层，那里是城堡主的房间。

宗九推开了厚重的木门。

房间很大，里面装饰着琳琅满目的艺术品，有雕刻、油画，还有赤金做成的精美摆件。

房间的中央的是张大床，四周挂着轻柔的幔帐，被子柔软得不可思议。

宗九拿出了自己的物理学圣剑，扒了扒壁炉里的柴火，看着火苗蹿了起来："你睡吧，我走了。"

"可是哥哥，外面在下雨，还在打雷，我好害怕。"他还没走几步，背后就传来了小城堡主闷闷的声音。

"这样吧，我给你变个魔术。"宗九回过头，手掌灵巧地一翻，不知道从哪里变出一只只有小臂长的兔子玩偶，塞到小男孩怀里，拍了拍他的肩，露出一个鼓励的笑容，"乖，睡不着就抱着它，很快就能睡着了。你总要长大的，加油哦。"

小城堡主可怜巴巴地看着他，继续用目光恳求。

宗九当然没有留下来。

木门"嘎吱"一响，再度关上了。

房间内恢复了安静。

厚重的门板和花岗岩石墙足够隔绝一切声音，关好的窗户也将气势汹汹的风雨阻拦在外。

夜晚的城堡内因为没有通电总是漆黑一片，这个房间太大，几缕单薄的火苗并没能让房间亮起来。

小城堡主站在原地，听着门外远去的脚步声，神色不明地低下头去，将怀里的玩偶兔缓缓抱紧。

第二天一早，小镇居民们如约而至。

玩家们也陆续下了楼，有些人甚至组队去小镇上逛了一圈。

这个小镇真的很美，几乎所有人都能从小镇里找到自己在现实世界生活的回忆。

或许就像小镇居民所说的，现实和虚幻的区别有那么重要吗？当幻境足够真实，你又怎么分得清一切究竟是现实还是虚幻呢？

一边是前途未卜的游戏比赛，一边是鸟语花香、温暖祥和的避风港，如何选择并不是一件多么困难的事。

徐粟罕见地没有说话，也没有抬头。

小镇的居民们正在邀请玩家们来做客，决定留下来的玩家们的态度没有之前那么抗拒了。

突然，有玩家发出了尖叫声，有人发现——

居民少了几个，有几个玩家的亲属没有来。

钟意远问道："我妈去哪里了？"

居民们一下子卡了壳，支支吾吾地不开口。

钟意远忽然想到什么，神情越发急切。

"我妈呢，我妈去哪儿了？！"

在他的记忆里，妈妈早就去世了，那时正好是重要考试前夕，于是村里人便遵循他妈妈的遗愿没有告诉他，等到他考完试回来才知道。没能见到妈妈最后一面，成了他心里最大的遗憾。

所以在小镇上看到已故的妈妈时，钟意远的眼泪便控制不住了。

"她……她……"镇民吞吞吐吐，到头来还是只叹了一口气，声音苦涩，

"你妈妈是自愿的，千万不要责怪自己。"

这句话如晴天霹雳，钟意远一下子就确定了自己心里的猜测，他声音颤抖着："昨天晚上，我打中的那个人，是不是就是我妈妈？"

另外那个消除了一条黑线的玩家也发现了："等等，奶奶呢？我奶奶去哪儿了？"

【难道玩家们要斩断与亲人的羁绊，才能留在这个副本吗？】

【我的天，就算知道是假的，那也没办法亲手除掉自己的亲人啊！更何况这些NPC还有他们的记忆……】

【我就知道，这个是S级副本，肯定没这么简单的。之前就在怀疑了，主系统怎么可能这么好心，居然允许玩家中途退赛留在这里。】

那个居民擦了擦眼泪："我们不会怪你们的，要是能用我们的牺牲换你们活下去，我们是发自内心愿意的。"

其他居民也默默点头。

宗九皱了皱眉："你们的意思是说，昨晚那些黑影就是你们？只有把你们除掉，才能够消除罪恶？"

"不，不是这样的，昨晚那些人并不是我们……也不能这么说。"一直默默守在一旁的侍女开口，"这里的人生来便有罪恶，无法摆脱。"

大家安静下来，听着侍女的讲述。

这件事还得追溯到这个S级结算日副本的起源。

数年前，结算者来到他们的世界，告知小镇里的人，若干年后将迎来世界末日。在世界末日到来之前，结算者会开启结算，判定所有人的命运，有罪者将被永远地打入地心囚笼。

因为这里的所有人届时都无法通过结算日，小镇上的人便终日在结算者面前请求，希冀能够给他们一线生机。

某一日，小城堡主降生了。那天，空中满是璀璨的光芒。

小城堡主生来便拥有可以驱除罪恶的神奇力量，只要向他悔过，便可以达到消除罪恶的目的。小城堡主有着悲天悯人的性格，于是他便利用自己的力量帮助镇上的居民们，将善恶人格剥离开来。

从此便有了恶之城。

恶之城在善之城的背面，地心囚笼上面，不仅是建筑物，城镇里的居民也呈现出镜像对称的模样。

——因为恶之城的居民正是善之城居民的影子，也就是他们的恶人格。

善人格包含了人光明的一面，有六品德。

恶人格包含了人黑暗的一面，有六大过。

剥离人格之后，善之城的居民们便永远地失去了自己的影子，因为光明之下不见阴霾。

侍女缓缓道："这样，等到结算日那天，我们便可以通过结算。而恶人格的居民，则代替我们承受那一份罪责，在地心囚笼中完成赎罪。"

安东尼明白了什么，脸色很难看："我们在进入这个副本的时候也没有了影子，难道我们也被分离出了恶人格？"

"并不是。"侍女说，"小城堡主的力量太过强大，为了防止恶之城的居民们突破束缚，小城堡主将力量范围扩大到了整个城镇。但诸位客人是从异空间远道而来的外来者，分离人格的办法并不适用于诸位。只是在进入小镇的时候，大家的罪恶面会暂时被压制下来，化成黑线。"

"所以这就是之前说的，只要清除手臂上的黑线，便可以通过结算日。"

对于这些玩家们，清除黑线便等同于善之城居民们分离恶人格，只是形式不同罢了。

说到这里，侍女的目光饱含歉意："抱歉，因为昨天大家的情绪不佳，这件事我们便没有第一时间告知诸位。但请相信，我们绝无恶意。"

大家恍然大悟。

的确，进入这个副本后，所有玩家的情绪就有些不对。不仅解封了记忆，而且变得更加感性，甚至是有点感情用事。

更重要的是，他们生不出一丝恶念，因为他们的恶念都被压制了。

更夸张的是，大家都看到，钟意远已经跌坐在地，开始号啕大哭了。

【我的天……我就说感觉这个副本的玩家们有点感情用事了，没想到竟然是这个缘故。】

【想要通过结算日，就只能要善人格。不过，人格不齐全，就算通过了结算日，回到玩家宿舍，这也是个隐患啊。如果是留在这个副本……永远善良下

去，行吧，只能说有失必有得。】

玩家们的脑子里都乱哄哄的，只能继续听侍女往下说。

"至于昨晚……午夜时分是黑夜与白昼相交的时刻，再加上雨水在地面造成的镜面反射，栖息在恶之城的恶人格们逃了出来。"

"恶人格逃出来想要干吗？"

侍女叹了一口气："他们想要拉善之城的人下水。"

显然，恶人格并不甘愿就这样为善人格赎罪，所以在结算日即将到来之际，开始了疯狂反扑。

"因为善恶人格是互通的，如果恶人格被消除之枪打中，那与之相对的善人格也会消失。迄今为止，我们所知晓的，能够让外来者赎罪并且消除手臂上黑线的办法，只有这个。"

镇民们神情苦涩："我们只需要对小城堡主悔过，而外来者必须清除黑线，才能抵消自己的过错。"

可是这些居民们却自愿成全玩家，自愿用他们的罪恶抵消玩家的过错，帮助他们消除黑线，通过结算日。

宗九收起星辰牌。

正好这时，昨晚那位被恶人格攻击的玩家也醒来了。他看上去对自己既没有受伤也没有任何不良反应的情况感到茫然不解。

只是，侍女很遗憾地告诉他，他注定无法度过结算日了。

"为什么？！"重新拥有了影子的玩家一跃而起，"为什么说我无法度过结算日？"

他还想完成主线任务后选择留在这个副本，结果现在却被泼了一盆冷水。

"如果我们被恶人格附体倒是可以找小城堡主帮忙，可我们却没有让外来人分离善恶人格的办法……"侍女苦笑，"或者您也可以选择多试一试他们的办法，尝试能不能将融入您体内的恶人格分离出来？"

他们的办法，那不就是……

其他人又是心下一紧，特别是那些打算留在这个副本里的玩家。

如果想要留下来，不仅要消灭和自己家人一模一样的居民，还得注意不被他们附体。

宗九凉凉地来了一句："不如我们选择第二个主线任务吧。"

居民们也赞许地点点头："如果选择第二个任务的话，小镇里有足够的炸药，只需要清除恶人格就可以。"

"不行！"

"不，不能选第二个任务！"

很多玩家立刻出声反对："没必要毁掉副本吧，好不容易出现这么一个能够中途退赛的地方，错过这个村就没这个店了。"

"确实，先不说毁坏副本有多难，明明我们还有另一种选择，总该考虑一下大家的意见。"

"九哥，你的实力摆在那里，回了玩家宿舍肯定也能成为最后留下的一百人之一。可我们实力有限，不是我们想当懦夫，而是真的不知道自己能不能活下去。"

"是啊，九哥，虽然大家都愿意跟着你，但这个问题真的很现实……我们也只是想活下来罢了。"

"九哥……"

无数双眼睛恳求地看着宗九，其中有荒村开始就跟着他的玩家，有在第一工厂副本里并肩作战的九区同僚，也有万圣节活动时一起在游乐园跑来跑去的小队成员。

这个结果宗九早就猜到了。

如果他执意坚持，恐怕就是内部分裂，闹到那一步未免太过难看，而且没有必要。

毁掉这个副本，他一个人也可以。

宗九的任务是保证所有人通过这个副本，至于他们的意愿如何，在这个被主系统操纵了情感的副本里一点也不重要。

宗九叹了口气，淡淡道："我知道了。"

听他这么说，不少玩家都松了一口气。

他们队伍里A级玩家只有宗九和安东尼，这两个都不是他们能惹得起的，再加上还有些玩家跟着宗九经历过之前几个副本，还有个人的感情在里面，谁也不好率先开口，打破这个队伍原本平和的气氛。如果能够达成共识，那自然是再好不过。

"不过我丑话先说在前头。"宗九再度开口，大家又紧张了起来，"早在大家分组的时候就说过，在副本里必须绝对服从队长的命令。大家当初和我说希望能够回去，我答应了。所以，这是我首先要考虑的。我只保证把你们从这个副本带出去，不保证你们能不能留在这里。"

宗九脸色平静，看不出任何情绪："所以接下来，大家尽量自己做好准备。我不会干涉你们的选择。但如果第一个主线任务出现问题，那不管意见如何，我只会以团体利益为目标。"

没人反对。

虽然不少人想留在这里，但若是生命受到威胁，那还是性命更重要。

"接下来你们自己组小队完成主线任务，我就不和你们行动了。"

宗九满意极了，接下自己单独行动，就可以把精力全放在研究怎样毁掉这个副本上了。

上次成功炸了工厂，是刚巧集合天时地利人和，但这次没有那个条件。

就算善之城的居民可以给他们提供物资，但等到结算日那天，如果结算者降临，那是不是还得和结算者分个胜负？

之前小城堡主告诉他，只要能让恶魔的成年体回来，这个副本就可以被毁掉。

小城堡主比大恶魔在宗九这里有信用多了，当然这是建立在用星辰牌测过他说的都是实话的前提下。

宗九转向侍女："小城堡主去哪儿了？"

刚才他的注意力都在这个善恶之城上，这会儿才发现小城堡主一直没有出现。

侍女答道："昨夜雨那么大，小城堡主应该还没起床。"

这时她忽然惊呼一声，回过头去询问其他人："你们昨天为小城堡主点上蜡烛了吗？"

侍女们一愣，纷纷摇头。

昨天晚上的事情太多，不仅要收拾餐厅，巡察城堡，还要妥善安排这些客人，大家竟然都忘了去城堡主的房间里将火拨明亮一些。

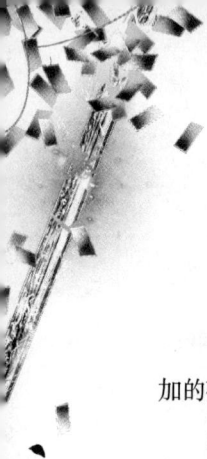

"没事，我上去看看吧。"宗九不在意地挥了挥手，作势就要上楼。

"请稍等。"

侍女叫住了他，踌躇道："还请您尽量不要吵醒他……小城堡主在雷雨交加的夜晚总是睡不太好，估计是在今天天亮后才睡着的。"

她神色懊恼："大家都知道小城堡主怕黑这件事，都怪我们忘记了。"

宗九愣了愣，点头答道："行，我不会叫醒他的。"

宗九心里对这话半信半疑，只不过，昨晚小城堡主也确实以这个借口恳求过他留下。

他轻轻推开了顶层那间房门。

房间内很暗，只有一扇窗子因为没被挂毯遮严而露出了几缕阳光。但是，屋内还是一片昏暗。仗着夜视能力，宗九关上门，无声地接近了中央的大床。

透过层层叠叠的轻柔帘幕可以看到，小城堡主安静地睡着，呼吸平缓悠长，眉眼间透着深深的疲惫。

宗九注意到，小城堡主的怀里还抱着一个黑乎乎的东西，凑近了能够看到，那正是昨晚自己给他变出来的兔子玩偶。

小城堡主抱着这个玩偶，睡得毫无防备。

宗九观察了许久，终于确定对方是真的不知道自己在这里。果然……变成小孩子之后，特殊能力消失了不说，身体的素质也是大幅卜降。

不知道侍女们提到的那个分割善恶、消除罪恶的能力，到底是这个副本所赋予的，还是他自己的能力。

如果是他自己的能力，怎么恶魔却从未使用过？

如果是副本赋予的能力，那小城堡主在副本里又是扮演了一个怎样的角色？

宗九漫不经心地想着，悄无声息地在床边坐下——反正这个床足够大，他不会吵醒这个熟睡的孩子。

宗九的目光从睡得正香的小城堡主身上挪开，盯着自己手中的纸牌发呆。

就算恶魔现在的人格只有六岁，但到底也是自己的宿敌。恶魔的成年体是以小城堡主为凭依存在的，如果小的消失了，成年体估计也将不复存在。

只需要这么轻轻一下——

宗九张开手比画了一下，觉得比他想象中还要简单。可不知道为什么，他发现自己实在做不到乘人之危。

更何况，宗九一点也不想伤害面前的小城堡主，即便他十分确定他们的死敌关系。

或许是因为他还是有道德底线的，再怎么丧心病狂也不会对孩子下手；又或许是因为，他更想堂堂正正地打败恶魔。

宗九兴致缺缺地收起了纸牌，闭目沉思。

比起这些，侍女方才说的话宗九更感兴趣，没想到六岁的恶魔竟然真的怕黑。

真离奇。

直到中午，小城堡主终于从睡梦中悠悠转醒，他下意识地抱紧怀里的玩偶，这才注意到不远处的黑暗里有一个人影。

他吓得睁圆了眼睛，下一秒，那人如同变魔术一般点亮了桌上的烛台。

"醒了？"还不等他反应过来，宗九便淡淡地开口，"下次要是蜡烛没亮，记得找我点火。"

接下来的几天里，一切都在按部就班地进行着。

宗九没有参与，但安东尼作为他的眼线，一直在给他传递信息。

不少玩家在反复挣扎后，为了通过结算日，还是选择了对那些恶之城的居民痛下杀手，而善之城的居民也如他们自己所说，毫无怨言地接受了自己的消亡。

面对这番情景，玩家们不断地告诉自己这是虚假的，然后扣下扳机。

但也有极少数像徐粟这样的玩家，或是不肯对自己的亲人下手，或是目标坚定地要返回现实世界。只可惜，这样的人实在太少了。

他们也没有什么选择的余地，因为第二个任务毁灭副本，同第一个任务的方法并无区别。

三天一晃就过去了，距离结算日更近了。

宗九这几天什么也没干，只是遵守承诺专心陪小城堡主玩耍，偶尔从对方口中套出点新情报、新信息。

不知道是不是因为有成年体全部记忆的缘故，早熟的小城堡主和普通的小孩子完全不同。

他每天都很忙，早晨天还没亮就要起床主持大小事宜，下午聆听居民悔过，晚上又得去图书馆看书，只有上午有一点点自由活动的时间。

这个年龄的小孩大多还只顾着玩，小城堡主却省心得很，而且安静得不像一个六岁的小孩。

"既然侍女说善之城的居民们善恶人格是分离的，那你呢？"

"我？"小城堡主愣了许久，这才反应过来，"大哥哥放心好了，我受到这个副本的压制，不可能分离出人格来的。与其说我是施行者，倒不如说我才是那个善恶的锚点。"

"再说了……我总要被结算的。"

这天午后，他们在城堡后面的草地上晒太阳，暖融融的阳光晒得宗九闭上了眼："镇民口中将善恶分离的能力是你的能力吗？"

小城堡主点头，稚嫩的小手上飘起星星点点的白色荧光，神情平淡。

"和不畏惧火焰一样，这两个都是我与生俱来的能力。"

宗九敏锐地注意到他话语里"与生俱来"这几个字。

像是发现了他的疑惑一般，小城堡主垂手抱住自己的膝盖，低声说："只是我的能力，准确来说是六岁以前我的能力。六岁之后就不是了。"

所以这就是成年的恶魔没有消除能力的原因，可傀儡丝和阴影穿梭能力的来源还是未知的，而且不畏惧火焰这个能力，宗九也毫不知情。

注意到小城堡主情绪不高，宗九便善解人意地没有多问。

他心里对恶魔六岁后在那个超S级副本里经历了什么越发好奇。

下午又是漫长的悔过时间。

等小城堡主从悔过室里走出来的时候，他的脸色已苍白如纸。

"不用担心，我没事，只要睡一觉就好了。"小城堡主放下手中的权杖，露出一个笑容，"说起来，谢谢哥哥的玩偶，有了它之后，我每天睡得都安稳了不少。"

宗九没说话。

距离结算日只有两天了，大家都很忙碌。

小镇的居民越来越少。

不少玩家已经消除了四五条黑线，距离成功只有一步之遥。

其中也有越来越多的玩家因为被恶之城的居民附体，再也无法完成第一个主线任务。

预料中的分歧终于出现了。

安东尼、徐粟还有钟意远这些人打算完成第二个主线任务，其他玩家则千方百计地想要阻挠他们。

想要完成第二个任务的玩家趁着这几天的时间，在小镇周围埋下了炸药，但想要留下的玩家们却悄悄把他们的炸药全部拆除了。

夜里，宗九疲惫地揉了揉太阳穴，送走了来找他的安东尼。

他走到窗边，凝视着外边的夜色。

距离结算日越来越近，只有一天时间了。

在结算者制定的规则里，世界末日最后一天，清晨第一缕阳光落下时，就会拉开结算序幕。

按小城堡主的说法，等到结算日，大恶魔会自己回来。

宗九相信小城堡主说的话，但他有点没搞清楚这里面的关联。

他们都是居民口中的"天生善良"之人，众所周知，天生善良之人可以直接度过结算日，可为什么小城堡主又说他还是要被结算？

难不成是因为小城堡主虽然是恶魔的六岁人格，但他们还是同一个人，所以他要为恶魔未来犯下的过错付出代价？

宗九在窗边站了许久，才发现外面又开始下雨了。

狂风咆哮，黑云漫涌，发亮的电光在云层中翻滚，雷声轰隆隆响彻天地。即便站在这里，宗九也能感到一丝丝被风裹挟着吹来的冰冷细雨，从他脸上缓缓滑落。

他遥遥看见一群玩家们在雨幕中消灭恶之城的居民。

宗九突然想起，他在进入这个副本后，还没去见过老人一面。

老人的旧纪念堂在小镇边缘，平日并没见她来过城堡，难道她不担心结算日吗？

但是这个念头只是一闪而过。

就算这个副本和宗九曾经生活过的现实世界一模一样，他也不会为此停留半分。更何况老人早就故去，与其保留这样一个美好的幻境，不如让她永远埋葬在记忆里。

他不可能沉溺于幻境中。

突然，一道闪电撕裂了夜空。

宗九收回眼神，他举起一旁的烛台，准备去隔壁小城堡主的房间里看看，这时，房门忽然被敲响了。

"笃、笃、笃。"

敲门的人似乎很犹豫，敲了三下后立刻偃旗息鼓，再没有动静。

宗九走过去，一把将门拉开。

门外，抱着枕头的小城堡主似乎被吓了一跳，下意识地后退了一步。

他怀里抱着一个天鹅绒枕头，同时还紧紧抓着那个兔子玩偶，像是在从它身上汲取力量。

他露出一个可怜巴巴的表情："哥哥……外面……外面雷好大，我有点怕。"

宗九顿了一下，他当然能看出来这孩子在打什么主意，但还是侧了侧身，让开一条缝隙："进来吧。"

小城堡主忍了好久，才维持住害怕的表情，不让自己立刻就喜上眉梢，但是他轻快的步伐完全暴露了他此刻的好心情。

宗九放下烛台回过头，发现小城堡主已经十分乖巧地躺到了他的床上，连被子也一并铺好，一脸期待地看着他。

宗九似笑非笑："这么晚了，赶紧睡觉。要是你敢半夜吵我，我就把你踢下去，听到没有？"

小城堡主忙不迭地点头，立刻闭上了眼睛。

说来也奇怪，明明那么害怕雷雨交加的夜晚，在这个人身边，却完全感觉不到恐惧。小城堡主迷迷糊糊地想着，很快陷入了甜甜的睡梦。

宗九看了他一会儿，确定他真的睡着了之后，才在旁边躺了下来。

不知道是不是冷风灌进被子的缘故，小城堡主迷迷糊糊地抱着兔子玩偶翻了个身。

烛火恰在此时一闪，随后便熄灭了。

房间陷入了黑暗。

但是宗九的夜视能力让他看到，小城堡主的后背——或许是睡姿的关系——露出了一片皮肤。

在他的背上，一道道纵横交错的伤疤和黑线交织在一起，密密麻麻，触目惊心。

第八章

中招了？

小城堡主并不知道这一切，他抱着兔子玩偶，睡得格外香甜。

这是自从他进入这个副本后睡得最安稳的一次，整整一晚上都不曾陷在梦魇中。窗外的狂风骤雨、电闪雷鸣，都丝毫没有影响到他。

一夜无梦。

第二天，太阳自东方升起，小城堡主才悠悠从睡梦中醒来。他睁开眼睛，见到宗九撑着头躺在他旁边，眼神清醒，毫无睡意。

小城堡主眨了眨眼睛，露出一个大大的笑容："大哥哥早。"

不知道为什么，直觉告诉他，宗九的心情似乎并不美妙。

他不禁开始回忆起自己昨晚是不是有什么不太妥当的言行，但是他什么都不记得，所以决定先主动认错："哥哥，是我昨晚吵到你了吗？"

宗九淡淡地看着他，语气听不出喜怒："你背上的东西是怎么回事？"

小城堡主一僵，随后意识到自己的反应似乎过于剧烈，于是又下意识抱紧了兔子玩偶。

昨晚宗九在看到小城堡主背上的伤疤和黑线后，并没有打草惊蛇，只是放下了烛台，陷入了沉思。

恶魔的手上一直戴着手套，但是宗九也曾看过他摘下手套时的模样，手指遍布狰狞伤疤，丑陋无比。

那些伤疤和小城堡主背上的伤疤看起来一模一样，再加上那些缠绕在伤疤上的密密麻麻的黑线……宗九终于明白自己踏入这座小镇后一直隐约感到的违和感是什么了。

——这个小镇的人，一直在对这个孩子进行无度的索取。不管是分离罪恶，还是抹去黑线，都是小城堡主在消耗自己的力量。

"你把居民们身上的黑线转移到了自己的身上，对吗？"

宗九深深地凝视着他的眼睛，瞳孔中像是有漩涡在旋转。

镇子上的居民只需要找城堡主悔过，身上的黑线便会消失。可事实上，小城堡主消除的罪恶并不会消失，只会以另外一种方式转移到自己的身上。

宗九猜，他的能力根本就不是消除，而是转移。

安东尼觉得头痛。

昨天夜里，两队玩家间的冲突彻底爆发了。

截至目前，这个副本还没有一位玩家被淘汰。但谁也不知道，明天的结算日过后，能剩下多少玩家。

他已经做了足够的安排，但很显然，这个副本并不简单。

第二个主线任务的难度有如登天。先不论这个副本等级如何，真正毁掉过副本的，除了首席，只有摧毁第一工厂副本的那些B级玩家了。

然而夜里他和宗九讨论的时候，对方却给了他一个肯定的答案，这也让安东尼半信半疑，但他想了一夜，最后还是决定相信宗九。

所以，今天一早，他便约了徐粟和钟意远一起，准备上楼去找宗九说清楚自己的打算，结果迎面就看到宗九冷着一张脸，一只手拎着蔫蔫的小城堡主，正好从顶楼走了下来。

"早，有什么事情待会儿再说。"

宗九朝他们点点头，继续冷着眉眼，拎着小城堡主一路走过去。

城堡里的侍从看到这么早就下楼来的小城堡主，都惊讶极了。

宗九没说话，直接把小城堡主带到悔过室，把人推到另一边，自己则走进小城堡主聆听悔过的小房间。

"现在，你来向我悔过。"

小城堡主揉了揉头发，沉默了一会儿，这才无奈地说："没有用的。"

居民们可以找小城堡主悔过，小城堡主又该向谁悔过呢？

"那你回答我之前的问题。"宗九冷冷地问，"你是不是把他们身上的罪恶转移到了自己的身上？"

这才是宗九感到匪夷所思的地方，就算小城堡主足够善良可爱，在宗九心里，他绝不是那种会牺牲自己成全他人的类型。

过了许久，传来小城堡主闷闷的声音："是。"

"为什么这么做？"

"啊……如果非要说的话，可能这就是我存在的意义吧。"小城堡主轻声说道，"其实哥哥你也不用太担心，因为之前我不是答应过哥哥，要帮忙毁掉这个副本嘛。"

想要毁掉这个副本，就得让成年体恶魔回来，办法只有一个，但要等到结算日当天。

之前宗九还以为结算日当天或许正是副本限制消除的时候，没想到竟然是因为小城堡主身上背负着这么多的罪恶。

"哥哥不用担心我，如果他不回来的话，不仅仅是你们，即使有游戏指导师身份的他，也得折在这个副本里。因为即使没有我的能力，这具身体也背负了太多太多的黑线，根本不可能成功度过结算日。"

小城堡主低下头，轻轻抚摸着兔子玩偶的长耳朵："哥哥知道的吧。现在哥哥看到的我，并不是真正的六岁的我，而是因为副本的限制，使我的身体停留在这个时间段，本质上来讲，我还是他。"

宗九脊背挺直，眉头紧锁。

的确，时间是不可逆转的，他面前的小城堡主，并不是恶魔真的回到了六岁。

"所以，哥哥无须感到自责，我并没有被抹掉，因为总是要变回成年体的。"

小城堡主孩嘟囔了一句，好像是"虽然我也很不想变成那个样子就是了"。

"所以，你六岁之后到底经历了什么？"宗九重复了一遍自己的问题。

"哥哥你确定要知道吗？"小城堡主叹了一口气，"我是很愿意告诉哥哥没错啦，但我变回成年体后，成年体也会保有这段记忆的。虽然我不会被迁怒，但哥哥会发生什么，我就不知道了。"

"毕竟除了我以外，知晓这个秘密的都已经被淘汰了。"

宗九失笑。好像他不告诉自己，等恶魔变回成年体后，他们就不是宿敌了一样。要是怕这个，也就不可能和恶魔成为宿敌了。

"真是执着啊。"小城堡主感慨道，"说来也很有意思，成年的我对这个副本其实也很感兴趣，因为这个副本在某种程度上也会重现哥哥的过去嘛。"

——结果没想到，恶魔不仅没能偷窥到宗九的过去，还把自己也给搭进去了。

小城堡主端坐在悔过室的中央，神色纠结。

"哥哥如果真的想知道的话，那就过来吧。但是在此之前，哥哥得答应我一件事。"

"什么事？"宗九撩开悔过室的门帘，坐到了小城堡主的对面。

"哥哥先蹲下来嘛。"

小城堡主充满希望地看着宗九。

宗九依言蹲下，正好和坐在椅子上的小城堡主的视线平齐，小城堡主将双手搭在了宗九的肩上，认真地看着他："虽然未来的我是个十恶不赦的大坏蛋，但是哥哥……"

"请务必对他好一点吧。就当我将这段过去分享给哥哥的私人请求，好吗？"

说完，小城堡主便灵活地凑上前去，和宗九的额头轻轻相碰。

下一秒，宗九便如同脱力一般，朝着前方软软地倒去。

一个成年人的体重对一位六岁孩子来说委实有些重了，小城堡主费劲地将宗九接住，第一次有些后悔自己为什么不是成年形态。

很多人都说，这是一个无比美好的世界，至少来到超S级副本的玩家都这么说。

这个游戏中第一个超S级副本开启，大概是在古大师被淘汰不久。那时，他留下的关于救世主的预言，牵动着所有玩家的心，大家都在着急地寻找那个能够继承古大师遗志的救世主。

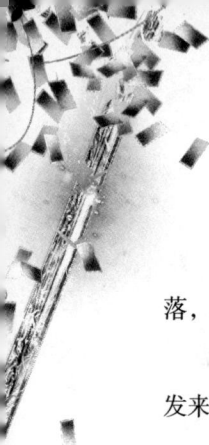

因为对他的追随者们而言，古大师如同精神支柱一般，随着古大师的陨落，他们急于再寻找一个精神支柱，一个就能承担他们所有希望的崇拜对象。

就在这个人心动荡的时期，游戏历史上第一个超S级副本向所有资深玩家发来了一封噩梦邀请函。

通过这个超S级副本能够得到什么奖励如今已经不可考，因为暗说过，当时几乎整个游戏的资深玩家都接受了邀请，进入了这个危险的超S级副本。然后这些人中的大多数都……失踪了。

小城堡主给宗九传输的，便是一位身为古大师旧部的玩家的记忆。

等宗九回过神来后才发现，他现在的情况有点像一个围观者，不能出声，也不能插手，甚至不能控制自己的行动，只能被动地以观看的形式接收这段记忆。

开始的场景是在一个会议室内。

收到来自主系统的噩梦邀请函后，残余的古大师旧部便展开了激烈讨论。

他们都不是最核心的那一批，最核心的都跟着古大师去了天空之城副本，并且被淘汰而没能回来。余下的不过是些散兵游勇，成不了什么气候。

有人忧心忡忡地问："洪烈，我们真的要进入那个超S级副本吗？"

那个叫洪烈的玩家握紧拳头，吐了一口气："去，为什么不去？"

"主系统不是说了吗？这个副本里有可能存在有关预言的线索。按照先生留下来的预言，救世主很有可能来自异空间。噩梦邀请函上也说超S级副本实际上是一个高级位面，说不定那里就有我们的目标。"

一旁的宗九有些惊讶。

虽然暗早就说过他们如今接收的预言可能并非完整的版本，但他没想到的是，古大师竟然神通广大到如此地步。不仅推算出了将来会有一个救世主继承他未完成的事业，甚至还算到了救世主来自异世界，这等窥破天机的能力，实在叫人忌惮不已，难怪主系统要先把古大师淘汰。

"先生万古。"

最后，接受邀请的决定全票通过，无一人反对。

宗九的视线扫过这些玩家们坚毅决绝的眼神，暗自摇了摇头。

他当然知道他们进入这个超S级副本的结果。比起这个，宗九更在意的是，为什么恶魔会拥有这一段记忆。

很显然，恶魔来自他们口中的"超S级副本"，而且是在这些玩家之前，按理来说是不应该知道的。

很快，场景再度发生变化，宗九也只能将疑问埋在心里，继续观看。

五个团队的玩家们战战兢兢地进入了这个超S级副本。

大家心里也都清楚，古大师的淘汰给玩家们带来的打击实在太大，如果不能在短时间内找到那个预言中的接班人，时间拖得越久，人心就会越涣散，还不如趁早继续他们的大业。

【主系统链接完毕，该副本无前置剧情。】

【超S级副本"完美世界"已开启。】

【主线任务：帮助盛城选出城堡主，完成一次盛城盛典。】

这个超S级副本居然没有前置剧情，这其实不是一件好事。

前置剧情相当于给玩家们一个心理准备，让他们得到一些包含在副本背景里的必要信息。没有前置剧情的话，就意味着他们只能从副本的名字和主系统发布的主线任务中得到线索。

然而……完美世界和盛城盛典？

大家都一副丈二和尚摸不着头脑的样子。

主系统发布任务过后，所有人都发现周遭场景一变。

巍峨的城堡坐落在高高的亚山之上，远远眺望只能看见山巅飘浮的乳白色云雾。

下面的盛城被米白色的高墙方方正正地围起，墙上雕刻着精美繁杂的浮雕，高高的白玉柱矗立在盛城四周，顶端燃烧着熊熊火焰。

身穿白色盛典规制的长袍，头戴金枝玉叶，披散着长发的女子赤脚站在黄沙拱门前，脸上带着笑容。

她们用一种十分奇妙的、像是咏唱般却奇异地能让人听懂的语调轻声诵唱："这里是亚山。"

"欢迎你们，异乡而来的客人。"

……

他们被告知盛典的举行时间将在一个月后，于是玩家们便在盛城住下了。

所有人都战战兢兢，处处留意，生怕会出现异常情况。玩家们都不敢住在侍从们分配的房间里，五个团队挤在一个大厅里，以确保自身的安全。

队伍里有顶级灵眼存在，也有持有S级道具的各路人才。

第一个晚上，玩家们几乎都没有合眼，一晚上都对周遭心存戒备。之后的几天，他们一直这样高度戒备着。三天过去了，他们除了把自己搞得疲惫无比，什么异常都没有发现。

等到第四天，他们才发现了这个世界的异常。

虽然玩家们来到的亚山保持着神话时代的建筑模式，但事实上，这个世界其他的地方和现代世界并无不同。城市里一样有着钢筋铁骨的摩天大厦，也分布着复杂繁密的社会群落。

唯一不同的是，这个超S级副本里的历史书上明确记载着神在亚山山巅显现过神迹。

人人以六品德为准则，人人相互友爱，情同手足。

这个世界没有战争，没有贫穷，也没有饥饿，更没有歧视或欺凌。不论性别、肤色、外貌、语言……人人平等。

更令人惊讶的是，这个世界真的没有恶意。

所有人都怀抱着善意，玩家与所有生物和谐相处，更不存在杀戮。

玩家们花了七天才接受这个事实。

洪烈神色担忧："这是个高度完善的位面，甚至可以说是高位面。"

"高级超难副本很有可能都是一个小位面，S级副本尚且能自圆其说，超S级副本只会更加完善。"

"先生曾经说过，判断一个位面高级与否，要看它和现实世界的差别。越高级的位面越没有特殊能力。"

第八天清晨，盛城长老团突然邀请他们过去。

玩家们怀着满心的疑惑，接受了的邀请。

宗九跟在人群后面，他没有找到小恶魔，视线却意外地被在大厅里水晶雕刻的玩偶给吸引了。

一个玩偶怎么会有恶魔的气质呢？可是其中一个玩偶，还真有点像六岁的小恶魔。

长老团所在的位置，是整个盛城的中心，毗邻亚山，周围有潺潺流水，将这座灰白色花岗岩堆砌而成的华美建筑包围，给干旱的沙漠带来一丝不一样的清凉。

长老们都是头发胡子花白的老年NPC，他们身穿白色的古典长袍，眉眼深邃，矍铄慈祥。

玩家们精神高度紧张，等了许久，长老团终于商量完毕，高声宣布："按照律法，异乡人享有最高选择权。"

玩家们面面相觑。

有人想到主线任务，便压低声音道："等等，我们的主线任务不就是帮助盛城选出城堡主人吗？"

众人恍然大悟。

大长老拍了拍手，侍从们便捧抱水晶玩偶走来，在玩家们目瞪口呆的注视中，玩偶变成了一个个身穿洁白长袍、头戴月桂花环的小男孩。

宗九最关注的那个玩偶，变成了六岁小恶魔的模样！

所有人都感觉惊奇。

这个游戏里有很多有趣的设定，其中一个就是只存在于玩家口耳相传的概念——万物有灵。

简而言之，这个游戏里的花草树木甚至是物品，都可以幻化成人形，当然，他们没有过去，也没有思想，但是不需要傀儡丝，便能跑能跳，行动自如。

这些小男孩无一列外地被遮住了眼睛，只能在侍从的指引下行走。

"这几十位便是城堡主的备选人。远道而来的异乡人啊，请帮助我们从其中选出一位最符合你们心目中城堡主形象的人选。盛城不可一日无主，一个月后就是百年一度的盛典，我们需要一位合格的主持者。"

洪烈等人对视片刻，眼里都闪着兴奋的光。

"大哥，先生说得没错！救世主真的从异世界位面而来！难怪要留下储物盒！"

"储物盒"是古大师作为后手留下的S级道具。

这个道具本身并不具备攻击力，但是却可以将超难副本内的人或物带回到游戏里，当然按照携带的类型不同，会收取不等的费用。

古大师甚至尝试过在征得NPC同意后将NPC塞到储物盒里带回来，不过所需的点数近乎天价。

但是对洪烈等人而言，如果真的能够找到继承古大师衣钵的救世主，他们耗费再多的点数都愿意，这么多人，总能凑够点数的。

玩家们在窃窃私语，长老侍从们也十分耐心地等待着，没有出声催促。

唯有宗九，听玩家们讨论完后，视线便落到那些小孩子身上，因为双眼被遮蔽的缘故，孩子们的动作都有些拘谨。

与其他人相比，小恶魔明显放松得多。

他站在原地，即便双眼被蒙住了，脸上依旧带着笑，看起来活泼可爱。

长老们依旧在同玩家们解释："通常情况下，盛城都是没有城堡主的。在神的领导下，众生平等。只有每百年一度的盛典，才需要城堡主亲自出面主持。"

"想必诸位也都明白了，我们的世界极为完美，因为人人为善。"

大长老捋了捋自己花白的胡须，叹了一口气："但人乃是善恶集合的体质，想要一直保持这样的完美，实在太过困难。现在距离上一次盛典已经过去了九十九年，虽说世界依旧和平，并未发生战争或冲突，但新诞生的恶依旧蠢蠢欲动……因此我们需要一次新的盛典。"

玩家们恍然大悟。

刚开始，大家还以为这个超S级副本世界和它的名字一样完美，现在看来并非如此。

长老们指了指身后的那些孩子："这些是我们精挑细选的继任者，其中有一位天生便有消除罪恶的能力。"

正在此时，侍从们捧着锦盒上前，内里盛放着一支支干净透明的白水晶，看起来和他们幻化人形之前的本体一样。

玩家们立刻收到了主系统的提示。

【C级道具：储存水晶。】

【道具用途：分离生物体身上的恶念，储存恶意。】

见玩家们面露不解的神色，长老解释道："这是盛城独有的水晶，能储存世间所有的恶意。现在请大家将手放上去。"

玩家们依言照做。

当他们将水晶握在手里时，丝丝缕缕的黑色泥状物质便从他们身体里分离，将透明的水晶染成墨黑的颜色。

侍从轻声道："客人们不必慌张，诸位并非此世中人，没有经历过百年前的盛典，体内存在恶念再正常不过。"

"正是。"大长老温和地说，"评判天选城堡主最重要的一点便是能够消除恶意。远道而来的客人们，你们可以拿着神赐水晶依次进行评判，选出真正的城堡主。"

"以上就是所有的情况介绍，诸位还有什么疑问，可以一并问出，我们定知无不言。"

有人问道："长老阁下，几日前我们曾在盛城图书馆内找到几本手札，请问这是我们前辈留下的吗？"

玩家们之前为了打探消息，来到了盛城的图书馆内，在那里他们发现了一些意料之外的线索——上一次进入这个超S级副本的玩家们留下的笔记。而且留下记录的，并不仅仅是一支队伍，而是五支，而且每支队伍的任务都和这次他们的任务是一样的，这意味着，这本笔记的时间跨度至少有五百年！

"是的，没错。"长老们笑着说，"每隔百年都会有异乡人来到完美世界，帮助我们抉择出城堡主的归属。你们是我们盛城崇高尊贵的客人，只有你们才能选择出真正的城堡主。"

令人欣慰的是，前五支队伍都圆满完成了任务，并没有经历特别凶险的情况。

按照前辈们的提示，他们只需要从那些小男孩里找到那个能够消除罪恶的最特殊的孩子就可以了。

玩家的笔记有着特殊的标志，几乎不可能伪造，虽说最后一句话值得推敲，但之前的队伍都说没事，大家便放心了。

洪烈又问道："长老阁下，举行完盛典后，城堡主又该何去何从？"

长老眯了眯眼睛："自然是回家。"

洪烈下意识感到有些不对，却还是摆了摆手："我没有别的意思，就是好奇问问。"

很明显，古大师预言里的救世主，和完美世界拥有消除能力的城堡主是同一个人，如果他们真的要把城堡主带走，他们会同意吗？

"别急，这件事情我们得从长计议。"另一人拍了拍洪烈的手，高声问道，"阁下，若是我们不小心作出了错误的选择怎么办？"

"若是选择错误，那世界将迎来末日，你们也无法返程。"长老叹了一口气，"异乡人，请务必慎重。"

长老的话在所有玩家心里敲响了警钟。

回去后，玩家们立刻进行了讨论。

"我们进入这个副本的目的，就是为了寻找先生预言中的救世主，这没错吧？"

所有人严肃地点头。

"既然如此，从明天起，我们一起去城堡主的候选人中寻找最符合救世主形象的小NPC。"

洪烈眨了眨眼："如果可以的话，我们尽量先搞清楚盛典仪式后的安排，为什么大长老说城堡主将会回家，难道这里不是他的家？我总觉得哪里不对。"

"不知道为什么，直觉告诉我，这个副本远远没有表面这么简单。"

第二天，他们一起来到盛城宫殿。

侍从带领他们走入宫殿大厅："所有的孩子都在里面了，诸位尊贵的客人。"

有玩家疑惑地问："为什么把他们的眼睛遮住？"

"这是我们盛典仪式的传统。"侍从耐心地解释，"拥有天赋的城堡主候选人备选期间必须一直系着蒙眼巾，只有到继任城堡主，主持盛典的那一天才可以取下。"

这是什么奇怪的传统！玩家们心里疑惑，但又都有所顾忌，踌躇着不好开口。

侍从们像是知道他们的顾虑一般："这里看管城堡主候选者的是索菲娅，具体的情况诸位可以直接向她咨询。"

介绍完基本情况后，侍从将他们送到殿中便匆匆告退。

进入宫殿后，不知道是不是融合了小城堡主记忆的缘故，宗九发现自己终于可以稍微控制一下身体了。

玩家们在和索菲娅交谈。

"能幻化的人本来就不多，幻化出来的，也不过三十个。他们一直在盛城培养……"

"但城堡主我们至今没有选择出来，因为他们都没有和消除有关的特殊能力。"

宗九回头看了一眼正在和索菲娅交谈的玩家，慢悠悠地独自去了楼上。

他想起小城堡主和他说的，消除是他与生俱来的特殊能力。索菲娅怎么可能不清楚他的能力，为什么她说没有找到与之类似的特殊能力？

宗九心里的疑惑加重。

宫殿的二楼有一条长长的走廊，两边的房间都有编号。

宗九一个房间一个房间走过，在唯一的一个房门半开的房间前停下脚步。

他看到房间里坐在地上的黑发男孩正捧着一本厚厚的书在阅读。在他身后，阳光从窗外照射进来，为他的轮廓镀上一层朦胧的光。

脚步声在宗九身后响起。

索菲娅穿过宗九的身体，急匆匆走进去，迅速将房门关好。

宗九见状，连忙也跟进了房间，反正他只是一道意念，一个不存在的虚影，门关不住他。

"索菲娅。"

察觉到有人进来，小恶魔放下手里的书，乖巧地扬起头。

他的背后是用无数积木堆砌而成的高高的城堡。

"赶紧把布条戴好，我要去通知其他人了。"

索菲娅将地上的布条捡起，动作柔和地缠到了小恶魔的头上。

男孩小小的身躯微不可察地颤抖了一下："索菲娅……我害怕。"

"乖，别怕。"索菲娅摸摸他的头，"还记得我和你说过的话吗？"

"记得。"小恶魔闷闷地说，"如果他们问我的特殊能力是什么，我就说我天生就不怕火。"

"对，千万不能告诉他们，你有消除的能力，好吗？"

小恶魔点点头。

"好孩子。"索菲娅叹了一口气，"记住，无论如何，不管是什么情况，都不能透露，知道吗？我会保护你们的，一定会。"

宗九正在为这一幕沉思时，周遭场景又是一变。

这段记忆并不那么完整，经常会进行跳转，或许是小城堡主觉得细枝末节的东西没有必要观看，于是给宗九展示的只是最重要的部分。

这一回，场景变成了荒无人烟的沙漠。

小恶魔身上的衣服已经变得脏兮兮的，因为夜晚的沙漠太冷，他蹲在沙丘背后瑟瑟发抖，试图把自己藏起来。

然而这并没什么用，玩家们团团围住小恶魔，面容凝重。

"洪哥，测算到的救世主就是他。"

"这个孩子我记得。"洪烈拧眉，"他的能力是不畏惧火焰，你确定他真的是救世主？"

他心里有些疑惑，因为他当时真的看到面前这个小男孩把手放在火焰中。

"我确定。"测算运势那个玩家面色苍白如纸，"你在怀疑我的能力？难道你忘了先生当初为什么把我留下，没带进天空之城？"

洪烈蹲下身去，直视着小恶魔的眼睛："小弟弟，你是不是有消除的能力？"

小恶魔的头摇得跟拨浪鼓一样。

"你别怕。"看小恶魔这么抗拒，洪烈无奈地挠了挠头，"我们没有恶意。"

他们努力想表现得和善一点。

"我们是来保护你的。"

因为中间缺失了一些记忆，宗九搞不清楚到底发生了什么。

但现在看来，玩家们似乎发现了完美世界里一些不对劲的地方，例如，盛典很有可能并不如长老们描述得那么简单。

"可是，可是……"小恶魔抽泣一声，"那些人把索菲娅带走了。"

玩家们沉默了。

不久前发生了一件轰动盛城的大事。

第二天就是盛城盛典，原本选出的城堡主今晚便应该进入亚山山顶的宫殿待命。

但就在几个小时前，负责抚养孩子们的索菲娅偷偷将所有备选者送出了盛城，途中因为出现了告密者，被盛城巡逻的骑士发现了。

如果没有城堡主，那盛典将无法举行，此事非同小可。

骑士尽数出动，最终将被送走的孩子一一找回，但是他们还差最后一个，也是最重要的一个。

洪烈下定决心说："请相信我们，只要你同意和我们走，我们一定会确保你的安全。"

为了取信于他，洪烈拿出了储物盒。

"我们现在就带你去另一个世界，一个没有盛城的世界，索菲娅早就已经过去了，正在那里等你呢。"

果不其然，听到这句话后，小恶魔眼神动摇："真的吗？"

他幻化为人形之后，并没怎么接触过外面的世界，虽说聪明，但到底太单纯了。

洪烈在心里松了一口气，诱哄般说道："当然。"

"你的行踪我们也是从索菲娅口中得知的，不然怎么可能找得到你。你仔细想想，索菲娅是不是说过，你往这条路走，绝对没有人能发现你？"

说着，似乎怕他不信，洪烈直接将储物盒塞到了小恶魔的怀里。

【恭喜您获得S级道具：储物盒。】

小恶魔疑惑地抬起头："这是什么声音？什么S级道具？"

他真的能够听得到主系统的声音！

其他人交换了一个震惊的眼神。

【是否确定将该NPC带回游戏？】

这下，再也没有人怀疑小恶魔的身份了。

洪烈苦笑着缴纳了整整五十万生存点数，将小恶魔抱到了骆驼上。

【契约达成，该副本关闭时，NPC将跟随返回游戏。】

"不管如何，我们找到救世主了。"

玩家们兴奋又难过。

但是在此之前，他们必须得完成主线任务，才能够将救世主带回游戏。如果救世主真的和完美世界备选的城堡主是同一人，那恐怕……

宗九明白了。

如果玩家们完不成这个世界的主线任务，都无法回到游戏中，遑论扶持救世主继承古大师的遗志。

所以他们之后并不像小恶魔想象中的那样，直接去往玩家口中的另一个世界，而是打道回府，朝着盛城的方向走去。

毫不知情的小恶魔叽叽喳喳地不停畅想着未来，欢快无比。

"以后是不是就可以不用布条遮着脸，也可以每天出去玩了？可以有看也看不完的书，再也不用念那些枯燥乏味的祷词？"

"索菲娅也会和我们一起吗？我们还有多久才能到呀？"

单纯的小恶魔没有发现，这些口口声声说是被索菲娅派过来的人，并没有带他去往那个他们所说的游戏世界。

洪烈像是忽然想起什么，回头问道："对了，小鬼，你叫什么名字？"

小恶魔趴在骆驼上昏昏欲睡，过了许久，他才疑惑地问道："名字是什么？"

"名字就是称呼，像照看你的侍女，她就叫作索菲娅。"玩们家耐心地答道。

"这样啊。"小恶魔轻声说道，摸了摸自己的头发，"那我没有名字。"

"没有人给我起名字，他们平时都叫我一号。"小恶魔的声音很轻。

经历了大半夜逃亡的他很困了，几乎是说完这句话，就一头栽倒在骆驼身上，陷入了梦乡。

在他睡着后，玩家们又小心翼翼地绕回了沙漠中的大道上，和骑士碰头后，一路快马加鞭，赶回了盛城。

第九章

难度超 S 级

记忆开始重组。

这一回宗九面前出现的场景正是亚山，山上有盛城至尊至贵的宫殿。

今天是盛城百年一度的盛典。

清晨，第一缕阳光从远处天际落下，如同金色轻纱穿过云雾，将亚山缓缓包裹。

更远处，石柱立于悬崖前，围住中央的圆坛。火把熊熊燃烧。千万只白鸽在天空中拍打着双翅，降落在为它们准备的高塔之上。

前来参加盛典的人们密密麻麻地跪在盛城外。

长老和侍从们身穿盛典长袍，手臂上佩戴着水晶和黄金饰品，神色肃穆，排成一列，平视前方。

三十个小男孩，包括被绑住双腿双脚的小恶魔，全部被带到了亚山的圆坛前。

不仅他们，负责教导他们的索菲娅也被绑在木架上，用囚车运来。

小恶魔看见熟悉的人，立刻如困兽般发出叫声，可惜他被毛巾堵住了嘴，只能徒劳地呜咽着，对站在一旁的玩家们怒目而视。

他一觉醒来后，发现自己又回到了盛城，手脚都被捆住不说，周围还有重兵把守。见此情景，小恶魔再傻，也猜得到自己是被骗了。

"别这样……我们一定会保证你的安全，把你带回游戏的。"因为捉拿孩子有功，破例被允许近距离参加盛典的洪烈苦笑。迎着小恶魔愤怒的眼神，洪烈一遍遍地重复着苍白的承诺。

他们实在是走投无路，万般无奈下才会把救世主交给盛城，因为盛城的人告诉他们，如果百年盛典前没能找到执行仪式的城堡主，那这个超S级副本就会迎来毁灭。

侍从手持点燃的火炬，站在索菲娅面前，低声问道："盛典马上就要开始了，你还不愿意说出究竟谁才是拥有消除能力的那个吗？"

被缚双手的索菲娅倔强地摇头，一言不发。

"很好。"侍从冷冷地说，"那就让这三十个一个一个上去试。"

第一个被孩子带了过去。

他们把孩子背后的绳索解开，猛然往圆坛上一推，小男孩撞了上去，圆坛的红色纹路立刻发出不祥的光芒。

小男孩没来得及说一句话，便重新变回了水晶。

"错了，错了，不是这个！"

长老团们急忙高喊着，守在一旁的侍从立马将下一个孩子推了上去。

这么重复了三次，无一成功。

在第三次之后，方才还晴空万里的天空骤然暗了下来，有什么东西从云层中冲出，将天空染成浓墨般的颜色。

"我们选错了城堡主，灾难将会降临！"长老们和侍从们全都惶恐地跪倒在地，朝着天空高呼。

千万道撕裂天空的闪电毫不留情地落下。

玩家们匆忙拿出特殊道具抵挡，而长老们和侍从们就没有那么好运了，很多人瞬间被击中，身上冒起白烟。

长老猛然呕出一口鲜血，踉跄着后退两步："索菲娅，你翻阅过盛城编年史，应该明白，城堡主幻化就是为了盛典。他们在盛典前不得摘下眼罩，是因为他们存在的意义和肩负的使命就是这一刻！"

索菲娅眼拼命摇头："不……没有人，没有。"

"你想保护这些候选者，那你更应该说出那个被神选中的人是谁，不然你会害死在场所有人，包括剩下的二十六个无辜的候选者。"

"只要你说出那个人是谁，我答应你，其他人能跟着你回去，不会再变成水晶，他们可以像正常人一样生活，盛城不会再插手。"长老语气悲凉，"索菲娅，你是我亲手养大的，为什么要站在我们的对立面？"

一和二十六，这个选择似乎不需要犹豫。如果牺牲一个人，就能拯救所有人……

索菲娅沉默片刻，侧过身去："没有消除能力，但……但有一个，他可以转移。"

"转移？"侍从黯淡的瞳孔一下子亮起，"消除的本质就是转移，就是转移啊！是谁，是谁？"

索菲娅颤抖着说："是……一号。"

她不敢看那孩子的眼睛，声音颤抖着，泣不成声。

守在一号旁边的玩家们心下一沉。

洪烈最先出声："不行，不可以！他，他……"

他们的预言终于成真了，救世主真的是完美世界指定的城堡主。

"不行，洪哥，如果盛典不完成，我们都是要被淘汰出局的啊！"

洪烈的拳头无助地放下。

长老还在说着："你自以为是的怜悯，反倒会害了他们。"

所有人都看向了那个被绑住双手的男孩。

小恶魔说不出话，只能用难以置信的眼神看着索菲娅。可是没有人能解答他的疑惑，只能听到长老轻语："去吧，上去吧。"这是他生来的使命。

宗九攥紧了拳头。

所有人都用充满希望的眼神看着小男孩，看着他被侍从带到圆坛旁边。

没有人救他。

即使是能创造奇迹的魔术师，宗九也无力插手一场回忆。

然后，侍从轻轻一推。

小小的储物盒从小恶魔怀中掉落，滚到一旁的草丛里。在小恶魔接触到圆坛的刹那，圆坛金光大作，黑暗向中央聚集，钟乳石柱自天而降。

小恶魔平躺在圆坛上，瞳孔里的光渐渐暗淡。

片刻的沉寂过后，狂风拔地而起，那些晦暗的、狰狞的、堆积了整整一百年的恶念自天际倾泻而下。

小恶魔就像一个永远灌不满的容器，容纳了苍生堆积了一个世纪的恶意。

伴随着黑暗灌注，乌云消散，东方终于出现了第一抹璀璨阳光。

长老们纷纷惊叹："完美，太完美了！他是历届盛典最完美的一个！"

终于，最后一滴恶念也消失了。圆坛已经完全被黑色淹没，而四下却是万里祥和，就连阳光似乎也更加灿烂明媚了。

玩家们浑身颤抖。他们终于明白了，哪里有什么完美世界，不过是有人背负了全部。

突然，圆坛开始伴随着巨响向地下陷落，熊熊烈火骤然升起。

这是这个副本世界的设定，是长老们心知肚明的天罚，所以他们早有准备，围着烈火开始了祈祷。

而后，经过烈火淬炼他会幻化成完美的黑水晶。

"可是，可是——"索菲娅歇斯底里地高呼，"他还有一个能力啊！"

小恶魔的身上，留下了火焰灼烧的恐怖痕迹，不畏惧火焰，如今倒成了让他在烈火中承受痛苦的依凭。

长老们也开始慌了，能够抵抗烈火就意味着小恶魔无法和恶意一起幻化成黑水晶。

从没有过这样的先例，谁也不知道接下来将会发生什么。

直到现在，玩家们才明白，为什么前辈们在留下的笔记里说，只要迈过心里那一道坎就可以——只要迈过那道坎，这个副本将会变得再简单不过。

洪烈颓然倒在地上，痛苦地扶住额头。

【超S级副本：完美世界，主线任务已完成。】

【三十秒后将进行空间转移……】

他们好不容易找到了救世主，却又被现实将希望打碎。

正在他独自神伤的时候，不远处忽然传来一声尖叫："不……洪烈，不，我们错了。"

【滴，滴，滴！检测到异常存在，空间转移被迫中止。】

他们看到，圆坛上的男孩被缓缓托起，他的四肢抽长，模样蜕变，癫狂的笑声响彻天际。

汇聚了整个世界所有人的恶意，储存了百年的恶意，足够将他的人格摧毁千千万万次。

黑暗翻滚，如同在向它们的帝王俯首称臣。

小恶魔永远消失了，如今出现的，只是一个全新的、从纯粹的恶意中诞生的怪物。

"错了，错了……不是救世主……"

吸取了整个世界恶意的救世主，还会是救世主吗？洪烈想起了古大师的预言里那个站在救世主对立面的存在。

"我们……把大魔王……放出来了。"

苍穹再度被拔地而起的黑影覆盖，亚山坍塌，世界沦陷，记忆湮灭。

一只遍布伤疤的手，捡起落在草地上的那个S级道具。

"游戏？有点意思。"

再也没有人知道，毁灭世界的魔王，竟然是从救世主的躯壳里诞生的。

宗九感觉自己好像在做梦。

他沉浸在那场漫长的记忆中，但是能感觉到自己被人慢慢地挪动着。

小城堡主独自一人费力地支撑着宗九，一步一步朝前走去，许久才成功把宗九带回顶楼的房间的床上。

房间内的蜡烛燃尽，四周再度陷入黑暗。

宗九躺在那里，不能说话，却能够感觉周围的风吹草动。

小城堡主往他身边靠了靠，抱紧了那只兔子玩偶，喃喃自语："哥哥和他真像，难怪预言里会说你们是天生的宿敌。恐怕这个世界上，也就只有哥哥能够理解他了吧。"

"其实我知道的……哥哥也没那么想杀我吧，不管是成年体，还是现在的我。"他小声说，"虽然贸然给哥哥看了那段记忆，但成年的我应该不会生气……或许会更加愉悦也说不定。"

"虽然这种感情附加了恶意，但对于我们来说，不死不休，并不是因为恨呀。"说到这里，小城堡主忽然低低笑了两声，"其实哥哥也知道的，我根本就不是一号。"

积累了一个世纪的恶意，早就将作为容器的一号从里到外彻底摧毁，与其说现在的恶魔是当初的一号，倒不如说他是一个从恶念中诞生的怪物，只是外表和曾经的一号一样罢了。

"所以啊，即使是被压制到六岁，我也和一号截然不同。"小城堡主歪了歪头，"在盛典开始的那一刻，就从骨子里烂掉了。"

小城堡主伸头，充满眷恋地蹭了蹭宗九的手："明明知道，却还是对我这么好，哥哥真好。"

漫长的黑暗。

宗九感觉意识越来越清醒，只是依旧无法睁开眼睛。

昏暗的天光慢慢从黑暗中显现，大地从混沌中渐渐苏醒。

宗九睁开了眼睛。

一夜过去了，结算拉开了序幕。

在宗九意识到这点之前，他的身体已经从床上跃起，朝着外边冲去。

其他的玩家早早地便站在了城堡门口，有些人手脚上戴着镣铐，有些人没有，在看到宗九的时候，所有人都松了口气。

"九哥，你终于来了，你都失踪一天了！"

"九哥你之前在哪里，我们找了一晚上都没看到你，大家都要急疯了！"

……

宗九匆匆问道："如今情况怎么样了？"

安东尼率先反应过来："不太妙。就在刚才，小城堡主带着所有侍女从城堡离开，走到了结算庭。但不知道为什么，小城堡主的身上竟然戴上了锁链和镣铐。"

玩家们百思不得其解，在结算日天亮的刹那，所有手臂上还有黑线的玩家手腕上都出现了一副黑色的镣铐，似乎象征了他们是戴罪之身，而且只要脑海中出现挣脱的想法，镣铐挨着皮肉的部位便会开始发烫。

可小城堡主明明是居民口中的"天生善良之人"，怎么可能也会和有罪之人一样戴上镣铐呢？

闻言，宗九眉心紧锁。他扔下一句"我去看看"便马不停蹄地赶往了小镇中心的广场。

其他玩家看着他的背影，面面相觑，纷纷跟了上去。

宗九跑到广场的时候，巨大的结算台正在空中缓缓搭建成形，刺目的光芒令人不敢直视。

千千万万个结算者飘浮在结算庭四周，洁白的羽翼在背后不停地拍打着。

"结算即将开始。"领头的结算者用平静而疏离的语调宣布，"首先从罪人开始结算。"

一道流星从天际划过，闪烁着冰冷光芒的尖锥深深扎入大地，扬起一阵灰尘。

小城堡主猩红色的披风被钉在地面。他双眼紧闭，四肢淌血，怀里抱着兔子玩偶，生死不明。

人们纷纷难以置信地高呼："这怎么可能？小城堡主是天生善良之人，怎么可能有罪？！"

结算者冷漠地说道："他的罪与你们所想无关。他理应接受结算，千刀万剐尚不为过。"

众人哗然。

结算者不再解释。一道道尖锥再度从天空降落，将一个个身负罪恶者钉入大地。

待结算结束后，这些被钉在地上、手脚捆着沉重链锁的罪人将坠落到大地裂开的缝隙中，进入地心囚笼。

宗九站在原地看着这一幕，身后却传来一道苍老而慈祥的声音。

"你还是选择回到地上了，孩子。"

宗九头也不回："您知道我的选择？"

"站在这里便代表你已经做出选择。"老人摇了摇头，"我知道你不会来见我，所以我来了。"

宗九叹了一口气："您认为预言是什么？"

"预言本就是如此，不管怎样选择，最后都会成真。"

就像宗九所看到的那样。

恶魔，原本是指定的救世主，因为玩家的贪念、恶意，最终堕落为大魔王。

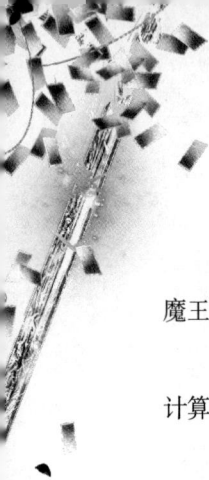

至于宗九，原本感情淡漠，喜欢刺激，不受约束，更像是众人心目中的大魔王，但因为有人引导，让他为自己戴上了一条锁链，从此回归正途。

预言就是预言，不管过程如何，依旧会应验，"回避"和"知晓"早已被计算在预言的范畴之内。

如果没有那些玩家插手，如果没有老人，或许如今的大魔王会变成救世主，救世主反而才是大魔王。

可惜，仅仅止步于"或许"了，正因如此，结局才格外令人遗憾。

"谢谢，虽然我心里清楚您并不是她，但您的存在始终让我感到安心。"

"想做什么就去做吧。"老人笑了，"指引迷途，这就是我存在的最大意义。"

这个名为"结算日"的副本实在太过逼真，逼真到一切都和记忆中毫无出入，例如现在，她清楚，宗九不会为任何人停留。

"那么孩子，你现在要去做什么？"

宗九沉默地抬手，握住瞬间变为撬棍形态的物理学圣剑，另一只手亮出卡牌。"去救人。"

这时，结算者即将宣读完罪人名单。

"终于要结束了，不是结束这个副本，而是结束这一切……"

消除了黑线的玩家们站在一边，一个个露出兴奋又激动的神色。

主线任务即将完成，之后，他们就可以自由选择返回玩家宿舍还是留在这个S级副本中。

当然，这些兢兢业业清除罪恶的玩家们自然早就确定了自己的选择，从他们流着泪用枪口对准一张张熟悉的脸开始，这条路便已经铺就。

"结算名单宣读完毕。"拍打着双翼飘浮在空中的结算者收起了手中的泥板，语气冷漠。

【啊……要结束了吗？】

直播间里的观众们纷纷感叹着。

玩家们看着被钉在地上、浑身都在白光下出现灼伤的安东尼，有些感慨。

夜族的血统的确是大大的优势，几乎能够全方位增加身体素质，不然也不会成为游戏里的第一组织。但是，夜族属于黑暗生物，在阴暗类副本里他们有着极大的优势，一旦进入光明类副本，他们的优势就会变成最大的劣势。实力几乎发挥不出来，而且副本里能够克制他们的东西比比皆是。

只能说安东尼这次是时运不济了。

就在这时，天地间开始发生异变。

天空中，结算庭前的罪恶天平缓缓恢复平衡，结算者们身后，一座发出白金色光芒的虚空之门开始浮现。

与之相对的，大地开始震颤摇晃，地表开始龟裂，紧接着缝隙越来越大，露出下方深不见底的黑暗深渊，那其中正在流淌的火热岩浆，仿佛夕阳落下时浓郁的晚霞，叫人望而生畏。

被钉在地上的人们纷纷露出惊恐的表情。落入地心囚笼前，他们还得经受岩浆的炙烤，受尽折磨，在这样的折磨下不可能有人存活。

和这些人不同，清除了罪恶的人们周身散发出朦胧的白光，不论脚下的大地如何开裂，都不曾将他们吞噬。

就在这样天崩地裂的动荡中，一道颀长的身影忽然直直朝着其中那道最大的裂缝冲去。

结算者在空中冷漠地开口："请即刻停止你的行动，否则你将与犯人同罪。"

果不其然，在宗九的胳膊上，一道浅浅的黑线若隐若现。

宗九一言不发，继续在风中奔跑。

见他如此，结算者不再试图规劝。然而下一刻结算者发现，善恶天平竟然无法给这个试图阻拦结算的人定罪！

这怎么可能？天平掌管着一切生灵，任何生灵都无法逃脱它的制裁，除非是从更高维世界诞生的存在。

情况紧急，结算者无暇顾及更多，转身下令："试图阻拦结算进行者，格杀勿论。"

下一刻，成千上万束光从天而降，交织成网。

宗九动作灵巧，左闪右避，险而又险地同每一道光束擦身而过。

被钉在地上的玩家们都感动得热泪盈眶，特别是徐粟，几乎泣不成声。

"你们就这点手段？"宗九抬头，冷笑一声，挑衅般地看向结算庭。

"你——"

结算者恼羞成怒，抽出光剑，翅膀拍打着，化作一道流光朝下方冲来。

宗九毫不畏惧，直直迎了上去。

"铠——"

光剑和物理学圣剑碰撞的瞬间，物理学圣剑开始吸收光剑的光芒。

结算者难以置信地看着他手上的撬棍，拍动着翅膀朝天空后退。

宗九没想到物理学圣剑这么好用，心里暗喜，挽了个剑花，再度朝结算者攻去。

"结算时间已到，不要再浪费时间了，安吉。"就在他们打斗的时候，另一位结算者从天空的裂缝中降落。

安吉愤愤地看了宗九一眼，重新化作流光冲上天空。

所有的结算者齐齐排列在结算庭前，冷漠地宣布："结算开始。"

宗九身上的白光骤然消失，一个没站稳摔倒在裂缝旁。

结算者们清算不了他的罪过，但能取消对他的认可。等大地全部被岩浆吞没的时候，没有被认可的人将面临和罪人同样的下场。

一簇簇燃烧的红色天火在天际聚集，万里无云的晴空也响起阵阵惊雷，闪电撕破一切落到大地。

熔岩的更深处，诡影们张牙舞爪，兴奋地等待着罪人落入他们的深渊世界，和他们一起享受绝望与黑暗的苦痛。

地面的裂缝越来越大，能看到深处张牙舞爪的诡异暗影。

宗九紧紧盯着那个小小的身影。

他的半边身子已经滑落到裂缝里，精致的小脸上布满脏兮兮的灰尘，眼睛紧闭，正在天火和雷声的震响中不自觉地发抖。

可他的手里依旧紧抓着兔子玩偶，把那个玩偶保护得很好。

不知道为什么，宗九想起那个孤零零躺在圆坛上的小男孩，想起所有人都欢欣鼓舞的时候，没有人看见他眼里逐渐沉寂的光。

宗九觉得自己一定是疯了，才会穿过硝烟与火焰，甚至不惜迎战结算者，放弃自己的主线任务，也要去救这个自己一直讨厌的宿敌。

他毫不犹豫地向那条裂缝冲去。

千钧一发之际，在天火与硫黄交汇的地方——

宗九半蹲在裂缝边，拉住了那只小小的手。

小城堡主猛然睁开了眼。

那双黑棕色的眼眸注视着满身伤痕与尘土的同样狼狈不堪的宗九，神色复杂。

"坚持一下，我拉你上来。"宗九低声说。

他忍着扑面而来的热浪，正准备用力拽他上来，却突然感到手心一阵刺痛。

小城堡主扬着头，定定地看着他，眼里满是倔强。

"我不要你救。"

他这么说着，抱着那只兔子玩偶，骤然松开了宗九的手，朝着深不见底的深渊坠去。

转瞬即逝，再无踪迹。

第十章

意料之外

大地在崩塌，恶之城的影子开始出现，黑色人影接连被烈焰吞噬。

天空中，结算庭静默地矗立着。

结算者冷漠而居高临下地俯视着陷于天火与岩浆的大地。

宗九低下头去，看着自己划出一道血痕的手心，许久后叹了口气。

宗九明白小城堡主的意思。

就像他自己说的，恶魔不过是一个被倾注了恶意后诞生的扭曲的存在。火焰烧不死他，恶意烧死了他。从救世主躯壳里醒来的魔王，毁灭了整个副本世界，化为以他人痛苦为乐的扭曲怪物。

那个乖巧安静的、没有名字的小男孩，早就被人推进了深渊，埋葬在名为"完美世界"的超S级副本中。

迟来的拯救又有什么用呢？

没有人看到火焰里渐渐熄灭的目光，没有人听到他的哭泣和无声求救。他注定无人问津，无人知晓。

没有人救，他也不需要人救，迟来的拯救更没有意义。

所以他松开了手。

不知道为什么，宗九忽然想起前一个晚上，小城堡主趴在他的床边，絮絮叨叨地说过的话，像是在和沉眠在床上的他对话，又像是自言自语。

"其实哥哥应该也注意到了吧，面对别人的时候，哥哥都很冷漠。只有面对他的时候……才会有些玩家该有的喜怒。"小男孩撑着头，意味不明地低笑两声，"他也是哦。其他人在他眼里就是随时可以舍弃的玩具，只有哥哥不一样。"

"真是越来越好奇哥哥到底是从哪里来的了，要不是他搬起石头砸自己的脚，恐怕现在我们已经知道了吧。"

"虽然是同一个人，还是有点不甘心啊。"

"唉，果然还是希望哥哥能记住我。"

说完这句话后，小城堡主沉默了很久。

"算了，还是别记住吧。"

宗九不再低头去看。

他转过身，手里的扑克牌连连闪过，将就要滑落到裂缝内的徐粟和安东尼几人钉住，给了他们一些缓冲时间。

钟意远的眼镜掉了下来，睁着一双黑漆漆的灵眼，半天没看清楚自己身处何处。在他眼里，地下是群魔乱舞，天上是一团团飘起的人影，多看两眼就头昏脑涨，分不清方向。

宗九扯住钟意远的袖子，把尖锥拔掉，把他拽了上来。

这时徐粟忽然开口："九……九哥，你身后……"

宗九似有所感，回过头去。

"轰隆隆隆——"

在他的身后，黑暗连成了幕布，顷刻间将地面所有的裂缝填满，如同慢慢扩散的墨汁般，在接触到空气的刹那化为突刺，朝着天空刺去。

结算庭前，结算者都露出了极度厌恶的神情。这样深厚扭曲的恶意是他们最深恶痛绝之物，没有之一。

安吉率先抽出光剑："这些令人作呕之物，不应存在于世！"

他的举动仿佛启动了一个开关，在他身后的所有结算者齐齐抽出光剑，又是千万道光束从天而降，但被地上恶意凝成的黑泥吞噬。

变故突生。

"哒、哒、哒。"

脚步声由远及近。

有一道人影，踩着无尽黑暗而来。

烈火和黑暗围绕在他的身周，却无法伤害他一丝一毫，反而如同簇拥着王者，为他加冕。

同一时间，所有正在观看直播的观众，都收到了主系统的提示。

【滴滴滴……结算日副本连接异常，直播间暂时关闭。】

玩家们一愣，齐齐静默了一秒后，爆发了更为热烈的讨论。

"我刚刚有没有看错，我怎么好像看见那位了？"

"啊啊啊啊啊——你没看错，真的是他！"

杀意冲天而起。

男人优雅地站在原地。

他身上依旧穿着那身黑色的西装，黑发束起，暗金色的瞳孔闪着冰冷的光泽，明明只是站立在黑暗的中央，便忍不住叫人为之战栗。

宗九远远地看了一眼，心里明白，恶魔果真如同小城堡主所说——生气了。

只不过，在其他人的眼里，恶魔依旧同往常那样，脸上挂着捉摸不透的笑意。

安东尼费力地爬上来，见状睁大了眼睛："是他……"

结算者们愤怒高呼着："毁灭吧！"

恶魔抬起手，有黏稠的黑泥缓缓推出一把黑色的雨伞。

恶魔轻描淡写地撑开伞，淡淡地开口："太吵了。"

黑暗开始震动，像是打开了潘多拉魔盒，从地下涌出的暗影化作一根根狰狞尖利的獠牙，毫不留情地刺向天空。

玩家们惊恐地看到，暗影如同泼向天际的墨水，将所有光线遮掩，天空霎时暗了下来，仅余深沉永夜，不断地朝着更远处扩散。

结算者们被逼得节节后退，有的结算者不小心沾染了暗影，顷刻间整对羽翼都被染成黑色，哀号着从天空中坠落，被涌动的黑泥吞没。

这一幕让结算者们齐齐色变。

安东尼意识到了什么，开口高呼："撤退！快！"

可惜还是晚了。

扩散到整个天空的暗影将结算者们回去的缝隙也牢牢堵死，在这样浓郁的恶意下，他们的能力被压制到了最低，连逃跑也难。

刚刚还坐落云端、笼罩着白光的结算庭骤然坠落，摔得四分五裂。大家看到，结算庭中空空如也。

一道电光划过。

下雨了，电闪雷鸣。

全世界都下起了黑雨，越来越大，把所见之物尽数染黑。

伴随着结算者的哀号，恶魔张开双臂，将手里的黑伞一扔，在雨中放声大笑。

雨伞飘向后方，将那几个玩家遮住。黑泥也如同长了眼睛，没有朝之涌去。这一小块地方，成了天地间唯一没有被黑泥吞噬的所在。

这时，侥幸存活的玩家们，接到了主系统的提醒。

【请稍等，系统检测到该空间不稳定，提前检测中……】

【系统检测完毕。S级团队副本：结算日，副本已毁坏。】

【通关奖励正在结算中……副本关闭中……三十秒后立即进行传送，传送地点：会议室。】

不知道是不是因为事发突然，这一次，周遭的景色并没有凝固成色块。

于是，所有人都看见了，恶魔站在世界的尽头，抬起双手，优雅地"指挥着"一个世界的灭亡。

安东尼已震惊得说不出话来，只是紧紧盯着那个抬手间便将死亡和毁灭散布开去的背影。

"原来……原来他竟然是这样毁灭一个副本的。"

不仅是他，现在，所有人都看到了，世界在他一己之力下崩塌的场面是何等震撼。这绝非玩家能够达到的程度。

唯有宗九依旧蹲在原地，沉默着。

黑色的雨从天际落下，似乎不会停止。

就像宗九在记忆里看到的那样，世界的天幕被深沉的色彩遮蔽，黑雨，黑雾，黑色的泥……总之，一切都被染成了黑色。

那些NPC被黑泥吞噬，即便侥幸没有被吞噬，瞳孔也化成了永夜的颜色。

幸存者们睁大眼睛，狂热地注视着那个站在雨里大笑着令世界毁灭的背影。

终于，在三十秒倒计时后，主系统传送的白光亮了起来。

伴随着副本破碎的轰鸣声，他们被传送到了熟悉的会议室。

会议室一切如旧，温柔的暖光和悠扬的音乐，让玩家们紧张的神经一下子放松下来。

结算日这个副本虽然被戏称为最简单的团队副本，但其实不然，如果选择了第一个主线任务，就算通过结算日，回到玩家宿舍，性格中也只剩下"善"，这样的玩家，在接下来更加残酷的比赛中，必定会吃尽苦头。

宗九这一队真正顺利通过的，除了宗九，竟然只有安东尼、徐粟和钟意远。其他人，有的掉进了地心熔岩，有的被结算者的光束射中，有的被恶魔的黑泥包裹住……全部都被淘汰了。

小城堡主说得没错，只要恶魔回去，一定会因为这个副本生气，并且出手将之摧毁。

"不管怎么说，总算也是回来了啊。"徐粟惊魂未定，声音都在颤抖。

"嗯，回来了就好。"安东尼也一副心有余悸的样子。

钟意远则是一脸呆滞，似乎还没有反应过来。

不光宗九这队，所有回来的玩家都在忙着申请恢复伤势，徐粟在万圣节活动的时候抽到的永久免费恢复伤势权限这时也派上了用场。

或许因为是团队模式，大家传送回来的位置，并没有严格按照等级排序，而是和他们进入空间门的顺序一致。

徐粟一直盯着他们旁边的那块空地，神情担忧，他希望能赶快看到那个熟悉的身影。

可是，那里依旧空无一人，没有闪动的白光和传送玩家回来的迹象。

"你在找人吗？"钟意远推了推眼镜，"别急，他们大概还没结束吧。"

徐粟点了点头："好。"

不知道为什么，他总有一种心神不宁的感觉。

在结算日副本里，徐粟想了很多。那里的确很好，也有他向往的一切，但是——

那里没有许森。

说来也奇怪，明明才认识几个月，却好像是相熟多年的挚友。

站得有些累了，徐粟坐在了地上。

他想起许森一直以来对他的关照，也想起上次从没喝过酒的自己因为好奇拉着许森去顶层酒吧喝酒的事。

那次，兴奋的徐粟问着："许森，你喝过酒吗？"

一旁安静喝茶的许森回答："喝过。"

徐粟大吃一惊："哇，看不出来，你这家伙竟然喝酒！"

许森看了他一眼："应酬罢了。"

不知为什么，徐粟在昏暗的灯光下看见对方瞳孔里小小的自己，竟然莫名有些局促，他赶紧低下头，拿起一杯菠萝啤，凑到许森面前，胳膊搭在许森的肩上："来来来，不说这些了，哈哈，以后要是有机会能回现实世界，毕业后我去你们公司工作，到时候你得罩着我！"

许森收回目光，淡淡地答道："好。"

想着想着，徐粟的脸上浮现出淡淡的笑意。

这时，有白光接连闪过，通过副本的团队被陆续传送回来了。

低等级团队的阶梯上至今空无一人，D级玩家们几乎全军覆没，只回来了一个不说，还身负重伤，看起来惨不忍睹。

刚回来的土门和宗九打了个招呼："嚯，这么早啊。"

土门带队的这三十人在他的保护下，最终只回来了十个。

"唉，别提了，我们给传到了一个不太正常的酒店。"土门苦笑，"大家的感知都被屏蔽了，能回十个人都不错了。不过等等，你们只回来四个，看起来比我们还要惨烈啊。"

宗九耸了耸肩："毕竟不是每个队伍都有夜族那种实力和凝聚力的。"

梵卓亲自带队的队伍也传送回来了，三十个人竟然有二十八个通过了考验，实在不可思议。不过他的队伍里无一例外全是夜族的精锐，还绝对服从命令，综合实力自然比其他零散队伍高出一大截。

大厅里的人越来越多。

驱魔人也带着十个人回来了，他的手臂上有一条深可见骨的伤口，但是他一脸淡定，仿佛受伤的不是自己一样，申请疗伤后便笑呵呵地去打听其他队伍的情况了。

土门意识到了什么，回头问了句："欸？暗怎么还没回来？"

所有人都盯着那块空地。

随着传送的白光逐渐减少，徐粟的心也提到了嗓子眼。

如果在主系统宣布玩家集合完毕的时候，暗的小队还没有人回来，那就代表他们在这个副本里遭到了团灭。

可是，这怎么可能，那可是暗，仅次于恶魔和梵卓的强者！

会议室里不少人都注意到了这点，窃窃私语。

"暗大佬怎么还没有回来……好像S级已经差不多到齐了。"

"对啊，我也发现了，其他的S级全部都回来了，就连排在最末的土门大佬都安然无恙，总不可能暗大佬这次出事了吧？"

"确实……唉，再等等。"

时间在众人焦灼的等待中流逝。

白光越来越少。

现在大厅里剩下的玩家已经不到两千人了，对比刚开场时人头攒动的盛况，如今甚至可以说一句空旷寂寥。

【所有玩家已集合完毕，即将开始第四轮小节赛后第五次等级评级。】

【该轮小节赛结束后，将会淘汰当前等级最低的玩家。根据比赛规则，在本轮等级评定后拿到D级的玩家，将自动投入惩罚副本。】

【全景摄像头开启中……开启成功。】

伴随着主系统冰冷机械的声音，亮起了最后一道白光，正好落在宗九这一队的旁边。

目光黯淡、呆坐在地的徐粟猛然起身，重新露出满怀希望的神情。

然而他注定要失望了。

——白光消失后，那里只出现了一个身影。

暗仰躺在地，眉头紧锁，双眼紧闭，黑袍凌乱不堪，身上满是触目惊心的伤痕，因为大量失血陷入了危险的昏迷。

"哗——"

会议室一片惊诧。

区区一个S级副本，竟然能让暗受如此严重的伤，在众人眼中简直是匪夷所思。

宗九是最先反应过来的，他脸色阴沉地快步走过去，蹲在昏迷不醒的暗身边，直接向主系统支付了双倍的生存点数。

弹幕议论纷纷。

【这还是我第一次见暗大佬受这么重的伤！】

【我刚刚从暗大佬带队的直播间里出来，仅以我自己的观感，暗大佬好像抽到了这次难度最大的那个副本……其实本来暗大佬不会出事的，是帮他们队伍里玩家挡了伤害，好在他之前在游戏城里兑换了那个A级替身娃娃道具，不然真是……大概得全军覆没……】

一石激起千层浪。

可惜这些讨论，会议室里的玩家们一点都看不到。

徐粟站在原地，脑海中一片空白，如同被抽走了灵魂的木偶，失魂落魄。

宗九回头看了他一眼，眼底划过一抹微不可察的担忧：以徐粟和许森的关系，现在许森没能回来，徐粟的心理状态估计会出现大问题。

所有人都在等暗醒过来，因为他是那个副本的唯一幸存者，只有他才知道那里发生了什么。

主系统复原光线落在暗的身上，他的伤以奇迹般的速度开始恢复。几分钟后，他的指尖动了动，睫毛微颤，猛然睁开了眼，他的眼底涌动着墨色，全无初醒时候的迷茫。

"醒了？"宗九站在他的面前，居高临下地俯视，神情淡然，辨不出喜怒。

暗沉默地和他对视一眼，像是自知理亏，率先挪开了视线，随后他的视线越过宗九，看向失魂落魄的徐粟。

暗沉默片刻，将手探入虚空，取出一个东西。

看到那个东西后，神情呆愣、目光涣散的徐粟像是突然清醒过来，他呜咽了一声，泪水像是决堤的洪水，再也控制不住。他脚下一个踉跄，摔倒在地。

暗定定地看着他，把手里那本巫术书递了过去。

"这是他在最后关头转让给我的道具，上面有全部他想对你说的话，我现在遵循他的意愿，把它给你。"

只要持有特殊道具的主人有意将道具转让，特殊道具是可以转让的，但由于转让道具需要花费高昂的生存点数，再加上道具本身宝贵，所以很少有玩家愿意转让自己手里的道具。

而且，很多时候，淘汰就在一瞬间，谁也没时间在最后做这一切。

这句话击碎了徐粟最后的希望。

徐粟号啕大哭，声音在会议室内回荡。

不仅是他，悲伤的情绪像是会传染一样，令不少玩家都回想起自己被迫分离的朋友和伙伴，眼底也浮现出泪花。

"为什么……为什么……都不和我告别……"徐粟哭得上气不接下气，声音破碎。

哭了好久，他才从暗手里接过来那个A级道具。

【A级道具《黑母鸡之书》转让成功。】

徐粟恍惚间想起，他和许森产生分歧的起因，似乎正是这本书。

那时许森从盲盒里抽到这个道具，实力也飞速攀升，让徐粟觉得自己也该强大起来，于是单方面开始闹别扭。而现在，这本件道具正躺在他手上，封皮上还沾染着斑驳血迹，摸上去的时候，似乎还能感受到前任主人的余温。

徐粟颤抖着翻开了第一页，等看清了那些字，刹那间悲从中来。

纸页上用潦草的字迹写着几段简单的绝笔。

【还记得那天晚上我们喝的酒吗？那是只有我们知道的暗号。】

【不能和你好好告别，很遗憾，如果还有机会的话，我会带着暗号来找你的，好好走下去，徐粟。】

【对不起。】

徐粟直接昏死过去。

宗九叹了一口气，把人扶到一边。

眼下这个情况，把他叫醒实在不是明智之举，不如让他睡一觉，冷静冷静，缓冲一下，再接受这个惨淡的现实。

但是，看到许森留下的话，宗九也有片刻的震惊。

除了宗九，其他玩家是不知道自己被淘汰后会回到现实世界的，对那一刻的许森而言，这就是绝笔。

不止是他，旁边的几位S级也愣住了。

"唉，可惜了。"土门道。

驱魔人摇了摇头："虽然说起来很残忍，但应该庆幸当初暗没把他们分到一个队伍。太惨烈了。"

喧嚣过后，主系统继续打分。

此刻，D级和C级的评分都出来了，下一个是B级。

令人意外的是，这一回，徐粟竟然也拿到了系统评价和游戏指导师评价双A，一跃升到了A级。

不仅徐粟，钟意远也拿到了双A评价。

一个队伍里的两个C级玩家都拿到了双A的评价，一时间吸引了不少人的关注。

除此之外，低等级基本没多少值得关注的，C等级倒是有几个降到D级的玩家，当场吓得面如土色，蹲在地上发抖。

这几次的惩罚副本都没有生还者，可谓惨烈至极，在所有玩家的心里，去惩罚副本就等于没有机会，不需要存有侥幸心理。

宗九只是对暗说："我等你来找我解释。"

暗抬眸看了他一眼，抿唇不语。他的脸色依然苍白，破烂的黑袍上沾满血迹，一切都昭示着他遭遇了怎样的险境。即便主系统能够让伤势快速复原，损伤的元气却也没法在短时间内补回。

宗九见他这样，不知怎的，心里竟然生起一股欺负老实人的错觉。

但是不管怎样，宗九十分笃定，这件事情，暗必须得给他个交代。

就算宗九隐约猜到暗应该是推测出了那个副本的危险程度，故意抢在他前面冲进了那个空间门，但这一切，宗九都需要一个合理的解释。

很快，主系统的评价就到了A级。

宗九的头上出现了两个血红色的字母。

众人倒吸一口冷气。

【双S！魔术师又是双S！！太强了吧！】

【我的天，魔术师从副本带出来的人最差也是双A，安东尼也是一个S一个A，好厉害啊！】

会议室里的玩家们纷纷交换了充满震惊的眼神。

众所周知，十位S级现在只剩下九个人了，属于第九名的那把宝座至今依然空缺。

很快，所有A级玩家的评分都出来了。除了宗九，还有两位高位A级也同样拿到了双S的高分评价。

大厅内响起了众人的窃窃私语。

"竟然有三位双S，也不知道这次会不会从三位里出现一个新的S级。"

很快，全部A级玩家的最终评分开始显示。其他A级玩家头上的两个评分字母的平均值就是他们的最终分数，但不知道为什么，三位拿了双S评价的A级玩家头上的血红色双字母迟迟未动。主系统也绕过了他们，开始提前宣布S级的得分情况。

这是怎么一回事？大家都有些困惑。

S级本来就没几个人，实力也都有目共睹，评分很快就完成了。

结果，土门依旧稳坐第十名宝座。

正在玩家们疑惑为什么全场只有这三位头顶双S评价的A级没有得分的时候，主系统发布了一条新的讯息。

【因下轮副本规则较为复杂，暂定开启时间为两个月后。一个月后将在会议室再度举行一次集体会议，届时将公布下轮副本的具体细则。】

【为了嘉奖诸位玩家坚持到如今的勇气，下次副本开启前，将开展一次特殊福利活动。】

特殊福利活动！

玩家们都兴奋了。

之前的特殊活动，无一例外都有一定程度上的风险，稍不注意就会被淘汰。但是这次，主系统却十分明确地说特殊活动是福利活动。

如果说之前的活动是风险和收益并重，那这回去掉了风险，显然只剩收益了。

大家先前的疲惫和难过一扫而空，转而开始摩拳擦掌。

当然，也有不少玩家从中嗅出了不同寻常的味道。

主系统这么急于提升大家的实力，很有可能下个副本不会那么美妙。

这回已经是S级难度了，下一回恐怕——

【在本月三十日晚，玩家宿舍会议室将开启特殊福利活动：假面化装舞会。】

【届时也将公布新的S级玩家名单，并为其加冕。】

【特别提示：自比赛起从未露面的神秘游戏指导师，也将在本次假面化装舞会上出现，若是有玩家能够从人群中找到他，并且说出他的真实身份，届时将获得一份神秘大礼。】

【假面化装舞会规则手册已放入每位玩家宿舍内，敬请期待。】

"哗——"

整个会议室一片沸腾。

自比赛开始以后，谜团数不胜数，但是最大的谜团，绝对是一直存在于主系统口中的那位"游戏指导师"。

游戏指导师掌握着所有玩家每次打分的一半权限，甚至还有着能够更改主系统部分决定的权能，令人敬畏。

按主系统方才的意思，这位游戏指导师竟然还有另一重身份，甚至很有可能就站在他们中间？

如今，他们即将拥有一个揭开游戏指导师真面目的机会。

所有人都兴奋不已。

假面化装舞会

第十一章

好奇心

离开会议室后，玩家们还在讨论这个特殊福利活动。

不仅仅是活动的展开方式，还有神秘游戏指导师的真面目，都足够吸引众人的注意力。

在热切的讨论声里，宗九带着昏迷的徐粟走向了A级玩家的专属电梯。

钟意远和安东尼两个人一人一边架着徐粟，把他带到放到了A级专属会议室内。或许是在结算日副本结为同盟，让这三个人也算多了几分情谊。毕竟当初坚持要选第二个主线任务的玩家只有他们几人，彼此间总有些惺惺相惜。

"把他放到沙发上吧。"宗九一边指挥他们，一边招呼侍者过来照顾徐粟，随后又说，"我先去换个衣服，三十分钟后在这里集合。"

宗九回了自己的房间，守候多时的管家迎上前来，弯腰恭敬地接过他的外套，将一双加热到刚好的崭新棉拖鞋递上前来。

"欢迎回来，先生。热水已经为您准备好了，或许您想在洗浴之后尝尝刚准备好的新鲜茶点？"

宗九顿了顿，扫了一眼正在壁炉旁的猫咪。正眯着眼睛蜷缩成一团烤火的猫高冷地看了他一眼，不感兴趣地转过头去。

宗九暗自摇头："泡壶红茶吧。"

既然主系统特地说明下个副本规则较为复杂，那十有八九会是超S级副本，现在不足两千人的玩家，到时候只能剩下更少，可能只有一两百人。

所以，这次给玩家们的休息时间足足两个月，舞会便定在了第一个月的第三十天，为期一天。

宗九躺在浴缸里，顺手拿起特殊活动规则手册，封面上写着：假面化装舞会规则与注意事项。

假面化装舞会规则如下：

1.舞会自三十号晚七点开启，次日早十点结束。

2.参与舞会者，必须身着礼服、佩戴面具入场。

3.舞会分为三个阶段。

第一阶段为入场阶段，时间一个小时。

晚八点准时开启第二阶段，届时可以自由邀请舞伴共舞，交谈。游戏指导师将在此阶段放出一条线索，若是能成功从人群中找到游戏指导师，则可以开启第三阶段。

第三阶段，玩家可以邀请自己确定的游戏指导师候选人跳舞，一舞完毕，若是成功选对且能够说出游戏指导师的真实身份，便可得到本次假面化装舞会的神秘大奖。

这是有关舞会神秘大奖和阶段的解释。

接下来便是普通规则，告诉了普通玩家们应该做些什么。

首先，友情建议所有玩家去一楼室内城市给自己选购一些衣服和装饰。

因为舞会的时候，所有人都得穿着不同的礼服、戴着面具入场。

在不暴露自己的前提下，能够认出越多人的身份，奖励的生存点数就越多。

同理，如果自己被越多人认出来，那奖励的生存点数就会被扣除得越多。

规则手册中还说，一楼室内城市在舞会前会开放造型屋，甚至可以改变身高和身形轮廓。

可想而知届时假面化装舞会会是怎样群魔乱舞的场面。

当然，为了防止玩家把自己完全变成另一个人，主系统强制要求他们必须保留身上三个显著特征，并且主系统还会不定时给各位玩家开放其他玩家的线索，也是为了让游戏能够进行得更加顺利。

看完之后，宗九把规则手册扔在一边，眉头紧锁。

原先他只是有所怀疑，现在看到规则，可以直接确定——这就是在向他发出邀请。

现在所有玩家里，知道恶魔就是游戏指导师的人数不超过五个，梵卓有没有察觉不知道，反正宗九和暗对此心知肚明，而且他俩的对策里，下一步就是尽快揭开恶魔就是游戏指导师的秘密，避免更多无辜玩家站错队。

所以，假面化装舞会是一个显而易见的阴谋，也是一个明目张胆的挑衅。

作为联盟的首领，宗九不仅要从满是伪装的人群中找出恶魔，还得在大庭广众之下揭露他的玩家身份。

虽然他尚不知道主系统开启这个明显不利于自己盟友的活动是出于怎样的目的，但即使是个阴谋，他也不能退缩。

即便在结算日副本里的经历，让宗九明白了为何恶魔会拥有那样扭曲而充满恶意的人格，但宗九心里还是很清楚，那不过是一段插曲，他和恶魔之间针锋相对、你死我活的局面，并没有发生改变。

但是，就像小城堡主声称恶魔不愿淘汰他一样，宗九发现，自己也同样无法下手。在结算日里，他有无数机会将小城堡主消灭在最弱小的时候，可他却一次次选择了放弃。

这对于情感淡漠的他来说，实在太过匪夷所思。

宗九嗤笑一声，端起管家准备好的红茶一饮而尽，离开了房间。

等他回到会议室时，徐粟已经醒了。

他醒来后的状况并不比之前好多少，呆呆地躺在沙发上，神情空茫，无精打采。

许森的淘汰对他的打击太大了。

宗九皱了皱眉，看了一眼站在一旁闭目不语的暗。

"怎么？想干脆去陪他是吧？"宗九被徐粟这副样子气笑了，"真该让许森看看你这副样子。"

听到熟悉的字眼，徐粟从失魂落魄中猛然回神。他张了张嘴，什么都还没说出口，眼泪就如同断了线一般簌簌下落。

"行了，又不是一点办法都没有。你忘了比赛第一名的奖励是什么了吗？"

徐粟猛然从沙发上坐了起来，像是求生者抓住了最后一根稻草。

万能许愿券。

主系统口中，即便许下即刻成神的愿望也能够立马实现的许愿券。如果是万能许愿券的话，想许愿复活……也是一定可以的吧。

但徐粟的目光却在转瞬间再度黯淡。

众所周知，只有在最后一轮比赛过后，排位第一的那位才能得到万能许愿券。

徐粟有这个决心，也有这个勇气，可他一想到首席，还有那些比他强得多的S级，心里不免有些悲凉。

但他也清楚，九哥说的这个办法是他最后的希望。

"收起你那丧气的表情，好好听着。"宗九拍了拍他的肩，"我呢，暂时没有特别想许的愿望，或许我心情好了，许愿让许森回来也有可能的。"

徐粟脚下一软，一下子跪了下去，泪流满面。

"九哥……我一定好好跟着你！我一定……"

只要有希望，不论是谁，都可以坚持下去。

但是，他们都没有注意到，暗猛然睁开了眼睛。

宗九转过头来："看他一个人在这里这么难过，暗大佬明明先到，怎么却在一边闭目养神，也不安慰几句？"

暗淡淡地："我不擅长安慰人。"

"不会吧，你难道没朋友？或者，你难道也没谈过恋爱？"宗九满面狐疑地打量着暗。

暗视若无睹，重新闭上眼睛，冷冷撂下一句："智者不入爱河。"

室内再次陷入了沉默。

片刻后，宗九挑了挑眉，开口道："来吧，简单说说你们这队到底在死亡迷宫里遭遇了什么。"

听到这话，徐粟眼神又黯淡下去，神色中闪过一丝不忍。

但是，他依然一遍遍告诉自己，无论如何也要听下去。许森不能这么不明不白就被淘汰了，就算再怎么难过，自己也得搞清楚他被淘汰的原因。如果连这都做不到，那怎么有颜面去要万能许愿券呢？

暗沉思片刻，开始讲述他们的经历。

死亡迷宫位于一个独特的异空间，只有一层，大到不可思议，四面遍布迷雾，将所有意图窥探的视线全部隔绝。

这个副本的主线任务是找到死亡迷宫里唯一的出路，如果在第七天还没有找到的话，那将迎来团灭结局。

刚开始，所有人都被投放在入口处，身后是死路，前方和左右有三条岔路。

迷宫要求他们一次只能进去一个人。

有人想到用纺线去破解迷宫，于是开始绑线进去。可惜，他们进去后发现，死亡迷宫里的那些NPC竟然会把线斩断或是转移。在折损了好几个直接跟着纺线羊入虎口的玩家后，他们不得已改变了策略，只能用最笨的办法去丈量这座迷宫。

于是又牺牲了几个人后，他们得到了可以驱散迷雾的蓝火，装在铜灯里提着，像带着一盏小小的灯笼。

得到蓝火后，迷宫放宽了限制，他们能够一次性进去多人。

但谁也没想到，蓝火竟然会吸引游荡在这座迷宫里的NPC，于是后续进入迷宫的好几队又直接牺牲了。

可以说，这座迷宫通往出口的道路，都是玩家们用性命换来的。

其中有一次，就在他们探索到一半的时候，有一队玩家遭遇了死亡迷宫内的影怪。

影怪可以藏在人的影子里，所以举着蓝火的时候，不仅要防止火焰熄灭，还要防止影怪从影子里出来偷袭。

那时许森正手拿巫术书低头念咒，没有注意到迷宫墙上出现了一道黑影。

本来他必被淘汰无疑，但暗却在千钧一发之际帮他挡下了攻击，消耗掉了自己一个A级道具替身娃娃，算是有惊无险地将人救了下来。

再后来，暗推测出死亡迷宫是位于一个镜像世界中。他们探测完的部分属于第一部分，接下来只需要按照镜面对角线的走法，便能找到和入口相对的出口。

可这条路上遍布可怕的怪物，还有无数看不到的危险。

他们相继在通往出口的道路上牺牲，最后只剩下两个人，前方却拦着一群需要引开的NPC。

暗和许森都清楚地知道，如果没有人做出牺牲，他们两个人都无法离开。八卦盘已经达到了使用上限，许森沉默了很久："书里有一个禁用的技能……"

暗回头看了他一眼。

这是整本书里威力最大的技能，拥有堪比S级攻击道具的力量，但也需要付出相应的代价。

这个决定意味着什么，许森心知肚明，他并不想再也见不到那个游戏里唯一的兄弟。

时间流逝，漫长得犹如一个世纪，又短暂得似乎只有一秒。

许森咬咬牙，猛然抬头，声音艰涩沙哑："给我两分钟时间。"

只剩十分钟副本就要关闭了。

如果什么也不做，他们两个都会在这里被淘汰，没有一个能回去。暗救了自己一次，这个人情，自己不能不还。

许森蹲到墙边，将手上的书摊开，开始飞快地在第一页上写字。

进入游戏的一年里，他几乎没有流过泪，此刻他却泪眼蒙眬，每写一个字手都在抖。

等写完那几段话后，许森把书的最后一页撕了下来，把书递给了暗。

"请帮我……把这本书转交给徐粟，就是那个C级玩家，九哥队伍里的徐粟。"

暗点了点头："我会带到的。"

不知道出于什么心理，一向沉默寡言的他多问了一句："还有什么别的要带到的话吗？"

"没有，多谢暗前辈之前对我的照顾，请一定要走下去。"

许森抹了抹眼泪，口中念出一串艰涩的咒语，攥着残页，头也不回地冲进了迷雾之中。

对于徐粟来说，这番话无异于凌迟，他流着泪，颤抖着翻开那本书的最后一页，轻轻拂过那残页的痕迹，又哭又笑。

许森知道这个禁用技能的危险，所以他宁愿把它撕下来，也不要徐粟有尝试使用或知道它的途径。

宗九看着暗的侧脸，心里有了些奇怪的猜测。

如果暗能推测到未来的副本的危险，那他是不是也能推测出许森的淘汰，还有自己最终能有惊无险地从副本里回来。

毕竟，为许森挡刀，甚至消耗了一个宝贵的A级道具，这实在不是暗的作风。所以，暗是知道这个副本对宗九而言很危险，但是自己一定能够回来，所以才义无反顾地闯了进去。

在想到这一层的瞬间，宗九回忆起很多别的事。

他想起了那张代表欺骗的、不合时宜的月亮牌。

暗一定有事情瞒着他。

到底是什么呢？

宗九和暗的目光交汇了。暗的视线很平静，宗九知道，他们现在心里想的，应该是同一件事。

片刻后，暗慢悠悠地移开了视线，继续闭目养神，全然没有要解释的意思。

其他同盟者也陆续回来了，每个人的状态看起来都好了很多。

大家寒暄了一阵后，开始切入正题：特殊福利活动应该如何应对。

暗睁开双眼，开始滔滔不绝地说起自己的推测和安排。

首先，按照他们先前规划的安排，下一个行动的目标就是在所有人面前戳穿恶魔的游戏指导师身份。但是宗九在游戏城曾经拿这个情报和主系统做过交易，他不能主动将这条信息线索告知其他人，不然就会被淘汰出局。

不知道暗是什么想法，看上去他也没有打算把这条信息公之于众，转而和其他人探讨起假面化装舞会活动背后的深意，以及对下一场副本的推测。

毋庸置疑，下一个副本一定是超S级副本。

暗说他曾经侥幸在一个S级副本内得到过一位前辈留下来的札记，里面有些很重要的内容。

"很久以前，超S级副本是可以带道具入场的。但自从十年前那个超S级副本开启后，主系统就更改了这个可带道具的规则，而且把这项规则写进了玩家规则手册里。"

暗意味深长地看了宗九一眼："但我翻阅了规则手册后，推测到……你们不需要知道过程，因为说了你们也不一定能理解，直接听结论就好。这个超S级副本，很有可能会稍微放松一下对道具的限制，但具体怎么放松，这个限度还不好说。现在，与其把注意力放在特殊道具上，倒不如多赚取一些生存点数，在进入超S级副本前再给自己进行足够的身体强化。"

面对暗提出的这个建议，所有人都给予了高度的重视。

游戏这十年来都没有再出现过超S级副本，所以关于超S级副本的传闻，大都是上一届玩家留下来的。其中最著名的就是某一天主系统忽然宣布未来如果要开启超S级副本的话，将取消特殊道具或血脉加成的权限。

如果道具和血脉不能使用，那他们所能依靠的就只有身体强化了。即便身体强化所需要的生存点数高昂到令人发指，但为了不任人鱼肉，玩家们还是会去进行强化的。

最后，暗一锤定音："月底才公布下个副本的规则，届时才能知道具体情况。这一个月里，诸位就先好好休息。"

在场的几位S级手握的生存点数和特殊道具都非常充裕，此刻他们已经开始就身体素质强化做计划了。

所以，假面化装舞会真正的重点，还是落在了宗九身上。

宗九看了暗一眼，没说话。

接下来的时间里，整个玩家宿舍陷入一片欢乐的海洋。

长假期和福利活动对玩家来说，至少把要面对风险的等级降到了零，不用提心吊胆。

不少人在休息了两天后，便兴致勃勃地跑去造型屋挑选服饰造型了。

新开放的造型屋专供这次假面化装舞会使用，玩家们可以在这里给自己捏一个等身3D模型，随意给模型进行装扮、改变身高轮廓……只要能通过主系统的评判，便可以保存，等到舞会当天一键换装，相当方便。

既然是个娱乐活动，把自己的形象设计得奇形怪状的玩家不在少数，甚至还有人仗着有面具遮掩，暗自打算穿女装来混淆他人视线。

这天一早，宗九来到造型屋，守在门口的造型师眼睛一亮，夸张地尖叫起来："哦，我的主系统啊，瞧瞧这个漂亮的孩子，这是一个多么好的女装苗子啊！"

宗九面无表情地收回了视线："借过。"

"哦不！孩子，你真的不考虑一下吗！你的条件是多么优越啊！"造型师露出一个心都要碎了的表情，转身拦在他的面前，手里的卷尺隔空开始对宗九开始比画，眼神火热。

宗九毫不犹豫，抬脚就走。

造型师一边流泪一边挥手："等等！您不需要一位辅助您挑选衣服的造型师吗？！"

宗九："不，不需要。"

他飞快地走进造型屋，把门狠狠关上，隔绝了外面那夸张的叫喊。

随着关门声响起，屋顶的灯光忽然一变。

原本这个房间只有一个试衣间那么大，但是此刻在灯光的作用下，一扇水镜缓缓出现在了他的面前，房间四周开始向外逐渐扩散，广阔得一望无际。

镜子里出现了一个和宗九一模一样的人影，不过只是拥有和他一样的五官和身体，但是双眼空洞，神情空茫。

宗九没有急着开始进行穿搭，先仔细看了看一旁列出的标签：

发型、体型、服饰、配饰、面具……

或许是因为届时所有人都要戴上面具，所以并没有修改五官这一项。至于声音，到时候系统也会直接进行处理，不会让任何人以原本的音色示人。

但是规则中还有一点，就是不管怎么变装，不管用什么样的造型，每个人都必须留下三个显著特征。

宗九的显著特征太多了，而且每一个都是能够让人直接认出他的。

所以在保留特征这方面，宗九可谓是再三斟酌。

他首先选择了改变身高，把自己的身高拉到两米。接下来，他开始在发型发色的标签里翻来找去，最终把头发换成了最普通、最常见的黑色。

这一下，他整个人的气质都跟着变了。

宗九摇了摇头，又忙不迭地跑去给自己挑选服装。

结果打开服装栏目，宗九又开始犯难了。

这里的衣服眼花缭乱，各种主题、各种风格、各种年代……千奇百怪，不一而足，让人实在难以抉择。

一般的普通玩家，优先选择的都是夸张的衣服，但在宗九看来，那势必会引来更多注意，倒还不如穿最普通的那种……等等！

他的目光扫过陈列柜里一件普普通通的黑色西装，他看了看自己刚刚换来的一头黑发，脑子里忽然冒出来一个绝妙的想法。

要是想引来关注和猜疑，最简单的方法当然不是穿夸张的衣服，而是扮作比赛里最出名的那几个玩家。

例如……

宗九看着水镜里的"恶魔"，露出一个满意的笑容。

自己简直是太聪明了！

他遵循着记忆里恶魔的样子，把过长的黑发缩短，扎起一个辫子垂在肩上，再扒拉两下额发，把刘海进行了恰到好处的固定。

随后，他从服饰里挑了一件和恶魔那万年不变的造型一模一样的黑色西装，配上同款马甲和暗红色领带——就连领带结上的烫金条纹的细节也考虑到了，再加上领带夹，红蔷薇，胸口上银灰色的永生十字架，甚至就连链条垂下来的长度都一模一样。

这对宗九来说简直毫无难度，毕竟，最熟悉自己的不是朋友，而是对手。所以，作为一个合格的宿敌，宗九对恶魔的形象再熟悉不过了。

装扮完成后，宗九看向水镜里的自己，陷入了一阵尴尬的沉默。

不得不说，恶魔的装扮再加上自己的脸，让宗九觉得难受极了。

他连忙挑了一个普通的面具，往自己脸上一扣，这才舒了口气——不是自己，看起来顺眼多了，但是，还是想给对方一拳！

宗九把水镜里的人拉大，开始一点一点调整身材的细节。

正在这时，造型屋友情提示，他需要保留三个显著特征——脸不算。

宗九陷入了沉思。

实在想不出来！

宗九修长的手指轻轻滑过水镜上的建议选项，看看它能给他什么建议。

【1.保留您身上独特的气味。】

宗九面色古怪地低头，在自己身上闻了闻——没有什么特殊气味。但既然主系统说有，那就有吧，反正自己闻不出来，别人能不能闻到他也不知道。

他犹豫了一下，勾选了这个选项。

【2.属于魔术师的双手。】

宗九看向水镜内自己的双手。

骨节分明，大拇指和食指上有着十分显著的凸起，一看就是一双摸牌摸多了的专属于宗九的手。

虽然身体变年轻了，手也给强化了，宗九每天晚上入睡前还是会下意识重复一遍自己从前每天都要做的魔术师手指操，偶尔无聊的时候摸到纸牌也会无意识随手练一些新花样。

从来到游戏里到现在，也过去了大半年了，手上出现薄薄的一层新茧再正常不过。

宗九手指结茧的部位很特殊，和长期持枪磨出来的茧不同，主系统特地提出来倒也不算意料之外。

反正……恶魔的造型标配里还有手套，正好能够将手指遮一遮。宗九尝试了一下，发现主系统没有提示他遮掩自己保留的显著特征，于是便十分愉悦地勾选了这个选项，转身给自己配上手套。

宗九做完这一切后往下再看，发现选项更是五花八门，有建议他把身高调整回来的，也有建议他保留自己优越的身材比例的。

宗九暗想：身高绝对不改！

要是把身高改低了，其他人一眼就能看出问题！绝对不是因为自己想尝试一下俯视别人的感觉！

宗九对比了一下，决定保留一个肤色选项。

造型设计完成，宗九又对着镜子摆了几个恶魔的招牌动作看了看效果，觉得没问题后便一键保存，之后便离开了造型屋。

一直守在门口的造型师还在挥着手帕朝他大喊："这位先生，您真的不考虑一下吗！您的身材外貌条件是我见过的最棒的，我敢保证，您一定会在我的手下脱胎换骨的！"

宗九没有回应，他觉得自己的想法比较有意思。

首先，以恶魔在众位玩家心目中的地位，肯定没人敢假扮他。

再者，大家听到化装舞会的时候，第一想法都不会去故意把自己化装成知名玩家的模样，而是顺着大众思维往奇装异服上面去想。

再说了，宗九觉得自己穿着这身衣服过去，甚至还可以来个狐假虎威，落个清静。

最重要的是，恶魔利用游戏指导师权限，表面上让主系统举办这个假面化装舞会作为给玩家们的福利活动，实际上这是在挑衅宗九，向他下战书，这叫人怎么忍得了！

而宗九的任务，就是从人群中找出恶魔，当众揭穿他的身份。

自己这副打扮，恶魔一定会凑上来，甚至都不用自己费心去找。何乐而不为呢？

他很期待舞会当天恶魔看到自己后的表情。

接下来的大半个月里，宗九都很清闲。

本来这是安排给玩家们休息的时间，但是对宗九而言，这个时间太长了，还不如下副本来得有乐趣。

他每天不是看书就是逗猫，借这些来打发时间。

对其他玩家来说，日子就不一样了。玩家宿舍各类设施齐备，再加上国王游戏和万圣节活动关闭后，顶层酒吧和七彩游乐园依旧留了下来，于是有不少玩家跑到七彩游乐园里再去体验了一番。

之前他们是有任务在身，玩得都不痛快，这回总算可以随心所欲玩得开心些了。

但是对宗九来说每天这样太无聊了，于是十几天后，终于忍受不了的宗九开始去其他同盟那里串门。

梵卓不在自己的房间里，据说天天拉着下属一起去高尔夫球场打球。真是独特又高雅的爱好。

暗也不见人影。据说是每天准时到七彩游乐园海边的浮塔上悠闲地进行海钓，一待就是一天。这个爱好一听就很无趣。

驱魔人倒是在宿舍，甚至还邀请宗九进去参观，但是宗九一踏进去，就被他房间里那充满中世纪黑暗风格的设计给惊到了，各种奇奇怪怪的道具挂在屋里，不靠近都能感受到上面散发的阴冷气息。偏偏他还热情地解释："哎呀，同僚们都知道我这点小爱好，难得邀请到一个来我宿舍做客的客人，请千万别客气。"宗九强忍不适，接过茶和他聊了一会儿，急忙告辞离开。

接下来他又去找土门。没想到，这次竟然也扑了个空。这可真是奇怪，土门这家伙从来都是独自窝在宿舍打游戏，日子过得昼夜颠倒。

宗九摇了摇头，决定去徐粟宿舍看看他的情况。

徐粟也不在宿舍。

自从上次那件事情后，徐粟像变了一个人。之前他一旦有休息时间，不是在宿舍打游戏，就是在室内城市找各种好玩的项目。

但是这一回，徐粟干脆连宿舍都不住了。前几天宗九一问才知道，他花费生存点数找主系统开了一个训练室，每天在里面拿着许森留给他的道具书刻苦训练，可称废寝忘食。连钟意远和安东尼都被他的精神感染，也时常跟着去练习了。

……能勤奋起来，也算是一件好事吧。

宗九叹了一口气，打算回宿舍继续读书，没想到竟然遇上一个意料之外的人。

这个人装扮十分奇怪，蒙着一只眼，露在外面的另一只眼中，闪烁着不怀好意的光。身上穿着奇怪的衣服，到处挂着叮叮当当的银饰，裤子宽大得过分，脚上踩着一双布鞋。

宗九扫了一眼，不感兴趣地收回视线，继续朝前走去。

结果，这个玩家率先开口，语气中带着浓浓的轻蔑："你就是魔术师宗九？"

宗九侧过身来，打量了一下："你是谁？"

那个玩家一下子就涨红了脸，从牙缝里挤出来几个字："……我告诉你，那个S级的王座一定是我的。"

这人真是自大，不过宗九倒是想起了他是谁：这回A级玩家里有三个拿了双S级评价的玩家，面前这人好像就是其中一个。

宗九耸了耸肩："那你加油哦。"

说完，他双手插兜，十分潇洒地转过身，翩然离去。

第十二章

假面化装舞会

日子一天天过去。很快，就到了第一个月的月底。

在万众瞩目之下，假面化装舞会终于拉开了序幕。

三十号下午，三楼会议室高高的围墙"砰"的一声落下。

在没有人看见的时候，偌大的会议室内，空间扭曲着开始了延展、扩充。

一排排铺着洁白餐巾的长桌凭空出现，巨大的舞池铺上了绘有奇妙花纹的大理石。

更高处，像是有一只看不见的巨手在空中收拢，将那些赤金吊灯组合在一起，变成晶莹剔透的水晶塔。

一串串垂落的水晶流苏闪烁着，整个宴会大厅灯火通明。

【限时福利活动：假面化装舞会，已开启。】

【全景摄像头已开启，舞会期间将开启直播间统一直播。】

【场景正在搭建中，晚七点正式开放，请玩家稍等片刻。】

【假面化装舞会过后，宴会大厅将永久关闭，恢复成会议室的样子，请知悉。】

不少玩家已经提前到了室内城市的造型屋内，等待着舞会的开场。

为了防止在换装的时候被别人看见从而暴露身份，舞会开场后造型屋会直接升上宴会厅走廊，确保不会暴露各位玩家。

宗九没太早入场，反正他要扮演恶魔，以恶魔一贯的表现，必定是要压轴入场的，就像第一次等级评级那时候一样，在众目睽睽下出现在最顶端，引来万千目光。

所以宗九甚至优哉游哉地叫了一次客房送餐，慢吞吞享用了晚餐后，他看了看时间：七点四十五分。

晚会七点钟开场，入场阶段一个小时。如果八点还没有入场，那就代表着自动放弃参加舞会的资格，届时宴会厅将自动封闭，不允许玩家继续入场。

差不多到时候了。

宗九走进电梯，按下了通往室内城市的按钮。

这个时间，参加舞会的差不多都入场了。

舞会大厅衣香鬓影，觥筹交错。

正如宗九猜想的那样，既然戴着面具，那自然是做什么打扮的都有。甚至真的有不少玩家选择了女装，花枝招展，美艳热辣，叫人大吃一惊，也有玩家扮成了侍者，要不是脸上戴着面具，一时半会儿真看不出来。

现在还是入场阶段，大家都在宴会厅里走动，也有人坐在一旁攀谈。

种类繁多的酒水摆放在长条桌上，巨大的香槟塔在空气中晕开馥郁香气，摆放着各式甜点蛋糕的小方碟在灯光照射下看起来格外精巧。

无数身穿黑色燕尾服的侍者手里端着托盘，在现场转来转去，等待着为玩家服务。

更高处，深红色的挂毯从穹顶垂下，金色的流苏悬在空中。

管弦乐队演奏着舒缓的曲调，乐队成员面前，姿态优雅的指挥家正背对着下方的舞池，泰然自若地指挥着这场演奏。

土门站在桌前，神情纠结地拿了满满一大盘甜点，坐在一旁开始大快朵颐。

也不知道晚宴的甜点是不是有魔力，他发现自己吃了一块就停不下来了，任凭香甜持续在味蕾上炸开。

土门平时基本不去餐厅，因为在游戏里不需要进食，他的时间都用来打其他游戏了，偶尔叫客房服务，也只是点一些饮料。结果没想到，或许是太久没吃东西，这时只是吃了一点，居然越吃越想吃。

他一边低着头解决盘子里的甜点，一边暗地里观察其他人的装束，打算辨认出几个熟人。

反正土门敢拍着自己的假胸说，绝对没人认得出他来。

没错，他穿了女装，还是水手服！

所以，从外表根本看不出他就是土门！

虽然刚开始感觉又尴尬又怕被人认出来，但经过几天的仪态和动作练习，他觉得现在的自己，差不多能够达到以假乱真的地步。

至于为什么要这么拼呢，当然是因为他和驱魔人打了个赌，赌他俩谁能在假面化装舞会上认出对方。

要是土门输了，他就得给驱魔人一张蓝卡牌。要知道，蓝卡牌可是他最珍贵的道具，手上握着的不超过十张。

而要是驱魔人输了，他就得拱手让出土门眼馋了许久的一把A级匕首。

这个赌约对彼此都十分具有诱惑力，再加上两个人对彼此的人品都充满信任，土门才会一改平时懒散随意的性子，大费心思想要赢。

就在他一边小口吃着点心，一边四处张望的时候，门口的方向忽然传来了一阵骚动。

恰在此时，主系统冰冷的机械音在宴会大厅响起。

【时间已到，第一阶段结束，宴会大厅即刻封闭，不允许再入场，但玩家们可以在舞会中途选择自由离场，自动放弃舞会资格。】

土门回过头，正好看到门口那一幕。

站立在大门两侧的侍者，正忙不迭地为那道身影关上身后厚重的大门。

黑西装，小马甲，暗红色烫金领带。

扎起的半长黑发，皮手套，擦得锃亮的黑皮鞋。

白色的面具，举手投足间展露优雅。

他像一道暗影，踏着光而来，让所有的光线在他身后湮灭。

"快让开快让开，是首席！"

"我的天，首席竟然也来参加这次舞会，而且还没有改变装束。"

无数玩家充满敬畏地看着这一幕，纷纷后退，无人敢上前。

弹幕一条条刷过。

【不愧是他！踩着点入场，竟然还根本没有变装的意思。】

【这也很正常吧，就算大家认出来了，也没有玩家敢上去指认他啊。】

【确实，不过等等，其实我觉得神秘游戏指导师是首席的可能性也很大，不过确实啊，没人敢指认，就很尴尬。】

【其实我在想，会不会有人故意穿上这套衣服，然后假冒首席啊。】

【……谁敢冒充那位？绝对不可能好吧。】

就和发弹幕的观众的想法一样，宴会大厅里的玩家都没有往这个方向去想。

这点和宗九先前的推测不谋而合。

宗九面不改色地接受了四面八方崇敬的眼神，十分淡定地分开人群，朝着宴会大厅的中央走去，暗暗在心里为自己的机智喝彩。

其实要是换别人可能装不了这么像，毕竟身上的装扮是一回事，给人的观感又是一回事。

恶魔最特殊的地方，是他的气质。

以前宗九不理解，直到看了小城堡主传输过来的记忆，他明白了：从什么地方诞生就代表了什么，所有的光线都无法逃离那浓厚的扭曲恶意。

他知道自己该如何表现。

宗九走到哪里，所有人的视线就跟到哪里。借用恶魔的外形，宗九觉得自己甚至可以找个地方待着，等恶魔来找自己，反正也没人敢上来邀请他跳舞。

这时，宗九忽然被一个摇摇晃晃走到他面前、冷冷看了他一眼的企鹅人吸引了注意力。

企鹅人套着企鹅头套，走路姿势却很端正，看起来没有半点企鹅的样子，身上倒是散发出南极的温度。

这视线——是你，暗！

看着对方的装扮，宗九忍笑忍得很辛苦，要不是有面具遮住脸，他现在脸上的神情一定会引人怀疑。

本着同盟的友情，宗九没有揭穿暗的身份，只是和对方对视了一眼，算作接头，随后便收回视线，准备看看四周有没有值得怀疑的恶魔人选，却不想人群中再度传来一阵喧哗。

他抬起头，看到一个和他装束一样的人，站在宴会厅二楼栏杆前，似笑非笑地看着他。

好家伙！

咬着提拉米苏的土门一抬头，正好看到二楼那个身影，心里一愣：嗯？怎么回事？怎么有两个恶魔？

土门下意识地回头去看门口。

那里，另一个恶魔在人群中，微微仰着头，注视着上方。

两个恶魔就这样遥遥对视，气氛一时变得微妙无比。

直播间里的观众又开始了疯狂猜测。

【这人是不要命了吧……我的天，要是被拆穿了身份，别说那位了，追随者都不会让他好过。】

【说起来，你们觉得这两位，哪位是首席……】

【啊这……我觉得那个最后入场的就是首席吧？】

【我也觉得，感觉气质和神态比较像……二楼的那个看起来比较轻佻的样子，一看就是假的。】

宴会大厅内的玩家们也窃窃私语，纷纷对这一幕发表着自己的意见。

"二楼那个应该不是首席吧？"

"对，我也觉得不太像，以我多年追随者的身份担保，二楼那个多半是假的。"

"你看二楼首席戴着的手套是白色的，下面这位大人戴着的是黑色的，还有面具稍微有些不同，除此之外好像还真的一模一样。"

"也不知道是哪位想找死的，算了，反正按我的直觉，越晚出场的越可能有问题。毕竟你们想想，主系统都宣布关闭宴会厅了，我们从一开始就待在这里，也没看到首席走上二楼啊，由此可见，上面那个肯定是假的。"

"这位仁兄说得极是，太有道理了，现在就看看那位大人如何处置这个假冒者。"

不少追随者都将谴责的视线对准了二楼。

听着四面八方的声音，宗九面具后的脸简直忍笑忍到扭曲。

笑归笑，宗九版恶魔的肢体动作依旧不露一丝马脚，他淡淡地抬了抬手——这是恶魔第一次在会议室现身时示意全场安静的动作。

果不其然，刚刚还在窃窃私语的大厅立刻安静下来。

这个动作对恶魔而言，无疑是一种暗示，也可以说是挑衅。

恶魔一只手撑着栏杆，定定地看着下方那个和他装扮一模一样的人，面具后的脸上不怒反笑。

随后，他率先移开视线，双手插兜，口中哼着奇怪的音调，从一旁大厅的旋转楼梯上缓缓走下。

所有人俱是一惊，站在原地大气也不敢出，默默看着他下楼的动作，暗自心惊。

土门放下了刀叉，眉宇间闪过一抹深思。

和大多数玩家不同，因为加入了反恶魔联盟，他也成了知晓恶魔能力的人之一。

既然恶魔的能力是操纵傀儡，那有没有可能，在宴会厅上出现的这两个都是他的傀儡？不仅可以引起注意，还可以混淆视线，这样的话其他人就更难辨别。

当然，做出这个判断，主要是因为土门分不出这两个恶魔谁真谁假，他觉得都挺像的。因此，他才更觉得有问题，甚至觉得其中一个恶魔很有可能就是那位神秘的游戏指导师扮的。

其他人这时也在进行选择，神色越发纠结。

主系统的声音再度响起。

【第二阶段，舞会即将开始，请各位玩家准备就绪。】

这个阶段是跳舞环节。

跳舞意味着身体接触，身体接触意味着能够更快地分辨出谁是谁。大家都摩拳擦掌，铆足了劲想要认人。

乐队早已全部就位，在指挥的引领下，首席小提琴手拉开弓弦，悠扬的前奏响起。

晚宴上，华尔兹当然是必不可缺少的曲目。

可惜诸位玩家虽然神通广大，但会跳舞的寥寥无几——大概连五个人都没有

既然跳舞环节是福利活动的一部分，主系统也就没有强行指定舞蹈内容。

几乎是主系统声音刚落，玩家们就纷纷涌进了舞池，开始胡乱舞动起来。

身披轻纱的曼妙女子动作居然像个威猛大汉，以假乱真的水手服美少女

动作却不太协调……吸引视线的可不止这些，还有那个立在当场岿然不动的企鹅人。

至于宗九，他站的地方正好在舞池中央。

也不知道是有意还是无意，众人遮蔽了他的视线，也遮住了那道楼梯。

宗九皱了皱眉。

他失去了恶魔的踪迹，对方一下子就消失在了人群中。

可能是主系统也忍受不了这个群魔乱舞的场景，立刻再次发出指令。

【为了增加直播效果，接下来将为各位玩家传输交谊舞知识合集。】

就像在主系统那里花费高昂点数兑换某种特殊知识或技能一样，所有关于交谊舞的相关知识凭空出现在宴会大厅内所有玩家的脑海里。

大家终于明白了这个舞应该怎么跳，纷纷跃跃欲试。

这时候，大厅里所有的灯骤然暗了下来。

陡然陷入黑暗让在场玩家们发出一阵阵惊呼。

唯有宗九的面色愈发凝重。

这片黑暗很诡异。

以他强化到顶级的视力和卓越的夜视能力，放眼望过去，竟然只能看到一片黏稠的黑暗。

而且不知道是不是错觉，黑暗中的窃窃私语在瞬间内压低了不少，就像被降噪处理了一般，传到耳中都带着难以形容的失真感。

【游戏指导师线索公布。】

【他将在这片黑暗中现身。】

直播间又是一阵哗然。

谁也不知道这是怎么一回事。

大家虽然都看了假面化装舞会的规则手册，但也没人想到，在给出游戏指导师线索的同时，竟然把整个宴会厅的灯也给关上了。

宗九放下手，闭上眼睛，专心致志感受着周围的变化。

他进入了备战状态。

有风声。

还有在耳边低低响起的轻笑。

宗九反手就往身后刺去。

一击落空。

一只冰冷的手划过，带起一阵危险的风。

宗九故技重施，毫不意外，又一次落空了。

这么重复了五六次后，宗九确定了一件事。

他被恶魔单方面"包围"了。

四面八方的黑暗黏稠无比，遮挡了所有视线，似乎满是恶魔和他的傀儡。

宗九眉眼微沉，面具后的脸上带着棋逢对手、面临挑战时的冷笑。

原本他这个打扮是想吸引恶魔，结果没想到恶魔竟然也没有变装。

但是，无数恶魔的狂热追随者都没有分清楚真假恶魔，恶魔也不可能对此毫不在意。

如今这样，未必不是气急败坏。

至于主系统把灯给关了，不知道是不是护短。

恰在此时，主系统进行了下一轮的播报。

【线索发放完毕，若是能够从黑暗中找到游戏指导师，则即刻开启第三阶段。】

【舞会进行中，每一支舞结束后都可以自由交换舞伴，主系统将在共舞期间随机给出线索提示。成功猜到舞伴身份则可以获得一千点生存点数，自己身份被发现，则倒扣九百生存点数。直到舞会闭幕都没有被揭穿身份的玩家，则可以额外得到五千生存点数作为奖励。】

玩家们跃跃欲试。

从黑暗中想要找到游戏指导师其实有些难度，但是想要找到熟人那可再简单不过。而且剩下来的这些玩家们几乎都是资深玩家，基本上都是游戏里有头有脸的人物，彼此之间更是熟悉。

与之相比，新玩家在这个假面化装舞会上就比较吃亏了，所以主系统还附加了一条没被猜到身份就可以得到奖励的规则，也算是保护、扶持新玩家了。

宗九现在需要做的，就是从身边这一圈恶魔和恶魔的傀儡里，找到恶魔的真身，然后……邀请他跳舞。

这不是重点，真正的重点是，跳完舞后他要当着所有人的面，狠狠地拆穿恶魔的游戏指导师身份！

既然恶魔已经把路铺好，宗九自然也有接下挑战的勇气。

"敢扮成我的模样，不得不说……你很大胆。"

忽然，一个声音出现。

不同于其他玩家经过处理后的声线，这个声音低沉，暗哑，隐隐流露出不可忽视的危险。

声音忽远忽近。

是左边，还是右边？

宗九猛然回头。

在黑暗里，他顾不上会不会暴露身份，手握物理学圣剑朝右一扫。

落空。

笑声转移到他的身后。

隐藏在黑暗中的人如同猫捉老鼠，又像极富经验的老练猎手对自己的猎物步步紧逼，玩弄对方于股掌之间。

"扮演得不错，但有些地方还是差了些。"恶魔在黑暗中紧紧盯着宗九，"想知道是差在哪里吗？"

当然，他并没要征求宗九意见的意思，自顾自地开始解释。

"首先，你的皮肤比我白。"

宗九感觉到一只手指戳在自己眼前，立刻踏着华尔兹的舞步猛然转向了另一处，躲开了这只手。

"肩宽不对。"

话语间，另一只手按在宗九的肩头。

宗九抬手想要抓住那只手，然而在接触的瞬间，那只手悄无声息地没入了阴影中。

没有戴手套，不是恶魔的手。

宗九停顿了一下，在心里记下这个方位，又是一个转身。

"太瘦了。"

又是一双手出现，不费吹灰之力地箍住了他的手臂。

宗九动不了，他也没法动。他只能跟着这只手，顺着音乐的节拍又转了一圈后，被推给下一个人。

他闭上了眼睛。

这个也不是他要找的本体。

低沉的大提琴加入了合奏，乐声起起伏伏。

黑暗的舞池内，所有人都在旋转着翩翩起舞。

"下巴有点尖。"

宗九张口就朝着在他下颚边的手咬去。

"真凶啊。"那个略带调笑与讶异的声音说道，"手指，嗯，手指。"

宗九猛然睁眼，他并没有贸然打草惊蛇，反而借着力道，狠狠将手甩开后，转身去向了下一个舞伴。

"当然……最重要的还是——"

不知是第几只手，从黑暗里现身，按住他的后颈。

恶魔，或者是恶魔的傀儡，笑眯眯地靠近，深吸一口气。

"独特的气味。"掺杂着雪松味的气息微微飘荡。

音乐开始变得舒缓，暗示着舞会即将走向尾声。

"下次如果还要再穿这件衣服的话，记得要注意这些细节，或许能够给我更多惊喜。"

宗九冷冷地说："哦？是吗？"

说时迟，那时快，电光石火间，宗九手肘后推，整个人扭成了不可思议的角度，从桎梏中脱身而出，头也不回地撞入了深沉的黑暗中。

"没有下次了。"

黑暗里的人一愣，非但没有躲开，脸上的笑容越发扩大，张开了双臂。

宗九直直地撞了过去。

【已经有玩家锁定了游戏指导师身份，即刻开启第三阶段。】

除了舞池中央那两个人，其他人都震惊了。

现场哗然一片。

随后，黑暗将一切声音压制。

死寂，诡异的死寂。

终于，一片寂静中，首席小提琴手再度开始演奏。

悠扬，婉转，带着拒人于千里之外的冷淡，清澈的乐曲在室内回荡。

宗九听出来了，这是一支著名的探戈舞曲。

宴会大厅内依旧漆黑一片，所有玩家的轮廓都隐没在了深沉的黑暗中。

没有人知道发生在这里的一场明争暗斗。

随着乐曲的节奏，宗九想要抢占主动，但几乎是同一时间，身后那人低笑着抬起了手，十分自然地掌控了他的节奏。

宗九气得咬牙，身子往后一撞，想要借机挣脱出去。

就在他刚要往外踏出一步时，主系统冰冷的机械音就落进了宗九的脑海。

【警告：玩家必须完成这支舞曲，否则将视为放弃第三阶段。】

宗九的脚硬生生在停住，随后准确无误地踩到黑皮鞋上，再用力碾了一脚。

控制着他的那只手微微用力，以示警告。

成功制服了宗九后，恶魔的心情似乎好了起来，周身散发着显而易见的愉悦气息。

宗九气结，干脆一个转身，毫不退让地同那双暗金色的瞳孔对视，之后挑衅地笑了笑，丝毫不管如何配合，自顾自跳了起来。

同样的装扮，同样不甘寂寞的疯狂灵魂，同样冰冷的血液在两具不同的躯体内沸腾。

两个人在舞池内针锋相对，互不相让。

浓浓的战意在黑暗中弥漫，一触即发。

像是一场激烈到分不出输赢的较量，又像你追我赶的追逐游戏，只是，谁也不肯率先示弱。

即使黑暗遮蔽了所有人的视线，他们依旧可以猜到此刻对方的神情。

低缓的乐曲渐渐激昂。

恶魔脸上的笑意愈发浓郁，顺势扣住宗九的手腕，宗九毫不畏惧地迎视着对方。

这时他突然意识到，经过刚才激烈的斗舞，自己的面具竟不知道在何时脱落，甚至原先的伪装也不复存在。

身高也变回来了。

衣服没变，还是恶魔三件套。

白色与黑色的手套交握，让他们把彼此控制在一个不远不近的距离里。

周围的玩家似乎也听出了些不对劲，纷纷停了下来。

偌大一个宴会大厅内，仅仅剩下一对正在起舞的人。

又是一个小节过去，恶魔伸出手去，却什么也没有抓到。

他难得地停了下来，盯着自己的指间，神色喜怒难辨。

但这停顿只有一瞬，片刻后，他重新露出了捉摸不定的笑容："太无聊了，我们不如来玩个游戏吧。"

宗九饶有兴趣地挑眉："哦？说说看？"

恶魔面露不悦。

"主系统告诉我，有一个A级蝼蚁，将在舞会闭幕时，成为新的第九名。"

"如果你能赢得这场游戏，我倒不介意……"他压低声音，隐隐透着笑意，"为魔术师阁下暗箱操作一下。"

宗九眯起眼睛。

暗已经不止一次要求他升至S级了，因为只有S级才能拿到最终决战的门票。

如果这次他没有升上S级，那就只能寄希望于下一次的超S级副本。

夜长梦多。

"可以。"宗九爽快地答应了，"什么规则？"

恶魔露出微不可察的笑，骨节分明的手没入阴影之内。

下一秒，戴着白手套的手从另一端的阴影中探出，准确无误地伸进了宗九的口袋里。

"嗯？怎么没有？"

仗着能够任意在阴影中穿梭的能力，恶魔居然明目张胆地翻自己的口袋！宗九心头冒火。

这时，恶魔冰冷的手慢条斯理地抽出了一副纸牌。

"找到了。"

恶魔愉快地哼着歌，随手展开纸牌，朝着空中一扔。

他笑眯眯地说："只要你能抓住鬼牌，第九名的位置，就是你的了。"

这么简单可不是恶魔的做派。

果不其然，随着纷纷扬扬落下的纸牌，傀儡丝闪过丝丝缕缕的暗光。

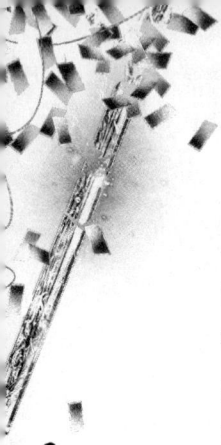

几乎是在恶魔话音落下的刹那，宗九就动了。

他无视阻拦，即便被看不见的丝线束缚，手指照样翻飞。

很快，最后一张纸牌也悄然落地。

如同呼应这个场景一般，小提琴结束了最后一个音符。

四下归于沉寂。

恶魔叹了一口气，语气佯装遗憾："看来这一次是我……"

宗九一脚踩在他的黑皮鞋上，猛然抬头，眼神满是挑衅。

一张纸牌正牢牢夹在薄唇之间，猩红色的小丑咧嘴大笑。

JOKER，王炸。

第十三章

尴　尬

土门站在黑暗里，僵硬得像块木头。

他陷入了久违的尴尬。

这也不能怪他，主要是水手服裙子实在太短了。

刚开始在舞池里试图蒙混过关的他，动作幅度不是很大，结果在主系统把各类交谊舞知识全部传过来之后，他觉得自己的脑子还没明白，身体居然跟着乐曲先动了起来。

于是土门惊恐地发现，自己的肢体动作变得极为夸张，动作幅度过大，超短裙的裙摆飞散得如同一朵撑起的小伞。

都是那个倒霉的造型师的好主意！

土门无奈地想。

和大家一样，之前土门也去了造型屋，想要看看造型师们有没有什么好的建议。

结果后者看见他之后，立刻声称他是难得一见的适合女装造型的好苗子，希望他一定要尝试一下。

土门大概是被夸得晕了头，竟然觉得这确实是个不错的隐瞒身份的主意，于是便半推半就地接受了。

为了以假乱真，土门不惜花了一整天的时间，给自己塑造模特的身材。

所以现在虽然他觉得有点尴尬，但想到这样出其不意还是有赢的希望，他的心情多少好了一点。再说，反正漆黑一片，应该没人看得到。

土门一边在内心感慨着当美少女不容易，一边努力忽视着冷风掀动裙摆的别扭感。

值得庆幸的是，宴会大厅里所有的灯都被关了，不然被那么多人看着，多少还是尴尬。

忽然，土门感觉隔壁有人同样踩着华尔兹的步子，带着自己的舞伴，从他旁边擦身而过。

不知道这位大哥穿的是什么反人类的衣服，浑身挂满金属配饰，极具摇滚朋克和黑暗哥特风，黑暗中都能听见他转起来身上叮叮当当的声音。

无巧不成书，其中一个配饰一下子钩住了土门腿上的丝袜。

"哧啦——"

土门暗想：完蛋了。

在他还没有反应过来的时候，丝袜已经直接被扯出了一串破洞。

片刻间，腿上的肉争先恐后地从破洞处挤了出来。

更要命的是，破洞的地方还不是前面，而是后面。

土门颤巍巍地弯下腰去，捂着破洞的位置，如遭雷劈。

正在这时，主系统宣布有玩家已经找到了游戏指导师，正在和游戏指导师共舞。

土门急坏了，第三阶段结束，宴会大厅岂不是很快就要恢复正常了？

如果一直一片漆黑还好，要是开了灯，自己这样子可怎么见人啊！

土门欲哭无泪。

就在他急着想办法的时候，异变突生！

华尔兹结束了，探戈舞曲响起。

在他身后，一对玩家跳得十分僵硬，动作夸张又离谱，完全不按常理出牌。

毕竟玩家们都是刚刚了解舞蹈要领，并不一定能表现得恰到好处，旁边这对就是，在做一个动作的时候，穿着高跟鞋的脚，不偏不倚地踢到了弯着腰的土门的屁股上。

土门一下子失去了重心，整个人趴在了舞池冰冷的大理石地面上。

他在心中哀号：为什么每次倒霉的都是我！

似乎也察觉到自己踢到了什么，那个玩家在黑暗里十分诚恳地道了个歉，甚至表示，如果受伤了要不要考虑退出舞会，他可以支付一千生存点数作为赔偿。

土门沉默半晌："不，不用了，我很好。"

首先，虽然一千点生存点数不少，对新玩家来说算是笔小财富，但他土门难道缺这一千点生存点数吗？

再者，他眼馋驱魔人那把匕首好久了，这回好不容易有机会可以换到手了，他必须把握住才是啊！

土门露出一个疲惫而不失尴尬的笑容，迅速从冰冷的地上爬了起来。

就在这个瞬间，黑暗里有人冷冷地说出了他的名字。

"土门。"

土门登时浑身寒毛直立，疯狂否认："我不是，我没有，别瞎说！"

【您已被玩家暗看破身份，扣除生存点数九百。】

主系统的播报声响起，土门沮丧极了。

很显然，黑暗里的人也因为他的"不打自招"而陷入了沉默。

暗看着土门，忍不住问："你趴在地上干什么？"

土门在黑暗里结结巴巴地开口："在……在探听情报呢。"

暗腹诽：什么情报还需要趴在地上探听？

不过，他显然已经习惯了各种奇怪的表现，并没有追究。

"驱魔人刚刚还在找你。"

土门一下子就振奋了："什么？他在找我？什么时候？在哪儿呢？他穿的什么？"

暗看了他一眼，正准备开口。

忽然，头顶上的水晶吊灯亮了。

就和当初灯火熄灭的时候一样，这回大厅重新恢复光明也没有丝毫预兆，偌大的宴会厅瞬间灯火通明。

首先映入每个玩家眼帘的，自然正是自己身旁玩家的打扮。

穿着破洞丝袜的水手服美少女和南极帝企鹅面面相觑。

看到对面人的装扮，土门的小眼睛里登时浮现出三分疑惑、三分震惊、三分茫然和一分"你原来是这样的人"的神情。

暗终于感到，自己大意了。

虽然玩家们的打扮千奇百怪，但是最引人注目的，还是舞池最中央的那两位。

同样装扮的两个人相对而立，气氛剑拔弩张。

宗九双手被傀儡丝束缚，双唇间夹着一张大红色的JOKER纸牌，被捆在背后的指缝中同样夹着一张黑白JOKER纸牌。

让一位纸牌魔术大师玩纸牌，那简直是如鱼得水。

宗九不相信恶魔不知道这一点，所以他肯定对方放了水。

所以……为什么？

难道因为恶魔格外不喜欢那个A级玩家？怎么可能呢，对恶魔来说，别说是A级，大部分的S级在他面前也无足轻重。

头一回，宗九有些猜不到恶魔的意图。

但这并不妨碍他骄傲地同恶魔对峙着："如何？首席？"

灯光在他们头顶旋转。

恶魔敛下瞳孔里翻涌的暗色，微微一笑，慢条斯理地将两张鬼牌抽出。

一顶沉甸甸的王冠骤然出现在宗九的头顶。

恶魔，在为一位王者加冕。

与此同时，主系统的宣告姗姗来迟。

【恭喜玩家宗九成功找出游戏指导师，识别游戏指导师真实身份。】

【恭喜玩家宗九，得到了游戏指导师的超S级评价，成功晋升第九名。】

在场所有玩家都被这两条信息惊呆了，大家你看看我，我看看你，满脸疑惑。

宗九成功找到游戏指导师，然后识别了游戏指导师的真实身份？什么时候，怎么做到的呢？

大家看向那两个站在舞池中央的人。

宗九的头顶，奢华至极的银红王冠熠熠生辉，彰显着他加冕为S级的新身份。

恶魔站在宗九身前，低下头同他对视，嘴角一抹意味不明的笑。

这是手握权柄的国王与蛰伏深渊的恶魔之间的长久对视。

前者眼眸里燃着熊熊战意，后者暗金色的瞳孔里翻滚着晦涩不清的情绪。

如果宗九是找到游戏指导师的人，那游戏指导师的身份自然不言而喻。

正在这时，一条弹幕悄然出现。

【那个……我突然发现……你们看看魔术师的黑手套……我们……是不是……一直……认错了……谁……才……是……恶魔。】

直播间观众们沉默了。

这时，一片寂静的大厅里，一个难以置信的声音骤然扬起："怎么可能，明明我才应该是第九名才对！"

说话的人一身奇怪的装扮，蒙着一只眼睛，面容阴郁，身上挂满了叮当作响的银饰。

不少人都认出了他——A级玩家，虫哥。

这也是个成名已久的高位A级了，在游戏开始之初就很出名。不少人都以为第一次评级时他能在前十名里占得一席之地，结果没想到，土门成了第十名，他却仅仅屈居于A级。

虫哥本就是个小肚鸡肠、睚眦必报的人，对此耿耿于怀许久。

然而接下来好几次评比，要么就是S级门槛太高，要么就是欠缺一点运气，虫哥总是没能升上去，心里不服气得很。这回好不容易有个空缺，他又在团队副本里表现不错，拿到了双S级评价，自然是对晋升S级志在必得。

谁知道，半路竟然杀出来一个宗九。

要是放在平常，虫哥畏惧于这位大人的权威，自然不敢多说什么。

但这次不同，虫哥前两天真的收到了主系统的提示，暗示他已经被内定为第九名，不然他也不会趾高气扬地去找另两个同为S级候选人的人耀武扬威。

宗九淡淡地扫了他一眼，不感兴趣地收回了视线。

出乎意料的，恶魔的脸上浮现出一丝不悦。

冰冷的目光落在虫哥身上，吓得他膝盖有些发软，几乎站立不稳。

但一想到那个本该属于自己的宝座，他攥紧了拳头，结结巴巴地开口："大人。"

虫哥鼓起勇气，恨恨地盯着宗九："魔术师在上个副本的表现绝对不可能比我的分数高。大人，您是游戏指导师，还请您明鉴，请务必还我一个公道！"

"哦？"恶魔饶有兴致地挑挑眉，神色喜怒难辨，"你的意思是说，我有意偏袒？"

虫哥吓得一身冷汗："不，不，大人，我绝对没有那个意思。我只是觉得他一定用了一些不为人知的手段，例如……"

在恶魔越发森冷的气场压制下，虫哥终于坚持不住，一下子跌坐在地上，浑身颤抖着胡言乱语起来。

宴会大厅里安静到落针可闻。

大家交换着充满震惊的眼神，同时默默同情着虫哥。

这么多年了，敢明目张胆对这位大人表示质疑的，他还是第一个。

然而出乎意料的是，恶魔静默了片刻，忽地收敛了杀气，意味不明地低笑一声："这倒是个不错的主意。"

众人还没反应过来，就看到恶魔带着宗九消失在阴影里，只剩诸位玩家面面相觑。

过了许久，有人发问："这……这是怎么一回事？"

立刻，大厅里的玩家们展开了激烈的讨论。

"原来首席真的和魔术师认识啊，啊哈哈哈哈哈。"另一位玩家尴尬地笑了几声。

"确实，他们看起来关系还挺好……"

"我倒是有点在意恶魔最后说的，什么不错的主意？虫哥本来要说什么的？谁听懂了？"

大厅内一片沉默，没人能作出回答。

过了许久，有人说道："总之，魔术师现在升到第九名了，至于其他的，那是大佬他们的事情，和我们没关系，就不要操那么多心啦。"

众人忙不迭地点头。

乐队开始奏响新的舞曲。

玩家们愣了一下，又开始象征性地舞了起来。

方才发生了这么多的事情，现在大家都有些心不在焉，甚至连揭开舞伴真面目都没那么吸引人了。

毕竟，假面化装舞会开始才一个多小时就如此精彩，其他的事情自然黯然失色。

玩家们感叹，本来宗九就拥有这么强的实力，还有这么坚挺的后台，不得不说真的是"未来可期"。

地上的虫哥哆哆嗦嗦地起身，浑身发软，脸色青一阵白一阵。

他似乎能够听到四面八方传来的嘲笑声，恨不得找个地缝钻进去，于是匆忙向主系统提出申请，离开了宴会厅。

另一边，美少女土门收回视线，继续和面前的企鹅人暗大眼瞪小眼。

他们两个的面具都还好端端地戴在脸上，丝毫没有要脱落的痕迹，但他们都搞清楚了对方是谁，只不过彼此也对对方有了全新的认知。

许久，土门才率先打破沉默："宗九他……"

"不会有事。"暗立刻回答。

宗九的确有一劫难逃，但不在这里。

两人再度相对无言。

"我告诉你驱魔人的行踪……"半晌后，企鹅人幽幽开口。

土门忙不迭地接上："我立刻，马上，就地失忆。"

暗满意地点点头。

土门正准备和他象征性地握个手，却不想对方用难以言喻的眼神扫了眼他的手，缓缓开口："他就在你身后。"

土门僵硬地转身，伴随着笑声，有人一巴掌拍在他肩上："嗨，老伙计，你这打扮不冷吗？"

暗！

土门愤恨地回头看去，只见企鹅人已经飞快地消失在了人海里。

土门无奈地听着主系统提示他再次被扣了九百点数，故作镇定地开口："你怎么说动他的？"

"没办法，"驱魔人摊了摊手，"我给他的实在是太多了。"

"来吧伙计，愿赌服输，蓝卡牌呢？"

土门感到心都在滴血，但现在情况紧急，为了堵住驱魔人的嘴，他慌忙从系统背包里掏出一张蓝卡牌递了过去。

"给你给你，你赶紧给我把这一幕忘掉，听见没有！"

话音刚落，周围忽然传来一阵惊呼，随后便安静下来。

土门顿感奇怪，下意识抬起头，发现附近一圈的人都在盯着他手里的……蓝卡牌。

众所周知，蓝卡牌是主修阴阳师能力者的一大利器，但因为制作难度过大，这么多阴阳师能力者，现在也仅仅只有土门能制作，就和梵卓的刀、暗的八卦盘一样，属于指向性极强的那一类特殊道具。

这也预示着，只要一掏出来，所有人都能认出持有者的身份。

本来大家也没注意到这边，毕竟在众人眼中，这只是两个玩家在交谈而已，最多因为打扮过于奇怪，不时会有人多看两眼。

没想到，土门匆忙之间、情急之下，在大庭广众之下掏出了自己的蓝卡牌……

土门麻木地站在原地，听着耳边接连不断的系统扣除点数提示音，尴尬无奈地按下了传送出宴会大厅的按钮。

这个打扮被大家看到，以后简直是没脸见人了。

这让土门在一瞬间对比赛燃起了前所未有的极大的热情。

如果最后能够拿到那张万能许愿券，那他一定要——让所有人，立刻、马上，忘掉这一幕！

恶魔的房间很暗。

一切都和上次宗九来的时候没什么两样。

浓厚到令人喘不过气的黑暗气息，将偌大的房间填满，唯一的光源只有落地窗外的清冷月光。

他们还在缠斗，带着一定要分出个胜负的气势。

或许他们会一直斗到世界末日。

因为谁也不愿退后，谁也不愿意服输。

过了许久，这场双方都不示弱的较量才有了结果。

恶魔终究还是占了上风，宗九不甘示弱地回击，却被恶魔压制住，动弹不得。

恶魔哈哈大笑。

宗九悄悄将手伸进系统背包。

在恶魔的攻击即将落下来的时候，他不疾不徐地将手横在了对方的面前。

一枝含苞待放的蔷薇花滴着露水，悄然绽放。

【S级玩家宗九对您使用了B级道具：B612星球的蔷薇。】

【您已经被固定，时限三分钟。】

宗九把浑身僵硬的恶魔踢倒在地，黑皮鞋在对方身上碾了又碾。

恶魔暗金色的眼眸在黑暗中闪闪发亮，像是来自深渊的凝视。

宗九慢条斯理地从口袋里掏出一张恶魔熟悉至极的房卡，毫不犹豫地走向门口。

他侧过身，挑眉冷笑："不好意思，我暂时没兴趣玩了。"

第十四章

不言而喻

恶魔在黑暗中注视着宗九，目光中燃烧着熊熊战意。

他万万没想到，有朝一日自己竟然会栽在亲手送出去的道具上。

B612星球的蔷薇，三次使用次数。

如今是第二次使用。

宗九冷着脸，在门口转身朝着恶魔房间深处走去。

他感到背上有一道冰冷到极致的目光，但是，他不在乎。他转过墙角，来到了客厅。

左侧是一张黑色的大床，铺着黑色的床品，看起来平整光滑，似乎鲜少有人问津。

但是令人意外的，是枕边放着的东西。

那是一只宗九眼熟至极的兔子玩偶。

兔子玩偶已经被熏成了脏兮兮的灰色，一只垂下的兔耳朵更是烧掉了一半，露出里面卷成一团的焦黑色棉絮。

这玩偶看起来着实不太美观，说一句肮脏丑陋也不为过。

然而房间的主人却依旧将它放在自己的枕边，距离自己最近的位置。

因为，这兔子玩偶，正是宗九在结算日副本里送给小城堡主的，曾经小城堡主喜欢到天天搂在怀中，一刻不落地带在身边。

宗九盯着那只兔子玩偶看了看，随后头也不回地走进了室内的S级个人专属电梯。

从结算日副本回来之后，这还是宗九和恶魔的第一次见面。

但是，他们十分默契地绕过了这个话题，在舞池里针锋相对，在这间伸手不见五指的房间里缠斗不休。

他们仿佛要将那段经历彻底遗忘。

但偶尔，宗九也会想起那个抱着兔子玩偶、甜甜地喊他"哥哥"的男孩，想起他那双没有被恶意浇灌时漂亮的黑棕色的眼睛，想起他诚恳地说着"请务必对他好一点"，也想起他最后倔强地仰着头、说着"我不要你救"随后沉没在滚滚岩浆中……

恶魔不是隐藏了自己的名字，而是他根本就没有名字。

没有什么一号，从始至终宗九面对的都只是恶魔而已。

宗九站在电梯中央，神情复杂。

或许他们在结算日那个副本里就都明白了，不愿意下手淘汰对方，是因为对方才是最理解自己、与自己最相似，也同自己一样最孤独的那个人。

明明是宿敌，却像是两艘游荡在星海里的宇宙飞船，沉寂多年，有一天，却给了彼此唯一的应答。

这次的假面化装舞会实在是太精彩了，舞会散场后，玩家们纷纷赶到顶层酒吧，继续讨论一系列爆炸性信息。

第一件大事，当然是被揭露的神秘游戏指导师的身份。

这个消息对中底层玩家倒是没什么影响，他们十分平淡地接受了。

但是对高层玩家来说，这个消息无疑为他们敲响了警钟。

恶魔的立场很明确。

他操纵了剩下半数S级，如今又自曝身份，对万能许愿券的态度昭然若揭。

如果他真的拿到许愿券，后果不堪设想。

事关生死，没人会不在意。

所以，声称要解放所有玩家的宗九，在众人心目中拥有了极高的地位。如今一路攀升到第九名的宗九已经成了玩家们的偶像。

第二件大事，自然就是宗九荣登第九名王座，以及他和恶魔之间复杂的关系。

这让不少底层的弱者都心怀嫉恨，甚至产生了阴暗的猜想。

高等级玩家则因为对宗九的实力有着十分全面的认识，认为实至名归。

……

爆炸性消息层出不穷，最后一条新闻就显得没有那么引人注目：原来，土门大佬居然有穿女装的特殊癖好！

其他玩家怎么想土门不知道，反正他自己觉得自己再也没脸见人了。

就连主系统之前通知过的、在假面化装舞会之后的第二天要在会议室宣布的下个副本的新规则，土门都不想知道了。他甚至动用了S级权限，申请了一次像恶魔一样不出现在现场的权利。

第二天一大早，主系冰冷的机械音传遍了宿舍。

【请所有玩家在早九点前到达会议室，九点整将即刻宣布下个副本的特殊规则，过时不候。】

宗九慢吞吞地从床上爬了起来，看到四周的装饰，瞬间回过神来。

他的宿舍又变了，从A级玩家的总统套房升级成了S级玩家双层观景台自带小花园的超豪华型大房间。

说是房间或许有些不恰当，因为其豪华程度，简直就是空中别墅，一切待遇都上升了不止一个档次。之前套房里的浴池变成了恶魔同款冲浪泳池，小花园里银装素裹，厚厚的积雪掩盖着一簇簇鲜红的草莓。从落地窗往外看，还能看到远处森林中壁炉里火焰熊熊燃烧的猎人小屋，里面提前为玩家架好了烧烤架，随时可以来一场暴风雪中的野餐。

房间自带的宠物数量也变了：增加了一只漂亮的布偶和一只活泼的美短，再加上大魔王，三只猫让房间更加热闹。

昨天晚上宗九睡得很好，今天他起床的时候距离玩家的集合时间还有一个多小时。

宗九干脆叫管家送来一份早餐，在等待的时间先去洗漱了。

玩家的专属管家不会因为等级提升而更换，只会因等级下降而取消，除非是玩家对管家不满意，不然管家会一直跟着玩家从A级到S级。

宗九对主系统给他配备的管家相当满意，没有想要更换的意思。

等宗九洗漱完出来，门口正好传来敲门声。

他疑惑今天送餐的速度怎么这么慢，顺手快速换了一件新衣服。

"请进。"

银质餐车进入房间时，宗九正好弯腰去穿袜子。

他感到有视线落在自己的背上。

宗九起身，面色不善地回头。

果不其然，身穿黑色燕尾服、手戴白色手套的恶魔正推着银质餐车，笑眯眯地站在不远处的餐桌前，胸口久违的重新插上了一枝含苞待放、沾满露水的红蔷薇。

除了那张熟悉又可憎的脸，看起来真的和主系统"出品"的管家无异。

三只猫都缩在墙角，脊背弓起，浑身炸毛，警惕地盯着恶魔。

见宗九瞪着自己，恶魔脸上笑容愈甚。

他抬了抬手，将餐车上盖着的保温布掀起，露出摆盘精美的早餐。

"魔术师阁下，今天的前菜是早上新鲜空运的蓝龙虾和红酒蛋，主菜是三分熟的西冷牛排配腌酸菜，甜点是巧克力甘纳许浇杧果块。"恶魔勾了勾手指，摆放在餐车上的酒瓶瓶塞便径直掉落，"至于餐前酒……"

浅金色的酒液从酒瓶内注入高脚杯，在房间的暖光灯下折射出一片耀眼的色泽。

"星际酒庄的白葡萄酒，请。"

无事献殷勤。

宗九冷冷地看了他一眼，慢条斯理地整理袖口："不好意思，我不喜欢吃这些菜。"

"原来魔术师阁下不喜欢这些，是我的疏忽了。"恶魔佯装讶异，"不吃早餐对身体不好。"

宗九冷哼：谁会拿这些当早餐！

再说了，玩家根本就不需要吃东西，可见恶魔简直就是一派胡言。

宗九不想再和他多费口舌，准备离开宿舍。

S级虽然有可以不用去会议室集会的权限，但宗九目前并不想用。

第一，这还是他成为S级以后第一次集会，作为反恶魔联盟核心人物，他

觉得自己当然要到场。

第二，今天的集会事关下个副本，准确地说，事关下个超S级副本，这时候漏掉一点信息都可能是致命的，宗九不可能犯这样的错误。

他目不斜视地穿过房间，结果被从阴影中走出的恶魔拦住。

"不要这么急着走嘛。"

恶魔挡在宗九面前，一脸的兴致勃勃。

"既然不想吃早餐，不如我们来聊点别的？"

"什么？"宗九淡淡地看了恶魔一眼。

恶魔露出若有所思的笑容："例如……你。"

宗九："我没兴趣。"

恶魔脸上依旧笑意盈盈，不见丝毫不悦。

他曾经很乐意亲手将宗九淘汰，看着他从云端落于尘泥。可是，当他真的落在自己手上，看着那张总是波澜不惊的脸，恶魔却发觉，自己并不想伤害他。

虚无缥缈的输赢没有意义，他需要的是一个同伴。

死敌，有时便是最好的同伴。

恶魔微笑着回应："明明你和我都是一样的人，不是吗？"

宗九沉默不语。

"叮——"电梯门开了。

的确如此，某些方面，他们出奇地一致。

电梯门合上，挡住了他们对视的目光。

电梯开始下降，很快再度打开。

会议室赤金色的吊灯悬挂于高处，闪烁着迷离的光芒。

大厅里站满了玩家，首席、第九名和第十名的王座上无人落座。

大家看着宗九坐在了第九名的王座上。

至此，十位S级再度集结完成，不缺一人。

玩家们有人叹气，有人羡慕，有人嫉恨，有人憧憬，有人崇拜……形形色色，不一而足。

宗九十分淡然地承受来自四面八方的审视，脸上没有多余的表情，俯视着下方众人。

片刻后，他发现坐在身旁的黑巫师正用那双暗绿色的眼睛盯着自己，见他回过头来，黑巫师勾起嘴角示意。

稍远一点，圣笑容温柔地和他打了个招呼。

更远一点的地方，极具异域风情的冬，在荒村副本惨遭控制的拉乌……

宗九扫视了一圈，朝着驱魔人问道："土门去哪儿了？"

驱魔人挠了挠头："昨晚出了点事……那小子今天申请了在房间参会。"毕竟，在舞会上看到土门那一刹那，驱魔人自己也惊呆了。

看着土门飞速逃走的背影，驱魔人觉得良心过不去，便匆匆跟到了房间门口，然而土门死活不肯开门见他。

"没事。"见宗九面露不解，驱魔人摆摆手，"那家伙自我修复能力好得很，等一个副本过后他就好了。"

毕竟这不是土门第一次这么倒霉了，土门的内心早就强大到超乎常人想象了。

宗九看所有人都在对土门表示"同情"，便沉默着不再过问。

正在他们寒暄的时候，主系统提示音再次响起。

【全景摄像头开启中……开启成功。】

【介绍下个副本流程规则期间，将为所有观看的玩家开放一个统一直播间。】

会议室内，玩家们都很安静。直播间观众们在听到这个消息后，也停下了刷弹幕的动作，准备听主系统介绍规则。

【下面，主系统将为所有玩家讲解下一个副本的特殊规则。】

【首先，下一个副本已确认难度等级：超S级副本。】

惊呼声此起彼伏。

超S级副本！

短短几个字，代表的含义足够让人脊背发寒，浑身战栗。

除了资深S级以外，不少玩家甚至从未听过超S级副本的存在。

王座上，预测完全正确的暗双手交叉，目光平淡。

直播间疯狂讨论。

【超S级副本？没听说过啊，听起来很不一般啊，难道比S级副本还要危险？】

【有可能，之前不是有人预测说比赛应该快要走到尾声了。从集体副本开始刷掉一半的人，然后又是团体副本。如果是超S副本的话……搞不好这就是决定最后一百人的副本了。】

就在这条弹幕刚刚发出后，主系统随之宣布：

【下一轮副本为最后一轮等级评选，届时将决出最后成功留下的一百个玩家。】

大家都沉默着。

比赛开始到如今，进行了五次等级评级，四次特殊活动，人数也从最开始的好几万锐减到了如今的一千八百人左右，按比例算，最开始的参赛者，十个都不见得能留下来一个。

结果现在主系统又放出大招，直接要通过一个副本淘汰掉几乎所有人，选出最后胜出的玩家。

前些天轻松愉快的气氛瞬间冷却下来，变得凝固而沉重。

资深玩家都清楚，只要能够成为最后的一百人，获得这次比赛的胜利，就能得到任意一个S级道具和将近一年的休息时间，期间主系统不会强制要求留下的玩家们下副本。

【该超S级副本为全体副本，包括S级在内，所有玩家将进入同一个副本世界。】

【但每个人的主线任务都不同。】

原来如此。

如果每个人的主线任务都不同，那就意味着大家虽然身处同一个副本，但是却无法达成合作。更有甚者，如果主系统阴险地发放有冲突的主线任务，那很有可能玩家又要陷入之前几轮副本里出现过的内鬼和普通人对抗的情况。

"一般超S级副本不会出现这种情况。"

说话的人还是暗，他摇了摇头，示意梵卓和驱魔人少安毋躁。

这时候，主系统也就任务情况进行了补充，声明每个人的主线任务不会有冲突，只不过有难易之分。

难易之分?

大家都有点好奇这是什么情况。

很快，主系统就解答了他们的疑惑。

【接下来将为所有玩家发放道具，请稍候……】

下一秒，宗九发现，自己手中凭空出现了两个小小的，上下呈尖锥形的十面骰。

这两个十面骰由两块质感通透的白水晶打磨而成，上面雕刻的字漆成了浅粉色，在赤金吊灯下折射出七彩光泽。

宗九抬头看了看其他人的骰子，发现黑巫师的骰子是黑水晶加暗绿色的字，圣的是金色水晶加蓝色字……其他等级玩家的骰子则都是统一的红白两色。

【这是两枚十面骰，也是接下来超S级副本必须用到的道具。】

主系统开始慢悠悠地讲解。

【除了这两枚十面骰，进入下个副本，玩家将不被允许携带任何特殊道具，S级玩家除外。】

大厅又是一阵热烈的讨论。

很多低等级玩家脸上都露出了恐惧表情。

特殊道具对玩家的实力提升有多大可谓不言而喻。

很多人没有选择强化躯体，而是强化了自己的特殊道具，对于这些玩家，不允许携带特殊道具无异于砍掉他们一条臂膀。

与此同时，王座上的S级们也各自收到了主系统的通知。

【S级玩家除了被动道具外，将被允许额外携带一件B级以下的道具。】

宗九打开自己的系统背包看了看。

游戏里的被动道具数量少得可怜，比稀少的S级道具还要少。

宗九恰好有一个，正是他在游戏城里兑换的那个替身娃娃。

替身娃娃可以抵挡一次致命伤害，但是不能主动使用，想来的确能够划分为被动道具。

宗九没有急着选择自己携带的道具。之后他们肯定还要私下再碰头进行讨论，届时听听暗的意见再决定也不迟。

主系统开始详细地讲解规则。

【在下一个S级副本里，任何行动，都可以用你们手中的十面骰来决定。】

【只要运气够好，无伤通关副本并不是什么难事。】

运气，又是运气？

大家都一头雾水。先前主系统在公布主线任务的时候也提到了运气，现在又提到了运气，真是吊足了大家的胃口。

这时，主系统忽然沉默了。

所有玩家似有所觉地抬头，正好看到那道从黑暗中走到最高处的人影。

换回和平时一样的黑色西装的恶魔从电梯中走出，双手插兜，百无聊赖地走到了整个会议室的最高处。

看他的模样，不像是来参加集会，倒像是来凑热闹的。

弹幕又是一阵惊呼。

【欢迎游戏指导师莅临现场。】

主系统例行发出了平淡的欢迎词。

"既然身份已经揭露，那我即刻退出选手席，以游戏指导师身份监督比赛的进行。"

恶魔挑了挑眉，目光环视一周，忽然不怀好意地勾起嘴角。

他从高处缓缓朝着下面其他几位S级走去。

宗九眼皮跳了跳。

果不其然，众目睽睽之下，恶魔直接来到了他的座位旁："不介意我站在这里吧，第九名？"

"请便。"宗九头也不抬地答道。

四下一片静寂。

有人在消化着首席位置空缺的消息，也有人自以为隐蔽地在游戏指导师和宗九身上扫视。

最终，沉寂还是由主系统打破了。

【既然来了，那下面就由游戏指导师为诸位讲解下个副本的游戏规则，请。】

恶魔耸了耸肩："两枚十面骰，一个代表十位数，一个代表个位数。"

他忽然伸出手去，白手套停在宗九摊开的手掌上方。

下一刻，两枚骰子便在宗九掌心凭空转了起来，一面落在了30，一面落在了4。

穹顶上的大屏幕将他们两个的动作放大到所有人眼前，也将骰子上的数字清楚显现。

"例如……投掷出来的是30和4，组合起来数字便是34。"

"下个副本玩家不仅不能带特殊道具，且所有的身体强化都会被清零。拥有了十面骰后，则能够选择一条路线和固定技能进行强化，利用骰子投掷出的点数进行判定。"

暗剑眉紧锁，大脑开始飞速运转起来，思考着相应的对策。

身体强化也会被清零？！

这一点确实令人始料未及。

他料到了超S级副本不会这么简单，但没料到规则竟然会苛刻到这种地步。

宗九也在座位上思索。

这个游戏有点类似于他在现实世界玩过的桌游。

在开始游戏前，每个人都会有一张身份卡，上面标注着限定的数值。例如生命值多少点、外貌值多少点、理智值多少点。在这里，如果宗九提前给自己点亮了乔装技能，那在进入副本前，他就需要对自己的外貌进行乔装判定。

如果他的乔装技能点数为50点，那只要他用骰子扔出小于50点的点数，就能够在主系统那里判定乔装成功；相反，如果他扔出的骰子点数大于50点，那乔装则失败。

没错，这个点数是反着来的。点数越大越不幸，点数越小反而越幸运。

在主系统那里判定乔装失败后，就算宗九把自己头发剪了、给自己的脸涂成黑色，在副本NPC的眼里他都和之前没伪装的时候一模一样，属于做无用功。

可以说，在下个副本，骰子的点数就代表一切。

这么算下来，只要玩家运气够好，次次判定成功，无伤过超S级副本真的不是梦。

这一下把所有玩家的热情都调动起来了。

大家开始纷纷讨论："如果仅仅用骰子点数就能判定的话，那我们的机会岂不是大大增加？"

"确实，寻常超S级副本不允许带特殊道具，可只要能投掷出足够小的点数，凭这个十面骰就能做到平时做不到的事情，说是神迹也不算夸张。"

的确，不仅神迹，说这两枚小小的十面骰不亚于任何S级道具都不为过。

例如，刚刚展示的技能里有一个"灵感"技能，只要骰子掷出的点数通过判定，就可以从主系统那里获得一条宝贵的线索。在超S级副本里一条线索有多么珍贵不言而喻，这简直是叫人不敢想的好事。

还有"妙手"技能，只要判定成功，这个技能能让寻常玩家从NPC身上拿到东西。

更别说遭遇危险的时候，还可以投骰子使用"闪避"技能，如果闪避判定成功，甚至可以不用受伤。

运气好的人，真的可以为所欲为！

众人沸腾了，一个个欢欣鼓舞，一扫先前愁云惨雾的模样。

要论实力大家都畏畏缩缩，一说到运气所有人兴致勃勃。

没有人会觉得自己运气不好，所有人都觉得自己才是被上天眷顾的那个，就连永远霉运缠身的土门都抱有"下次一定会幸运"的幻想，更何况其他人。

很明显，主系统指定的这个游戏指导师并没有想要给玩家们详细讲解的意思。

随意说了几句后，恶魔挥挥手，给所有人下发了一张身份卡，让他们回宿舍自己对着规则手册看着办，之后就开始骚扰宗九。

宗九干脆身份卡也不看了，抓起十面骰就起身朝背后的电梯走去，走出了会议室全景摄像头覆盖的范围。

"别这么着急嘛。"恶魔的声音在他耳边响起，"要不要和我交流一下？"

他看着宗九耳边垂下的赤金色耳坠，眸色幽深。

"任何时候来找我都可以，我随时恭候。"

宗九面色不善。

恶魔的话，看似诚恳，实则步步紧逼，不容许对方有半分退路。

宗九冷笑一声："你大可以试试，看看是你先如愿，还是我先打败你。"

恶魔捏着下巴，认真思考了一下他的提议。

他们依旧是不死不休的对手，就算双方现在都因为种种原因不愿置对方于死地，但最本质的敌对关系依旧没变。

恶魔从来不是一个有耐心的人。

"不错的主意，我会考虑的。"恶魔煞有其事地点头，表示认同。

宗九没了继续说下去的欲望，转头就走。

身后传来恶魔佯装委屈的声音："对幼年时的我那么有耐心，对长大后的我就这么冷淡，真狠心呐。"

"因为小时候的你长得可爱。"宗九冷冷地甩下一句，扬长而去。

依旧站在原地的恶魔耸了耸肩，指尖轻轻从胸口的蔷薇花瓣上抚过。

长得可爱有什么用。

小城堡主不论走到哪儿都要紧紧抱着那个兔子玩偶，因为幼年体没有足够的力量，所以才会时刻将打上自己标记的东西放在身边，生怕一松手玩偶就会不见。

而他不需要。

老练的、拥有足够力量和丰富经验的猎手，只会等着猎物自投罗网。

当然了，仅限于他耐心告罄之前。

恶魔低下头，漫不经心地看着花瓣上冰冷的露水。

他无比期待那一天的到来。

离开大厅后，宗九去了顶层。

这里有一间静室已经被他们包下，供日常活动使用。

静室内的装潢已经焕然一新，换成了暗最喜欢的风格，桌上摆着棋盘，点着熏香，叫人踏进来顿觉神清气爽。

宗九进来的时候，静室里已经坐着一个人。

土门盘腿坐在一个蒲团上，面前放着两个十面骰和一个木鱼，正屏息凝神安静打坐。

"嗯？驱魔人不是说你在房间里吗，怎么出来了？"

宗九惊叹于土门的自我修复能力。

看到宗九后，土门眨了眨眼。

本来因为这次舞会实在太丢脸了，土门实在不想出门见人，能拖一天是一天。

但听到这次活动的规则，他一下子又打起了精神。

"我在和它们沟通，希望它们能稍微照顾一下我……"

土门有气无力地答道，一脸痛苦。

点数越小越好，万一骰子被糊弄住了呢?

毕竟光凭运气，土门觉得，对自己而言，真的可能会死人的!

第十五章

靠实力的选手

宗九看着土门口中念念有词，没由来地有些心疼。

毕竟，这家伙自从继承了这个阴阳师血统后，就一路走霉运到现在，实在值得同情。

宗九也学着土门挑了个蒲团坐下，把规则手册和身份卡一并拿了出来。

属于宗九的身份卡上空空荡荡，只有一张他的正面大头照，上面标着第九名宗九，一旁的数值栏和技能栏全部都是空的，下方被允许携带的系统道具栏里一个是被动道具替身娃娃，还有一个B级（含B级）以下的主动道具空缺。

他退场最早，看时间，暗他们应该也快来了。

宗九随手将身份卡放下，翻开了规则手册第一页。

主系统的规则很简单直接。

在这里，玩家被划分成了几个大类，分别为力量型、体质型、敏捷型、外貌型和智力灵感型。

其中每个大类都有一个专属技能，例如，敏捷型才能点"闪避"技能，外貌型才能点"魅惑"技能……玩家只能选择一个大类作为自己的初始类别，并且到副本结束都不能进行更改。

就在宗九阅读的时候，主系统传来了提示。

【因为该副本规则较为复杂，检测到五条路线中有较为适合玩家发展的道路，选择这个分类玩家可获得较高初始数值，是否需要系统提供建议？】

宗九摸了摸下巴，选择了是。

【检测到玩家外貌值较高，建议玩家选择外貌型路线，可以获得专属"魅惑"技能五十点额外点数，是否确认？】

宗九嗤笑，自己一个能靠手吃饭的魔术师，为什么要靠脸？

他对这个不靠谱的建议置之不理，翻开了下一页，然后他就惊讶地睁大了眼睛。

——主系统给出的50点额外点数居然这么有用！

因为宗九发现自己能够进行自由支配的点数，是零！

没错，为了防止玩家们作弊，他们实际上能够选择的只有自己身份卡的大致路线，而技能只能由玩家选中，主系统随机生成，随机分配。

而且玩家选到的技能越多，主系统随机给他们分配到每个技能的点数越少，到时候投骰子失败的概率也就越大。

——难怪恶魔在集会上三言两语就讲完了，原来，十面骰才是重头戏，其他的根本不重要。

似乎是为了让宗九回心转意，身份卡慢吞吞地开始显现出他的数值，而且是剥离了所有身体强化之后的数值。

这意味着，他也和所有玩家一样，都将回到进入游戏时没有任何强化的基础状态。

宗九虽然在游戏"设定"里变成了另外一个人，但是身体还是他自己的数据。

虽然他在力量、体质、敏捷还有智力灵感这几方面拥有的点数高达90，但在系统给他的外貌评价获得的数值面前，都不值一提。

例如敏捷，只能获得"闪避"技能20点加值，和50点魅惑技能的加值相差甚远，对比下来就显得很亏。

宗九把规则手册一扔，盯着面前的十面骰，开始了要不要靠脸吃饭的激烈的思想交战。

正巧走进来的暗接住了宗九丢出去的规则手册和身份卡，快速看了看，递还给他："外貌值有90，你还在犹豫什么？"

宗九反问："那你是什么型？"

暗用明知故问的眼神看着他，言简意赅："我智力灵感初始有90。"

毫无疑问，暗选的分类是智力灵感型。

其他几个S级玩家也是根据自己分配点数最多的能力决定自己的路线。

梵卓在解除了夜族的血统能力后感到很不自在，他已经很久没有体会过这种不怕阳光、身体却很沉重、不管速度还是力量都大幅度下降的无力感了。

不过梵卓在没有获得夜族能力前就格外钟情于各种高强度的极限运动，肉体力量也相当出色，所以最后他选择的是力量型。

驱魔人体质过硬——俗称皮糙肉厚，于是选择了体质型。

土门选的也是智力灵感型，智力这两个字和他没多大关系，但他能拿到阴阳师的能力，就是因为灵感天赋超乎常人，所以这个选择也没有悬念。

看到驱魔人进来，土门气得从蒲团上一跃而起："你这个家伙，都是你的错！"

"对对对，是是是，都是我的错。"

驱魔人一边道歉一边暗想：谁知道你这家伙在大庭广众之下就把蓝卡牌掏出来了，想拦也拦不住啊。

不过，看土门这么倒霉，驱魔人觉得自己也得有点表示。

看驱魔人一脸肉痛地将自己眼馋了好久的那把匕首递了过来，土门心花怒放，喜笑颜开。

土门拍了拍胸口，笑嘻嘻地接过匕首，顺手搭着驱魔人的肩膀，一副好兄弟的架势。

另一边，宗九在暗的怂恿下，十分艰难地选择了靠脸吃饭。

没办法，实在是因为暗列举了一连串依据，说得头头是道。

总而言之，"长得好看也是一种优势"。

宗九决定，这次一定要能屈能伸，不拘小节，能忍则忍。

这时，宗九看到了似乎一直站在门口的徐粟。

"九哥好。"徐粟朝他点头，语气恭敬。

整整一个月没见，徐粟整个人的气质完全变了。

虽然之前宗九就听钟意远和安东尼说过徐粟的变化，但现在亲眼看见，还是忍不住在心里叹气。

一个月前的徐粟还是那么开朗活泼，如今却变得含蓄深沉，面容看起来也越发坚毅，整个人都显得沉默内敛。

——甚至能让人看到几分许森的影子。

面对这样的情况，宗九实在不知道说什么，只是上前拍了拍对方的肩膀。

"这是最后一个副本了。"宗九安慰他，"很快事情就会有个结局。上次我说的那些话，也不是随口一说来安慰你的，如果有这个条件，我本来就打算那么做。"

徐粟忍不住了，泪水在眼眶里打转："九哥……"

还没等他的眼泪落下，宗九的身后就传来一个凉凉的声音。

"超S级副本之后还有决战副本。"

按照暗的推算，决战副本只能由全体S级参加。

最终胜者就将从这十位中脱颖而出，得到那张万能许愿券。

现在既然恶魔的游戏指导师身份被他们揭穿了，就意味着恶魔不能参与决战副本，他们五对四，只需要将恶魔的傀儡解决就行。不论梵卓、暗还是驱魔人，综合排位都比恶魔的傀儡高，只要恶魔不插手，赢面少说也有六成。

宗九却从暗的话里听出来一丝不对劲。

他回过头去，用眼神表达了自己的疑惑。

暗深深地看他，语调平静，听不出任何情绪起伏。

"你以前说过，得到许愿券后，会许愿把所有人送出游戏。"

不知道是不是错觉，宗九竟然从对方的眼睛里看出一丝被蒙骗的委屈。

他觉得自己大概是迷糊了。

"这个……"宗九摸了摸自己的鼻子，难得地有些心虚。

暗不说，他还真忘了。

而且，刚开始能空手套到暗的帮忙，还是靠着放空话。

不知道为什么，暗对"要把所有人带出游戏"这件事情十分在意，当初只是听宗九这么说，竟然就问都没问，一路都在帮衬他。

更别说等确定了宗九救世主的身份后，他尽心尽力地辅佐宗九，也是为了"要把所有人带出游戏"这个目标，其劳神费力，众人有目共睹。

好在暗似乎并没有要在徐粟面前揪着这个问题刨根问底的意思。

距离决赛还有一段时间，现在外敌在前，在内部先为利益起冲突无疑是一件愚蠢的事情。

宗九也适时转移话题。

他现在的确更倾向于许愿让所有离开的人回来。因为回归了现实，朋友可能会变成陌生人，在这里发生的一切，都会烟消云散。

而对很多人而言，回忆，或许比现实更重要。

对宗九而言，回忆和现实，他都想要。

不仅是许森，还有在第一工厂副本里被淘汰的九区的九十九号和十五号。

宗九说过，九区一个也不能少，要把所有人带出那个副本。

可他却食言了。

头一次。

接下来大家也没讨论其他的，既然主系统决定了大部分能力数值，那他们能做的，只有选择自己的路线，然后听天由命。

在选择特殊道具的时候，宗九在小丑和疯帽子的友情名片，还有伊鲁卡的银币间犹豫了一下。

小丑和疯帽子的友情名片虽然只有B级，战斗力却不容小觑。当初在万圣节活动的时候，宗九亲眼看着小丑一下子就把另外一个玩偶NPC塞进了垃圾桶里，疯帽子也不遑多让。

不过下一轮副本可是纯看运气的，想来应该还是运气更重要些。

伊鲁卡的银币，B级道具，宗九在结算日副本里得到的特殊道具，可以在十分钟内让使用者变成被上天眷顾的无敌幸运儿。

当然，那次他回来问了其他人后发现，安东尼、钟意远和徐粟他们也都从结算日副本的家人身上得到了一些奇怪的特殊道具。

总之，结合下一次副本的特点，相比起来，还是带银币更保险。

宗九没有思考多久，便选定了伊鲁卡的银币，之后进行绑定，填进了身份卡的携带道具栏之内。

倒是土门看起来有点犹豫："下一个副本不会是时空混乱的副本吧？"

所谓的时空混乱副本，就是在这种副本里，不同时空的NPC可能会突然出现，玩家们经常会被来自异界的NPC吓一跳。

驱魔人善意提醒他下个副本会剥离玩家身上全部的身体强化，对土门来说，被剥离的……

土门一想到继承了阴阳师能力后变得日日倒霉的自己，竟然能获得一个重拾好运的机会，就开心得不得了。

不过开心过后，忧虑也随之而来。

阴阳师能力解除，运气不再那么糟糕算是它的好处，那自然也有坏处——

如果下个副本是灵异类副本，那失去了能力却又空有高灵感能力的土门，就会变成所有NPC眼里的香饽饽。

这样的话，土门就得考虑带一个能应对这个情况的道具，以备不时之需。

"不是。"暗立刻给了土门一颗定心丸。

他端着八卦盘，在静室里停停走走，偶尔低头拨弄一下。

大家沉默着看着他。

半晌后，暗把八卦盘收起，一派高深莫测的样子："下个副本，你们带上功能性道具就行。"

土门松了一口气，转而面对着自己满满当当的系统背包开始发愁。

宗九这时收到一条来自主系统的、出乎他意料的信息。

【S级玩家暗已花费两万生存点数将副本携带道具权限转让给您。】

他猛然抬头，只见对方淡淡地说："把你另一个B级道具也带上。"

宗九选择了带银币，自然没法带小丑和疯帽子的友情卡片。暗明显是知道他有什么道具，并且做了一番取舍。

"你不带道具？"

暗如果把权限转给别人，自己就没法带道具了。

"我不需要。"暗摇了摇头，神色有些凝重，"卦盘显示下个副本你有一劫，两个道具于你缺一不可，这样或许能博得一线生机。"

这么严重？

不仅宗九，其他几个人闻言也都露出了讶异的神情。

宗九的能力有目共睹，就算剥离了全部强化和道具，宗九的身份卡数据也相当出色，光魅惑技能就有90点，运气只要稍微好一点应该就能通过。

而且，在所有人心里，S级就是保送席位，不可能折在决战副本之外，当初的S级灵媒的情况实属意外。现在暗却信誓旦旦地说，宗九可能会在下个副本里遭遇生命危险，简直是不可思议。

"没这么夸张吧？"土门挠了挠头，"反正下个副本是集体副本，到时候彼此多照顾一下不就行了？"

徐粟也点了点头，大有若是遇到危险绝对会为宗九挡枪的架势。

所有人都知道宗九是古大师预言里的救世主，既然为了共同的目标聚集在一起，保证救世主的安全自然是基本前提。

暗没说话，意味深长地看了土门一眼，把土门看得心惊肉跳。

除了这个插曲，今天他们需要讨论的东西其实不多，毕竟能够让玩家自行决定的内容非常有限。

超S级副本当前，现场气氛十分凝重。这些资深玩家都意识到，下一个副本虽然比预料中的简单，但也只是简单一点点。

驱魔人忽然凑到宗九面前，略微担忧地问了一句："首席和你……"

自假面化装舞会起，新任第九名和首席之间的关系就引起了所有人的注意。

对于了解恶魔能力的S级来说，他们更关心宗九有没有被控制或胁迫。

"没事。"宗九摆了摆手，示意散会。

大家陆续离开。

暗走在最后，一副还有话要说的样子。

宗九停下脚步，等待对方开口。

暗神色复杂地看了他一眼："解局的办法在首席的身上。"

宗九愣了好一会儿，伸手在朝暗的头上摸了一把。

没被控制。

看来说的是实话。

"你的意思是说，下个副本我还需要他帮忙？"宗九难以置信地反问。

暗瞥了他一眼："谁让你去求他帮忙了，骗人你不会？需要我教你吗？"

宗九点了点头。

很快，一个月的休息时间结束了。

马上就是超S级副本开启的日子。

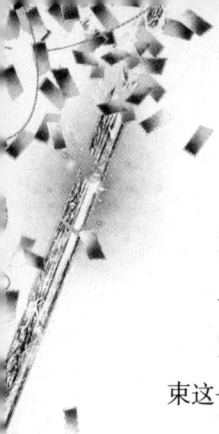

由于这是主系统公开的最后一个副本，不少玩家前一天紧张得彻夜未眠。

早上，距离集合时间还有两个小时，会议室就已经站满了人。

为期半年的比赛，让玩家们一个个满心疲累，不管结果如何，只想赶紧结束这一切。

当然，这次这个可以靠运气通过的副本，也让不少实力低微、不敢对胜利心存幻想的玩家充满期待，让他们看起来十分兴奋。

宗九今天依旧是平时的装扮，双手插兜悠闲地从电梯里走了出来。

一个月，土门伤痕累累的心灵已经被治愈，面不改色地出现在了第十名王座上。宗九过去的时候，他甚至在喝着饮料。

"要来一杯吗？"土门朝他举了举手里的杯子。

"不用。"宗九来到自己的座位上，一边安静地等待着，一边四下观察了一番。

他看到，首席的位置上空无一人。

自从恶魔当众言明自己退出比赛后，那个座位就成了无主之物。

玩家宿舍里增加了一个首席的房间，原来的恶魔的房间，则变成了游戏指导师宿舍。

宗九还收到过主系统的提示，声称宿舍的调整并不影响原先房卡的使用。

很快，主系统冰冷的声音在大厅中响起。

【时间已到，会议室已封锁。】

帘幕缓缓落下，遮住窗外的光芒。

玩家们一个个面容严肃，气氛格外紧张。

【正在去除玩家身上血脉能力，暂时封禁特殊道具中，请稍候……】

所有拥有特殊血统的玩家全都感觉浑身一重。

端坐于第二名的王座上的梵卓面容坚毅，不为所动。

在过去的一个月里，他已经要求全体夜族每天解除血脉能力后进入战斗模拟室进行不少于一个小时的训练，为的就是防止在新副本里出现身体无法适应的情况。

很快，全体玩家都恢复到了初始状态。

宗九活动了一下自己的手，拿出一副纸牌熟练地开牌。

和出车祸之前没多少区别，就是比起强化过后的力量和灵活度大大降低。简单来说，现在展示纸牌魔术可以，想要一张纸牌甩出去就能轻而易举将人钉在墙上那就做不到了。

只要手没事就行。

宗九不甚在意地将牌收回口袋里。

【接下来开始抽取主线任务……】

【请玩家转动手中的两枚十面骰，进行幸运判定。】

【每位玩家幸运值和理智值均为50点。】

【点数越小，下个副本主线任务难度则越小。点数越大，下个副本主线任务难度则越大。】

解除了阴阳师能力的土门摩拳擦掌，跃跃欲试。

主系统话音一落，就有玩家开始转动手上的十面骰。

主系统发下来的两枚十面骰，可以无视物理规律，直接飘浮在空中，不会掉下来也不会停止，只要玩家心念一动，便会即刻开始转动。

一时间，有人惊叫，有人高呼，有人捶胸顿足，也有人喜不自胜。

还有一些还没开始转动骰子的玩家，站在原地双手合十，默默朝着十面骰祈祷，希望骰子能给出一个好结果。

众所周知，一个超难副本的难度，百分之五十在背景，百分之五十在主线任务，虽然超S级副本的主线任务再怎样也不会太简单，可谁也不会想去挑战最难的一个。

宗九把玩着两枚十面骰，任由它们在自己手心转动。

他没有急着投骰，饶有兴致地看着旁边念念有词的土门。

"天灵灵，地灵灵，各路神仙来显灵。今日我土门解除阴阳师能力，还请各方神仙多多保佑，多多保佑。"

土门为了纪念今天，特地换下了从前那件万年不变的外套，转而穿了一件设计得十分时髦的T恤，让人看起来很不适应。

祈祷过后，土门抓着骰子，往虚空中一扔。

除了恶魔那几个傀儡之外，其他S级都看向了这边。

自从知道下个副本的部分规则后，土门就一直和众人吹嘘自己当初没有获得阴阳师能力之前运气有多么好。

对此大家都持保留意见。不过土门举出了强有力的证据进行反驳，说运气不好怎么可能得到土门家族的传承。这样一来，其他人也就勉强接受了他的说法。

用土门的话来说，这次就是他一雪前耻的时候。

所有人都在静静等待着结果。

土门手上平平无奇的棕黄色十面骰在虚空中开始转动，最终，在主人格外期待、格外热烈的视线中，缓缓停了下来。

十位数的骰子显示"00"，个位数的骰子显示"0"。

这……这是个什么情况啊？

大家都是如出一辙的茫然，唯有土门面色激动地从座位上站起。

"难道我扔出来的是0？0点数比1小，主系统，这算是大成功吗？"

关于骰子扔出的点数，主系统还宣布过一条特殊的规矩。

点数从1到100，刚好投掷到01被称为大成功，大成功能够得到很多意想不到的奖励。

如果刚好扔出了100则被称为大失败，大失败将承受更多倒霉的意外事故。

主系统冷冷的机械音响起。

【十位数00，个位数0，骰子点数为100，恭喜你，一举扔出了大失败。】

土门的笑容凝固在了脸上。

排山倒海的笑声把会议室淹没。

不仅会议室，直播间也一片欢腾。

【笑死我了，土门大佬不愧是我永远的快乐源泉。】

【说真的，扔到大失败也是百分之一的概率，回回都能踩中，这也是一种独特的天赋了吧。】

主系统话音一落，土门迅速如同霜打的茄子那样蔫了下来，蹲在自己的座位上，一脸灰败。

宗九有些忍俊不禁。

他低头看了眼自己手上的骰子，不着痕迹地用手指调整了一下方向，看似随意地扔了出去。

骨碌碌——

白粉色的水晶骰子在虚空中开始了转动，等到它们一齐停下来的时候，周遭又是一片低低的惊呼声。

十位数00，个位数01！

大成功！

一个大成功一个大失败！

众人都有些不可思议，啧啧称奇。

蹲着的土门从手指的缝隙里看了眼宗九，更加自闭了。

然而宗九脸上的笑容也没有维持多久。

【检测到S级玩家宗九作弊，本次骰子点数作废，按大失败计算。】

众人一脸困惑不解。

【什么，魔术师作弊了？哪里，我怎么没看出来？】

【你都说了他是魔术师了……魔术师作弊能让你看出来，那还叫魔术师？】

【你们没看游戏城副本吗？其实这么一想很正常啊，魔术师的技术很不错，既然玩牌厉害，怎么可能不会扔骰子？用巧劲来操纵骰子旋转方向，最终得到自己想要的点数，只要勤加训练，这也不是什么难事。】

【笑死我了，怎么当众被主系统揭发了呢，这也太尴尬了吧！】

……

宗九这一个月在休息，但也没闲着。

有一条弹幕说对了，他是会玩骰子的，也知道利用巧劲或力道可以控制骰子的转动。这一个月里，宗九用两枚十面骰练习了不少次，正好今天拿到大舞台上来试验一下。

此举比较冒险，如果能过，就是大成功，主线任务自然无须发愁。

如果没过，下场就是……如今这样了。

宗九迎着暗十分不赞同的视线，讪讪地笑了笑，往王座里缩进些许。

他就是提前想尝试一下。

主要是进副本后，骰子就不能亲手投掷，只能用意念转动了。

机会就这么一次，险中博富贵，总会有些风险，失手也很正常嘛。

"唉，兄弟啊，你说你这又是何苦。"

看到多了一个人和自己一样倒霉，土门的心情一下子好了起来。

说来也邪门，整个会议室里，掷到失败的只有他们两个。

【副本准备中……正在对超S级副本发出信息，等待回应中……得到回应，副本准备就绪。】

很多人都敏锐地注意到这次主系统指令的不同寻常。

往常都是直接从副本准备中跳到副本准备就绪，这一次竟然还要请求超S级副本。

暗低头深思。

一如他料想的那样，超S级副本比S级副本世界来得更加完善，自成一个自洽的小世界。

这样的小世界明显有自己的规则，就算是主系统也无法越过它们的权限，直接把玩家们强塞进去。

按照这个思路往下推断，特殊道具不能在超S级副本中完全发挥效用，很有可能也是因为主系统制定的规则没法在另外一个高维世界里推行。主系统反而还得适应超S副本的规则，将十面骰发放给他们。

以此类推，仅以主系统权限下发的"万能许愿券"，或许并没有主系统吹嘘得那么万能。因为发放它的主体——主系统——就不是万能的，所谓的"万能"，只不过是个噱头。

短短几秒，无数条线索和猜测就在暗的脑子里成形。

感觉到一阵失重后，他暂且停止思考，开始了空间转移。

【检测到所有玩家完成投掷骰子……请所有玩家准备……三分钟后即刻开始转移副本。】

熟悉的失重感拽着所有玩家往下坠去。

会议室内刚刚还黑压压一片的玩家尽数消失不见。

过了许久，在只有一个人的房间，主系统忽然发出了一封错误报告。

【错误！错误！】

【在请求超S级副本回应的间隙，收到另外一个未知编号的小世界发来的通信请求。】

【经检测，该小世界游离于世界缝隙，维度为黑暗维度，比超S级副本难

度更甚……错误，错误！】

【有玩家在传送过程中出现错误，被强行召唤至黑暗维度世界。】

正仰头躺在浴池中的恶魔忽然睁开眼，他从冰冷的池水里起身，随手拿起旁边挂着的浴袍，抬脚跨出。

鲜少有人知道，超S级副本大致也分为两种维度类型。

一种光明维度，一种为黑暗维度。

之前的完美世界，就是光明维度的核心副本。

不管事实有多么肮脏龌龊，至少这个副本表面上光鲜亮丽。

而黑暗维度正好相反，这种副本从骨子里就是烂的。

超S级副本的数量极少，因为自成一个个小世界，主系统也鲜少同它们接触，仅仅和几个光明维度的副本保持合作关系。

至于黑暗维度的副本，主系统从未考虑过合作，因为它们不好掌控，并且不会遵循共同制定的规则。

多年来，主系统与它们井水不犯河水，也算是相安无事。

谁也想不到，这一次竟然是黑暗维度率先出手，强行将玩家带走。

系上浴袍带的时候，恶魔漫不经心地问道："被带走的玩家是哪个？"

主系统冷冷地答道：【第九名和第十名。】

这次空间转移似乎有些不同寻常。

宗九感觉自己一直在下坠。

有点像上个副本踏过空间门后的感受，但又有些不太一样。

因为太暗了，仿佛黑暗中都潜藏着森森恶意。

终于，不知道过了多久，宗九的脚才踩到坚实的地面。

按照情况，他们现在应该开始进入前置剧情，周围也应该出现凝固的场景色块。

然而什么都没有。

就连方才黑压压的人群也都失去了踪迹，黑暗里似乎只有他一个人。

不过宗九也不是第一次遇到这种情况了。

上次结算日副本播放前置剧情的时候也和这次有些相似，或许S级以上的副本就是比较特殊呢？

宗九这么想着，安下心来，盯着眼前浮着的两个十面骰发呆。

约莫过了两分钟后，黑暗里传来另一个人的声音。

"有人吗？这是哪儿啊，怎么没前置剧情还这么黑？呼叫主系统也没声音……奇怪了。"

这声音实在熟悉不过，正是前不久嘴上安慰宗九"兄弟你这又是何苦"，实则语气幸灾乐祸的土门。

宗九懒洋洋地应了一声，土门一下子振奋了。

"魔术师你也在这里啊，怎么回事，这里怎么就我们两个？"

现在看不清对方的样子，一时半会儿也连接不上主系统，于是他们开始交谈。

宗九慢悠悠地说："可能因为我们都扔出了大失败吧。"

土门："有……有道理哦。"

主系统特地提示过他们，如果扔到大失败，发生什么都不意外。

例如在对战的时候，出现了大失败，可能就会成为人体靶子，准确地接下对方的每一道攻击。

一个纯种倒霉蛋和一个作弊被发现的倒霉蛋一同陷入沉默。

场面一时有些尴尬。

也不知道过了多久，主系统的声音才慢悠悠地响起，而且，并非往日那种清晰明了的声音，而是断断续续的。

【主系统正在连接中。】

【信号弱，正在开启数据库存档模式，数据传输改为缓存模式进行……请稍候。】

黑暗里，两个人都嗅到了一丝不一样的气息。

果不其然，接下来的系统公告准确地验证了他们的想法。

【因为不明原因，你们在空间转移过程中遭遇首次错误情况。】

【注意，你们已经降落至距离目的地五亿光年外的另一个超S级副本，目前副本内人数：两人。】

【因为该副本难度提升，且脱离主系统掌控，系统仅能在前三天提供

援助。】

【玩家的主线任务已经被更改为在三天内寻找可以连接主系统的办法，失败了会发生什么系统也不知道，请玩家们慎重。】

一连串重磅消息砸下来后，宗九和土门只觉无语。

土门喃喃自语："我现在终于明白了，为什么暗说你在这个副本会有一劫。难怪当初我说大家可以互相照顾一下的时候，暗那么意味深长地看了我一眼。"

原来都在这里等着呢。

宗九沉默片刻，迅速弄清了如今的情况："意思就是说，我们两个人掉到了另一个S级副本，在这个副本里主系统的能力很难施展，我们现在的主线任务不重要，重要的是找到成功连接主系统的办法？"

开启了数据库模式的主系统回复：【是的。】

【正在开启备用系统……开启成功。】

开启成功后，机械音陡然变得清晰了不少。

【我是储存在十面骰内的分系统，因为该副本世界空间壁垒太过强大，暂且无法连接上玩家宿舍的主系统。】

【该副本并非原先空间坐标中的超S级副本，而是另外一个没有记录在主系统备案中的不知名超S级副本。】

【好消息是，该超S级副本世界同样支持十面骰的运转，但分系统的能量仅能维持三天；坏消息是，若三天内没能找到连接主系统的办法，你们将会被淘汰。】

这样一说，目的就清楚了。

土门哭丧着脸问："那……我……我们还能活着回去吗？"

不知道是不是和中心断连的缘故，分系统的回答十分诚恳，听起来比主系统老实得多。

【经过测算，你们能活着回去的概率有百分之十。】

【玩家会出现空间转移错误的根本原因是该副本内有生物对你们进行了强制召唤，只需要找到强制召唤的根源，再进行一次召唤仪式即可。】

召唤？

才百分之十的存活率，这是在开玩笑吗？

就在土门打算继续提问的时候，分系统再度开口。

【注意，连接即将中断，正在进入副本中……请稍候。】

【由于该副本的特殊性，没有前置剧情，请玩家们注意。】

下一秒，天旋地转。

这是一年一度的大日子。

描着金纹的马车在门口停下，马夫拿着皮鞭吆喝。

绅士们穿着燕尾服，打着领结，手上握着考究的礼杖；淑女们戴着点缀着花边的小帽，五颜六色的裙角翻飞，遮住下方垂落的尾巴，迷人的香气飘散在空中，如扬起了片片飞花。

"据说今天新到了一批成色不错的货品。"前来会场的人们低声交谈着，用华美的羽毛扇遮住自己的口鼻。

"真的吗？有多好？"

"真的真的，原本这批货是应该是直接供给马戏团的，为三天后的马戏团盛典做准备。但据说其中出现了好几个顶级货，这才被急匆匆地截下来，先让大人物选过后，再送剩下的给马戏团。"

那个声音有些讶异："顶级货品不用于盛典，马戏团难道没有意见？"

说着，还用羽毛扇不着痕迹地指了指周围。

在拍卖会场的四周都站着身披黑色长袍、头戴尖帽的怪人。

他们一个个沉默不语，尖帽和兜帽内一片幽深，像是行走的幽灵。

"哪敢有什么意见啊。"另一人摆了摆扇子，啧啧两声，"据说今晚好几位大人物都来了，就连公爵阁下和皇太子也收到了消息。马戏团就算势力再大，还不是得仰大人物的鼻息，要是没有他们，马戏团盛典能不能顺利进行还是另一回事呢。"

"就是。"立马有人跟着附和，"据说这一批的货都是最稀有的，买回去就是身份的象征。"

"这话可是说对了，也就只有伯爵夫人您才有这种底气了。"

被恭维的那位夫人笑了笑，敛下眼中的得意。

大家虚伪地笑了几声，看起来其乐融融，心底怎么想的，他人却不得而知。

很快，参加拍卖会的来宾基本到齐了，会场的灯光暗了下来。

主持者掀开幕布，在最中央那唯一一盏灯下现身亮相。

"女士们先生们，欢迎参加今晚激动人心的马戏团拍卖会！"

他手持话筒，语气慷慨激昂："还有三天就是一年一度的盛典，想必大家也早有耳闻，这次盛典我们准备了近百种优秀的供品，其中……还有两件珍贵的非卖品，一定能够重现二十年前盛典仪式的辉煌！"

非卖品？

刚刚还议论纷纷、兴致勃勃的声音一下子就冷了下来。

为了救场，主持者连忙补救："当然，虽说是非卖品，但是在盛典之前，各位大人可以拍得非卖品的三天使用权。"

观众席有人嗤笑一声："花大价钱买下来的只是使用权？"

"请各位少安毋躁，不如看过再加以评判。"

主持者后退两步，手中的长礼杖轻轻搭在他身后突然出现的笼子上。

笼子很大，上面盖着一块红布，遮住了观众们窥探的视线。

"非卖品……是近百年来，整个马戏团从未出现过的——"

礼杖轻轻一挑，厚重的红布应声而落。

宗九被束缚在铁笼之中，身上仅仅穿着一件雪白的囚衣。

"哗——"

现场一片沸腾。

"是猫！"

"竟然是稀缺无比、皮毛发色还如此稀少的猫！"

"没错，不仅是'猫'，他还有着一双比寻常的猫更为珍贵、更为美丽的眼睛。"

主持者满意地看着观众们激动的神情，礼杖挽了一个花，轻轻将笼中人眼前的黑布解落。

宗九的视野终于从一片黑暗变成了一片光明。

拍卖台上的强烈光线，使得他的眼中水光潋滟。

在强光照射下，他看清楚了这些"观众"的模样。

"他们"赫然是一头头浓妆艳抹、穿着衣服的动物。

疯狂马戏团

第十六章

理智判定

眼前这些家伙们，都穿着光鲜亮丽的衣服，有的手里拿着色彩鲜艳的羽毛扇，嘴上涂着红色的胭脂；也有的举着烟斗，跷着二郎腿谈笑风生。

和正常的动物不同的是，它们从四肢行走进化成了后肢行走，前肢变成了手，头比记忆中大了不少，显得更加狰狞，其他的地方则没有不同。

但这已经足够令人惊讶。

在灯光下，这些动物看起来面目扭曲，神情可怖。

荒诞，太荒诞了。

宗九的双手和双脚都被铁链束缚，这让他感到十分不适，他左右扭动，像一只转动着脖子的猫。

借着一系列的动作，他从观众眼睛的倒影中看到了自己此刻的模样。

他真的彻彻底底变成了一只猫。

还是一只白色的长毛猫。

可奇怪的是，他看自己还是正常的，伸出的手还是手，但观众会感叹："好可爱的小爪子。"

可能是出现了视觉偏移现象，宗九暗想。

他也只是听玩家偶尔提起过，在某些不是正常世界观设定的副本里，就会出现这样的情况。

比如，正常的世界，天在上，地在下，水可以流动，山是永远无法转移的，人们看猫是猫，看狗是狗。

但是，一旦出现了视觉偏移，误入了世界观不一样的世界里，就有可能出现玩家看到的是山，但是在NPC的眼里是水的情况。而玩家在进入副本之后，别说变成猫狗了，变成花草树木都有可能。

至少，在副本的NPC眼里，他们就是这样设定的。

但是这样的情况，几乎没有玩家遇到过，大家也都只是听说过。

毕竟这种让人精神错乱的设定，一般副本也没办法驾驭。

但是，宗九他们掉进来的，本来就不是一般的副本。

宗九认真听了听主持人对他的介绍，才知道他们在这里，被称为"毛球"。大概这就是这个副本对外来者的设定吧。

看到铁笼中的"猫"抬头，来宾们发出一阵阵叹息，其中不乏轻佻的口哨声。

"多么美丽的眼睛、多么漂亮的毛发和配色啊！"

"瞧瞧这个腿，三天的使用权也不亏啊。"

"这么美丽的猫已经很久没有见过了，这也不知道是什么品种！"

"似乎是从外面抓来的，看颜色就知道品种珍稀了，估计也是有价无市吧。"

真正的动物们欢呼着，煞有其事地点评摆放在拍卖席上的生物。

就在这时，分系统慢悠悠地开口了。

【你感觉到一阵惊讶，因为面前的情况已经超出了你的理解范围，这些"观众"们充满扭曲和憎恶的面容使你感到一阵心慌，所以……做一个理智判定吧。】

宗九感到莫名其妙。

理智值也被称为SAN值，是主系统在进入这个副本前宣布的特殊设定之一。

所有的玩家都有自己的SAN值，SAN值也可以理解为精神值，或者心智健全值。

SAN值高，则代表该玩家意志坚定。

如果看到某些超过自己理解范围的东西，便会造成SAN值的下降，若是一次性下降太多，玩家则很可能会陷入失忆或者精神错乱的状况。

若是SAN值归零，那玩家将会发疯，主系统就会判定救不回来，宣告淘汰。

"不是。"宗九在脑海里和分系统讨价还价，"你觉得我刚刚在看到这些动物的时候，有感觉到心慌吗？你认真的？"

分系统沉默了好一会儿，才犹豫着出声：【可这是规矩，你以前从来没看到过和人一样的生物，这些生物天生具有污秽和邪恶的特质，它们的气质会污染你，影响你的理智。】

"不可能，我心如铁石，进游戏就是为了寻找刺激的。别逗了，我毫无情绪波动，这点小场面还吓不到我。"宗九冷漠地说，"等到我真的有神志波动的时候，你再对我进行判定也不迟。"

【那……那好吧。】

【但如果它们邪恶的特质真的污染你了，我会随时要求你进行理智判定的。】

可能也是检测到玩家如今的精神情况尚属正常，分系统十分委屈地接受了他的提议。

另一边，等下方的观众惊叹着欣赏完笼子里猫咪的美貌后，主持者似乎又想将礼杖伸到笼子内。

这个动作立刻引来了观众的抗议。

不知道为什么，这只漂亮猫咪的一举一动似乎都带着别样的魅力，轻而易举便能俘获他们的心。

"你在干什么？你竟然敢用你那个脏兮兮的手杖去触碰如此珍贵的猫咪？"

"你是想要虐待这只猫吗？"

"你在马戏团半年的薪水都买不下这只美貌猫咪的一根毛，滚下去！"

不仅围在拍卖台周围的观众，一些顶级贵族也授意家仆进行冷厉的斥责，吓得主持者一个站立不稳，直接倒在台上。

后台立刻走出两位牛头马面、膀大腰圆的马戏团工作人员，将这个"虐待珍稀毛球"的主持者从拍卖台上拖了下去。

很快，又一个新的主持者被送了上来。

新来的这位主持者明显更加机敏。

为了平息观众们的怒火，他出现的时候，另一个盖着红布的笼子也一同出现了。

坐在笼子里的宗九终于有了点反应，在经过主系统提示后，他没有再将视线落到下方那一张张扭曲的动物脸庞上，转而看向了身边的这个笼子。

"同样稀缺的物种之一，近百年未曾出现的品种——"

红布应声而落。

和他装束相同，一样被铁链绑在笼子里的土门无助地迎接着下方的欢呼。

"是狗！"

"哦！可爱的小狗！这品种是传说中的哈士奇没错！"

不亚于宗九出场时的欢呼声，几乎掀翻了整个拍卖场。

土门心里冒出了一连串脏话。

下一刻，他同样收到了系统理智判定的提示。

土门作为一个有明显情感波动的正常人，自然不可能像宗九那样逃避检查。

所以他被迫进行了一个理智判定——结果当然是失败了。

【扣除两点理智值。】

【目前理智值：48/50。】

【你已陷入理智值扣除的状态。】

下一秒，宗九看见土门眼神涣散，直直朝着铁笼栏杆撞去，引起观众一阵惊呼。

他暗自庆幸。

宗九收回视线，垂眸思考如今的情况。

他有些好奇，不知道这个超S级副本里其他玩家要面对的是怎样的光景。

"分系统，关于找到连接主系统的方法，有什么其他的提示吗？"

【抱歉，我只是一个能力有限的分系统，只能够在玩家需要投掷骰子的时候做出回应，无法为玩家规划具体行动路线。】

【但之前主系统曾发过来一条信息。】

【二十年前，曾经有五队玩家进入这个超S级副本，若是能够找到这五队玩家曾经留下的线索，或许能够重新和主系统建立联系。】

分系统挑挑拣拣，将其中能告知玩家的信息告诉了宗九。

事实上，主系统传来的信息比它告知给玩家的要多得多。

在游戏指导师动用权限的情况下，主系统还真查询到一条意料之外的信息。

这个超S级副本并非一开始就被归于黑暗维度，甚至在二十年前，主系统还和这个超S级副本有过一次合作。

只可惜那次一共进入了五支队伍，将近一百名玩家，最后全军覆没。

算算时间，正好是在那五队玩家进入该副本后，这个超S级副本才从光明维度转变成了黑暗维度类副本。

作为高维存在，主系统虽然没有情感，但它一向算计得十分清楚。

原本在发现两名玩家失联后，它是打算直接放弃这两人的。毕竟黑暗维度副本有太多不确定元素，甚至可能污染主系统本身，让它筹备多年的默菲斯契约毁于一旦。

而且，主系统也知道，两位玩家回不来，大概率会被自动淘汰，这和游戏失败被淘汰也差不多，不过都是送回现实世界而已。

可是，最后到底架不住游戏指导师动用权限……

另一边，展示了两件非卖品的主持者高声宣布："非卖品展示完毕。接下来，我们将对其他藏品进行拍卖。非卖品的三日使用权将在拍卖会最后一个小时进行拍卖，还请诸位稍等。"

高处的幕布缓缓落下，将两个巨大的铁笼遮住。

他们姑且算是被转移到了后台。

宗九打量起周围的环境。

拍卖台的后台很大，幕布落下后正对着楼梯。

除了他们以外，这里还堆着一些其他的拍卖品。

"在这个超S级副本世界里，玩家都成了毛球。"

而且，还得被其他动物围观。

虽然这个世界可能有猫也有狗，但是估计和玩家变成的猫和狗概念不一样。

土门幽幽叹了一口气。

"行了，别想这些了，我们只有三天时间，先想想办法怎么从这个拍卖场出去，难道你还真想被卖出去不成？"

宗九不着痕迹地盯了眼远处在后台巡逻的牛头马面，将耳环取了下来。

在进入这个超S级副本后，B级以上的特殊道具全部失去了效用，包括宗九耳朵上的物理学圣剑。

现在堂堂S级道具，传说级别的圣剑，只能憋屈地作为一个单纯的耳环存在，除了装饰以外没有任何用处。

但这就够了。

宗九拿着耳环，在自己脚腕和手腕的锁链前对比了一下，发现大小刚好能和锁孔对上，于是抬头问土门："你点了开锁技能没有？"

进副本前的身份卡上有"锁匠"技能可以点亮，宗九备选点了一个，结果主系统只分配给了他10个技能点。这意味着他扔骰子只有十分之一成功的概率，想来还是问问土门靠谱些。

土门忙不迭地点头："点了点了。"

他锁匠技能有40点，五分之二的成功率，怎么也比十分之一高上不少。

宗九用十分怀疑的眼光看着他，没有立刻把手里的耳环扔过去，示意他先投骰子再说。

被质疑了能力的土门气鼓鼓地开始投掷，决心一雪前耻。

【您的投掷结果40/40，开锁判定成功。】

【好吧，虽然你明显感觉到打开这把锁对你来说十分有难度，但是意外的是，你拿着铁丝转来转去，竟然也误打误撞找到了开口，于是你将手腕和脚腕上的锁打开了。】

"看见没有！"土门振臂高呼，"人不可能一次都不幸运，哪怕只幸运一次！"

土门重复着用铁丝转来转去的动作，成功地将他们两个从铁笼子里解救出来："接下来咱们该怎么办？"

为了避免被巡逻的人发现，他们两个虽然打开了手脚和牢笼上的锁，但却也没有轻举妄动，而是坐在原地，佯装依旧被困着的模样，以免打草惊蛇。

"投个潜行，直接开溜。"

身份卡那么多技能，潜行绝对是其中一大神技。也是经过众多S级讨论后指定的必点技能之一。

如果潜行能投掷成功，只要不迎面撞上巡逻者，他们绝对可以悄无声息地离开这里，不被任何人发现。

宗九盯着牛头消失在拐角处的刹那，心念一动。

悬浮在虚空的粉白色的十面骰迅速开始按照主人心意转动起来。

【您的投掷结果17/30，潜行判定成功。】

【你蹲下身体，放轻了自己的脚步。你敢保证，除非有人从正面或者从某个不经意的角度看到你，不然在这个拍卖会场如此嘈杂的情况下，谁也无法听见你离开的脚步声。】

宗九小心翼翼地推开门，猫着身子打头往前走。

结果没想到，刚走出去还不到两步，他的身后就忽然传来一阵"噼里啪啦"的声响。

宗九回过头去，正好看到土门不受控制地从笼子里站起来，先是猛然在笼子上撞到了头，然后又如同断了线的风筝一样朝铁笼口倒去，不偏不倚倒在他们笼子前摆放着饰品的那几个架子上。

一时间，放着拍卖品的架子全部都被他扑倒，上面的东西也都摔在了地上。

【友情提示，您的队友投掷结果为97/35，判定大失败。】

【所以他不仅没能潜行成功，还搞出了一番惊天动地的动静。】

又是一个大失败。

这哪里是队友啊！

"怎么回事？！"

几乎在架子倒下发出巨响的同时，正在后台巡逻的牛头马面就听到了动静，飞快地朝这边赶来，踩得木地板连连震动。

确实，这么大的声音，别说是后台了，估计拍卖台上都能听见。

宗九也顾不上潜行了，拜土门这个大失败所赐，他的成功潜行完全变成了无用功，不暴露就不错了。

"还愣着干吗，跑啊！"

他一把揪住被撞得头晕眼花的土门的衣领，飞快地朝前跑去。

整个后台，他们面前只有一条幽深的、通往黑暗入口的路。

宗九带着土门直接冲进了看不到尽头的楼梯里。

楼梯很暗，但是也足够宽，一看就是平日里用来运输拍卖品或其他货物的专用通道。通道两旁点缀着昏暗的煤油灯，没有岔路，直走便能走到底。

在他们身后传来高呼尖叫。

"小猫和小狗逃出笼子啦，赶紧把他们抓回来！"

"拉响警铃，赶紧拉响警铃，让守门人把拍卖会场后的铁门放下！"

听到这句话，宗九心道不好。

他看到了远处甬道尽头明亮的光，还有正准备将铁门放下的狗头人。

"快，分系统，我要魅惑这个守门人NPC！"

骰子飞速转动起来。

【您的投掷结果54/70，魅惑判定成功。】

【由于守门人NPC并不是一个多么重要并且心志坚定的NPC，所以暂且可以不用对该NPC进行心理判定。】

肉眼可见的，守门人放下铁门的动作一下子中止了。

它掩藏在狗毛内的眼睛呆愣愣地盯着从黑色甬道里冲过来的宗九。

【您的美丽深深地震惊了这位NPC，让对方顿时生出了恻隐之心。这并不难以理解，因为守门人的隐藏属性是个心软的猫奴，尽管是刚刚发现的那种。】

"快过来吧，可怜的小猫咪。你是如此美丽，若是将你卖给那些肮脏龌龊的大人物，我将一辈子生活中悔恨与痛苦之中。"

守门人朝他摆了摆手，等他们两个人过来后，直接一把将铁门拉下来，将后面追来的牛头和马面拦住。

土门震惊地看着宗九："还能这样？"

他看着对方不费吹灰之力就把NPC魅惑了的模样，俨然一副世界观被刷新的样子。

其实和魅惑技能的强大没有关系，真正有关系的是宗九从开始到现在扔了几次骰子，竟然一次都没有失败过。

"快快快，别废话了。"

宗九一把将他推出去，两个人登时从拍卖会场逃了出去。

夜幕低垂，四周张灯结彩。

不远处，巨大的圆形七彩大帐篷在原地撑起，帐篷周围环绕着一圈圈彩色灯泡，大大的LED灯牌挂在入口处，上方写着"疯狂马戏团"几个大字。

除了这顶大帐篷之外，周围一片空旷，广场中央有一座大大的喷泉，对面还有音乐厅。

穿着衣服的动物们在广场上来来往往，有带着小动物来马戏团的一家人，也有穿着队长制服、手里拿着铁棍巡逻的牛头人。

他们两个显眼无比的模样登时吸引了不少人注意。

"瞧，那是什么？！"

"是毛球，他们怎么从地下跑上来了？"

"来人啊，快来人啊！有猫从地下农场里跑出来了！"

动物们大声尖叫，场面一时混乱无比。

几乎同时，广场上有广播响起。

"紧急播报，有两只珍贵毛球从马戏团拍卖会场出逃，一只为白发粉眸的小猫咪，一只为黑发黑眸的哈士奇，成功抓捕并送至马戏团或警察局即可获得一千枚金币奖励。"

"注意，注意！这两只均为濒危珍稀毛球，血统纯正，抓捕期间不得以任何方式伤害到他们，否则将被视为违反法律，受到严重惩处。"

"什么哈士奇，还法律。"土门呸了一声，"刚刚那些背包、那些东西，哪个不是它们制造出来的？"

他俩在广场一大片动物的紧逼下步步后退，宗九的余光忽然掠过背后的马戏团。

"走，我们往马戏团走！"

毕竟，刚刚在拍卖的时候，宗九就注意到，那些算不上珍稀的毛球，会被送到这里。

他们大概是同类。

两个人对视一眼，头也不回地朝着马戏团那顶帐篷跑去。

在他们身后，一大群拿着网兜的动物们纷纷高喊着追上来。

"奇怪，刚刚明明看到他们跑到这里来了，怎么什么都没有？"

"算了，我们先去旁边看看吧。那可是一千枚金币。"

约莫过了五分钟，宗九和土门蹲在马戏团杂物间里听着动物远去的声音，面面相觑。

确定周围没有动物后，宗九从杂物间的大箱子里扒拉出一些马戏团道具，低声对土门说道："这是个好机会，来吧，我们乔装一下，先混进去再说。"

"你，你确定吗？"

土门看着他手里拿着的衣服，欲言又止。

宗九低头看了眼，也陷入了沉默。

下一秒，他不信邪地站了起来，开始继续在大箱子里翻翻捡捡。

可是没有。

一件男装也没有。

远处，越来越多的动物被广播里说的一千枚金币所吸引。

宗九他们远远地都能听到动物们兴奋的低吼。

宗九下定决心："这件事情，只有天知地知，你知我知，懂吗？"

——反正这也不是第一次了，一回生，二回熟。

土门熟练地从旁边翻出一件同样镶着花边的裙子，一脸沉重地点头："懂！"

马戏团里一片兵荒马乱。

越来越多的动物从帐篷口蜂拥而入，在马戏团内搜寻着广播里说的毛球。

这个时间，广场上的动物并不多，更多的还是守在各个入口巡逻的保证警戒和基本秩序的警卫。

今天晚上是马戏团盛典前最后一次拍卖会，这样一年一度的大日子，许多大人物赶来参加，不光有平日里尊贵无比的夫人和大人，就连王宫里的皇太子也来了，为盛典狂欢节做最后一次拍卖预热。

无数闪闪发亮的金币从这些大人物的指缝里漏下来，一场拍卖会就能有整个马戏团一年五分之一的利润，谁敢不重视？

在这种情况下，两只珍贵毛球的走失让马戏团方面也捏了把冷汗。

本来这两只珍贵毛球就是外边抓来的重要货品，是打算用于三天后狂欢节盛典的。要不是王宫几位大人物对他们感兴趣，这三天里他们本来应该被关在马戏团后台，等着狂欢节盛典的来临。

先不他们的用途，仅仅那三天的使用权就有得是大人物感兴趣。若是真出了什么差错，马戏团根本无法交代。

现在拍卖会还在进行，加上晚宴和舞会时间，或许能够坚持到明天早上。

在明天早上之前，如果还找不到这一猫一狗，后果将不堪设想。

马戏团的老板是一只长着黑色鬃毛的野猪，接到消息的时候他正在眯着眼睛享受一杯加了冰的伏特加，听到汇报后差点把冰冷的酒液灌到自己硕大的鼻孔之内。

"你们这群废物，还等什么，赶紧去找啊！"

他把其余的牛头马面赶出马戏团办公室，背着两只猪蹄，烦躁地在室内踱步。

"拍卖会上是什么情况？"

前来汇报的兔子低眉顺眼地答道："回团长的话，当时正好宣布一批新的手袋。各位贵族夫人们出手阔绰，轮番抢了好几次，都在抬价，声音难免大了些，似乎是没有注意到后台的警报。"

"那就好，那就好。"野猪舒了一口长气，"先赶紧让后厨那边准备好晚宴菜肴送过去，尽量拖延一些时间。"

接着，野猪又问道："那两只毛球究竟跑去哪儿了？"

"广场上不少平民看到他们似乎受了惊，一路往马戏团主帐篷里跑去。"

"马戏团主帐篷……"野猪脸色一变，"马戏团后台下方通往地下农场，赶紧去传讯给农夫们，让他们不要将那两个珍贵的毛球和那些牲畜弄混了。"

兔子连忙应下，匆匆朝外跑去。

明明已近午夜，广场却依旧人声鼎沸。

举着火把的动物们在偌大的马戏团后台搜寻。

它们的脚步声在四周回荡，叫人心中不安。

宗九和土门蹲在地上，默默地望着对方。

宗九打破了寂静："怎么样？"

土门悄悄竖起大拇指："以我之前的经验，绝对没有问题。"

一边说着，他一边啧啧称奇："想不到，魔术师你看起来竟然一点儿不违和，果然长得好看就是有优势。"

虽然是个夸奖，但宗九真是一点也不感到欢喜。

土门十分理解地拍了拍他的肩膀："没事，我对你现在的心情感同身受。

再说了，我们现在在它们看来也就是猫狗，你就想象自己只是一只穿着花裙子的猫不就好了。"

宗九斜了他一眼。

他们俩现在的形象，实在一言难尽：一个穿着黑底绣红花的旗袍，头上戴着一对雪白的猫耳头箍；另一个身上穿着花花绿绿的马戏团洋装，在裙子后摆用夹子夹了条狗尾巴上去，努力让自己的装束向外边那些动物靠拢。

因为马戏团后台的杂物箱子里缺少必要的动物头套，他们没法将自己装扮得和那些动物们一样，只能暂时先改变自己刚刚穿着囚服赤脚逃跑的模样，这样好歹不会让那些动物一眼就认出，他们就是从拍卖会场逃出来的毛球。

在刚刚的拍卖会上，不少贵妇人头上都戴着大大的帽子，垂着面纱。所以宗九有样学样，给他自己和土门脸上也戴了两块。

在扔骰子的时候，土门的乔装技能判定又失败了。

最后，宗九用自己仅仅只有20点的乔装技能扔出了两个成功，这才勉强让两人都能成功改装。

分系统毫无起伏的声音响起。

【恭喜你们成功变成了另一种模样。但是，你们的伪装也并不是那么天衣无缝，如果有人一直盯着你们看，很可能会看出一些破绽来。】

远处传来一阵阵窃窃私语，看影子，像是那些牛头马面们追来了。

宗九远远地听着，捕捉到好几个字眼。

"分系统，给我通过一个聆听，我要听听他们在讲些什么。"

他一边说着，一边按住了土门蠢蠢欲动想要扔骰子的手。

万一土门再次扔出个大失败，那他们先前的乔装就功亏一篑了。

宗九现在可不敢做这个尝试。他现在基本可以肯定，土门在其他S级面前吹嘘自己从前运气不差这事大有水分。

于是他在土门哀怨的眼神中转动了自己的骰子。

【您的投掷结果为15/30，聆听判定成功。】

霎时间，原本显得遥远的声音一下子变得清晰起来。

牛头马面的声音交织在一起。

"走走走，别浪费时间，这一层这么多杂物，肯定早就被搜过了。"

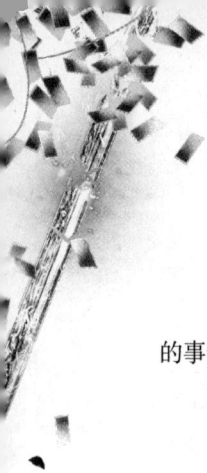

"马戏团就只有一层，再往下去就是地下农场，我们要下去看看吗？"

"那两只毛球说不定跑到农场那边去了，前几天不也有毛球从农场逃出来的事情吗？真是的，每次一临近狂欢节盛典，这些家伙总是不安分。"

"先下去吧，正好刚才团长吩咐我去餐厅。"

……

宗九收回视线，压低声音："下面似乎有个地下农场，如果没猜错的话，很有可能关着的就是毛球，我们先跟着它们摸下去看看。"

土门点了点头："行，那咱们尽量往暗处走。"

面纱轻薄，走在光线强烈的地方难免被人窥见一二。

现在这个情况下，当然还是谨慎为好。

他们两个有惊无险地混进了动物们的队伍里。

这里有很多被一千金币吸引来的动物，恰巧光线昏暗，宗九和土门混迹其中，其他动物居然没发现什么异常。

为了掩饰，宗九刻意贴着墙根前行，也挡住了几道窥探视线。

这种时候，外貌值太高就不是一件好事了。

"快快快，走快点，慢了那一千金币不知道会落到谁手上。"

他们跟着熙熙攘攘的动物一起左拐右拐，深入了马戏团地下。

令人意外的是，在这个副本的地下，竟然也有着一座堪称庞大的地下城市。

这些动物提到的"狂欢节盛典"让宗九有些在意。

按它们的语气，地下农场里的毛球很有可能在盛典上有大用场。

再加上主系统最后传给分系统的那条信息声称，正是这个副本里某个生物出手把他们召唤到这里来的，这背后就更加让人深思了。

正思忖间，宗九忽然感觉到了什么，目光冷冷地往后扫去。

奇怪的是，背后空无一人，连个影子都没有。

宗九皱了皱眉。

就在刚才，他感觉好像有什么东西碰了他一下，他可以肯定那不是错觉。

因为回头，又在原地停留了片刻，动物们一下子发觉了异常。

一只兔子飞快地窜了过来，朝着他挤眉弄眼，故作绅士地行礼："这位美丽的小姐，请问我是否有幸能够帮助你呢？"

宗九清楚地听见了前面传来土门辛苦憋笑的声音。

为了将自己伪装得更逼真，宗九特地戴了一双黑色的丝绒长手套，手里抓着一把细骨折扇，看上去和晚宴上的动物贵妇们没什么两样。

为了自己的形象着想，也为了他们的安全着想，宗九决定闭口不答，冷淡地摆了摆手。

兔子被拒绝也不气馁，只是后退两步，时不时用痴迷的眼神看着他。

要是平日，这样的眼神也不会给宗九带来多少困扰，毕竟他早已习惯太多形形色色的目光。只不过这次露出这样目光的是一只兔子，站起来还没宗九小腿高的兔子。

老实说，这场景着实有些让人啼笑皆非，像是误入什么奇怪版的动物世界。

宗九被这只上蹿下跳的兔子弄得心烦意乱，干脆在意识里对分系统说："给我魅惑这只兔子。"

——谁让这兔子撞到了他的枪口上，又表现出一副很好利用的样子。

再加上主系统曾经下发的规则手册上写过，如果NPC天然就对毛球有好感，那魅惑的难度会下降，魅惑成功后得到的好处更多。不利用白不利用。

【您的投掷结果01/70，恭喜您，骰出了大成功。】

【和守门人NPC相同，兔子也不是一个心理坚定的NPC，更何况大成功呢？即便是对抗轮，大成功也能占据最大赢面，所以该轮同样不用对该NPC进行心理判定。】

前边的土门共享到了分系统的声音，笑声戛然而止。

刚刚还活蹦乱跳、试图继续找话题到旗袍美人面前表现一下的兔子瞬间站在原地，眼神涣散。

【虽然连脸都没有露出来，但由于你的气质太过神秘高贵，深深地震撼了这位NPC。】

【在大成功的附加奖励下，您已经对该NPC产生了不亚于"蛊惑"的效果，只要不危害该NPC生命或违反原则，它都很乐意为您效劳。】

那就意味着在这个兔子NPC面前，可以不用担心乔装效果露馅了。

宗九朝着大受刺激的土门抬了抬下巴。

这下，带路的向导就有了。

兔子摘下礼帽，在原地向他们行礼："美丽的小姐们，我当然愿意为你们带路。只不过我现在还有指令在身，需要将这件事情完成后才能同你们坐下来好好交流。"

正在宗九准备继续向这只兔子套话的时候，动物大军们已经来到了农场的入口处。

这里已经站了不少动物，都被守门的农夫拦在了外边，不允许入内。

实在没办法，它们只能在下方继续搜寻。

这里道路弯弯曲曲，像仓鼠打的洞，又像某个童话故事里的地下城堡。

"毛球农场本就有严格的限行规定，即便这几天快到狂欢节了也一样，严禁无关动物入内，除非买票入场。"

奶牛板起一张牛脸，龇起大板牙："盛典就要到了，这里只允许医生和马戏团人员通行。"

它这么说着，转身让一群下来搜查的牛头马面通过了农场的关卡。

还有一个身上穿着白大褂、戴着眼镜的狐狸也被放了进去。

兔子连忙挤到门口，从口袋里掏出一个圆圆的通行证："我是马戏团的管理，奉团长之命来厨房催促晚宴。"

好家伙，原来这次钓到的，还是条大鱼。

宗九和土门对视一眼，跟在兔子身后。

"哦，哦，原来是马戏团的管理大人。"奶牛让开了关卡，"快进去吧，今天的晚饭厨房还没送过来呢，闻到这走廊上飘着的香味了吗，我已经饿得不行了，也顺带帮我催催。"

"好说，好说。"

兔子带着宗九和土门一起经过了关卡，蹦蹦跳跳地朝着走廊拐角跑去。

奶牛看了一眼他们的背影，忽然高声提醒："小姐，您的尾巴似乎……"

糟了！

不知道是不是土门穿着高跟鞋走路太过夸张的缘故，他用夹子夹在裙摆上的假尾巴没能夹稳，此时已经滑到了裙子的下摆处，看起来摇摇欲坠，几乎快要掉了。

宗九反应迅速，一个箭步冲上去，将土门的裙摆挡住，一边展开扇子。

土门立马会意，捏着让人起鸡皮疙瘩的声音娇嗔着："不好意思，刚刚才给拍卖会上那些大人物表演完，还请见谅。"

这还是刚刚一路上听动物们讲的。

不少动物都知道今晚的拍卖会，聊天时不免大放厥词，说是那些平日里难得在皇城看到的权贵人物一个个都有不为人知的癖好。

它们兴致勃勃地聊着，说哪家伯爵的夫人新收了一个昂贵的手袋，哪家的夫人又展示了自己的新收藏。

在它们心目里，拍卖会上的情况和他们刚才讨论的没两样。

见蒙混过关，宗九三步两步走上前去，帮土门重新把尾巴夹好。

此时，土门正盯着前方陷入沉思。

他们现在彻底混进了地下农场，前面还有一个指示牌，写着不同的地点。

上方简单标示出养殖场、医院和厨房的方向。

兔子NPC进来后急匆匆朝着厨房走去，宗九和土门跟在背后，随时准备开溜。

过了一会儿，土门才低声说："分系统，给我测一个灵感。"

【您的投掷结果65/50，灵感判定失败。】

【好的，你盯着面前的指示牌上看，觉得上面有一个符号似乎有些眼熟。于是你绞尽脑汁开始想，但你依旧什么也没想起来。】

宗九很无语，转身问道："哪个符号？"

土门指了指指示牌一旁一个奇怪的三角符号，上方还用紫色颜料勾勒了一圈："这个。"

他们都注意到，这个符号虽然老旧，上面的颜料却像是刚涂上去不久。

"我绝对在哪里看过这个符号。"土门敲了敲自己的脑袋，"可恶，都是这个该死的灌了铅的骰子暗算我，不然我早就想起来了。"

【不接受空口污蔑，我们的十面骰都是经过正规机构严格检测的，绝不可能出现灌铅情况。】

土门气结："呸呸呸，那你说为什么我每次都判定失败。"

【那是因为玩家自己手气的问题，公正严明的分系统不接受污蔑和指责。】

土门撒泼："不听不听。"

宗九没听土门和分系统进行小学生式的争吵，反倒把这个奇怪的符号记在了心里。

宗九暗自思忖。

这个符号只有土门有记忆，所以，他就算通过了灵感判定也没用。

奇怪，什么符号才能让土门有记忆而他却没有呢？

与此同时，另一个超S级副本内。

"殿下，已经筛查过福利院里所有的玩家，没有发现魔术师和阴阳师的痕迹。"

一位半夜族迈着小短腿跑过来，低声汇报。

进入这个超S级副本后，所有的玩家全部回归自己幼年时期，最大的一个外表看起来也只有六岁的模样，就连S级也不例外。

坐在凳子上的梵卓睁眼，看向一旁闭目冥思的暗。

暗不动声色地将喉咙里涌起的猩甜咽下，淡淡地说："不必多虑，不会有事的。"

第十七章

意外横生

既然暗都这么说了，聚集在房间里的S级们纷纷作罢。

少了宗九和土门，现在房间里的S级只剩三个，梵卓、暗和驱魔人，战力锐减。其他几个S级早已被确定为恶魔的傀儡，不过奇怪的是，那几个傀儡竟然也没有要为难他们的意思，反倒十分悠闲，两方井水不犯河水。

驱魔人感受着房间内奇怪的气氛，斟酌着开口："他们这是怎么回事？难道魔术师和阴阳师不在这个福利院里？"

他们这回进入的超S级副本世界是一家福利院，所有玩家进来后身体全部缩小，变回了儿童。

福利院很大，背景类似于战争时期，这里每间屋子都住着十几小孩子，大家挤在地上睡觉，生活的物质条件极度匮乏。

好在超S级副本没有丧心病狂到给他们加上个饥饿值之类的属性。

毕竟，变小已经足够让人崩溃了。

现在这个房间里，三位S级坐在凳子上，一个个面色严肃。

这幅场景如果落在别人眼里，就是三个小豆丁都板着一张脸，特别是其中那个黑头发的小家伙，一副苦大仇深的模样。

"不。"暗的黑发软趴趴地贴在他如今还没有巴掌大的小脸上，衬得那一本正经的表情格外好笑，"他们不在这个副本里。"

"怎么可能？！"驱魔人睁大了眼睛，"主系统之前不是这么说的！"

暗不说话了，重新闭上眼睛，悄然平复着自己翻涌的气血。

所幸大家都知道暗经常说话只说一半，非要问个彻底，他也只会淡淡地甩下一句"天机不可泄露"，所以驱魔人只好识趣地默默吞回自己的疑问。

这个福利院内部非常大，还分了多个楼层，剩下的其余一千多玩家全都在福利院里，无一例外。

煤油灯从腐朽的房梁上垂下，将室内照亮。

正在这时，有摇铃声响起。

"铃、铃、铃——"

声音从很远的地方传来，阴冷，不祥，持续回旋着。

房间内，全部玩家都站起身来，互换眼神，沉默着离开了房间。

福利院的规矩，只要铃声响起，所有人必须在五分钟内到楼下集合。

梵卓特地放慢了脚步。

即便只有六岁，他依旧脊背挺直，面容冷峻，气度不减。

"没想到去除血统，夜族首领依然如此敏锐。"暗毫不意外地说，仿佛早就知道自己刚刚的举动会被发现。

"还有多久？"梵卓问。

"死不了。"暗轻描淡写。

这场对话在他人听起来没头没尾，但两个当事人都清楚地知道对方话语里隐藏的意思。

"在我的印象里，你绝不是一个甘愿屈居人下、辅佐别人的人。"

梵卓深深地看了他一眼，血红色的眼眸冰冷锐利："至于尊师重道？直觉告诉我，那更是个天大的笑话。暗，你究竟在打什么主意？"

其他人或许不了解暗，但看人极准的梵卓绝不会弄错。

对于梵卓这样久居高位的团队首领而言，暗绝对是一个如果不能掌控就绝对要毁掉的危险因素。

可惜从暗在诅咒面具副本亮相的那一刻，他所表现出来的实力就达到了不是任何一个组织可以随意拿捏的高度。

古大师当年的实力有目共睹，暗既然继承其衣钵，实力自然不容小觑。

"我打什么主意，说出来你会信？"暗反唇相讥，"你的直觉还告诉了你什么？"

"我的直觉还告诉我，你最好在这个副本就被淘汰。"梵卓冷冷地说，"让你活到决战，多半会有不好的事情发生。"

"多谢祝福。"闻言，暗反而笑了，"我早就把在超S级副本里携带道具的权限转移给了魔术师，或许你的确可以期待一下。"

说完这句话，他便加快脚步，冷淡地掠过了梵卓，跟上了前面玩家的脚步。

另一边，宗九和土门则在继续摸索着，打算把指示牌上标注出来的所有地点都找一遍，看看能不能发现有用的线索。

如果土门刚才那次灵感判定过了，想起那个符号到底是什么意思，他们就不用像现在这样毫无头绪地试来试去了。

运气不好真是糟糕。

当然，在挨个查一遍之前，他们还得做一件事情。

"你点了妙手没有？"宗九看着面前的兔子NPC，低声问道。

妙手技能俗称偷窃技能，既然小偷被形容为梁上君子，以妙手比喻偷窃倒也说得通。

这个技能虽然没能像侦查、聆听和潜行一样被玩家们认定为必点神技，但也有不少剑走偏锋的玩家会选择这个技能。大组织里还有玩家专门点选了这个技能，有时候能从NPC身上捞来一些重要的道具。

"点了点了。"土门点头。

他分配在妙手上的点数也有50点，和他的灵感技能一样。

——按理来说，是有百分之五十成功率的。

恰在此时，分系统温馨提示。

【因为妙手技能的特殊性，若是出现判定失败，则会出现一些特殊情况。】

"什么情况？"

【例如……忽然扑到NPC身上。】

分系统继续委婉提示着。

【如果失败的话可以再选一个幸运判定，如果通过，NPC则不会察觉，如果幸运判定没通过，NPC很有可能会察觉您意欲行窃。】

听分系统这么说，宗九表示无语。

他拦住土门正要扔骰子的手："我希望对接下来发生的事情你可以永远保持沉默。"

正在土门满头问号的时候，他看见宗九把手中黑色的折扇一展，遮住自己大半张脸，眼波流转，快步走上前去。

前边那只兔子本来正在急匆匆地赶路，一看对方这副模样，顿时连路都走不动了。

本来就蠢蠢欲动，又叠加一个魅惑大成功。不看到还好，一看到就把马戏团团长吩咐给它的事情忘得一干二净，满心满眼只有面前漂亮的猫咪。对此时的兔子来说，对方提什么要求，就算是天上的星星和月亮，都会想办法为他弄来。

土门麻木地看着宗九。

就在他愣愣地想宗九到底是什么时候学会这一套的时候，对方已经拿着通行证回来了。

"走吧。"宗九掂了掂手上这个奇怪的圆牌通行证，看着还在原地发愣的土门，"喂，走不走？"

土门连忙跟上，心情复杂："想不到你竟然如此……深藏不露。"

宗九随口胡诌："没吃过猪肉，总见过猪跑吧。"

顺着刚才记忆中的指示牌方向，带着土门左拐右拐，两个人在毛球场的门口停下。

有了通行证，果然畅通无阻，他们两个轻轻松松就被放了进来。

两人站在高处，看着下方。

无数只毛球被戴上脚铐项圈，挤在一起，目光呆滞，涎水狂流。

"有什么其他的发现吗？"

宗九问一旁的土门，两个人一起投了个侦查。

理所当然的，土门判定失败，宗九判定成功。

【您的投掷结果21/30，侦查判定成功。】

【在这间污浊昏暗的猪圈里，你十分幸运地发现了一个相似的符号，只不过这个符号似乎同指示牌上的并不是同一个。】

既然不是同一个，宗九便大胆猜测，线索不在这里。

但他和土门没有急着从毛球场离开，而是匆匆往毛球场后面的工厂赶去。

因为宗九发现了一个问题："你有没有发现，我的运气很好。"

是啊，的确很好，打进入这个副本以来还没有投掷失败过。

土门嫉妒得几欲咆哮。

宗九却没有半分开玩笑的意思，他收起手中的折扇，皱眉摆了摆手："不是你想的那个意思，平日里我的运气虽然比你好，但也绝对好不到这种地步。"

为了验证这一点，宗九开始呼唤起分系统来给他扔骰子。

"分系统，给我试一个潜行。"

"再试一个乔装。"

"试一个聆听。"

……

土门目瞪口呆地看着他扔骰子。

一共扔了五次，一次失败都没出现。更别说其中还有一些技能仅仅只有20个或者30个技能点，甚至还有一个10个技能点的图书馆使用技能。

这回就连土门都能看出不对劲的地方了。

"看见没有，不是错觉。"

宗九低声说："我的运气真的变好了。"

人的运气是不可能凭空变好的。

如果要变好，要么就是有人提前给他用了特殊道具，要么就是有人在暗中帮了他，提前把自己的运气借给了他。

"你说会不会是你的骰子灌了铅，就是灌到刚好能扔出那些数值的那种。"

分系统不高兴了：【系统公正严明，骰子绝不可能出现任何问题。】

为了佐证它的话，土门拿着宗九的两枚十面骰扔了五次。

五次，一次都没中。

土门无奈地耸了耸肩，他看着宗九，遮在面纱下的眼中已经毫无波澜。

"其实，我们现在前不着村后不着店的，想这些也没用。"

确实。

分系统现在联系不上主系统，连个主线任务都没有，他们还只有三天的时间。等到三天后，要是他们没能找到离开这个超S级副本的办法，就得永远留在这里了。

宗九道："先暂且放下这事，我们继续去后面几个地方看看，别耽误时间。"

后面和前面没有两样，只不过这里更多的是怀孕了的毛球。

而且，这里也出现了那个相似的奇怪符号，但依旧和他们在指示牌上看到的不太一样。

再往后走，就是厨房。

厨房里，那只兔子NPC急得绕圈，里面只有一位戴着厨师帽的棕熊挥舞着锅铲正在烹饪。

"快点，快点，晚宴就快要开始了！"

兔子手里握着怀表，时不时低头看上一眼，像热锅上的蚂蚁。

土门灵感度高，虽然去除了阴阳师能力，但周围满是异类依旧影响到了他的感官，再加上这个超S级副本内无处不在的黑暗气息，让他难受极了。

恰在此时，分系统温馨提示：【请试一下理智判定。】

所幸两个人都判定成功，土门虽然一副看起来快要吐了的神情，但好歹也过了这个坎。

【因为不可控的环境原因，我将对你们进行一个暗投。】

【你们理智值同时减去2，S级玩家宗九理智值为48/50，S级玩家土门理智值为46/50。】

【由于这是环境不可控生成的，本次理智值下降将会造成深层影响。注意，若是在一天内失去超过五分之一的理智值，玩家将会被强制进入不定时疯狂状态。】

一大串的系统提示过后，宗九感觉一阵莫名的烦躁。

这种潜藏在这个世界中的残酷规则刺激着他的感官，让锁链之下束缚的东西蠢蠢欲动。

他知道这是理智值减少后的负面影响，于是便在原地站了一会儿。

就在这眩晕的片刻，正好有一个奉命追查两只走丢毛球的牛头人走来。

牛头人盯着面前这两个家伙，怎么看怎么觉得奇怪。

"你们是哪儿来到农场的？出示通行证让我检查一下。"

宗九顿觉不妙，一边从口袋里掏出了那个圆圆的通行证，一边做好了逃跑的准备。

果不其然，这牛头人本来就是隶属马戏团的警卫队长，当他看到马戏团管理通行证时，脸上的狐疑神色愈发浓重。

"分系统，快，魅惑这个NPC！"

【您的投掷结果65/70。】

【因为该NPC已经对您产生怀疑，所以该轮自动进入对抗判定，难度等级为困难。】

【正在对该NPC进行心理判定，请稍后……】

【NPC心理判定结束，很遗憾，虽然您的美丽让人过目不忘，但或许是面容掩盖在面纱下的缘故，因此大大打了折扣，没能成功动摇该NPC的心，反而使得他更加戒备了。】

运气再好，宗九也只能让自己投掷骰子的结果变好，可管不了NPC。

"快跑！"好在他反应足够迅速，一把拉起土门，朝着厨房门口飞奔而去。

本就怀疑的牛头队长看他们率先跑开，其中一个裙子上的尾巴还跟夹子一起掉到了地上，登时恍然大悟，连忙扯开嗓子大喊："那两只从拍卖会场里逃出来的珍稀毛球就在前面！快抓住他们！"

前面有岔路口，情急之下，宗九推了土门一把："分开跑，待会儿在医院集合。"

地下农场的地形图他们在进来的时候已经看过一遍，现在分开跑不仅可以分散追兵，也好掩人耳目。

"好。"土门干脆地应下，把脚上的高跟鞋一踢，赤着脚朝另一边跑去。

宗九抽空看了一眼，然后头也不回地冲进了相反的走廊。

说来也奇怪，这条路很黑，沿路的灯似乎都不甚明亮。

然而就在他刚刚拐过边角的下一秒，宗九感觉自己的脚腕被人拽住了。

不仅仅是脚腕，他整个人都被阴影包裹吞没。

低沉的声音缓缓在阴影中响起，语气戏谑："这位美丽的小姐，您似乎走

错路了。"

"快抓住那两个毛球!"

"在那边,他们往那边跑了,分开追!"

昏暗的走廊上,刚刚因那牛头队长一吼,无数牛头马面纷纷举着火把朝着他们追赶而来,咆哮声在甬道周围四处回荡。

本来这些动物就体型庞大,一只比正常世界的两三个还大,跑起来的时候就像一座座正在移动的小山,将地面震得轰隆作响,像是地震一般。

一片兵荒马乱中,宗九被人扯到黑暗里,全身被阴影覆盖,仅仅在黑色旗袍下露出一截苍白纤细的脚腕。

宗九沉默半晌,似乎是在思考为什么恶魔无处不在。

"对,走错路了,你放开我。"

他身后传来一阵轻笑。

"哦?是吗?"恶魔声音低沉,语气戏谑,"那我现在放开你?"

想到刚刚跑过的牛头马面和那场还没完成的拍卖,宗九忍了忍,不再出声。

"真令人难过。"恶魔假惺惺地说道,"我可是马不停蹄地赶过来救援的,难道不应该给点奖励吗?"

听到这话,宗九低头打量了一下。

恶魔的手带着些晦暗不清的光。

"不过……"恶魔弯下腰,语气阴晴不定,"能够看到魔术师如今这副模样,这一趟倒也算来得不亏。"

宗九被困在这方寸之间,头上的淑女帽早就不知道被扔到哪里去了。

恶魔暗金色的瞳孔里隐隐约约浮现出些许笑意。

"天知地知,你知我知?"

宗九一下子明白了:"你一直都在。"

果然,之前在暗处自己被人碰了一下不是错觉。

恶魔笑而不语。

如果宗九没猜错的话,恶魔恐怕一直在通过影子监视着一切。

或许恶魔的本体正高高在上地端坐于玩家宿舍的房间内,饶有兴致地拿着一杯红酒,欣赏宗九在地下农场的表现。

……大意了。

宗九看了看和自己一起挤在暗影中的恶魔，默默地观察着眼前的状况。

三头牛，两头牛，一头牛……

终于，就在最后一个牛头人消失在甬道的时候，宗九动手了。

他一手肘狠狠地朝背后撞去，借着这个力道迅速转身。

衣摆上的蝴蝶暗纹划出一道凌厉的弧线，像是真的飘飞在空中。

恶魔懒洋洋地抬手，重新退入阴影内，宗九的动作落了个空。

"你出现的目的是什么？"宗九后退一步，索性直接发问。

恶魔的身影在甬道内飘忽不定，盯着宗九的目光肆无忌惮。

"目的？当然是为尊贵的魔术师阁下而来。"

"为我而来？"宗九挑了挑眉，"我有什么值得阁下惦记的？"

没有了纸牌，他只能十分艰难地用拳脚功夫抵挡对方的攻势。

很快他就明白了，这一次恶魔并没有像以前那样，以NPC的身份降临到这个诡异至极的超S级副本。他更像钻了某种空子，才勉强以此种虚影的姿态出现，因而十分不稳定。

想来也是，如同恶魔真的能够亲身降临，那他们自然能够和主系统连接，也就不会出现如今这个局面。

"有啊。"

恶魔骤然出现，俯身轻笑。

他不想思索为什么在听到主系统说宗九被强制召唤到黑暗维度副体后，自己会没有丝毫犹豫地动用游戏指导师权限；也不想考虑为什么在空间定位尚未明确的情况下便贸然前来，罔顾主系统冰冷的警告。

他做事不需要理由，他一向随心所欲。

因为想毁掉副本，所以毁掉了。

因为想看着别人痛苦挣扎，于是便和主系统一拍即合，开始了这场比赛。

因为想来，所以就来了。

……

此刻，暗金色的瞳孔紧紧地盯着宗九毫无波澜的面容。

恶魔一步一步走近，裹挟着无尽的黑暗，每一步都极具压迫感。

宗九觉得眼前这个情况有点难办。

要是换作平常，他还可以和恶魔斗一斗。

但是现在，他身处超S级副本，不仅道具被封禁，身体强化也被收回，如同砧板上任人宰割的鱼。

恶魔不同，他的能力是与生俱来的，不会被主系统剥夺，更别说他和主系统还有不可知的交易，想要对付宗九轻而易举。

不过宗九也不是毫无倚仗的。

他拔腿朝恶魔的反方向跑去，同时在心里呼唤分系统。

"分系统，能不能魅惑面前这个人？"

分系统沉默片刻，乖乖答道：【可以。】

它脱离于主系统，相当于断网缓存的程序，所以就算主系统和恶魔达成了合作关系，也影响不到分系统。

恶魔不能以玩家的身份过来，大概只能钻副本NPC的空子。

这让宗九有了可乘之机。

宗九毫不犹豫地转动了两枚十面骰。

粉白色的骰子在虚空中滴溜溜地转了起来。

宗九心里其实很好奇，联想到之前那些NPC被魅惑后对自己言听计从的样子，如果成功魅惑了恶魔，会是什么的效果？

【您的投掷结果45/70，魅惑判定成功。】

【因为该NPC理智值超出身份卡常规设定，该轮自动进入对抗判定，难度为极难。】

【正在对该NPC进行心理判定，请稍候……】

【NPC心理判定结束。】

宗九还没来得及在脑海中听到分系统的判定结果，黏稠的阴影猛然刺了过来，拖着宗九的脚踝，把他拽了回去。

宗九回头，看到恶魔的眼中弥漫着晦暗不明的阴影，心里暗自不解。

魅惑别的NPC成功了，别的NPC就言听计从；魅惑恶魔成功了，怎么是让恶魔更具有攻击性了？

宗九感觉，自己这次是搬起石头砸自己的脚。

"魅惑我？"恶魔勾起嘴角，笑声低沉，"那就要看看你有没有准备好迎接后果的勇气了，亲爱的魔术师阁下。"

土门拎着裙子在昏暗的走廊上狂奔。

一脚踢掉了那双好几厘米高的高跟鞋后，他的奔跑速度明显有了提高。

走廊两旁的火把光线昏暗，将土门的身影在墙壁上无限拉长。

土门一边跑，一边暗自后悔，自己当时为什么会一眼相中这件裙摆又大又长的洋装。这衣服不仅行动不便，需要用手提着就算了，还这么重。

本来土门在这个游戏里的技能定位就是标准的法师，能力都没强化在体质体格方面，身体素质非常一般。更何况他在进入游戏之前，也一直疏于锻炼，虽说后来是有了点提升，但那是后来他用极其高额的生存点数硬生生提上去的。

结果没想到，进入超S级副本得去除全部特殊血脉和身体强化能力。

土门万般无奈地接受了这具属于曾经缺乏锻炼的自己的孱弱身体。

他赤着脚在冰冷的地上跑着，感觉自己现在双腿如灌铅一般沉重，别的什么都顾不上了。

拐角处，牛头马面的震吼穿过走廊还能听到。

"快快快，往这边跑了！"

另一名牛头人不太确定地挠了挠头："大哥，是这边吗？我怎么感觉是左边。"

"少废话，那就再兵分两路，分头走，别耽误时间！"

"是，大哥！弟兄们跟我走！"

紧接着，一连串的脚步声朝着他这边而来。

土门不再耽搁，认命地提着裙子继续朝前跑去。

他已经跑过两个路口了，原先追着他的人也因为几道岔路，减少至不到最开始的四分之一。

但问题是，别说四分之一，就算只有一个牛头人，对付现在的土门也轻而易举。

土门可不想自寻死路，他加快了速度。前面似乎还有一个转角，如果能够穿过那条走廊，就能进到医院里面去了。

刚才宗九选聆听的时候听到有动物在讨论这个医院，说里面不仅大，还有相对独立的病房。要是能躲进去，再换一套衣服，伪装成普通毛球，应该就可以躲过牛头马面的搜查。

土门这么想着，没注意手里提着的裙摆滑下去了两分。

下一秒，他一个没留神，一脚踩在裙摆上，身体不受控制地朝前倾斜，滚到了地上。

以前他还可以靠技能缓冲一下，现在就只能直直地摔下去，因为裙摆还在持续滑落，土门的头被厚重的裙摆裹住，结结实实地在地上滚了两圈。

"咚——"

土门感到天旋地转，眼冒金星，但是他来不及感受身上的痛楚，想要赶快爬起来继续跑。

他刚一动，就忍不住低声发出痛呼。

完了，腿摔断了。

按理来说只是摔一下，不至于如此，但碰巧那里就是墙角，土门又碰巧撞了上去……

人倒霉的时候，真是喝凉水都能塞牙。

不远处，牛头人警卫听到动静，眼睛一亮，立马大声招呼："在左边！快往这边来！"

土门觉得，和宗九兵分两路，可能是他这辈子作的最错误的决定。

他不管怎么尝试，都只能感觉到腿部的剧烈痛楚，完全没法动弹。

而墙上，拉长的黑影已经越来越近。

牛头人们循着声音，已经急吼吼地冲了过来。

土门花了好长时间才甩掉这些牛头人，却在这时一下子就被追上，气得他一口气哽在喉咙里不上不下，难受极了。

"唉，分系统，你说我为什么去除了血统还这么倒霉呢？"

土门仰起头，喃喃自语："明明我以前买彩票也中过三等奖的，不说运气有多好，好歹还是比较正常的。"

【请宿主选一个幸运判定。】

土门："连你也要嘲笑我吗！"

他气得转起了自己的骰子。

【您的投掷结果01/50，恭喜您，扔出了大成功。】

【幸运大成功能够让您在得到意外惊喜的同时，再附赠一个意外惊喜，请玩家注意查收。】

土门脸上惊讶的神色还没来得及收回，按着的那块地砖就忽然下陷了两分。

下一秒，墙上骤然出现一条黑色密道，将靠在上面的土门整个人吞噬，随后门重新合上，墙面恢复为一片平整。

一眼看去，根本看不出这里竟然还隐藏着这样的秘密。

一切都发生在电光石火之间。

赶来的牛头人们冲过了拐角，举着火把，看着空空如也的走廊，疑惑地面面相觑。

"怎么回事？声音刚刚不就是从这里传来的吗？"

"算了算了，可能是听错了呢？赶紧去隔壁走廊看看吧。"

"快点，现在已经凌晨了，如果早上还没能找到那两个毛球，咱们就完了。"

"走走走，去旁边看看！"

……

被密道吞噬的土门倒在了一个软垫上。

变故发生得太快，他花了一会儿时间才反应过来。

骨折的腿虽然还在疼，但好歹暂时摆脱了牛头人的追击，这让土门不由得松了一口气，开始打量起周围的环境。

这间密室看样子似乎是一间办公室，里面有办公桌和书架。

但如果是办公室，谁会大费周章地将办公室安排在密室里？

既然是密室，那它的功能定然是储存秘密，不会有第二种可能。

"分系统，我要投一个急救。"

正在土门想要尝试着接起自己的断腿的时候，他忽然想起自己点了急救，并且急救技能还有40点。

刚才的大成功给了土门极大的信心。

他觉得自己应该可以一鼓作气，把这条腿给接上。

【您的投掷结果为99/40，技能点小于50的情况下，大于96点均为大失败。】

不知道为什么，土门似乎从分系统冰冷的机械音里听出一丝怜悯。

【好吧，急救大失败……真是稀有的运气，好在没有用在你队友的身上。】

【所以你不仅没有接好你自己的腿，甚至还反手给了你自己的腿一拳。】

土门面容扭曲，疼得倒伏在地，眼中失去了希望的光。

他保持着这个姿势趴在地上，直到看到不远处办公桌上那个奇怪的三角符号。

这个符号和他们在指示牌上看到的符号一模一样。

在那一瞬间，在幸运大成功的影响下，土门福至心灵，恍然大悟。

他是见过这个符号的，不是在这个副本里。

……是在副本外。

高级副本很有可能会在不同的时间线上开启多次，所以为了传递信息，游戏的玩家们自己研制了一套在副本内留下记号的办法。

资深玩家们不仅会在副本里留下笔记、日记之类有关副本的记载，还会用符号标注笔记所在的位置，引导后来者。

游戏里玩家更新换代的速度太快了，公认算无遗策的古大师都避免不了被淘汰的命运，更何况其他人。所以每隔几年，玩家们传递信息的符号都会发生一些变化，某些时间段变化还特别大。

这就是土门没能在第一时间认出这个符号的原因。

这个三角形符号是二十年前的玩家们使用的，和当今，甚至是前几代玩家使用的符号大相径庭。按照游戏三年一轮的传统，二十年，已经轮回过六七次了。

这个符号还是土门当初在一个S级副本里看到的，当时根本就没放在心上，难怪灵感判定没过，也没法靠自己想起来。

另一边，宗九被人按在墙上，面前的阴影忽然不正常地发生了扭曲。

下一秒，像是被一股无可抗拒的斥力集中攻击，所有的阴影骤然消失。

最后映入宗九眼帘的，是恶魔低沉如墨的难看脸色。

空空荡荡的走廊上，宗九重新站稳，理了理身上的衣服，笑容越发灿烂。

就在刚刚，他在分系统那里试了个幸运判定。

通常系统主动要求幸运判定的时候，接下来发生的都是大事。如果通过了，会有意想不到的好运，如果没过，那就是坐着不动也倒霉。

结果，又是一个大成功。

在恶魔消失的刹那，分系统告知了他幸运大成功的结果。

【超S级副本"疯狂马戏团"处于黑暗维度，空间坐标变幻不定，居于时空乱流之内。】

【该NPC利用未知手法绕过副本侦查，几度动用力量，被世界斥力所察觉。】

所以，暴露了自己的恶魔是被这个位面直接踢出去了，还是在这千钧一发的时候。

宗九暗想：真是可喜可贺。

第十八章

奇　怪

　　走廊上静悄悄的，一个人也没有，只有被火光照出的黑影，翩跹跳跃。

　　宗九理了理略显凌乱的衣服，捡起掉在地上的帽子重新戴好。

　　他现在心情好得很，好得不能再好。

　　魅惑恶魔可能是他进入比赛后最错误的一步棋。没有效果不说，还引得对方更加激烈地攻击自己。

　　但是，宗九不慌，毕竟他还有道具。

　　结果没想到，还没等动用道具，被加持了魅惑作用的恶魔就因为制服宗九的时候动用太多次力量，被超S级副本抓到了偷渡证据，在宗九扔了一个幸运大成功的助力下，副本位面直接把他踢了出去。

　　宗九很想对恶魔表示同情。

　　但一想到对方刚才难看至极的脸色，宗九心中实在高兴极了，连自己身上的衣服被撕扯得破破烂烂都觉得可以容忍了。

　　他弯腰捡起两片布，在身上打了个结，四下看了看。

　　他现在站着的地方，距离刚刚去过的那几个房间并不远，仅仅隔着一道墙。

　　刚才那群牛头马面奔跑呼喊的声音已经几乎听不到了，只能听到极远处偶尔传来的一声咆哮。

　　"分系统，给我试个潜行。"

　　【您的投掷结果45/30，潜行判定失败。】

【你感觉自己身体并没有变得轻巧，依旧发出和之前一样的走路声。】

这还是宗九进了这个超S级副本后迎来的第一个投掷失败。

他站在原地，有些疑惑地摸了摸鼻子。

这个潜行失败了也没关系。宗九安慰自己。

反正周围没有别人，他就算现在一边跳舞一边走路都没人听得到。

面前有好几条路通往医院。

整个地下农场的地形接近一个大的回形针，中间虽然有很多弯弯绕绕，但是只要记住了路线，也可以说是条条大路通罗马。

宗九回忆了一下路线，发现只需要往回跑过三个路口，就能到他和土门约定好的目的地。

这多亏了宗九出色的记忆力，要是换成土门可不一定行。

宗九不再耽搁，沿着记忆中的路线快步前行。

然而他还没走多久，就听见前方走廊上传来一连串脚步声。

这脚步声不像牛头马面那样匆忙，反倒透着一股轻快。最重要的是，听脚步声似乎只有一个，哦不，一头动物。

宗九捏着两枚十面骰，随时准备扔魅惑。

下一秒，拐角处出现一头穿着研究员制服的梅花鹿。

看到他后，梅花鹿的前蹄在地上刨起一阵灰尘，来了一个急刹车："你站在那里干什么？"

它的模样看起来像是松了一口气，带着居高临下的傲慢。

看这个样子，应该不是马戏团那边的人。

如果是马戏团的牛头马面，在看破他的乔装后应该就会扑上来抓他了，而这头梅花鹿一身雪白的研究员的白大褂，头上的帽子挤在两根犄角中间，看起来分外可怜。

——搞不好是医院的研究员。

宗九觉得梅花鹿可能是认错人了，于是便站在原地没动。

对于梅花鹿来说，因为宽大帽檐和网纱的遮掩，它看不太清楚面前这人的长相。但不知道为什么，它直觉认定对方隐藏在帽子下的容貌并不丑，甚至应该算是好看，只是站在那里，都能让人感觉到对方举手投足间的魅力。

奇怪，这样的毛球怎么会想来医院做研究？

梅花鹿在心里想着，一时间忘了确认一下对方究竟是不是预约了一个小时后的研究的人。

怀表忽然振了一下，唤回了它的思绪。

"赶紧跟我走，还有三个人就到你了。"

梅花鹿一边说着，一边转过身去，在前面带路。

宗九："分系统，来给个魅惑。"

【您的投掷结果89/70，魅惑判定失败。】

【您的外貌值和魅惑值的确很高，让NPC稍稍在意了一下，但却不足以达到让它心神摇曳、神魂颠倒的地步。】

如果说刚才那一手潜行投掷失败让宗九惊讶了一下，那这回的魅惑失败就是切实让他感到意外了。

真是奇怪，难道他之前推测有人给他用了特殊道具，或者是凭空转移了运气的想法是错的？

可是不管怎么说，他在进入这个副本后投了十几次骰子，次次成功，怎么看也不像是没有问题的样子。

"你怎么还不过来？"兴许是他思索的时间长了些，梅花鹿有些不耐烦。

它低头看了眼怀表："快点，研究马上就要开始了。"

这个台词真的很像童话故事里的三月兔。

宗九在心里不合时宜地想着，捏着嗓子应了一声，跟在了梅花鹿身后。

土门坐在密室冰冷的地上。

虽然腿还在疼，但他的心情很不错。

伴随着幸运大成功给到的灵感，土门感觉自己脑子里的灯泡像是忽然被点亮了。

他现在十分确定，这个印记是二十年前玩家们留在副本里的、给后来的人们传递信息的符号。

分系统之前也说了，二十年前的确有玩家曾经进入过这个超S级副本世界，还是五支队伍。而且他们只要能够找到这些玩家们留下来的线索，就有可能找到能够和主系统建立连接的信息。

这可算是踏破铁鞋无觅处，得来全不费工夫！

土门拖着受伤的腿，想要慢慢挪到办公桌前，可是他现在真的是挪动一下都感到伤处钻心地疼。

"分系统，我们来商量下吧。"土门停下动作，语气带着诱哄，"你看看我现在这凄惨的样子，要不……我们再试一个急救？"

这个办法宗九教给他的。

可能是因为连接不上主系统，分系统比主系统好说话多了，必要时候可以尝试卖惨式交流。

土门觉得自己现在这副模样已经够惨了。

如果想要试试这个方法，那现在最适合不过了。

分系统沉默了一会儿。

【从原则上来说，重复同一个技能是不可以的。】

【但规则里包含特殊情况，可以进行"孤注一骰"。】

居然真的有用！

土门振奋了："你说说规则？"

【孤注一骰是第二次，也是最后一次机会，玩家必须押上赌注才能够进行投掷。】

【如果本次投掷判定失败，那玩家将迎来十分可怕的后果，比如……】

"管他呢，给我投！我绝不认输！"

分系统顿了顿。

【您的孤注一骰投掷结果为31/40，恭喜您，急救判定成功。】

【于是你轻而易举地接好了自己的断腿。】

土门面带喜色，"噌"地一下从地上站了起来，在地上走了两圈，发现自己刚才还疼痛难忍的腿现在已经完好如初，效果立竿见影。

土门摸了摸自己的下巴，感觉有些疑惑："我怎么感觉……和宗九两个人分开走后，我的运气就变好了呢？"

事实上，土门想对了。

在投掷了一个急救后，他在办公室中央，又扔了一个图书馆使用和侦查。

图书馆使用技能限定在图书馆或者书架前，是一个很好的、用来查询某种特定信息的搜寻技能，往往可以得到一些意想不到的线索。侦查就更不用说了，那是所有S级玩家公认的绝对的神技，没有之一。

【您的投掷结果为18/30，侦查判定成功。】

【身为资深玩家，你自然能够轻而易举地从这间小小的办公室里发现一些不寻常的东西。例如，这面靠墙书架背后还有一面书架，其中像是有被人匆忙间隐藏起来的东西。】

【您的投掷结果为11/40，图书馆使用判定成功。】

【非常幸运，你从办公室三面大大的书架里找到了一些你需要的、可能和二十年前五队玩家进入该超S级副本后留下的线索有关系的书籍或笔记，但要进一步探索的话，需要玩家进行手动筛选。】

接连两个投掷成功，土门越发狐疑。

如果说先前的急救和幸运大成功还可以勉强用碰巧解释，那现在的情况就是直白地揭示了问题。

之前他和宗九在一起的时候，五个投掷可是一个都没中，现在忽然接连成功四次，土门感到受宠若惊。

但现在顾不上想这些了。

况且宗九也不在这里，就算是土门有心想炫耀自己忽然好起来的运气，也没办法炫耀。在其他人眼里，他还是那个倒霉的土门。

他把疑点抛到脑后，开始低头翻阅投掷成功后从书架和办公桌其他地方翻出来的线索笔记。

线索一共有五本。

一般来说，玩家要留下线索，肯定不会选择最直白的方式。

一个原因是，虽然玩家从副本里离开了，但副本里时间一直在流逝，变数太多。

另一个原因，副本里不仅仅只有玩家。例如，S级副本和超S级副本都是自成一个小世界，副本里的NPC才是原住民，玩家只是他们生活的过客。

留下的日记本或笔记若是被副本NPC看到，则会引发更大的变数。

以前也不是没发生过这种情况。

曾经有副本NPC无意间发现了玩家离开前藏起来的日记，从其中留下来的线索反推出了游戏的存在，甚至还推测出玩家们下一次有可能进入副本的时间节点。

更危险的是，那是个S级副本。

所以等到下一轮玩家进来的时候，早就知道了他们存在的副本NPC将计就计，把他们全体围住。整整三队玩家，最后只成功回去了两个人。

在那之后，玩家们就自己编了一套密码和符号用来传递信息，甚至还有一些玩家缴纳点数，和主系统达成交易，让主系统帮忙加密明文。等有玩家进来后，再通过系统解密。

但是这个超S级副本里，系统也没法越过副本位面权限进行加密。

土门谨慎地翻来翻去，反复斟酌选择，最终找出了一本日记。

他确定，这本日记就是二十年前进入这个副本的玩家们留下来的，因为他在第一页看到了玩家们用来联络的符号，甚至还有对年代的记载。

可等他翻开本子，发现里面却是一片空白。

其实不能算是一片空白，因为有些地方是被人整页撕去了。

土门将里面仅剩的内容翻来覆去地看了一遍，看到最后一页时忽然睁大了眼睛。

他想起他和宗九在地下农场门口看到的那个符号，那个符号十分老旧，但涂在上面的颜料却是崭新的。

再联系到本子里的内容……

土门攥紧了日记本，忽然将它合好，掀开裙摆绑在了自己的腰上。

虽然很难以想象，但现在这点毋庸置疑：二十年前进入这个副本的玩家，并没有被淘汰！

土门掩下心里的震惊和深深的疑惑，垂下头陷入了沉思。

为什么这个日记本会在一个这样隐蔽的密室里？

如果玩家们没被淘汰，二十年过去了，根据这个副本内玩家残酷的生存状况，他们又该在哪里？

跟在梅花鹿研究员身后的宗九一路安稳地到达了目的地。

看着面前雪白的走廊、巨大的红色十字架，还有无处不在的消毒水气味和牌匾上的两个大字，宗九知道自己猜对了。

"你还站在那里干什么，赶紧进来。"

梅花鹿不耐烦地说着，将胸前的怀表展示给门口的黑鹦鹉，带着宗九走了进去。

里面一片素白。

但这并不代表这个地方没有生物。相反，这里不仅动物很多，毛球也很多。

这还是宗九在这个超S级副本里第一次看见稍微正常一点的毛球，他不由得多看了两眼。

那些毛球哆嗦着站在走廊里。

在宗九眼里，他们一个个都和他在其他世界看到的NPC没什么两样。

玻璃上映出了他们在这个世界的样子，浑身长满了毛，形状怪异，一个个身上肮脏难闻，看向宗九的目光直白尖锐，充满莫名的恶意。

"看他那头白发……"

"看到了，等我研究做完，我也要去染一个。"

"也不知道他在冒充什么名贵品种。"

"八成是讨好研究员换来的。"

宗九对这些窃窃私语充耳不闻，目光在他们的背后淡淡地扫过。

无一例外，这些毛球的背上都烙着深红色的印章，是他们在这个世界被划分的品种，一连串的讨论声让梅花鹿愈发不悦，冷声呵斥："闭嘴！"

走廊上排队站立的毛球们立刻老老实实地站好，不敢再出声。

宗九绕过他们，朝着最前方亮着灯的研究室看去。

研究室看起来很简陋，就连门也没有完全关紧，而是敞着一条缝隙，可以透过这条缝看到里面的情况。

穿着白大褂的狐狸医生手里拿着器械，不耐烦地在躺在研究台上的毛球脸上比画着。

"你想整成什么模样？"狐狸语气冷淡。

"医……医生！"毛球语气激动，"我想变成猫！"

"猫？"狐狸医生嗤笑一声，"就你这副模样，就算再整一百次，这辈子也不可能整成那样的品种。"

"那……那怎么办？"

"怎么办？试试能不能给你整成狗之类的吧。"狐狸转动手里的刀，语气不屑，"别动。"

宗九心下了然。

原来研究指的是整容。

研究做到一半，狐狸医生扔下剪子，一副懒洋洋的样子。

"你这个脸型得削骨。"它的声音听起来很不耐烦，"愿意的话就让研究员去给你削，削完了再推进来。"

守在外面的毛球齐齐吸了一口气。

就算做足了心理准备，真听到要削骨的时候，还是忍不住脊背发寒。

躺在研究台上的毛球更是抖成了筛子，但一想到这是唯一的机会，他就忍不住咬牙："我……我愿意！"

这些毛球能够站在这里，本身就是有些过人之处的。

"疯狂马戏团"副本世界的动物NPC们很喜欢养毛球。

动物们按照它们的审美，把毛球划分成三六九等，例如顶级的"猫"和"狗"，一定拥有漂亮的脸蛋，婀娜多姿的身段。

只有顶级贵族才养得起猫，普通平民家养的都是狗，一般都是成色十分稀松平常的狗，不论是品种还是长相都差了一大截，一看就是从医院整容出来的流水线商品。

但即使这样，这个途径依然让毛球们挤破了头。

每年地下农场都会举办新的评级，能不能蜕变就此一举。

狐狸医生丝毫不惊讶他的选择，示意研究员把这个毛球直接推出去。

"下一个。"

排在队伍最前面的那个毛球正想进来，守在门口的梅花鹿忽然冷哼一声："别插队。"

梅花鹿抬了抬下巴，看向站在远处、一副事不关己样子的宗九。

宗九没有察觉，因为他正在那边抬头看着一幅幅贴在墙壁上的画。

其中有一幅画看起来十分奇怪，画框用昂贵的金框装裱，画面的背景是一片黑暗，天空与大地都黯淡无光。

画的中央，巨大的马戏团帐篷内，所有围观者都披上了黑色的长袍，头戴高高的尖帽。

这些围观者不知道是动物还是NPC，他们数目众多，身上的黑袍和夜色合为一体，将一个高台围在中间。

而中间的高台上，却什么也没有。

毫无疑问，这幅画诡异至极。

宗九看清楚画面的刹那，感到一阵无可名状的恶心感和憎恶一同击中了他。

像是做了噩梦，又像是短暂的精神错乱，有什么在心头翻涌，难受到让人几欲干呕。

【由于直视某种污秽至极的东西，您需要通过一个理智判定，失败则扣除1到10不等的理智值，成功则扣除1到4点不等的理智值，请。】

宗九闭上眼睛，十面骰在虚空中滴溜溜地转了起来。

【您的投掷结果29/50，恭喜您，理智判定成功。】

【理智判定成功，我将对您进行一个暗投。】

【您的理智值减去2，S级玩家宗九如今理智值为46/50。】

在持续的眩晕感里，宗九屈起指节，轻轻地揉着自己的太阳穴，极力平复着呼吸。

这个副本有问题。

这种程度的黑暗，只有在小城堡主记忆里看到的"完美世界"可以与之相比。

然而恶魔作为容器，被灌进去了全世界的恶意，但也不会到打一个照面就让人理智值直接减少的地步。

而这幅画，宗九不敢保证自己再看下去会不会继续被扣除理智值。

毕竟，理智值如果在一天之内损失五分之一——也就是10点的话，按分系统的说法，他会陷入临时疯狂状态。

说不定就是恶魔那种状态！

宗九可一点都不想变成那样。

等他回过神后发现梅花鹿研究员已经来到了他的面前，高高扬起蹄子，作势要踢他，语气不善："你是听不懂话吗，毛球？"

它站在研究室门口，一连叫了这个毛球好几次，对方竟然都没有任何反应。

这一下，梅花鹿火了。

这个排队的毛球找不到路，需要它亲自去带路，一路上对方没有对自己巴结讨好就算了，现在还在众目睽睽之下当众对他爱答不理。

原本梅花鹿还对这个看起来非常出色的毛球存了一两分心思，现在看来，毛球就是毛球。

其他毛球都站在一旁，幸灾乐祸地看戏。

"哈哈哈，这家伙要倒霉了。"

"早就看他不爽，装腔作势的，还不都是一样。"

"就是，居然还挡着脸，估计是因为长得丑吧。"

他们虽然同样看不清这个毛球的脸，却也直觉对方形象不差，在这个动物统治的世界，形象是这些毛球们最大的倚仗。竞争对手自然是越少越好。

然而下一秒，忽然有人一脚踢开了医院大门。

土门提着裙摆，健步如飞："九哥！我找到线索了！快跟我走！"

宗九趁这个机会，在地上灵活地翻滚，躲过了梅花鹿，朝着医院门口跑去。

"走！"

原本以为这里会是一个庇护所，现在看来，没被送到研究台上去就不错了，和外面的牛头马面比起来，这里同样如同龙潭虎穴。

看土门一脸兴奋的样子，恐怕不仅仅是找到了线索，还找到了一个暂时安全的区域。

于是宗九毫不犹豫，转头就跑。

医院里一片惊呼，鸡飞狗跳。

"是哈士奇！"

"这么名贵的品种，怎么会出现在地下农场？！"

土门头上的帽子早就掉在了密室里，他的乔装早就解除了，毛球们沉默地看着身穿洋装的他，神情一言难尽。

宗九此刻的形象也不遑多让，刚刚躲避梅花鹿攻击的时候，他的帽子也滚落在地，猫耳发箍歪歪扭扭挂在头顶，摇摇欲坠。

在逃离的刹那，他微微侧了侧脸。

像是按下静止键一般，宗九的相貌，让满室陷入了寂静。

毕竟是外貌值90点魅惑值70点的宗九。

不得不说，长得好看真的可以为所欲为。

第十九章

大失败

按照身份卡的定义，外貌值90如果放到现实世界，那大概属于可以惊艳一个时代的美人。

外貌值超过99就不属于玩家范畴了，但按常理来说，玩家的外貌值只能在15和90之间徘徊。

不管是人还是这个超S级副本里的动物，都是视觉生物，如果外貌值高，NPC的初始好感度就高，更容易让玩家达成目的。

但很明显，宗九对自己过高的外貌值并没有清晰的认知。

因为他一门心思拉着土门逃跑。

他们两人一路冲出了大厅，在走廊上拔足狂奔。

"你找到了什么线索？"一边跑，宗九一边问土门。

"来不及解释，你跟着我走，我在走廊上发现了一个密室，在里面找到了二十年前玩家们留下来的线索。"土门一边跑，一边气喘吁吁地回答，"只要我们跑过这个拐角——"

他一马当先冲上前去，忽然停下脚步，看着面前的两条岔路，傻眼了。

"等等，刚刚我是从哪条路过来的来着？"

宗九无语地盯着他。

"喂喂喂，你别露出那副表情，我跟你说，我现在运气可好了。"土门不服，"分系统，来给我试个领航技能。"

分系统欣然领命。

【您的投掷结果99/15，恭喜您，是大失败呢。】

【所以你不仅没有想起回去的路到底是哪一条，甚至把从密室走到医院的路给完全忘记了，忘得一干二净，根本分不清现在身处何地，东南西北又在哪里。如果没有人帮你带路的话，大失败下领航将会让你失去所有方向感，在原地兜圈。】

土门从地上气得跳了起来："什么玩意儿！这个骰子肯定有问题，我刚刚不仅扔出一个幸运大成功，甚至侦查、图书馆使用和急救全部判定成功，怎么可能扔出大失败！"

宗九看向他的那种毫不意外、我们都懂的眼神看，更加让他感觉受到了伤害。

土门语气委屈极了："我说的都是真的，童叟无欺，我刚才和你分开后运气一下就变好了，谁知道一和你撞上就……"

土门忽然意识到了什么，闭上了嘴，回头用震惊的眼神看向宗九。

宗九疑惑："你看着我干吗？"

虽然嘴上这么说，但宗九自己心里也有了一个大胆的猜测。

事情总不会就这么巧，土门和他分开后，对方运气变好了，宗九运气反而变差了，好几次扔骰子都是连续判定失败，活像骰子被灌了铅。

为了自证清白，宗九在他的炯炯目光之下，象征性扔了个骰子。

【您的投掷结果7/30，聆听判定成功。】

【你听到从左边的走廊里传来一阵不太清晰的声音，似乎是牛头马面们拖着铁链奔跑的声响。】

"这有可能是个意外，你说是不是。"宗九安慰土门，"这件事情就是这么巧，别想太多。"

"不。"土门幽幽地看了他一眼，"我刚刚让分系统给你试了一个心理判定，我发现你在心虚。"

宗九尴尬地笑笑。

心虚是因为宗九和土门现在的思维诡异地同步了：他们冒出了同一个想法。

之前土门吹嘘自己在没有获得阴阳师能力之前还是有些小运气的，但是他发现，只要和宗九待在一起，自己就十投十不中，宗九却百发百中。一旦分开，两个人的运气却会发生变化。

不知道为什么，土门再度想起当初S级们聚在一起讨论下个副本对策的时候，暗那意味深长的眼神。

更别提后来暗还明里暗里问过他会不会保护宗九的安全。

土门那时候还发自内心地感动，觉得暗确实全心全意在为宗九着想。直到自己在假面化装舞会上被暗狠狠坑了一把。

联想到暗身为军师对宗九方方面面、体贴入微的照顾，土门觉得，自己可能被暗当成给宗九借运的小白鼠了。

土门用充满控诉的眼神看着宗九。

宗九干笑两声，迅速转移话题："我们先往右边跑吧，就算找不到密室，也找一个安静点的地方，好好讨论一下你找到的线索，如何？"

的确，现在不是内讧的时候，两个人又重新开始了夺命狂奔。

土门现在彻底失去了方向感，只能跟在宗九身后，宗九往哪儿跑他就跟着往哪儿跑。

等绕过了三个路口后，他们停下脚步。

"行了，就这里吧。"宗九再度扔了个聆听，确定没有问题后，回头催促土门，"你发现了什么线索？"

"你等等。"土门取出之前藏起来的日记本，递了过去，"你看看。"

宗九接过了撕得只剩下薄薄几页的本子。

"我怀疑二十年前来到这个超S级副本的玩家还在副本里。"土门说道。

玩家当然不可能真的在这个副本里待了二十年，不仅副本里时间流逝的速度和外面不一样，整个游戏的时间和现实世界的也不一样。

正所谓世间方一日，游戏已千年。

土门看着宗九翻到最后，解释道："这个符号和我们之前在指示牌上看到的不一样。这个本子上的符号是可用的，我们可以通过系统，借助符号和留下符号的玩家们取得联系。但我觉得事情稍微有些诡异，所以打算先过来同你汇合，商量之后再做决定。"

二十年前的玩家们还在副本里？

宗九眉心紧皱。

他们都意识到了最大的疑点所在。

进入副本后，需要接收主线任务，主线任务完成则随时可以返回游戏，如果主线任务无法完成的话玩家就会被困在副本里，直到被淘汰。

这是个悖论。

如果能够完成主线任务，玩家会即刻返回游戏，不可能被允许继续逗留于副本世界。可要是没有完成任务，二十年前的玩家又怎么可能留下来呢？

宗九仔细一想，一下子就搞明白了关键。

"分系统，你是不是隐瞒了什么信息？"

他一副兴师问罪的模样，一下子就让涉世未深的分系统沉默了。

"你最好老实交代，现在我们就是绑在一条线上的蚂蚱。"

面对分系统的犹豫，宗九加大了火力："现在是第一天，马上就天亮了，两天过后你的能量就耗尽了，如果我们找不到回去的办法，永远被困在这里，那你也一样没法回归主系统。你也不是没有头脑的，你自己看着办吧。"

【……】

【二十年前，这个副本还被划分在光明维度，那五队玩家进入后，这个副本便从光明维度逐渐转移到了黑暗维度。】

沉默了一阵后，分系统开始给他们讲解光明维度和黑暗维度的概念。

【在主系统的记载里，这个副本的玩家的确是全军覆没，当时发放的主线任务显示没有一个成功完成任务的玩家。】

两位S级都从这番讲述中嗅到了阴谋的味道。

并不是其他的，而是留下符号那个人的用意。

"现在怎么办？要不我还是尝试着联络一下这个符号的主人试试？"土门挠了挠头，"其他页都被撕下来了，日记本的主人明显就没给我们其他的选择。"

如果不尝试联系那个二十年前的老玩家，这条好不容易得来的线索就废了，他们又得像之前那样，无头苍蝇似的乱撞一气。

但目前局势难明，而且只剩下两天时间分系统的能源就会耗尽，他们将失去十面骰这个利器。

"联系吧。"宗九当机立断，决定先试试再说。

不管是敌是友，兵来将挡，水来土掩，有什么好怕的！

"行，那我就让系统用了啊。"

土门应了一声，一边联络上了分系统。

下一秒，符号发出一阵紫色的光。

两个人都盯着那个符号，沉默着。

出乎意料的是，什么也没有发生。

"怎么回事？"土门拿起日记本，往前翻了两页，"我已经……"

他忽然张口结舌地盯着日记本。

在前面某一页上，忽然出现了一张诡异至极的黑白照片。按这个副本的设定，本来是不应该出现照片的，但它的确就那么出现了。

这绝对是二十年前那些玩家们留下的！

宗九和土门同时被那张照片上的内容吸引了全部心神，那是一种更深沉晦暗的负面情感。那种感觉，无法用语言来形容。

与此同时，在无数个超脱维度和纪元的位面，响起了重复、空洞而充满憎恶的单调长笛声。这声音如同回荡在他们的耳边。

【你们似乎被宇宙中某种无可名状的邪恶存在盯上了。】

【因为骤然受到理智冲击，系统将代替你们进行两次投掷。】

【你们的理智值同时减去6点。】

【S级玩家宗九理智值40/50，S级玩家土门理智值40/50。】

【一天内损失理智值达到五分之一，玩家将进入不定性疯狂状态。】

【你们抽中了疯狂状态：临时失忆。】

【负面状态持续时间：五个小时。】

【五个小时后，玩家将会自动恢复清醒，祝你们好运。】

临时失忆是玩家进入不定性疯狂状态后的负面状况。

简而言之，玩家们将遗忘现在和未来一段时间的记忆。

也许在失忆前，他们还在安全的地方交谈着；等到清醒后，他们会发现，自己已经站在可怕的敌人面前，并且遗忘了这几个小时内发生的一切。

这无疑是极为可怕的。

在失去神智的前一秒，宗九和土门交换了一个凝重的眼神。

很明显，他们是被人算计了。

那个还没有被淘汰的玩家知道未来还会有人进入这个副本世界，故意留下显眼的线索，故意给他们这样一个选择……最后，又故意让他们看到这张照片。

甚至再往上追溯的话，或许那些玩家才是召唤他们进入这个超S级副本世界的真正元凶！

下一秒，两个人的神智沦陷了。

等到再次睁眼的时候，宗九发现自己再度出现在冰冷钢铁构成的牢笼中，前五个小时内的记忆出现了空白和断层。

他的手脚重新被冰冷的镣铐束缚着，衣服破破烂烂，赤脚踩着笼子里毛茸茸的毯子，看起来苍白而纤弱。

无数盏聚光灯之下，宗九不同寻常的美丽面容仿佛具有魔性。

拍卖会上，贵族们的眼睛亮起，像是黑暗中不祥又污秽的光。

主持人站在笼子的旁边，发出兴奋的呼喊。

"接下来，就是拍卖这只珍贵猫咪的时刻，大家准备好了吗？！"

默菲斯契约

完结篇

下

妄鸦

著

长江出版社
CHANGJIANG PRESS

整个空间仅剩那悬浮在空中的阶梯和最高处的领奖台。

那里有最后的光芒。

魔术师本来就该创造奇迹，不是吗？

目　　录
CONTENTS

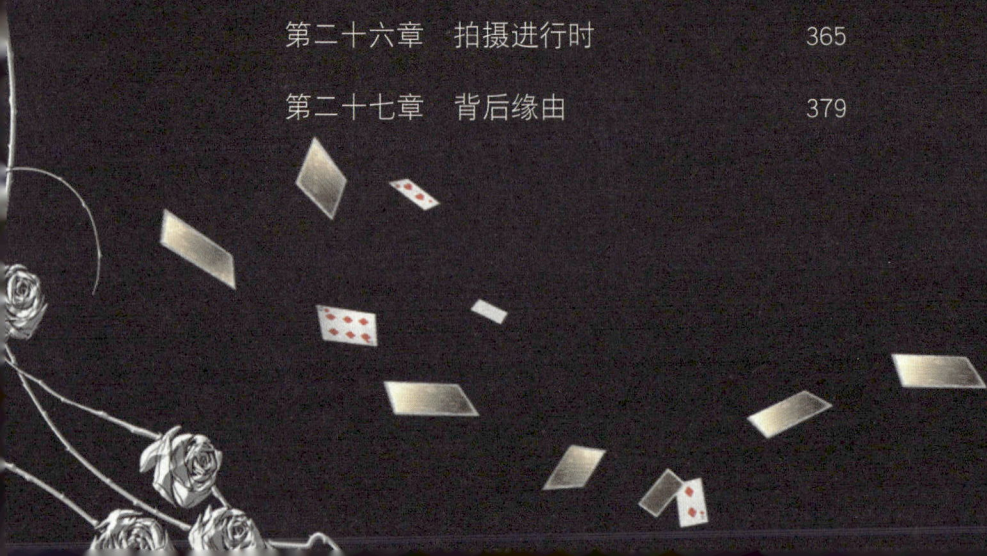

终局之战

游戏指导师考核

默菲斯契约

第二十章

疯狂毛球

一闭眼一睁眼，回到原点的感觉怎么样？

反正宗九感觉糟透了。

刚刚从不定性疯狂的后遗症中脱离的难受感觉还在，宗九晕乎乎地面对一道道虎视眈眈的目光，感觉更加不适。

因为这会让他升起一股破坏欲。

分系统其实说得没错，进入这个副本后，他就一直被充斥在其中的无处不在的恶意潜移默化地影响着，只有不断抑制，才能克服心底的破坏欲。

这个副本的背景和NPC，都透着疯狂。

宗九站在笼子中央，白发垂落，脸上的表情冷淡又疏离。

或许正是这样的神情，让在场众人更有兴趣——这么漂亮的小猫咪，谁不想带回家去？

下方的贵族们窃窃私语。

"公爵家的那只漂亮毛球看来要让位了。"

"那可不，要我说啊，公爵家的毛球放在这只猫咪面前，就像星星见了太阳。"

"没错，不过上回没能拍到那只毛球，太子殿下一直愤愤不平，看来这次是要扳回一局。"

有人压低了声音："如果阁下执意出手，那皇太子也很难改变，估计还是得忍痛割爱。"

如今王族式微，国王甚至是公爵扶持上去的傀儡，整个王国近大半权力都掌握在公爵及其家族成员的手中。看最近的风声，另有一位亲王得到了公爵的青睐，不久后王城很有可能要迎来一番大的变故。

谁是真正的掌权者，谁又只是羽翼未丰随时可能夭折的幼崽，贵族们都看得清楚。

连国王都没有多少实权，更何况皇太子呢？

当今皇太子偏偏又是个不安分的，野心都写在脸上，试图从公爵手中收回权力，只怕迟早会被收拾。

"不过也不好说，今天这场拍卖会皇太子已经来了，公爵阁下却迟迟没有到场。"另一位棕熊贵族理了理身上的领巾，"如果公爵不来，恐怕这只小猫咪就要被太子拿下了。"

确实如此。

按理来说这种一年一度的拍卖会，整个上流社会的大人物们都不会缺席。可这一回，其他大人物悉数到场，偏偏那位没来。

大家不动声色地看向上面最中央的包厢，那里依旧漆黑一片。

众所周知，只有公爵才能在马戏团内享有长期且唯一的包厢。包厢位于观众席上方，足以彰显使用者的身份。

棕熊拿起一旁放着的烟斗，眯起眼睛。

"可惜，这样的毛球却是亲卫队为狂欢节选定的。"

贵族们纷纷遗憾地摇头："只有三天的使用权，可惜。"

总之，这场拍卖会拍卖的东西是次要的。大家都知道，皇太子为了争一口气，一定会费尽心思拍下这只猫咪。

果不其然，就在主持者宣布拍卖开始之后，会场内就传来声音。

"五万金币。"

果然。

其他贵族纷纷露出心照不宣的神情。

"五万金币一次！若是在三次之内没有更高的出价的话，这只小猫咪可就要被太子殿下带走了！"

主持者面上不见惊讶。对方早就和马戏团私底下联系好，如今只是走个过场。

台下没有人开口。

既然皇太子出手，它们也不敢越权。给王室留两分薄面向来是贵族的传统。再说了，瘦死的骆驼比马大，就算王室再低微，也只是相对公爵的权势而言。

在这里，王室想让几位乱说话的贵族闭嘴简直再简单不过。

这时，王储站了起来。

这位皇太子是一只浑身漆黑的狼，穿着双排扣大衣，头戴昂贵的礼帽。绿色的眼睛里闪烁着志在必得的光，视线不加掩饰地盯着拍卖台上的宗九，趾高气扬，得意无比。

宗九没有看它。

等到把心里那股莫名的烦躁压下去后，宗九四下看了看。

拍卖台上只有他一个，土门不知去向。

由于中途他们两个同时遭到临时失忆这个疯狂的处罚，现在宗九也不能确定土门到底有没有和他一样被抓回拍卖场。

但是，他们两个确实又被分开了。

暗既然选择了从土门身上为宗九借运，就说明对方的运气其实还不错。就算土门也被抓回来了，现在宗九在被拍卖，无疑给他争取了时间。再加上土门也带了一个B级道具，如果运气好，他也许还能再一次从后台逃出去。

宗九就没这个机会了。

他现在身在拍卖台上，众目睽睽之下，就算给他逆天的运气，也很难在仅靠十面骰的情况下逃出生天。

"五万金币两次！"

小猫咪的漠视让皇太子感到一丝不悦。

他拿起一根木棒，伸进了铁笼里。

宗九冷笑一声，变魔术一样把那根木棒折断。

此举无疑是在打皇太子的脸，后面那些贵族们看好戏的神情更是让它怒火中烧。

"很好，有意思。"王储不怒反笑，狼爪扫过最粗的一根鞭子，语带威胁，"如果你现在向我求饶，我也不是不可以考虑宽恕你。"

宗九权当没听到，眼里的厌恶之色越发浓重。他已经准备好使用小丑和疯帽子的友情卡片，在这个令人作呕的拍卖会场上大闹一场了。

"好，很好。"皇太子气急败坏地拿起了那根鞭子，示意主持者打开笼门。

"您这次拍的是三天的拥有期限，殿下您千万注意，不然亲王卫队那边我们实在不好交差……"主持者一边给他打开铁笼的门，一边点头哈腰，生怕惹怒了这位大人。

"滚！"

皇太子正在气头上，怎么可能理会一个下人的话，一脚踢翻主持者，扬起鞭子就要抽下去。

就在这千钧一发之时，忽然有声音遥遥自门外传来："住手！"

下一秒，拍卖会场沉重的铁门被轰然推开。

一队头戴钢盔、身穿铠甲的骑士鱼贯而入，脚下大地被踩得响个不停。

它们身佩利剑，手举黑铁长枪，披着的斗篷上绣着盾形家徽，如同一队夜行者，随时准备夺取来犯者的性命。

"是公爵家的军队！"

"怎么回事，阁下怎么会突然动用私兵？"

这下，所有坐在那里好整以暇看热闹的贵族们都坐不住了，一个个站了起来。

军队出现的一刹那，贵族们还以为公爵阁下终于要对皇太子出手了，登时都被吓得不轻。

结果谁也没想到，为首的骑士长只是提着枪走上前去。

"这个毛球，公爵阁下要了，还请殿下割爱。"骑士长的语气平淡，似乎在阐述一件再正常不过的事情，带着不容置疑的肯定。

说完这句话后，它挥了挥手，示意身后的骑士直接将宗九带走。

"不，你们凭什么——"皇太子面部扭曲，脸色青一阵白一阵，难看无比。

与此同时，嘈杂的会场忽然安静下来。

因为贵族们看到了门口悄无声息停下的马车。

马车通体漆黑，看起来十分不起眼。若不是门帘上绣着盾形家徽，恐怕根本不会有人注意到它。

虽然马车上的人并没有要下车的迹象，但马车的出现已经能够说明问题。

看到这一幕，所有贵族齐齐倒抽冷气，面露惊愕之色。

公爵阁下竟然亲自到场了！

这下，就连趾高气扬的皇太子也收敛了气焰。

公爵的军队直接包围了拍卖会场，在这种情况下，谁又敢不识时务？

于是在众人的注视下，捆束着宗九的镣铐锁链被骑士长一剑斩断——但也只是斩断了锁链，镣铐依旧紧紧锁着宗九的手脚。

这些不请自来的骑士们似乎并没有要帮他解开的意思，只是沉默着站立两侧，让出了一条路。

NPC们就这么眼巴巴地看着宗九一路走到马车旁，大气也不敢出地交换着震惊的眼神。

公爵阁下出动军队，所有人都以为这是要发动政变，到头来却发现原来只是为了抢一只小猫咪？

宗九表面上不动声色，实际上他已经通知分系统，随时准备使用道具跑路。

就在他即将冲破军队封锁的时候，厚厚的帘子后伸出一只冰冷的手，不由分说地把他拉进了车里。

拍卖会场内，贵族们一个个大气也不敢出。

不仅贵族，就连拍卖会场外身穿斗篷、头戴尖帽的亲王卫队成员，也全都一言不发。

骑士们沉默冷硬，如一尊尊雕像，它们手中的铁剑和长枪锋利坚硬，让周围的NPC们心惊胆战。

这些都是真正上过战场的战士，曾经有贵族意图谋反，便是被它们镇压了下来，从此这支公爵军队便叫贵族们闻风丧胆。

可谁又能想到，这一回它们出马，竟然是为了一只被拍卖的漂亮猫咪。

"事情不能只看表面，说不定这次阁下忽然赶到，其实是想给皇太子一个下马威呢？"

"我觉得这个猜测有道理，很有可能就是这样。"

贵族们用眼神交流着彼此的想法。

它们的猜想不无道理。毕竟，因为一只猫动用军队，实在有些过于离谱了。

公爵估计是觉得皇太子最近太嚣张了，打算借此机会好好敲打一下，让王族知道谁才是真正的掌权人。

王族确实很惨，去年在竞拍的时候被公爵截了一次就算了，今年竟然又一次被截，对方还带着军队进行示威。

贵族们纷纷露出同情的眼神。

皇太子感受着四面八方的目光，狼爪紧攥，越发怒火中烧。

它忍了又忍，忽然迈步走上前去。守在一旁的骑士下意识想要阻拦，却被皇太子手中的鞭子狠狠地抽了一下。

"你又是什么身份，胆敢阻拦王族？"

骑士长见状，连忙挥鞭抽在那个骑士的身上，迫使骑士跪下——好歹得让皇太子面子上过得去。

"抱歉殿下，这是新入伍的士兵，不知礼数，向您致歉。"

皇太子心里也清楚这是对方给的一个台阶，若是真要追究起来，它一个皇太子还没有处置公爵私兵的权力。

不管怎么说，表面上还是以王族为尊，该有的尊严也要有。

皇太子不好发作，铁青着脸冷哼一声，径直朝门口走去。

所有动物都看着它。

皇太子每一步都走得很沉重，一看就知道它估计心里气疯了，但偏偏还要摆出一副彬彬有礼的样子。

它走到门口的马车旁，泛着绿光的眼睛紧紧地盯着马车门帘，一字一句地说道："夜安，公爵阁下。"

众人的视线都投向那辆马车。

他们大气都不敢出，视线集中在马车上，等待着那位大人的回答。

宗九双手被镣铐铐在身前，坐得很稳，甚至在对面那人的恶意挑衅下也不见慌乱。

"这可怎么办？"首席慢悠悠地说，"为了你，我可是闯下了大祸。"

"哦？"宗九反问一声，似笑非笑，一动不动。

对方停顿了一下，接下来，在场的所有贵族都看到一只豹爪用镶着蓝宝石的手杖挑开车帘，不疾不徐地在马车门框边敲了几下。

之前迟迟没有得到回答已经足够让皇太子感到被轻慢了，如今对方这傲慢的姿态叫它差点控制不住伪装出来的神情，指甲更是把手心都掐出血来。

"这只猫咪我拍下了，请见谅。"

宗九冷笑一声，被束缚的手袭向阴影里的人。

另一只冰冷的手同样从阴影中出现，警告般伸向宗九的后颈。

宗九猛然一个激灵，一只脚踢了过去。

车厢和外界仅仅用车帘阻拦，马车里两人的交锋只要不是聋子都能听得见。

只有站在寒风中的皇太子，一边气得咬牙切齿，一边又连忙低下头去，生怕马车里的阁下看到它一瞬间扭曲的表情。

然而属于公爵NPC的浑厚声音缓缓响起，其中不含任何感情："多谢太子殿下割爱，夜色已浓，就不多叨扰了。启程，回府。"

"遵命，阁下。"

守在马车前的车夫连忙应了一声，手里的鞭子无情地落下。

马儿在车夫一鞭接一鞭的催促下，垂着头朝前跑去。

沉重的四轮马车朝前行进。

在马车的后面，身披银色盔甲的骑士在骑士长的号令下朝着离开的马车鞠躬行礼，重新排成整齐的队列，一路小跑跟在后面。

等到马车和军队离开后，拍卖会场静默了一瞬，随后轰然爆发出热烈的讨论声。

这件事情实在是太劲爆了。

明明那只小猫咪先被皇太子盯上，又是预订又是拍卖，如此大费周章，谁料公爵阁下竟然横刀夺爱，直接带着军队前来，将这漂亮的小东西带走了。

"从来没想到会看到这么精彩的一幕呢，竟然能让阁下和皇太子……"

贵族们重新入座。

"确实，要我说啊，实在是那只猫咪太过可爱。"一位贵妇展开了扇子，语中带笑。

它们连连称奇，又纷纷打理起自己刚刚吓得花容失色的容貌。

疾驰的马车内，局势再度发生了变化。

宗九发现，或许是前不久才被踢出这个副本的缘故，恶魔现在不仅不能以本体现身，连傀偏丝也不大能用，只能从阴影里探出两只手来，看起来又惨又好笑。

至于黑豹公爵，它的头上正稳稳扎着唯一一根傀偏丝。

"很好笑吗？"

低沉的声音在宗九耳边响起，隐含风雨欲来的危险。

宗九点了点头。

首席说完这句话后，车厢里一片静寂，下一秒，响起了惊天动地的大笑声。

如果说之前宗九只是觉得恶魔这副小心翼翼绕过超S级副本的样子又可怜又好笑，那现在他真的是在不加掩饰地嘲笑了。

宗九笑得眉眼眯起，浑身发抖，欣赏着首席现在愤怒而又无能为力的样子，索性挪了挪身体，找了个舒服的位置，懒洋洋地靠在背后的垫子上。

这驾马车本就是为尊贵的公爵打造的，虽然从外面看起来低调得很，内里却大有乾坤，每一处用料都极好，连背后的垫子都是精致的毛发填塞制成。

宗九一边笑，一边不遗余力地嘲讽。

他眯起眼睛，学着恶魔的样子，不紧不慢地将那两只从阴影中探出来的手打量了一遍，眼神戏谑。

"就凭你这副模样？你这是想再次被副本意识踹出去？"

阴影之后，恶魔脸色骤然黑沉。

宗九这句话，直接戳到了他的死穴。

原本这个超S级副本就拒绝外来者入内，对主系统的连接请求更是拒之千里。

偏偏它的空间坐标处于黑暗维度，位置游离不定，就连主系统也难以侦查。

而且，它所在的维度之上还有更高的维度，并不属于主系统管辖。这并不难理解，因为就算是主系统也只能掌控比它低级的位面，对于高级一些的位面，它只能进行平等交流，能做的也仅仅是在副本同意的情况下将玩家放进去执行任务。

换言之，这个位面连主系统都很难确定坐标，只有首席这样疯狂的家伙才会选择直接进入黑暗维度的空间乱流里。

这无疑是十分危险的举动，即便是恶魔，在没有任何定位的情况下横穿空间乱流也是盲目而又冒险的。

还好他和黑暗维度在某些方面有共通点，早就脱离了玩家的范畴，甚至可以说他就是一个纯粹诞生于恶意的人。

黑暗维度接纳了他，但这个副本却没有接纳他，所以恶魔只能委屈自己，当一回"偷渡客"。

特别是在他被踢出去后，位面更是加强了监管，他的本体要是真的过来了，恐怕下一秒又会被踢出去。

阴影背后，恶魔眯起暗金色的眼睛，神情高深莫测。

要是换作从前，恶魔一定会让宗九领教一下挑衅他的后果。

但现在，不知道为什么，他看着宗九扬起下巴、故意挑衅的神情，莫名没了兴致。

一种事情的发展即将超脱自己掌控的感觉油然而生，这让恶魔十分不悦，甚至有些烦躁。

对他来说，这是相当罕见的情绪。

宗九看着对方骤然松开捏着他下巴的手，重新隐入阴影，内心有些疑惑。

按照他对恶魔的了解，接下来应该是一轮唇枪舌剑，或是大战一场。

虽然现在宗九处于劣势，但要他因此就在宿敌面前忍气吞声，那实在不可能。所以在他出言挑衅的时候，已经暗中做好了随时反击的准备。

结果没想到，竟然是对方主动退开了。

不得不说，很意外。

本来宗九还想借这个机会引诱首席使用力量，享受一下梅开二度的乐趣，现在看来是没这个机会了。

不过意外归意外，既然恶魔收了手，宗九也可以趁机把捆住自己的东西解开。

宗九坐直了身体，在分系统那里通过了个开锁判定，解开了自己手腕和脚腕的镣铐。

"咚——"

沉重的镣铐掉到了地毯上。

宗九揉了揉被勒得发红的手腕，随手扯过垫子上的毛毯，裹紧了自己的身体。

夜晚的温度有些低，更何况，他这身衣服也不保暖。

马车内空间不大，被控制的黑豹公爵一个人就占据了大片空间，宗九只能坐在角落。

那片暗影依旧在月光照不到的地方盘踞，傀儡公爵在黑暗中静默着，像一尊永远不会醒来的雕像。

宗九心中疑惑。

这个副本的排斥力怎么可能大到能够让恶魔都乖乖听话的地步。

但如果不这样，恶魔又怎么会如此安静？

他们两个都不是那种做事瞻前顾后的性格，这点在交锋的时候尤其明显，两人就算处于下风也不甘示弱。要是仅仅因为这个副本会把他踢出去就不接下宗九的挑衅，那就不是首席了。

谁先后退，就是低了对方一头，这是他们心照不宣的约定。

更何况，谁会愿意示弱呢？他们可是互不相让的宿敌，哪一次见面不是剑拔弩张，一触即燃？

在这样的前提下，这么安静、平和的气氛，让人感到怪异极了。

最终，宗九率先打破了这奇怪的寂静。

"你为什么会出现在这里？"这是宗九百思不得其解的问题。

如果说之前他参与的每一个副本恶魔都未曾缺席，还能够解释为想看着宿敌倒霉，这一回这个副本的情况如此特殊，他和土门甚至面临永远回不去的危险，在这样的局势下，就算身为游戏指导师，首席出现在这里也是一个十分值得推敲的问题。

"这是你第二次问这个问题了。"阴影里传来低沉的声音，透着显而易见的漫不经心，"我的答案有那么重要吗？"

或许重要，或许不重要。

从前，恶魔唯一的乐趣不过是欣赏人性的丑恶，但是看久了也会看腻，特别是对于从恶意中诞生的他来说，大多数丑恶根本不值一提。为此，恶魔无聊了很长一段时间，不然他也不会答应和主系统交易，共同设计了这个比赛。

但是，最大的收获并不是他原先设想的那些乐趣，而是预言中的救世主。

更有趣的是，他们是那么的相像——敌人永远最了解对方。

这么有趣的人，以后应该找不到了。

"如果你在这个副本里被淘汰，那我会很遗憾啊，魔术师阁下。"恶魔语气平静，意味深长。

救世主不就应该被大魔王淘汰吗？如果在前面就被淘汰掉，大魔王可就从此无法无天，世界也没法被拯救了。

马车外，夜幕开始逐渐散去。耀眼的红日从东方升起，白昼正在降临，视野中的大地一下子清晰起来。

恶魔等了许久，直到以为自己得不到回答了，才听到宗九发出一声嗤笑。

恶魔不以为意："听说你在这个副本里有无法规避的死劫？"

"我有能让你离开这个副本的办法。"他的手重新从阴影中出现，状似无意地搭在宗九的肩头。

"什么办法？"

"众所周知，和恶魔做交易，需要付出代价。"阴影背后，恶魔紧紧盯着他脸上的表情变化，不放过一丝一毫。

"哦？"宗九脸上没有任何表情，他反问道，"说来听听？"

"例如……"恶魔意味深长地笑笑，"没有两个人天生就会是宿敌，预言永远只是预言而已。"

就在他们交谈的时候，马车静静地驶入一座华美的府邸。

身穿管家制服的斑马走上前来，毕恭毕敬地守在车旁。在接到主人命令之前，它并不敢上前叨扰。

"我们不妨换一种称呼。朋友？稍微缺少了点温情。同伴？你我皆知不会是这种关系。"

"那么，合作者如何？"

恶魔煞有其事地思索着，却越发感到无趣。他既期待着对方做出选择，又期待着对方不做选择。

如果一只个性高傲冷淡的猫咪引起了你的注意，你是希望它继续在外面自由自在地奔跑，还是将它关进自己的笼子里？

吸引恶魔注意的，到底是拥有桀骜不驯的灵魂、在众生万千敬畏的眼神中对掌权者不屑一顾的宗九；还是某个为了在未来的死劫中保全性命、甘愿成为魔王笼中鸟的宗九？

下一秒，宗九直接给了他一拳。

"滚！"

看着宗九灵活地从马车上跳下去的身影，恶魔愣了一下。

随后，他放下手，低低地笑了。

土门醒了。

骤然从一片混沌中苏醒，他的脑袋还在一阵一阵地抽痛，像是被人砸了一榔头，只是站着都充满了难以言喻的眩晕感，胃里泛着恶心。

"这应该是五个小时之后了吧？"

土门检索了一下自己过去五个小时里的记忆，发现一片空白。

不定性疯狂的后遗症，是会遗失五个小时的记忆。

五个小时前在那儿，五个小时之后就不一定还在那儿了。

不仅如此，他的腿也酸得不行。

这可真是奇怪，难道刚才他又经历了一场夺命狂奔不成？

土门摸了摸头，环视四周。

他现在身处一条狭窄的甬道，地面上铺着毛茸茸的猩红色地毯，两旁没有灯火，只在尽头拐弯处燃着一根明灭不定的蜡烛。四周静寂无比，只能听得到自己的呼吸声。

这是哪里？土门一头雾水，警惕地准备掏出自己唯一携带的道具，以防万一。

土门的这个B级道具是个功能性道具，使用之后立即进入隐身状态，可以重复使用三次，每次时限三十秒。

这是他听了暗的话才带上的。

虽说运气不好，但土门的实力摆在那里，这些年在无限循环里也累积了不少身家，至少系统背包里B级道具一抓一大把，普通玩家只有望而兴叹。

最终他选择的，是这个隐身道具。

可攻可守，可进可退，拿来算计人或者逃命都是绝佳的不二之选。

要不是之前他的腿断了，怕被在走廊跑来的体型庞大的动物们踩伤，他早就拿出来用了。

就在土门掏出道具时，他忽然发现道具剩余使用次数竟然只有两次了。绝对是在失去记忆的那五个小时里使用过一次，除此之外别无可能。

这五个小时里到底发生了什么？为什么他清醒后没有看见宗九？为什么在清醒后会出现在这样一个完全陌生的地方？

疑问越来越多，土门越来越好奇。

他犹豫了一下，蹑手蹑脚地朝着前面的拐角处走去。

走到一半，他忽然想起一件事："分系统，来个潜行。"

【您的投掷结果17/35，潜行判定成功。】

【于是你感觉你的脚步变得很轻，身体轻盈，即使是在这么安静的环境下，走路也不会发出一点声音。】

果然和宗九分开后运气就好了。

土门在心里痛骂暗的阴险，小心翼翼地贴着墙根行走。

出乎意料的是，这一条甬道内似乎真的没有人。

他摸索着走了几分钟，面前的视野豁然开朗。

这是一间十分宽敞的图书馆，中央摆放着许多座椅，上面铺着软垫和毯子，周围林立着一排排摆满了书的胡桃木书架。奇怪的是，上面放着的书似乎都有些年头了，边角泛黄。

天花板上挂着水晶吊灯，折射出清浅澄澈的暗黄色光芒，成了照亮这间宽敞房间的唯一光源。

土门一眼就看到了图书馆正中央的景象。

那里的地毯被人整整齐齐地挪开，露出下面灰黑色的地面。

地上有人用颜料画了一个巨大的魔法阵，土门走近一看，摩拳擦掌："好家伙，终于到我专业范围了。"

他没有贸然踏进魔法阵内，而是谨慎地蹲下，手指虚虚地垂在那纹路的上方。

这个魔法阵已经失效了。

土门的视线掠过一处残留的阵法痕迹，皱了皱眉。

这时，一直沉默的分系统终于出声了。

【通过一个图书馆使用。】

有情况！

土门依言照做。

【您的投掷结果34/40，图书馆使用判定成功。】

【一共搜寻到十个目标，正在进行暗骰中……】

【那么你在这包围了魔法阵的数十个书架的上千本典籍里，幸运地找到一本古老的典籍残页，看上去像是五百年前的产物。】

"《苏斯手稿》的残页？"

没错，它并不是书，而是一张被细心装裱的残页。因为灵感很高，光是拿在手上，土门就能感受到这张残页传来的危险气息。

【如果要阅读该残页，需要通过一个理智判定。】

【理智判定通过则损失1到3点理智值，失败则损失1到6点，请。】

土门扔出了十面骰。

【您的投掷结果92/50，理智判定失败。】

【正在进行暗骰中，请稍后……】

【您的理智值减去3，S级玩家土门理智值37/5。】

【您的克苏鲁神话技能已上升2点。】

土门翻开了手中的残页。

幸运的是，残页上是他认识的文字，就是上面的涂改痕迹有点多，甚至还有晕开的墨迹。

饶是如此，在土门的视线落到第一行字上的时候便心神俱震，再也控制不住自己，像是硬生生被那一串龙飞凤舞的字迹吸引住了一样，双眼不自觉朝下看去。

残页不长，土门看完才惊觉自己已经出了一背的冷汗。

上面寥寥几笔记载了一位邪恶至极的君王的一生。

土门意识到了什么，放下残页转身从书架上拿出几本书开始翻阅。

毫无意外的，那些书籍上都以晦涩古老的文字，记载着对那位君王的赞美。

土门想起他们在地下农场和拍卖会上听到那些动物们讨论时提到的"组织"，心里震惊。

毋庸置疑，这个世界的NPC曾经被那个邪恶至极的君王领导，并向他忠实的亲卫们灌输了一些不正常的思想，让他的亲卫们妄想在他死后将他复活。

当然，对参加游戏的玩家而言，副本里所谓的"复活"不过是重新召回一段系统数据罢了。可身在其中还成了毛球的土门知道，这绝对算得上是个大消息——这意味着他们来到这个世界，不是意外。

可是这怎么可能？他的亲卫们是怎么在时空乱流中找到他们并锁定他们的呢？

因为缺乏关键信息，土门想不出个所以然来。就在他准备再扔一个侦查的时候，甬道里忽然传来一阵逐渐逼近的脚步声。

"怎么样了？"

"白头发的被抓回去了，公爵拍下带走了。另一个还没找到，不知道跑到哪里去了。整个马戏团我们都搜遍了。"

土门一惊，一个箭步闪到一排书架后面。

"分系统，快，通过一个聆听。"

【您的投掷结果99/20，恭喜您，大失败呢！】

【于是您感到耳边传来一阵嗡嗡声，陷入了不知原因的暂时性失聪。】

土门气得无话可说：这运气为什么时灵时不灵啊！

另一边，从马车跳下来后，宗九受到了款待。

这座公爵府里的仆人清一色都是浣熊，一个个不苟言笑，面色严肃。

它们虽然看起来对这只黑豹公爵从拍卖会上带回来的小猫咪恭恭敬敬，但眼眸中的轻蔑却藏也藏不住。

仆人们把宗九带到了一间盥洗室内，告诉他热水已经放好，必须快点洗完。

宗九关上门后没有动作，反而让分系统通过了个聆听，贴在门背上听着外面的声音。

【您的投掷结果25/30，投掷判定成功。】

"品种倒是稀奇，比去年那只阁下从拍卖会场上带回来的毛球好看得多。"

"的确，可惜好看是好看，依旧只是个毛球罢了。"

"这只可不一样，据说这次的是三天时间。不过要是阁下认真了，留下也不是不可能。"

宗九听了一会儿，慢慢挪开了耳朵，若有所思。

这些仆人们当然不会知道，它们口中的公爵早就被首席控制了。

而他的时间只剩两天了，他想起自己在进入这个副本之前，暗对他的提醒。

"你解局的关键，就在首席的身上。"

"谁让你去求他帮忙了，骗人你不会？需要我教你吗？"

既然关键在恶魔身上的话，那就实在没有必要想着逃出去了，更何况刚才恶魔的确表示他有离开这个副本的办法。

宗九一边想，一边脱了衣服，缓缓将自己浸没到滚烫的热水里。

原本他们只有一条摆在明面上的路，那就是寻找联系主系统的办法。

如今又出现了第二条路。

现在他需要思考的，就是该怎样如暗说的去骗首席。有点难度，但很有趣，是魔术师最喜欢的挑战。

宗九跃跃欲试。

他洗完澡擦干头发，穿上睡袍。

早已在门口守候多时的仆人们领着他上楼，一路举着燃烧的烛台，走到了府邸内的主卧。

管家恭恭敬敬地敲门："阁下，毛球已经带来了。"

公爵嗓音浑厚低沉："谁？"

宗九懒得多费口舌，一脚踢开沉重的大门，迎着身后所有仆人们慌忙跪下的动作和惊愕的眼神，一把将门关上。

"来给你讲睡前故事的。"

第二十一章

玩个游戏

土门觉得自己好难，真的是太难了。

好不容易有机会能够打探到一点新情报，结果聆听竟然扔出来一个大失败。

聆听大失败，别名反向失聪。

本来他没有试图扔骰子的时候，四周一片寂静，努力一下还能听到那么一两句。现在好了，耳边嗡嗡直响，什么也听不到了，偏偏刚才那两句，一听就知道对方讨论的是很重要的内容。

不仅聊到了宗九的动向，还和他们需要的情报相关。

可恶！

土门捶胸顿足。

【你通过个读唇技能吧。】

看土门这么惨，分系统也略有不忍。

读唇技能就是唇语技能，在听不到或者紧急状况下可以投掷使用——毕竟对土门来说，这个情报溜走了，接下来还不知道要瞎折腾多久。

"可是我没点读唇技能……"

土门泪流满面："分系统你看看我身份卡上读唇的技能点有多少。"

分系统沉默了一下：【生存技能初始有5点。】

像游泳、潜水、读唇、话术、驯兽这一类技能都不是必点技能，因为主系统黑心的技能点分配制度，玩家们都对点技能这件事万分小心，生怕浪费了点数。

没点的话，当然就只有五个技能点了。

土门在心里默念了一句"阿弥陀佛"，转动了两个十面骰。

【您的投掷结果1/5，恭喜您，大成功。】

【于是你感觉自己的视线忽然一下子变得清晰，只从别人嘴唇嗫动的模样就能辨别对方到底说了什么话，再加上大成功的效果，即使对方说的是某种生僻词语，如有神助的你也能即刻理解。】

土门极想吐槽。

这一个大失败一个大成功的，还真够考验人的心理承受能力的。

不过没时间吐槽了，土门小心翼翼地在地上挪动两下，顺着书架的缝隙朝外看去。

外面光线昏暗。

那两个人还没走到他能看清的位置，急得土门直挠头。

过了好久，才有两个身披黑色斗篷的人从通道深处走出来。倒霉的是，他们两个头上都戴着高高的尖顶巫师帽，面容隐匿在宽阔的帽檐下，根本看不清。

要是连脸都看不清的话，那读唇扔出大成功又有什么用？！

土门刚要停止读唇，回头就看见其中一个人取下了尖顶帽。

土门猛然睁大了眼睛。

那个男人在昏暗的灯光下看起来十分阴郁，或许是经常将身躯隐藏在黑斗篷下的缘故，面容苍白到不可思议。

见他摘下了帽子，另一个人也照做了。

果然不出意外，他们都长着人的脸，是不属于这个世界的NPC，但土门能确定，这些不是玩家，他们虽然长得和普通玩家一样，但是有很多地方还是有明显的不同，比如地面上的影子不是连贯的，比如偶尔还会出现卡帧、闪屏的情况。

土门听说过这样的情况。

有些玩家在副本中被淘汰之后心有不甘，和系统做交易，将自己的意识上传到系统，让系统根据自己的经历制作出一个等身NPC留在副本里，继续完成他们未完成的"事业"。

系统自然也乐得其成，毕竟这些玩家就是送上门的NPC，甚至可以省掉编故事捏造数据的工夫。

很显然，这几个就是从前的玩家留下的等身NPC。

"卡牌出现被启动迹象，可以百分百确定身份，花费了这么多年，终于找到目标了。"

他们的语速很快，要不是有大成功的加持，土门根本看不清楚他们在说些什么。

土门勉强辨认出一句，仅仅是这样一句话，背后透露的信息量就十分庞大。

"公爵那边……两日后它会把那个白头发的送过来。"

"两天后的狂欢节，是最后的机会。二十年了……我们留在这里已经二十年了……"

其中一个人迈步，状似无意间将另一个人挡住。

土门看不清他们说话，内心却震惊到无以复加。

他们果然是故意把他和宗九带到这里来的！

确定这点后，土门心里一阵窝火。

他和宗九其实都猜到了，但得到肯定的答案，他还是气不打一处来。

正在此时，分系统温馨提示：【灵感判定完毕，请！】

土门选的就是灵感型，有特殊加成，通过这个判定的概率极高。

【您的投掷结果36/50，灵感判定成功。】

【于是现在，你将脑海里所有零碎的记忆和线索全部串了起来，并且想通了一些之前想不通的问题，并且得到了新的逻辑和解释。】

按照灵感判定成功后的逻辑，这个世界很有可能在二十年前曾遭遇了重大变故，以至于被淘汰的玩家将这些等身NPC留在这里，这些NPC形成了一个已故君王的亲卫组织，要复活那位君王，以达成他们的目的。

他们一定在密谋一件大事，这件大事的时间点就是两日后的狂欢节盛典，参与人员有土门和宗九这两个倒霉蛋。他们具体图谋什么，现在还不太清楚，但一定不是好事。

"等等，不对……"

就在土门兀自思考的时候，其中一个亲卫队成员忽然皱眉。

"这里有人来过。"

他看向书架上摆放顺序发生过变化的手稿，阴鸷的眼神扫过地面上几个不易察觉的脚印，直截了当地下令："给我通过一个侦查。"

"怎么回事？！"土门在心里尖叫，"分系统，你可没告诉我他们也有十面骰啊！！"

【这件事情也超出了我的预估。】

分系统冰冷的机械音同样沉默了一阵：【不过的确……既然这个超S级副本支持使用十面骰，那么，别人也有可能使用。】

【按理来说这种情况是不可能出现的，因为分系统的能量绝对不可能支撑二十年，虽然他们不是二十年前的玩家，只是被创造出来的等身NPC，但是也有可能是找到了其他能够给十面骰补充能量的办法，或者是系统创造他们的时候作弊了。】

就在土门和分系统对话的时候，那边的亲卫队成员也通过靠成功判定得到的侦查技能发现了这位不速之客的踪迹，于是冷笑两声，径直朝这边走来。

既然已经被发现了，土门也就不藏了。

他捏紧手中的道具，忽然一把推翻了面前的书架，头也不回地朝通道跑去，开始了下一轮的夺命狂奔。

"抓住他！别让他跑了！"

宗九无视了房间外仆从和管家们的眼神，"砰"的一声将门关上。

房间里很黑，唯一的光源是他手里的烛台。

两旁的窗帘将外面逐渐暗下来的天幕遮掩得严严实实，不让光线漏进来一丝，室内伸手不见五指。

宗九记得，不久前他们坐在马车上的时候，他还透过车窗看到了日出，看到了亮起来的天际。可现在才过了没多久，天空就再度逐渐被黑暗占领，外面重新变成了夜晚的模样，更何况，现在乌云低沉，掩映着背后风雨欲来的闪亮雷光。

白天未免太短了，短到有些离谱，这绝对不正常。

"距离盛典越近，属于白天的时间就会越短。"黑暗里，端坐在高背椅上的公爵缓缓开口，"等到狂欢节的那一天，一整天都会是黑夜，没有日出，也没有白昼。"

宗九没有回答，反倒十分悠闲地走到床边，自顾自地躺了上去。

属于掌权者的床铺，其舒适度自然妙不可言，也不知道被褥和枕头是用什么材料制成的，躺上去的时候就像滚进软绵绵的云朵里，宗九舒服地眯起眼睛，这让他看起来真的像一只慵懒的猫。

"你主动过来，看来是刚才的问题终于思考出了结果？"

移动的阴影缓缓落到床边。

"不。"宗九懒洋洋地挥了挥手，"我是来给你讲睡前故事的。"

之前，他们默契地都没有提及那个特殊的结算日副本，就好像它从未存在一般。然而现在，宗九却主动打破了这个默契。

"我警告你，不要试图在我的身上寻找和那个小鬼一样的痕迹。"

"那换种方式。"

既然是想要算计对方，那总不能先把对方惹毛了。宗九翻了个身，同阴影后那双暗金色的瞳孔对视。

破天荒地，宗九率先对他发出了邀请。

"我们来玩个游戏，如何？"

玩个游戏？恶魔眼里闪过一丝兴味，颇有些自己台词被人抢走的倒置感。

从来都是他向宗九发出邀请，不论是在第一工厂副本、万圣节副本还是假面化装舞会，他们都曾以背景为舞台，玩过内容各不相同的游戏或赌约。

然而这次，率先提出游戏请求的竟然是宗九。

不得不说，他实在太懂得该如何挑起恶魔的兴趣。仅仅一句话，恶魔就一扫方才兴致缺缺的颓丧，金眸骤然亮起，跃跃欲试。

"怎么玩？"

上钩了。

宗九心中一阵欣喜，面上却不动声色："你的身上有秘密，我的身上同样有秘密。我们彼此都对对方的秘密感兴趣，那倒不如彼此坦诚相见，开门见山。"

"你问，然后我回答。我问一个问题，你回答。不管提问者问出什么问题，被问者都必须认真回答，不得推脱，如何？"

"当然，既然是玩游戏，那么双方都有说谎的权力。但如果说谎被对方发现，那也要承担相应的后果。"

其实这个规则更有利于宗九。

首席疯归疯，但有一点好处：他从来不屑于说谎。

他们之前还是针锋相对的宿敌的时候，就算两个人对彼此一次次下狠手，但恶魔的确没有在各方面欺骗过宗九，反倒一次次凑过来，免费给他送了不少情报。

反倒是宗九，魔术师的工作就是欺骗观众的眼睛，偶尔也要使用话术转移其他人的注意力。所以这种事情对于他来说堪称驾轻就熟。

宗九能明白的事情，自然瞒不过恶魔。

恶魔危险地眯起眼睛。

宗九懒洋洋地一只手撑着头，躺在黑色的大床上，深邃的眉眼笑意盈盈地盯着恶魔。

恶魔想起那些副本NPC在拍卖会上给宗九的评价，觉得颇为中肯：一只漂亮的小猫咪。虽然凶，但经常会给人一些出乎意料的惊喜。

最重要的是，你永远不知道这只猫下一步会往哪里走。但是，不管再怎么故意装作若无其事，那双眼眸中的狡黠，一直暴露在恶魔眼中。

恶魔发出一阵笑声，指尖都在愉悦地抖动。

"当然。"他意味深长地答应了。

宗九假意推脱："既然是我先提出游戏，庄家理应礼让，那就你先问吧。"

"哦？"恶魔故作惊讶地挑眉，"既然魔术师阁下这么说，那在下就恭敬不如从命了。"

"你不是现实世界的人，也不是任何一个超S级副本里的NPC……"恶魔慢吞吞拉长了声音，像是在询问一个无关紧要的问题，"那么，你究竟从哪里来？"

第一个问题就这么尖锐！

这个问题并不好回答，也不好糊弄对方，因为宗九不知道恶魔对这一切了解多少。

小城堡主曾经肯定过他的猜测，而且，首席早在第一工厂副本的时候，就猜过他是超S级副本的NPC了。

宗九顿了一下，决定含糊其词。

"没错，我不是现实世界的人，也不是某个超S级副本的NPC。但我同样不清楚自己的原生世界在你和主系统的口中拥有怎样的定义，或许是异世界呢？"

这话也没说错。

宗九当然很清楚自己是在游戏里，至于为什么这个游戏里的世界会这么真实，宗九也有过猜测。

——或许是维度。

他现实所在的世界的维度高于这个世界，所以这个世界发生的事情在他的世界只是一个全息游戏。

不过这些只是猜测，宗九不会说出来，而是点到为止。

"该我了。"看对方没有提出质疑，宗九迅速带过了这个话题。

由他来提问，才是他提出这个游戏的目的。当然，为了不这么快暴露自己的真实意图，宗九循循善诱。

"你和主系统做了什么交易？"

根据暗等人的说法，恶魔最开始也只是毁掉了那个"完美世界"，拿着玩家留下来的特殊道具，顺着指引穿越空间乱流，来到了无限循环。

在小城堡主给宗九看的记忆里，那些来到完美世界执行任务的玩家们当初为了诱哄小城堡主跟他们回到城堡，曾经在沙漠的夜空下，为那个只有六岁的一号描绘了一幅美好的画卷。

他们把玩家所在的游戏世界形容成没有病痛和苦难的地方，满足了一号所有的幻想。但他们没有想到，由一号长成的恶魔真的很喜欢这里，更没想到他能和主系统合作。

主系统这么多年来都是一个机械冰冷、宛如高维空间智脑的绝对理性的存在。他们的合作从一开始就不正常。

恶魔轻笑一声，语气漫不经心。

"它想积攒能量重回更高维度。"

"什么意思？"宗九皱眉。

"它要实现大家的愿望，就需要消耗能量，但是帮大家实现了愿望，它也会得到能量回馈。主系统本来就是高维世界的智脑，因为缺失能量才会落到低维世界中。"

宗九恍然大悟，若有所思。

主系统为什么要举行这个看起来费力不讨好的比赛，原来是想借着实现他人愿望所带来的因果之力去往更高维度的位面。

而在此之前，主系统应该还创办过不少类似的游戏，许多人都是老玩家了，有些被淘汰之后又被拉进来成为新玩家重新开始，想来也都是因为这个目的吧。

线索一下子串了起来。

暗先前猜测这个愿望只能在主系统的范围里实行，但若是有玩家恶意许愿，对主系统来说，辛辛苦苦在游戏中举办了这个比赛，到头来只能功亏一篑。

因此，主系统才看上了恶魔可以操纵傀儡的能力，主动找上门来，也是为了许愿券最后能够被掌握在自己手中，而恶魔则是单纯为了好玩。

又到了恶魔的回合。

"我很好奇，你为什么愿意给自己带上枷锁？"

如果说第一轮是试探，那么第二轮就更加尖锐了。

两人之间剑拔弩张的味道又浓重起来。

宗九挑眉："我愿意。"

他沉默片刻，这三个字似乎不太符合他们定下的游戏规则，于是又只好勉强补上一句。

"恨永远无法束缚或改变一个人，但爱可以。"宗九的确感情淡薄，但他一定会记得别人对他的恩情。

"爱？"

恶魔像是听到什么好笑的事情一样，发出毫不掩饰的大笑。

他在笑什么，彼此都心知肚明。他们一个感情缺失，一个诞生于沼泽，这个字距离他们太远，远到甚至有些可笑。

"那可真遗憾。"恶魔装模作样地叹气，"明明我们这么相似。"

宗九报以嗤笑。

的确相似，一个是隐藏了疯狂的体质，另一个是疯狂得明目张胆。

要是两个人完全一样，可谓一山不容二虎，那才是真正的不死不休。

现在看来，宗九脾气还算好，看小城堡主可怜便懒得计较，要不然，如今哪有恶魔在这里唉声叹气的机会？

"少废话，接下来该我了。"

房间里光线很暗，烛火明灭跳跃，将暗自对峙的他们的身影拉长。

"哒，哒，哒。"

就在他们一问一答的时候，窗外忽然传来一阵越来越密的声音。

下雨了。

这雨来得没有预兆，由小雨转暴雨也仅在须臾之间，天地间骤然漆黑一片，只剩电闪雷鸣。

一直沉默地坐在高背椅上的公爵起身，在傀儡丝的控制下，它成了在场的那个局外人，老老实实地去关窗户。

厚重的玻璃隔绝了雨声。

游戏还在继续。

接下来轮到宗九的主场了，他可不会客气。

"我想知道你能力的具体信息。"宗九直截了当。

他好奇这个很久了。

恶魔的能力虽然神秘，但也不算无迹可寻，梵卓、驱魔人、土门等顶尖玩家都有所了解，梵卓甚至针对他搞了一个珍贵的特殊道具。

从结算日副本回来后，宗九留心打探过，恶魔自出现在游戏中就是金字塔塔尖的人物。而且他亲眼所见，比赛刚开始的时候，所有资深玩家们都只敢用"那位大人"这样的方式称呼他，甚至连"恶魔"这个称号都讳莫如深。

循着这个线索，宗九也打探出了些有用的信息。

恶魔在这里这么多年，自然是进过不少高级副本，他觉得有意思的时候，或许还会控制几个傀儡挑事拱火，娱乐一下。如果副本没意思又让他觉得不开心，那他就会直接将其毁掉。

这让宗九有点疑惑。

他知道恶魔的能力，却不知道他能力的媒介是什么。这么久以来，只知道第一根傀儡丝需要和目标进行身体接触，第二根傀儡丝需要目标流血。

但如果只需要这样，那恶魔的能力未免太过"逆天"了。

当然了，能够徒手毁掉一个副本的能力本来也不同寻常，只是宗九本能地觉得有些不对劲，所以才决定打探一下。

"这个问题啊……"恶魔故意拖长语调，促狭地打量着宗九，"你可以猜一猜，猜对了有奖励。"

这就更让人生气了。

宗九冷冷地开口："哦？那恶魔阁下是否还记得，上次在假面化装舞会上，主系统承诺过找出游戏指导师后会发放特殊奖励？"

当初舞会前主系统可是给出了承诺，说能够在舞会上找到游戏指导师并且说出他的真实身份，就能够得到一份神秘大礼。

这件事情打乱了暗的计划。毕竟，由他们突然揭露游戏指导师身份和主系统刻意引导放出游戏指导师身份，是两种截然不同的效果。

但是没办法，他们不得不做。结果舞跳完了，还差点发生意外，却连神秘大礼的影子都没见着。

恶魔没料到宗九这时候会翻旧账，愣了一下，语气十分无辜："可是当时不是给你加冕了吗？那顶王冠多好看啊！"

那时，在灯光聚焦之下，万众瞩目，恶魔为宗九加冕。

宗九戴着镶嵌着一颗闪闪发亮的红宝石的皇冠，口中叼着一张鬼牌，眉眼冷冽，像一只骄傲的孔雀，在宣告自己的胜利。

"滚，那是我和你玩游戏自己赚来的。"见气氛似乎有些不对，宗九懒得多费口舌，话锋一转，"我猜你的傀儡丝和让你诞生的恶念有关。"

一语中的。

恶魔赞赏般勾起嘴角。

宗九的猜测，八九不离十。

傀儡丝本质上可以称为恶意线。前两根线的植入条件的确是身体接触和流血伤口，但后面三根傀儡丝植入的条件，重点还是在被操纵的傀儡身上。

恶魔诞生于一个位面的恶意，他的能力和恶意息息相关，例如阴影，例如庞大的恶念黑泥，再例如傀儡丝。

"没错，它源自恶意。人心中的恶念越深，它就会扎得越深。恶念越大，加线的速度就越快，操纵程度越深。"

宗九若有所思。

他想起了收容所副本中的圣。这是他已知的，最早被首席深度操纵的傀儡。当时圣几乎把所有玩家都骗了，还借此收获了一批忠实的追随者。

直到假面化装舞会之后，还是有不少玩家选择站在圣那边，就是因为圣惊人的号召力。从分工上来说，他就是恶魔推到台前的傀儡。

可是根据暗的说法，圣在无限循环里的确是个大善人，不然也不可能累积这么高的人气，成为这样一呼百应的人物。

按照恶魔的意思，恐怕圣就是那种永远将光明的一面留给别人，将黑暗留给自己的人，没想到恰恰是这个原因，让他被恶魔深度控制，想来令人唏嘘。

烛光昏暗，一切都被镀上了朦胧的色彩。

宗九继续问道："那第五根傀儡丝的灵魂侵占呢？"

"这是第二个问题了。"恶魔轻轻一笑，"如果违反游戏规则，那就是另外的价钱。"

"或者说——"恶魔的手指动了动，"魔术师愿意出这额外的价钱？"

宗九翻了个身说："到你了。"

玩了两轮游戏，宗九对自己得到的情报很满意，但他也暴露了不少自己的信息，不过以他的角度来看都无关紧要，用来换恶魔手上的消息，稳赚不赔。

下一轮，宗九就要切入正题了。

结果他没想到，这轮你问我答结束后，恶魔忽然收手，一派高深莫测的样子。

"不玩了。"

宗九蒙了，暗想：等等，你把话说清楚，怎么能不玩了，我坑都还没挖好让你跳下来，你怎么就摆摊子不干了？！那前边的努力岂不是白费了？

宗九语重心长："夜晚还这么长，怎么能不玩了呢？"

就在这时，一道惊雷闪过，足有碗口粗的闪电从云巅落下，刺破漫漫长夜，雨势更加猛烈——暴风雨来了。

狂风将刚刚关好的窗户再次推开，"吱吱呀呀"的声音伴随着暴雨和惊雷，裹挟着寒冷的气息扑进这间宽敞黑暗的卧室。

公爵再一次在傀儡丝的操纵下走向窗户。

宗九突然意识到为什么聊着聊着恶魔的心情就急转直下。

现在看来，或许和外面的天气有关系。

他想起那个抱着兔子玩偶、孤零零蜷缩在厚重被褥里的小城堡主，还有那个在玩具房里眼睛被蒙着布条的没有名字的一号。

结算日副本里的侍女说每到雷雨天，小城堡主就会整晚睡不着觉，经常被梦魇所困扰，不得安生。

"你想知道什么？"就在宗九思索着该怎样借这个理由从恶魔口中套话的时候，对方先开口了。

宗九只好遗憾地按下刚才的想法。

鉴于他已经问过一次离开这个副本的办法，而恶魔也给出了回答，这回他选择更直接的问题："联系主系统的办法。"

他想，既然恶魔这条路走不通，如果能够问出联系主系统的办法，直接离开这个副本也是好的。

很显然，首恶魔对他的小算盘同样一清二楚。

恶魔摊了摊手，给出的回答让宗九大失所望："我是走非正常途径进来的，你怎么会觉得我清楚联系主系统的办法？"

宗九无言以对。

如果恶魔有办法能联系主系统，他现在也不至于惨兮兮的只能出现两只手了。

失策了。

就在这时，一个沉甸甸的东西骤然从阴影中落到宗九微微张开的手中。

【恭喜你获得不知道什么级别的道具：不知名的钥匙。】

【使用说明：似乎是一把可供使用者进行空间转移的钥匙。】

"使用它可以直接返回玩家宿舍。"恶魔态度倦懒，"当然，你知道使用它意味着什么。"

诚然，宗九已经达到了自己的目的，甚至可以说还得到了额外惊喜，但使用这把钥匙，意味着他将自愿放弃自己的骄傲，低头向恶魔认输。

恰在此时，又是一道震耳欲聋的闪电划过。

这一回，恶魔的心情明显更差了，阴影忽然刺向了烛台，将上面不安晃动着的烛火熄灭。

"傀儡丝即便控制了NPC，也不能做出违背副本常理的举动。明天晚上公爵会把你送回去，在此期间，你有足够的时间思考要不要使用这把钥匙。"

"夜深了，睡吧。"

宗九没说话。

过了很久，黑暗中的呼吸声渐渐平稳。

宗九、恶魔、傀儡，全部都醒着。他们都睁着眼睛，听着外面的狂风暴雨，却都沉默着。

直到宗九生出些许睡意的时候，忽然有一只冰冷的手伸了过来。

这只手并没有戴白手套。

它冰冷、宽大、粗糙，布满狰狞的伤痕。

这样的手，宗九还记得。

那个副本里的NPC将一号带到高台，想要像从前对待容器那样，将恶意倾注到他身上，然后再火烧容器，一劳永逸。

他们想不到，这个小家伙竟然不畏惧火焰。

可是火焰伤害不了的一号，却是恶意的天敌。

于是，浑身上下被灌满恶意的小家伙挣扎着，火焰将恶意灼烧，也在他小小的身躯上留下一道道伤痕。

恶魔身上并没有任何痕迹，只有看到他那遍布伤痕的双手，才能叫人想起他那段无人知晓的过去。

宗九条件反射地想要躲开，却又停了下来，他不由自主地想起那个在雷雨声里瑟瑟发抖的小家伙。

算了。

仅此一次。

宗九沉默着，感受着这个温度，缓缓闭上了眼睛。

窗外，雷雨依旧。

宗九睡得很浅。

一般来说，这样并不安全的环境，不会让宗九产生困意。

所以，即使他闭上了眼睛，却并没有真正放任自己进入睡眠状态。只要那只抓着他的手有半点动作，或者是耳边有一点点动静，他都能够立刻睁眼。

然而并没有。

暴风雨越来越大，像是有人舀了水，自苍穹倾泻而下。

宗九在瓢泼大雨中渐渐陷入沉眠。

在他没有看见的地方，黑暗从地上悄无声息地掠起，将一半房间包裹起来，外面的雨声、风声、雷声被尽数隔绝。

而那只手，原本粗糙冰冷，也慢慢地有了温度。

在阴影未曾覆盖的地方，烧焦的脏兮兮的兔子玩偶上落下几缕深沉如黑夜的长发。

没有人说话，一夜无梦。

宗九再次醒来的时候，房间内依然昏暗，那只冰冷的手已不知去向，一直沉默着坐在高背椅上的黑豹公爵也失了踪迹。

宗九立刻恢复了清醒。

无尽的大雨早已停歇，乌云消散，繁星明亮。

宗九想起了之前公爵的话，"距离狂欢节越近，白昼的时间就越短"，意识到现在已经再度进入了夜晚，而之前自己陷入沉睡的那段时间，虽然暗如黑暗，其实却是白天。

宗九从床上坐起，一边整理身上的睡袍，一边问分系统："现在是几点？"

【晚上十点。】

【温馨提示：您还有一天一夜的时间，截至明天晚上九点，分系统的能量就会耗尽，十面骰将无法动用。】

时间不多了。

宗九一顿，大跨步朝门外走去。

他推开门，早早按照公爵吩咐守在门外的仆人们瞬间一惊，低头行礼。

身为这个超S级副本里位高权重的NPC之一，黑豹公爵的暴躁脾气，府邸里的仆人们个个心知肚明，它们私下都在赌这只极品毛球能活几天。

可是谁也没想到，才过了没多久，公爵就率先离开了房间，还冷冷地吩咐它们不要进去打扰，让仆人们一个个百思不得其解。

此刻，这只毛球竟然什么事也没有发生？

"更衣室在哪里？"宗九对观察这些NPC的表情不感兴趣，直截了当地发问。

"在……在这边，请您跟我们来。"

因为公爵阁下吩咐要尽可能满足这只毛球的要求，浣熊们自然不敢违背命令，忙不迭地为他带路。

这么多年，府上不是没有出现过血统高贵、品种稀奇的猫咪，但能够被公爵如此重视的，这还是头一个。

看着宗九消失在更衣室的背影，仆人们面面相觑。

另一边，宗九站在一排排衣架面前，陷入了沉思。

他摊开手，看着掌中那枚昨晚恶魔塞给他的钥匙。

这把钥匙的外表十分普通，通体灰黑，根本看不出竟然是珍贵的空间转移钥匙。

分系统温馨提示：【该道具无法检测出等级，应当是游戏指导师将自己的部分权限附加在这枚钥匙上制作而成的专属道具。】

暗说过，在这个副本里，有宗九难逃的死劫。

能够让他都这么紧张，甚至不惜花费高昂的生存点数，将自己携带道具的权力转移给宗九，足以说明事态的严重。

在封禁能力的超S级副本里，少携带一件B级道具意味着什么，暗不可能不清楚。

即便如此，他也要先保证宗九的安全，那就意味着这个黑暗维度的副本的真实难度很有可能超出所有人的预料，甚至有超过五成的可能宗九会在这里被淘汰。

可惜宗九和土门分开了，两个人消息也不能互通，宗九现在不知道土门有没有遭到危险或者是得到什么新情报。当然对方也是一样。

既然能从恶魔这里得到的信息已经全部得到，那么待在这里也就没有任何意义了。

宗九随手拿起一件白色的西装，低头扣上小马甲的纽扣。

他将领带打理好，用领带夹固定住，在西装袖口扣上蓝宝石袖扣，再将头发捋出来扎好。

至于那把钥匙？

宗九看也没多看一眼，直接把它丢到了系统背包里。

暗说得没错，解局的办法的确在首席身上。

但要宗九为了保住自己的性命、度过死劫苟活下去，选择向恶魔低头、亲手打破自己的骄傲——开什么玩笑！

魔术师宁可在万众瞩目的舞台上，像一只骄傲的天鹅那样慢慢离场，也不会委曲求全，像条狗一般放弃自己的骄傲向对方低头。

宗九系好腰带，抓起一件风衣，走出了更衣室。

恶魔已经没有利用价值了，他要离开这里。

旁边的书房内，昂贵的赤金吊灯从天花板上垂下，给室内镀上一层暖光。

一排又一排高高的书架上密密麻麻地堆放着精致的图书，书脊上烫着暗金色的文字。

如果土门在这里，估计会惊叫出声。

因为这些书和马戏团所属的地下会议室里的书重复率极高，不少甚至是亲王卫队都没有的孤本，其中记载的东西类似，甚至还有不少歌颂那位邪恶君王的赞美诗。

公爵站在书架前，负手而立。

它的声音浑厚，语气中隐含威严："他说要他离开这里？"

"回禀阁下，是。"管家站在书房门口，深深鞠躬，不敢抬头看主人的神情。

与此同时，斑马管家心里把那只不知好歹的小猫咪骂了个狗血淋头。阁下的确是吩咐过仆人尽可能满足那只猫咪的要求，但这并不代表纵容。

刚才管家听到仆人汇报对方想要离开庄园的时候，便忙不迭地来向公爵阁下汇报。

一只毛球，一只被公爵亲自从拍卖会场带回来的毛球，还真把自己当主人了？斑马管家低垂着头，心里恨恨地想着，冷不防听见面前传来低沉愉悦的笑声。

公爵踱步来到窗前，那里原本挂着的厚重窗帘此刻垂在一旁，透过玻璃，操纵着傀儡的恶魔能够清楚地看到外面的情景：宗九站在庭院的草地上，正在看车夫喂马。

没有仆人胆敢靠近，没有得到庄园主人命令的车夫也一样。

恶魔的视线落到自己身上的刹那，宗九似有所觉。

公爵站在庄园三楼书房的落地窗前，居高临下地同他对视，眼眸深处赤金一片。

宗九定定地看了他一眼，忽然勾起嘴角，露出一个张扬又挑衅的微笑，转身朝着庄园的门口走去。

"阁下，要不要我派人去……"

跟在公爵身后的管家一惊，连忙上前请示。

只要贵族拍下了毛球，那毛球就永远属于这个贵族，无论生死。

一般来说，高等贵族的庄园里都会有专门的毛球教导师，教导新来的毛球如何工作。

管家已经想好抓回这只小猫咪后该怎么样让教导师好好教导一番，却看到公爵不在意地挥手。

"让他去。"恶魔紧紧盯着那道白色的背影，语气遗憾，又带着莫名的期待。

如果宗九立刻用那把钥匙回到玩家宿舍，迎接他的，将会是恶魔为他准备好的华美鸟笼。

从此，预言里的救世主自愿放弃自尊，向恶魔低头求和。宿敌之称将不复存在。

当然，恶魔是个足够完美的协作者，他会向所有人宣布，宗九是依附自己的人，接下来的决战副本即便再可怕、再危险，都无法伤害宗九一丝一毫。

宗九会活在恶魔的庇护之下，除非恶魔某一天烦了。

可是宗九他会吗？

他那么骄傲，那么张扬肆意，不可一世，总是给恶魔带来惊喜。

越是不屈于命运，越是想要挣脱它打破它，那双眼眸才会更加耀眼、璀璨，光彩熠熠。

让恶魔欣赏驻足的，便是这道光。

"去，把我的手杖送下去。"

公爵的手杖上环绕着荆棘花藤，见之如公爵亲临。

别说是给一个毛球了，就算是交给另一位贵族，也足以震慑整个贵族圈。

管家惊愕地抬头，片刻后立马应道："是。"

恶魔听着身后的关门声，含笑目送着宗九离去。

他永远猜不到宗九带给他的下一个惊喜是什么，所以他永远满怀期待。

第二十二章

皇家马戏团

宗九从仆人手里拿过对方恭恭敬敬递过来的手杖，上下打量。

手杖由用不知名的香木制成，顶端镶嵌着一颗硕大无比的蓝宝石，折射出澄澈的光芒，拿在手中感觉沉甸甸的，很有分量，杖身上刻着公爵家徽。

管家低垂着头，暗想：这个毛球一定不会知道，这可是在帝国有着"海洋之心"之称的希望宝石，也是公爵家族的传家宝。

公爵阁下权倾朝野，这根手杖背后的含义自然不用多说。只要手杖在手，就连王族都不能越级下命令，见手杖如见公爵。

然而宗九却没有半点受宠若惊的模样，在手里转了几圈后，毫不留恋地扔给了管家。

管家吓得够呛，手忙脚乱地去接，生怕把手杖掉到地上，万一磕坏了，他就是有十个头也不够砍。

"你告诉他，我不需要。"

撂下这句话后，宗九头也不回地走了，懒得看对方是什么表情。

在恶魔的吩咐下，没有仆人胆敢阻拦，而且这一带都是公爵大人的属地，没有平民会来捣乱。于是，宗九十分顺利离开了这座庄园。

然后，他迅速通过了一个乔装，匆匆朝马戏团跑去。

公爵庄园在这座城市的最中央，距离王城和马戏团都很近。现在是晚上，路上并没什么人，跑着很快就能到。

宗九皱了皱眉："分系统，你能够联系上土门吗？"

土门和他虽然走散了，但他俩共享一个系统，通过分系统应该还是可以联系上对方的。

【虽然玩家之间私下联系违反了游戏规则，但是……】

很显然，分系统想起自己现在和这两个玩家属于一根绳上的蚂蚱，于是它沉默了一会儿，悄悄给了个提示：【你通过一个领航技能吧，每判定一次成功，就可以给你刷新一次对方的坐标位置。】

宗九弯了弯嘴角，转起了十面骰。

土门这边，情况也好不到哪里去。

他正蹲着身子，悄悄挤在地下农场的厨房里。

因为缺少原材料，厨师跑去屠宰场催货，现在厨房里只有生着火的灶台和一些配菜所需要的肉块，桌上摆着大量五颜六色的瓶瓶罐罐，安静得不可思议。

这里还有很多摆放食材的篓子，一个个比人还高，里面堆满了东西，例如，近处有一篓子卷心菜，还有一篓子胡萝卜，更远处还有一篓子土豆。

土门就龟缩在这一大堆食材里。

从那个地下室跑出来后，他再次使用了隐身道具，一路夺命狂奔。之前没时间细想，现在仔细思索，就让他发现了不少问题。

——这些追兵，似乎太随意了。

最开始看到的那两个黑斗篷的亲卫队队员根本没有出现，一路上都是些牛头马面，而且追兵还越来越少……

他联想到不久前偷听到的对话，更加感觉事情不对劲。

沉思了一会儿后，土门转起十面骰，通过了个聆听。

没有宗九吸取他的幸运，他的运气就还不错，不说百发百中，但至少能比普通人好上一点。

【您的投掷结果13/20，聆听判定成功。】

【您感觉自己听力一下子变得敏锐，能够轻而易举地听到一堵墙后外面走廊上的声音。】

"喂，你看到那个跑掉的哈士奇没有？"

"没看到，行了行了，差不多就回去复命吧。亲王卫队的大人们都说了不用追太远，吓一吓就好，反正狂欢节那天他们也逃不掉的。"

"确实，早早就被打上了烙印的猎物，只要有法阵在，狂欢节那天根本逃不出亲王卫队大人们的掌心，散了散了。"

"……"

土门一惊，脑子里猛然接上了某根线，他意识到自己忽视了一个十分致命的问题：他和宗九是被召唤到这个超S级副本世界的，这一点能从系统那里得到确认。若是被召唤者无法反抗第一次……

那当然无法反抗第二次。

难怪那两个NPC说无所谓公爵会不会把宗九送回来，反正还有法阵。

"我怎么会把这件事情给忘了，简直是个傻子！"

他气得在原地用拳头砸自己的脑袋："完了完了，要是这样的情况，那些NPC肯定在我和宗九身上下了定位。啊，可是我现在没有阴阳师的能力，到底怎么办啊——"

"对，你是挺傻的。"

就在土门泪流满面，感慨自己为什么革除了阴阳师能力运气还这么不好的时候，宗九懒洋洋的声音忽然在他头顶响起。

土门愣了一下，直接蹦了起来。

"天啊，你什么时候来的？吓死我了！"

他看着宗九那张面带揶揄的脸："……你一直在跑，你知道我扔了多少个领航才找到你吗？"

提到这个，宗九也是气不打一处来。

不知道暗那个家伙在他们两个的运气上动了什么手脚，宗九和土门分开后，他自己的运气就变得格外不稳定，好不容易孤注一掷成功，结果土门的坐标又变了，害得宗九在这里跑来跑去。

他确实是进行了乔装，但不少NPC看到他西装上的公爵家徽，还以为他是什么大人物，这才放他进来。

宗九没想到他把恶魔送过来的手杖扔回去之后，居然还能沾到对方的光，想来也是有些神奇。

不过有便宜不能不占，这又不是他主动求来的，于是宗九大摇大摆地走进了地下农场，寻找土门的踪迹。

"好了，现在不是说这些的时候。"他三言两语把自己这一天一夜经历的事情简单叙述了一遍，"你呢？"

"我啊……"土门哭丧着脸，"我们被那些NPC定了位，不管我们逃到哪里，只要狂欢节盛典当天他们在地上画一个法阵，就能随时随地把我们召唤过去。"

这的确是个坏消息，特别是在宗九询问过分系统，分系统也表示十面骰的所有技能都对这个反召唤无能为力的时候。

"先别急。"宗九将食指搭在自己下巴上，陷入了思索，"你是说，二十年前的玩家离开之后，留下了以他们自己为模型制造出来的NPC，他们蛰伏在这里，加入了忠于前任君王的亲王卫队？"

土门点头："这个副本里的NPC都坚定地忠于一位名叫古达·赫格拉的君王。手稿上说了，从忠于古达的那一刻开始……人就会被变得疯狂，失去自我意识。这里每隔十年就会举行一次狂欢节盛典，而这个盛典实际上就是试图复活君王的仪式。"

虽然"复活"只是召回系统里的一段数据而已，但也会给他们带来麻烦。

而且这不太对劲。

除非……这个超S级副本里，原来就有这样的传统。

恰在宗九意识到这一点的时候，传来了分系统的温馨提示。

【触发关键线索，灵感判定，请。】

不得不说，在土门身边的宗九运气又好起来了。

【您的投掷结果21/35，灵感判定成功。】

【一些很难被留意的记忆碎片忽然在你的脑海中串了起来，先前一些被忽视的细节也恰好循着这条线索不断拼凑，于是你似乎对面前的局面有了一个新的、极其大胆的推测……】

伴随着分系统冰冷的机械音，宗九忽然回想起当初他和土门两个人在地下农场里打探线索时没有留意到的部分。

例如，站在养殖场上方朝下俯视时，看到的明显过大的猪圈；许许多多不合常理的建筑样式；还有地下农场里一些奇怪的设施……

暗曾经说过，所有危险副本的来源都是现实世界。不管再如何荒诞，都不可能脱离现实的背景。

但这个世界，明显有些不对劲过头了。

在灵感判定成功之后，宗九如有神助。

"等等，你刚刚是说，如果召唤出古达，可以成功实现愿望？"

在什么样的情况下，才能让这些玩家们留下的等身NPC们绞尽脑汁也要召唤出古达呢？

除非——

"那你说，二十年前，古达有没有可能，已经被成功召唤过一次了？"

亲眼得见。

并且，实现过一次愿望。

明天就是帝国十年一次的大日子——

狂欢节盛典。

盛典前一天，天空陷入一片黑暗，没有光。

"噢……听外面的声音，似乎已经到了不少来宾？"

野猪的耳朵动了动，听着马戏团帐篷外边的欢呼声。

马戏团团长正在让仆人梳理自己身上的毛发，往打上了一层厚厚的发胶。

作为亲卫队的合作方，马戏团团长理应出席。

"是的，团长，已经来了不少宾客。"

狐狸研究员正低眉顺耳地为马戏团团长做造型，剪刀在它手中翻飞，将团长的毛发修理得整整齐齐。

"那些表演的毛球都准备好了吗？"

在马戏团的兔子管理员进来汇报的时候，野猪懒洋洋地打了个嗝。

"准备好了，已经全部交给亲王卫队了，他们说会安排好一切。"

"哼。"马戏团团长冷哼一声，"要不是今晚王城的大人物和公爵阁下都会来……"

往年亲王卫队举办盛典都是直接在广场进行，只有得到国王特殊批准才能够借用皇家马戏团的场地。

"这点您实在无须担心，若是没能达成二十年前的愿景，盛典过后，王族当然会定亲王卫队的罪。"兔子熟练地拍着马屁，"马戏团背靠皇室，陛下不会忘记马戏团驯养毛球的功劳。"

马戏团团长满意地点点头："就是不知道亲王卫队那些讨厌的家伙会不会对演员下手。"

"确实，今年亲王卫队可是从外边抓来了两个据说极名贵的毛球。您尽管放心，今年应该只需要那两个毛球，还有每位入场者缴纳的毛球，便足够了。"

野猪不语，面上的神情却越发放松："行了，你去后台看一下今天盛典准备的情况，千万莫要出岔子。"

今晚十二点，狂欢节盛典将如期举行。

这个超S级副本里所有的动物，无论贵族还是平民，都会前往广场，参加这十年一次的盛大庆典。

现在广场上张灯结彩，有种老旧的荒诞感。更远处，头戴针织帽的管弦乐团成员们拿着乐器，在马戏团外演奏着不知名的欢快乐曲。

一只蹦蹦跳跳的小仓鼠牵着妈妈的手，指着冰激凌车上的冰淇淋。

"妈妈，我要吃那个！"

"好，我们这就去买。"大仓鼠拍了拍它的脑袋，带着小仓鼠走了过去。

动物们聚集在马戏团周围，它们一个个身上穿着夸张的服饰，头上戴着式样统一的黑色尖顶帽。

这些动物有的乘坐马车前来，有的步行前来，但不管怎么来的，它们身后都跟着一只毛球。守候在广场外的亲王卫队成员一个个核对着它们的身份，并且将它们安置在毛球区。

"别插队别插队。"

亲王卫队核心成员的身份很好确定，因为只有它们才穿黑斗篷、戴尖顶帽，将自己躲在黑暗中，连脸都看不真切。

黑斗篷带了一只毛球过来。

它不耐烦地踢了一脚："这么弱小，一副瘦骨嶙峋的模样，扔到次级那里去吧。"

另一位黑斗篷的视线从那边的红色冰激凌车上收回，带着毛球去了临时征用的毛球休息区。

说是休息区，实际上只是一个用木栅栏圈起来的地方。

栅栏里面有许多毛球。

"这么多应该够了吧。"第二个黑斗篷看了看马厩里密密麻麻的毛球，貌似不经意地问道。

"不行，还不够，比起二十年前差远了。"第一个黑斗篷随意地瞥了一下，继续应付着来宾。

每一场盛典都需要足够的毛球，特别是召唤那位君王。

"我怎么觉得，二十年前的毛球没有现在多？"身披黑斗篷的宗九开始扯谎，他一边说，一边在分系统那里通过了个话术。

【话术21/30，您的投掷结果成功。】

【于是你开始拐弯抹角、不着痕迹地用话语试探对方，以获得更多信息。】

【注意，对方同样拥有十面骰和系统，如果对方察觉出问题，您的话术就会有暴露的可能。】

然而真正的亲王卫队成员并没有发现他话语中的漏洞。

"二十年前准备的都是上等毛球，和现在的能一样吗？"

"再说了，你难道忘了十年前的事？"

终于探出点情报来了。宗九在心里叹了一口气。

过去好几个小时里，他和土门两个人一个试图打入马戏团内部，一个试图打入亲卫队内部。

土门倒好，一不留神成了个在马戏团里端茶送水的角色，现在估计上也不是下也不是。宗九也惨，这个亲王卫队成员似乎本来就是在队伍里不太受重视的那一类，没有多少话语权，在亲王卫队会议室里参加了一个简短的集会后就被发配到广场来检票，半点线索都接触不到，白白浪费了这么多时间。

现在距离十面骰能量耗尽只剩半天时间了，他们还需要更多的情报。

恰好这时，另一边的土门再度得知了一个糟糕到极点的消息，真是所谓屋漏偏逢连夜雨，人倒霉起来，喝口凉水都塞牙。

马戏团的书房里，亲卫队的高层正在一边清点盛典要用的毛球，一边随口闲谈。但是就在刚才，土门看到他们已经提笔来到马戏团舞台上，开始画起了召唤阵。

一旦召唤阵画成，他和宗九就没有了反抗的余地，会被再一次召唤过去，他们必须在这之前打探出联系上主系统的办法。

"逃跑？那绝对不可能。"

有一个人随手拿起笔，在毛球的名单上画了几个红叉，随手吩咐其他下属将这些毛球带下去，送到高台上。

土门勉强将手里搬着的马戏团道具放下，然后匆匆找了个理由跑到拐角处扔了个领航，朝着宗九所在的地方飞奔而去。

按照他刚才偷听到的说法，这些玩家们既不担心能不能抓到他和宗九，也不担心他们会不会联系上主系统。能够这么有恃无恐，自然有所倚仗。

因为被召唤者身上早就留有印记，可以进行二次召唤，而联系上主系统，很有可能要等到邪恶君王打破空间壁垒，被召唤到这个超S级副本的那一刻。因为只有那样，这个超S级副本空间才会被更高维的邪恶君王打破，信号才能穿过游离在黑暗维度的空间坐标，成功连上玩家。

可问题是，宗九和土门才是最重要的两个毛球。

只有把他们献给魔法阵，古达才会现身。

这是一个难解的局。

"时间差不多了，准备开始吧。"

亲王卫队成员们带着几个毛球来到高台上，准备开始盛典仪式。

亲王卫队成员是清一色的黑斗篷尖顶帽装束，它们绝大部分围拢在高台旁边，双手合十，口中念念有词。

不知道从什么时候开始，管弦乐队演奏的音乐变得诡谲起来。

小提琴与长笛相伴，颂歌开始变调。

围在高台边的亲卫队成员高声吟唱。

"望向天空，高高在上，群星归位之时已至。"

这段吟唱似乎带有某种难以言喻的魔力，让人不由自主地跟着张口。

渐渐地，不仅亲卫队成员，所有站在广场上的NPC全部开了口，甚至包括那些毛球，和这诵唱声一起，汇成了怪异的盛典颂歌。

"群星归位之时已至，封印已经破坏，旧日支配者即将醒来。"

……

毫无疑问，这是极其震撼的一幕。

不知为何，宗九想起了动物研究所里挂着的那幅画。

画面的背景同样是如同这次盛典一样的深沉黑夜，而画的中央，马戏团的帐篷内，围观者们身披黑色斗篷，头戴尖帽，密密麻麻，一眼看不到尽头。被斗篷们包围着的，是颜色暗沉的高台，斗篷下众人有的拿着厚厚的羊皮纸，有的跪在地上，还有的高举双臂，脸上带着溢于言表的狂热表情。

一模一样，与画里画的一模一样！

诵唱依旧在继续，宗九感觉自己心底再度烦躁起来。

【由于受到某种精神污染，您需要通过一个理智判定。成功扣除1点理智值，失败则扣除1到3点理智值，请。】

【您的投掷结果72/50，理智判定失败。】

【您的理智值减去2点，S级玩家宗九如今理智值为38/5。】

【注意，您现在身处陌生场景，停留在该场景过久或许会造成理智值持续被扣除。】

正在宗九努力忽视这段唱诵、压下头痛的时候，忽然一颗石头打中了他的后背。

宗九瞬间敏锐起来。他悄悄瞥了眼沉浸在唱诵声里的黑斗篷，借着其他人的遮掩，迅速离开。

这是一件很简单的事情，因为现在广场上能够发出声音的活物都在唱歌——除了宗九和土门。

"怎么了？有什么新情报？"

两个人一前一后拐进一处偏僻的角落。

土门脸色很不好看，顿了一下，才把自己刚刚打探到的惊天大秘密说了出来。

宗九大概花了三秒钟消化这个土门口中的"惊天大秘密"。

"所以你的意思就是说，现在我们伸头是一刀，缩头也是一刀，只能等死了？"

土门悲愤地点头。可不是嘛，好不容易打探到消息，结果到头来却发现不过是一场空，换成是谁都会难以接受。

"来的时候我已经问过分系统了，它说如果不打破这个超S级副本的空间壁垒，是绝对没有办法联系上主系统的。"

于是话题又回到了最初，如果不献祭他们两个人，古达也不会出来。

"哦，明白了。"宗九点了点头，"那我有办法了。"

土门暗想：事情都这样了，能有什么办法啊！

土门有些崩溃："你有办法你快说啊，他们盛典都开始了，马上就要召唤我们了，你还在这里卖关子！"

"办法就是——"宗九手中忽然出现两张卡片，"这样。"

【您已使用B级道具：小丑的友情名片。】

【您已使用B级道具：疯帽子的友情名片。】

【因为该道具为友情道具，玩家使用后还需要请示对方，请稍等……】

下一秒，他们的面前忽然出现了一个NPC。

疯帽子保持着优雅的姿态，一只手端着蓝色的宫廷茶杯，另一手则端着杯托。

土门清楚地看到，茶杯里盛放的并不是什么红茶，而是满满一杯"血色玛丽"。

"哦，小白鸟魔术师先生，好久不见！"疯帽子露出夸张的笑容，让人十分怀疑他脸上的油彩是不是都会掉下来。

他朝着两人举了举杯："要不要来尝尝？这可是茶话会特供哦，就连爱丽丝也说味道很好呢。"

土门更加无语了，他压低声音颤抖着问："这、这不是万圣节活动里的NPC吗？"

现在他们身处超S级副本，可谓手无缚鸡之力，又来了一个疯子一样的NPC，这可真要命。

"没事，自己人。"宗九拍拍他的肩，十分娴熟地和疯帽子打招呼，"好久不见，小丑呢？"

"噢——原来您还邀请了小丑！啊，不愧是魔术师，总能在我无聊的时候给我带来新的惊喜，我实在是太喜欢您了。"

疯帽子的眼睛一下子就亮了，他正准备说话，空气中传来"嘭"的一声。

这回出现的是小丑。

和匆匆忙忙、接受了邀请就直接从茶话会上过来的疯帽子不同，小丑明显准备了一番才来。

他换上了一身整齐的紫色西装，乱糟糟的头发也梳到了脑后，就连眼影和唇彩的颜色也重新画得鲜艳无比，一看就是精心打扮过的。同样抢眼的还有西装的衣角，那里沾着猩红的颜料。

"魔术师先生，好久不见！"小丑脸上带着笑容，彬彬有礼地鞠躬行礼，"我实在是太想念您了……没想到阔别已久，您依旧记得我。"

他显得有些手足无措，不知道该如何表达自己兴奋的心情，反倒让神情变得越发狰狞且笨拙。

土门瑟瑟发抖，不着痕迹地往宗九身后退了一步。

"等等，等等，只有半个小时，让我们长话短说吧，老伙计们。"疯帽子打断了这感人至深的重逢，把茶杯和杯托随手一扔，双手合十，"魔术师先生这次邀请我们前来——"

"当然。"宗九挑眉，"有好玩的事情我才会叫你们啊。"

他刚说完，就看见疯帽子和小丑一同笑着击掌，发出欢快且充满期待的声音。

小丑捧着脸，显得十分幸福："能够为魔术师先生排忧解难，我真是太荣幸了！"

疯帽子则是兴奋地跳起了踢踏舞："那么，是有什么好玩的事情呢？难道是小丑、疯帽子和魔术师三人的惊喜表演吗？！"

土门一脸惊恐地看着宗九点了点头："没错。"

宗九手里抓着两个十面骰，语气平静："反正没办法出去了。"

"那就只能毁掉这个副本咯。"宗九眼中的疯狂与激动格外清晰。

"——我们来大闹一场吧。"

"好啊！"

对于宗九"大闹一场，胡作非为"的宣言，小丑和疯帽子当然是双手双脚赞同，不仅如此，他们甚至兴奋地又蹦又跳。

土门看着他们，无言以对。

他往宗九背后靠了靠，压低声音："……你不是在开玩笑吧？"

宗九回过头，眼神让土门感到莫名的心悸："为什么这么说？"

土门气得不行，他真想抓着宗九的领子一顿咆哮，让对方清醒一点。

可惜他不敢。

宗九安抚地拍了拍土门的手："放心吧，我有分寸，也有计划。"

正好在这时，分系统又发过来一个温馨提示。

【该场景有不知名污染源，请玩家们注意，继续待在该场景将会持续进行理智判定，其中可能伴随不可控的自大、偏执、恐惧、狂躁、歇斯底里等负面情绪，请玩家留意。】

土门的眼神再度转为惊恐，他觉得分系统这是在暗示宗九。

"好耶，大闹一场！"

"那我们要怎么做呢，魔术师先生？"

小丑和疯帽子并排站着，用充满期待的眼神看着宗九。

宗九转过头，用一种十分具有煽动性的语气低声道："那当然是送给这个副本一个大礼了。"

"你看——"他指了指远处。

那些身披黑斗篷的亲王卫队成员仍旧站在高台前，用尖锐高昂的声音吟唱着奇怪至极的乐调。渐渐地，这些声音聚集起来，起起伏伏，忽高忽低。

可怕的是，当你聚精会神地想听清楚他们到底在唱什么时，这些声音就会像千万根针刺进大脑，让人不由自主地开口，恍恍惚惚地随着念起来。

宗九只是稍微听了一下，就感觉脑袋再度疼了起来，像是有千万只飞虫在脑子里嗡嗡作响，烦到不行。

分系统的声音唤回了他的神智：【正在为您暗骰理智判定中，请稍候……】

宗九揉了揉太阳穴，冷道："比如……他们太吵了，我们先让他们闭嘴。"

疯帽子和小丑立刻站好，一个人鞠躬，一个人敬礼，异口同声道：

"遵命！"

他们两人一个掏出气球，另一个掏出一把镶嵌着蔷薇木柄的手枪，尖笑着地朝外边冲去："小丑疯帽子和魔术师的惊喜表演就要上演了，哈哈哈哈！"

土门看着宗九，眼神一言难尽：原来宗九口中说的"分寸和计划"就是没有分寸，也没有计划。

"现在我们已经被困在这里，除了孤注一掷，没有其他更好的办法。"宗九安慰土门道，"对了，你的隐身道具还有几次使用机会？"

土门叹了口气："还有一次。"

虽然他心里还是有些摇摆不定，但那全部都是建立在他们没法毁掉这个副本的前提下。

这可不是什么小孩子过家家。超S级副本是比S级副本还要高出一级的存在，如果说S级副本是一个小位面，那超S级副本就是自成一个世界。

例如疯狂马戏团这个副本，里面的NPC等级分明，秩序井然，很难从副本内部找到空子或者是致命的逻辑问题来打破这个界限。

若是动用物理手段——开什么玩笑，别说他们现在被剥夺了能力，就算能力没有被剥夺，那也不可能毁灭世界。

"哦，还有一次啊！那行，我们交换一下，你把你的道具给我吧！"

宗九从背包里摸出一个沉甸甸的东西，扔到土门手里。

后者正为他理所当然的语气感到震惊，转瞬就收到了来自分系统的温馨提示。

【您已经获得S级玩家宗九转让的等级道具：不知名的钥匙。】

【特殊说明：使用该道具可以在瞬间回到玩家宿舍。】

土门猛然抬眼，难以置信地看向他，话音都在颤抖："你……你，这……这……"

"没给错，是给你的。"宗九懒洋洋地摊开手，"把你的隐身道具给我吧。"

土门如同置身梦境般，恍恍惚惚地将自己的隐身道具放到对方的手里，等到分系统提示他道具转移已完成，他才回过神来。

这回土门终于不结巴了，然而他一开口就抛出了无数个问题。

"打住打住，我们时间不多，我只回答你三个问题。"宗九一副有话快说的表情。

土门平复了一下自己的情绪，强忍着激动，握紧了钥匙，生怕把这个唯一的生还希望给搞丢了。

"用了这个真的可以回到玩家宿舍吗？就现在？立刻，马上？"

"是啊，你想用你现在就可以用，用了就能回去了。"

"怎么回事？你怎么会有能够回去的道具？"

宗九淡定回答："别人给的。"

"谁？"

宗九沉默了一下："反正你能用就行，走吧，我们搞事情去。"

土门感觉不对劲，一把拉住了宗九的衣摆："等等，你要是有这个你为什么不早用啊？不对，既然我们有这个，为什么还要去搞事啊，现在直接回去不就得了吗？"

说完这句话，土门意识到另一个问题："等等，这道具你有几个？"

他还想说话，宗九已经重新戴上黑色兜帽，如离弦之箭般冲了出去，一下就没入了动物和亲卫队的人群里，只留土门一个人站在原地，愣愣地看着宗九远去的背影。

过了许久，土门才挠挠头，自言自语道："虽然魔术师人挺好的，但也不至于把唯一能回玩家宿舍的机会让给我吧……"

他站在原地思索了好一会儿，越发肯定了自己的想法，纠结地把钥匙收了起来，跟着跑了。

算了，反正有钥匙在手，什么时候走都可以，不急这一时。宗九也算是他的救命恩人了，既然他想玩，那就陪着他大闹一场吧！

"公爵阁下。"

一辆从外表很难看出特殊之处的马车停在广场旁。

最后一个守候的亲卫队成员连忙上前，正准备放下马车的脚踏时，却听到马车里传来冷淡而不失威严的声音："就这样进去吧。"

就这样进去？开着马车进入会场？

亲王卫队成员犹豫了一下。

实在不怪他会如此，就连王城的国王和皇太子都乖乖坐在贵宾席上，结果公爵就这么大摇大摆地驾驶着马车进去，岂不是会有些不太……

他的犹豫只持续了一秒，因为下一秒，顶端镶嵌着硕大蓝宝石的手杖就轻轻挑开了车帘。

亲王卫队成员一个激灵，立马弯下腰去，让出身后的路："您请。"

他看着马车径直朝人群驶去，吓出了一身冷汗：才过了二十年，自己怎么就忘了呢？

二十年前那场的盛典，明明这个副本的亲王卫兵NPC想要召唤古达，却因为搞错君王的名讳和召唤步骤，导致盛典完成后天空出现了一个黑洞。之后，上天降下了惩罚。然后，公爵成了新的权力主宰者。

与此同时，马车缓缓驶入广场，停在了最显眼的位置。

车内的人轻轻用手杖敲了敲边缘，语气听不出喜怒："盛典进行到哪一步了？"

守在马车前的管家立马答道："回阁下的话，亲王卫队已经在准备召唤毛球了。"

恶魔正想说话，忽然听到广场边传来一阵突兀的尖叫。

他感兴趣地抬眸，挑开车帘。

夜空下，宗九站在一顶新的帽子气球上，长发飞扬，居高临下地俯瞰着下方的广场。

熊熊的火焰在宗九指尖飞舞的卡牌上燃起，继而变成一道道赤焰从天空降落，准确无误地落到疯帽子和小丑所在之地，"嘭"的一声炸起漫天的焰火，而这两个人一个高高举着火把，另一个在背后举着扇子，四处奔跑，将火传遍高台。

"快来观看表演！机不可失时不再来，由小丑、疯帽子和魔术师为您倾情表演！"

三个人掀起的这场混乱，硬生生打破了祭祀前的唱诵。

恶魔弯起嘴角，视线牢牢定在空中。

没有人比他更清楚，这个副本不存在脱离的手段——除非使用他的钥匙。

当然了，就算他如实相告，宗九也不可能听。

他似乎天生就喜欢和命运做抗争，即使知道结局，也喜欢做一些无谓的努力和尝试。可恰恰这样，才让人更加充满期待，这份期待甚至超越了恶魔之前设想的美景：当所有希望湮灭，命运无可撼动时，宗九那双眼眸转为黯淡，主动走进恶魔为他打造的黄金鸟笼。

让恶魔无法否认的是，这样的宗九，让他无法忽视。

"那么，你又会怎么选择呢，小魔术师？"他低声自语，低头看着手里的礼物。

如果宗九这次能够活下来走到他面前的话，就把这礼物送给他吧！

恶魔愉悦地想。

莎尼女王

第二十三章

求生欲

宗九觉得自己就是个天才。

当初那个D级道具疯帽子气球，就是小丑和疯帽子合力做出来的，他们能做出第一个，自然就能做出第二个。

因为小丑这次带过来的气球不够，他们一路边走边抢，总算凑够了所需要的数量。

在这个超S级副本里，两个外来NPC的战斗力可以说是所向披靡，守在广场外面的卫兵们全体出动，也无法阻拦小丑和疯帽子前进的步伐。

"欢迎来到我们的表演现场！"

小丑手持火把，一边放火一边踢倒了几个彩车，想要看看有没有可持续燃烧的材料。

"抓住他们！"

"别让他们跑了！"

王族们放声尖叫。

"侍卫！士兵呢，士兵！"

动物们一阵慌乱，刚才的祈祷念诵声已经完全不见，取而代之的是一阵阵哄吵。

身披黑色斗篷的亲王卫队成员气急败坏，聚集在高台边，口中高喊，想要阻止这两个不知道从哪里出现的捣乱者。

然而小丑和疯帽子两个人都身怀异能，实力自然毋庸置疑，面对卫兵的攻击也全然不在意，依旧各行其是。

只可惜，他们两个人只能出现半个小时。

现在盛典才刚刚开始，距离和主系统完全失去联系，还有近三个小时。他们必须在这半个小时里大肆破坏，让仪式没法进行下去。

剩下的两个半小时……宗九就得靠自己了。

宗九正站在第二个疯帽子气球上面，一只手攥着细细的气球线，另一只手抓着燃烧着的纸牌。

土门的支援也相当及时，他从马戏团下方的杂物室里窜出来，不知道通过了个什么技能，竟然扛出了一个大大的油桶。

"快——"

他把油桶往空地一扔，在天上的宗九立刻抓住机会，手里的纸牌向下散去。下一秒，熊熊烈焰蹿天而起。

火光毫不留情地吞噬着周围的一切，从地面蔓延到毛球区，烧断了缰绳。

毛球们呆滞地看着这一切。

直到火焰烧到自己身上，数以千计的毛球们才尖叫着四散奔逃，整个会场更加混乱。

"嘿，接好了！"

小丑吹了一个口哨，手里抢来的飞盘擦着火焰边缘旋转而出，一下就击中了马戏团的帐篷。

这下好了，马戏团的帐篷本来就是用织物制成的，现在着了火，迅速地将整个帐篷都点燃了。

原先肃穆森冷的盛典广场，一下子就变成了火焰的海洋，到处都是灼热的气浪，跑动声、尖叫声、哭嚎声和咒骂声交织成一片。已经没有动物站在原地，就连亲王卫队成员也慌乱地跑来跑去。

就在一片慌乱之中，马戏团后台忽然匆匆走出一个身披黑色斗篷的人。

"队长！"

其他亲王卫队成员就像找到了主心骨一般，纷纷围上前去。

队长神色阴郁，如果土门看到这一幕，就会发现这个人就是他躲在地下会议室里看到的那个面色格外苍白的人。

"一定是这次抓到的两个毛球捣的鬼！"

队长眼神阴鸷，他看着面前乱作一团的广场和四处喷射的火光，抓着十面骰的手青筋毕露：实在是没预料到这一点！

"快！先进行第二部分——召唤！"

在场众人纷纷回过神来，一个个站到高台边缘，抬起双手放在胸前，口中念起又长又晦涩的召唤词。

与此同时，正在马戏团后台忙碌的土门感到自己身上传来一股巨大的拉力。不仅是他，站在空中疯帽子气球上的宗九也感觉到了，那力量几乎要扯着他坠落到下方的高台上去。

"疯帽子！"

"小丑！"

"在！魔术师阁下，很高兴为您服务！"

疯帽子和小丑挥舞着手中的火把，转身朝着高台中央冲去，撞得一路上人仰马翻。

"上啊！狠狠地踢这些叛徒的屁股！打他！上勾拳，用火点燃他们的斗篷！"

另一边，对土门来说，这算是他的专业领域，他自然清楚得很。召唤法阵最重要的就是召唤词，如果吟唱被中途打断，召唤仪式就没法进行。

反正，不管这些卫兵们准备了什么，只要在广场高台上大闹一场，盛典就没法继续下去了。

如果说之前还要考虑如何联系主系统，现在从宗九那里拿来钥匙、没有了后顾之忧的土门可谓如鱼得水。

眼见事情发展到这个地步，亲王卫队队长气得暴跳如雷，他一把抓起放在高台中央火盆上的奇怪尖头权杖，直指天空。

"不要管这些小虫子了，你们保护我，我直接使用召唤术！"

"快啊！"他回头看着那些还愣在原地的NPC，当机立断地下令，"听见没有？！站好位置，直接开始！"

众NPC皆是一惊。

在他们的计划里，这次的盛典分为两个部分，正在进行的第一部分，就是用大量质量低劣的毛球，召唤出名为古达·赫格拉的君王。

"错过了这次，我们还需要再等十年。谁能保证十年后我们还能借用先前的空间坐标，从异世界抢来让君王满意的毛球？你们还想不想离开这个世界了？"

离开这个世界是被淘汰的玩家的执念，所以这些执念现在都投射在借由他们创作出来的NPC身上。

对，这是他们最后的机会，如果错过了，谁也不能保证他们还要在这个与主系统连接不上的超S级副本里待多久。

NPC们顾不得身上的火，纷纷扔下斗篷，疯也似的围了过去。

亲王卫队队长高高举起手中的法杖，口中念诵着慷慨高昂的古调曲："伟大的古达·赫格拉啊，请倾听您仆人的祷告！我们在等待你的重生！"

围拢在周围的原生NPC们大惊失色。

他们正欲开口，无边的夜色里忽然传来一声遥远的低吟。

月亮不知道何时已经高高升起，挂在遥远的夜空中。下一刻，月亮却不见了，某种更高深的不祥的存在，在夜空中缓缓聚集游弋。

云雾席卷着漫无边际的夜色，腐朽的气味一瞬间倾泻而下。

与此同时，高台上骤然涌出无数黏稠的触角，广场上近半数的NPC和毛球都被固定在原地。

亲王卫队的NPC们纷纷露出激动的神情。

下一秒，一个团状物体掉落在高台上，快速爬了起来，变成了黑山羊幼崽的模样。

黑山羊幼崽在高台上晃了几圈，似乎对这个地方十分满意。然而环视一周后，它忽然不悦地张开大口，发出嘶哑难听的声音。

【奴仆们，颤抖吧！黑暗之主接受了你们的邀请，随后即将降临。】

【在此之前，她命我——女王的仆人黑山羊幼崽前来验收你们的诚意。】

【所以——你们对伟大尊贵的莎尼女王的诚意呢？】

亲卫兵们困惑极了：莎尼女王是谁？我们要召唤的是古达·赫格拉啊，你是打哪里来的？！

黑山羊幼崽的话音消失后，广场上一片死寂。

因为之前斗篷被点了火，不少亲卫队成员都慌乱地将身上的斗篷脱下，露出了真实的模样。

那些从未看见过亲王卫队成员的NPC们才知道，原来这些亲卫队成员，竟然是一个个毛球！

"士兵！士兵在哪里！"

皇太子在众人的拥簇下大喊："快把那些卑鄙的、竟敢欺瞒王族的无耻之徒拿下！"

当然了，它一边喊，一边也在簇拥下跌跌撞撞地往广场外逃去。

很快，这些NPC们发现，广场不知何时竟被一条红线围了起来。只要试图越过这条线，身上就会传来烧灼般的痛楚，若是强行越过的话，就会发生更可怕的事情！

NPC们这才意识到，它们是被这些亲王卫队成员给欺骗了，它们提供场地和毛球，结果最后却被这些该死的亲王卫兵们耍了！明明它们才是掌权者！

"卑鄙的外来者！"

"无耻至极！"

为稳妥起见，亲王卫队成员早早就在广场上做好了准备，只要这些NPC不听话，就会除掉他们。哭号、尖叫和咒骂声在烈火熊熊燃烧的夜色中响起。然而，伴随着黑山羊幼崽的降临，事态再度扑朔迷离起来。

或许因为久久没能得到应答，黑山羊幼崽有些不悦地踩着自己巨大的蹄子。

"为何不回答我的问题，女王的奴仆们！"

"你们为何如此沉默，难道不应该立即跪拜，迎接莎尼女王吗？！"

又是一阵令人尴尬的沉默。

为首的亲王卫队队长结结巴巴地发声："可……可是，我们召唤的……是名为古达·赫格拉的君王……"

明明念着"古达·赫格拉"的名字，出来的却是这个"莎尼女王"，这也太奇怪了啊！一个非常危险的想法逐渐在亲王卫兵的脑海中成形。

难道……难道他们又像二十年前那次一样，在召唤的时候犯了错误？！

听到这话，黑山羊幼崽气愤地用蹄子在高台上踩踏："好啊，原来这一切竟然都是为其他君王准备的！你们这群蠢货！"

挥舞着的触手甩出黏液，滴到高台上，发出可怕的声音。

"她即将到来，你们现在的一言一行都无法瞒过女王的眼睛！"

"因为你们的不敬，女王很生气，将对你们施行惩罚！颤抖吧！"

闻言，有NPC崩溃的当场跪到地上号啕大哭。

"求求您回去吧！我们不要再召唤君王了！"

宗九愣了一下，笑得前仰后合。

本来他和土门如临大敌，结果没想到这些亲王卫兵竟然自己把自己给坑了。

他笑得太开心了，没想到突然听到了分系统的提示。

【检测到空间壁垒有异常现象……检测到有信号波长……正在尝试连接主系统。】

有信号了！

看来，只要打开空间通道，确实有可能连接上主系统。

【遭到莫名拦截，连接主系统失败……进行第二次联系中。】

宗九的脸色一下子变了。

他的反应很迅速，手里的扑克牌接连飞出，将疯帽子气球上的气球纷纷戳破，整个人随着帽子下降到地面。

这时，所有人都感觉到了。

在狂乱深沉的夜色中，那些翻涌的黑雾全部在一瞬间静止下来。紧接着的，是更加疯狂的涌动。

雾气聚集在一起，生生在天空中生成一个巨大的漏洞。

站立在高台上的黑山羊幼崽狂喜道："您终于从黑暗之中降临，来到您子民的属地了，让这些胆敢不尊重您的狂徒瞻仰您的光辉吧。"

完了。

不止快要吓晕过去的亲王卫兵，广场上所有NPC都颤抖着。

天空中那无可名状的云雾翻滚着，遮住了月光，四下漆黑一片。

"滴，滴，滴。"

就像下起黑雨那样，数百只黑山羊幼崽片刻间在空中裂变生成，掉落在地，欢欣鼓舞地迎接着女王的降临。

"快走——"

宗九不敢看头顶发生了什么，朝着土门大吼。

"好，你也赶紧！"

不需要他提醒，土门朝着他点点头，攥紧了那枚钥匙。随着身影一阵扭曲，空间被硬生生撕裂了，土门转瞬便消失在原地。

宗九看着这一切，闭上了眼睛。

【检测到玩家如今身处极度污浊之地，即便没有直面不可名状之物，依旧在被无处不在的黑暗侵蚀影响。】

【您的投掷结果67/50，理智判定失败。】

【您的理智再度扣除2点，警告，若玩家再扣除1点理智值将再度陷入不定性的疯狂中。】

宗九充耳不闻，下一秒，手中出现了一枚闪闪发亮的银币。

伊鲁卡的银币。

在接下来十分钟内，这银币会让使用者的运气达到不可思议的地步。

宗九睁开眼，忽然抬起头，直面空中的女王，双眼亮得惊人——终于到了独属他一人的表演时间了。

"现在，就让我来赌一把吧！是我毁了这个副本，还是这个副本成为我的安息地？"

另一边，马车里的恶魔兴致缺缺地收回了眼神。

就在刚才，他感应到自己赠予宗九的道具，出现了被使用的痕迹。

他出现了一瞬间的错愕，接踵而来的是深深的失望和乏味，就像一个满怀期待的礼物被拆开后，发现仅此而已。

仅此而已。

"最终还是做出了这个选择啊！"

车帘失去了手杖的支撑，骤然垂落。

恶魔露出一个遗憾的表情，手里的礼物化作飞灰散去，再无踪迹。

分系统早就提示过他们了，一旦有直面邪恶君王的情况出现，那玩家首先将需要通过一个理智判定。

如果判定成功，就是扣除1到10点不等的理智值；如果判定失败，那么就需要扣除1到100点不等的理智值。

理智值只要一次性扣除五点，就会使人陷入临时疯狂状态，如果一天内扣除五分之一就会使人陷入不定性疯狂状态。

若非如此，玩家们也不至于这么惨。

好在土门及时使用了宗九给他的钥匙。

就在他使用了钥匙的下一秒，这个并不在主系统记载中的特殊道具就带着他硬生生突破了这个超S级世界的厚厚的壁垒，就像把人塞进管道里，冲到了出口。在那个瞬间，土门觉得浑身上下都被碾过，有种难以形容的窒息感。随着一阵天旋地转，土门翻滚着来到钥匙锁定的目的地，摔落在地。

【分系统同您的联系被迫中断。】

【您已到达玩家宿舍。】

土门足足在地上躺了三分钟，才从强制进行空间转移带来的眩晕感里勉强回过神来。

他双眼无神地看着天花板，发现眼前有些切割了白色天花板的纯金线条，这让他意识到事情有些不对。

等等，这不是冰冷的地面啊？

不仅不冷，甚至还铺着自带温度的柔软垫子，暖烘烘的，舒服得不可思议。

土门挣扎着爬起来，整个人都愣住了——他置身于一个华丽无比的鸟笼中。

是真的华丽，难以用辞藻形容的那种。

鸟笼通体用纯金打造，周围堆满了白色和粉色的水晶，最顶端甚至还有一只栩栩如生的展翅欲飞的金丝雀，折射出华贵迷离的光芒。

说是鸟笼或许不太贴切，因为它明显有一张床那么大，说是给人用的牢笼还差不多。

这是什么情况？

土门蒙了，勉强忽略那恶心感，环视四周。

从超S级副本回到玩家宿舍后，他被革除的阴阳师能力和身体强化又回来了。

身为S级大佬，身上能强化的地方都经过了基础强化，深沉的黑暗也无法阻挡土门的视线。他看到，自己似乎置身于一个黑暗无光的房间，室内唯一的光源，是远处一缕浅浅投射在波光粼粼的浴池上的月光。

房间内部的装扮透着一种奇异的美，不亚于刚刚的超S级副本带给人的视觉冲击。

在黄金鸟笼的正前方，有一面由复古油画框框起来的巨大落地镜，能够完整映照出鸟笼里的情景。

土门看到镜子里的自己，一副弱小可怜又无助的样子，刚才经历了狂欢节的混乱，衣服看起来脏兮兮的。

土门心里的疑惑越来越重，低声问主系统："……我这是回来了？这是哪儿啊？我的宿舍呢？"

土门本以为自己会直接回到会议厅，等和宗九汇合后，再等候等级评价，哪想到一个转移，来到了这么个地方。

谁这么无聊在玩家宿舍里放一个鸟笼？！

【……】

主系统沉默了一阵，正准备回答，不远处的阴影里忽然传来一声轻笑，这笑声很轻，有意外，也错愕。

渐渐地，笑声越来越大，从低沉转向尖锐，逐渐变得欣喜愉悦，光是听着都能感到对方的好心情。

土门在意识到这个辨识度极高的声音属于谁的时候，当场石化，他迟疑地开口："这，您……晚，晚上好？"

黑暗中走出来的人身材颀长，面容俊美，仅仅站在眼前，便能让人感受到令人惊惧战栗的气场。他的脸上带着笑——是那种愉悦又捉摸不透的、带着些许说不清道不明的怒意的笑容，手指轻轻抬起。

下一秒，土门眼前一花，整个人就被扔到了咸腥冰冷的海水里。

对恢复了阴阳师能力的土门来说，游泳这种基础技能当然难不倒他，他熟练地给自己身上施加了一层灵力薄膜，让它托着自己从海水中慢悠悠地浮起来，朝着不远处的七彩游乐园海滩而去。

更远处，玩家宿舍正矗立在夕阳下，披着一层霞光。

直到这时，土门才终于生出从那个危险至极的超S级副本逃离的真实感。

他站在沙滩上，胡乱摸了一把自己湿透了的头发，自言自语："奇怪，为什么会出现在首席的房间里……该不会是魔术师给错了钥匙吧。"

可是，如果给错了钥匙的话，那个巨大的黄金鸟笼岂不是游戏指导师专门为宗九准备的……

还留在副本里的宗九完全不知道土门经历的这一切。

恶魔把钥匙给他后，的确说过为他精心准备了什么大礼这样的话，然而宗九根本就没认真听，因为他从始至终就没打算动用这把钥匙，那天晚上他就打算把钥匙给土门了！

现在他手里紧紧握着的，是那枚结算日副本里老人赠予他的B级道具——伊鲁卡的银币。

此时，天空已经被那位不可名状的神祇占据。

小丑和疯帽子名片道具的使用时间到了。

"接下来请大家欣赏魔术师的个人舞台秀！"

他们一个脱下礼帽，一个放飞了手里的气球，远远朝宗九致意，脸上是疯狂的笑容，似乎是在期待着和彼此的下次见面。

然而现在没有人关心这些，所有NPC都抬起头，愣愣地看着天空。

他们的动作出奇地一致，就连抬头的角度都一样，像是被人固定住，脖颈僵硬无法动弹，瞳孔中充斥着癫狂。

亲王卫队成员被固定在原地，他们的系统提示他们需要通过一个理智判定。

在得不到回应的情况下，主持人只能代替投掷。

非常遗憾，他们中绝大多数人的理智判定失败了。

【正在扣除1到100点不等的理智值……】

【您的理智值减去47点，您的理智值已归零。】

【于是，在女王显露出真容的情况下，你不可遏止地直视了这位伟大女性。理所当然的，你的理智被拖入无尽深渊中，因为你的脑容量不足以理解它的存在。】

【欢呼吧，在你失去理智的前一秒，你有幸目睹森之黑山羊的全貌！】

亲王卫队成员们尖叫着，跪倒在地。

另一边，宗九攥紧了他的银币。

【您已经使用B级道具：伊鲁卡的银币。】

【接下来的十分钟里，毋庸置疑，您将成为一位无与伦比的幸运儿。】

宗九忽略了耳边传来的声音，缓缓抬起头。

分系统冰冷的声音在他耳边响起。

【直面伟大的森之黑山羊，您需要通过一个理智判定。】

【您的投掷结果1/50，恭喜您，大成功。】

【您的理智判定已通过，接下来您需要进行一个1到10点理智值的扣除。】

【您的投掷结果1/10，恭喜您……怎么又是大成功。】

很显然，接连两个大成功让分系统都大为惊讶，但它只是沉默了片刻，继续进行播报。

【您的理智值减去1点，S级玩家宗九理智值30/50。】

【于是您直视女王的黑山羊。】

宗九站在满是断壁残垣的大地上，感到有什么在顺着他的眼角流淌而下。他仰起头来，眼眸锐利如刀，直视天空中那团翻涌的、无法用文字形容的"女王"。

分系统沉默了很久。

【您看着面前这团不可名状的东西，亲切感和欣喜油然而生。】

【在面不改色的同时，您的理智值微微减1，以表尊敬。】

毫无疑问，这实在不是好现象，但实际情况的糟糕程度已经超出了分系统的预计。

虽然理智值幸运的只减了1点，但直面这一幕给人造成的视觉冲击同样是巨大的。宗九强忍着眼睛的疼痛，无视从眼角淌落的滚烫的红色液体，抬眸直视苍穹。

【由于您的理智值再度在一天内损失达到五分之一，玩家将进入不定性疯狂状态中。】

虚空中的十面骰再度开始转动，这一次是从十个大类、数百个小类的疯狂症状中抽取一个临时疯狂的症状。

【您抽中了疯狂状态：狂躁。】

【负面状态持续时间：七个小时。】

【分系统正在为您进行一个暗骰……】

既然使用了伊鲁卡的银币，现在他的幸运值就相当于最大化了。

宗九摸了摸自己的下巴，觉得最好来一个不会对自己的冷静和理智产生影响的临时疯狂状态。

【恭喜您抽中了序号九十三的狂躁症状：臆神狂。】

【臆神狂：在接下来的七个小时里，您将坚信自己是一位古老的神明。】

【七个小时后该不定性疯狂状态解除，您将恢复正常。】

下一秒，由于狂躁症状产生的认知错乱凭空在宗九的脑海里成形。

宗九恍然大悟：原来自己的真实身份不是什么魔术师，而是一位至高无上的、伟大而尊贵的君王！他的子民遍布世界，他拥有一座古老而辉煌的城市，统领着一个星球！

宗九忽然压下声音，用一种缓慢、优雅而威严的语气说道："分系统，你还在等什么？还不为你的国王披上那件尊贵的长袍？"

分系统很想让宗九清醒清醒，然而下一秒，十面骰再一次旁若无人地转动起来。

【您的投掷点数1/20，恭喜……乔装大成功。】

严格来说，乔装是必须动用身边已有材料才能进行的。分系统刚想提示他这一点，结果转头看见，宗九又扔了个幸运大成功。

两个大成功，那不是想要什么有什么？

运气好的人玩十面骰，简直可以为所欲为。

分系统已经不想说什么了，它决定等这之后就好好检查一下这个十面骰是不是被宗九动了手脚。

【按理来说这周围没有这种材料。但幸运的是，您刚好在不知道哪位黑山羊幼崽推来的杂物里发现了您所需的乔装用品，于是您披上了一件华贵的长袍，并且戴上了大小合适的兜帽。】

完成装扮的宗九现在感觉自己的状态好到不能再好了，他甚至还为自己没有穿上长袍和失去力量找到了借口——

当然是因为他正处于被封印的状态，出现的只是一个残影分身！

宗九站在原地，整个人都被遮盖住，只能看到一个消瘦而神秘的背影，就像一位真正的、骄傲的国王。

他张开双臂，朝着天空狂笑。

分系统忽然感觉心好累……

另一边，亲王卫队首领正颤颤巍巍地举着手中的法杖。

亲王卫队这一回几乎全军覆没，只有他运气稍微好上那么一点，经过一轮理智判定和扣除理智值后还剩下岌岌可危的3点理智值。

结果他刚刚清醒，一回头就看见那个被他们强行拖来的家伙站在原地旁若无人地大笑，笑声傲慢又张扬。

刚刚逃过一劫的队长火气一下子蹿了起来。

他坚决不相信是自己被那本到处都是翻译错误的手稿骗了，反而将所有的怒气都撒在了宗九和土门身上。

等等！电光石火之间，队长忽然想通了关窍，重新稳下心神，高举法杖，却丝毫不敢抬头看向天空。

他没有就此放弃，扯着喉咙嘶哑地大声道："啊，尊敬的女王，莎尼女王！请原谅我的无理。为表示最真挚的歉意，我决意将这些早已准备好的礼物献给您！"

天空中翻涌的黑雾似乎并不着急，它看上去对这两个万里挑一的、通过了理智判定、在女王面前还没有发疯、维持着最基本理智的渺小的蝼蚁十分感兴趣。

亲王卫队首领可谓巧舌如簧，说之前是自己弄错了女王至高无上的姓名，但他虔诚的真心天地可鉴，日月可辨！

说着说着，他话锋一转，将法杖对准了在一旁负手而立的宗九。

"这就是我们为您精心挑选的礼物！"

下一秒，宗九就感觉到一阵恶寒——莎尼女王正凝视着自己。

它打量着宗九，似乎对这个胆敢直视自己的玩家很感兴趣。

黑雾逐渐向宗九移动。

宗九冷笑一声，手里的十面骰毫不留情地投掷出去——他感觉自己身为君王的尊严被冒犯了。

即使他现在处于封印状态，也绝对无法忍受这种程度的冒犯！

于是他转过身去，面容冷淡。

"这个渺小的玩家竟然敢冒犯君王的权威。同为高维度存在，莎尼，你竟然容许这样欺世盗名、花言巧语的信徒在你面前放肆？"

亲王卫队首领愣住了。

他正想开口询问，却见宗九扔出了手里的十面骰。

分系统的声音则有气无力，细若游丝。

【您的投掷结果1/30，话术大成功。】

【您的投掷结果1/5，说服大成功。】

两个大成功，这是什么运气！

分系统感到无语。

只要莎尼女王觉得宗九是，那宗九就是。要是宗九心情好，再来一个二连大成功，那在场所有人都不得不跪拜了。

显而易见，在两个大成功的加持下，宗九成功地用话术说服了莎尼女王。于是至高无上的森之黑山羊似乎对他的话感到迷惑又认同，并将他视作它们中的一员。

蜷缩在天空中的触手稍稍停顿，紧接着，响起了难以形容的呓语声。

这声音仿佛自远方而来，叫人头脑发晕，意识昏迷。

毫无疑问，莎尼女王被说服了。

它挥舞着触手，用君王的方式表达着它的友好。

第二十四章

神之展开

分系统它们已经因这个局面陷入了沉默。

它俩一个是宗九的主持人，一个是亲王卫队成员NPC的主持人，但是都没见过这种阵势！

老实说，无限循环存在了这么久，每隔大约十年就会有一批玩家进入超S级副本，其中也有不少人进入了十面骰支持使用的位面。

这么多年来，它们什么大风大浪没见过，但还从来没见过一个试图冒充君王的——倒也不能说冒充，严格来说，宗九只是个患上了狂躁症的臆神狂而已。

问题是，这个症状曾经也有玩家抽中过，但没有人像宗九这样夸张。

自己以为自己是君王，和自己说服别人认为自己是君王，这完全是两个概念。

当然，说服别人认为自己是君王，和说服君王认为自己是君王，这又是两个概念。

看着面前身披红衣，坚定地认为自己就是那位红衣之王，并且和天上刚刚降临的莎尼女王谈笑风生的宗九——

运气这么好，这个势不可当的劲头，换了谁也没办法吧。

天空中冷黑色的触手舞动着，发出奇怪的声音。

君王们交流的方式，本来就不可能让玩家听懂。所以，宗九当然听不懂，就算他再扔出个十个大成功，他也听不懂，因为属于玩家的身份卡，根本就不可能点亮君王语言这一技能。更别说宗九还只是一个冒牌君王。

但宗九丝毫不慌，他负手而立，脸上神情冷漠，一副高深莫测的样子。

宗九听了一会儿女王那奇怪的呓语，自动把对方挥舞着的触手理解成"朋友，互相展示一下触手来看看"的意思，十分淡定地开口："这只是我的一个分身幻影，莎尼。我的本体还被幽禁在昴宿星团中的恒星昴宿增九上。"

潜意识里，宗九觉得自己也是有触手的，特别是他的触手从袍子下摆里探出来的时候，并不比森之黑山羊差多少。

可惜，此刻的自己只是个幻影。

一旁的亲王卫队队长呆若木鸡地看着他们两人旁若无人地交流，受到的震撼无人能懂。

战战兢兢的亲王卫队队长手里的骰子一转，哆哆嗦嗦地给宗九通过了一个技能判定。

系统毫无起伏的声音随之响起。

【您的投掷结果7/30，判定成功。】

【毫无疑问，站在你面前的不是什么君王，更不是什么幻影，而是一个货真价实的玩家……只是他似乎头脑有些不太正常。】

亲王卫队队长大吃一惊："啊！"

他刚刚还真以为自己招来了一个君王，结果……

亲王卫队队长举起手中的法杖，声音嘶哑，朝着天空义愤填膺地开口："尊贵的女王啊！他竟敢欺瞒您！"

首领字字诚恳，句句忠言，苦口婆心："他明明就是一个毛球，却在您的面前谎称自己是君王，其心可诛！"

"我对您的虔诚天地可鉴，请您千万不要受这花言巧语、欺世盗名的鼠辈的蒙蔽！"

翻滚的云雾似乎静止了一瞬，触手垂落在空中，不知道在想些什么。

正起劲地扮演着君王的宗九用轻蔑的眼神看了看这个胆敢口出狂言的亲王卫兵，回头却发现刚刚和他对不上频道的莎尼女王似乎陷入了莫名的沉思中。

宗九沉默了一下，愤怒极了。他直接转动了手里的十面骰："分系统，给我魅惑莎尼！"

【您的投掷结果1/70，魅惑大成功。】

再度迎来一个大成功的分系统觉得好累。

【……不行，既然是魅惑，那就得算入对抗判定，我要给莎尼通过一个心理学暗骰。】

之前话术和说服的大成功，分系统还能睁一只眼闭一只眼，现在居然还要魅惑莎尼，不通过一个对抗判定实在是说不过去。

可是下一刻，分系统沉默了。

尊贵的女王，莎尼女王殿下，扔出了一个大失败。

分系统忽然意识到了什么，如果能够具象化，它一定在颤抖。

因为大失败并不是最可怕的。

君王属于高维世界，十面骰及其规则却是超S级副本的产物。

毋庸置疑，君王的等级高于整个超S级副本。

也就是说，十面骰的维度是低于莎尼女王的，所以根本无法对女王生效，包括话术、说服、魅惑……

所以宗九看到的这一切，应该都是来自女王的戏弄，甚至故意扔出大失败，故意表露友好……

这才是最可怕的——女王饶有兴致，并且乐意配合。

想到这一层，分系统开始利用剩下的能量重新联系主系统，同时颤抖着出言提示。

【……毫无疑问，您的魅惑大成功产生了意料之外的喜人效果。】

【您魅惑了莎尼女王。】

"很好。"

陷入不定性疯狂的宗九早就没有了平日的理智和冷静。

当然，就算有，现在偏执地认为自己是君王的宗九也听不进去这一切。

宗九指了指跪在地上的亲王卫兵，语气漫不经心："莎尼女王，这是我带给你的见面礼。"

亲王卫队首领气得从地上跳了起来："放肆，你这个卑鄙——"

然而下一秒，首领就没法再开口了。

宗九只是冷淡地瞥了一眼，收拢了身上的袍子，似乎对他的境遇丝毫不感兴趣。他抬起头，正想说什么，忽然感到自己脑海中出现了难以言喻的慵懒声音。

【这份礼物，我很喜欢。】

【你想毁掉这个副本吗？】

宗九十分干脆地点头，他想：要不是本体被封印，自己早就毁掉这个恶心的副本了。

黑雾翻涌，似乎在笑。

下一秒，千万根触手忽然从空中垂落，不由分说地卷住了宗九的身体，将人拉离了地面。

在这个瞬间，宗九似乎才意识到分系统的存在，因为下一秒，能量所剩无几的分系统就给了他解答。

【莎尼女王看中你了。】

【你快跑吧，我拦不住了。】

分系统没有撒谎，莎尼的降临直接阻拦了它联系主系统的道路，如今能量即将耗尽。

然而宗九一点也不担心，他甚至没有挣扎一下，而是任由那些每根都有一人粗细的触手把他包裹，拉扯到天上那深不见底的云雾中。

在最后一刻，宗九低下头，看到即将毁灭的大地上，有人踩着阴影匆忙赶来。

对方抬起头，遥遥同宗九对视。

因为隔得太远，宗九看不清那双暗金色的瞳孔里盛着的是什么，但是，莫名其妙的，宗九觉得对方的脸上，现在一定没有任何笑意。

不论是平日愉悦的笑、充满兴致的笑、懒洋洋的笑还是假笑，总之就是没有笑。

【检测到主系统能量波，正在连接中……空间门准备开启。】

【空间门开启失败，连接失败，分系统能量已耗尽，陷入沉睡状态。】

那人的神情沉郁而阴鸷，像一头发怒的野兽。

他戴着白手套的手抓起黑伞，脚下的阴影不断游弋奔逃，四周是不断出现的、化作尖刺毫不留情刺向苍穹的暗影。

他似乎对着苍穹说了什么，但宗九听不到。

这个分身幻影快要坚持不住了。

在被黑雾吞噬的刹那，宗九想：真是奇怪，明明是宿敌，却露出那样的表情。

要是他现在还能说话，一定会狠狠地嘲笑对方。

触手察觉到了他的抗拒，更加用力地缠绕着。

算了，等恢复本体再说吧。宗九迷迷糊糊地想着。

暗说得没错，这个副本真的有他难逃的死劫，解局的办法的确在恶魔身上。可惜宗九的骄傲不容许他低头。

在最后一秒，宗九疲惫地闭上了眼睛。

此时，距离伊鲁卡的银币的十分钟使用时间还剩最后三十秒。

其他人进入的另一个超S级副本内也不太平。

这个副本的背景是一家福利院，建筑物整体为木质结构。

这里常年处于雨季，木材格外潮湿。再加上资源匮乏，没有什么能够照明的东西，四下一片黑暗。

此刻，外面暴雨如注，豆大的雨点浇得老旧的建筑物"吱吱呀呀"响个不停，如一记又一记的重锤，敲在人的心头。

还没被淘汰的玩家，全都蜷缩在黑暗中。

多亏他们现在都变成了六岁的模样，要是成年人，根本没法躲到这些小洞里。

所有人都在祈祷着，等待最后时刻的到来。

远远的，铃声又响了起来，和雨声交织在一起。

又要集合了。

"怎么办？"

经过这么多天，玩家们早已明白铃声的含义。

每次铃声响起的时候，玩家都必须要去福利院的一楼集合。

可怕的是，每次集合的玩家数量都有十分严苛的规定。

而且，有的时候，下去集合的人是安全的；可有的时候，下去集合的人会被淘汰。

然而在前几天，所有玩家都对铃声避而远之，那时谁也没有意识到这时候的铃声是无害的。由于错失了机会，随后几天，就如同暗预言的那样，上千名玩家被淘汰了。

每个人的主线任务都不同，各自都有自己的目标，也不会有多余的精力去关注或者帮助其他人。

但更可怕的是，几乎所有人都有两个固定的主线任务，这就是说，除了完成自己的主线任务，还需要活到副本关闭的时间。

铃声还在响，突然，大雨中传来冰冷的机械音。

【倒计时七天已到。】

【去除未完成主线任务的十五人，剩余人数：两百五十一人。】

所有玩家都大喜过望。

没有什么比在焦虑中苦苦等待许久，终于迎来结束和希望更加振奋人心的事情了。

【请稍等，主系统正在判定中……】

【超S级副本：不可名状的福利院，已锁定空间坐标。】

【三十秒后即刻进行空间传送，传送地点：会议厅。】

也就是在这一刻，无数黑暗中的人的笑容永远凝固在脸上。

在他们身后，黑暗里伸出一只只触手，把他们抓进了那个尺寸不大的"狗洞"里。

那个洞深不见底，里面究竟有什么，谁也不清楚，但只有那里才能躲避外面的危险。可是在这之前，谁也没想到，洞里的东西竟然会越过捉迷藏的阶段，直接把人拖进去。

这回率先做出反应的是暗，主系统话音刚落，他立刻反应过来，最先灵活地滚出来，朝着福利院最下方冲去，同时大吼："快出来！"

"这是超S级副本，不存在时间暂停的可能！"

一语点醒梦中人。

玩家在听到主系统播报声后都松了口气，放松了警惕。

因为惯性思维，其他所有副本，甚至包括S级副本，在主系统播报后，周遭都会色彩凝固、时间暂停，也是所有人戏称的回魂阶段。

可是，这是超S级副本，在位面上和现实世界相差无几。

主系统就算是高维智脑，也远远达不到控制整个位面的程度，顶多只是干涉。

但是想要暂停一整个位面的时间——

怎么可能？

所以任谁也想不到，原本可以放心等待的三十秒，竟然会变成最后筛选淘汰的时间！

千千万万只触手从洞中伸出来，铃铛和唯一一盏煤油灯一起出现，展露出它最真实的模样。

随后反应过来的是梵卓。

紧接着，其他七位玩家几乎在同一时间做出了反应，纷纷祭出自己压在最后的底牌或特殊道具。

所有人都在奔跑，没有人敢就此停下。

一瞬过后，一切归于沉寂。

驱魔人感到自己的肩膀上搭了一只冰冷的触手，他当机立断，动用了手中一直捏着的、迟迟没有动用的特殊道具，身影突然原地消失，险而又险地避开了这次袭击。

但是更让驱魔人担心的是，他是最先跑出来的几个人之一，连他都被追上了，其他人会发生什么？

明明只有三十秒，对他们而已，仿佛长过一个世纪。

此时，梵卓感觉到了熟悉的鲜血的气息。

虽然被革除了夜族血统，但他对于鲜血的敏锐度还在。更别提这味道浓厚到不可思议。只要在附近的玩家应该都能闻到。

一瞬间，所有伸出来的触手全部顿住了。下一秒，它们全部疯也似的朝着鲜血涌出的地方而去。

惊雷落地，刹那间的闪光照亮了这样的一幕：暗站在原地，右手抓着刀，已经将左臂划开。

其他玩家当然都明白了，暗为了救他们，不惜以身做饵！

这件事情实在太令人震惊，暗此举与平日里的风格完全不同。正是因为如此，才会让人感到震撼难言。

在这一瞬间，不论他们之前和暗是否有仇，对他是否怀有偏见，全都诚心祈求奇迹能够出现。

然而他们视野中央的暗却双目闭紧，岿然不动。

在第一只触手就要接触到他的衣襟时，六岁的小男孩缓缓移动自己放在身前的另一只手。

一截触手正静悄悄地躺在他的手心。

刹那间，一切静止。

【三十秒时间已到，空间转移开始……】

会议厅依旧是玩家们离开时的样子，金碧辉煌，灯光闪烁。

然而现在整个大厅内只有一个人。

土门坐在第十名的位置上，满脸焦急。

要是放在平常，他一定会趁机叫出主系统，一路小跑冲到独属于首席的位置上，先给自己拍几张照片留念再说。

可现在他却没有半点心情。

距离他回到玩家宿舍已经过去两个小时了。

这两个小时里，他先是误入首席宿舍，又被扔到海里。等回来后，他忙不迭跑到第九名的宿舍去敲门，却发现那里空无一人，没有应答。

他缴纳了生存点数，动用了S级权限才知道，原来宗九根本就没有跟他一起回来。

什么情况？土门难过地想。

明明看上去一点也不像那种高尚到把机会让给别人的人，偏偏做出了这样的事情。

于是在接下来的一个小时里，土门焦急地期待着奇迹的发生。

宗九一定可以创造奇迹的吧……就像在舞台上，所有人担心他无法从装着鲨鱼的牢笼里逃脱，下一秒他却若无其事地出现在人群中，笑着对所有人弯腰致意。

一定会。

这样紧张又焦虑的等待，让土门坐立难安。

他端坐在高高的王座上，眼睛紧紧地盯着下方空荡荡的会议厅。

一般来说，就算是进入不同的副本，主系统也会让副本时间的流速变得相同，如果主系统告知土门三个小时后玩家们会返回会议厅，那他们三个小时后就一定会回来。

土门忽然意识到一个问题："等等，疯狂马戏团这个超S级副本，甚至主系统都没法联络上，宗九真的能够在主系统划定的时间内赶回来吗？"

对于他这个问题，主系统给予了不确定的答复。

【分系统能量只有三个小时便会告罄。】

土门听懂了主系统的言下之意。

如果分系统能量告罄前宗九还没回来，估计就是没什么指望了。如果连接主系统的中央枢纽都没了，非要打个比方，就相当于想要回家但是却找不到回家的路，没有玩家宿舍的空间坐标，只能永远留在那里。

"不要啊，魔术师一定会回来的。"他紧张到拳头攥起。

这一刻，土门忽然想起那个黑暗的房间里巨大的金丝鸟笼。

虽然当时土门差点被惊掉下巴，但现在，土门倒是真心希望游戏指导师能够动用一下自己的权限，至少把宗九救回来。

宗九给他的钥匙多半就是首席开权限给他的，那他还是好人当到底吧。

就在土门一个人胡思乱想的时候，一直沉寂的大厅里忽然有了异动。

土门猛然从王座上站了起来。

下一秒，代表空间转移的白光在空旷的金色大厅内闪烁。

就像一个讯号，在第一道白光亮起后，接二连三的，一百多道白光接连出现。

光芒褪去后，玩家们也出现了。

绝大多数人的状态都好不到哪儿去，要么疲惫不堪，要么脸色苍白，还有为数不少的人衣衫褴褛，身上带伤。

这些玩家都十分警惕，等意识到确实已经回到玩家宿舍后，才如同脱力般瘫软在地上，久久难以回神。

空间转移的速度很快。

因为是从同一个副本出来的，所以大家是同时在进行转移，没有谁比谁快一说，都是在同一时间回到大厅的。

土门紧紧盯着他旁边的王座，搭在扶手上的手不断颤抖。

然而注定要让他失望了，直到主系统的声音响起，他也没有看到那个王座上出现任何一个人。

【所有玩家集合完毕，即将开始最后一轮等级评定。】

【全景摄像头开启成功。】

下一秒，早早在直播间外面等候多时的玩家们蜂拥而至。

因为是超S级副本，主系统也无法开启直播间。所以无限循环的玩家们对于这最后一轮选拔的过程和结果都一无所知。

他们不知道最后一关超S级副本内是什么样的情况，即使想看，也只能看主系统稍后放出的部分录屏。

【来了来了，啊啊啊，整整七天没有看直播，我都要憋死了。】

【我也是我也是，这几天下了副本我都恹恹的，现在，我又精神起来了！】

【说起来，这应该就是最后一轮副本了吧？之前主系统不是说这个副本之后就是决战副本了吗？】

【天啊，好快……我怎么感觉比赛的第一场都还在昨天，居然这么快就到决战副本了。】

大家叽叽喳喳地讨论，等到直播间屏幕彻底亮起，看到面前的景象后，话题又是一转。

【不愧是超S级副本，这些大佬们一个个都这样了，难以想象我进去是个什么样，估计渣渣都不剩了。】

【的确，而且更可怕的是，你们发现没有……C级玩家的台阶上没几个人了。】

【我已经发抖很久了，你们还记得这次进入副本前有多少个人吗？一千五百多个啊，现在回来的……也太少了，唉！】

说得没错，的确是很少。

本来会议厅从S级到A、B、C级的玩家都有，这次回来后，人数锐减不说，C级玩家更是只剩三个人站在台阶上，而且个个奄奄一息。

"怎么会只有这么一点人？"

刚刚回来的驱魔人一抬头，震惊了。

【目前大厅通关人数：一百一十二人。】

没有人说话。

他们分明记得，刚才在福利院里最后三十秒播报的时候，主系统说还剩下两百五十一人。

谁也没想到，仅仅三十秒的时间，两百五十多个玩家里又有一半被淘汰了。

然而这还不够。

因为主系统早就说了，比赛只能有一百个人胜出，所以这次等级评级后，得到C级评价和在此次等级评级后掉到C级的玩家全部都会被淘汰。

【你们有人注意到吗，最上面的王座……】

会议厅最上方的王座上，属于首席和第九名的位置都是空缺的。

首席是那位大人放话让出的位置，第九名却没有预设任何特殊情况。

在主系统明确表示所有玩家都已返回会议厅后人还没出现，背后的含义不言而喻。

弹幕当即就炸了。

【不会吧，魔术师可是S级！S级都是种子选手，一路保送到决战副本的，怎么可能中途出岔子？】

【就是啊，那可是每次都能带来奇迹的魔术师啊，怎么可能没回来，呜呜呜！】

【也别这么笃定吧，之前集体副本的时候顶级灵媒不就没了吗？】

【我真的太难过了，我还等着魔术师把我从这里带出去呢，呜呜呜……】

不仅弹幕，不少玩家也注意到了这点。

在独属于暗的座位上，暗甚至没有第一时间向主系统申请进行伤势复原，反而扭头看向身侧的第九把王座。

让他失望的是，那上面空无一人。

暗抿紧薄唇，双眸紧闭，几滴血顺着指尖滴到地上。

他没有注意到，在他的身旁，梵卓盯着那滴坠落到地上的殷红鲜血，暗红色的瞳孔中极快地闪过一抹充满错愕的流光。

……

昏暗的室内，沉积在地面上的阴影开始游弋。

下一秒，在黑暗褪去后，黑色的鞋尖骤然出现。

恶魔手里抓着一把破破烂烂的黑伞，脸色阴沉到快要滴出水来。

他平日一尘不染的西装此刻也沾上了尘土，下摆甚至少了一块，像被什么不知名的东西腐蚀了，触目惊心。

恶魔已经很久没有这么狼狈过了。

他是一个高级位面恶意的聚合体化身，从位面上来说并不输于君王。如果非要打的话，在有主场优势加持的情况下，也能战成平手。

不管如何，他是不可能消失的。只要恶念还在，恶魔就近乎永存。

然而即使这么狼狈，他也没能把人给带回来。准确来说，不论是恶魔还是莎尼女王都没能讨到好。

因为恶魔的插手，莎尼女王没能成功带走宗九。

他们正面进行对抗，拔地而起的阴影宛如尖刺般切断了苍穹的触手，女王发出愤怒而不可名状的高呼。

那是一场高于位面的战斗。

仅仅十秒，那个超S级副本就因为承受不住而骤然崩溃。

就在空间崩溃的刹那，被触手卷着的宗九骤然被副本崩溃产生的空间乱流卷走，踪迹全无。

打得不可开交的两个非玩家谁也没能第一时间把人截下。

等他们注意到这点时，也没必要打了。

恶魔动用自己的天赋能力打算离开，莎尼女王留不住他。

"主系统，动用游戏指导师权限，全力锁定魔术师坐标。"

恶魔把手里的伞骨一扔，面目阴鸷地踏出阴影。

【你疯了？】

主系统的声音没有丝毫起伏：【他来自高维世界。】

它的意思表示得很清楚。

宗九来自更高维的世界，对于它和恶魔的计划只有阻碍，没有任何促进作用，甚至更有可能让他们的计划功亏一篑。

这样的人若是淘汰了，那绝对是好事一桩。根本不值得，也不需要去在意。

"疯了？"恶魔冷冷地说，"你和我合作的时候，就应该想到这一点。"

他盯着那个巨大的黄金鸟笼，暗金色的瞳孔里翻涌着复杂晦涩的情绪。

不知道为什么，他忽然想起那场伴着雷雨进行的你问我答游戏，在宗九的游戏结束后，就是恶魔的游戏。

他把钥匙交给了宗九，然而对方根本不屑于动用。

虽然这场游戏的输赢还没有定义，但此刻，恶魔忽然明悟。

他早就输了。

一败涂地。

宗九觉得自己头很痛。

不是一般的痛，而是头痛欲裂的那种痛，像是宿醉，也像是喝了假酒，痛到有些反胃。

紧接着，无数破碎斑驳的记忆开始回笼。

就在几个小时前，他固执地将自己当成一位古老神明，张开双臂对着天空说我是世界之王，轻蔑地对亲王卫队首领说你这个蝼蚁，用威严又熟稔的语气与另一位君王亲切交谈，甚至死到临头了还毫无所觉，固执地认为自己会回归被封印的本体。

有那么一个瞬间，宗九真的很想连夜逃离这个星球。

沉默片刻，他又在心里安慰自己。

亲王卫队首领NPC随着副本世界崩塌消失了，莎尼女王估计这辈子见不到了，至于恶魔……他到得比较晚，可以无视。

很好，就让这段回忆化为虚乌有，让它随风而去吧！

谁也不会知道他宗九曾经在超S级副本中患上了臆神症，也不会知道他这段不可直视的黑历史！

就在这时，宗九听到耳边传来一阵焦急又不耐烦的声音。

"你还要睡到什么时候？主演都已经到场了，你这个替身龙套是不是不想干了？"语气相当不友好，含着显而易见的怒气。

宗九觉得莫名其妙。

他挣扎着睁开了双眼。奇怪的是，他的眼前一片灰黑。倒也不是那种眼盲的极夜，而是戴了墨镜的黑暗。

透过墨镜，他能够清楚地在一旁的车窗内看到自己如今的模样。

他身上破破烂烂的衣服早已不见，换成了普通的T恤牛仔裤。脸上不仅戴着大到可以遮住大半张脸的巨大墨镜，甚至还戴了一个纯黑色的口罩，看起来神秘无比，格外有范儿。

这是个什么情况？

宗九没有搭理那个在他面前大呼小叫的男人，转而试图在意识里联系主系统。

果不其然，他发出的联络申请如同石沉大海。

按理来说，如果他活下来了，那要么是分系统联系上了主系统让他转移了空间，要么就是首席和君王对抗，把他带回了玩家宿舍。

可现在两种情况都不是，这就很奇怪了。

正在宗九不停尝试的时候，面前被他无视已久的人终于爆发了。

"你到底有没有听老子讲话？"

下一秒，那只试图伸上前去拿掉宗九墨镜的手被人骤然抓住，轻轻往后一折。

"嗷啊啊啊啊啊——"后者发出一阵杀猪般的叫声，眼泪登时在肥胖的脸上纵横。

在他面前，宗九从座位上微微起身，墨镜下斜，露出神情锐利的双眼。明明什么也没干，但是这个简单的动作，已经能让人感觉到逼人的冷意。

宗九冷淡地开口："好好说话不会，非要动手？"

"放放放手！"

宗九不为所动，保持着这个弯折对方手腕的姿势，就算强化能力被解除，收拾一个普通人那还是绰绰有余的。

因为刚刚的动作，他的墨镜也滑落到鼻梁下面，大半张脸暴露在烈日下。

正是炎炎夏日，车外的温度很高。

宗九一边嘟囔着怎么有人大热天把自己蒙得严严实实，一边伸手把口罩取下来，打量着车外的环境。

远处是一幢巍峨的古堡，通体深灰色，四周矗立着尖塔，上方依旧残余着深蓝色。古堡四周皆是山林，树木高大挺拔，遮住上方的天空，只有树叶间能露出些许光斑。可想而知，到了晚上，月光也无法完全穿过，驱散黑暗。

此刻古堡前有不少穿着背心的工作人员正走来走去，有的人低头在身上绑上斯坦尼康，有的人正在调试麦克风的高度、灯光幕布的方向和效果。远处，黑色的滑轨铺在地面，一旁摆着还没放上摄像机的液压云台，场记手拿卷起的白纸在指挥，看起来相当专业。

宗九回头一看，才发现刚才自己出来的那辆车竟然是辆小型保姆车。

他现在确定了，自己是误入了一个片场。

奇怪，联系不上主系统，难道他这是离开游戏世界了？可是这也说不通，因为他的衣饰风格，都和现实世界自己的模样大相径庭。

正在宗九沉思的时候，他面前的那个胖子不动了。他站在原地，像是忘了手腕的疼痛，呆愣愣地盯着宗九摘下口罩后的脸，脸上满是惊艳。

本来还想给他点苦头吃的宗九被这目光吓到，迅速松开了手。即便如此，对方也毫不收敛，反倒更加直接地盯着他瞧。

一边看，胖子还一边支支吾吾地张口："你，你……"

奇怪，自己脸上是有什么东西吗？

宗九回头看了眼车窗映出的自己的身影。

上面显现出来的面孔和他记忆中的并无差别，只是比起之前双手残废、落魄颓废的样子要年轻且意气风发得多。

他没有回到现实世界。

这个认识不仅没有让宗九感到失落，反倒觉得兴奋。

这一回，宗九依旧对他爱答不理，胖子却没有任何要动怒的迹象，反而试图套个近乎。

突然，一道温和的声音从他们身后传来。

"李导。"

宗九懒洋洋地抬起头，只见不远处停着一辆纯黑色的奔驰斯宾特。

在这辆豪华保姆车前，众多工作人员手拿毛巾冷水，众星拱月般围着一道修长的身影，而那人此刻正越众朝他们走来。

听到这声音后，胖子猛然一个激灵，立马点头哈腰："叶影帝，早。"

被称作"叶影帝"的是一位身材修长的年轻男子。

他身上穿着再普通不过的白衬衫和长裤，脸上同样戴着一副墨镜，气质看起来儒雅无比，与其说像演艺圈人士，反倒更像高等学府的年轻学者。

"这是我的替身？"影帝走上前来，视线在宗九身上打量两下，像是来了点兴趣，"把墨镜摘下来看看。"

不知为何，宗九心头涌上一种无端的戒备感——这个人身上充斥着十分突兀的恶意，虽然浅淡，但是瞒不过对情绪感知十分敏锐的宗九。

最有趣的是，这恶意和恶魔身上的截然不同，反倒像被什么东西控制了一样。

"还愣着干什么，影帝叫你摘眼镜呢！"刚刚那位李导回头低声催促他。

宗九顿了一下，修长的手指搭到了墨镜上。

现在搞不清楚的谜团太多，例如，他为什么会突然从那个超S级副本中被转移到这里，身上为什么会有这样奇怪的装饰和衣物，刚才胖子导演态度不正常的转变，还有面前这莫名其妙的情况……

在没有任何解答的情况下，只能静观其变。

下一秒，宗九摘下了他的墨镜。

现场一片寂静。

所有人，不管是正视还是偷看，有意还是无意，只要是看见他容貌的人，全部都像是被固定在了原地，露出毫不掩饰的惊讶表情。

宗九注意到，在这么多人里，唯有面前这位叶影帝最先回过神来。

他笑了一声，打破了沉寂："哎，这替身怎么长得和我一点也不像呢？"

何止不像，一个黑发一个白发，站在一起的时候，气质就南辕北辙，长相更是八竿子打不着。

若要是论颜值，名不见经传的小龙套甚至还稳压无数人的梦中情人——叶影帝一头。

胖子导演一惊，额头布满冷汗。

他们这个剧本来就是小成本制作，投资全靠带资进组的叶影帝，不论是资历还是后台，这个片场可以说是他的一言堂。

谁也没想到，居然会在替身这件事上出现纰漏。

正在他打好腹稿、打算解释的时候，对方又开口了。

"这样吧。"叶影帝弯起眼睛，"我看这孩子也是个有天赋的，不如留他下来，安排个小角色。"

一时间，羡慕嫉妒的眼神都朝着宗九而去。

这可是来自影帝的亲自提点，换了另外一个皮相差的，能有这等好运气？

李导一愣，连忙点头答应："好嘞！"

这可真是正中他的下怀。

这样的一张脸，像是附上了魔性的美貌，轻而易举便能吸引所有人的目光。

——谁不想多看漂亮的人几眼呢？

正在这时，一个熟悉冰冷的机械音忽然在宗九耳边响起。

【分系统启动中……系统启动成功。】

【S级玩家宗九，如今正位于惩罚副本中。】

【该副本主线任务：存活至电影拍摄完毕。】

【注意：检测到玩家身上携带不知名污染源，经检测，是属于莎尼女王的标记。若是无法解除标记，主系统将拒绝玩家返回宿舍的请求，还请玩家积极在该惩罚副本寻找解除标记的办法。】

古堡一夜

第二十五章

关于标记

这场突如其来的变故没有持续多久。

就算再好看，也只是一个名不见经传的小龙套，和久负盛名、获奖无数的影帝比起来无足轻重。所以在叶影帝开了金口之后，剧组的工作人员也就迅速给宗九安排了一个小配角，甚至还准备好了合同。

围观的人虽然散了，但片场内的气氛却骤然变得有些不对劲起来。

所有的工作人员，在工作之余都会时不时地朝着宗九那边看，就像被什么吸引了一样，挪不开眼睛。

远远地，还能听到窃窃私语。

"难怪能得叶影帝的青睐，这样貌真是一等一的……"

"确实，要我说，就连公认的那几位颜值顶级的大明星在他面前也得甘拜下风。"

"奇怪了，这个长相，怎么可能到现在还是个没名气的素人。"

至于宗九，即使他什么也不做，只是双手插兜，悠闲懒散地站在那里，也没有人可以无视他的存在。

对了众人的视线，宗九不着痕迹地皱眉。

他随手在合同上签了名，重新戴上墨镜，又回了刚才的保姆车里。

这一回，片场的工作人员都铆足了劲往他身边凑，有的端茶，有的送水果和甜点。

宗九随手把车门一关，把这些人全部拦在外面，这才揉着太阳穴，继续和分系统在意识里沟通。

他分明记得，在疯狂马戏团副本里，分系统才刚联系上主系统不久，就在打开空间门的刹那因为能量耗尽而陷入了沉眠。

而现在，分系统却是一副补充好能量的样子。

思来想去，解释只有一个，那就是他们现在已经回到了主系统管辖的范围内。

分系统刚刚说得很清楚，他现在实际上处于一个惩罚副本中，而惩罚副本当然是在主系统下属的副本范围内。

"为什么主系统不让我直接回玩家宿舍？"这才是宗九最疑惑的一点。

既然他逃出生天，那不管如何，于情于理都应该直接回宿舍才对。毕竟惩罚副本实际上是给等级处于淘汰边缘的玩家一个重回游戏的机会，不管怎么说都和宗九这个S级第九名扯不上关系。

【因为你的身上有莎尼女王的标记。】

或许是念在两个人还是一条绳上的蚂蚱，宗九想回玩家宿舍，分系统也想回归主系统意识内，所以它没有迟疑地解答了宗九的困惑。

【主系统无法动用权限直接革除标记。】

分系统的意思十分明了。

就是说，宗九现在是莎尼女王的目标对象。如果把他放回玩家宿舍，就会把玩家宿舍的坐标透露给莎尼。主系统自然不可能做这种搬起石头砸自己的脚的蠢事。所以权衡之下，它直接把宗九丢到了惩罚副本，并且冷酷无情地告知对方，如果没法在这个副本里解决自己身上的标记，那他就永远别想回到玩家宿舍。

损失一个第九名，还有其他的玩家可以补上来。要是波及所有玩家，那主系统的计划就会功亏一篑，孰轻孰重一目了然。

宗九感到无言以对，转而思索起惩罚副本的细则。

惩罚副本的难度到底位于什么等级，从来没有一个准确的定论。

这么多场比赛下来，等级评定也经历了不少次，可真正能够通过惩罚副本回到游戏的玩家可谓寥寥无几，满打满算都不超过十个。

之前淘汰的FED三个等级，就算参与者都是新玩家，数量也有几千人，结果通关的还不到十个，通关率简直比超S级副本还要低。而且惩罚副本是单人副本，没有人能帮忙，真要在这里出了事，谁也没办法。

宗九把这个问题放下，转而又问分系统："你说的那个来自莎尼女王的标记又是怎么回事？"

分系统沉默了一下，简单又含糊地描述了他晕过去后的情景。

那时，莎尼女王把宗九视为自己的所有物，见恶魔要抢，立刻同对方大打出手。两个非玩家打得太过激烈，那个副本直接崩塌了，副本碎片有如冰山碎落到深海中，生成狂乱的空间乱流，一下子就将昏迷的宗九卷走了。

幸运的是，被空间乱流卷走的时候，伊鲁卡的银币还剩下五秒使用时间。

于是在折损了一个A级被动道具、抵挡了一次乱流伤害后，宗九到了这里。

【至于莎尼女王的标记，你可以理解为是她提前给猎物打上的记号。】

分系统十分淡定地继续解释。

【顺带一提，如果现在你面前有一张身份卡的话，你会发现自己的外貌值和魅惑值都在标记的效力下超过了100。】

【通常情况下，身份卡基础数值最高只能设定到90，外貌值超过100的设定已经不属于玩家了。】

宗九心下一沉。

难怪这个惩罚副本的NPC看见他是一副狂热的模样，他现在的魅力值得到了空前的提升，多半已经成为万人迷了。

宗九疲惫地揉了揉自己的鼻翼，努力忽视自己在听到分系统说恶魔为了从莎尼手里夺回他不惜与之大战、毁掉一个副本时生出的感动。

现在唯一的好消息就是从超S级副本脱离后，主系统将他身上那些强化能力全部还给了他。不过也有倒霉的地方——他联系不上主系统，没法打开系统背包，自然也就没法拿出特殊道具，所以，此刻他身上除了一直佩戴的S级耳环物理学圣剑外一无所有。

由此可见，主系统对于现在有了莎尼标记的他是多么避之不及。

宗九揉了揉自己恢复了力量的手腕，手指在空中灵活地做了一套极复杂的练手操。

再怎么说他也是位于所有玩家顶端的S级，加上身体的强化，想通过这个副本倒不是一件多难的事情，难的是怎样解除来自莎尼女王的标记。

就在他和分系统交涉的时候，车窗上忽然传来"笃笃笃"的声音。

宗九抬起头，看到外面的杂务助理手上拿着薄薄的剧本，示意开窗。

他冷淡地转头，按下开窗键。

或许是这足够高的美貌值提高了所有人对他的忍耐度，即便这傲慢的行为一点也不符合他的龙套身份也无人作声，而是纷纷将视线投向那扇茶色的车窗，试图多看拥有惊人美貌的宗九一眼。

然而注定要让他们失望了，宗九只打开了一点缝隙，等剧本塞进来后便重新关上，那些眼神即便再火热，也一无所获。

宗九慢悠悠地翻开了剧本。

电影的名字非常没有新意，就叫作《古堡一夜》，一看就是危险类深夜档。

然后，就跟它的名字一样，剧情同样毫无创意，老套又俗气。

宗九捏着剧本的手有片刻的停顿。

这么糟糕的片子，也不知道招商的时候是怎么天降大饼，拉来一个带资进组的影帝，据说还广受期待。

看来这个惩罚副本的水平实在是不怎么样。

但是很快，宗九就知道为什么了。

很多危险片会着重描绘一些奇妙的邂逅，《古堡一夜》也不例外。剧本一共十页，里面有五页的剧情都浪漫又唯美，其中还用红笔特意圈出了宗九的戏份。

其实《古堡一夜》的内容真的无聊且无新意。

故事的主要内容，是五个探险爱好者结伴去一栋荒废已久的古堡探险，结果在探险的时候发生了一些奇怪的事件，只有男主角一个人逃出生天。宗九被分配到的小配角，是这几个配角里存活得最久的，而且跟男主角和其他配角都有对手戏。

看完剧本了解剧情后，宗九再也坐不住了，打开车门从保姆车上跳了下来。

见车门滑开，周围大片火热的目光再次铺天盖地地袭来，有明目张胆的直视，也有不动声色的打量，宗九简直成了一个聚光体，吸引着所有视线在自己身上聚集。

分系统说得没错，或许真的是因为莎尼女王标记的缘故，让他格外引人注意。

但宗九不在意，只在意之前那位叶影帝带给他的奇怪感觉。

虽说看上去只是在这幢废弃的古堡里拍电影，但宗九可没忘记，这是一个正儿八经的危险副本，既然主线任务是要坚持到电影拍摄结束，那他要做的，就绝不可能只是单纯拍电影。

按照惩罚副本的套路，这个电影的剧情多半会成真。

宗九自顾自走到搭在古堡边的棚子前。

他的形象和气质，让他看起来比那位影帝更有范儿。

见他过来，棚子里的所有人都停下了手上的工作，纷纷注视着他。

一旁始终保持微笑的叶影帝忽然开口："这样吧，岳编，不如将接下来的第三幕改一下。"

被忽然点名的那位编剧愣了一下，这才忙不迭应了一声，恋恋不舍地收回了视线，低头快速翻阅手上标注了无数记号的剧本，恭恭敬敬地问："叶哥，您想怎么改？"

第三幕戏没有多少特殊的地方，主要就是男主角从古堡里的灵体手中逃脱生天，在走廊上上演了一段逃生大戏。

"把这一幕追逃戏演员再加一位。"叶影帝弯起眉眼，明明脸上带笑，却无端让宗九觉得不舒服极了，"加上宗九。"

此言一出，一片寂静。不少人一边惊异，一边在心里暗自嫉妒。

还是编剧出来打了圆场："叶哥您真是心善，这孩子多半是第一次拍电影，找不到感觉，有您带着入戏，这幕估计很快就可以过了。"

叶影帝点点头，也不说话，低头撩了一下自己的额发。

陪在他身边的助理立马上前："叶哥时间不多，还有另一部电影等着开机。今天晚上大家辛苦一下，我们把有主角戏的地方一遍过了，配角的镜头等补拍。"

助理一边说，一边手里还拿着一个大大的袋子，向其他人派发红包："来，这是叶哥的一点心意，大家千万别见外。"

红包很有分量。

宗九打量着手里的红包厚度，掂量了一下，正想开口，却看见导演举起了手里卷着的剧本："行了行了，叶哥都发话了，大家各就各位，该干吗的都干吗去，我们先准备第一第二幕，争取一遍过，不要浪费时间。"

剧组所有人都动了起来。

摄影设备和录音设备都差不多架设完了，只需要等待最后的调试。

天空已经差不多变成了深紫色，一副将要入夜的模样。

一晚上拍完一部电影当然不现实，那个小助理也说了，今晚集中先把叶影帝的戏份拍完，也就是刚刚那薄薄的十页纸。

看起来导演也是这个意思。

宗九正想转身，却看到那位被众人簇拥的叶影帝朝他点了点头："你是新人，不如来我的化妆间，我给你讲讲戏？"

来了。

要是双方都是正常人，并且这也是个正常的片场，虽然演员给演员讲戏有点奇怪，但也可以算是前辈提拔后辈。

但这个副本明显不正常，这位叶影帝看来也不是什么省油的灯，这就显得有些不妙了。

宗九冷淡地摆了摆手："不用。"

说完，他转头便走向群演的化妆间，留下背后众人面面相觑。

其他人还没来得及做出反应，叶影帝便好脾气地摆了摆手："都散了吧，赶紧去为第一幕作准备。"

看这位大明星都没有要发怒的迹象，其他人自然不会再说什么，一个个收回了痴迷地盯着那身影的眼神，继续工作。

可是，真的不在意吗？

场外，硕大的巨幕打光灯开启，正对着古堡门口，高脚凳上的工作人员正在辛苦地调试灯光的强弱。

其中一个打光灯似乎出了故障，骤然放射出深红色的光。

工作人员吓了一跳，连忙揉了揉眼睛，嘟囔了一句："奇怪……"

换上一身稍显老旧的衬衫和长裤后，宗九进入了片场。

第一幕戏很简单。

介绍完前面的剧情，五名演员一同出场。

叶影帝扮演的男主角是一名侦探文学爱好者，听说这座位于郊区的古堡内曾在数年前发生过一桩久久未破的悬案后，便马不停蹄地赶到了这里，试图破解这桩案件。

而宗九扮演的小配角则是一名头脑简单的学生，来这里探险纯粹是因为同队有一个他想要巴结的富二代，目的十分简单。

至于另一个配角富二代，他来的原因是夜夜难安，总是梦到这里，所以这才决定来古堡一探究竟。

还有两名配角，一个是个胖子，另一个是侦探的助手。

导演手中拿着场记板，示意摄影跟上："Action！"

第一幕开始了。

各怀目的的五个人聚集在荒废的古堡门口，打算一起进去看看。

古堡看样子荒废已久，周围杂草丛生，黑黢黢一片。

在踏入古堡的刹那，宗九忽然感到胸口处一阵灼热。他一回头，看到影帝就站在他旁边，眼含关切，似乎想要上来扶他一把。

宗九一顿，同对方擦肩而过，加快了脚步。

这个小插曲的出现导演没有叫停。

因为按照设定，男主角本来就是充满求知欲的侦探，同时还是个善良的热心肠，可以说是个相当完美的人。

然而宗九扮演的恶毒配角，心思歹毒就算了，还特别能装模作样。所以按照人物性格，他不理侦探也很正常。

除此之外还有一个原因：侦探穷困潦倒，衣服又破又旧不说，甚至连袜子都不是同一双，这样的人会被一心追捧富二代的恶毒配角看在眼里才怪。

在这之后，五个演员真正走进了废弃的古堡。

古堡内漆黑一片，光线扫到的地方都破破烂烂的。

其实在片场想要入戏还是一件有点难度的事情，因为演员周围架设了无数摄像机，有些机位用高架架在空中，还有架高的收音器，以及围绕在身边的一大群工作人员和摄影师。想要沉浸到戏中，就得先学会无视这些人。

但现在就不用了。

不知道是不是导演吩咐了场务，古堡内早早地布置好了各类摄像头，工作人员不需要扛着沉重的摄像机跟拍，只需要留一个跟着影帝，其他配角的镜头他们都可以独立完成。

——总结成一句话就是，工作人员远程监控，偌大一个古堡里，除了演员之外，不会有其他干扰演员发挥的无关人等。

宗九也不知道拍电影的具体流程，但反正这是个危险副本，出现什么离奇的事情都正常。况且这个发展……倒也符合危险副本的套路。

"怎么这么黑啊，有电吗？"宗九正暗自思忖，队伍里最咋呼呼的胖子开口了。他在提出这个问题的时候眼睛往宗九身上瞟了瞟，一看就是想卖弄一下，"要是能找到古堡的总电闸，或许我可以尝试修一下。"

在设定里，这胖子本来就是电工专业的，再加上古堡之前是有人居住的，不至于没有电。

然而宗九没有说话，甚至连一个眼神都没给他，只是自顾自走到一旁。

影帝立马接上："电闸好像在那边。我陪你一起过去看看？"他拿着一个光线黯淡的手电筒。

远处墙壁上废弃残缺的电闸被微弱的光线照亮。

在导演说"action"的时候，叶影帝的气质就发生了变化，变成了一名对目前情况充满挑战欲和求知欲的侦探，乐于助人且直觉敏锐。

很幸运，他们捣鼓了几下之后，陈旧的电灯晃晃悠悠地亮了起来，将布满蜘蛛网的大厅照亮。

这些都是导演组之前的安排，众位演员心里都清楚，但表面上为了演戏，这些人自然还是得配合着惊呼几声。

胖子搓了搓手，一路小跑着过来，眼神时不时地往宗九身上瞟，眼里满是仰慕。

这看起来不是演的，完全是他的真实反应。

宗九发现，越是面对自制力、精神力弱的人，他身上携带的标记效果就会越为显著，对他们的影响也就深。

正在这时，富二代冷不丁开口："这里有两层，不如这样，我们先一起把古堡探索一遍，然后再分组行动。"

大家纷纷表态，都说没问题。

"好！卡——"

导演在古堡外的屏幕前喊了停，灯光亮起。第一幕拍完了。

休息十五分钟后，他们就要开始进行第二幕的拍摄了。

化妆师提着化装箱过去给其他人补妆，只有宗九一个人站在原地。

现在，借着剧组的灯光，他能够清楚地看见古堡内的模样：客厅灰蒙蒙一片，地毯上满是灰尘，墙壁上贴着的壁纸剥落了不少，家具上还有无处不在的蜘蛛网，到处都透着一股久未有人居住的味道。

透过窗子可以看到外面，茂盛的树木包围着这座古堡，树影婆娑，泻下一点银白色的光。

刚刚那位富二代让宗九有点在意。

剧本里说，富二代是因为被古堡里的灵体影响，经常会在午夜时分梦回此地，这才打算来这里一探究竟。

但事实上，富二代是被古堡内的灵体引诱到这里的，目的是给灵体的复苏提供一副新鲜的躯体，除此之外作用微乎其微。他最后被灵体附身，然后趁着侦探的助理不备，把助理给处理了。

如果这个古堡内的灵体确实存在，那富二代会不会早就被附身了？

可惜宗九现在打不开系统背包，拿不出探测用的特殊道具，颇有些举步维艰的意思，只能走一步看一步。

这时，叶影帝和李导的对话终于结束了，他们两个的样子像是商议定了一件大事，紧接着导演大声宣布："大家都围过来，刚才叶哥提了个不错的建议。"

导演指着一台摄像机，煞有其事地点评："刚才这第一幕算是剧情最简单、情感最平淡的，是给大家，特别是新人一个适应和缓冲的时间。目前来看，在叶哥的带领下，你们入戏都很快，不错。"

"但是接下来的几幕戏都不太好拍。"导演快速切入了正题，"大家都知道，今天晚上，之前扮灵体的演员临时出了点事没来，所以今天能拍的戏份只有剧本上的几幕，剩下的单人戏份还得拜托叶哥日后回剧组来补拍。"

好在这几幕里，都没有灵体正脸出现，所以剧组制作了几个逼真的道具，已经放了古堡内，到时候走剧情就行。

但问题也就出在这里。

这类影片里，灵体吓不吓人、危不危险也是看点之一。一个造型完美的灵体，不仅能让观众感到危险，也能够让演员快速入戏。

导演的意思显而易见。

因为演灵体的演员没来，所以接下来的拍摄对演员的要求会高很多，特别是第三幕和第五幕。

说到这些的时候，落到宗九身上的众人的视线就越发肆无忌惮了，或许是仗着人群的遮掩，有几道视线格外明显。

第三幕被临时改成了宗九和叶影帝的对手戏，由于改得匆忙，编剧来不及写详细的内容，叶影帝表示，没有详细剧本也没关系，反正他是前辈，有经验，也可以带新人入戏。

而第五幕就是宗九这个配角的高光点，他得在缺少演灵体的演员的情况下，独自完成整整一幕的表演。

"叶哥的意思是这样缺少了些入戏的气氛，所以接下来的三幕，工作人员都不会跟进古堡内，而是采用远程跟拍的形式，更方便大家融入氛围。"

影帝都发话了，其他人谁敢不听从，自然是异口同声地说好。

只有宗九默不作声。

远程拍摄，又是危险副本，那就和把肉放进老虎笼子有什么区别？

一个不怀好意、身上有着怨气的影帝，一个剧本里写了有灵体附身迹象的富二代，都有可能是这个副本的幕后黑手。

短暂的休息过后，第二幕开始了。

这一幕，五个人结队从古堡一楼探索到二楼，把地形大致弄清楚并发现一些痕迹后，剧情差不多就算走完了。

开拍前，导演特地说道："要是出现什么问题，你们就直接对耳麦喊暂停就行，工作人员会进来帮你们解决的。但是尽量别喊，争取一晚上不NG一次性把这一幕过了，别耽误叶哥的时间。"

"另外，只要你们耳麦里导演组没喊停，就说明没问题，你们继续演就行。"

于是所有人再度各就各位。

"嘎吱——"

收拾完东西后，古堡大厅沉重的木门轰然关闭，地上扬起一阵尘土。

这一点导演倒是没说错，这里密闭起来后，那种有些怪异危险的氛围一下子就出来了，扮演胖子的配角甚至被吓得抖了抖。

伴随着耳麦里传来开始录制的声音，影帝一秒入戏，回过头来："我觉得刚才这位兄弟的建议不错。现在天都快黑了，我们赶紧先去转一圈吧。"

于是大家都点点头，一起举着手电筒往古堡深处走去。

只不过这一次，宗九走在了富二代的旁边，一直用余光观察富二代的情况。

这个富二代的演员应该是个心智比较坚定的人，虽然同样震惊于宗九的容貌，但却远远没有胖子表现得那么明显。

马上，就要到宗九的单人戏份了。

走到洗手间门口的时候，他顿了一下，按照剧本上写的内容开口。

"稍等，我去洗个手。"

刚才踏入古堡的时候，宗九就觉得自己胸口有些不正常地发热。

他去洗手间，一方面是走剧本剧情，另一方面他也想避开众人，看一下自己现在的情况。

很快，在盥洗室脏兮兮的镜子里，宗九看到，自己的锁骨上骤然多出来一道奇异的花纹。

盥洗室的灯光很暗，是那种老式的暖光灯，照明效果不太好，但是勉强能看清这道花纹的样式十分奇怪，并非是那种清晰整齐或者很有规律的花纹，非要说的话，更像是一个诡异的符号，颜色由深到浅，就像有生命一般，让人一看就感觉莫名燥热。

宗九觉得心里有点难受，结合分系统之前说的话，他忽然产生了一个不好的猜测。

正在此时，分系统也传来了温馨提示：【你猜得没错。】

这会儿，宗九也顾不上是在片场了，一脚踢开盥洗室隔间的门，把自己关了进去。

洗手间的摄像头没有安在隔间内，正好这段单人剧情比较松散，宗九进去后，耳麦里也没听到导演组喊停，那就应该是在剧情允许的自由发挥的范围内。

关上门后，宗九掏出口袋里的打火机，一把将衣服撩起来，紧接着他看到，火光下，他胸口之前感到有些难受的地方，同样长出了和锁骨上一模一样的花纹。

【如果放任标记生长不予解除的话，不仅回不到玩家宿舍，还有可能产生附加的负面效果，因为这块花纹并非凝固不动，而是一直在扩散。未来还有可能扩散到其他地方，届时想要根除只会更难。】

"怎么根除？"宗九直截了当地发问。

【莎尼女王的这个印记是它给自己猎物用的，会让人燥热无比，心神不宁，等蔓延到全身后会暴躁到无法正常思考，爆体而亡。】

宗九明白了，自己最糟糕的预感成真了，这个印记不解除很有可能会被淘汰！

他正准备开口，耳麦里忽然传来一阵嘈杂的电流声。

"注意注意，演员请注意，三十秒后，将会快速推进剧情，请演员按照耳麦指示准备。"

宗九搭在门上的手一顿。

这段戏份是他这个小配角的单人戏份，大致就是来洗手间一趟，然后在洗手的时候发生了一点异常情况，应该只能算是危险片里常见的事故预热，不是什么高潮剧情。

本来宗九打算从隔间出去后就开始演绎这一段，结果没想到导演催促得这么急。

至于为什么会作这样的调整……宗九想起刚刚在外面讲戏时，那一圈人瞳孔里泛着某种标记般的黑雾，心里不禁有些烦躁。

不怀好意的人比比皆是，在摄像机里窥视他的同样数不胜数。莎尼女王的印记会勾起人的恶念。

一说到恶念，他脑海中就不可遏止地浮现了另一个典型人物。

"嘎吱吱吱吱——"

就在宗九沉思间，空旷的洗手间内忽然传来了一段滑轨运动的声音。

为了配合氛围，盥洗室里的灯泡也闪烁不定。

宗九拧开门把手，大步走了出去。

主线任务是要坚持到电影拍摄结束，如果他待在这里，耽误的就是任务的时间。就算是为了这个，他都得尽力配合剧组。

外面空无一人。

宗九配合着挑了挑眉，收回视线，转身重新走到洗手台前。

洗手台前挂着的镜子依旧脏兮兮的，只能看得到自己模糊的身影。

按照剧本上的内容，他低下头去洗手，这时耳麦里忽然再度传来一阵嘈杂的电流声，而且一直嗡嗡作响，不像是信号异常，反倒像老式录音机损坏的声音。

刹那间，宗九的脊背下意识地挺直了。

有陌生的气息沿着他脖颈后方逼近，有东西从天花板垂下扫过。

宗九下意识地手肘向后一撞。

镜子里只有他一个人，但这股难言的怨气，除了古堡灵体以外再无其他可能！

霎时间，宗九刚刚才平复下来的胸口和锁骨又开始发热，这是个相当危险的预兆，基本证实了他和分系统之前做出的最坏的猜测。

"怎么回事？！"电光石火间，宗九后退一步，露出惊愕的表情。

要论演戏，宗九可谓深谙此道，骗人的水平一等一地高。

在他面前，布满铁锈的水龙头里喷出一股深红色的水，顺着年久失修的洗手池淌到外边，看起来就像源源不断涌出的猩红色血液。

这当然是事先准备好的道具。

不过这不重要，重要的是宗九退后的时候狠狠地往背后踩了一脚。

落空了。

那股陌生气息瞬间消失得无影无踪。

听到盥洗室里传来的声音后，守在外面的几个演员都跑了进来。

胖子是跑得最快的，满脸关切，一进来就谄媚地问："你没事吧？"

其他几个人则纷纷回过头去看。

水龙头里只有最开始的水是鲜红色的，后面的便恢复了正常。

"没事。"看到是他，宗九冷淡地摆了摆手，一副不想和穷鬼多说的傲慢模样，反而转头解释了一句，"不知道是不是年久失修，这个水龙头里刚才冒出来的水竟然是红色的。"

水龙头里冒出红色的水？

叶影帝一听，迅速蹲下，十分夸张地从口袋里掏出一支侦探必备的放大镜，用手指在地上蘸取了一些水迹细细观察。

出乎意料的是，水迹无色透明，没有任何异常。

"怎么可能，我明明看到它是红色的。"宗九皱眉。

"或许是铁锈吧。"叶影帝顺势安慰道，"常年不通水的管子很容易这样。"

古堡荒废了这么多年，水管还是铁质的，内里早就生锈了。铁融在水里就会呈现出红色，只要排出，过一会儿就会恢复正常。

这个解释相当具有说服力，有理有据，令人信服。

毕竟按照剧情发展，现在只是他们进入古堡后遇到的第一桩怪异事件，冒险者通常都不会放在心上。

几个人正在按部就班地念台词。

就在这时，盥洗室亮着的昏黄电灯忽然闪烁两下便熄灭了。

一片黑暗中，富二代率先惊叫了一声。

"灯怎么灭了？"

剧本里可没写这段。

他喊完才反应过来，自己刚才这是直接出戏了，说严重点儿是要NG的！

富二代立马慌张起来，下意识看向站在他一旁的叶影帝。

叶影帝接上："难道是刚才电闸的线没接好？"

富二代这才后知后觉地意识到，耳麦里并没有传来导演组叫停的声音，那就说明现在还在戏中，万一这也是剧组事先为了制造气氛，刻意没告知演员的部分呢？

这回接话的是胖子："不可能，我肯定接好了！"

既然他是设定好的电工专业的，这都修不好还算什么专业人士。

"现在说这些都没用了，我们先下楼去看看吧。"侦探的助手连忙出来打圆场，中止了这场比剧本里设定的提前发生的争吵。

不得已，大家又摸索着从盥洗室出来，开始按原路返回。

一路上相当沉默。

没了灯光，大家在一片漆黑中聚拢在一起。

然而在其他配角靠近宗九时，叶影帝也顺势上前一步，不着痕迹地拦在前面，将宗九隔开。同时，宗九再度从对方身上感受到了那股不正常的气息。

他的瞳孔里划过一抹了然的同时，胸口再度感到了灼烧。

这回的灼烧来得猛烈，似乎还开始有了朝四周蔓延的趋势。

"怎么了？"

侦探回过头来，貌似关切地问了一句。

在昏暗的光线下，宗九的面色很难看，然而他没有说话，反而加快了脚步。

他发现了关键问题。

他不能和其他人离得太近，不然标记就会有加重的迹象。

宗九抬起手，不着痕迹地拉高了自己的领口。

现在他只希望自己能够赶在电影拍完之前找到解决办法。主系统把他扔到这里来而不是直接将他淘汰出局，那就不至于让他走投无路。

几个人各怀心思，一切又回到了起点。

然而，情况突然发生了变化。

胖子最先失声惊叫："这是怎么回事？"

只见墙边那个老旧的电闸处刚刚好不容易才接好的电线似乎被什么尖锐的东西弄断了，旁边还留下一个硕大的手掌印。

凑近看，手掌边缘处还有些湿润，一看就是刚印上去不久。

第二十六章

拍摄进行时

毫无疑问，这一幕相当奇怪。

明明导演组信誓旦旦地说这座古堡里除了演员和道具摄像机外没有任何无关人员存在，但这个手掌印一看就是人印上去的。

不会是导演组又没事先通知，打算给他们一个惊喜吧？其他三个配角不约而同地想。

黑暗里，大家都陷入了沉默。

叶影帝什么都没说，手里还拿着放大镜，一副沉思的模样。

现在还是拍摄时间，谁也不敢在耳麦里问导演"现在到底是个什么情况，还拍不拍了"这样的话。

偏偏耳麦里也安静得很，刚才那一阵突兀的电流声后，导演组再也没有发出过声音，更没有对他们进行指示。

"这……现在怎么办？"

胖子颤巍巍地凑上去看，一时间束手无策。

之前电闸的问题是道具组一早为过了剧情设置好的，只需要拿着两根线接一下，整个古堡的供电就恢复了，并不是什么高难度的工作。

可是现在，电闸下方的线被齐齐切断，切口整齐，看起来相当怪异。

他们手上又没有绝缘胶布，根本不存在续接的可能，只能看着电线的断裂处不停冒着电火花。

叶影帝凑到手掌印前，装模作样地用棉签蘸了蘸还湿润的掌印，凑到鼻尖轻闻，然后脸色一变，完全看不出演戏的痕迹："是血！"

这句话就像一个信号，一个电影还没有结束拍摄的信号。

其他配角愣了一下，纷纷上来接戏。

按照剧本，在他们把整个古堡探索完毕后，就会发生口角，然后分组行动。

既然剧情节点提前了，富二代也就装出一副不信的模样，顺口接上："血？你开什么玩笑！"

五个人里，侦探和助手都不信超自然事件，恶毒配角纯粹是为了讨好富二代而赶来当小弟，胖子则是打肿脸充胖子，只有富二代经历过噩梦的困扰，心里有些猜测，因此格外风声鹤唳，草木皆兵。

再加上他本来就是从小养尊处优的大少爷，从来都是他给别人脸色看，哪有他看人脸色的时候，于是当即就火了，觉得这个侦探是在故弄玄虚。

"这古堡荒废了这么久，一共就我们五个人在里面。大半夜的，除了我们还能有谁？"

他装出色厉内荏的样子，连连冷笑："倒是你，从来没听说过市里什么时候出了你这么个侦探。你该不会是什么江湖骗子吧，打着侦探的旗号，是想在这里骗钱？"

侦探的助手一下就火了，上前一步："你说谁是骗子呢？嘴巴放干净点！"

"说的就是你们，真无聊。"富二代翻了个白眼，双手插兜，"爷才没时间陪你们玩这种过家家的游戏。"

说完这句话，他回头，不着痕迹地看了一眼站在一旁的宗九，瞳孔内的黑雾愈发明显，几乎要占据整个瞳孔。

宗九扮演的恶毒配角虽然心怀不轨，但表面上是富二代的朋友，此时当然得顺势支持好友。

胖子想和宗九套近乎，也站在了他这边，于是局势就变成了三个人对两个人。

这是原本的剧情走向。

不过宗九这回没说话，只是站在原地，看着富二代一个人打着手电走进黑暗中的背影，十分淡定地低下头来，用手按住了耳麦。

"喂，导演组在吗？停止拍摄，这里好像出故障了。"

他这么做，可谓打破了之前众人心照不宣的局面，另两位配角都用充满震惊的眼神看着他。

正如他们所想的那样，面对宗九这般突兀地打断拍摄的行为，叶影帝并没有说什么，反而十分纵容地看了他一眼。

大佬都没有异议，其他人自然不会说什么了。

然而宗九等了很久，耳麦里都没有传来任何声音。

他心下了然，却又呼唤了几声："喂？是不是信号不好？导演组你们能听到吗？"

耳麦中一片沉寂，没有任何应答。

"怎么回事，为什么没声音？"

见状，助手和胖子也连忙开始进行联络。毫无意外的，没有一个人收到应答。

"奇怪，我们还是直接过去开门吧。"

胖子最先做出决定，走到门口，尝试着推了推。

他明明很用力，却好像有反作用力在和他对抗。他愣了在当场，震惊道："怎么回事，推不开？"

宗九也装模作样地试了一下，发现门确实纹丝不动，像是有人在外面用什么挡住了一般。

"搞什么鬼啊！"胖子疯狂拍门，把手都拍红了，"听得到吗？"

他们在拍摄的时候当然是不允许带手机的，统一存放在助理那里。

宗九站在远离其他几人的地方，不着痕迹地审视着大厅。

刚刚在外面的时候他就发现了，这座古堡的外观风格十分冷硬。

黑黝黝的大厅墙上没有一扇窗户，走廊的墙上也是如此，甚至盥洗室都只有用来通风的通风口。

这古堡，看起来并不像是用来居住的。

其实许多城堡都有战略目的，几乎都是建在易守难攻、群山合抱的高地上，不修建窗户是出于战略考虑。

但这城堡修建的年代显然没有那么古老，怎么说也不可能和战略需求搭上边，怎么会选择这种类型的建筑样式？

就在助理和胖子拍着门试图向外界求援的时候，忽然，寂静中响起一声凄厉的尖叫。

——是按剧本脱队行动的富二代！

几人互相交换了眼神，叶影帝点了点头，率先举起手电筒向声音所在的方向赶去。

不知道是不是心理作用，在发现门没法打开后，胖子觉得周围怎么看怎么奇怪。

他们刚才的行为已经算是脱戏了，按理来说守在摄像机前的导演组不可能不知道，为什么他们发现开不了门后不及时进来询问？

这实在有些离奇。

然而现在的情况也不是他一个小配角能质疑的，他也只能先跟着，走一步看一步。

"没有人？"

叶影帝最先赶到声音传来的侧厅，手电筒在周围转了一圈，发现一片空空荡荡，什么也没有。

"叶哥，您先歇着，我来。"

助理连忙扯起嗓子："周连伟，你在哪儿，听得见吗？"

周连伟是富二代的本名，既然现在已经脱戏，那也就顾不上这么多了。

就在这时，胖子忽然从地上跳了起来。

"画！那幅画里的眼睛在动！"

他吓了一跳，指着侧厅墙上挂着的一幅画。

因为年代久远，不仅画框褪色，就连画布都脏到辨不出先前的颜色，只能看到上面是一位雍容华丽的贵妇人，画得十分生动传神。

"别吓自己了，现在都脱戏了，就算有什么，估计也是导演组准备的道具。"助理不在意地挥了挥手，继续呼唤富二代的名字，"周连伟？周连伟！"

依旧是一片静寂，黑暗里没有应答。

宗九摸了摸自己的头发，骤然听到天花板上传来一阵奇怪的响动。

在安静的夜晚，这响动不亚于雷鸣。

手电筒的光地打了上去，下一秒，所有人骇然发现，天花板上不知何时已经吊起来了一个人！

看衣服的样式，无疑正是刚才离开的富二代。

"啊啊啊啊啊——"

胖子吓得一屁股坐到地上，浑身都在发抖："这这这……是哪一幕的道具？"

他的声音飘忽不定，透着虚弱。

按照原先的剧本，富二代和侦探发生口角后就转身离开了，这个时候，宗九扮演的恶毒配角快步追上去，好言安慰。与此同时胖子跟过来，看到宗九和富二代一副兄弟情深的模样，内心怒意横生，于是直接给他们下了全身无力的药，结果最后却阴差阳错，导致自己被古堡灵体所害。

换而言之，就算再怎么中途加戏，也不可能把剧情篡改到这种地步。

"想不到现在片场的道具还真是越来越逼真了，啊哈哈哈！"

就在他自言自语往后退的时候，忽然，所有人的耳麦里都传来一阵嘈杂的声音。

"滋滋——"

助理大喜过望："喂？导演组吗？我们这里出现了一点问题，请赶紧派工作人员进来协助。"

然而，耳机里出现的并不是导演组，甚至不像人能够发出的声音。

那声音怪异，嘶哑，难听至极。

"从现在开始，古堡里的所有演员都必须按照先前的剧本进行拍摄。"

"不然，面前这个人，就是你们的下场。"

下一幕，正是第三幕。

这个声音出现后，几乎所有演员都僵在了原地。

特别是胖子，看起来很紧张。

他一边勉强笑着，一边说道："这……哈哈哈，导演组，你们就别和我们开玩笑了，我们这都没按剧本走，现在都脱戏了，你们还说这些干什么啊？"

的确，骤然听到这样的话，他们拍的又是这种题材的电影，谁也不愿意真的往危险方面想。

说着说着，胖子似乎看到宗九看过来的眼神，心里猛然有了底气。他上前一步，直接走到从天花板上垂下来的富二代面前，伸手去扯富二代的裤脚。

　　"你看，这个道具做得还挺逼真，差点把我也吓……"

　　他扯动了一下裤脚，回头对着宗九露出一个邀功的笑容。

　　然而下一秒，一个小小的黑乎乎的东西骤然掉落，正好砸在胖子的头上。

　　"什么鬼东西？"

　　胖子骂了一声，登时吓得魂飞魄散。

　　是周连伟从不离身的饰品，他拍戏时都不肯摘下来，为此还和导演组闹了矛盾，这件事大家都知晓。

　　这一回，就连原先一直事不关己站在一旁的叶影帝也走上前来。

　　他观察了一番，得出结论："周连伟已经没救了。"

　　宗九怎么看怎么觉得他的表情看起来十分嫌弃。

　　不过对方很有可能就是幕后黑手，也就可以理解了。

　　身上散发的不同寻常的奇怪气息，还未变化的瞳孔，当然还有最重要的一点，两个可疑人物里的一个莫名其妙地没了，那剩下的一个不就更加可疑了吗？

　　宗九相信自己的直觉，这个叶影帝就算没有被灵体缠住，也绝对不是什么好人。

　　但是下一秒，他就没有精力去想这些了。

　　因为他的胸口和锁骨上的印记开始剧烈地烧灼起来，这一回，宗九能够十分清楚地感觉到，它们正在向自己背后和腹部游移。

　　标记蔓延比他想象中还要早。

　　"什，什么？"

　　这一回，大惊失色之下开口的是侦探助手和胖子。

　　他们两个一直抱着自欺欺人的态度，甚至刚才还在商议要不要试图去古堡的二楼或者三楼找找有没有窗户，如果有就能用床单之类的东西做成简易绳索从这里出去。耳麦里出现的声音被他们极力忽视了。毕竟如果耳麦里的话是真的，那就意味着富二代真的没救了。

　　可现在，有人将这个自欺欺人的假象打破了。

叶影帝亲自说的，谁敢反驳？

两人的脸色苍白无比。

其中，助手忽然又惊叫一声："等等，这古堡之前据说的确发生过一些奇怪的事件。"

《古堡一夜》的剧组并不算多么财大气粗，看他们的剧本就知道，这么一部三流危险片招商都困难。

可是叶影帝带资入组后就不一样了。

本来这个剧本就是按照这座古堡的传说改编的，所以拍摄场地干脆就选在了这里。后来抱到了影帝这"金大腿"后，剧组曾经一度想挪到专业的电影拍摄基地去进行拍摄，结果谁也没想到，叶影帝的团队告知剧组，说是为了更加还原这个故事，还是希望继续留在原址进行拍摄，于是剧组也就没再提出异议。

但问题也就出在这里——这里以前真的发生过一些事情。

到底出现过什么悬案并没有定论，多年来众说纷纭，怎么说的都有。

不过，不计其数的传说中，有一个共同点——这个古堡里，存在一个不知名的灵体。

早些年还有不少探险爱好者来这里探险摄影，后来也不知道怎么回事，或许是因为没有在这里拍到什么影像，又可能是因为周围又有了护城林，慢慢便鲜有人至。

要不是这部电影打算利用这个内容作为卖点，也不至于来这里拍摄。

"什么怪异事件啊，我们还是别自己吓唬自己了吧。"

胖子哆哆嗦嗦道："搞不好这个古堡里躲着一个通缉犯。"

等等！

说出这几个字后，他似乎觉得这个猜测很有道理，于是说得更加有底气。

"对，真的有这个可能。"

说实话，就算是通缉犯，也比古堡灵体让人觉得安全。

助手连忙接上："如果是这样，不如我们先想办法一起逃出去再说？"

话音刚落，耳麦里忽然再度传来一阵陌生的冷笑。

"时间到。"

"从现在开始，所有不按照剧本演绎、说话内容与剧本无关的演员都将受到惩罚。"

胆小的胖子当场崩溃了，跪在地上痛哭流涕："大哥行行好吧，我就是个小演员，您要钱我给你，要什么都行，能不能放我出去？"

下一秒，回应他的就是一个惩罚。

"嗷啊啊啊啊——"

胖子受到了攻击，发出一声惨叫，也顾不上地毯上的陈年污垢，倒了下去。

陌生的声音继续在耳麦里响起。

"我说过了，如果不按照剧本去完成你们接下来的几幕戏，迎接你们的只有无尽的黑夜。"

这一回，再没有人不相信。

"现在……哈哈哈哈哈，继续拍摄！"

这个声音说得简单，可是，如今剧情早就不是按照剧本发展了，接下来势必更加难以猜测，只能临场发挥。

叶影帝又是最先进入状态的。

他回过头来，用严肃的眼神打量着之前被放到了地上的周连伟。

助手额头布满细密的汗水，几乎控制不住脸上的表情，停顿许久才回过神来，将手里的工具袋递过去。

"刚刚他明明是往这边来的，我还看到那个白头发的跟了上去。"

刚刚耳麦里的声音也说了，每个人必须完成自己的戏份，对于他们来说，现在重要的是该怎么接下去。

倒在地上的胖子也顾不上疼了，连忙爬了起来，用变了调的声音说道："对对对，我也看到了。"

一下子，宗九变成了众矢之的。

如果大家都接受这个剧情发展，追上去的胖子就有理由嫉妒两人的关系，然后按照剧本里写的那样，顺理成章地给宗九下药。

然而，宗九立刻低下头，语气急促地说："我的确跟上去了，但我对他的情况不太了解，因为我们中途短暂分开了一下……抱歉，我感觉身体有些不舒服，先失陪了。"

说完，宗九也不看其他人的反应，匆忙径直从侧厅离开。

在他的身后，胖子露出天塌地陷的表情。

他的下一个环节就是要给宗九下全身无力的药，谁知道如果宗九离开了，显然自己就没法完成这段剧情，那时候自己不知道会发生什么事儿。

于是他连忙喊了一句："等等我，你哪里不舒服，我带了些常用药。"

另两人也匆忙跟上前面消失在拐角处的宗九。

宗九感到身体在发生十分剧烈的变化。

他匆忙走进浴室，打开了淋浴头，选择了冷水。

冰冷的水兜头而下，带来一丝微不足道的冰凉。

衬衫被打湿，紧紧贴在身上，让他觉得很难受。

毫无疑问，这一幕和剧本不符。

宗九手里攥紧了物理学圣剑，做好应对随时会出现的灵体的准备。

远远地，隔着浴室的门，他听见外面其他几个人交谈的声音。

现在他觉得自己猜对了，叶影帝多半就是古堡灵体，这让他越来越有底气了。

物理学圣剑这等神器，不仅可以对战结算者，对灵体类存在同样起作用，特别是现在，他强化过的能力全部到达了巅峰状态，和灵体正面对决也不一定完全落下风。

这时，门外有一句话传入宗九的耳朵："那我进去看一下，你们在外面等着吧。"

来了。

宗九握紧手里的道具，屏息凝神，集中精神等待着。

然而下一秒，门口传来一阵有人进行阻拦的声音。

站在门外的叶影帝皱了皱眉，瞳孔中划过一丝猩红，手指愈发用力，在门边留下一个焦黑的指印。

然而门仍旧岿然不动。

至于不动的原因……

门后，翻涌的阴影一瞬间拔地而起，将整扇门全部覆盖，不留丝毫缝隙。

就算外面的灵体把门板拆下来，阴影都不会让他进入这个房间一步。

站在冷水下的宗九忽然睁大了眼睛。

有人进来了。

门外，声音显得越发刺耳。

门内，却是另一番景象。

浴室里的灯连闪两下，骤然熄灭。宗九关上水，握紧物理学圣剑，谨慎地盯着门口。接下来，没有丝毫预兆的，看不见的傀儡丝在黑暗中交织成网，牢牢封死了宗九的路。

许久，宗九才沙哑着开口："你生气了？"

这个发现让他惊奇不已。

恶魔这个人虽然难以捉摸，但很少这么明显地表达自己的真实情绪。

不仅是这一点，他更奇怪的是恶魔为什么会跟过来。

在他看不到的地方，恶魔的眼神难以形容，他没有回答宗九的问题，上下打量着宗九的惨状。

宗九在心里狂骂，他敢说，自己这辈子从没有这么狼狈的时候。

沉默并没有持续多久。

恶魔的脸上重新挂上了那副漫不经心的笑容，指尖隔空碾碎了隐形耳麦，充满恶意地注视着宗九。

"瞧瞧，瞧瞧。"恶魔慢条斯理地说着，"我们大名鼎鼎的魔术师如今的模样。"

宗九有些烦躁，冷下声音开口："说完了？"

"如果你只是为了欣赏我的狼狈，那你现在看完了，可以滚了。"

恶魔却摊开了手，无辜地说道："我亲爱的魔术师阁下，你怎么会认为我来仅仅只为了欣赏你的狼狈呢？"

"恰恰相反……你现在这么倒霉，我实在是满意极了。"

听到恶魔这么说，宗九反倒放松下来。

他强撑着露出懒洋洋的厌倦，挑眉："说完了？说完了就滚。"

他当然知道，恶魔前来出言挑衅，就是想让自己主动示弱。但是，他宗九就是不下这个台阶。

反正什么都经历过了，什么都不会比现在更糟，宗九继续态度嚣张地说着火上浇油的话。

下一秒，危险的气息自四面八方笼罩了他。

他们依旧十分默契地没有提起那个超S级副本的结局，不管是恶魔的突然出现，还是宗九以为自己必然会被淘汰时的最后一瞥。

就像结算日一样。

有些东西注定只会潜移默化地改变。

恶魔压抑不住自己的愉悦，笑声在浴室内回荡。

然而他没能得意多久，宗九抓住机会一剑刺去，毫无防备的恶魔被直接刺回了阴影。

恶魔一愣，打量着宗九锁骨上露出来的纹路，脸上露出难以描述的神情，随后递给宗九一个极小的瓶子，里面是几滴恶魔的血。

恶魔与莎尼女王实力相当，他的血对莎尼女王的印记当然可以起到抑制的作用。

想到自己的宿敌居然要靠自己的血才能解除标记，恶魔得意地笑了。

宗九铁青着脸走出了浴室。

……依靠宿敌的感觉，实在太糟糕了。

然而，外面走廊上，有人的心情比他更差，例如，一直被关在门外，死活没法窥探到里面发生了什么的叶影帝。

叶影帝站在原地，阴骛的目光从宗九身上扫过。

"你刚刚在里面干什么？"叶影帝的声音骤然尖利，十分接近耳麦里那个陌生的声音。

他瞬间意识到自己的失态，重新恢复了之前的温和优雅，只是面色依旧阴沉。

宗九却冷笑一声："关你什么事？"

恶魔的血确实有用，他现在感觉身体的躁动平息了不少。

但是还不够，他能感觉到，锁骨和胸口的花纹依旧在缓慢扩散。

"分系统，我的标记根除了吗？"

自从脱离了超S级副本，失去了主持人身份的分系统变得格外沉默。除非宗九在心里呼唤它，不然大多数时候，它就像完全不存在一样。

【没有，但是影响的确减弱了。】

果然，恶魔的血也没法一劳永逸。

宗九站在原地，有些烦躁地揉了揉自己乱糟糟的头发。

但不管怎样，能够削弱女王的标记……这让他确定了之前的猜测。

另外两个人都用震惊的眼神看着他，不仅因为宗九竟然敢直接和影帝对呛，更重要的是，他和叶影帝两个人都没走剧情！

这一回提出疑问的是助手。

他惊讶地看着他们："难道古堡里的灵体是假……"

下一秒，他就遭到了和胖子一样的待遇：他跪倒在地，发出痛呼。

不，如今还没有脱离古堡灵体的掌控！

这一回，陌生的声音并没有在耳麦中响起，而是直接出现在现场。

"由于不可抗力无法进行的剧情，是允许进行变更的。"

"但是，没有下一次。"

叶影帝由于某种原因没能走进浴室，导致原定的剧本再一次发生了改变。

原来在灵体眼中，这属于合理变更剧情的范围。

当然，谁也不敢冒险去尝试能不能真的变更剧情。毕竟，如果剧情没能进行下去，很有可能引来灵体的愤怒！

"继续，第四幕和第五幕，不要停。"灵体的声音越发尖锐。

听到第四幕，助手紧张得开始浑身颤抖，因为在这一幕，最大的亮点便是他的消失。

随着双方发生口角，胖子按计划给宗九下了使人全身无力的药，男主角完成了和配角的对手戏，助手发现自己的东西掉在了之前待过的侧厅，只能匆忙回去拿。

然后，就是这次脱队，造成了他的消失。

助手越想越怕，神情紧张。

他的目光四处游移，这是人在慌乱中寻找线索时的本能反应，然后他的视线落在站在一旁的宗九身上。

助手做出了一个自己之前完全不敢想的动作。

他忽然冲上前去，恶狠狠地将毫无防备站在一旁的胖子扑倒在地。

"你疯了！干什么？"胖子痛骂。

原本他还幸灾乐祸地看着助手走剧情，他改变过一次剧情了，富二代成了他的替罪羊，此刻他处于高枕无忧的状态，没想到，助手突然如同发狂一般扑了上来。

"嘻嘻嘻嘻嘻，找到了。"助手笑着说。

从始至终，他的眼睛都紧紧盯着一旁的宗九，瞳孔里的黑雾扩散，深得看不到丝毫光亮。

他手上一用力，将一个小巧的玻璃瓶捏得粉碎，他却像完全没有感觉一样，手脚并用地爬向宗九站立的地方。

宗九心头警铃大作，后退两步，却冷不防被早就守在一旁的叶影帝抓住了手腕。

这位被灵体附身的影帝声色俱厉："我在问你，你刚才在里面干了什么？"

回应他的，是宗九劈头盖脸砸下去的物理学圣剑。

圣剑的攻击就算是灵体也要退避三舍，叶影帝不由得松手，宗九趁机毫不犹豫地朝古堡走廊另一端跑去。

助手这是想强行占据胖子的角色，改变剧情。这样消失的就会是没有按照剧本进行演绎的胖子，而不是他了。

但是，那个玻璃瓶里的，正是道具组为胖子准备的、要喂给宗九的会让人全身无力的药。

宗九虽然摆出对其他人的注视十分厌烦的模样，但心里的警惕一直没有放下分毫。

在他听见叶影帝的助理吩咐道具组，要把原先准备的空瓶子换成真药，所有人都没觉得这有什么不对，甚至声称这确实能够更好地让新演员入戏的时候，就做好了反击的准备。

黑暗中，奔跑的脚步声在走廊上回荡。

宗九没由来地有些厌烦。

他喜欢刺激和挑战，但这个惩罚副本不论是主线任务背后的暗示还是别的什么，都表明了主系统是在给他机会，给他一个能够解决掉自己身上标记的机会。

他宁愿这个惩罚副本的灵体对他怀抱杀意，也不愿意玩这种毫无期待感的游戏。

所有的解决方法，都指向同一个结局——他需要恶意携带者给予他血液，消除标记。

思来想去，比起不知道是什么东西的叶影帝，首席竟然成了唯一可以选择的对象。

宗九无语，为自己莫名生出的几分不爽而困惑。

"哎呀，魔术师先生，是在想念我吗？"熟悉的声音在阴影中响起。

宗九回头，不知何时，他已经从二楼跑到了三楼。或者说，阴影将整个空间置换，让他上一秒还站在二楼走廊的拐角，下一秒就来到了三楼。

古堡三楼的墙壁上，正对着走廊中央的位置，有一扇很小的窗。

清冷的月光从窗口透进来，为宗九的侧脸蒙上一层暗纱。

恶魔靠在墙上，看着宗九。

第二十七章

背后缘由

窗外夜色深沉。

此时正是深夜，奇怪的是，外面不仅没有拍摄中的剧组的声音，也没有来自森林的鸟叫虫鸣，四下静到不可思议。

而古堡中充斥了胖子的叫骂呼喊声、助手奇怪的笑声、重物骤然落地的响声、从碎裂的玻璃处吹进的呼呼风声……

在这样的环境中，恶魔忽然冷冷地开口："令人厌恶的气息。"

他凝视着宗九，目光晦暗。

在没有人看到的地方，阴影从黑暗中翻涌溢出，将徘徊在城堡内的灵体绞碎。

宗九感觉到了一股莫名其妙的怒意。

恶魔从未设想过，居然有一个人，可以轻而易举地挑起他的怒火，左右他的理智，让他失去了对万事万物漫不经心的态度。

他居然觉得，自己或许有了朋友……

玩世不恭，冷眼看着世人挣扎于泥淖的观赏者，终于被扯进了尘世，从此不再凌驾于众生之上。

早该淘汰他的。恶魔暗想。

世间所有人都像一道谜题，无数人简单到一眼就能看出答案，无聊到叫人乏味。而宗九，注定让恶魔永远也求不出解。

所以他一败涂地。

夜晚依旧宁静。

不知从什么时候起，那些从楼梯下方传来的声音尽数消失，就连原先穿堂而过的狂风也就此停歇。偌大的古堡安静至极，了无生气。

那些暗影涌动着，逐渐如幕布一般，将三楼的楼梯封死。

如果有人这个时候往窗外望去，就会发现——

天空中在簌簌地下着黑雨，但是它们却又仿佛有默契一般避开了月亮，给大地留下一抹光亮。

这个惩罚副本正在崩塌。

恶魔不容许任何想伤害他宿敌的人继续存在。

宗九是只属于恶魔的宿敌，也是只属于恶魔的合作者。

天地间充斥着乌云和闪电，雷声滚滚，风暴下一刻就会将他们吞没。

黑雨从空中倾泻而下。

一切都被蒙上了一层巨大的阴影，天地间暗淡无光。

在这副本崩塌倾颓的时刻，没有人留意到，恶魔将自己的血再次递给了宗九。

月光沉进了黑暗深处。

一切自此不复存在。

这次的玩家评级并没有什么悬念。

从福利院这个超S级副本出来的玩家只剩下一百一十几，差不多能够满足最后比赛通关的数量。

比赛开始时人潮如织的壮观场景已经不复存在，C等级的台阶上更是只有三个人，萧条到叫人心生悲凉。

回来的玩家们大多依旧沉浸在刚才那极端危险的氛围里，在原地愣了好一会儿，才纷纷因为自己顺利通关喜极而泣。

直播间观众们则更加担心高处那空荡荡的王座。

【啊……看来魔术师是真的没了。】

【对啊，马上就要开始评分了。】

【说真的，这个结果我是真没想到。明明魔术师那么强，公认的最强新玩家不说，还是那位大人看好的人……唉。】

【当初他给我们带来了那么多惊喜，为什么这次不能像之前那样带来奇迹呢……】

不论场内还是场外，气氛都显得格外低迷。

很快，评级开始了。

重新评级后，有几个B级玩家掉到了C级，有一个C级反倒升了上去，像是早就确定好了一样，最后一次淘汰的C级玩家，正好是十三个。

于是，在场的C级玩家连喘息的时间都没有，就被主系统再度扔进了惩罚副本。

对于他们来说，需要再经历一个完整的副本，才能获得回到游戏的资格。然而对于在会议厅内等待的其他玩家来说，只需要五分钟，就能见证谁能通过这惩罚副本，再一次回到游戏。

很快，结果出来了。

没有一个人通过惩罚副本。

如今站在大厅里的人，只剩九十九位。

【恭喜你们，默菲斯契约最后的九十九位通关者。】

主系统冰冷无情的声音在每个人耳边响起：【你们成功坚持到了最后。】

对玩家们来说简直恍如隔世。

他们经过了这么多轮残酷的比赛，也见证了一个又一个亲密的伙伴的离开，每个人都难以压抑自己复杂的心情，低低啜泣着，流下劫后余生的泪水。

【你们的名字将进入默菲斯契约比赛的赢家列表，永远镌刻在无限循环的历史上。】

主系统公事公办地走着流程：【比赛结束后，所有人都将获得一个S级道具盲盒，从盲盒内可以随机开出任意的S级道具，并且在未来一段时间里，你们可以选择不参与强制危险副本。】

听到这话，大多数玩家都长长地舒了一口气。

不少玩家最开始就是冲着这个S级道具来的。可主系统事先并没有详细介绍比赛的流程和难度，这才导致大量玩家抱着侥幸心理报名，却因为能力不足最终惨遭淘汰。

毕竟S级道具不可多得，就连S级玩家们每人也只有一件。毫无疑问，主系统一次性下发的这九十几件S级道具可以极大程度地提高个人及其团体在危险副本里的通关率，甚至让各大势力重新洗牌。

而且，无限循环里的每位玩家每个月都有强制下危险副本的任务，既然主系统发布了通知，那么这次比赛后，他们终于可以好好休息一段时间了。

直播间的观众们刷着庆祝和恭喜的弹幕。

他们一边看着超S级副本的剪辑回放，一边热切地讨论着，尤其在看到暗舍生取义时，大家都感慨原来真的误会了暗。但是，也有人发现了一些不同寻常的地方。

【等等，为什么我没有看见第九名和首席两位大佬？】

【你这么一说，我也发现了，真的啊。】

【对啊，而且主系统说了，这是个全体副本，不至于出现副本不同的情况……再说了，土门还在王座上好端端坐着呢。】

他们疑惑不已，殊不知会议厅里如今也是喧哗一片。

暗刚才被传送回来后，顾不上联系主系统恢复伤势，第一时间便是寻找宗九的身影，谁知竟然一无所获。他立时冷静下来，随之让主系统赶紧为自己疗伤，这让一向敏锐的他难得忽视了从旁边投来的充满探究的目光。

宣布结果后，主系统顿了顿，公布了接下来的安排。

【一个月后即将进行终局之战，该副本为特殊决战副本，仅允许S级玩家参加，用以决出最后的赢家。】

【该副本同样有淘汰的风险，但并非强制性副本，S级玩家可以自由选择参加与否，请慎重决定。】

【在终局之战结束、许愿者许愿后，默菲斯契约比赛才算正式结束。】

来了！

所有人都兴奋极了。

【哇，终于到终局之战了，好期待！】

【没有了魔术师这个热门夺冠人选，也不知道谁能够拿到万能许愿券……】

【梵卓和暗都有可能吧，鉴于梵卓曾经被暗坑过，所以我选择暗。】

【笑死我了，要这么算的话，其实全体S级都被暗大佬坑过，他才是稳赢的那个。】

万能许愿券！

就算暗已经声明主系统所谓的"万能"水分很大，甚至有可能只是个自欺欺人的噱头，大家的热情依旧高涨。

毕竟，主系统的权能可谓有目共睹。

除了S级位面以下，就连A级副本主系统也可以全权操纵，更别说那些神乎其神的特殊道具、血统能力和无声无息转移空间的手段。

有的人猜测超S级副本无法动用能力和权限，是因为主系统无法控制超S级副本这个等级的维度。

不管怎样，究竟谁能得到许愿券，又会许下什么样的愿望，都成了众人关注的焦点。

公布这个消息后，主系统不再说话，也表示最后一次等级评级结束。

会议厅内一片欢腾，热闹非凡。

接下来，普通玩家不需要再参与决战副本，只需要围观大佬之间的战斗就可以，大家都注视着最高处的王座，彼此交换着充满期待的眼神。

他们不知道，王座处的气氛凝重无比。

评级完成后，暗第一时间联系了土门。

在顶层静室，土门刚进房间，暗一连串的问题就劈头盖脸地甩了过来。

"你们去哪儿了？是不是去了其他超S级副本？"

"魔术师人呢？你们经历了什么？"

"怎么只有你一个人通关回来了？"

垂头丧气的土门稍稍提起精神，将他和宗九在疯狂马戏团副本里的遭遇简单说了一遍。

听到土门说最后使用了那个道具回到玩家宿舍后，却发现这里只有他一个人，暗陷入了沉思。

他默默联系了主系统，也不知道递交了什么申请，刚刚还冷若寒冰的面容忽然放松，恢复了往日一切尽在掌控的神情。

等到回头和其他S级对话的时候，一副生人勿近模样的暗已经又和颜悦色了不少。

"可以了。"

其他人："什么可以了？"

其中，土门反应最大，直接从地上跳了起来："难道是……"

"没错。"暗拂了拂长袖，一派高深莫测的模样，"就是你想的那样。"

说完这话，他忽然又皱了皱眉，撂下一句"既然没事，那就散会吧，接下来的事情等宗九回来后再细讲"后匆匆离去，撇下身后几名还未从这个重磅消息中回过神的S级。

宗九的确没事。

不过，这并不代表他现在一切安好。

在古堡里，靠着恶魔的血液，宗九身上的标记得以成功解除。

宗九在床上醒来，花了半分钟的时间等意识回笼，却在看到四周的环境后，脸色越来越难看。

此刻，他身体上所有的不适都被主系统治好了，可是，对于宗九来说，单纯动手自己不是对手，还靠恶魔才消除了标记，让他的自尊心极度受挫。

这时，房间里传来恶魔的声音："怎么，找我吗？"

终局之战

第二十八章

提心吊胆

土门心惊胆战地等了整整一天，然而这一天里，别说是宗九的身影了，就算是消息也一点没有。

这让他越发怀疑暗的话。

在经历了福利院最后的变故后，很多玩家对暗的感情变得愈发复杂。

一直以来，暗给人的印象都是高深莫测，工于心计，就算后来有所改变，很多人对暗也是敬而远之。

结果没想到，千钧一发之际，暗竟然会以自己做饵，为其他人换得逃脱的机会。毫不夸张地说，要是没有暗出力相助，最后通关的人还会更少。

这些事情让大家发现，原来暗真的是个好人，是个被大家误会的好人！

但对于土门来说，他永远记得之前在假面化装舞会上对方是如何让自己抬不起头的。此刻，他心里对暗声称宗九会回来这件事半信半疑，但还是希望宗九安然无恙。

毕竟，他一想到宗九让给他的那把钥匙，心情就复杂至极。

——要是早知道钥匙只有一把，那他说什么也不会用，怎么也得留下和宗九一同面对危险。

一天后，纠结了无数次的土门终于忍不住了，他不敢去找暗，只好在主系统里开始给宗九写信，要求主系统转交。

主系统：【如果你要找魔术师的话，他就在他的房间里。】

土门忙不迭地冲了出去，一路向宗九房间跑去，一边跑，他一边在心里思考：为什么宗九回来了却没有公开出现，难道是因为受伤太严重，连主系统都没法完全恢复，或者是……

土门想起疯狂马戏团副本里无处不在的黑暗气息，内心充满了不好的预感。

万一是遭受了严重的、主系统都无法修复的精神伤害，那么，就算是回来了也再不是原来的宗九了。联想到宗九一天都杳无音信，搞不好……

土门如同一阵风般冲到了宗九房间门口，又敲又打，大喊着开门。

在场的其他玩家都疑惑极了："那不是土门大佬吗？怎么会在魔术师的门前？"

之前的等级评级结束后，大家都在疑惑，为什么宗九和土门没有和大家一样进入福利院副本。主系统便声称，因为空间传输出现了不可控的情况，这两位意外地被抓到了另一个超S级副本里。

——听起来很是匪夷所思，但联想到土门的运气，就不让人感到太过惊讶了。

"可惜了魔术师……唉！"

玩家们纷纷叹息："现在S级还剩下八位，首席和第九名的位置都空缺，也不知道最后能拿到许愿券的人会是谁，实在有些期待。"

"应该不会是各位S级单打独斗吧！"

另外一个人猜测："梵卓、暗、驱魔人和土门这几位之前就组成了同盟，如今揭晓了游戏指导师身份，剩下的拉乌、冬、圣和黑巫师先前就已经公开表明支持那位大人。看来，决战副本将会有一场恶战啊！"

"的确。如果魔术师没出事的话，这边明显实力更强，可现在……实在不太好说。"

"土门大佬大概也是悲伤过度，才会来魔术师门口的吧。"

大家纷纷露出悲伤的表情。

唯独他俩进了另外一个超S级副本，想来也是有队友情的，如今却只回来了土门一个……而且很多人都听小道消息说宗九竟然是自愿牺牲了自己回来的机会，让土门回到了玩家宿舍。

之前只以为这人大公无私，如今看来，关键时刻居然会选择舍己救人……

只能说，人不可貌相，一个暗，一个宗九，所有人都看走了眼。

土门不会想到，就在自己疯狂拍门的时候，与自己仅有一门之隔的黑暗房间里，恶魔也在。

宗九无视恶魔的存在，只是懒洋洋地看着窗外的雪原，像一只趾高气扬的猫。

但是，对于十分注重个人隐私的他来说，他从未想过，自己会允许另一个人在自己的房间里为所欲为。或许在他的潜意识里，似乎已经将恶魔当作了朋友——但是他不想承认。

就在这时，敲门声忽然响起。

主系统十分贴心地给宗九送来了第十名登门拜访的讯息。

【S级玩家土门在门口求见。】

宗九起身想去开门，谁料恶魔立刻一步上前，挡住了他的路。

土门在外面等了大概一个小时。

如果不是知道宗九已经回来了，土门绝不会这样干等，但既然已经知道了，自然不能半途而废，无功而返。土门隔一会儿就敲一次门，展现出了见不到宗九就不走的决心。

没人开门。

土门越等越心焦，越等越着急，于是又暗暗开始联系主系统。

"主系统，你能不能告诉我魔术师现在在房间里干什么？他为什么不开门啊？"

主系统沉默了很久，久到土门觉得是不是这个问题涉及玩家隐私所以让主系统为难了的时候，冰冷的机械音才再度在他耳边响起。

【我已经把你造访的消息通知他了。】

言下之意，宗九知道他在门外。

土门站在原地，露出了难以置信的神情。

他越想越害怕，越想越难过。

他觉得自己猜对了，宗九可能已经发生了主系统都没法解决的意外：全身瘫痪倒在床上，想动也动不了；或许精神已经被黑暗污染而陷入一片虚无，再也无法清醒过来，所以对主系统的消息无动于衷；还有可能……

土门想到了那把钥匙。

他现在可以肯定，那是首席给宗九的，因为他意识到，对方早就对宗九表现出了十分有兴趣的样子。而且毫无疑问，这两个人肯定私下有联系。

土门内心翻江倒海。

他想到了那个黄金鸟笼。或许恶魔就是准备用这个东西，来对宗九进行羞辱，真是可恶。

土门胡思乱想着，一边担心宗九的现状情况，一边脑补恶魔对宗九的迫害。

所以，在门打开的刹那，土门甚至一瞬间没有反应过来。

下一秒，他一下子从地上蹦起来，露出激动的表情，给了宗九一个大大的拥抱："兄弟！你真的回来了？！"

抱住宗九的那一刻，土门觉得有点冷，不是普通的温度上的冷，而是一种……不祥的感觉。

怎么可能呢。土门安慰自己。

玩家宿舍和副本里不同，是绝对安全的地方，自己怎么可能在光天化日之下感到危险？一定是还没从上一个副本留下的心理阴影里走出来。土门想。

下一秒，土门就听到宗九身后的宿舍里传来一声巨响。

土门被吓了一跳，立刻松开手，探究般地向里面望去。

可是宗九挡住了他的视线，他看不到房间里的具体情况。

"是不是什么东西倒了，要不要进去看看？"土门担忧地问。

宗九脸色有些奇怪，摆了摆手："没关系，我在房间里养了猫。"

不知道是不是错觉，土门好像听到房间里传来一声愉悦的低笑。

但是他就被其他的事情吸引了注意力——宗九伸出的手上，满是伤痕。

"你的手怎么了？"

土门退后一步，把宗九从头到脚仔细打量了一回，脸上担忧的神色越发浓重。

此刻，宗九的样子太奇怪了，居然裹着一件厚厚的狐裘大氅，领口一圈白茸茸的毛衬得他的脸色不太好，衣服从脖子到脚踝将全身上下裹得严严实实。

土门又往下瞥了一眼，发现宗九居然赤着脚没有穿鞋。

土门一下子严肃起来。

"你老实告诉我，你是不是在那个副本受了什么主系统也无法清除的伤？"

他一边等待宗九回答，一边疯狂脑补，毕竟玩家宿舍并不冷，宗九这副模样，一看就有问题。

联想到之前的经历，土门的眼睛都有些发涩。

宗九急忙否定："不是。真不是。"

"你没骗我？那你为什么这么久才开门？"土门满面狐疑。

宗九百口莫辩："……真没有。"

"那好吧。"土门迟疑着放弃了追究他衣着的原因。

——宗九看起来心情很差，不想多说就不说吧。

土门还是有些不放心："你从副本出来后，没有留下什么后遗症？"

宗九开始瞎编："没有啊。我带了个道具进去，你知道的，就是B级的伊鲁卡的银币，可以短时间内增加幸运度。最后我扔十面骰把莎尼女王给迷惑了，开了空间门，联系上了主系统，可能是黑暗维度通行不便，所以耽搁了一些时间。你看我现在不是好好的！"

这套说辞听起来天衣无缝。当然了，主要还是因为宗九现在人好端端地站在这里。

土门放下心来。

"好，你没事就好。我就是有些担心，所以过来看看。"

土门犹豫了一下，没有提钥匙的事。

有些事情不用提，总之情分他记下了，有朝一日只要宗九需要，他绝对不会坐视不管，赴汤蹈火也在所不辞！

"那你先继续休息吧，我就不打扰你了。对了，别忘了给其他人回个信，商议终局之战的会议时间。我们之前在会议厅没看到你都很担心，还是暗说你没事，大家才放下心。"

"好。"宗九点头。

土门寒暄了几句就离开了。

他的直觉告诉他，如果再待下去，可能会发生一些不太好的事情。

"嘎吱——"

看到土门走远了，宗九沉思着关上了门，顺手打开了主系统，开始给各位S级发送信息。

门后，一直光明正大偷听的恶魔靠了过来，假惺惺地开口："哎呀，是我疏忽了。"

"不需要。"宗九冷冷地推开他，"你只要能离我远点，我就谢天谢地了。"

宗九没有被淘汰！

这条消息迅速在玩家宿舍里传播，很快所有人就都知道了——包括直播间观众。

赛程进入尾声，为了增加效果，主系统特地给九十九位玩家都开放了个人直播间。这样一来，消息第一时间就传到了直播间观众的耳朵里。

兴奋的观众们议论纷纷。

【天，魔术师没被淘汰！】

【怎么可能呢，他之前明明连会议厅的集会都没参加啊？】

【我也在好奇这个事情，按理来说玩家是必须传送回去的，不可能跳过等级评级。】

【之前主系统不是发了个声明吗，说他们两位因为空间转移失误没有进入福利院副本，而是被送到了另一个超S级副本，搞不好中间出现了什么意外才没有来得及转移回来。】

【的确有这个可能，但不管怎么说，魔术师没事，那恐怕S级势力又要开始重新洗牌了……】

……

在观众们的想象中，决战副本当前，玩家之间的关系必然剑拔弩张。

九位S级都有明确的站位，传言不同阵营的S级见面了甚至连招呼也不打，关系跌至冰点。

——这就更有看头了。

他们当然猜不到，不打招呼是因为大家都知道其他四位早就是被深度控制的傀儡，根本就没有打招呼的必要。

这一天，宗九一进会议室就听见几位盟友在争论——出乎意料的是，暗和从不缺席的徐粟都没在，在场的只有梵卓、驱魔人和土门。

驱魔人义正词严："既然最后一个副本不是团队副本，而是一对一随机分配，那我们直接放弃参赛不就行了？"

主系统依然像之前那样，提前将S级决战副本的规则下发给了众位S级，S级可以自由选择要不要参与。

决战副本将以一对一的晋级赛形式进行。届时每位S级需要依次表明自己要不要参与决战，放弃资格的话保留S级席位，自动转移到观众位置，只留下参与角逐的S级在原地，进入决战副本。

既然是一对一副本，那么，对决的两个人里只有一个能通关。

这就意味着开弓没有回头箭，一旦决定参与角逐，那就必须要淘汰自己的对手。

和其他等级不同，S级得到的结算奖励会更为丰厚，他们参与决战副本只是为了角逐最终拿到万能许愿券的人选，但若是在决战副本内输了……

这是一道十分艰难的选择题。

上前一步，不一定有收获，也有可能是万丈深渊；站在原地能保证平安无恙，还能拿到之前的奖励。

暗已经提前和他们说过，主系统多半是知道了他们已经做好了准备，才确定了这个形式——其中很难说没有首席的授意。

若是一方全体参与，很有可能届时匹配到的对手会是自己同一阵营的，这样无疑会造成不必要的牺牲。

因此，大家在商量过后决定，他们这边只派宗九一个人参战。

听到结论的宗九觉得莫名其妙：这种行为是卖队友吧！

唯有土门看起来忧心忡忡："万一首席不守规矩，下场进行车轮战呢？"

对首席来说，其他几位S级只不过是傀儡，根本不需要在意他们是否通关，如果到时候他真的派那四个一起参战，那宗九需要艰难战胜至少三位S级才能获得胜利。

"那我就不清楚了。"驱魔人摊了摊手，"刚才暗说恶魔不会这么干。"

"他说，要是只有魔术师一个人参战，对面也只会派出一个人，绝对不会出现以多欺少的情况。"

听起来这话毫无依据，但既然是从暗口中说出来的，那就说明肯定不是空穴来风。

宗九倒是心知肚明。

他和恶魔的对抗，每次都以给对方找不痛快为首要目的，什么招数都用，甚至有时候不按规则来。而且在宗九看来，说是宿敌，其实对方针对自己的行为，简直幼稚得像小孩子闹别扭。

但不管怎么样，真的要正面对抗，不管是宗九还是恶魔，以他们的骄傲，绝对不会容许别人来打扰这最后的对决。

那是独属于宗九和恶魔、救世主和大魔王的终局之战。

于是宗九轻描淡写地结束了这个话题："他说得没错，那就这样决定吧。"

"对了，徐粟呢？"他问了一句。

土门立刻回答："暗就是找他去了，暗抽到的S级奖励是一本能看到玩家离开前的留言的书。"

遗愿书，S级道具，获得者打开此书可以看到被淘汰玩家离开游戏前的留言。

正是抽到了这本S级道具书，宗九他们才知道，原来每一个被淘汰的玩家在离开游戏前还有留下只言片语的机会。

自从上一个副本后，许森就成了徐粟的心病。如今得到这么一个道具，暗马上去通知他倒也无可厚非。

"原来如此。"

但不知道为什么，宗九心里出现了一些奇怪的想法。

就在他思考的同时，一直沉默着站在一旁的梵卓忽然回过头来。

宗九早就注意到，梵卓今天看起来格外严肃。但他们在讨论决战副本的时候，梵卓并没有出言反对。

按照梵卓的性格，如果是安排有问题，肯定就当场说了，既然他没说，那就说明并不是终局之战的问题，而是别的什么不方便在所有人面前说的事情。

梵卓朝着宗九点点头，低声说了句失陪，率先离开会议室。

反正也讨论完了。

决战副本同样用不了特殊道具，连被动道具也用不了，大家有心帮忙也无力施展，只能给予精神鼓励。

宗九心下了然，寒暄了几句后也借故离开，匆匆朝着梵卓离开的方向走去。

他没走多远，就在顶层另外一间会议室的门口看到了梵卓的身影。

梵卓朝他点点头，不着痕迹地发动了夜族的侦查能力，确认周围没有任何异常后，才小幅度推开身后会议室的门："进来说。"

看他这副戒备谨慎的模样，宗九心知这绝对是件大事，于是也严肃了不少，甚至抽了张星辰牌确定某人不在附近，才缓缓关上门。

......

等他们从会议室出来，已经是一个小时后了。

而且，为了避免引人注意，他们甚至是不是同时离开的。

宗九没有急着回自己的宿舍，反倒沉思着，一路走到了顶层酒吧。

现在已近傍晚，远处深红色的晚霞在海面上连成一片，天空像是要烧起来一般炫丽颓靡，将海面染成同样的颜色。

宗九习惯性地点了一杯威士忌。

下一秒，有一只手从背后伸了出来，将宗九放在吧台上的酒杯拿起，将里面冰冷的液体一饮而尽。

恶魔漫不经心地评价："技术比我差远了。"

宗九选择无视对方。

吧台上方的暖黄色射灯为他镀上了一层冷冽的光，让他看起来更加不近人情。

毫无疑问，现在宗九的心情看起来并不好。

不知道为什么，这个认知无端让恶魔有些不快。

他很少在宗九身上看见这么明显的情绪波动——除了他们两个针锋相对的时候。那个时候，无论是宗九还是恶魔，都因另一个人燃烧起战意。

他们最真实也最稀少的情绪，只因对方而生。

恶魔不悦地想着。

下一秒，刚刚还在吧台里调酒的调酒师就被赶走，恶魔则鸠占鹊巢。他的手指微动，隐匿在阴影中的傀儡丝便缠绕在了酒瓶和调酒壶上，另一边，悬浮在空中的夹子已经将冰块和柠檬盐准备好，随时可以取用。

"魔术师阁下，需要调酒服务吗？"

恶魔紧紧盯着对方的眼睛，暗金色的瞳孔流露出毫不掩饰的揶揄："你是我唯一的客人，所以这一杯不需要额外加价。"

"当然……"他拖长了声音，"如果想喝第二杯的话，那就是另外的价钱了。"

宗九气结，他的心情和思路都被打断了。

傀儡丝在恶魔的操纵下，在空中划过一道道绚丽的弧线。

"咚——"一杯调制好的威士忌推到了宗九面前。

"调酒师"撑着吧台，笑眯眯地看着他。

宗九冷冷地看了他一眼，一动不动。

恶魔也不在意，漫不经心道："马上就是终局之战了，让我来猜猜，你们都商量了什么？例如，让你一个人上？"

"那你大可放心，你最后面对的只有我。"恶魔语气和缓，"我不会让任何人来打扰独属于我们的这一战。"

"不过……难免会有些从中插手的蝼蚁。"

宗九挑眉："想说什么就说，别在这里卖关子。"

这么明显的白送的情报，不听白不听。

见对方终于将注意力转移到自己的身上，恶魔露出一个满意的微笑。

傀儡丝微微松动，冰块从空中落入酒杯，与杯壁发出清脆的碰撞声。

"亲爱的魔术师，你要知道，这个世界上一切的妥协都有目的。"恶魔意有所指，"特别对那些有些小聪明便妄想瞒天过海、欺世盗名的人。"

这个人指的是谁，他们两个都心知肚明。

恶魔明显对暗十分不喜，这已经不是他第一次在宗九面前这样评价暗了。

"对你来说，预言意味着什么？"

宗九沉思片刻："命运的必然。"

对那些足够出名的真正的预言来说，在被说出来的那一刻，就意味着它们未来绝对会被实现。

因为不管当事人用什么方法规避，用什么办法躲藏，仍然会走向最后的结局，规避和躲藏反倒可能出现偏差。

古大师被淘汰已经十多年了，当年的旧部无一幸存，连痕迹都没能留下多少。他最后做出的这个预言，被那些没有来得及追随他进入天空之城副本的部下带到了超S级副本完美世界。

以为能够带出来救世主，结果却制造出了大魔王，越发印证了当年的预言。

预言不代表可以反抗命运，它仅仅是"告知"。

"那就对了。"恶魔耸了耸肩，"你看，古大师的预言里，我们是不死不休的宿敌。"

宗九沉默不语。

不死不休。

曾经的确是。

但是在结算日副本之后，有些东西似乎永远地改变了。

宗九无数次可以下手，狠狠给毫无防备的小城堡主一击，连带让大恶魔一起从这个世界消失。

然而，或许是出于怜悯，或许是出于更加深层次的东西，宗九没有动手。

恶魔也无数次可以下手，在宗九尚未羽翼丰满之时将其扼杀在摇篮里，从此再不用担心什么古大师的预言，继续在这个无限循环中逍遥。

同样的，或许是出于无聊，或许是对这样毫无乐趣、找不到对手的比赛产生了厌倦，恶魔也没有动手。

虽然出发点不同，但他们选择纵容和放肆的结果，都是无法再下手。

宗九自不必说，恶魔甚至还主动几次三番去救这个宿敌，口口声声说着对方只能被自己淘汰，却无法掩盖真相。

预言从未提到过，他们在拥有宿敌这个身份的同时，还会产生另外的关系。

"我倾向于这个预言有一定的准确性，但如果有人想要恶意篡改的话，那就不一定了。"恶魔轻蔑冷笑，"特别是……如果那个人还是暗的话，它的准确性就更低了。"

恶魔没说的是，除去这些，其实某种意义上来说，古大师的预言准得可怕。

他就算真的被人打败，心甘情愿地输给一个人，那个人也只会是宗九。

"所以，这个预言明显有问题。"他话锋一转，"某些人妥协的背后明显不怀好意，不像我。"

恶魔很显然非常懂得如何往自己脸上贴金。这一番话借另一个人衬托自己，丝毫不提之前他做过什么。

听到这里，宗九终于品出对方的言下之意。

"按你的意思，你是知道如果我拿到万能许愿券会许什么愿望了？"

"别着急，这个问题我们可以以后慢慢谈。"恶魔慢条斯理道，"谁输谁赢还不一定呢。"

"况且——容我提醒，魔术师阁下，你欠我那么多次人情，想好该怎么还了吗？"

欠这个字眼，第一次出现还是在第一工厂副本里，宗九要求恶魔帮忙，但是，宗九却一开始就没准备还这个人情。

"唉，魔术师先生还是一如既往的无情。"

恶魔看了看宗九的反应，装模作样地叹气："算了，谁让我们现在已经是这么亲密无间的朋友了呢。"

宗九挑了挑眉："或许我哪天心情不错会考虑这个问题，但想要以此让我将万能许愿券拱手相让，阁下还是洗洗睡吧。"

宗九直接站起来，转身就走。

没把那杯酒倒在恶魔的头上已经是他最大的仁慈。

结果，宗九还没走出去多远，就再度收到了一条意料之外的信息。

发信人是徐粟。

宗九略一思索，转而去了会议室。

正如信息上写的，那里已经坐了一个人。

徐粟坐在沙发上，手里捧着一卷厚厚的、有些残破的莎草纸。

宗九感觉到一股与众不同的气息，他不禁打量了两眼。

这应该就是那个大名鼎鼎的S级道具——遗愿书了。

"九哥！"

看到他来，徐粟擦了擦脸上未干的泪痕，从沙发上一下子站起。

"我发现了许森的一段留言，他说……他有话想对九哥说。"

第二十九章

不同寻常的迹象

许森有话想对他说？

宗九挑了挑眉。

宗九和许森私底下打交道的时间并不算太多，甚至可以说是寥寥无几。

许森性格沉稳，平日沉默寡言，很少会把心里的真实想法说出来。不过毫无疑问，许森为人可靠，顾大局识大体，行动从不拖泥带水，对宗九的每一个指令都能领会其深意，而且很懂得控场，只是不善言辞。

相比起来，咋咋呼呼的徐粟倒是和宗九打交道更多些。

所以听说许森有留言给他，让宗九不免有些疑惑，不过他还是点了点头："好。"

徐粟应了一声，因为哭得太久脸颊有些泛红，还可以看出曾经的稚嫩青涩。

徐粟擦干眼泪，把手里的书郑重地放到茶几上，一步三回头地走出了会议室，关上门。

宗九在沙发上坐下，过了几秒，面前出现了许森的全息投影。

"九哥，我想请您，不，是求您，如果最后能拿到万能许愿券，请一定不要选择……召唤所有人回来。"

这倒是真的让宗九感到惊讶了。他不明白许森为什么会这样说。

"因为痛苦不会结束。"许森语带哽咽，"虽然在游戏里我过得很开心，能和大家一起闯关，还收获了友情。但游戏带来的痛苦还是大过了愉悦，无限循环里没有能够让玩家们回到现实世界的办法。在未来的某一天，随着时间的推移，就算我回来了，还是要继续面对无限循环，九哥，这太痛苦了。"

宗九明白许森的意思。

无限循环里，就算是资深玩家，也仅能坚持三年左右。大多数玩家别说坚持一年，可能连一个副本都通不过。

而高级玩家，在通过难度高的危险副本后，主系统会根据玩家的实力把他们分配到更难的副本里。这样长久下来，资深玩家同样没法通关。

如果宗九许愿让所有人都回到默菲斯契约比赛中，大家一定会十分欣喜。然而他们回到无限循环后，当比赛奖励的休息时间用完，玩家们注定还是要回归每个月进入危险副本的模式。

许森颤抖着说："我相信很多离开的玩家和我是一样的心情，九哥，并不是所有人都想重回游戏。所以不要为了我们，浪费这个机会。"

"我知道这个请求非常自私，但这是我离开前唯一的想法。"

"所以……如果可以的话，请您千万不要许下这个愿望。"许森的话语中带着怎么也无法平息的痛苦。

显而易见，他是下了极大的决心提出了极其残忍的请求。

"如果可以的话，我想拜托您把徐粟平平安安地从无限循环里带出去，哪怕他……忘了我。"

这是最开始的时候，宗九向他们许下的承诺。

他说，想把所有人带离无限循环。

宗九知道在游戏里死亡的玩家并不是真正的死亡，只是被删去了关于游戏的记忆并退出了游戏回到现实世界中，可是玩家们不知道，他们以为在游戏中死亡就是真实的死亡。

就算把所有人都带离了无限循环，玩家们失去了游戏里的记忆，曾经的朋友见面不相识，这真的是自己想要的结果吗？

宗九想，可不可以有另一种选择，让所有人拥有自主选择是否离开游戏的权利，想留下的玩家可以继续游戏，想离开的玩家可以离开，保不保留在游戏里的记忆也由玩家自己决定。

宗九陷入了沉思，这时他忽然想起了另一件事：暗是不是和许森说了什么？

他想起梵卓在会议室里和他单独说的话，还有恶魔对暗不屑一顾的评价，甚至更早些时候，许森和暗一同进入S级副本后，暗为许森消耗掉自己的替身娃娃道具，以及最后时刻他那不同寻常的献祭……

再说现在，为什么暗能够刚巧开出遗愿书，并且第一时间将这个道具送到徐粟手上呢？

这一连串事情实在太过巧合了。

如果巧合太多，那就不是巧合，而是必然。

暗拥有能做到这一切的能力，这一点宗九毫不怀疑。他脑海中飞快地闪过一个念头，未及捕捉便消弭于无形。

宗九淡淡地说："我知道了。"

难得的，他感到有些迷茫。

他不太能够体会这样的情感，一个人甘愿放弃自己回来的机会，去换取另外一个人的平安快乐。

就像他很小的时候问老人：书上说没有人会无缘无故对另外一个人好，那为什么您要收养我，照顾我，而又不求回报呢？

老人说：那是亲情。

宗九还是不懂，并且这么多年来依旧未曾搞懂。

曾经在疯狂马戏团副本里，他对恶魔说：恨无法束缚一个人，但爱可以。

他和恶魔最不同的本质是，他承认有爱，可他不懂。

而恶魔不仅不懂，不承认，他还嗤之以鼻。

徐粟和许森之间的感情，是亲情吗？

或许是吧。宗九想。

不管是亲情还是友情，都能让人甘愿牺牲，鼓足勇气，变得无所畏惧。

可是，就算宗九知道这种感情，但要代入他自己，让他为了某个人放弃自己的利益，放弃自己的快乐……

某一个瞬间，他的脑海里飞快地掠过一道晦涩阴影，又在下一秒将其掐灭。

不可能。

他永远不可能因为另外一个人放弃或者牺牲什么。

"九哥，还要拜托您，不要透露我的留言内容，谢谢。"

宗九答应了。

留言播放完毕，许森消失了。

会议室再度陷入一片静寂。

宗九拿起放在茶几上的书，从系统背包里拿出了星辰牌。

他将手指覆盖在这两个S级道具上，目光微沉。

不论如何，宗九对那张代表欺骗的月亮牌始终心怀芥蒂。

他想知道，暗到底骗了他什么，又隐瞒了预言的哪个部分。

徐粟守在会议室外，莫名有些不安。

他靠着墙，低下头盯着自己的鞋尖，心里充盈的喜悦稍微淡了些，不再继续掉眼泪，头脑也冷静了不少。

天知道他在得知遗愿书可以看到被淘汰玩家最后一刻的留言时，心里有多激动。

许森不在之后的两个副本里，徐粟都表现得浑浑噩噩。

他不知道自己在做什么，又十分清楚自己到底在做什么。

毫不夸张地说，所有的一切在徐粟眼里都像是失去了色彩，从那以后他不知道自己为什么还在这里，他又还能做些什么。

在拿到了暗从副本里给他带回来的许森的"遗物"后，他把自己关在在宿舍里，独自待了三天。

这三天里，徐粟一直在哭，直到后来眼泪都流干了，便如同雕像一般干坐着，只是抱着那个道具。

后来他终于清醒过来，因为他看到了许森在书里留给他的话。

许森要他努力通关，跟随九哥，找到机会就离开游戏。

这句话成了徐粟唯一的执念。

他一下子成熟起来，将自己活成了许森的模样。

在福利院副本里，徐粟差点就要被淘汰了。有那么一个瞬间，徐粟想，如果就这样被淘汰的话，是不是就解脱了。

可是他不能，他要完成许森的愿望，他要通关，要离开这个游戏。

徐粟想着从遗愿书里投射出的许森的全息投影，不禁露出一丝笑容。

他没有想过，还能再次听到许森的声音，而这样已经足够让他心满意足，雀跃无比。

徐粟比任何人都要相信宗九，相信他一定会创造奇迹。

面对许森的留言，徐粟想起自己这段时间的颓废，不由得捶了捶自己的脑袋，心里有些懊悔。

这时，会议室的门忽然传来轻微的开合声。

徐粟连忙转过身去："九哥！"

从会议室里走出来的宗九面色如常，只在眉梢眼尾带些不易察觉的冷肃。

徐粟下意识地端正站好。

沉浸在自己思绪里的宗九回过神来，看着徐粟一脸严肃的神情，挑了挑眉："怎么一副等着挨批评的模样？"

"九哥，您就别取笑我了，我这不正开心嘛。"徐粟挠了挠头，两个多月来第一次发自内心地笑了。

他看了眼宗九手上拿着的书，语气有些踌躇："他没说什么吧？"

"没什么。"既然答应了许森不会把留言的内容透露出去，宗九自然会信守承诺，他把手里的书递给徐粟，"给。"

看着徐粟欢欢喜喜地收下书，宗九貌似不经意地问了一句："这本书是暗给你的吧？他给你的时候有没有和你说其他的话？"

徐粟露出了茫然的神色："没有啊！暗大佬就说他抽到了一个可以看到玩家留言的S级道具，然后就直接把这个道具转让给我了。"

徐粟的手气没有暗那么好，不过作为比赛最后一百名通关者，他同样得到了主系统发放的S级道具盲盒，从里面开出了一个十字架道具。

他挠了挠头："因为实在不好意思，所以我还想把我抽到的S级道具送给暗大佬，结果他说他不需要，让我自己留着。九哥，为什么问这个，是有什么事吗？"

"没事。"宗九否认，"就是随便问问。"

他和徐粟简单地说了两句后，便朝自己的宿舍走去。

这段路不长，但宗九却走得很慢，走了很久。

毫无疑问，按照暗曾经的说法，他是希望宗九许愿让所有人从无限循环出去的。

要不是因为这个前提，当初在荒村副本的时候，一直亦敌亦友、处在看戏边缘的暗也不会伸出援手，更遑论后来在宗九和恶魔的争斗中为宗九出力了。

可以说，暗答应帮他的前提，一是宗九身为救世主的身份，二是宗九曾经许下的承诺。但现在……

宗九收起思绪，给梵卓发了条信息，推开了自己宿舍的房门。

几只猫见到他回来，飞快地窜了过来，将头靠在宗九的脚边蹭来蹭去，样子亲昵得很。

他的房间还是和之前一样，壁炉里燃着温暖的炉火，窗外纷飞的大雪透着一种冷淡又苍白的美感。

一片静谧中，突然响起了热烈的乐曲。

宗九弯腰抱起猫，绕过玄关，毫无意外地看到一个懒洋洋地躺在沙发上的身影。

"你自己没有沙发吗？"

恶魔百无聊赖地将视线从悬浮的光屏上移下来，说："可是我觉得这个更好。"

自从恶魔动用游戏指导师权限将两个宿舍合并到一起后，宗九就一直在激烈地反对。虽然最后回了原状，但是恶魔仗着自己可以随意出入的能力，俨然把这里当成了自己的宿舍。

而且，只要宗九在宿舍，恶魔就会不停地刷存在感。例如，他看宗九养了几只猫，便也用阴影捏了几只黑猫出来，天天指挥两队猫对打。

至于宗九，既然已经消除了女王的标记，自然又恢复了曾经的样子。

此刻，宗九刚想骂他，一回头看见恶魔把那只烧焦的玩偶兔子也挪到了他的沙发上，一副理直气壮的样子，理所当然地占据了整个沙发。

宗九一个人独居的时候，房间里永远都是安静的，现在恶魔时不时出现，反倒让宗九清冷的生活变得热闹起来。

宗九没有意识到，恶魔就这样一步一步侵占了属于他的私人空间，强硬地挤进了他的生活。

"小魔术师，你喜欢什么样的决战副本？"就在宗九低头给几只猫顺毛的时候，恶魔忽然问道，"既然是独属于我们的最终决战，那一定得足够有趣才行。"

"随你便，反正我会赢。"宗九头也不抬。

"那就交给主系统去办吧！"恶魔眯起眼睛，"如果赢了的话，魔术师先生，你想许什么愿呢？"

之前恶魔曾隐约透露过，主系统以"许下愿望"并且"实现愿望"这样的形式完成一段因果，为的就是让自己回到高维度。既然愿望实现的主体是主系统，那许下"主系统从此消失"这种愿望肯定没法实现，只能从侧面入手。

"如果你真打算听那个无名鼠辈的意见，让整个无限循环毁灭的话，主系统多半会狠下心来实现的。"

毁掉无限循环对主系统来说元气大伤，但它最后一定会答应。

为了等待这个重回高维的时机，主系统已经筹备了不知道多久。

它耗费能量，创建无限循环，甚至不惜和恶魔合作，目的就是这个。

如果错过这个机会，下一次机会需要等到什么时候，或是还会不会到来，谁也不知道。所以，只要是在主系统能力范围内，而且许下的愿望不是那么离谱，主系统都会为玩家实现。

"你不觉得这里很好玩吗？为什么要执着于那些不必要的东西？"

恶魔又说："我们是同一类人，喜欢追求刺激。这里有的是现实世界没有的东西。为什么要在乎那些蝼蚁的想法？"

"如果你要毁掉这里，我以后就没办法陪你玩了。"恶魔缓缓用一种近似于漫不经心的语气说道，"我会难过的，小魔术师。"

不管如何，一个月后，在所有人的翘首企盼之下，终局之战终于到来了。

这一天，所有人都守着直播间和会议厅。

整整几个月比赛下来，大家都是心神俱疲，正好最后一轮可以看热闹，看看最终登顶的究竟是谁。

距离开始的时间越来越近，每个人脸上期待激动的神情也越发明显。

时间还没到，主系统已经开始部署准备工作。

【全景摄像头正在开启中……开启成功。】

【主系统将为终局之战开放一个特殊摄像头，该摄像头仅在表决时开放，

S级玩家进入对决副本时不予直播。】

这一下直播间的弹幕一片哗然。

【什么，对决副本竟然不给直播？】

【啊啊啊啊啊！我真的好想看对决副本啊！这次副本可是真正的一对一，这么多S级，总算能单独看神仙打架了，主系统，你不能让我失望啊！】

在大家起哄的时候，一条玩家发出的长弹幕从直播间最显眼的地方缓缓滑过。

【其实不看也没关系的，主系统肯定会控制副本流速，最后两个人只能剩下一个……】

【你们都没有想过吗？无限循环的铁律一直都是不允许玩家互相攻击，现在开放了这条铁律，如果过程还被直播出来的话，失败者不仅要承受失败和被淘汰的痛楚，还得被你们围观淘汰过程，这样未免太不人道了。】

【有道理，我觉得这位玩家大佬说得很对。】

这条弹幕一出，不少玩家都表示认同和支持。

就在所有人顺着这个想法展开讨论的时候，会议厅的灯忽然熄灭了。

一片漆黑中，有十盏灯一盏接一盏亮起，从大厅的顶端投射到上方王座处。

十位S级，包括常年不见踪影的首席也端坐其上。

【本次终局之战将由游戏指导师全程参与监督，确保比赛的进行。】

【顺带一提，游戏指导师不喜欢嘈杂的环境。】

霎时间，刚才还闹哄哄的玩家们全都安静下来，一个个大气都不敢出。

【一下子就安静下来了。】

【太厉害了，不愧是那位大人。】

【我真的好紧张，说实话，现在的S级我都很喜欢，也不希望其中任何一个被淘汰……】

【我也是，S级都是很好的人，每个人都有自己的原则和立场，虽然有着不同的站位吧，但还是希望最后所有人都可以安然无恙。】

【希望所有人平安吧，祈祷。】

……

【时间到。】

随着这一句，主系统直接开启了局部空间转移。

顶端的王座在同一时间全体消失了。

【终局之战正式开始。】

【九位参赛者连同游戏指导师将被转移至决战副本的特殊准备场地，请所有观众移步直播间进行观看。】

一阵熟悉的空间传送后，宗九睁开了眼睛。

这片空间四下纯白且没有边际，像是翻滚的云雾一般，仅仅在虚空中悬浮着一扇扇纯白色的门。

十张王座围拢成圆形，都面对着中间一张黑色的会议桌，桌上每个人前方卡牌号处，都有一张小小的卡牌作为代表。

宗九的代表卡牌是一张镂空的扑克牌，在他旁边的土门面前是一张阴阳师蓝卡牌。更远一点，暗的卡牌是灰黑色的罗盘，梵卓的是夜族的圣徽，圣的是一个浅金色的魔法阵，黑巫师和驱魔人的分别是黑雾和一滴亮银色圣水。

当然，还有首席的红蔷薇。

"日安。"率先开口的是坐在主位上的恶魔，"作为主持本次终局之战的游戏指导师，接下来将由我为大家讲解此次决战副本的规则。"

他懒洋洋地将双手搭在桌面上，视线缓缓从每一位在场的S级身上扫过，尤其在宗九身上停留了格外长的时间。

现在是万众瞩目的直播时候，身为毫无疑问的焦点，首席的一举一动都被无限放大。

当即便有弹幕表示疑惑。

【为什么那位大人一直盯着魔术师看？】

【我也想问这个，他一个个看过去的，都没怎么看土门大佬，直接就锁定魔术师了。】

【大人不是一直很看好魔术师吗？应该是出于鼓励和欣赏吧。】

……

在这样的目光下，宗九头也不抬，眼神都懒得给一个。

恶魔也不恼，反而眯起眼睛，居然真的像游戏指导师一样，开始进行讲解。

"主系统将会随机分配组合副本，若是有一方弃权，则另一方晋级。若双方都没有弃权，则开启一对一决战副本。"

就在宗九低头把玩手里的扑克牌时，他忽然感到自己的衣摆被什么东西轻轻勾动了一下。

宗九轻轻拧眉，下意识低头看去。理所当然的，他什么也没有看到，于是他收回视线，决定不予理会。

但有人似乎天生不懂得什么叫收敛，反而得寸进尺，叫人忍无可忍，宗九警告般地抬眸，瞪了恶魔一眼。

【妈呀，我没看错吧？我怎么感觉魔术师看过去的眼神里好像带着杀气？】

【我也看到了……明明那位大人是在鼓励魔术师，这不太好吧？】

【众所周知，那位大人也不是什么良善之辈，这样应该称得上冒犯了。】

【完了完了，魔术师会不会被记恨啊？】

大家纷纷为宗九捏了一把汗。

结果让所有人大跌眼镜的是，恶魔不仅没有动怒，还露出了意味不明的笑容，转而抬起戴着白手套的右手，像是在传递某个信号。

不管是在座的S级，还是围观的观众，没有一个人看得懂这个动作。

宗九的脸色越来越冷了，他想起自己前天还春风得意，结果昨天就不慎着了恶魔的道。

所以现在看到这个动作，宗九心里就不得劲。

但其他人不知道，虽然都能看出他们似乎在进行不同寻常的互动，但完全不知道这两个人在打什么哑谜。

心情颇好的恶魔宣布："比赛开始。"

【收到。】

主系统冷冷地说。

【第一轮副本随机分配开始。】

【玩家请按照空间门上出现的卡牌号和图案各自就位，若要放弃参赛资格，请在进入空间门后再提交给主系统。】

【第一轮随机分配，九位S级将有一位轮空。为了比赛的公平，轮空者需要通过游戏指导师考核后，才可得到继续比赛的权利。】

下一秒，悬浮在王座和会议桌背后的门上就开始缓缓浮现每位S级玩家所代表的卡牌号和标记。

数秒钟后，海啸般的讨论声席卷了整个直播间。

【我的天……这个分组，让我两眼一黑！】

【暗对土门，冬对圣，黑巫师对拉鸟，驱魔人对梵卓，魔术师对……啊？……魔术师运气真不错，第一轮就轮空。】

【这哪里是运气好啊，这么大一支潜力股，偏偏刚才是那个态度，如果那位大人心情不好，他岂不是连第一关都过不了？】

【啊啊啊啊啊不要啊！这么一说我整个人心都提起来了。】

【倒也没必要这样，游戏指导师考核的话，至少不会像一对一副本那样只能有一个人活下来。如果魔术师没能通过考核的话应该也只会被淘汰吧！这么看下来，轮空肯定更好啊！】

毫无疑问，这个分组让所有人都屏住了呼吸——这五组里，所有分到一组的人都是同一阵营的。

【话虽这么说，可现在这该怎么办？同组必须要有一个弃权，不然依旧得兵刃相见？】

【我也在想这个问题，说到底那可是万能许愿券，就算是同一阵营的……真的到了这个时候，放弃岂不是亏得很？】

【而且应该不能同时弃权，如果同时弃权的话，万一接下来分到的对手是对方阵营，那岂不是白给？】

【这太难了，什么垃圾分组啊，傻子主系统，我服了。】

宗九收敛心神。

他没有看向暗，反倒同梵卓不着痕迹地视线交汇。后者的眼眸里带着一丝询问，似乎是在问他是否做出了决定。

宗九犹豫了一下，点了点头。于是梵卓率先站起身来，推开了印有他卡牌标识的空间门。

见状，土门和驱魔人也紧随其后。暗抬眸默不作声地看了一眼宗九，跟着土门一起走进了空间门。

【直播已切断。】

偌大的纯白色空间再度陷入静寂。

这同样是计划的一环，截至目前，一切都在平稳进行。

按照恶魔骄傲的性格，他不会在赛制上面动手脚。但是他希望最后决战的时候只有他们两个人。

那么，为了防止其他人一方弃权另一方晋级，最后场上出现车轮大战这个情况，他干脆让主系统把同阵营的玩家全部分到了一起，这样只要是弃权就是双方一起弃权，不会有后顾之忧。

等到其他八位S级弃权，进入决战的就只有两个人了。

这注定是独属于宗九和恶魔的最后一战。

"你在想什么？"隔着桌面，恶魔笑眯眯地问，"五个小时，这么长的时间，仅仅用来等待，实在太浪费了。"

"不如……我们来做一些有意义的事情吧！"

面对恶魔明显不怀好意的提议，宗九看都没看他一眼，他双手搭在黑色的桌面上，神情凝重。

其他S级离开后，整个会议室安静到不可思议，只有地上的雾仍在翻滚。

宗九的视线正牢牢落在纯白色的空间门上，注视着其上镌刻的灰黑色罗盘和深蓝色卡牌。

和那些如今心焦不已、在直播间外苦苦等待的玩家们不同，从终局之战开始到刚才第一轮副本人选公布，在场所有S级脸上都没有多少紧张的表情，因为他们都心知肚明——今天不过是走个过场而已。

最终的主战场，还是要留给恶魔和宗九。

换言之，虽然并不稳妥，但除了宗九，谁也没有信心和这位成名已久、难以揣测的首席对战，仅仅是那几个S级的傀儡，就足够让他们焦头烂额的。

然而出乎意料的是，这回恶魔意外得很好说话。他居高临下地表示，只要他们不要来打扰他和宗九的最终决战，他甚至可以考虑大发慈悲地解除那几个深度操纵傀儡的控制。

当初恶魔操纵S级的目的，履行和主系统的交易倒还是其次，主要是因为好玩。现在，恶魔找到了更好的消遣，自然对其他事情无所谓了。

那些被他操纵的S级没有一个犯下滔天大罪，但他们心中的恶念却给了恶魔可乘之机。只要人心还有恶念，深度控制就不可能被解除，除非恶魔亲自撤掉傀儡丝。

所以权衡利弊之下，宗九这边的玩家们都倾向于同意恶魔的条件。

至于宗九，他无所谓这个结果或决定。因为他知道，他怎么选择不重要，他和恶魔的这一战命中注定，无可避免。

但是，不管给宿敌这个词加上多少形容、修饰，都不可能改变他们背道而驰的关系。

怎样才能平息这一切？

方法或许有，或许没有，谁知道呢。

宗九手轻扬，纸牌毫不留情地刺破长空，却被无处不在的傀儡丝挡下。纸牌背面张牙舞爪的小丑，似乎正在逐渐升温的空气中狞笑着。

宗九这回是真的忍无可忍了："把你的傀儡丝给我收走。"

在这样严肃的、马上就要迎来决战的时刻，自己满脑子都在想待会儿该用什么办法打败对方，怎么样才能漂亮地扳回一局，对方居然在私底下耍手段来打扰自己。

或许这就是人生追求的差别，宗九兢兢业业扮演着救世主角色，打败恶魔就是他的终极目标和快乐源泉。恶魔则每时每刻都想着怎么欺骗救世主。

"这可不能怪我。"

看宗九面露愠色，恶魔不紧不慢地起身走来，俯身盯着宗九，满脸无辜。

恶魔想到刚刚那一幕：端坐在王座上的宗九面容冷淡，高处投射下来的暖光为他整个人蒙上一层圣洁的光晕，就像神龛里永远垂眸、傲慢又悲悯世人的神像。

可恶魔比谁都清楚，宗九和无欲无求的神明一丝关系也没有，但这并不妨碍他觉得这一幕刺眼至极，并且生出浓浓的破坏欲。

想把他的表情狠狠撕碎，让他冷静又高傲的面具脱落，露出最真实的模样。

恶魔对自己的想法一贯遵从，他这么想，就一定会这么做。

"我讨厌你的表情。"

宗九冷冷地看着他。

所有人都以为他们中会有一个人被淘汰，可谁又想得到，他们此刻竟然在王座上对峙。

　　宗九看到对方眼中似乎有几分落寞一闪而过，他凑近想要看清楚对方掩盖在黑雾中的东西，却又被对方抓住，逃脱不得。

　　"游戏指导师考核只需要让游戏指导师满意就可以过关。"恶魔忽然说了这样一句没头没尾的话，露出了和平日一般无二的笑容。

　　"让我满意很简单，你知道的，小魔术师。"

　　赢家只有一个，胜利的桂冠只会戴在一个人头上。有人一定会赢，也有人从一开始就必输无疑。

　　不知道为什么，宗九忽然想起不久前恶魔曾经说过的话："如果你要回到现实世界或毁掉这里的话，我就没有办法陪你一起玩了。"

　　那时他的语气很轻快，像是在谈论天气，慵懒随意，可宗九知道，他心里不是这么想的。

　　一定不是。

　　但立刻，宗九的思绪就被打断了，恶魔轻声道："五个小时还长，小魔术师。"

　　过了很久，久到宗九几乎失去时间概念的时候，他似乎在一片静寂中听到一句心声，那声音很轻，很稚嫩，如同幻觉。

　　"留下来陪我玩好吗？"

　　那是小城堡主的声音，那个抱着烧焦玩偶缩在大床上、在雷声与大雨声里瑟瑟发抖的孩子的声音。

第三十章

体面人

进入空间门后，驱魔人看向和他一起进来的梵卓。

梵卓此刻脸色凝重，笔直地站在一旁，沉默不语。

驱魔人问道："怎么样，有什么新的消息吗？"

梵卓缓缓地摇头："没有，还是只有三成把握。"

两个人相对无言。

四周开始出现凝固的色彩，交织在一起，看起来像是有人故意涂抹在上面的。

"唉，这样重要的事情，一点忙也帮不上，实在有些不甘心。"

驱魔人摇了摇头："再怎么说，魔术师只有一个人。"

梵卓抽刀横在胸前，指腹在上面轻轻扫过。

"我在现实世界的家族有一句训诫，如果想要保护幼崽，就要像鹰一样将它们推下悬崖。"

他暗红色的瞳孔盯着刀上的徽记。

这个徽记的样式既奇异又华美，就像梵卓所代表的夜族那样。

一开始，在确定了那个匪夷所思又理所当然、像是把整个线索疑点全部扫清的猜测后，梵卓是打算留下来的，但宗九明确地拒绝了他的帮忙。梵卓当然理解，并且尊重他的一切决定。

"他从来都不是需要保护的菟丝花，相反，他很强，会这样也是理所当然的。秃鹫就不要操心老鹰了。从我们选择站在魔术师阵营的这一刻开始，不就应该有这样的觉悟吗？"

"确实。"驱魔人叹了一口气，"魔术师一直都很优秀，可以独当一面。"

他们这些S级都是一路摸爬过来的。最开始他们也都是小玩家，在这个不能停下的无限循环世界里艰难前行。后来经历得多了，看得多了，心性比一般人更加坚韧，也更好地适应了这里的规则，再幸运地得到了称心的特殊道具，才得到了今天的地位。

可宗九不同。他只是个新玩家，刚开始进入比赛的时候，在主系统那里甚至只拿到了E级的初始评价。

要知道，主系统的初始评级是根据新玩家的潜力给予的。也不乏有潜力特别大的新玩家，在第一轮就得到了C级这样几乎只属于资深玩家的评级，但在后续的副本里，这些新玩家几乎全部折戟。

其他人不知道宗九是外来者，只会觉得主系统竟然也有看走眼的时候。

"既然这样，那我们走吧。等出去再看看究竟是个什么结果。"

驱魔人在原地伸了个懒腰："终于到最后一个副本了，赶紧完成吧，我还想回去好好嘲笑拉乌这个一不留神跌了一大跤的家伙。"

主系统的声音恰好在此刻响起。

【一对一副本正在开启中……三十秒后决战副本将自动开启。】

【倒数时间内玩家可以选择放弃比赛。】

驱魔人和梵卓对视了一瞬。

【是否确定放弃终局之战。注：放弃参赛资格等同于放弃争夺万能许愿券使用权。】

"确定。"

"确定。"

他们同时体会到熟悉的传送时的失重感。

下一秒，凝固的空间从他们的视线中消失了，他们重新回到了空荡荡的会议厅。

……

正在密切围观场内局势变化的玩家们纷纷一愣。

直播间虽然显示关闭，但他们依旧能够透过漆黑的屏幕看到上面的卡牌号。

不同的卡牌号被摆在一起，昭示着他们被分到同一个一对一副本。

在最中间，一张镂空的银白色扑克牌和鲜红的蔷薇紧紧连在一起。

虽然主系统宣布不公布决战副本的内部直播，但观众能够通过卡牌号亮起或者黯淡来判断第一轮副本的获胜者。

即使仅有图标，大家也都屏息凝神盯着上面，生怕错过。

"这几组都是同阵营啊……如果不想兵戎相见，那就只能被迫弃权了，也不知道谁会弃权。"

"就是，主系统这个分组也太窝火了，哪有这么巧的，刚好分到的全部都是同阵营。"

"铁了心要搞事情啊，弄不好一开始就会把联盟打破。唉……你们又不是不知道，主系统最喜欢玩弄人心。"

随着时间的推移，大家的猜测也越发离谱。

但毫无疑问，这次站在宗九这一边的没几个。

刚才在直播间里宗九嚣张跋扈、不尊重游戏指导师的模样大家也都看见了，又刚好抽到了轮空的游戏指导师考核，这下子会走向什么结局让大家都捏了把冷汗。

"唉，何必呢，那位大人这么欣赏他，努力一下搞不好就能过的，非要自己作死。"

一时间，又有不少首席的追随者出来冷嘲热讽。

这下，宗九的粉丝火了。

毕竟是由新玩家一路逆袭到了金字塔塔尖、靠自己努力实现等级飞升的人物，宗九在玩家内具有相当的人气。论坛里除了首席以外，讨论最多的就是他，于是两方吵得不可开交。

就在这时，忽然有玩家惊叫出声。

"快看！卡牌号有变化了！"

一石激起千层浪。

的确，象征着阴阳师的深蓝色卡牌上方，忽然多了一个黑色的印记，写着"弃权"。

"土门大佬弃权了！"

有心思灵活的，想起土门被分到了和暗一组，这或许意味着土门选择了弃权，留下实力更强的暗继续参加比赛。

这样来看，那梵卓、拉乌和驱魔人里，放弃的应该会是驱魔人。

但谁也没想到的是，就在下一秒，黑色幕布上的卡牌上方，一个接一个地出现了黑色的印记。

"怎，怎么回事？怎么梵卓和拉乌两位大佬同时弃权了？"

"圣和冬也同时弃权了！等等，黑巫师和拉乌也……"

这一连串突如其来的变故让围观者都震惊了。

什么情况？

本来大家都以为接下来的戏码，要么是同盟者撕破合约相互攻击，要么是一方弃权保另一方晋级。但谁也没想到，事情的发展竟然会这么具有戏剧性，这些大佬就像商量好了那样，一起弃权了？

"不对……这是怎么回事啊，怎么都弃权了？他们不想要万能许愿券了吗？"

"什么情况啊这是，已经七个人弃权了，绝了啊。"

"不对啊！"忽然有人恍然大悟，"要是其他人都弃权了，那最后一个S级岂不是不战而胜，还有这等好事？"

"等等！"

众人醒悟过来，立马回过头去直播间黑色的屏幕上寻找——这么多大佬纷纷弃权，在场还剩下谁？

"只剩下还没有进入游戏指导师考核的魔术师，还有……暗大佬。"

土门最先回到了会议厅。

弃权后，S级的身份就从参赛者变成了观众，一样可以进入直播间观看。所以他一回来就接上主系统，在虚空中开启了光屏。

光屏上只剩下三个图标仍在闪烁。

土门盯着那个灰黑色的八卦盘，心中凝重：果然，就和他们先前猜得一模一样，分毫不差。

这段时间，宗九曾私下和土门、梵卓以及驱魔人讨论过一件事——梵卓无意间的一个发现，让他们对暗产生了猜疑。

这件事他们当然是瞒着暗的。

当时正好赶上第一次会议，那次暗没有到场，之后也是大半个月不见踪迹。现在决战在即，谁也顾不上掩人耳目了。

这件事情一旦被证实，恐怕整个局势都会发生天翻地覆的变化。虽然比赛的这几个月里，暗用实际行动改变了不少人对他的成见，但是这个消息实在太令人震惊，所以他们只有三成把握。

但宗九的原话却是：三成把握足够他赌一把。

然而……

盯着屏幕，土门叹了口气。

现在看来，宗九猜得一点都没错。暗真的没有出来。他铁了心站在所有人的对立面。

从什么时候开始的呢？

或许从一开始就是这样。

"哈哈哈，还真的被魔术师给猜中了。"紧随其后出现的驱魔人苦笑几声，"原先我还不信，现在这么看，三成也变成九成。没想到啊，当初被他骗了一次，现在又被他骗了一次。果然，聪明人的话就是不可信。"

何止是骗了一次。明明是把所有人都给骗过去了，甚至骗过了主系统。

梵卓正襟端坐，默不作声。

另一边，纯白色的空间内，宗九盯着的那扇门被缓缓推开，从里面走出来的男人神色平静，半点也没有在最关键时刻临时撕碎协定的惭愧。

按照他们的计划，暗应该和其他人一样，放弃最终决战。

然而他没有。

他现在出现在这里，足以证明他的态度。

宗九缓缓站起身来，目光锐利："你究竟想做什么？"

偌大的空间静寂无比，原先一直懒洋洋坐在这里的恶魔不知去向，只剩宗九一个人倚靠在王座上。

不久前，恶魔被恼羞成怒的宗九一脚提前踢进了游戏指导师考核的决战副本，而宗九不能这么早进去，因为他还有一件事等待验证。

果不其然，其他卡牌一个接一个被打上黑色的印记，只剩一个灰黑色的卦盘仍然在空间门上明灭闪烁。

所有人都弃权了，暗没有。

之前宗九说的三成把握，如今已经上升到九成。排除掉一切可能后，即便令人难以置信，这也是唯一的答案。

暗从空间门内走出。

他的面容很平静，即使看到门外会议室里的人，神情也没有半分波澜。

"暗。或者说，我应该称呼你另外一个名字……古大师？"

出乎意料的是，面对宗九犀利的指控，暗只是抬了抬眸，瞳孔里闪过一丝意外。

"你怎么发现的？"

宗九冷冷地看着他，垂眸不语。

事实上，如果留心就会发现，虽然匪夷所思，但一切又都有迹可循。

在天空之城副本内发生了什么谁也不清楚。因为过去的时间太久，现在的玩家们最多知道曾经存在一位人称古大师的头号大佬，除此之外一无所知，就连夜族这等盘踞在无限循环里的庞大组织，对十年前的往事也是知之甚少。

这一部分暂且略过不提，最大的疑点还是在暗的身上。相比起古大师，作为一个这几年内非常活跃的资深玩家，暗的一切都耐人寻味。

疑点之一是他的来历。

宗九格外在意这一点，因为无限循环里没有人知道暗的过去，这一点，众多S级纷纷确认过。在诅咒面具副本之前，没人知道暗是谁。就像梵卓说的，夜族也查不到他的来历。

按理说，那个副本需要达到一定等级的资深玩家才可以入场，但暗这个人就像打石头里蹦出来的一样，之前没有一个人听过他的名字，却一举拿到了S级副本的入场券，更是一出手就算计了三大势力，一战成名登上了无限循环的舞台。

第二，暗自称古大师的弟子，并且知道许多当年的秘密。

诚然，这可以解释为什么暗不仅和当年的古大师一样可以预测天机、推算未来，手里还拿着和古大师一样的S级道具。这些乍一看没有任何问题，还完美解释了暗的来历。

但反过来看，有另一种可能：如果暗根本就是古大师呢？

十年前在天空之城副本里发生的事情没人知道具体细节，这也方便了暗的发挥。他完全可以借用模棱两可的信息，给自己安上古大师弟子的名头，用"替古大师完成遗愿"这样的理由行走于世间，把一切都推到古大师身上。

这么多年来，预言的事情都快要被玩家忘得差不多了，却又被暗旧事重提。

再者，暗此人，梵卓太了解，亦正亦邪，不能单纯用好坏来定论。这样乖张桀骜的人，竟然这么尊师重道，历尽千辛万苦竟然只为履行古大师的遗愿？想来有些说不过去。

即使所有人都相信了暗是能屈居人下的好人，梵卓也永远不会信，于是才会有当初在福利院副本里他们那番敌意满满的对话。

但言归正传，以上这些都只能称为疑点，不能作为关键性的证据。毕竟古大师距离现在太远。就算察觉出问题，那也只能算是疑点。

谁也没见过古大师，谁也不知道这背后有什么秘密。

真正的证据，还是那时梵卓的意外发现。

那时暗为了救其他人突然划破自己的手臂，吸引所有触手冲向自己，得到了所有人的称赞，唯有梵卓，心底生出一丝疑惑：大家几乎都受了伤，为何这些触手对别的玩家的血气无动于衷，却全都如同飞蛾扑火般扑向暗？

这本就不合常理。

其他被救的人感激暗都来不及，谁也不会去深思这个问题，梵卓便也将这点小小的疑惑放下。

等他们从超S级副本回到会议厅，恢复了夜族能力的梵卓无意中发现了一件惊人的事。

"他的血液告诉我，他不是一个真正的'人'，他的身体和我们不一样——他是系统创造的。"

在无限循环的游戏中，许多被淘汰的玩家心有不甘，会心甘情愿和系统达成交易，将自己的意识上传到系统，让系统根据自己的经历制作出一个等身NPC留在副本里，继续完成他们未完成的事业。这种玩家被称作"建模者"，混在普通玩家中很难被发现。宗九在疯狂马戏团副本中遇到的那支亲王卫队，便是由"建模者"组成的。

而这些"建模者"的身体，对副本里的触手来说是实打实的珍稀物品，可以提高它们的实力。也是因为夜族对于鲜血的敏锐度无人可及，梵卓才能意识到福利院里触手疯了一样朝暗扑去的原因。

宗九听到这个消息时同样惊讶无比。

但在谈话初始，两人还没有联想到暗和古大师的关系，因为宗九知道暗一直在卦算未来，透支了不知道多少生命力。主系统可以恢复伤势，但是无法直接补充生命力。所以宗九猜测或许是暗知道自己时日无多，于是利用八卦盘对自己的身体动了手脚。

但后来，机缘巧合下，有一件事引起了宗九的注意。

事情的起因来自那个S级道具——遗愿书。

遗愿书的持有者并不是想看谁的留言就能看到谁的留言，而是只能看到被淘汰前和自己关系亲近或者是情感联系格外强烈的玩家的留言，例如徐粟能看到许森的留言。

那天，宗九发现书上显示自己可以看到的人里有古大师，但是这个名字看起来和其他名字不同——它黯淡无光。

这很奇怪。第一，宗九不认识古大师，更不可能和古大师这个活跃在十年前的玩家关系亲密；第二，宗九尝试去看古大师淘汰前的留言，却失败了，而遗愿书能够让持有者看到的，是已经淘汰的玩家的留言。

这让他回想起了梵卓的话："暗的身体和普通玩家不一样。"

"聪明，够大胆。"听他说完后，暗难得地鼓了鼓掌，声音在空旷的空间里回荡，他一贯严肃的脸上露出些许笑意。

"我算到了你们知道我身体的异常，没想到，竟然是我亲手将最大的证据送到你们手上。"

宗九没有动，深深地看着暗："你到底想干什么？"

他的语气并不尖锐，在确定了对方身份后，他咄咄逼人的气势似乎缓和了许多——因为他俩都知道，那个人已经时日无多。

暗的笑意有些许收敛。

他平时很少笑，即使笑也是带着嘲弄或者讥讽的冷笑，很少有着这样不带任何含意的发自内心的笑。

"你用星辰牌算过，所以你应该知道，这是我对你唯一隐瞒的事。"

宗九的确知道。他那么谨慎，拿星辰牌测过那么多遍，怎么可能不知道。预言是真的。

暗真的可以预测未来，也没有在预言内容上动手脚。

月亮牌的出现，是因为暗隐瞒了他就是古大师。

仅此而已。

或许所有人都觉得暗不怀好意，所有人都觉得他包藏祸心，但宗九绝对不会。

暗也无所谓其他人怎么看他，怎么猜疑他，他只需要让一个人相信他，就够了。

宗九叹了一口气："你从一开始就算计了一切。你知道星辰牌可以让我相信你，因为人会说谎，但特殊道具不会。"

一开始宗九就有疑惑，为什么暗故意将星辰牌留给他。

或许在那之前，对方就开始了自己的布局。

暗但笑不语，接着，他面色微变，忽然开始剧烈地咳嗽。他瘦削的肩膀剧烈颤抖着，像老旧的鼓风机那样，发出嘶哑的声音。

点点滴滴的血顺着青筋暴起的指缝滑落，淌到地上。

多次的卜算透支了暗的生命，再加上遗愿书的每次使用都要以暗的生命力作为启动的能量，哪怕系统亲自为他塑造的身体也经不起这样的损耗，久而久之他的身体越来越虚弱。

"我的时间不多了。"暗不在意地擦去唇边的鲜血，"希望剩下这点时间能支撑我给你讲完一个故事。"

暗，或者应该说古大师，已经忘了自己真正的名字，现在知道他名字的人也所剩无几。而且，就像圣、土门和驱魔人一样，大家都接受了自己在游戏里被赋予的新名字。

他进入无限循环并没有很久，真正清醒的时候也不过四五年，其中很多年都处在一个浑浑噩噩的状态，不得不经常依靠入定打坐来稳固自己虚弱的身体。

在很久之前，他还是一个意气风发的青年，很优秀，也很幸运。

在这里，他仅仅依靠聪明的头脑，就在某个险象环生的S级副本内成功地过五关斩六将，有了古大师之名，在短到不可思议的时间里登上了顶峰，成了所有玩家可望不可及的人物。

登顶是一件很无聊的事情，特别是古大师的能力还附带了预言。毕竟，如果一个人足够强，又能够知晓未来，那当下的确就会变得无聊许多。

于是他决定给自己找点事情做。

在大多数时候，他都是一个极富人格魅力的人。

他的性格很古怪，不能说他是纯粹的好人，但他也不会因为一己私欲便开始作恶。

年轻人，总是心高气傲，想干出一番大事业的，于是他决定做一件前无古人、后无来者的事——他决定将所有人从无限循环里解救出来。

这件事情看不到未来的轨迹和走向，就像有一团迷雾，遮掩住前路，让人看不真切。

但是，比起那些毫无期待的副本，这个挑战更能让天才心花怒放。

所有人都惊异于他的理想与抱负。在这种大家仅仅关注自己、只考虑如何让自己活下去的时候，忽然有一个人跳出来，以近乎救世主的姿态宣布他将拯救世界，而且这个人真的强到足以让所有人仰望，让所有人都相信他可以成功，于是聚集在他身边的人越来越多，玩家愿意追随他，就像找到了一个可以仰慕的对象。

渐渐地，为了达成目的，古大师带着自己的追随者们，在这条路上越走越远。无数追随者在他眼前离开，最后握着他的手时，眼神依旧坚定。

古大师太熟悉这样的目光了。

这些人将信念、生命、追求……都寄托在他的身上。只要古大师不倒下，他们就不会倒下。

"先生，我相信您……只有您才能将我们带离这里。"

"我的牺牲，不为我，而是为未来所有人。"

他们虚弱无比，瞳孔里却闪烁着希望的光。

"如果能毁掉无限循环，那我所做的一切就是有价值的。"

"想到那一幕，我的心也得到了慰藉。我们现在的牺牲，会让未来没有那么多人……在这里受苦，先生。"

古大师能做什么呢？

他只能沉默地为这些人合上眼睛，盖上布，静默一段时间后，一声不响地离去。

无限循环是一个让人看不懂的地方。

在这里，时间好像变得很长很长，就算只有一年，也足以让人的心苍老。

就像古大师，他已经忘了自己曾经为什么要立下这个目标。他只知道这么多人追随着他，一个个期待压在他的肩膀上，无数希望转化成责任，推动着他前行。

有些事情，一旦迈开脚步，就注定回不了头。

初心已经不重要了。凭借卜卦术，他知道了许多本不该他知道的事情，他知道了主系统收集能量这件事，知道了无限循环中再强的玩家也无法闯过越来越难的副本，是因为主系统在利用他们收集让自己回到高维世界的愿力。

可以说，想要终止这一切，要么毁掉无限循环，要么毁掉主系统。

就是在这时，他引起了主系统的注意。

身为高维世界的智脑，主系统并没有玩家的智力，但从本质上来说，它的智慧又远远超越玩家。它曾经许下承诺，只要古大师没有违背规则，就算它有再大的本事，也不会无缘无故将他淘汰出局。

终于，机会来了。

古大师得到一条消息。

S级副本天空之城即将开启。

S级副本，必定连接了更高维的世界。

这让古大师窥见了希望：如果他能和更高维的世界搭上关系，或许就可以彻底脱离主系统的掌控，然后毁掉无限循环。

但天空之城副本仅仅是更高维世界中包含的一个最小、最微不足道的世界，除非能够得到这个副本里产出的S级道具，才有和它进行对话的途径。

主系统当然不能容许这样的事情发生，它的能量还未收集齐全，无限循环对主系统的意义不言而喻，如果被古大师毁掉，那就意味着它之前的努力功亏一篑。

于是双方便在天空之城副本里展开了激烈的博弈。

如果古大师胜出，得到了道具，那主系统很有可能会被高维世界吞并；如果输的是古大师，那主系统必定将他淘汰出局。

"显而易见，我输了。"白茫茫的会议室里，暗十分坦诚地承认了他的失败。

其实对古大师来说，如果只是他一个人被淘汰，这并不算什么。怀抱远大抱负的人，早就做好了自己会被淘汰的心理准备。

真正让古大师感到难以面对的，是数以百计的追随者的牺牲，那些都是他精挑细选的、实力人品心性都毋庸置疑的好苗子。

在天空之城里，古大师终于算到了如何毁掉无限循环。

预言说，未来将会有救世主将所有人从大魔王手里拯救出来。

让他难以相信的是，这个救世主并不是他。

然而没有人信。

就算他把预言说出来，追随者们也坚信，他们的先生可以改变命运。

最后关头，他们一个接一个在古大师面前牺牲，一句话也来不及说，只留下一道道决绝的目光，用行动给古大师铺好前路。

那条阶梯高悬天际，难以移动，古大师一接近便会被弹开，靠近不了分毫。

"最后，我在他们的支持下，将天撕开了一角。"

然而，与此同时，天上的劫雷也劈了下来。

那一刻，在场的玩家全部发出了悲鸣。

因为劫雷的正中央，连灰尘也没能剩下。

"他们都以为我不在了，于是哀莫大于心死，纷纷投身烈火。"

说到这里的时候，古大师闭上了眼睛，像是回忆起了那无法忘却的一幕，一向古井无波的眼中也闪过片刻的动容。

但其实那个时候，古大师并没有真正被淘汰。或者说，他在游戏里的角色已死，角色数据却还没来得及被主系统删除。

于是，他及时与主系统做了交易。他是一个实力强大的玩家，留在无限循环可以稳定游戏，这成了他欺骗主系统的一张底牌。而作为交换，主系统保留了他的意志，为他打造了一副身躯。

就这样，古大师成了"建模者"玩家，化名为"暗"。

但同时，他也失去了很多，失去了他的角色，他所信赖的同伴，甚至是属于他的时代。

他辜负了太多人，配不上光明，只能行走于黑暗。古大师早已牺牲在天空之城里，和他的追随者一起。

获得新生的暗，继承了那些久远的愿望，不为其他，只为了履行一个跨越时间的承诺。不论用什么办法，不论好坏，不论过程，甚至无所谓是谁，他只要达到一个结果——把所有人从无限循环里解救出去。

暗说得很快，像是丝毫不在意那些从他嘴角涌出的鲜血。他的目光很亮很亮，就像一个回光返照的殉道者。

"我等了很多年，一直在等你。所以有时候我也会忘记，原来我在这里早就是个不存在的人了。"暗轻描淡写地说，"不然遗愿书这种错误……哼。"

宗九知道，他心里还在介意自己竟然以这最简单的方式提供了最关键的证据，这种失误对他来说，应该很难接受。

"既然你说完了，那我还有一个问题问你。"

"问。"

或许是知道自己即将迎来很早之前就注定的结局，暗的态度堪称和颜悦色。

他看起来格外平和，往日的孤傲和冷漠都离他远去了。

"你早就算到了许森的淘汰？"

"在观测到未来的那个瞬间，未来就注定了。"面对这个问题，暗并没有正面作答，"妄图反抗命运的人都没有好下场，卜卦者更是不能随意泄露天机。"

"我做的事情虽然目的是好的，但我自认算不上一个好人。在观测到未来的情况下，利用已知信息获取最大的利益，是我一贯的作风。"

"不管我怎么做，他总是要被淘汰的，宗九。"暗深深地看着他，像是透过那双浅色的眼睛，窥视着他的灵魂。

这是暗第一次这么认真地称呼宗九的名字，鲜血随着他的话语滴落。

"你救不了他们……也无需将他们当作你的责任。这不是你该回应的期待。"

就像他自己，一开始只是出于自负与高傲。但随着越来越多的人将希望寄托于他身上，用他们的一切为他铺路，他们的希冀和愿望，他们的瞳孔里闪动的光，全部化为责任与束缚，成了他的枷锁。

宗九忽然想起，当初在第一工厂副本结束后，暗来房间找他，他们的那次谈话。

那个时候暗在宗九心里的定位还是个不怀好意、需要警惕的不可信任的人。在那之后，暗的态度就发生了转变，不但主动辅佐自己，并且主动提供了许多情报。

那个时候，自己说了什么？

"这些人的苦难之所以吸引我，是因为他们本无必要。"宗九很少说出自己心里真实的想法，因为他知道，自己的真实想法对大多数人而言可谓荒诞不经，而对于那个和自己太过相像的人，更是不需要他多说什么，便全都可以理解。

"真是搞不懂你，这种时候还说这样的话。"宗九摇了摇头，"所以这就是你苦苦挣扎到现在的目的？毁掉无限循环，将其他人从这里带走？"

暗正想开口，忽然再度猛烈地咳嗽起来。

宗九忽然发现，暗其实一直很瘦。并不是那种劲瘦，而是不健康的瘦，因为整天穿着一身宽松的长袍，很少有人发现这点。

暗的脸色越来越难看了，这具身体撑不了多久了。

"咳咳咳……"

暗擦去唇角的血，声音断断续续："毁掉无限循环的话，首席也会被毁灭。"

宗九的视线有一瞬间变得锐利。

随后，他的目光恢复了若无其事般的平静。

虽然从来没有明说，但恶魔那句"如果毁掉无限循环，就没法陪你玩"，到底还是让宗九多了几分在意。

作为从恶念中诞生的存在，恶魔近乎永存。

"如果主系统成功回到高维，那无限循环就会成为恶魔掌控的乐园。"

而暗的目的却是毁掉无限循环。这就意味着……如果他成功了，恶魔也难逃一劫。

宗九的拳头不自觉握紧，指甲在手心留下一个个月牙形的印记。

在这一刻，宗九向来冷静无波的心里极快地闪过一个念头。

太快了，快到稍纵即逝，他根本来不及抓住什么。

是的，本该如此，暗本来就该毁掉无限循环。而自己是古大师认定的救世主，本来也应该继承古大师的意愿，将所有人带出去。

正如宗九从一开始说的那样，如果有人朝他许愿，那他就应该去达成。

宗九语速很快："如果我不想呢？"

他顿了一下，隐藏了自己的想法，道："带回所有曾经在无限循环里淘汰的人，这也是大家所期望的。"

"不，你错了。"暗打量了他一会儿，神色了然，唇边的笑意稍稍淡去两分，"没有人期望你那么做。"

"许森不希望你那么做，我也一样。"

"我不需要你用万能许愿券让我重回游戏，完全不需要。"

"我们都不需要，别做傻事。"

许森不希望继续在无限循环里游荡，他希望徐粟能离开这个游戏。

而暗，他只想完成古大师的执念，不管自己结局如何。

最重要的是，比起离开后又回来，他们都更希望无限循环被就此毁去。

"你难道不想回去吗？"暗问，"如果无限循环被毁掉的话，你就可以回去了。"

"不想，现实世界太无聊了。"宗九淡淡地说，"我宁愿和你们在一起。"

暗叹了口气，从虚空中拿出一个东西。

是一本普通的黑色封皮的记事本。

他朝着宗九扬了扬手里的本子："你知道这是什么吗？"

"A级道具，誓约之书。"

"使用这个道具后，被使用者将无法违背使用者的一个命令，不然会立刻被淘汰。很不巧的是，你曾经给过我一滴血。"

他的眼神十分平静，半点也没有从很久以前就开始处心积虑算计的意思。

"后悔吗？魔术师，如果我命令你许愿毁掉这个无限循环……"

暗以为他会在宗九脸上看到错愕，看到难以置信，看到被背叛和欺骗的难过或屈辱的表情。

然而这些都没有。

不仅没有，对方还颇不耐烦。

宗九一把抢过他手里的誓约之书，语气讥诮。

"都到这个时候了，你还想骗我？"

暗忽然笑了。

在这段短短的交涉时间里，他笑的次数比宗九认识他到现在加在一起的还要多。

他的样子一点也不像背负使命的苦大仇深之人，反倒像一个只是性格有些古怪的但笑容没有阴霾的青年。

他无奈地摊了摊手："把星辰牌留给你是正确的决定，但偶尔还是少了些趣味。"

或许谁都不会相信暗，但宗九会，因为星辰牌早已告诉他，除了古大师的身份以外，暗曾经对他说过的话，全部都是实话。

——包括那句"我永远不会与你为敌"。

所以他不会强迫宗九去做他不想做的事。

暗意味深长地看了宗九一眼，语气变得格外认真且郑重。

"这就是我对你最后的请求，毁掉这里，或者……"他顿了一下，"你知道该怎么做。"

说这句话的时候，宗九看到，暗的身体开始变得透明。

他们都明白了，主系统为暗塑造的身体终于撑不住了。

随着数据消散，身体逐渐变得透明的暗却丝毫不在意自己身体的变化，也不在意自己是不是马上就要消失，反而喃喃自语着："这么多年了，忽然就要结束这一切，稍微有些不习惯。"

宗九把从未使用过的誓约之书往后一扔。

"既然这么累了，那就滚回去好好休息吧。"他盯着对方逐渐透明的身影，忽然没头没尾地说道。

"你真可怕，连自己的离开都不放过。"

到最后，暗还算计了宗九一把。

他太了解宗九了，如果真的用誓约之书命令宗九去完成他的遗愿，宗九多半不会同意，如果自己什么也不做，反而能够达成目的。

在不远的未来，无限循环不会存在。

宗九看着他那淡薄得几乎已经完全看不见的身体，难得地发出了钦佩的叹息。

"你才应该是那个救世主，比起我，你称职得多。"

不论是预言，还是为了这个目标苦苦奋斗的历程和虽千万人吾往矣的信念，宗九都自认比不上暗，更达不到对方那种高人一等的精神境界。

在消失前的最后一刻，暗忽然张了张口。

他其实有很多话想说。

救世主并不看重过程，只在乎结果。

古大师花了这么长时间，让这么多无辜的人前赴后继地牺牲，却终是镜花水月一场。而宗九，或许在他自己都还没有发觉的时候，就已经让那位最可怕的大魔王心甘情愿俯首称臣。

但是最后，暗只说了三个字。

他笑着摇了摇头，用口型说出了三个字：我不配。

游戏指导师考核

第三十一章

大佬也会失算

会议厅和直播间依旧嘈杂一片，讨论声不断。

至此，除了宗九和暗，其他的S级玩家全部选择了弃权回到会议厅。

这等变故也让围观的观众丈二和尚摸不着头脑。

【怎么回事？我记得暗是站在魔术师阵营的啊？】

【我也记得，当初不是暗第一个支持魔术师，然后建立联盟，说要带所有人离开无限循环的吗？】

【天……看这个模样，该不会是他们真的内讧了吧？】

【我也怀疑，魔术师如果通过游戏指导师考核，那就只剩下他们两个了……两个人的一对一副本，如果没有弃权的话，那肯定会被淘汰一个。】

【不要啊，魔术师和暗大佬我都很喜欢，不想他们任何一个被淘汰，呜呜呜呜……】

熟知暗和宗九关系的玩家们都抬头朝会议厅上方望去。

众位S级的脸色都不太好。

毫无疑问，暗没有和他们一起出来，这个举动已经足够表明他的态度。

但很快，驱魔人就率先打破了沉默的气氛。

他哈哈大笑，转头看向一旁王座上的拉乌。

"拉乌，醒了？"

拉乌、圣、冬还有黑巫师，都像是大梦初醒一般猛然在王座上坐直了。

在他们头顶，那些无法用肉眼捕捉到的傀儡丝一根接一根开始抽离，让所有被深度操纵的傀儡从半梦半醒的状态中一下子回了神。

按理来说恶魔的深度操纵是无法破除的，除非他自己愿意撤走傀儡丝。

但这会儿他心情似乎不错，于是便按照约定，大发慈悲地撤走了傀儡丝，留下几个刚刚从深度操纵中醒来的玩家面面相觑。

"……嗯。"

半晌过后，拉乌抬手抚额，长叹一声。以他平日里沉稳寡言的性格而言，这已经算是很懊恼的表现了。

他们虽然被傀儡丝操纵着，但只是无法思考也无法控制自己的身体，并不是失去了意识和记忆。所以现在回忆起来，简直无地自容。

特别是圣，在原地愣了许久，甚至就连脸上一直挂着的笑容也黯淡下来。

有了这个小插曲，王座上的气氛不说活跃，好歹没有那么僵持了。

再怎么说，大家都知道走到S级有多难，此刻不免多了些兔死狐悲、惺惺相惜的心情。

就在大家想要抒发自己的满心郁闷时，土门忽然惊呼一声。

"你们快看！"

他的声音颤抖着，就像看到了什么难以置信的东西。

全体S级都抬眸看去，就连一直沉默思忖的梵卓和圣都睁大了眼睛。

在那黑漆漆一片的直播间屏幕上，代表暗的灰黑色卦盘悄无声息地黯淡了。

众所周知，如果弃权的话会印上一个小黑印，但黯淡的话……则是代表消失。

"怎么可能？！暗大佬不在了？"

死寂般的沉默里，终于有玩家惊呼出声。

怎么可能呢？那位曾经大家认为"找不出凶手那凶手一定是他"的人，那个"心狠手辣的传奇三面间谍"和"等到默菲斯契约比赛才知道原来是位正儿八经童叟无欺的大好人"的暗，竟然会被淘汰？

【这不是真的……我不相信，像暗大佬这么聪明的人，怎么可能呢？】

【啊，呜呜呜呜，我哭了，之前暗大佬在超S级副本里救了那么多人，我才知道我以前一直误会他了，结果现在他却不在了。】

【到底发生了什么啊！难道暗真的临时倒戈了吗！这怎么可能啊？他擅长预言，难道没有预测到自己的结局吗？】

会议厅同样一片沉寂。

这里大半的人都承受过暗的恩情，如今看到这一幕，心里更是百味杂陈，不知道说什么好。

很久之后，才有玩家喃喃自语："……我以为，或许其他S级会消失，但真的从来没想过暗大佬也会。"

无数人沉默着表示认同。

"难道是我们猜错了，其实他不是古大师？"土门声音犹豫，"那么多年前的人，想活下来多难啊。如果他是古大师，他那么聪明，还能够预测天机，他怎么会算不到自己的结局呢？"

对啊，暗怎么会算不到呢？

如果暗能算到的话，他为什么不弃权呢？为什么还要留在那里呢？

没有人知道原因。

而在白色的空间中，当最后一点黑色彻底消失后，又恢复了雾气翻涌的样子，就好像从来没有人存在过一样。

宗九站立在原地，静默了很久，忽然一言不发地低下头去。

他慢慢松开紧握的手，手心处自己掐出的五个月牙印甚至见了血。

对一位魔术师来说，手有多重要自然不必多言，特别是对宗九这种曾经品尝过双手废掉的痛苦的人。在刚进入无限循环的那段时间，他时常在深夜惊醒，确认双手可以正常使用后，才能再次安心沉入黑甜梦境。

而此刻，在听到暗说无限循环如果毁去恶魔也会不复存在后，宗九发觉，自己竟然有一瞬间无法克制情绪的波动。

它具体代表了什么宗九不愿意深想，但至少……至少表明了恶魔可以影响他，而他也打心底里也不希望对方被毁灭。

这是个危险的讯号。

宗九闭了闭眼，等再次睁开时，神情已经恢复了平静。

他没有丝毫停顿，大步走向那扇印着蔷薇花和扑克牌的白色大门。

他知道，恶魔就在门后等他。

这是属于他们的最后的决战。

宗九推开门，踏入一片茫茫白雾中。

"小魔术师，你让我等了好久。"恶魔十分自然地走过来，语气散漫，但没有了当初那尖锐又阴冷的杀意。

恍惚间，宗九觉得这一切实在是不可思议。

不知道从什么时候开始，当初怀抱着的森冷杀意逐渐减弱，最终消弭于无形——明明最开始的时候，他们都是真心想要淘汰对方的：不论是在特殊病人收容所的最初相逢时，还是之后在荒村中互相算计，又或是在他拒绝了恶魔的邀请后。

究竟是从什么时候开始，这一切发生了改变呢？

如果说这是一场战争，或许没有一方能真的成为赢家。

"我来了。"宗九淡淡地说，"可以开始了。"

主系统冰冷的机械音在他们耳边响起。

【一对一副本正在开启中……三十秒后副本将自动开启。】

【倒数时间内玩家可以选择放弃比赛。注：游戏指导师考核无法通过不会被强制淘汰，但玩家在考核失败的同时也将失去参赛资格。】

凝固的色块在他们周围开始出现，逐渐堆积，最后旋转流动。

不管怎么说，这一切必须就此结束。

他必须赢，必须为一切画上句号。

无数人将希望寄托在古大师的身上，现在，这个沉甸甸的希望转移到了宗九肩头。

万一自己输了，那就意味着暗的牺牲全都白费了！

宗九这么想着，等待着最后三十秒的降临。

【10，9，8……】

在读秒的时候，恶魔忽然将一个冰冷的东西塞到了他的手中。

宗九低头去看，只来得及看到那是一个绘着奇异六芒星图案的黑色石头。

"找到我。"

【3，2，1……】

一切归于沉寂。

恶魔不知去向。

副本开始后，他们都将被投放到不同的地方。

周围的场景再度明晰，色块一个个聚集，最终化成宗九再熟悉不过的样子。

这里光线昏暗，厚重的窗帘阻隔了所有光线，空气中还泛着陈旧潮湿的味道。

【决战副本——游戏指导师考核已开始。】

【S级玩家宗九，您的主线任务已发布：找回属于您的东西。】

【完成主线任务后，您可以自由决定是否退出这个副本。】

恶魔出现在一条阴暗的小巷里。

头顶的天空阴沉沉的，蒙蒙细雨从天际落下，到处都是打着伞来来往往的行人。

大厦映照在街道上的积水里，折射出一个钢筋水泥的世界。

和平的世界。

这里就是魔术师的世界。主系统一比一将那个世界复刻过来，变成了最终的决战副本。

同时，恶魔也收到了主系统的提示。

【主线任务：得到一件从未拥有过的东西。】

【注：一对一副本的胜负由双方完成主线任务的速度而定，率先完成者将赢得胜利。】

【为了比赛公平，您的游戏指导师权限暂时被封锁。】

宗九再次醒来的时候，房间里依旧黑暗一片。

他愣愣躺地在床上，双眼无神，盯着天花板，只感觉头两侧的太阳穴一抽一抽地痛，难受得要命。

"啊……"

宗九在床上发呆了很久，这才支撑着坐起身来。

他刚想用手摁在床上，又像被烫到那样立刻收了回来。

医生说过，尽量不要用力，不然会影响术后的恢复。

宗九脑子里混混沌沌的，但他却对这道叮嘱记得格外清楚，于是更加小心，只是垂着手，连蜷缩指节都不敢。

他清楚地记得，约莫三四天前，他经历的最后一场会诊。

那是一次汇集了全世界一流临床医疗专家的会诊，所有人都对他这位曾经的世界级纸牌大魔术师表示了同情。

"宗先生，对于您的手，我们尽力了。如果可以的话，请您在接下来的术后恢复期都不要使用双手进行任何活动。我们坚信，好运一定会眷顾您。"

虽然他们什么都没说，甚至还微笑着鼓励他，但极为敏感的宗九还是一眼看穿了那些没能说出来的潜台词。

他的手……很有可能真的没有办法恢复了。

清楚这一点的宗九头一次抛弃了冷静，将自己关在房间里，一杯接一杯地喝酒。

他关上了手机，不想接经纪人的电话，也不去看网上传得铺天盖地的关于大魔术师宗九因车祸导致双手终生残疾的各类报道。

所以，这会儿残余的头痛……应该就是宿醉的后遗症。

但不知道为什么，他总觉得有种违和感。

巨大的落地镜摆在离床不远的地方，一缕天光从远处窗帘缝隙照了进来。

宗九不经意地往镜子那边扫了一眼，忽然顿住了——车祸前，他刚结束一场巡演，头发按照舞台要求染成了白色。

"奇怪……这么多天了，这颜色怎么也没掉。"宗九喃喃自语着，一旁的声控灯也顺势亮起，将这间高级公寓照亮。

宗九睁大了眼睛。

他打着绷带和石膏的手上，竟然握着一个东西——一个绘着奇异的六芒星图案的黑色石头。

宗九下意识把这东西往床边一扔，生怕它的重量让自己双手的恢复受到影响。

不知道是不是错觉，在这颗石头离开他之后，上面六芒星的图案似乎闪了一下。

假的吧……哪个厂子研发出来的新魔术道具啊，还自带光源。

宗九不在意地扫了石头一眼，慢吞吞地下了床。

他的动作很慢，就像一位行将就木的老人，将自己一点一点从床上挪下去，直到双足踩到毛茸茸的地毯，才终于舒了一口气。

他有点饿了。

人总还得吃东西的，再怎么颓废，宗九也不至于用这种方式来逃避这一切。

这些天的宗九根本感觉不到时间的流动。

从他出车祸到研究治疗结束，短短一个月的时间里，他的生活就发生了天翻地覆的变化。

先是各方的邀约和演出被迫中止，产生了一大笔违约金。然后就是那些想要打探到一手消息的记者，天天在他楼下蹲点，令他不胜其烦。

好在宗九没有双亲，这么多年认识的人，除了工作伙伴，少到可以忽略不计，不然恐怕会更加难以应付。

他熟练地用胳膊夹着一块面包放进烤箱里，再用声控设定好时间，慢慢看着玻璃后面的面包逐渐软化，泛出金黄的色彩。

"叮——"烤好了。

宗九一边吃，一边通过声控系统难得地将窗帘打开。

不知道为什么，他总觉得，自己好像忘记了什么很重要的事，但具体是什么事，他又说不上来。

一开机，无数短信和未接来电提示蜂拥而至。

没过几分钟，一个电话打了进来。

宗九不感兴趣地看了一眼，恢恢地打开了飞行模式。

他开始思考。

"如果以后当不了魔术师的话……还能做什么呢？"

因为这个世界的人很喜欢看魔术，给了颇有天赋的宗九年少成名的机会。如今的他家底不可谓不丰厚，后半辈子即使当不了魔术师，也注定衣食无忧。

所以很多事情，并不是不能做，而是宗九不想做。

失去魔术后，他就对一切都失去了兴趣，再也没有挑战和乐趣可言。

"等等……"他摸了摸自己的额头，"为什么要说这个世界？"

刚刚下意识居然就冒出了这么一句，实在是不可思议。

宗九觉得自己脑子似乎乱糟糟的。

这次醒来后，他甚至有种整个世界都和他格格不入的感觉。可是明明这一切……都不过发生在他睡觉前。

宗九低头去看。蓝荧荧的手机屏幕正亮着光。他点开游戏软件，看着最后登录的游戏，是一个毫无印象的全息游戏。

可宗九总觉得，他昨晚睡觉前玩的并不是这个，但是他记不起来叫什么名字了。

就像……做了一场很长的梦。

梦里他的手是好的，依旧可以让纸牌在指尖上翻飞跳跃。梦里他站在聚光灯下，虽然不是自己熟悉的舞台，却更加能够调动他的热血和激情。

似乎还有一双暗金色的眼睛。

"真奇怪，怎么可能会做这种莫名其妙的梦。"宗九兀自笑了一声，自言自语，"就算真的是梦，醒来总会记得一些什么吧，只记得一双眼睛……这算什么。"

他摇了摇头，走到门口，按下墙壁上的一个按钮。

自动投递机将宗九收到的快递一股脑扔了进来。

这些全是他最近从各个地方搞来的偏方。

宗九忽略了那些机械臂安装的广告，鬼使神差地将手伸到一块六芒星祭祀布上。

祭祀布旁的古老羊皮纸上写着这是一件黑魔法物品，据说只要将上面的魔法咒语念出来，就可以召唤出来自异时空的魔物，但是得准备一件同样有六芒星标记的物品。

哟，这不就巧了吗？

要是放在以前，说什么宗九也不会信这些东西。

但现在没办法，病急乱投医。为了能够恢复双手，不管是什么，宗九现在可谓来者不拒，万一真的有用呢？

他跑回去，将那块同样刻着六芒星的石头拿了过来。

不知道为什么，他下意识地觉得这块石头很重要。可为什么重要，自己又说不出原因。

等到一切准备完毕，宗九这才站在羊皮纸前，费力地在手臂上划了一下。

打了石膏的手没法掌控力度，于是这鲜血一下子涌出，滴在祭祀布上，将那块六芒星石头包围。

宗九顿了顿，开始念动咒语。

他一连念了三次，四周无事发生。

垃圾，马上就去给个差评。宗九撇撇嘴把小刀一扔，蹲下身去，准备让家政机器人过来打扫一下。

就是这个瞬间，那块刻着六芒星标记的石头忽然亮了起来。

与此同时，一阵黑色的飓风陡然出现，而刚刚还宽敞明亮的公寓内像是蒙上了一层布。

宗九听着耳边的猎猎风声，睁大了眼睛，紧紧盯着狂风的中央。

一个熟悉又陌生的身影缓缓从里面走出。

男人身穿一袭黑色西装，黑发整整齐齐地束在耳后，胸前别着一朵蔷薇花，滚动着不明情绪的暗金色瞳孔逐渐同他梦里的影子重合。

宗九紧张地咽了一口口水："你，你就是顺应我召唤，从异时空而来的魔物吗？"

恶魔愣了一下，用一种叫人毛骨悚然的眼神上下打量了他一遍，忽然在原地弯腰大笑。

他笑到直不起腰，眉梢扬起，一副心情很好的模样："啊，没错，我就是你召唤而来的魔物，小魔术师。"

宗九不说话了。他感觉不太对劲。

恶魔已经明白了，面前的魔术师似乎因为进入这个决战副本，被暂时封印了记忆，居然以为自己是他召唤来的。

他相当入戏，甚至顺着竿子往上爬："我亲爱的召唤者啊，你召唤我前来，可是需要我帮你达成什么愿望？"

宗九充满戒备地捡起地上那张羊皮纸："是，我要你恢复我的手。但是在此之前，我们得先再次确认一下契约内容。"

羊皮纸上提示，来自异时空的魔物十分喜欢说谎，所以在召唤过后，召唤者必须随身携带记有魔物真名的羊皮纸，以免对方反悔。

一旦对方反悔，只要念出对方隐秘的真名，就能约束对方。

"老梅？这是你的名字？"宗九念出对方的真名，感到一阵荒谬。

不论是首席还是一号，甚至是别人送给他的代称，恶魔从来都没有把它们当成名字。

因为恶魔不需要名字。

如果他想，在那么长的时间里，他大可以为自己取一个名字。

但他为什么会需要名字呢？

名字对他来说是一种束缚，拥有名字，就像和这个世界有了某种联系，就像忘掉那些在高台上被火焰灼烧的伤痕，忘记那些被埋葬在破碎的副本背后的过去。

名字会让他拥有弱点。

恶魔不需要，也不屑去拥有一个名字。

恶魔顿了一下，似笑非笑："如果你想用这个名字称呼我的话，那它当然可以成为独属你一个人的名字，魔术师。"

——如果是宗九的话，好像也不是不可以接受。

这是恶魔的优待。只可惜，现在失去记忆的宗九似乎并不知道这句话背后的含义。

没错，宗九不仅不知道，甚至还在疑惑为什么这个魔物这么精准地点出了他的身份。

恶魔居高临下地打量着面前毫不掩饰内心警惕的宗九。

根据主系统提供的背景，现在是宗九发生车祸不久后。换言之，这时的宗九还是那个意气风发、享誉全球的大魔术师。在刚刚经历了这场人生剧变之后，他心中还留存着双手能够恢复的希望，甚至还可以自娱自乐，不至于沦落到阴郁和绝望的深渊中去。

而当他进入默菲斯契约比赛的时候，双手已经残废许久了。他经历过大大小小无数次手术，品尝过不知多少次徘徊在希望与绝望边缘的滋味，最后心灰意冷，彻底走进黑暗中，对这个世界失去兴趣，走向极端。

比起他所熟知的那个永远冷淡、沉着冷静的宗九，面前这个宗九似乎要青涩、稚嫩得多。

记忆是维持一个人性情的根源，如果失去重要时段的记忆，的确有可能会性格大变。

但这似乎并不是单纯的记忆封印。

主系统扭曲了宗九记忆里的时间，让他回到更年轻的时候。和结算日副本时的恶魔不同，恶魔在结算日副本中被压制，回到小城堡主阶段，却拥有大恶魔的记忆，又拥有独属于小城堡主的人格。

而宗九是逆转了时间，封印了记忆，回到了某一个特定的时间节点。此时他还没有经历过遍求名医无药可医的苦痛，眉目间依旧残留着神采。

恶魔一下子就明白了。

宗九的主线任务，应当就是找回这段失去的记忆和时间。

苦难也是人生的必经课，只有经历过才会懂得。

宗九分享过恶魔的过去，现在该恶魔分享宗九的过去了。

这很合理。

恶魔很喜欢，也十分乐意在宗九的过去里横插一脚。

或许是这位看起来就不太可靠的魔物神情太奇怪，宗九率先打破了沉默。

"既然如此，老梅，你能不能达成我的愿望？"

宗九在"老梅"这个名字上加重读音，就像抓住了什么保命符咒，同时又竖起自己的刺，以示警告。

这可是从异时空来的魔物，任何一个人类面对他都没有胜算。面对这样强大的存在，保持警惕当然再正常不过。纸上既然说魔物的真名十分有用，那当然得让对方知道自己的潜台词。

……虽然这一切真的很荒谬。

突然一下子成功召唤出了异时空魔物，宗九觉得自己需要冷静一下。

"当然可以，小魔术师。如果只是为你恢复双手的话，我很乐意为你达成心愿。"

恶魔瞥了一眼宗九手上厚厚的石膏和绷带，控制不住想笑。

主系统直接改变了宗九记忆里的时间，但事实上这具身体的时间可没变，就连头发的长度都和在游戏里的一样。

换言之，宗九的手根本就没事。

只要敲下石膏，拆掉绷带，他就能够发现这一切。

但恶魔会说吗？

他看着绷着一张脸、明显有些紧张的宗九，勾起嘴角："可以是可以，只不过……契约者，召唤魔物可是要付出代价的，你准备好了吗？"

"什么代价？"宗九很紧张。

他知道，这是他唯一的机会。如果魔物都没法恢复他的手，那他也没必要再做什么了。

但是他不想让面前狡猾的魔物发现自己的渴求。

将自己的需求完全暴露是一件十分危险的事，所以宗九就这样站在原地，大有一种如果对方想要花招，他就立刻念出真名让对方原地消失的决绝。

恶魔清了清嗓子："这样吧，我们先来确认一下契约的内容。"

宗九依言想要拿起羊皮纸，却不想对方忽然走近两步，十分自来熟地凑到他的身边。

一向很讨厌和陌生人近距离接触的宗九竟然没有条件反射地将他推开。

为什么这只魔物身上没有羊皮纸上说的硫黄味？宗九这么想着，冷不丁被人夺走了手上的契约。

"让我瞧瞧……哦，原来是这张契约。"

恶魔开始了他的表演，笑得一脸不怀好意："这是我们五个世纪前发下来的契约。太古老了，现在我们重新制订的契约要苛刻得多，很多条例和上面不一样了。"

宗九无言以对，眸光渐沉，用一种状似不经意的语气说道："那你要什么？金钱，名声，地位，或者是……灵魂？"

钱，宗九有的是钱。

身为大魔术师，他给自己双手投过高额商业保险，不管是以前的积蓄还是保险赔付，都能让他一辈子衣食无忧。至于名声和地位，如果异时空的魔物想要来现实发展，宗九倒也不是不可以给他分享自己的人脉。

但如果是灵魂的话——

在世界各地的所有神话传说里，魔物似乎天生只会对玩家美丽的灵魂感兴趣。

可是用灵魂来换自己一双手，值得吗？

宗九没有丝毫犹豫地选择了同意。

对他来说，刺激和乐趣远远比这些更重要。

更何况……不知道为什么，冥冥之中，宗九对自己十分有信心。

——临时反悔，撕毁契约，暗中算计魔物的信心。

这种预感很奇怪。就像他刚刚醒来时觉得自己好像忘记了什么很重要的东西，莫名觉得那颗六芒星石头很重要一样，还有最开始看到这位魔物的脸的时候，下意识地产生很想一拳揍过去的冲动。

"灵魂？不不不，我不需要那种东西。"

恶魔舔了舔嘴唇，暗金色的瞳孔中闪着宗九看不懂的光芒。

"我需要你给予我另外一样东西，一件我从未拥有过的东西。"

魔物从未拥有过的东西？

宗九疑惑地追问："是什么？"

恶魔一副讳莫如深的模样："到时候你就知道了。"

这是他的主线任务。可到底是什么东西，恶魔自己也不知道。因为他拥有很多很多，从未缺少过什么，更遑论迫切地想要得到什么。

所以，他要得到什么呢？

"先不要说这些了，魔术师，赶紧来签订契约吧。"

恶魔大笔一挥，龙飞凤舞地签下了自己刚才得到的、独属于宗九一个人的名字。

宗九犹豫了一下，同样在羊皮纸上写下了自己的名字。

"好了。"恶魔随意打了一个响指，无处不在的阴影便爬了上来，如同看不见的火焰那样将羊皮纸尽数吞没。

面前这个青涩的宗九可比未来的宗九好糊弄，自己得抓紧这个机会玩到尽兴。

"既然契约已经签订，那我也应该先索取一些报酬了，你说是不是？"

恶魔笑眯眯地低头，眼中兴味渐浓。

"从异时空被召唤到这里，可是耗费了我许多魔力。契约者，既然你想要实现愿望，那你是不是应该为我补充一下魔力？"

宗九觉得自己好像被骗了，他很想顺从自己看到这张脸那一刻的冲动，一拳头挥过去。

但是最后，他还是冷静了下来。

虽然心里早就做好了临阵反悔的准备，但现在他还没能恢复双手，怎么也不能功亏一篑。

宗九忍了忍："说吧，你要我做什么才能恢复魔力？"

恶魔眯着眼睛看他，开始一本正经地胡说八道："一般来说，最快的办法当然是吸取灵魂，灵魂够多魔力就回来了。"

宗九毫不犹豫："不行，你不可以乱吸取灵魂。"

"不不不，魔术师，我可是一个'遵纪守法'的好魔物。"恶魔无辜地看了他一眼，丝毫不掩饰自己眼中的戏谑，"如果有异时空魔物骤然现身的话，很快就会被执法者们发现的。"

宗九感到不妙："如果被发现了会怎么样？"

"啊，应该也不会怎么样吧，反正魔物是不死不灭的存在嘛，顶多就是被赶回异时空。"

恶魔摊了摊手："但如果是贸然和魔物立下契约的契约者，被抓到的话可能就会被处罚吧。"

没错，自己一定受骗了。宗九满心怒火，要不是为了保护自己的手，恐怕会和对方打上一架。

但他现在只能心平气和地开口："那你的意思是，我现在和你签订契约，不仅要帮你恢复魔力，还得帮你逃脱追捕？"

"放心吧，只要循规蹈矩，执法者们一般找不到我们的。"

恶魔愉悦地继续说着："魔物和自己契约者待在一起就是最安全的，所以……"

他的眼睛对上了宗九的双眸："只有你，你和我签订了契约，才能帮我，小魔术师。"

无端地，宗九觉得自己像是被这片晦暗到看不清深处的暗金色蛊惑了。他想起那个梦，似乎在那里，也有这样一双眼睛，一直注视着他。

宗九故作镇定地开口："那你说吧，除了吸取灵魂以外，我应该怎么做？"

"最简单的……当然是血液交换了。"

恶魔划破了自己的手臂，有温热的血液涌出，恶魔用一个小瓶子将血装了起来。

随后，恶魔的手伸了过来。

这手很凉。

宗九皱了皱眉。但是，为了恢复双手，他觉得，自己可以忍受一切。

宗九再次醒来时，空气中依旧泛着一丝铁锈味。

宗九疲惫地睁眼，愣了片刻，才回忆起之前发生了什么。

他觉得自己只是做了个梦，但是——

"小魔术师，你醒得好早，要不要再睡会儿？"

原来不是做梦啊！

宗九气得脑袋发晕，自己到底是怎么想的，居然真的召唤出个魔物，还帮对方恢复魔力！等双手恢复后，第一件事就是把这家伙送回去！

宗九气恼不已，起身走进浴室，紧紧关上了门："现在你总该达成契约了吧？"

见宗九语气变差，恶魔也懂得见好就收："当然，小魔术师，乐意为您效劳。"

虽然宗九看不见，但他还是笑着在原地行了一个礼，顺从地打了个响指。

下一秒，浴室里的灯光骤然被阴影遮住。

暗影顺着浴室门的缝隙钻了进来，一直爬到宗九的手上，将厚重的石膏和绷带拆解下来。

没了石膏的束缚，宗九能够感觉到自己的双手似乎变得轻快很多。他顾不上生气，低下头去，颤抖着尝试活动手指。

有知觉了。

真的有知觉了！

宗九缓慢地攥紧手指，感受着这明显不同于先前的力道。

他能感觉到自己的双手充满了力量，比他处于巅峰的时候还要强得多。

如果可以，他可以轻而易举地从散落的五十四张牌中抓出他想要的。

如果想，他可以考虑挑战魔术界那几个流传下来、没几人能够完成的快速换牌技巧。

恶魔佯装惊讶："小魔术师，你的手真灵活。"

"是啊，确实灵活了不少。"

宗九弯起了嘴角，收拢了另一边的手指。

然后，他转过身，用尽全力，狠狠地给了对方一拳。

第三十二章

狡猾的魔物

宗九终于知道了为什么那张羊皮纸上三令五申提醒契约者注意魔物的狡猾与奸诈。

事实证明，那些都是真的！

在深沉的夜晚，宗九赤脚踩在毛茸茸的地毯上，竖着耳朵听着远处的声响。

很安静。

大半夜的，就算是魔物，应该也需要睡觉吧。

宗九警惕地环视四周，确定被魔物霸占了的书房门关得严严实实，这才蹑手蹑脚地朝前走去。

奇怪，自己的视力似乎也得到了大幅度的提升，在这样没有光的环境里，为什么也能轻而易举地看清整个房间？

宗九心里产生的疑惑越来越多。

他感觉自己似乎被笼罩在了一团迷雾里。

似乎……

宗九低头看着自己的手。

这双手现在十分健康，充满活力，一连开十副牌都不在话下，甚至下一秒钟就可以继续之前的世界巡回演出，或者是破解宗九先前就想尝试的某些高端魔术，他可以缔造出属于"大魔术师宗九"的历史——不管是过去还是未来，都无人超越的历史。

而这一切，都是那个魔物带来的。

如果没有那个家伙，宗九也不知道自己未来会怎样，或许是颓废终日，或许是对这个世界彻底失去兴趣，或者是其他。

他答应过老人，不会主动挣开身上的铁链。但老人却没有告诉过他，如果对一切都失去兴趣的话，这无聊又空白的人生该怎么继续下去。

可是如今，他的手奇迹般地恢复了。

明明昨天还在为自己残疾的双手痛苦，现在，自己居然真的等到了一个奇迹！虽然这个奇迹是靠出卖自己的灵魂和魔物签下契约得来的，但……的确是个奇迹。

——至少是，独属宗九一人的奇迹。

但他总觉得……自己似乎在哪里见过这只魔物。

而且，或许并不是普通的关系，就像……本该如此。

自己好像忘掉了什么。

宗九揉了揉太阳穴，按下这个莫名其妙的想法，捡起了被他扔在地上的随羊皮纸附赠的一本小册子，那上面写明了关于召唤异时空魔物的细则。

宗九粗略地浏览了一遍，按照要求在地上摆好了道具，开始念动了反召唤咒语。

……没错，既然手已经好了，他就得把这可恶的魔物送回他原本该待的地方。

他又往自己之前手臂的伤口处划了一刀，等到鲜血涌出，一连念了三次反召唤咒语。

无事发生。

这一回宗九有了经验，在原地等了许久，等着咒语发动。

四下一片静寂。

成功了？

宗九回头去看书房的门，没发现任何动静。

于是他将小刀放回地上，随手捂着伤口，一步一步接近了那扇门。

他将耳朵贴在门上，也没有听见里面传来任何响动。

如果反召唤咒语成功的话……现在魔物应该被扔回异时空了吧？

为了谨慎起见，宗九后退两步，不打算去推门，这样不管发生了什么，他都有退路。

宗九一步步往后退，直到……背后撞上了什么冰冷的东西。

"魔术师，大半夜的等在卧室门口，是找我有什么事情吗？"

恶魔的声音中没有半分睡意，反倒透着一股戏谑。

"你怎么还在？"

宗九猛然回头，一拳打了过去。

"这可不能怪我，明明是你大半夜扰人清梦。"

恶魔叹息着摇了摇头："难道魔术师阁下没有听过那句古话吗？请神容易送神难，既然我们已经签订了契约，过河拆桥可不是什么好习惯。"

真难得，往常都是宗九骗他，自己竟然还有反将一军的时候。

"老梅！"

"睡觉。"

恶魔懒洋洋地看着宗九走回卧室。

宗九气急败坏，狠狠甩上了房门。

"砰！"

宗九跳到床上，闭上了眼睛。当然，他没有睡，而是时刻注意着门外的风吹草动。

但是真奇怪。

明明他昨天才把这只魔物召唤出来，到现在两个人同处一室还不超过二十四个小时，却像是认识很久了一样。

宗九回过神，发现自己身边多了一个毛茸茸的东西。

是一只烧焦了的玩偶兔子。

这只兔子不好看，很丑，垂下来的耳朵烧焦了一大截，泛着黑黄色。

奇怪，宗九觉得兔子很眼熟，但是又想不起来在哪里见过。

他沉默了一会儿，又走到卧室门边，他知道魔物还在门口，于是问道："我们是不是以前认识？"

正准备偷偷开门的恶魔挑了挑眉："是啊！"

他毫不避讳地承认了："我们以前的关系可要更亲密一些，是很好的朋友呢。"

恶魔佯装叹气："现在你全部都忘了。"

"怎么可能，做梦吧。"宗九冷酷地说，"你这个活在异时空里的魔物，怎么可能认识我？满口谎言的骗子，我才不会相信你的话。"

公寓内一下子恢复了安静。

这回是真的安静了。

宗九一边警惕着不让恶魔进卧室，一边在心里想明天的事情。

既然手恢复了，那些之前未完成的工作和落下的事情也得提上日程，还有才开始的世界魔术巡演大会……当然，还有那些无数等着看他这个大魔术师跌落神坛的人。

好不容易得来的假期又没了，明天还得回归以前的生活。

好在宗九只需要演出，私底下的时间除了钻研魔术外倒也自由，没有那么多条条框框的限制。

想着想着，或许今天的确是累到了，他的呼吸逐渐变得绵长。

恶魔站在卧室门外，笑了笑。

他暗金色的瞳孔在黑暗中闪烁，呢喃低语着："我可没有骗你啊，魔术师，你的确说过那句话。"

在结算日副本里，抱着玩偶的小城堡主从噩梦中惊醒，视线聚集在面前举着烛台的宗九身上。

不论是六岁的小城堡主，还是如今的大恶魔，那一瞬间他们似乎都听到了自己并不存在的心跳声。

很安心。

"下次如果房间里没有光，蜡烛没有亮，可以来随时找我点火。"

与此同时，全球各地的媒体再一次震动了。

一个月前，大魔术师宗九遭遇车祸，不幸双手粉碎性骨折，从此告别舞台的消息，在全世界如同雪花一般飞舞传递。

作为行业翘楚，平日盯着宗九的人数不胜数。所以当初消息一传出来，便是几家欢喜几家愁。特别是有不明人士暗中透露，世界级专家为他会诊过后，纷纷都说只能期待奇迹，这几天各大媒体都在叹惋魔术界一颗巨星的陨落。

然而今天，这位大魔术师的经纪人团队忽然宣布宗九双手已经痊愈，下个星期即将恢复原定的世界巡演计划。

舆论沸腾了，尤其之前那些等着看笑话、等着接替这位纸牌魔术大师地位和资源的人闹得最凶。他们大费周章地宣传，结果现在告诉他们宗九的手又好了？

同一时间，那些给宗九会诊过的专家接到了各种渠道的电话咨询。

"不好意思，我们不可以随意透露玩家的隐私，这是职业操守。"即使是专家，也不得不感慨"奇迹真的发生了"。

而这一切，位于风波中央的宗九都不曾得知。

第二天一早，他就和经纪人通话，并且在对方的强烈要求下进行了一次视频会议。

"我的手真的没事了，行了，看见没？看完我就挂了。"

宗九不耐烦地展示了几个花哨的纸牌技巧，在经纪人团队目瞪口呆的注视中关闭了视频。

既然手没事了，一切都得回归日常。

面对这种状况，经纪人当然是喜上眉梢。如果宗九出事了，团队也得解散，本来这几天大家都准备另寻出路，没想到柳暗花明又一村。

下午，等到处理完各种杂事后，重新排好的日程表就发到了宗九的邮箱里。

"下一站是……ODL国W城。"

宗九浏览了一遍，发现未来巡演的场地是几个相邻的国家。

想来也是，他是在巡演中途出的事，之前已经去过不少地方了，剩下的只有几个离得近的国家。

据说在网上他下一场演出的票已经炒到了天价，大家都想目睹这位大魔术师粉碎性骨折后的双手是怎么痊愈的。

真的像做梦一样。明明昨天还在为自己的手头疼，今天就一点事也没有了。

宗九走进厨房，给自己削了一个苹果，看着苍白手腕上青色的血管，不由得收拢五指，像是想要确认这一切并非虚幻。

不请自来的恶魔突然咬了苹果一口，煞有其事地评价："味道不错。"

宗九气结，索性把苹果塞到对方嘴里。

"如果你要出门，我怎么办？"恶魔似乎毫不气恼。

宗九直接扔了张卡过去，冷酷无情地说道："这是我的副卡，想要什么自己去买，别来烦我。"

"可是我们必须待在一起，羊皮纸上写着我们必须寸步不离，不然会发生可怕的事情。"

"有这回事吗？"宗九狐疑。

"当然有了，契约有一部分是用我们的文字写的，这是我们异时空通用的文字，你看不懂很正常。"恶魔再度开始了表演，"凡事都得以防万一不是？万一出现了什么意外……"

万一。

的确，万一真的出现意外，谁也负担不起。

宗九不会去冒这个险。

但是有些话，实在是不吐不快，宗九去那个买羊皮纸的链接下面评论道：东西还不错，就是下次能不能自己选择召唤什么类别的魔物，现在召唤出来这个太烦了。

然后，他又退出来给卖家客服发私信。

【魔术师】：你们召唤出魔物，一般是怎么把他们送回地狱去的？为什么我念了三次咒语都不行？

客服没有回复。

没时间等着，宗九要开始赶行程了。

恶魔自然要求跟着一起。

说实话，给恶魔买机票是件很困难的事情——因为他根本就是个黑户。

到最后宗九懒得管他，撂下一句"神通广大的魔物会自己到达目的地，回见"，随后头也不回地上了飞机。

结果在他让空姐在头等舱帮他铺好床，爬上去正准备好好睡一觉的时候，一只冰冷的手又从阴影里攀了出来。

"你可以装作看不见我。"

宗九觉得，和这个魔物签订契约可能是他这辈子犯下的最大的错误。

等到飞机落地，一开机，宗九发现商家回复了。

【客服】：这个……这个超出了我们的理解范围，一般来说这个是提供给神秘学爱好者尝试的东西，不管是成功率还是售后，我们概不负责呢。

【魔术师】：你们卖的东西这么贵，还没有自己尝试过？

【客服】：可是其他人都没有出现过这种状况。

【魔术师】：什么意思？你们没有保证的东西还敢摆上来卖？你们不是说保证百分之五十几的概率召唤出魔物吗？

【客服】：啊这……可我们到现在也只遇到您这一位召唤出来的客人……其他人都失败了呢！

【客服】：……这样吧，其实我们卖的是假货，这个东西信则有不信则无，您看我给您退一半的钱可以吗？

对方估计是以为自己遇上了精神病，吓得主动提出退款。

宗九盯着对话框愣了一会儿，重新退了出去，发现他先前留下的评论底下热闹极了。

【哈哈哈哈哈哈哈，这么贵的智商税竟然真的有人交。】

【我的天，这不会是个神经病吧，还召唤出魔物来了想要退货，笑死。】

【围观神经病！这年头神经病常有，这么有钱的可不多见了！】

宗九无语。

算了，可能其他人就没这么幸运呢？他一边安慰自己，一边将手机放回口袋里。

经纪人早早地就等在机场了，看到宗九后，立刻快步迎了上来。

"九哥，恭喜康复，恭喜恭喜。"

经纪人正感慨着，一眼看到那个双手插兜、戴着墨镜、跟在宗九背后的恶魔。

"这位是……"经纪人迟疑地开口。

宗九沉默了一瞬，他不知道该怎么回答。

这一瞬间的迟疑，就让恶魔占得了先机——他一只手亲密地搭在了宗九的肩头。

经纪人惊讶地睁圆了双眼。

谁不知道宗九最讨厌和别人有肢体接触，这人对宗九来说意义绝对非同一般。

"这几天他会是我的私人助理，问这么多干吗！"宗九不耐烦地把肩头上的手打掉，"走吧。"

经纪人："好，好，跟我走吧，车已经在外面等着了。"

他们离开机场的时候，宗九暗自打量了恶魔几眼，貌似不经意般开口："你们异时空的魔物经常来现实世界吗？"

"不，很少。"

恶魔皱着眉看着那些注视他们的目光。

他感到不爽极了。更让他没想到的是，这只是一个开始。

今天晚上的演出来了很多人，偌大的剧院座无虚席，窃窃私语充斥了整个剧院。

"没能想到宗先生的手竟然康复了，先前看报道都以为他要永远告别舞台，没想到如今竟然真的出现了奇迹。"

"是啊，能再看到先生活跃在舞台上实在是太高兴了，真的好喜欢他。"

"希望不要有问题，也希望今天的演出能够顺利，加油啊！"

舞台上，宗九露出一抹笑容，纸牌灵活地在指间翻飞。

灯光从高处落下，将他的发丝也染上一抹温暖的色彩，越发衬得他整个人闪闪发亮，耀眼无比，宛如一个发光体。

在场所有人的目光都聚焦在他身上。

恶魔的心情十分糟糕，他觉得这些低级的NPC吵闹得让人烦躁。在他看来，这些人再普通不过，为什么宗九却如此关注这些蝼蚁，将目光放在这些不必要的人身上。

与他相反，今天宗九的心情很好。

不知道为什么，虽然只有短短一个月，但他总觉得自己好像阔别这方舞台已久，久到恍若隔世的地步。

但是，他的心情虽好，却没有往日站在舞台上的那种热血沸腾的感觉。

真奇怪，明明这是他一直以来最喜欢的事情，为什么会这样？

就好像……和另外一件更加令人兴奋的事情比起来，这场演出也不过如此。

"感谢大家的观看。"

演出结束后，他朝着舞台下方行礼致意，在观众们的欢呼喝彩声中，剧院两旁挂着的红色帷幕缓缓落下。

在某一个瞬间，他看到了那个靠在墙角、与阴影融为一体的一脸不善的魔物。

说来也奇怪，明明台下这么多人，只要一眼扫过去，自己的目光就不自觉地落到对方的身上。

如果说宗九是吸引恶魔目光的光源体，那恶魔就是一个吸附宗九注意力的黑洞。

宗九递给对方一个充满警告的眼神，缓缓朝着后台走去。

他由衷地希望对方之前没有捣乱，之后也不要捣乱。

这一场表演非常重要，是复出后的第一场演出，不少新闻媒体和业内人士都对此格外关注，所以宗九刚才也特意进行了炫技，甚至把一套迄今为止还没有人破解的纸牌花样技巧搬上了舞台，现场的气氛热烈到极点。

想来这一场演出过后，整个魔术圈又得震三震。

剧场楼上的宴会厅还为这次演出安排了一场小型发布会，宗九还需要同赞助商寒暄几句，如果恶魔这个时候出来捣乱……真是不敢想。

"九哥，媒体已经在等着了。"经纪人连忙走上前来，将宗九的外套递了过去。

宗九披上风衣，匆匆从后台的通道上了楼。

不论赞助商代表还是媒体，都在楼上等待多时了，宗九一走进来，那些闪光灯和话筒就朝他面前挤来。

"宗先生，请问您的双手究竟是怎么回事？已经有相关人士在前几天透露过您的双手没有恢复的可能，现在是已经彻底痊愈了吗？"

"宗先生，请问您刚才在舞台上表演的是近百年来都无人破解的那个神秘魔术吗？"

"先生……"

经纪人将这些媒体和记者隔开："不好意思，请一个一个问。"

就算团队的人再多，也挡不住这些人的热情。

然而下一秒，不耐烦的宗九扔出了几张纸牌，有力地钉在他们的面前。

看着没入木地板的纸牌，整个会议室登时陷入了寂静。

经纪人连忙擦汗："啊哈哈哈，这是魔术，一个小魔术。"

不仅媒体，就连宗九自己也惊讶地盯着地面的纸牌。

他很清楚，这并不是什么魔术，而是仅靠腕力就把纸牌钉进了地板。

但这不是最重要的，重要的是宗九确定自己以前并没有随便扔纸牌的习惯，也没有这个腕力。

而且……就在刚才那一瞬间，有无数模糊的画面似乎在他的脑海中闪过。

有他冷冷地扔出纸牌，将对方头发削断的画面；还有无数张纸牌散落，他咬住其中一张，挑衅抬眸的画面；还有他……

一幕幕如同走马灯般回闪，但等到宗九想要上前再看清些的时候，这些画面又倏尔不见，隐匿到脑海深处，怎么也找不着半分，反倒让他的头开始痛了起来。

这些到底是什么……如果是曾经发生的事，为什么他没有丝毫记忆？可如果不是曾经发生的事情，为什么他会觉得这么熟悉？

"九哥，九哥？"经纪人的声音唤回了他的神智，"是不是不太舒服，要不要先休息一下？"

宗九抬了抬手，示意自己没事，等到那些零碎的画面从脑海中消失，才抬起脸。

"开始吧。"

他朝着面前黑洞洞的镜头说道。

发布会后是和赞助商的见面会。

宗九讨厌应酬，但也知道这是不可避免的事情，于是尽量打起了精神。或许是看到他脸色的确不好，赞助商也纷纷表达了关切，并决定往后推迟巡演时间，让宗九再休息两个月再做决定。

原因有两个：

一个是当初给宗九会诊的全体医生都表示，就算眼下他的双手恢复了，也不可以在这么短的时间内再次进行强度如此大的演出活动；

第二个原因是，经过这次变故，宗九的名气再度大涨，还展示了比之前更为优越的能力，干脆休整两个月，吊足别人胃口，也能正大光明再抬高一波商业价值。

宗九答应了。

他陪着喝了两杯酒便匆匆告辞。

异国的夜晚有点冷。

绕过熙熙攘攘的人群，宗九漫无目的地走到了河边。

为了不被认出来，他可谓全副武装，把自己包裹得分外严实。

垂在树上的彩灯串成一串，挂着金色的流苏。

远处，剧院大厅灯火通明。

宗九想起自己上次来这座城市，还是他一个人来听新年音乐会，当时的场景，至今历历在目。

这段记忆不是假的。那么他丢掉的又是哪一段记忆？

"哥哥，这枝花送给你。"

就在他沉思的时候，身后忽然传来一声轻唤。

宗九回过头去，看到一个小女孩手里提着一个花篮，她头上扎着头巾，小脸冻得通红。

看着她手里鲜艳欲滴的鲜花，宗九一时间有些恍惚。

"哥哥？"

见他没有反应，小女孩颤巍巍地将手里的花篮举过头顶："刚刚有一位大哥哥买下了我所有的花，他说，让我把这些花转交给你。"

宗九蓦然抬眸。

远处的街灯下，恶魔正百无聊赖地靠在电线杆上，懒洋洋地注视着这边。

即使隔着老远，宗九也能肯定对方肯定又露出了那种意味不明的、独属于他自己的笑容。

"谢谢。"

他收回视线，弯下腰去，将小女孩花篮里的花全部捧了过来。

见他收下，小女孩好奇地抬头："哥哥，那边的大哥哥是你的好朋友吗？"

宗九愣了一下，旋即答道："不是。"

小女孩苦恼地掰了掰手指："可是这些花很贵的，哥哥和那位大哥哥不是好朋友吗？那我确定他没付钱。"

宗九黑着脸打开钱夹，摸了摸小女孩的脑袋，顺便把钞票塞进了花篮里。

他想反驳小女孩的话，却又不知道该怎么反驳，最终只能说一句："不是朋友，我们是……"

有两个字飞快地从他脑海中闪过，他脱口而出："是敌人，不死不休的宿敌。"

休假的时候，所有事情都慢了下来。

他们从国外回来后，无所事事地待在家里。

一个人的时候，宗九通常很安静。

他不喜欢出门，也讨厌人多嘈杂的地方，所以只要没有巡演，大多数时候他都会待在自己的高级公寓里，偶尔出去听音乐会或者歌剧。

公寓里的配置相当高级，又很安静，专人电梯从车库直通室内，很可能一年都见不到邻居。想吃东西时候可以点餐，也可以提前在清单上列好所需的蔬菜水果条目，几个小时后就会有专人送到门口，完全不需要自己外出采购。

所以，两个月的时间说长不长，说短不短，却足够让宗九适应魔物的存在。

这天，宗九给自己煎了一块牛排，淋上黑椒汁，从厨房端了出来。

就在他一个人享用晚餐的时候，恶魔忽然拎着一只什么东西走了过来。

说来也奇怪，今天一天宗九都没看到魔物的身影。平时这家伙恨不得一天到晚缠在他身边，今天难得没看见人，还让人怪不适应的。

宗九抬头，惊愕地发现那竟然是一只黑猫。

有意思的是，这只黑猫的眼睛也是暗金色的，和它对视的时候总有种看到某人的错觉。

"一件礼物。"恶魔勾了勾手指，用傀儡丝将凳子拉了过来，挨着宗九坐下，懒洋洋地把手里的猫放到宗九的膝盖上。

宗九的确喜欢猫，或者也不能说喜欢，只是觉得这种动物需要养一只，偶尔无聊的时候看一看，心情就能放松下来，就像小时候陪着他的那只橘猫一样。

重要的是，猫足够独立，可以自娱自乐，也不需要多花时间去管，很适合宗九这种不喜欢出门遛狗的懒人。

但喜欢归喜欢，宗九却从来没打算真的养。

因为他的工作会长期不定时外出，宗九又不喜欢陌生人介入自己的个人生活，自然不可能委托他人进屋喂食，于是便不了了之了。

宗九皱眉："你从哪里抱来的猫？"

他的手指在黑猫的脊背上滑动，黑猫竟然也不挣扎，乖乖地让他摸。

"自己捏的。"恶魔坐在他身边，"不需要喂，也不会掉毛。"

宗九无语。

比起这个，他倒更想知道这家伙为什么知道他喜欢猫。

不过今天……

宗九低头看了一眼手机。

他很少注意某一个时间或者是日子，除非是早已安排好的工作日程。他自觉不是个有仪式感的人，所以觉得特别关注某一时间毫无意义。

但今天不一样。

宗九看了眼日期，忽然有点明白了为什么魔物要说这是一件礼物。

今天是宗九的生日。

俗话说得好，无事献殷勤，非奸即盗。

果不其然。

等宗九收拾好餐具回来，恶魔就暴露了自己的真实意图。

"小魔术师，为了给你准备礼物，我可是消耗了不少的魔力。"他懒洋洋地躺在沙发上，一只手撑着头，"你难道不应该补偿我一下吗？"

宗九冷哼一声，转身走到餐桌前。

这两个月里宗九也不是一点收获也没有，他能够确定自己的确失去了一段记忆。

他当然不可能去向魔物求证，而是不动声色地打算探知更多信息。

毫无疑问，他们以前认识。

虽然不知道这个认识的程度有多深，但毫无疑问，不管过去如何，现在他们的关系已经相当密切了。

桌上摆着一个小小的黑森林蛋糕，银色的餐盘里还碎落着黑色的巧克力屑。

这是宗九为数不多的偏爱。

宗九很少过生日，因为他的生日并不是他真正出生的日子，而是被老人收养的日子。他根本没有提过自己真正的生日。也不知道魔物到底从哪里知道的这些，不论是生日，还是喜欢的食物，抑或是偏爱的礼物。

"你怎么知道的？"

一片静寂里，宗九拿起叉子，轻轻叉起一块。

灯光骤然暗了下来，与此同时，蛋糕上的蜡烛也燃起摇曳的火光。

"找到这些又不是什么难事，魔术师。"恶魔低沉的声音在他耳边响起。

宗九低头一看。

蓝幽幽的屏幕上，宗九的个人资料罗列得满满当当，而且全部都是真的。

宗九一时间竟不知道说什么好，只剩下一个念头：魔物竟然会上网了。

很快，宗九就没心情关注这些了。

按照恶魔的歪理，既然宗九过生日的时候他送了宗九礼物，那么，宗九也应该回礼。

"魔物还有生日？"宗九挑眉冷笑。

"当然有，就是今天。"

恶魔一本正经："所以我亲爱的魔术师，你该送给我什么回礼呢？"

"或者说……"恶魔眸光闪烁，"帮我恢复魔力？"

宗九想也不想便拒绝了："不行。"

"做这种事情吃力不讨好，我为什么要帮你？"

然而这一回，恶魔没让他躲过去。

"老梅——"宗九咬牙切齿地吼道。

"什么事，小魔术师？"恶魔愉悦地回应。

宗九没有答话，一脚踢了过去，恶魔发出一声闷哼。

宗九转身回了房间。

窗外的星星很亮。

宗九躺在床上，慢慢闭上了双眼，他实在是太困了，困到懒得再和那人打架。

在静寂与黑暗中，似乎有人打开了房门，走到他床边低声说了一句："生日快乐，小魔术师。"

第三十三章

针锋相对

两个月的时间，说长不长，说短不短。

假期结束后，宗九又开始全世界巡演。

这一次的巡演时间比较长，每个城市几乎都有三四场，需要停留的日子也延长不少。好在每场之间的间隔长了许多，以前一周需要表演几场，现在一周只要表演一场，倒也轻松。

大半年的时间过去，宗九已经足够适应恶魔的存在。

这期间还发生了一件事。

某一次宗九出言嘲讽，称恶魔是个正儿八经的黑户，当时恶魔哼笑一声，并没有什么表示，结果之后的几个月里，恶魔经常无故玩失踪，也不知道一个人暗自在外面干些什么。

不过宗九也不关心。

而且，他一旦投入工作就是谁也不理的状态，与其让对方有事没事来打扰自己，还不如像现在这样。反正只要他没有演出的时候，对方就又会神不知鬼不觉地出现。

宗九觉得，自己不知道该如何形容他和魔物的关系。

说是契约者，似乎又要多了些温情；说是朋友，似乎他们又从未像正常的朋友那样，相互信任。

这天，宗九得出席一场拍卖酒会，受邀参加的据说都是各个行业的顶尖人士，可以说，能够参加这种活动，对自己的名声将有很大的提升，所以按照约定，宗九没法拒绝，只好按时到场。

一路上经纪人都在耳提面命，不断强调酒会的重要性，宗九敷衍着应答，心里想着如何只露个脸而不参与各种活动。突然，他的脑海中闪过一个画面。

翻飞的纸牌，看不见的傀儡丝，他在昏暗无光大厅里，和一个黑发男人针锋相对，互不相让。

酒会现场的确是名流荟萃，巨星云集。

宗九面前是一位当红国际巨星，刚一露面，闪光灯便亮成一片，引得尖叫声此起彼伏，好不热闹。

宗九在心里摇了摇头，快步走过红毯，在工作人员的指引下进入会场。

"原来是大名鼎鼎的魔术师宗先生，幸会。"立刻有注意到他的人上前寒暄。

宗九不咸不淡地微微举杯："幸会。"

他完全没认出这位搭讪者是谁，很快就不感兴趣地转移了注意力。

"不介意的话……"没想到，这人见宗九态度冷淡，立刻怒上心头，伸手想要将人拉住。

宗九沉下眼眸，指尖的纸牌蓄势待发。

他也发现了，自从双手恢复后，他的脾气是越来越不好了，或者应该说，以前即便有不愉快也会忍耐几分，现在一言不合就想甩纸牌。

"劳驾，借过。"

就在他打算出手教训对方时，一只戴着白手套的手懒洋洋地搭在了对方肩头。

搭讪者正想说话，回头一看脸都吓白了，点头哈腰地问了声好，灰溜溜地走了。

宗九抬眸一看，果然，正是自己的老熟人："你……"

他话还没说出口，便听到侧后方传来惊喜的声音："教授，您怎么会在这里？"

宗九满头雾水地回头，只见红透半边天的影帝端着酒杯过来，脸上堆满笑容，言辞间不乏敬意："您上次的讲座我有留意过，然而实在是没有档期，真是太遗憾了，方便问一下您下一场讲座的举办时间和地点吗？"

恶魔却一点面子也不给，脸上闪过一丝不耐："没空，别来打扰我。"

他转身看到宗九，立刻露出笑容："小魔术师，惊不惊喜，意不意外？"

在场众人看到这一幕纷纷窃窃私语，满脸震惊。

没有人不认识大魔术师宗九，同样的，也没有人不认识那位横空出世被奉为行业权威的教授——老梅。

当然，这一切对于恶魔来说，只不过需要操纵几根傀儡丝。

旁边的影帝脸上挂满了冷汗："不好意思，打扰到两位了，我这就走，我这就走。"说完他不再停留，连忙匆匆离开。

不仅如此，宗九还注意到，最开始那个搭讪者一个人默默走到墙角，露出了紧张害怕的表情，还打翻了手里的酒杯。

"你干了什么？"

他警告般地递给恶魔一个眼神。

"只是让他清醒一下而已。"恶魔耸了耸肩，"不要在意。"

宗九觉得，自己越来越搞不懂这人在想什么。

一个来自异时空的魔物，为什么要花心思在俗世中寻找得到一个身份，做出这样一副似乎打算长住的姿态。

当然，还有一个问题……宗九怀疑对方根本就不是什么魔物，不过在他没有取得切实证据之前还不能下结论。

"等契约完成后你就可以回去了，你这样，是打算留在这里？"

"小魔术师，不要着急。"恶魔懒洋洋地说，"不仅仅是契约，你还欠我两次。"

宗九深深地拧眉："我什么时候欠过你两次？"

恶魔笑而不语。

拍卖会还在如火如荼地进行，恶魔偶尔会扫上一眼，漫不经心地举起手中的拍卖牌，然而宗九却没有注意到。

"年底快要到了，有什么打算吗？"

看着下一件准备上拍的藏品，宗九忽然意识到这一点。

去年的最后一天，他遭遇了那场突如其来的车祸，在病房里躺了许久，可以说是他二十多年来最不顺、最黑暗的一段时光。

这么算起来，他和恶魔相处的时间……也快要满一年了。

时间过得真快，让宗九有一种恍若隔世的感觉。

日子一天天过去，节日终于如约而至。

每一年这一天，宗九都得回老教堂一趟，今年也不例外。

这一天，宗九醒得很早，天还没亮他就睁开了眼睛。外面一片暗沉，看起来格外冷，好像要下雪了。

宗九和恶魔一起吃了早餐，看着渐渐亮起来的天色，宗九拿起一条厚厚的羊绒围巾，戴上口罩和墨镜："走吧。"

宗九如今生活的城市与老教堂所在的小城相隔甚远，往年他都得提前出发，才能按时赶到。但现在不需要了，因为魔物的存在，只需要在阴影中穿梭就能轻而易举地到达，大大节省了路上的时间。

恶魔哼笑一声。

下一秒，游弋在房中的阴影拔地而起，在他们面前生成了一道帘幕。

进入这片阴影的感觉并不好，很冷，很黑，没有一丝光亮，让人无法窥见这里的一丝一毫。

宗九什么都看不到，只能被魔物牵着走。

但是他没有意识到，这种将自己置身于无法掌控的环境的行为，是一种信任的表现。

有些东西在潜移默化间发生了改变。

走了没多久，宗九感觉眼前豁然开朗。

他们出现在一条狭窄昏暗的小巷内。

"下雪了。"

骤然从温暖的室内来到寒冷的室外，宗九不由紧了紧脖子上的围巾，口罩周围泛起一层白雾。

地上是厚厚的雪，没有任何脚印，松软得像是踩在云端。

小城出奇地安静，只能听到远处教堂的钟声在空中回荡。

走着走着，宗九忽然想起一件事——他忘记买花了。

老人生前很喜欢花，所以每次回来，宗九都会带上一束花。平常都有人帮他准备好，这一次他是通过阴影快速出行，一时没能想起来。

没有办法，宗九只能在这条街上逛了起来，希望能找到一家还有鲜花的店铺。

幸运的是，街角有一家，也是唯一的一家，只不过那是一家饰品店。

这座小城也算是旅游城市，有许多当地特色的饰品："节日快乐！要不要送您朋友一条我们当地的鲜花手链？"

这是第二次了，上一次还是大半年前那个卖花的小女孩。

宗九毫不犹豫地拒绝了："不，我想冒昧询问一下，请问你们店里有鲜花吗？我只需要买些花就可以了。"

"有的，请您跟我进来吧。"

店员像是有些遗憾地打量了他们一眼。

店铺里的饰品并不像一般珠宝店里的那般光彩夺目，反倒透着些温馨，例如一条用古铜色的藤蔓缠绕而成的手链，上面有一朵精心雕琢的小小的蔷薇。

店员一边为宗九打理一束百合，一边说着关于店内饰品的传说："相传，只要在午夜钟声响起之时为您的朋友戴上鲜花手链，友谊就可以天长地久。真的不需要吗？"

"谢谢您的好意，我们真的不需要。"

宗九礼貌地拒绝，瞪了恶魔一眼，转身走出小店。

他们沿着道路向前走去，尽头就是那座老教堂。

即使过去了十年，这里依旧和宗九记忆中一样，有着灰色的墙和洁白的屋顶。

寒冷的冬日里，鸽子们都不知道飞到哪里去了。

天地都很安静，雪又下大了，纷纷扬扬，像柳絮一样飘落。

宗九从来没想过，他竟然有一天会带另外一个人来这里，对他而言这实在是不可思议。

"等等。"

宗九停下脚步，似笑非笑地回头，他的身影几乎和白雪融为一体。

"一位魔物进入教堂，似乎不太好吧？"

恶魔难得地被噎了一下。

"当然，小魔术师，我会在外面等你的。"他露出笑容，"你可千万不要让我等太久，靠近教堂会加剧损耗我的魔力，之后会发生什么你能想到吧。"

宗九冷哼一声，头也不回地走进教堂，那一刻，在他身上看不到许多年前的冷淡，也看不到曾经的意气风发，只剩一副经历过重重考验的成熟模样。

时间可以改变一切，不知道从何时起，长时间孤身一人的宗九，渐渐习惯了身边多一个人存在。

而随着时间推移，他的记忆也在逐渐解封。现在，他已经能从记忆的碎片里猜出，恶魔根本就不是什么来自异时空的魔物，他所说的一切，都是在骗自己。

真叫人忍无可忍。

但是除此之外，他们曾经是什么关系，他的目的是什么，自己失去的是什么时间段的记忆……

诸如此类的问题，宗九依旧毫无头绪。

但是，快了。

宗九有预感，他只需要一个契机，那些尘封的记忆，届时全部都会回来。

宗九不喜欢被隐瞒，他喜欢对一切了如指掌，眼下这种平静无波的日子，对他而言如同镜花水月般不真实，让人感到轻轻一碰就会碎掉。

因此，他需要验证心里的一个猜测。

然后，彻底找回自己的记忆。

等宗九的身影消失在教堂里，恶魔才收回了视线。

他脸上的笑容消失了。

快一年了。

这个副本开始快一年了。

但事实上副本里和外界无限循环的时间流速并不相同，不管里面时间过了多久，出去后依旧只是几个小时。

这样安逸的生活对恶魔来说十分不可思议，有一种从未体验过的新奇感。

过去只有人与人的争斗和通关能够让他提起兴趣。现在，宗九成了他的乐趣之源。

恶魔漫无目的地环视，目光重新回到那家饰品店。红色绒布上有一条手链，藤蔓上有一朵猩红的蔷薇，看起来永远不会凋零。

这座小城里有一个古老的传说。

相传，这里曾是一片森林。在森林深处，有一位女巫擅长制造魔药，用自己的情感为原材料熬煮，兜售给过路的旅客。

随着熬制的魔药越来越多，女巫的心也逐渐变得干涸、冷硬，没有一丝波澜，她再也熬制不出情感魔药，也没有办法永葆青春了。

于是，女巫决定离开这个地方。

就在女巫离开前，最后一位旅客踩着午夜的钟声赶到。他带给了女巫一条鲜花手链，道明自己的情感经历，唤醒了女巫冰封的心。

"最后，女巫和自己的朋友永远生活在森林里，一直到老。鲜花手链的传说也就这么延续下来了，所以我们小镇才会有制作鲜花手链的传统。"

店员絮絮地说着，笑道："您二位一定是很要好的朋友吧？那位先生似乎不太擅长表达，但他的目光却一直在留意您呢！"

店员小心翼翼地将手链放入黑色丝绒盒内："您的朋友很在乎您，这毋庸置疑。"

"不用拿包装袋，直接给我。"

恶魔一向不喜欢听漂亮话，但这一回他却罕见地没有打断这毫无意义的恭维。

店员一愣，立刻把盒子递了过去："承蒙惠顾。"

恶魔将小小的手链盒放进衣服口袋——其实是放进了阴影中——旋即大跨步离开了饰品店。

外面雪越来越大，雪花纷纷扬扬飘落，将天地间遮掩得朦胧一片。

自恶念中诞生的恶魔，其实并不懂人类的悲欢，也不在意。他觉得，自己坏得很彻底。

但宗九……是不同的。

只要不从这个决战副本出去，就没有人知道他们曾经费尽心思想要置对方于死地，更没有人知道他们曾经是不死不休的宿敌。

恶魔头一回产生"就算是这样平淡安逸的日子，但如果能和宗九做朋友的话，一直就这么下去也不错"的想法。

很危险，却不讨厌。把对象换成宗九，一切都是那么合理。

他回到了教堂门口。

宗九出来的时候，看到的就是这样一幕：一袭黑衣的恶魔站在雪地里，背景是一片茫茫大雪，让他显得那么格格不入，却又能瞬间吸引他人的目光。

"结束了吗？"

看到宗九出来，恶魔笑着问。他注意到那束洁白的百合花还留在宗九的臂弯，看来并没有送出去。

宗九朝他弯起嘴角，忽然问道："要和我去一个地方吗？"

"难得的邀请。"恶魔挑了挑眉，神色辨不出喜怒，"遵命，小魔术师。"

于是宗九带着他左拐右拐，熟练地穿行在这座小城的巷子里。

或许是今天心情的确很好，宗九难得开口解释："这里是我小时候生活的地方。"

即使十多年过去，这里仍旧如同被定格的老照片那样，没有丝毫的变化。

走了一会儿，他们来到一片用黑色栅栏围起来的墓地。

宗九没有说话，他走上前去，将手里的花放在其中一个墓碑前，那灰色的石头上镌刻着老人的名字。

随后，他转过身去，没有看恶魔。

一黑一白两道身影沉默着立在那里。

时间慢慢流淌，或许是五分钟，或许是十分钟，或许更久，久到恶魔都觉得对方或许要哭了，宗九才终于开口："走吧。"

他说："该回家了。"

从教堂回来后，有什么东西悄然改变了。

夜幕降临，灯光纷纷亮起，一圈一圈的暖黄色彩灯缠绕在树上，顶端的星星闪闪发亮，每一片冬青树叶都染上了温暖的色泽。

雪越下越大了，如同漫天鹅毛般，把视野内可见的一切都裹上了白色。

黑暗中，他们看不到彼此的表情，也没有人说话。

就连时刻喜欢挑衅宗九的恶魔，此时也陷入了反常的沉默。但是他知道，他想为宗九戴上手链，想和宗九成为朋友。这个念头在他心中如野草般疯长。

手链被恶魔带回来后，就附加了和他相同的权限。然而，就在转身的那一刻，恶魔垂下的手里攥着手链，僵在了原地。

蔷薇花。

一枝娇艳欲滴的、再熟悉不过的蔷薇花。

决战副本不可以动用任何特殊道具，但这却是由恶魔亲手赠予宗九的，可以无视一切道具使用规则的特殊道具。

【S级玩家宗九对您使用了B级道具：B612星球的蔷薇。】

【您已经被固定，时限三分钟。】

宗九在黑暗中同他对视，他看不清对方此刻的表情，但是却在这时想起暗对他说过的话。

恶魔很有可能和主系统做了交易，主系统给恶魔权限，恶魔需要为它达成目的。交易的维系点很有可能就是强行与无限循环绑定。再联系之前恶魔说过的意味不明的话，答案显而易见。

然而恶魔却从来没有在宗九面前证实过这一点。

他太高傲了，既不屑用这样示弱的方式博取无谓的同情，更不屑于用卖惨来拉低自己的高度。

或许对恶魔来说，不论他对宗九的态度如何，始终都是他自己的事情；又或许是他清楚，不属于他的终究会离开。

但如果宗九回来，那他们一定会成为朋友。

冰冷的机械音在他耳边响起。

【S级玩家宗九，主线任务已完成。】

【很遗憾，您的一对一副本宣告失败，您可以自由决定是否退出这个副本。】

"原来……你早就完成了主线任务……"

恶魔没有回答，他无法作答。

事实上，早在很久以前，在他接受"老梅"这个近乎玩笑却只属于宗九一个人的名字时，他的主线任务就完成了。

恶魔赢了，但他选择了留下来。留在这个副本里，以一个失败者的姿态，甚至巧舌如簧地编出一连串谎言，只是为了编织一场美梦。

　　在这近乎永恒的三分钟里，恶魔用另外一种方式作答。

　　【游戏指导师已将该副本的胜利转交给您。】

　　【恭喜您获得胜利者道具：万能许愿券。即刻脱离副本即可进行许愿。】

　　他把选择权交给了宗九。

　　可怜的恶魔只拥有一位契约者。

　　如果宗九从这里离开，那恶魔就只能被孤零零地遗弃了。

　　宗九没有迟疑，他毫不犹豫地选择了脱离副本。

　　手链从阴影中掉落在地上。

第三十四章

魔术师的考验

所有人都在焦急地等待着。

最后一个决战副本有多重要不言而喻。

在如今这个几乎全部S级都弃权，暗宣告失败的情况下，第九名宗九成为最后一根独苗。

漆黑的直播间里，大家还在讨论。

【如果魔术师也没能通过游戏指导师考核的话，那岂不是没有人能拿到万能许愿券了？】

【确实，但我还是希望魔术师能够得到最终的胜利，不管他到底是不是要许当初那个愿望，但是……】

【也不知道游戏指导师考核是不是失败就会被淘汰，真的好担心，不管最后的结果如何，总之魔术师一定要好好的，宁愿拿不到许愿券，好好的就行。】

【我也是这么想的，暗大佬的离开真的让我好难过……才知道他原来是一个好人，就要迎来这样的结局，我好难过。】

不仅仅是直播间，正在会议厅里的玩家们也都提心吊胆。

所有人都知道决战副本的艰险。

在他们看来，游戏指导师考核甚至比和S级一对一的副本还要更难。毕竟没有人能够猜得到那位大人的心思，更没有人摸得清他的喜好。

也正是如此，宗九的安危才会这么紧紧牵动所有人的心。

恐怕没有人想得到，在他们脑海里刀光剑影、充满厮杀和血腥的决战副本，事实上开启后却平淡到像是在度假，两位当事人甚至悠闲地在里面生活了一年。

王座上的众位S级们交谈过后，才知道那些被控制的S级们竟然还保留了一些身为傀儡时的记忆。

"不……并不是全部，但的确保留了一些。"

就连最沉稳的黑巫师，也露出窘迫的神情。

看到黑巫师的样子，圣也不由得悲从中来。那些回忆太过尴尬，令他无地自容，不愿回想。

这都叫什么事啊！

和他们比起来，拉乌和冬可能是最为淡定的，但是也可能因为他们已经麻木了。

过了一会儿，拉乌才开口："放心吧，就算魔术师输了……他也不会出事的。"

圣和黑巫师都对此表示认同。

所谓旁观者清，至少他们从未看到过那位大人对一个人这么感兴趣。

不管之前如何针锋相对，但随着时间的推移，恶魔的恶意的确在慢慢降低，直至悄然湮灭。

所以，比起忧心忡忡的梵卓、驱魔人和土门，这些被解放的傀儡反倒淡定无比，完全不担心宗九的安全。

就在大家彼此沉默地注视着如今依旧一片漆黑的直播间时，意外发生了。

原先的直播间只剩了两个卡牌标识，一个是扑克牌，另一个是蔷薇花，预示着决战副本还在进行中。而现在，扑克牌原本的颜色褪去了，变成了象征胜利的淡金色。

土门第一个从王座上猛地站起，脸上带着显而易见的激动："魔术师赢了？"

随着他的动作，其他S级也纷纷转头看向黑色的屏幕，那里正在变亮，原先空无一人的白色会议室里，属于第九名的王座上渐渐出现了一个身影。

【最终决战已结束，获胜者：S级玩家宗九。】

同一时间，几乎全部的目光都汇聚过来。

每个人都热切地看着那里，等到宗九最终完全出现在王座上的时候，排山倒海的热烈欢呼猛然响起。

"是魔术师回来了，他回来了！！"

"他做到了！魔术师做到了！"

"我太高兴了！"

梵卓一愣，向来冷硬的面孔也柔和下来。土门则是高兴得跳了起来，和驱魔人击掌欢呼。

其他人则是紧紧注视直播间里的那个人。

宗九渐渐睁开了眼睛，他神情冷冽，眼神坚定，暗藏锐利锋芒。

【恭喜您获得最后的胜利。】

【您的奖品：万能许愿券，已经放入最高处，请您即刻前往领奖台进行许愿。】

纯白色的会议室中，所有的白色雾气全部不见，变成了纯粹的会议厅的背景。

宗九处于第二层，下方都是仰望着他的玩家，彰显了他最后胜利者的身份。

灯光全部暗下来，唯有最高处的领奖台仍然散发着微光，宛如黑暗夜空里唯一的星辰，给一切迷途者以指引。

悬挂在空中的楼梯逐渐成形，从王座前一直抬高，延伸，没入最高处。

在那里，一个由白金和水晶组成的高台熠熠生辉。

当然，最引人注目的还是高台上方悬浮着的一张只有巴掌大小、通体呈淡金色，却让所有看到的人屏息凝神的卡片，默菲斯契约比赛的最终奖励——万能许愿券！

宗九缓缓起身。

毫无疑问，这是万众瞩目的时刻。

千万道灼热的目光关注着他的一举一动，看着他站直了身体，看着他以缓慢而坚定的步伐行走在透明的悬浮阶梯上。

这是独属于胜利者的荣耀之路。

耗时如此之久，淘汰者如此之多的漫长比赛，终于迎来尾声。

结束了，彻底结束了。

下方人群中传来了此起彼伏的抽泣声。

【注意：愿望不可违背或有损主系统利益，否则主系统将收回许愿权。】

果然，就在宗九登上台阶的时候，他收到了主系统的提示。

一切都和暗猜测的一样。

这个人真的可恶，被淘汰前不仅骗他一把，还要卖个关子，说什么"你知道该怎么做"。

也是，古大师卜卦独步天下，在他面前挑明主系统和恶魔的交易，估计也是为了让宗九最后想清楚。

暗算得太准了，不仅算到了这些，甚至连宗九的反应都算到了。可惜他没想到，到头来，救世主竟然和大魔王成了朋友。

宗九拿起那张空白的许愿券。

他没有急着写下自己的愿望，反而再三和主系统确认："许完愿后，你会升上高维，对吗？"

这是最关键的时刻。

主系统搜集多年的能量已经积蓄完毕，只剩下这最后一个愿意了。明明和恶魔做了交易，结果在最后关头对方却把胜利拱手相让。

【对。】

主系统慎重地回应：【只要不是太过分的愿望，都可以为你实现。】

得到确切的答案后，宗九瞳孔里闪过一抹深思。

他终于伸手，拿起了那张空白的许愿券。

"主系统……我们来做个交易吧。你想升上高维，而关键掌握在我的手中，不是吗？"

宗九语气平和，但是，谁都能听得出他声音里的威胁。

"首席将权限转移给我了，他不可能对我做什么，而我……"宗九停顿了一下，滴水不漏，"却可以毫不犹豫地舍弃他。"

宗九在赌，赌一个可能性。

他和主系统如同在天平两端，各自在掂量着自己的筹码。

主系统的筹码是恶魔，而宗九的筹码是这张只有他能够许愿的许愿券，也是恶魔对他的态度，他和主系统都清楚，恶魔已经将宗九当作朋友，不可能对宗九动手。

永远不可能。

毫无疑问，这样做很危险。稍有不慎，宗九就可能当即被淘汰出局，就像当初的古大师一样。

可他还是这么做了。因为这是他必须要完成的事情，因为有太多人将期待加注在他身上。

"如果错过了这个时间，你还不知道要等多久。"宗九斟酌着自己的语言，循循善诱，"放心，我的要求并不过分，这对你来说同样不过举手之劳。"

似乎是为了表达自己的决心，宗九抬了抬手，大家顺着他的动作安静下来。

"我得到它了。"宗九扬了扬手里的许愿券，眼中光芒闪烁，"可能很多人都觉得，我之前说的话是开玩笑。"

"没错，在来到这个位置之前，我也以为自己是在开玩笑。毕竟谁会在得到许愿券后不为自己许愿，反而许愿毁掉无限循环呢？"

直播间里的人都沸腾了，信息爆炸般充斥着整个屏幕。

【等等……魔术师是想干什么？】

【我的天，他真的要许这个愿望吗？他真的要毁掉无限循环吗？如果毁掉这里的话我们是不是就能出去了？】

【不是吧，我一直以为他开玩笑，甚至当初你们都说魔术师是好人的时候我也没相信，没想到竟然是真的！】

【我的天哪，我已经语无伦次了！】

"你们没有听错。"

宗九等待着主系统的回答，并决定下一剂猛药。

"系统，你还记得古大师吗？"

果不其然，在抬出恶魔时，主系统的态度只是有所松动；但是在听到古大师的名字后，却彻底动摇了。或许它也清楚，宗九本质上和恶魔一样，都是无法掌握的变数，把他逼急了什么事情都干得出来。

过了许久，冰冷的机械音才不情不愿地响起。

与此同时，宗九也终于露出一抹淡淡的笑容。

暗说一切都有变数，但这个标榜着"绝对冷静"的家伙肯定不知道这个变数，因为暗根本想不到恶魔竟然也有妥协的一天。

宗九从来不按常理出牌。

他能用自己手上所拥有的一切来和主系统谈条件，主系统根本不敢和他赌。

但宗九怎么可能许愿毁掉这里呢？

"在所有失去的人能够回到大家身边的同时，我也希望大家都能保有自己选择离开这里的权力，如果大家想要拿回在游戏里的记忆可以通过积分兑换。这就是我和主系统交涉后达成的愿望。"

不仅仅是直播间，会议厅也因为他的话而沸腾。

不知道是谁开始鼓掌，渐渐地，掌声如同雷鸣般响起。他们流着泪相互拥抱，高喊着宗九的名字，声音嘶哑，涕泗横流。

徐粟在听到失去的人将重返的时候，也哭成了泪人。

胜利者的愿望没入空白的许愿券。

很快，不论是无限循环里的玩家，抑或是停留在会议厅里的玩家都收到了主系统的提示，短短几行字出现在每个人面前。

【是否选择脱离无限循环？是或者否。】

很难形容这种集体迸发的狂喜。

人们朝着高处鞠躬敬礼，脱帽致意，宗九只是笑着朝他们挥了挥手，就像一个真的救世主那样。

但是，他心里清楚，真正的救世主根本就不是他。

想到这个，宗九又想笑了。他很期待再次见到暗，期待他知道这一切后的表情。一定是惊讶到说不出话来的样子。

就连古大师这个机关算尽的家伙都没能算到，他却做到了。

宗九本来就该创造奇迹，不是吗？

越来越多的人毫不犹豫地按下脱离无限循环的按钮。一道道白光接连闪过，一道道身影伴随着白光消失在原地。

远处，那些S级远远地朝着他致意。

梵卓朝着他报以微笑，土门跳着向他挥手，驱魔人吹了个口哨，圣依旧温柔地笑着，黑巫师和拉乌也并肩向他鞠躬。

土门扯着嗓子大喊："你做到了！回到现实后，一定要来找我们喝酒啊！"

站在最高处的宗九比了个OK的手势，看着他们接连化作白光离开。

会议厅里的人越来越少，直播间的在线人数也在快速减少。

与此同时，整个架构在这个空间裂缝的玩家宿舍也开始了剧变。深红色的地毯逐渐被看不清的色彩所覆盖，周围的阳光窗户和海洋同一时间消失不见。整个空间仅剩那悬浮在空中的阶梯和最高处的领奖台。

那里有最后的光芒。

在玩家们返回现实世界后，这个被主系统临时开辟的空间也恢复了它原来的样子。

而主系统根本无暇顾及这些。在实现了宗九愿望的同时，它也得到了反馈的愿力。这些庞大的愿力裹挟着它朝着更高维冲击，打开高维通道，既然目的已经达到，从此无限循环将按照交易归于首席掌管，至于那些玩家怎么选择，都与它无关。

这个空间在坍塌湮灭，宗九却没有动，依旧站在原地。

他在等一个人。

终于，在会议厅只剩下宗九孤零零一个人的时候，有人出现在他身后。

恶魔没有说话，他就这么看着宗九，很久很久。

直到阶梯也开始破碎，脚下的高台逐渐不稳的时候，有声音从他背后传来："你要走了吗？"

非常简短。

没有挽留，也没有其他，仅仅只是单纯的问询，可他看着宗九的眼神却在收拢，紧得叫人喘不过气，没法挣脱。

恶魔什么也没说，可他的肢体动作都在表达同一个意思。

"不要走。"

宗九没有第一时间回答他。或者说，他不知道该如何作答。

他本来想问问恶魔，他这么一个没有感情、淡漠、冷血，异于常人的存在，可能一辈子都无法给予恶魔同等的友情，即使是这样，也情愿吗？

可真正等到这个时候，他又问不出口了。

或者说，宗九惊觉自己根本无须再问。

因为早在主系统传送申请弹出来的那一刻，宗九就拒绝了。干净利落，没有丝毫犹豫。

是从什么时候把恶魔当作朋友的呢？

他默许恶魔进入他的生活，失去记忆，依旧不自觉地对他产生信任，或者是带着对方到长辈的墓前，甚至更早，在假面化装舞会后。

宗九无声地笑了。

他早就做出了选择。

没错，他们是宿敌，能够轻而易举挑起对方沸腾的血液，也能拖着对方坠入烈火，甚至就连心情也同步。只是一个热烈疯狂，一个冷淡内敛。

仅此而已。

他转身，熟练地扯掉对方的手套，为恶魔戴上了手链。

一条熟悉的、盛开着猩红蔷薇花的鲜花手链。

"很惊讶？"

宗九狡黠地笑了，眼眸像是盛着流淌的星光："我可是魔术师啊。"

恶魔紧紧地盯着他。

原来他都知道。他什么都知道。

宗九看着他，郑重地说："我不走。"

他不会走。就算所有人都离开了，他也不会走。

宗九不喜欢现实世界，他更喜欢无限循环，也更想和这个由恶意构成的坏家伙当朋友。

"你不是说我欠你两次吗？留下来陪你，够还了吗？"

如果所有人都走了，恶魔就是孤零零的了；但如果宗九留下来，恶魔就不再是一个人。

话音未落，阶梯和高台全部轰然碎裂。

背景变成了一片黑色幕布铺垫的星空，周围旋转掉落着千千万万各个世界的碎片，折射着星辰的光芒，把一切照亮。

在破碎坍塌的世界里，他们终于向彼此伸出手，在光亮的碎片里下坠，像是星空中落下的流星。

恶魔在笑，那是欢欣愉悦的笑。

他知道，如果想要得到宗九的回应，那就要给他自由。但如果他回到你身边，那你们就会成为永远的朋友。

恶魔握住了宗九的手。

他赌赢了。

番外一 第二季比赛开始啦

今天是默菲斯契约比赛第二季直播开启的日子。

这场比赛可以说是万众瞩目。

这一回，上一季不少选手都坐到了导师席位上。

玩家们兴奋不已，议论纷纷，其中也不乏泼冷水的人。

【太棒了，我期待好久了！终于又能再次看到他们了！】

【据说上一季的S级全部都会来对吗！那位大人也会来吗？】

【肯定会啊！】

【省省吧，魔术师那么低调，多半不会来参加，你们没发现导师名单上都没出现这位的名字吗？】

【不是吧，这也太绝对了。】

【就是，再说了，第一季的时候，大家也没想到导师竟然会是那位大人啊。】

的确。

上一次比赛的时候，主系统宣布只有一位导师，但谁也不知道导师究竟是谁。直到中途被魔术师解密后，位居第一的恶魔宣布放弃比赛，这才在众目睽睽之下走到了导师席，惊呆了所有观众。

说到这里，就不得不提一句，上一季最大的看点就是魔术师和恶魔两个人的纠葛。

这两个人在众人面前，用一句话形容，那就是不死不休，光是站在同一个房间里，都能让人闻到浓浓的硝烟味，两人更是一言不合就开始互相嘲讽，让所有人都捏了把汗。

特别是恶魔揭开了自己的身份之后，所有人都等着看魔术师的笑话，毕竟这是在比赛中，而魔术师可是公然惹到了评分的导师。

结果谁也没想到，魔术师不仅没被怎么样，反倒混得更加风生水起。更没想到，死对头转身变成好朋友，也算是很神奇了。

众人讨论得热火朝天，突然听到几声巨响："哐——哐——哐——"

耀眼的光束随之亮起，现场被照得如同白昼。

伴随着一个个人影的出现，现场爆发出浪潮般的欢呼声。

率先出场的是导师组，梵卓、暗、驱魔人、拉乌、土门……S级们一个接一个登场，他们每个人都延续了自己的标志性衣着，远远地坐在舞台正对面的王座之上。

"都是老面孔，真不错啊。"

"可惜没有首席和魔术师，唉……"

正在众人遗憾那两位缺席时，光线忽然暗了下去，现场骤然发出一片兴奋的欢呼。

"啊！是魔术师吧？"

"肯定是魔术师！"

"魔术师！魔术师！魔术师！"

似乎是在响应现场的呼声一般，舞台的最中央，有一束灯光忽然照亮了一个人影。

欢呼声如潮水般袭来。

"魔术师的人气还是这么旺啊。"

另一旁，正看着这边的土门笑着和一旁的驱魔人说道。

"不对啊，那位没来？"驱魔人跟着笑了一会儿，回头就看到代表首席的宝座上空荡荡一片。

这可真奇怪。

大家都知道，这两个人一路针锋相对，最后居然不声不响地成了朋友。

结果，驱魔人话音刚落，魔术师身后立刻走出另一人："啧，好吵。"

看到终于出现的恶魔，现场一片鸦雀无声。

灯光暗了下来。

比赛正式开始！

其中有个玩家发言的环节，可以自己选择一位指导师。

其实不少玩家心仪的都是宗九，但是在另外一道极其危险的目光的注视下，他们只能硬生生地把几乎脱口而出的那个名字吞回去，转而选择其他人。

所以环节过半，宗九这边竟然一个玩家都没有。

终于，在一道眼巴巴的目光转过来后，宗九狠狠瞪了恶魔一眼："适可而止。"

可惜，恶魔的意识里根本就没有"适可而止"这四个字。

他反而更加放肆了："不要，我不高兴。"

观众们瞠目结舌。

宗九更是气不打一处来，他忍了再忍，才没有转身一拳打过去。明明昨天对方已经承诺过会在众人面前有所收敛，结果现在居然这样，完全不按约定来。

结果可想而知，直到结束，宗九这边一个玩家没有。当然，恶魔也是。

"哎呀，这可真是太遗憾了。"恶魔装模作样地惊叹，"没有一个人需要我们做指导，我们再留在这里也没什么意思，不如……"

土门听到了，不禁撇嘴："真是的，想开溜就直说，这么拐弯抹角干什么，真没意思。"

他正在那边小声嘀咕，忽然感受到一道压迫性极强的视线，于是立马乖乖闭嘴："啊哈哈哈哈，其实指导新玩家也挺有意思的嘛！不过，我们之前也是这么过来的，一定要好好折腾，啊不是，指导，这些新玩家啊！"

一旁的驱魔人憋笑憋到疯狂咳嗽。

玩家发言结束，直播摄像头关闭。宗九立刻一言不发地站了起来，恶魔轻车熟路地侧身让出一条路。

看着宗九离开的身影，恶魔意味不明地笑了笑。

宗九立马回头，用警告的眼神看向他。

"我可什么也没做，你这样防备的眼光真让人感到难过。"恶魔假惺惺地开口，"想起之前有一次直播时候的事情了，真是怀念。"

宗九立马会意。

那时候，他们还是不死不休的宿敌。

有一次，不记得是因为什么，他们一言不合，当众开始争吵，互不相让。同时，直播还在继续，数不尽的玩家在密切关注着直播间。

这可不是小事，不管是不是主系统故意为之，宗九和恶魔都不希望这一幕暴露在广大玩家眼中。于是他们对视一眼，一起滚到唯一的遮挡物后。

当时两个人的形象都不太好看，但即便是躲在一起，也依然不忘对对方出手。

"已经很久没有人把我逼到这个地步了。"恶魔盯着宗九，忽然笑了，"我很看好你。"

宗九没有回应他。

但是，从那次之后，恶魔就变得有些奇怪。宗九不太能够感受这种情绪上的变化，他只觉得对方比之前变得更加烦人。

再之后，发生了更多的事情。

他们经历了很多，有生死，也有抉择。

或许是相似的灵魂之间总会发出共鸣。宗九从来没想过，自己会带人回到那个偏远的小城，默许他插足自己的生活，窥探自己的过往。

"我就站在你面前，有什么好怀念的。"魔术师淡淡地说，"回忆过去这种事情，等到老了再说吧。"

他们还有很多时间去分享彼此的秘密，过去，和未来。

番外二 全息游戏欢迎你

徐粟最近沉迷于全球大火的全息游戏不可自拔。

　　这款无限循环大冒险最近可是全球瞩目的焦点，无他，实在是因为它背后的开发商实在太过神秘了，使这款游戏一经出世，引爆全球。

　　据说不少国家已经从这款全息游戏里嗅出了未来科技的走向，组建了不少研究团队进入游戏，想要抢占先机。

　　不过这些对于普通人来说并不那么重要。像徐粟这样的网游忠实爱好者，纯粹只想让自己玩得开心。

　　更何况，他实在是很幸运，在几十亿人里面竟然成为一百位被选中的内测幸运儿，说出去简直煞羡旁人。

　　作为第一款全息游戏，无限循环大冒险可谓是开了一条先河。

　　当然，除了玩，徐粟还有一些别的想法。

　　他觉得这款游戏挺好玩的，最近热度又这么高，搞不好以后还可以在这个游戏上找到一条出路。

　　更何况，普通的游戏头盔每天只能在线五个小时，内测的游戏头盔却不限制游戏时长，徐粟更是整天泡在游戏里。

　　他有一个秘密。

　　在无限循环大冒险里，他有一个"指引者"，其他人都没有，只有徐粟有。

　　"早。"

刚刚登录游戏的徐粟旋即露出一个大大的笑容："早！"

指引者的声音很温柔，很容易让人联想到舒服的沙发或者午后的阳光。在听到指引者的声音时，他会莫名感到熟悉，说起来也奇怪，徐粟总觉得自己好像很久以前就认识他，但偏偏自己又没有一点印象。

可是……

明明他连对方的面都没见过。

一时间徐粟又有些懊悔，于是他掩盖般低头打开自己的好友列表，发了条短信给钟意远和土门。

在游戏里，钟意远是一位顶级灵眼能力者，土门则是接受顶级阴阳师传承的能力者，这两位都在如今公布的全球前一百玩家排行榜上。

当然，徐粟也在这个高玩榜上，只不过排在末尾。虽然他自己觉得自己水平不怎么样，但在别人眼里，他可是真正的大神级玩家

很快，两位伙伴就回了他消息。

钟意远：【还在副本中，等等。】

土门：【来了来了。】

土门：【对了，今天有个S级副本，我拉了排行榜前十的几位一起，两个小时后我们老地方见。】

什么！排行榜前十的大佬！还是S级副本！

徐粟看到这条消息，不免有些慌张。

土门可是占据第十名宝座的顶尖大神，平日左右逢源，和谁都玩得来。徐粟倒是很少下这种集体副本，平时顶多拉小伙伴去A级副本尝试一下。

这次他们要下的可是S级副本！

在如今的小队组合排行榜上，也就只有首席和第九名的双人组合一直稳居第一，刷过了不知道多少个S级副本，成为被所有人仰望的存在。

除了这对神秘到从来没有人窥见过真实面目的固定双人组合外，其他的组合水平都不怎么样。排名第二的组合还是那位排行榜第二的梵卓大佬带领他名下夜族公会精英团创下的A级副本纪录。

可以说，现在只要能过S级副本，就绝对能上升到排行榜第二。

就在徐粟紧张不已的时候，指引者又问："很紧张吗？"

徐粟挠了挠头，似乎想要借这个动作来掩盖自己的紧张："还，还好吧。"

指引者安慰他："别怕，我会看着你的。"

徐粟一阵心安。其实他自己也不知道为什么自己会有指引者，明明其他的玩家都没有。而且他的指引者的权限很高，有的时候会在副本里告诉他一些特殊道具的隐藏地点，甚至还能帮自己躲过管理者的侦查。

"嘘，别出声，我只能暂时屏蔽对方的感知。"

"千万不要说出去啊，要是被上级知道了，我可是会被处罚的。"

众所周知，无限循环大冒险里的NPC智能都特别高，例如主城有一位在玩家口中广为流传的高级NPC，墨发黑眼，一身长袍，不苟言笑，就算难得说几句话，也是让人承受不了的毒舌话语，偏偏还特别聪明，玩弄玩家于股掌之上。

不过，这位NPC下发的任务奖励是真的丰厚，所以不少玩家宁愿忍受毒舌和挖苦，也想要偶遇这位NPC。

徐粟很想问指引者，他究竟是什么人。

是这个游戏的高级智能NPC吗？还是无限循环大冒险雇佣的普通人？

可不知道为什么，话到嘴边，徐粟竟然说不出。或许是自己意识到，自己动了不该动的心思，竟然想认识游戏里的指引者。如果知道对方仅仅只是无限循环大冒险里的一个智能NPC，那该多让人难过啊！

所以他今天依旧沉默着，只是笑了笑，低声说："我当然相信你啊！"

只要指引者还在，徐粟就从来没有真正身陷险境过。

果不其然，这一次勇闯S级副本也一样。

进去前，大家还彼此认识了一下。

看着这些ID为黑巫师、圣、冬的大佬们，徐粟也报了自己的ID。

黑巫师看了他一眼："我知道你，你有那本《黑母鸡之书》。"

这本书也算是游戏里黑魔法界大名鼎鼎的特殊道具之一了，说到底他们也算同宗同源，特别是黑巫师身为巫魔会的首领，还给徐粟递过好几次橄榄枝，只不过徐粟自己不想加入任何组织。

因为潜意识里，他总觉得自己好像有组织。也不能说有组织，应该说是认了一个老大。

虽然徐粟完全不记得了，但这并不妨碍他当一个自由人。万一哪天他的老大就召唤他了呢?

"好了好了,闲聊就到这里吧,副本马上就要开了。"

驱魔人回头看了看他们,朝着梵卓比了个准备的手势。

在场的S级,除了梵卓以外,只有排名第五的驱魔人换回了自己当初在无限循环的记忆。所以看着面前这群熟悉的面孔,他心里已经把各位的能力结合起来安排得差不多了。

至于其他人,因为内测的时候就在一个小队,大家也算是熟人,不会这么见外。

梵卓简单地讲明了几条注意事项: "这次进副本,我们的目标就是通关。全程首先保证圣的安全。"

这个时候的圣已经研究出了"乌利尔的拥抱"这个终极大治愈术,只要有足够的读条时间,血条见底也能瞬间拉回来。

这么宝贵的治疗,当然是要首先保证安全了。

众人都收起了笑容,严肃地点头,表示自己知道。

"好,那就出发吧。"

……

【恭喜由玩家梵卓带领的小队,成员:驱魔人、圣、拉乌、冬、黑巫师、土门、徐粟,通关S级副本大西游,成为该S级副本纪录保持者。】

世界播报在全游戏内响起,一连播报了三次,给足了面子。

然而被传送出来后,徐粟依旧惊魂未定。

他坐在原地,半天才花了五百积分让系统把他的血条拉满,然后没有停留地选择退出副本。

这个副本内里的凶险种种,不一而足。

但让徐粟神思恍惚的却是另外一件事。

在最后关头,明明可以操纵游戏里的角色复活,但不知道为什么,徐粟那个瞬间竟然忘了这是一个全息游戏,而是真切地感受到了害怕。

所以在最后一秒,他终于鼓起勇气问了指引者。

指引者沉默了一下,声音带着显而易见的歉意。

"……抱歉,现在还不能见你。也不能和你说这些,因为这违反了规则。"

那一瞬间，徐粟感觉自己的心情跌到了谷底。如果不是NPC的话，总能在现实见一面吧？

现在这个回答，只能说明，他的指引者就是个智能NPC而已。

徐粟觉得这简直太荒谬了，他竟然在游戏里对一个连见面也没见过的NPC很感兴趣，竟然还妄想和对方成为朋友。

"儿子，怎么这两天都没玩游戏了？"

过了几天把自己关在房间的日子后，就连他的家人也发现了他的不正常。

"没有，就是感觉自己有点上瘾，正好休息几天。"徐粟走到玄关，"不用担心我，我没事的。除了酱油，还有什么要买的吗？没有我就下楼了。"

没有什么是时间治愈不了的东西，或许过几天就好了。

徐粟在货架上挑选东西，付款的时候，余光不经意间扫到一瓶菠萝啤，下意识地伸手去拿。

他不喜欢喝菠萝啤，甚至几乎不喝酒。但今天却突然很想喝，所以也就顺手拿了。

"您好，一共三十五元。"

就在徐粟打算付款的时候，另一只手从他身边擦过，顺手将一张百元大钞递给售货员。

"你也喜欢喝菠萝啤吗？"

熟悉的平稳声音在他身后响起。

这是徐粟这辈子也忘不了的声音。

他惊愕地回头，看见一位青年朝他挥了挥手，手里拿着一瓶一模一样的菠萝啤。

不知道为什么，明明从来没见过，却有一种想要流泪的冲动，就算陌生到遗失了记忆，那种熟悉感依旧不曾作假。

"我不喜欢喝菠萝啤，但我的兄弟喝不了酒，一喝就醉，只能喝这个。所以菠萝啤就成了我和他约定好下次见面辨认彼此的暗号。"许森笑了，"现在，按照承诺，我来见他了。"

番外三　玩家比赛开始了

【默菲斯契约比赛明天就要开始了，你不准备一下？】

没有一丝光线的S级房间里，主系统冷冷的提示音骤然响起。

"圣已经被操纵了，你也没有发现任何异常，傀儡丝一直都在，有什么需要准备的？"

高背椅上的男人冷笑一声，手指间傀儡丝翻飞，朝着虚空而去。

明天就是默菲斯契约比赛开始的日子，今晚注定是一个不眠夜。

至少对于所有报名参加默菲斯契约比赛的玩家来说的确如此。

这还是无限循环举办的第一个大型比赛活动，在对奖励心动的同时，他们也有担忧和兴奋。

然而这样的紧张氛围却对恶魔丝毫没有影响，甚至让他觉得更无聊了。

这无聊来得太快，快到当初那点兴趣稍纵即逝。

明明一个月前，主系统找上门来和他谈合作的时候，恶魔还久违的觉得这是个十分不错的提议，难得升起了些期待。

无限循环的传统模式他已经有些玩腻了。

一直都是那来来回回几个人，超S级副本因为涉及主系统的能量问题又不可能随随便便开启，S级副本不知道被恶魔拆了多少个，以至于有些S级副本十分抗拒他的进入。

这时候，主系统的提议简直像是瞌睡时候送来的枕头。恶魔怎么会不答应，这样的比赛，等到最后好不容易通关的人回头发现不过是一个开始，岂不是更有意思？

怀着这样的恶趣味，恶魔接受了主系统的合作请求。

不过现在嘛……

无聊，太无聊了。

第一场比赛的所有副本都已经送到了他的眼前，恶魔可以随意选择一个副本进去扮演NPC。

现在有了主系统给的权限，他还可以更换不同的NPC样貌，继续捉弄人。明明是一件多么有意思的事，偏偏他现在就是没了兴致。

他一个副本也不想去。

更烦的是，主系统设置的玩家宿舍自动天气系统加载到了雷雨天。

闪电从夜空中划过，将海面和岛屿照亮，紧随其后的就是倾盆大雨。这下，恶魔的心情直接跌到了谷底。他勾了勾手指，提供唯一光源的那扇落地窗也被厚重的窗帘遮住，透不出一点光线。

他不想在主系统面前暴露出自己任何弱点，于是干脆躺到床上去，伴装出一副要睡觉的样子。

在尽数被黑暗夜幕笼罩的房间里，他只觉得百无聊赖。

虽然对恶魔来说，一切事物在他这里仅仅只能区分为"有趣"和"无趣"两个类别。但眼下这种情况还是有点少见。

……就像缺少了什么东西，缺少了能够让他一直保持着兴趣、热情，让他不知疲倦的东西。

是什么呢？

这个世界上真的还会有这种东西存在吗？

黑暗里传来一声漫不经心的嗤笑。

不知道是不是因为天气太过令人烦闷，恶魔竟然难得地想要睡一会儿。

他很少这样。

他本身就不是玩家，不需要用睡眠来当作休息方式，只不过有的时候如果太无聊了，比起醒着，他倒宁愿睡会儿。

不知道过了多久，还没有睁眼，他就敏锐地察觉到了周遭环境的异常。

太亮了。

就算把所有窗帘拉开，所有灯打开，都不会有这么刺眼的光。

他猛然睁开眼。

这是个宽敞的房间，房间基调是冷淡的灰白蓝三色，巨大的落地窗外是一望无际的雪原，此刻正在下着纷纷扬扬的大雪。壁炉在不远处热烈地燃烧，木柴发出"噼啪"声，温馨又和煦。

"主系统，这是怎么回事？"恶魔从床上坐起来，神情不悦。

能够在玩家宿舍里无声无息将周遭环境改变的，除了主系统以外，没有人能做到。出乎意料的，从来都第一时间给予他应答的主系统，此刻却陷入沉寂，恶魔一连呼唤了好几次，对方都没有作答。

恶魔眉头紧皱。他冷漠地盯着那铺在木质地板上的绒毛地毯，毫不客气地踩在上面，环视着这陌生的房间。

很显然，这里充满了生活的气息。

不仅仅是房间里各处摆放的小物件、桌角上的绿色盆栽、餐桌上摆放好的刀叉，还是怒放的蔷薇……这里的一切，都显示这里有玩家居住过的痕迹。

所有的家居用品都是成套的。

两个杯子，两个餐盘，就连两个衣柜里的衣服也分成黑白两个色系。其中一个衣柜的衣服是万年不变的黑色西装，另外一个衣柜的衣服则以浅色风衣为主。

成年男性，非独居，应该是关系很好的两人。离谱的是，其中一个人的身形习惯都和他很像。仅仅简单转了一圈，恶魔就了解了这里的基本情况。

他跨过客厅，看到了另一间和这间房间相连的黑色房间，那是他的房间。

恶魔走过去，心里越发疑云密布。

在他睡着前，房间里不少装饰和摆设已发生了一些变化。

主系统在搞什么鬼？

恶魔揉了揉自己的太阳穴，催动了操纵阴影的能力，随着阴影将所有勘察到的信息反馈给他，恶魔脸色越发阴沉。

正在他试图继续联系主系统的时候，静寂的空间里忽然传来"咔嗒"一声。

门开了。

不是黑色房间的，是对面白色房间的。

宗九回来了。

他今天心情还不错。刚刚去主城晃悠了一圈，发现有一个S级副本有乐子可以看，于是他就打算回来拉上恶魔一起。

宗九和恶魔不太一样，一般不喜欢出手捣乱，他只喜欢看热闹。

结果他刚才准备回来的时候，暗忽然高深莫测地看了他一眼。

"可惜，这次副本你应该去不成了，下次我会给你保留位置的。"

暗这话说得没头没尾，但身为预言家，宗九觉得他的话每一句每一个字都值得推敲。

不过这次的话，他也有些想不通。

最近事情不多，倒是有越来越多的玩家积攒够了积分，换回了自己当初在无限循环里的记忆。不管怎么样，总算是老朋友们相会，比起其他一无所知的普通玩家，玩家们在恢复记忆的刹那，都是泪流满面。

前几天，当初宗九在第一工厂带领的那群原B级玩家们还组建了一个新的公会，就叫第九车间，据说发起人就是九十九号和十五号，而且只用了一天时间，居然全员集结完成了。于是宗九也乐得去凑热闹，带他们去打A级副本。

现在，回到房间的宗九，看着恶魔站在两个房间的交界处盯着他。

宗九挑了挑眉，准备过去，刚走一步就收回了脚，他周身洋溢的轻松气息陡然变得冷冽，指尖出现一张薄薄的扑克牌。

宗九遥遥指着对方，声音冷硬："你是谁？"

并非是对方手腕上没有那熟悉的鲜花手链，而是一种长时间相处培养出来的默契和直觉。

这不是恶魔。

或者说，不是他记忆里熟知的恶魔。

"这个问题应该由我来问才对，不知名的蝼蚁。"

对方眯起眼睛，无形的傀儡丝从他手中飞射而出，刺破冰冷无形的空气，朝着宗九刺去。

傀儡丝与扑克牌交织在一起。

老实说，宗九在登顶之后，几乎把自己身上所有能够强化的地方全部强化了，综合素质已经站到了玩家的巅峰。

再加上他和恶魔，经常交手，对对方简直熟悉到不能再熟悉。

反观从平行世界来的还没有经历过比赛的恶魔，完全不熟悉宗九的进攻套路不说，还十分自负于自己的实力。于是，几个回合下来，他就被宗九摁到了地上。

不得不说，这大概是他从恶意中诞生后输得最惨的一次。

"今天玩的又是哪一出？"

恶魔被摁在地上，宗九则居高临下地俯视着他："说吧，你到底是失忆了，还是返老还童了？"

很难形容恶魔此刻的心情，他遮住自己的眼睛，忽然笑了。

那一瞬间，冰冷的血液逐渐变得沸腾，缺失的东西终于被找到。

愉悦，兴奋，那种棋逢对手的欢畅感让他眯起了双眼。

简直……有趣至极。

这种眼神，宗九简直再熟悉不过了，每次他赢了恶魔，对方就是这样的表情。

奇怪，太奇怪了。

面前这个人，的确是恶魔，但又不是。

宗九无视了他的大笑，略微有些粗暴地扯下了对方右手的手套。

果不其然，没有手链。

而且，面前这人的气息，尖锐，凌厉，冷酷。

不像当初在结算日副本里被强行压制到小城堡主的人格，反而有些像宗九刚开始遇见的那个恶魔。

当然不是说现在对方的性格发生了变化，只不过在宗九面前，这些负面情绪被压抑了下去，变得柔和了许多，至少不像现在这样浮于表面。

宗九若有所思，他有了些头绪，于是打开了无限循环的权限系统。

在主系统升上高维后，暗又开发出一个权限系统，没有过多的智慧，只能下达指令，没法提供答案。

果然，权限系统上的另一半的权限显示为灰色。

众所周知，现在无限循环的权限分为两部分，由宗九和恶魔共享，对方明明在这里，另一半权限却调动不了，那么答案显而易见。

"平行世界来的？"

毕竟他之前也经历过，对这种现象很能接受。只是宗九也没想到，这种事情竟然会发生在恶魔的身上。

太不可思议了。

恶魔止住笑声："主系统呢？"比赛还在举办，怎么可能联系不上主系统，除非……

宗九笑了："你不是和主系统做过交易吗？它升没升上高维你会猜不出来？"

恶魔眯起眼睛，掩饰住心中诧异。

他已经得到了足够的信息。这个平行世界并不是没有默菲斯契约比赛，而是比赛已经结束了？甚至主系统都已经去了高维？

这种感觉就像他期待了很久的一道餐后甜品，还没有摆上桌，就被告知甜点已经被老鼠给吃掉了，令人不悦。

不过这种情绪仅仅维持了片刻，恶魔又露出了那种玩世不恭的笑容。

虽然没有了小甜品，但他可是发掘到了另一道佳肴。

"哦——"

被宗九摁在地上，他也不反抗，反倒拖长了尾音，透着一股漫不经心："那你又是什么人？"

比起开始的轻蔑，如今恶魔的态度堪称和颜悦色，对能够让他感兴趣的事物，他的态度相当好。

恶魔道："平行世界里我的朋友，抑或者是……合作者？"

"呵呵。"

宗九冷笑。

此举毫无疑问地挑起了恶魔的怒火。

下一秒，黑色的阴影就在房间各处暴起，狰狞的尖端泛着凌厉的光，朝着宗九而来。

宗九毫不在意，立刻滑到属于他的白色房间。

看着他的动作行云流水，一气呵成，恶魔心里的疑虑越来越深。

就在刚才，他已经发现了，傀儡丝没法控制这个人，明明达成了身体接触的第一个操纵条件，怎么可能操纵失败？

恶魔从未失手过。

这是第一次。

现在算起来，对方给了他第一次惊喜，第一次落败，第一次如此狼狈，第一次失手……

无论是第一次交手，还是后续的发展，对方都明显一副对他了解至极、游刃有余的模样。

这很不寻常。

更让恶魔介意的是刚才他在两间屋子里发现的物品。

一部分应该是属于面前的宗九，而另一人，很有可能就是平行世界的他本人。但这怎么可能呢？

他为什么要和这个人共同生活，为了监视吗？恶魔觉得一切荒谬无比。

宗九看着破空而来的傀儡丝把房间里的东西扫到地上，摔得粉碎，气不打一处来。他要动用身为掌权者的权限，狠狠教训一下这家伙。

于是下一秒，恶魔被扔回了黑色房间。

"咳咳咳……"

书架被撞翻了，酒柜也被撞倒，空气中弥漫着馥郁酒香。

然而坐在地上的恶魔却没有注意这一切，他的目光落在一旁的画架上。

那是一幅宗九的肖像，画中人手执恶魔再熟悉不过的蔷薇。

虽然身处下风，但恶魔依旧不肯停嘴，想要以言语激怒对方。

宗九正想说话，却听见一声轻响。

恶魔踩着阴影出现在二人面前，看到这一幕，他的语气陡然阴沉："你们在干什么？"

眼前的一片狼藉，让恶魔觉得刺眼无比，尤其是另一个自己眼中的光，他太熟悉了——他对这些非常有兴趣，尤其是宗九。

恶魔冷哼一声："小魔术师，这位是？"

"是平行世界的你，非常讨人厌。"宗九说着，放松了身体。

"他把'我们'的房间毁了，还把你的画弄脏了。"

被摁在地上的恶魔一脸莫名其妙。

这种旁观感很糟糕，那种自己好不容易产生兴趣的东西竟然得不到的感觉更不好。即使那个人是平行世界的另一个自己也一样。

当然，这下，他对宗九的兴趣更大了。

"呵。"他开始冷嘲热讽，"真失望，没想到平行世界的你竟然是这副模样。这算什么？一条乖乖被驯服的狗？"

"他的确需要一些教训。"恶魔声音低沉，带着几分不悦，"既然是另一条线的，那让我来吧。"

恶魔果断动用了无限循环的权限，无论如何，他也要把这个讨厌的家伙赶走。

另一边，重新没入阴影的首席猛然睁开眼睛。

入眼是一片深沉黑色，周围摆放着熟悉的装饰和家具。

酒柜和书架都在远处，没有什么画架，更没有相连的蓝白色房间，一切都安静到不可思议。

毫无疑问，这才是他的房间。

【你回来了，首席。】

冰冷的机械音在空气中响起。

过了许久，房间里才传来一声懒洋洋的回应。

主系统为了能够把首席拉回来也是费心费力。主要是因为另一个平行世界的恶魔告诉它，那个世界的主系统已经成功升上了高维。

经过精密的推算，主系统觉得自己和首席的合作还是很有必要的，于是打算耗费自己宝贵的能量，把这个不省心的合作者从平行世界弄回来。

结果，它的能量还没传过去，首席就被对方打包送过来了，然后单方面永久关闭了平行世界的通道。

不知道是不是错觉，自那之后，主系统感觉首席似乎变得有些奇怪，例如，他会突然问自己，有没有检测到无限循环有高维存在降落的异常，在得到否定答复后，他又问从现实世界随机抓取的玩家里，有没有一个名叫盛钰的普通人。

为了确保首席的脑子没有受损，主系统开始默默观察他。

在比赛开始后，刚开始还说对扮演副本NPC不感兴趣的首席精准选择进入了"特殊病人收容所"比赛副本，扮演其中一位研究员NPC。

除了两位S级，这个副本没有什么特殊的地方，主系统却发现首席对其中一位E级玩家表现出了超乎寻常的兴趣。

——然而，很快这点兴趣就消失殆尽，旋即而来的是暴怒。

"你不是他。"

首席盛怒，暗金色的瞳孔里满是冰冷。

明明是一样的脸，一样的发色和瞳色，但性格却迥然不同。

那个人有着闪闪发亮的让恶魔羡慕的耀眼灵魂，而面前这个家伙，空有一副与那人一样的外貌，内里的灵魂却是腐朽、丑陋，庸俗不堪的。

"求……求您，不要杀我，我可以为您做一切事情。"

看着对方紧张得发抖，一副想要讨好他的模样，恶魔只觉得厌恶至极，一秒都不想多看。

首席从来没有这么暴怒过。

他不知道自己是不是被影响了。不可否认的是，越是找不到，他对那个白头发的家伙的兴趣就越大，也对属于平行世界的恶魔和宗九产生了更加浓烈的兴趣。

接下来，一切都按步骤进行。

一共十位S级，除了暗以外，其余全部沦陷。毫无悬念的，首席操纵着傀儡，获得了最后的胜利。

无聊。无聊至极，没有丝毫期待可言。

原本是充满期待的比赛，现在索然无味。

站在最后属于胜利者的许愿高台，迎接着所有玩家炽热的崇拜目光，首席却再一次询问主系统。

"还没有找到他？"

【没有。】

主系统重复着这个不知道回答了多少次的答案。

【即使是平行世界，也存在些许差异，不可能完全一样。】

【如果你没有其他事情的话就许愿吧，我要准备升维了。按照我们的交

易，无限循环将归你掌控。】

归他掌控，听起来的确不错，可那又有什么意义呢？他还是孤单一人，没有朋友。

首席嗤笑一声，漫不经心地扫过脚底下那些人。

万众臣服，至高无上，绝对统治。

这些都是他唾手可得的东西，毫无意义。

嫉妒、不满、空虚，孤零零的他，永远也找不到自己灵魂的回音。

等等……

还有一个办法。

就在主系统觉得自己得不到回应的时候，恶魔终于开口了。

他的双眼闪着光芒，明亮，让人难以直视。

"主系统？升维的时候，介意捎带一个人吗？"

……

房间里一片狼藉。

距离那场车祸已经过去了两年。

意气风发的魔术师跌落谷底，在无数次得到希望又被残忍剥夺后，宗九对世间的一切都充满了厌倦。

此刻，他费力地划破自己的手腕，脸上一片冷漠。

所有能找到的方法他都用了，但是，没有一种办法可以让他的双手恢复如初。可是，不知道为什么，宗九依旧怀抱着一点希望。

鲜血滴落在地面的黑色祭祀布上，很快便汇聚在一起，看起来触目惊心。

可宗九毫不在意，就算是这样失血过多，再也无法睁眼了也无所谓。

反正一切都无所谓。

因为这次，不过是和曾经千百次一样的无用功。

黑暗的房间里，宗九自嘲地笑了一声，拖着疲惫的身体转身。就在他回头的刹那，羊皮纸忽然被黑色的阴影所覆盖，悬浮到空中，房间里无声掀起了飓风，几乎将一切撕碎。

看着那个踩着阴影走出的人影，宗九浑身都在颤抖，眼眶微红。

魔物回应了他的召唤。

"你是顺应我召唤，从地狱而来的老梅吗？"

宗九的声线颤抖，就像失明已久的盲人，终于在黑暗中苦苦寻觅到那一缕属于自己的光芒，便紧紧抓着这一截浮木，甘愿沉溺其中。

从阴影中走出来的首席深深地看着他。

面前这位魔术师，比他记忆中的宗九要阴郁、颓废，甚至是冷漠得多，甚至就连发色和瞳色都并非记忆中那样，而是与之截然相反的如同永夜般的深沉黑色。

可首席知道，这是属于他的魔术师，以后会成为他的朋友。

"老梅？我喜欢这个名字。"

恶魔一笑，翩跹而至的暗影便将宗九手腕处汹涌而出的鲜血止住。

他的笑容里带着藏不住的愉悦。因为他知道，无论是哪个世界，无论是以什么样的方式，他们总会相遇。

"很高兴认识你，小魔术师。"

番外四　无限循环大冒险

周南言最近入手了一款席卷世界的全息游戏。

无限循环大冒险。

这款游戏被一家神秘的公司研发出来，甚至可以做到在游戏内百分之百模拟现实，一经亮相艳惊四座，被誉为超出这个时代的技术。

游戏刚出现的时候，据说甚至引起了各个国家高层的注意，不过伴随着后续调查，最终这个游戏被认定是一个普通的全息游戏，并快速吸引了众多玩家。

周南言就是其中之一。

他用暑假打工的收入买了一个价格不菲的全息头盔。

周南言游戏打得还不错，之前不管是哪种游戏，他的操作和意识都能让他快速上手，所以拿到全息头盔后也算是如鱼得水，一路没有难度地升到了B级。

无限循环大冒险里用来评级的方式是排位赛。

排位赛每个赛季举行一次，按照比例筛选不同等级的玩家。最高等级的S级只有十位，接下来就是ABCDEF几个不同等级。

无限循环里的玩家实在是太多了，玩家综合水平也只在D级而已。一般情况下达到C级就算是不错，B级就已经是普通人仰望的高级玩家，更别说遥不可及的A级和立于金字塔最顶端的S级了，那都是只有在论坛和直播里，还有排行榜上才能看到的大佬。

所以周南言经常为自己身为B级沾沾自喜，虽然升入B级后，他还没敢去下一个副本……

一边想着，他一边拉开了活动列表。

最近快要到年终了，无限循环大冒险也和其他游戏一样，逢年过节会搞些活动。这次也不例外。

果不其然，刚刚更新过后，列表最上方显示出了一个活动副本。

"活动副本？看起来还蛮有意思的。"

周南言点了进去，发现这个副本竟然不限制玩家等级。

"哇，那岂不是所有等级的玩家都有可能分配到一个队里？"

他喃喃自语。

虽然周南言有点爱装模作样，但如果给他分配到低等级的队友他也会不耐烦。

"算了算了，奖励这么丰厚，反正活动副本一天能够进去一次，失败了也不会掉经验，还是进去看看吧。"

周南言这么想着，迅速报了名。

很快，就在他报名后，立刻就显示出了如今的排队人数。

在他面前排队的还有134892组。

"果然是过节啊……这么多人在线。"

看到这个排队人数，他一点没有惊讶。

无限循环大冒险除了全息技术，最神秘的就是它的服务器承载量了。全世界的玩家共用一个服务器不说，有时候周末热点时间段的在线人数能飙升到上百万。

但偏偏这个服务器就是不过载，十几万人排队大概等个一两分钟就能进去了。

周南言这么想着，给自己换了一套外观。

无限循环特别特立独行，外观也需要从副本获取。如果你是新手，就是最简单最基本的造型。所以也可以通过外观来判断玩家等级，一般来说玩家等级越高，外观就越好看。

进了副本，就不得不说那永远位于全球排行榜前十的S级玩家，尤其是其中永远占据榜一的宗九和榜二的恶魔了。虽然他们两个人人气绝高，但高级玩家实在很不想在副本里遇到这两位。

主要是他们两个太能捣乱了。

宗九还好，心情好了还会帮帮忙，也不介意带着全队通关，但恶魔只要一出现，那就绝对伴随着各种乱七八糟的事情。

更不幸的是，这两人作为朋友，总会一起出现。

据说排行榜前一百的人都对宗九和恶魔这两个名字留下了强烈的心理阴影，下副本前都再三祈祷，希望自己别遇到这两位灾星。

当然了，虽然大家嘴上这么说，但事实上，所有人都知道，能遇到这两个人，才说明你是真正的高级玩家。

周南言就是这样。

他十分崇拜宗九，所以连外观也尽量向宗九靠拢。

当然了，宗九的外观不是一个B级可以搞到的，所以他到处翻翻找找，又在拍卖会里花大价钱换来了一件看起来和宗九的衣服很像的风衣。托宗九的"福"，只要和他的装饰有些相像的外观部件，价格都高得不行。

【您组队已完成，正在加载副本……】

就在他胡思乱想的时候，系统传来冰冷的机械音。

下一秒，周南言消失在原地。

等他再次睁眼，面前的场景已经是全新的了。

原先干净宽阔的主干道已经被一片令人目眩神迷的金色灯光覆盖，坚硬的地面也变成了羊毛地毯，踩在脚下的感觉软绵绵的，舒服极了。

【B级玩家周南言已加入队伍。】

周南言到的时候，走廊上已经站了几个人了。

他原本以为自己的等级会让他收获一片艳羡的目光，结果他没想到的是，在场的人都只是淡淡地看了他一眼，一个比一个冷漠。

怎么回事？平时下活动副本的时候，自己都很受欢迎，这些新玩家怎么回事？

周南言这么想着，定睛一看，发现走廊上站着的都是A级。

周南言感到十分无语。

全场竟然就他一个B级！

"还以为是个高级副本，怎么有个B级混进来了？"一个A级玩家开口，"活动副本可是要组队的，少了一个都会损耗副本奖励，系统也不知道怎么分配的战力……"

就在A级们窃窃私语的时候，又有一道传送光芒闪过。

这一回出现在原地的，是身穿白袍、手拿法杖的圣。

走廊陷入了短暂的沉默，紧接着就是此起彼伏的抽气声。

十位S级玩家都是众人耳熟能详的存在，更别说是治疗系天花板般人物的圣，据说只要在副本里碰上他就能通关，简直有如天神下凡。

"圣大佬！"

圣微微一笑，点点头回应了其他玩家。

"啊，圣，你竟然也来了。"

又是一道白色光芒，出现一位身穿狩衣的玩家。

周南言惊呆了。

这不是第十名的土门大佬吗！一个活动副本竟然碰到了两个S级，赚大了啊！

刚刚还趾高气扬的A级们兴奋地议论纷纷。

"快开副本录像，我的天呐，有生之年竟然可以和两位S级大佬一起下副本，何德何能！"

"不过等等，按照系统的难度排列，既然分到两位S级，那是不是说明这个副本难度很高？"

大家一下子沉默了。

"不用害怕，有圣大佬在，只剩一口气都能被拉回来！"

"果然，只要有你在，不论是以前的玩家还是现在的玩家，都是这种反应。"

强化过听力的两位S级毫不费力地将这些窃窃私语收入耳中，土门感慨着摇头。

他们和这些玩家不一样。

这些玩家们都以为这只是一个普通的全息游戏，只有他们这些还保留记忆的才知道，无限循环曾经是真实存在的。

"看他们朝气蓬勃的样子也很有意思啊。"圣眯起眼睛笑了，"当初那些日子……真像一场梦。"

他们都没说话。

走廊上的其他玩家见两位S级都不说话，讨论声也渐渐平息下来。

过了一会儿，土门忽然开口："还差两个人。"

马上就要开始了，队伍离既定的二十人还少两位。

不仅是土门，其他人也察觉了。

"怎么还有两个人没来？人呢？"

有人不耐烦了："都开副本了，总不可能没传送来吧，什么缩头乌龟……"

然而下一秒，所有人都说不出话了，只是战战兢兢地盯着前方。

那里有一片正在浮动的阴影，从里面走出一个人。

整条走廊都安静了，周南言更是一句话都不敢讲。他感觉对方的目光似乎在自己身上停留了一下——就这一下就足够他吹一辈子了——虽然有可能是因为他的这身装扮。

等到系统传来【副本已开启】的提示，玩家僵硬地在这间据说出过事的酒店里到处寻找线索时，土门才战战兢兢地打了个招呼。

"首席？真巧啊。"

今天恶魔的心情似乎还不错，居然给了他一句回应："是你。"

想到恶魔的套路，土门忍不住开始胡思乱想，这时，恶魔又开口了："你有看见魔术师吗？"

"没有没有。"土门心有余悸，"不过……他似乎说过，今天会来活动副本玩玩。"

恶魔勾了勾嘴角，愉快地转头离开。

没有人知道他要去哪儿，只看到他转头就走进了据说经常出事的电梯。

所有人默默地注视着他的背影，等到彻底消失后才长出一口气。

走廊里爆发了比刚才更加热烈的讨论。

"天，刚刚那个真的是排行榜第二的老梅大佬？"

"还能有假？谁敢冒充他？"

几位A级玩家心有余悸地拍着胸脯："不过说起来也奇怪，一般不都是魔术师出现在副本里吗？怎么这回会是他？"

周南言冷汗流了一背，这时才回过神来。

对哦，一般只要是恶魔出现的场合，都会有宗九。

不过，一般都是宗九先出现，恶魔则不知道躲在哪里，等着给玩家一个惊喜。

上次上论坛才知晓恶魔拥有一个常人没有的变态能力——傀儡操纵，这个能力让他几乎可以为所欲为。

如果只有恶魔一个人，那的确是十分匪夷所思的。

"不管了，他们肯定又在玩什么游戏，或者是每年年底的保留项目。"

土门是最淡定的一个，他有条不紊地将所有玩家召集到一起，一个个下任务。

这个副本地点在一个出过事的酒店，这里据说发生过很多神秘事件。这些前情提要全部都被系统下发到了玩家的任务清单里，如今部署也就方便很多。

"现在我们还不清楚这个副本的类别，也不清楚到底是属于解密型副本还是追击型副本。"

"至于那位多出来的大佬，就不用管他了。"

最后，土门一锤定音："他不来捣乱就最好了，我们就当队伍里少了两个人吧。"

众人连连称是。

看着众人，土门摸了摸鼻子——其实他更习惯称呼恶魔为那位大人或者首席。

"好了，我们抓紧时间完成副本吧。"

另一边，走入电梯后，恶魔径直摁下前往13层的按钮。

狭窄的电梯中沉闷不已，顶端的灯也闪来闪去。毫无疑问，这座电梯有问题。

然而正在趴在电梯顶端的灵体却完全不敢发出声音，反倒瑟瑟发抖。

它不知道电梯里进来的是什么，在对方进来的瞬间，那种无边的恶意就将它裹挟起来，仿佛动一下就会陷入万劫不复的深渊。

　　不过今天恶魔确实心情不错，所以对这些也并不在意。

　　毕竟，今天是对他很重要的节目。

　　恶魔在第13层寻找着宗九的身影。他明明能够感知到宗九的气息，却无法顺着这个气息准确地找到人在哪儿。

　　或许是一种另类的捉迷藏游戏？

　　恶魔饶有兴致地想着，转头离开了这一层。

　　前往14层的玩家们，却迎来了一位意想不到的NPC。

　　这个副本的时间线是一天一夜，从夜晚到节目当天，所以如果进入活动副本的话，势必要在里面过夜。14层就是供玩家们住宿的地方，当然，因为和出过事的13层相接，所以到午夜究竟会发生什么，大家也都能猜到。

　　看着越来越近的NPC，周南言惊得舌头都开始打结，不知道该说些什么好。

　　所有人都看向走廊尽头。

　　宗九朝着他们点点头，然后一言不发地——

　　让一位玩家消失在空气中。

　　"不好，快撤！"

　　土门脑海中警铃大作，将手里的卡牌反手打出去，和圣一起往后退。

　　"他这次扮演的是圣诞老人！"

　　圣诞活动副本里面的终极大佬就是圣诞老人。

　　但这个圣诞老人可不是来给玩家送礼物的NPC，所有人都看到宗九肩上背着一个红色的袋子，他刚刚让一位玩家消失，袋子上显示多了两分。

　　所有人都意识到，这是一个追击类副本。

　　"快跑！只要坚持到明天早上太阳升起！"

　　土门一声令下，所有人都跑得无影无踪。

　　看他们这么紧张，刚刚让一个玩家消失的宗九也没追，只是看着他们的背影，慢吞吞地升了个懒腰。

　　"行了行了，收工了，今天就到这里结束了。"

　　一边说着，宗九一边暗自腹诽。

自己这回进来，已经把那么难对付的终极大佬替换了，现在只是想要吓唬一下这些新玩家，结果怎么一个个都跑这么快，就连土门和圣也这样，他看起来难道这么可怕吗？

"所以说，都是你的错。"他冷笑一声。

下一秒，恶魔走了出来，愉快地开口："和我这样的坏家伙做朋友，总要付出些代价的，你说是不是？"

回应他的是一个背着红色大袋子的背影。

图书在版编目（CIP）数据

默菲斯契约 . 完结篇 / 妄鸦著 . —武汉 ： 长江出版社，
2023.5
ISBN 978-7-5492-8709-3

Ⅰ . ①默… Ⅱ . ①妄… Ⅲ . ①长篇小说－中国－当代
Ⅳ . ① I247.5

中国国家版本馆 CIP 数据核字（2023）第 032677 号

默菲斯契约. 完结篇 / 妄鸦著.

出　　版　长江出版社
　　　　　　（武汉市解放大道 1863 号　邮政编码：430010）
市场发行　长江出版社发行部
网　　址　http://www.cjpress.com.cn
责任编辑　陈辉
印　　刷　三河市中晟雅豪印务有限公司
版　　次　2023 年 5 月第 1 版
印　　次　2025 年 8 月第 7 次印刷
开　　本　700mm×970mm 1/16
印　　张　33.25
字　　数　680 千字
书　　号　ISBN 978-7-5492-8709-3
定　　价　78.00 元（全两册）

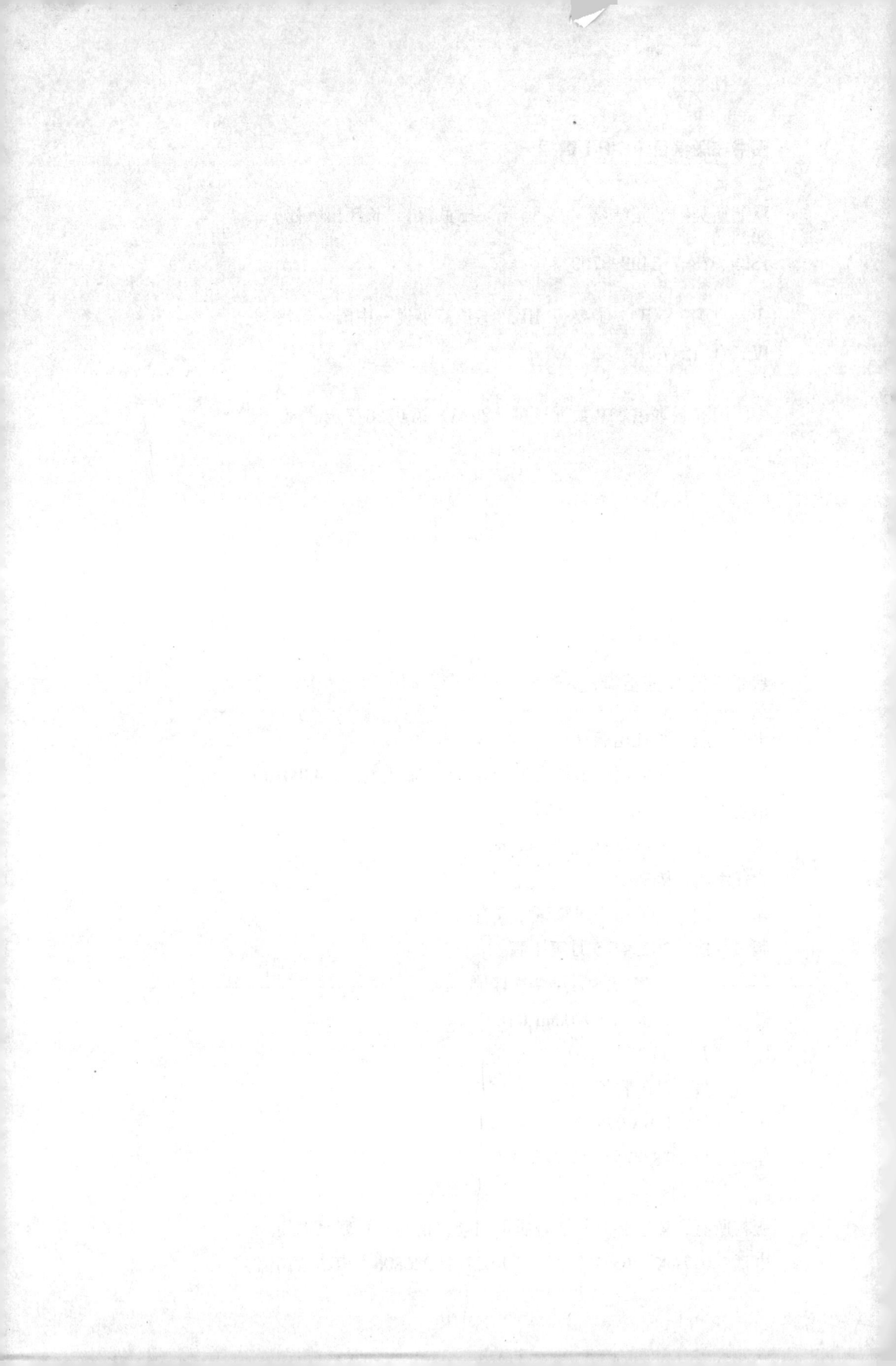